DIVINE BLOOD

BECK MICHAELS

DIVINE BLOOD

WÄCHTER DER ERWÄHLTEN

I

PLUMA PRESS

Divine Blood, Wächter der Erwählten 1

Titel der englischen Originalausgabe:
›Divine Blood, Guardians of the Maiden 1‹

2020 erschienen bei PLUMA PRESS

© deutschsprachige Ausgabe:

2022 erschienen bei PLUMA PRESS

Originaltext: Beck Michaels

Übersetzung: Melina Coniglio

Umschlaggestaltung: Jaqueline Kropmanns

Karten: Saumya Sing

Illustrationen: Alice Maria

Buch formatiert mit Whimsy Book Cover Graphics

ISBN: ebook 978-1-956899-06-1 | Paperback 978-1-956899-07-8

Pluma Press Company

www.PlumaPress.com

Für meine Schwester,

die nie aufgehört hat, an mich zu glauben.

GLACIAL OCEAN

JERASH

SKATH

UNITED CROWN

THE THREE
RIVERS

EDYM

XIAN
JING

HARROMAG
MODOS

NALA
MER

DRAGON CANYON

LEDOGA

LANGSHAN

RED
HIGHLANDS

THE VALE OF

SUN
GUILD

LEVIATHAN OCEAN

MOUNT IDA

MAGOS

LUNAR
GUILD

LAND OF URN

HERMON
RIDGE

MONTEZUMA

ARGYLE

AZURE

**DWARF
SHOE**

FLOATING ISLANDS
OF NAZAR

HILOS

GREENWOOD

THE ELVES

SAXE SEA

MISTY
ISLES

MPIRE

EARTH
GUILD

KINGDOM OF AZURE

GLACIAL
OCEAN

EVERFROST

TROLL BRIDGE

BERYL
COAST

HERMON RIDGE

TANNER'S
COVE

HALLOW'S NEST

BLACK
WOODS

INDIGO
BAY

TANZANITE
KEEP

CROWN'S
HARBOR

SEANA

RULEM

MARINER'S
HAVEN

ZIGRO

EMBERDIN

WILLOWS
GROVE

ADHARS
COVE

KYANITE

THE PORT
OF AZURE

THE BLUE CAPITAL

LAZAR

SAPPHIRE
MINES

OREM

ARGOS VALLEY

THE MOORS

ZAIFRO MOUNTAINS

KAZER
BLUFFS

CORRON

GAMOR

ELMS
NOOK

LANDCASTER

NORTH STAR

HILOS

LYKOS
PEAK

GREENWOOD

SAXE SEA

MISTY
ISLES

DIE SIEBEN TORE

Jede seele durchschreitet die tore an ihrem anfang und ihrem ende.

DAS TOR DES HIMMELS

DAS TOR DES LEBENS

DAS TOR DES RAUMES

DAS TOR DER ZEIT

DAS TOR DER STERBLICHEN

DAS TOR DER UNTERWELT

DAS TOR DES TODES

ĐYNALYA

Đer Schneesturm heulte und rüttelte an den Fenstern. Er sandte eine Warnung aus zu fliehen, sich zu verstecken und zu den Göttern zu beten, aber es gab keine Hoffnung, dem zu entkommen, was mit der Nacht gekommen war.

Dyna drehte sich auf der Stelle in ihrem Schlafzimmer – diesem gefürchteten Raum, dem sie nicht entkommen konnte. Beim vertrauten Knarren des alten Holzes blickte sie auf ihr neunjähriges Ich, das im Schaukelstuhl vor dem Kamin saß. Die frühere Version ihrer Selbst hielt ein Bündel Decken um ihre kleine Schwester gewickelt. Ihre großen grünen Augen starrten aus dem Fenster, beobachteten den Sturm. Die immergrünen Bäume peitschten in dem brutalen Wind, drohten, entzwei zu brechen und sich aus dem Boden zu entwurzeln. Im Schein des Mondes stob der Schnee auf wie Diamantenstaub; seine Schönheit verlor sich in der Dunkelheit, die die Hütte ihrer Familie umgab.

Angst kroch Dynas Rücken hoch.

Ihre jüngeres Ebenbild umklammerte die kleine Lyra, während sie schaukelte und sich mit den Füßen nervös von den Dielen abstieß. Sie beide spürten, dass sich etwas Unheimliches in der Dunkelheit verbarg. Ihr Instinkt sendete ein unangenehmes Kribbeln über Dynas Haut und ließ ihre Glieder sich zusammenziehen.

Der Schatten beobachtete sie.

Der Gedanke kam unaufgefordert. Ein vertrauter Ruf. Eine Warnung vor dem, was kommen würde.

»*Steh auf!*«, schrie sie ihr früheres Ich an. »*Lauf!*«

Aber die jüngere Dyna hörte sie nicht.

Sie zuckten beide zusammen, als der Funke der Glut aus den Holzscheiten im Kamin aufflammte. Das Feuer kämpfte darum, den kleinen Raum des Schlafzimmers zu erwärmen, der von der Kälte erstickt wurde, die in der Luft hing. Die Flammen warfen eine Reihe beunruhigender Formen an die Wände, die sich dehnten, krümmten und zur Decke krochen.

Thane, ihr kleiner Bruder, schlief in seinem Bett unter der Fensterbank. Sein Mund war zu einem leichten Schmollmund verzogen, und seine Pausbäckchen drückten gegen das Kissen. Er war so klein und kostbar. Ihr traten die Tränen in die Augen. Sie wünschte sich, sie könnte ihn in den Arm nehmen und den Vorhang aus roten Locken zurückstreichen, der über seine Stirn fiel.

Der Klang der Stimmen ihrer Eltern drang durch den Spalt unter der Tür wie ein Luftzug, der Geheimnisse flüsterte.

»Es ist zwecklos, mit mir darüber zu diskutieren, Ayla. Wir reisen ab. Jetzt.«

Als Dyna die Stimme ihres Vaters hörte, keuchte sie. »*Vater!*« Dyna eilte zur Tür, aber sie ließ sich nicht öffnen. Sie konnte ihre Eltern nicht erreichen. Verzweifelt schlug sie ihre Fäuste gegen das Holz und schrie: »*Mutter! Vater!*«

Auf eine rasselnde Bewegung hinter der Tür folgte ein Rascheln von Stoff. »Pack so viel Proviant ein, wie du tragen kannst, und zieh dich warm an.«

»Der Rat hat das Dorf für sicher erklärt, Baden«, beharrte ihre Mutter. »Wir müssen nicht gehen.«

»Der Rat weiß gar nichts. Ich habe versucht, mit den Mitgliedern zu sprechen, aber sie weigern sich, mir zuzuhören. Die Wintersonnenwende ist gekommen und mit ihr der dritte Schattenwinter.«

Der endgültige Ton in seiner Stimme ließ Dyna erschaudern. Sie blickte zu der jüngeren Version ihrer Selbst, die ebenfalls zuhörte, ihre großen Augen auf die Tür gerichtet.

»Ich verstehe es nicht. Dein Vater hat den Schatten bei seinem letzten Erscheinen besiegt.«

»Aye, so wie mein Großvater – *zehn Jahre* vor ihm. Er kehrt immer zurück.«

Angst schlich sich in das Haus und füllte die schwere Stille. Da sie zwei Jahre nach dem letzten Auftauchen des Schattens geboren worden war, hatte Dynas jüngeres Ich nur Geschichten über den Dämon gehört – düstere Geschichten, in denen er mitten in der Nacht Kinder verschlang.

Sie erhob sich von dem Schaukelstuhl und schlich auf Zehenspitzen zu der Tür, um durch den Spalt zu spähen. Dyna linste mit ihr hindurch, aber der Eingangsbereich schränkte ihre Sicht auf die Apotheke ein. Sie konnten nur den kleinen, runden Esstisch sehen, der voller Glasflaschen und getrockneten Kräuter war.

Mit Mühe schob sie die Tür ein Stück weiter auf. Sie musste ihre Eltern sehen, sie umarmen, sie warnen.

Dabei war das alles hier nur ein Traum.

»Ich habe meine Entscheidung getroffen, Ayla. Wir gehen.«

»Du möchtest mit den Kindern während eines Sturms abreisen? Wo sollen wir denn überhaupt hin?«

Er seufzte. »Belzev wird uns Unterschlupf in Lykos Peak bis zum Ende des Winters gewähren.«

Ihre Mutter zog zischend die Luft ein. »Beim Urnengott, bist du verrückt? Wir können die Kinder nicht dorthin bringen.«

»Es wird dort viel sicherer sein. Er hat Zev geschickt, um uns zu treffen.«

Bei der Erwähnung ihres Cousins schloss Dyna ihre Augen. Er würde zu spät ankommen.

»Wir müssen das Dorf verlassen«, fuhr ihr Vater fort. »Verstehst du es denn nicht? Er kommt. *Heute Nacht.*«

»Glaubst du, dass es uns da draußen besser gehen wird?«, fragte ihre Mutter ungläubig. »Um Lykos Peak zu erreichen, müssen wir durch den Verbotenen Wald. Willst du uns in den Tod führen?«

»Genug! Ich habe gesprochen, Ende der Diskussion!« Der dröhnende Befehl erschütterte ihr kleines Häuschen, bevor sich eine schreckliche Stille einstellte. Bald darauf folgte leises Weinen.

Dynas jüngeres Ich keuchte fassungslos. Vater war immer ein lieber Mann gewesen, der nie die Stimme gegen seine Frau erhoben hatte.

»Vergib mir.«

Ihre Mutter schniefte. »Ich habe Angst.«

»Das habe ich auch«, gestand er. Seine Stimme zitterte wie nie zuvor. »Ich musste hilflos dabei zusehen, wie der Schatten bei seinem letzten Besuch meine Schwester mitnahm.«

»Oh, Baden …«

»Ich habe keine Angst vor dem Tod. Ich habe Angst davor, was meiner Familie widerfahren könnte. Seit einem Jahr werde ich von Albträumen von dieser Nacht geplagt. Nun fürchte ich, dass sich meine Vergangenheit wiederholen wird, und das ist eine Zukunft, die ich nicht ertragen kann.«

Dyna sah über ihre Schulter zu dem Fenster. Die Zeit war gekommen. Der Schatten war auf dem Weg.

Sie schrie ihr früheres Ich an, sich zu bewegen, zu ihren Eltern zu gehen – *etwas* zu tun. Aber die jüngere Dyna tat nichts davon. Sie wusste es besser. Ihre Eltern wären böse auf sie, wenn sie sie störte, obwohl sie längst am Schlafen sein müsste.

»Bitte, wir müssen gehen«, flehte ihr Vater.

»Ich werde dir folgen«, sagte ihre Mutter schließlich, woraufhin ihr Mann einen langen Seufzer der Erleichterung ausstieß. »Aber wenn es stimmt, was du sagst, muss der Schatten irgendwo da draußen sein.«

»Dafür bin ich vorbereitet. Ich habe Tarnamulette für uns alle gemacht.«

Dyna hörte ein leises Klirren. Sie stellte sich vor, wie er den Deckel von der Keramikschüssel abnahm, die er auf seinem vollgestopften Schreibtisch zwischen den verstaubten Zauberbüchern aufbewahrte. »Luna-Schilf«, keuchte ihre Mutter. »Wo hast du das her? Es wächst nur in Magos.«

»Aye, und es war schwer zu beschaffen«, meinte er. »Hier, nimm zwei. Es verschleiert alles außer Geräusche. Solange du dich ruhig verhältst, bist du in Sicherheit. Geh zu Leyla, während ich die Kinder wecke.«

Dyna hörte, wie ihre Mutter aus der Vordertür rannte, um Großmutter Leyla einzusammeln.

»*Nein, wir sollten uns nicht trennen!*«, schrie Dyna. »*Komm zurück!*«

Ihr jüngeres Ich wich zurück und wickelte die kleine Lyra in das gewebte Tuch, das sie um die Schultern gelegt hatte.

Die Tür schwang auf, und ihr Vater betrat dem Raum. Dyna atmete bei seinem Anblick tief ein und unterdrückte ein Schluchzen. Sie streckte ihre zitternden Hände aus und rief ihn. »*Vater, sieh mich. Hör mich, bitte.*«

Baden war in Pelze und dicke Wolle gekleidet und trug einen großen Rucksack aus Segeltuch auf dem Rücken. Er strich sich das widerspenstige rote Haar zur Seite, sein Gesicht war von ruhiger Entschlossenheit geprägt. Ihr Vater war weder groß noch stämmig, aber er war ein angesehener Mann in North Star – als einer der wenigen, die Magie beherrschten. Er würde sie beschützen. Ihr jüngeres Ich hatte das so fest geglaubt, dass sie lächelte.

Törichtes Mädchen.

»*Du musst weglaufen!*« Aber Dynas Rufe blieben ungehört.

Seine scharfsinnigen grünen Augen wanderten durch den Raum, während er seine Kinder zählte. »Dynalya, bist du bereit?« Er lächelte, aber sie sah die Dringlichkeit in seinem Blick.

»Ja, Vater.« Ihr früheres Ich zeigte auf die beiden kleinen, gepackten Reisetaschen, die neben der Schlafzimmertür hingen.

»Gutes Mädchen.« Er hielt drei Halsketten aus getrocknetem weißem Schilf hoch. An jeder hing ein runder Anhänger aus poliertem Holz. »Dies sind Amulette der abnehmenden Sonne, die mit der Magie des Mondes durchdrungen sind. Sie werden euch vor dem Dämon schützen.«

Es war ein Zauber, den er in seinen vielen Zauberbüchern gefunden haben musste. Die Rune der Verhüllung zierte jedes Amulett: eine einzelne Linie, die an beiden Enden mit einem umgedrehten Dreieck verbunden war. Sie passte zu der, die er bereits auf seinem Umhang trug.

Er reichte ihr zwei der Amulette. »Du darfst es auf keinen Fall ablegen.«

Die junge Dyna nickte und strich mit ihrem Daumen über die glatten Rillen der Schnitzerei. Sie stülpte das kleinere Amulett über Lyras Kopf und legte es auf ihre Brust.

»Zieh dich warm an«, wies er sie an. »Ich werde Thane aufwecken.«

Dyna lehnte sich mit dem Rücken an die Wand, denn sie wusste, was nun kommen würde. Ihr Vater drehte sich zu ihrem Bruder um, und ein eisiger Wind wehte durch den Raum. Er löschte das Feuer und ließ nur Rauchfahnen zurück. Ihre schnellen Atemzüge schossen sichtbare Luftstöße in die Luft, während es beängstigend kalt wurde.

Silbernes Mondlicht fiel durch das Fenster, erstreckte sich weit über den Holzboden. Für einen kurzen Moment trotzte es der Dunkelheit – bis eine Gestalt an ihre Stelle trat.

Plötzlich war Dyna wieder ihr jüngeres Ich, unglaublich klein und verängstigt. »Vater ...«, wimmerte sie. »Der Schatten kommt.«

»Leise!«, wisperte er.

Sie bewegten sich nicht, aber Dyna ließ ihren Blick zum Fenster schweifen. Eine schwarze Gestalt füllte den Rahmen, ähnlich der eines Mannes, aber groß und unförmig. Ranken aus Rauch und Schatten wucherten um ihr durchscheinendes Profil. Aus dem unförmigen Gesicht ragten zwei Augen, die rot glühten und mit Flammen flackerten. Das Amulett glitt durch ihre zitternden Finger und fiel auf den Boden.

Die Augen des Dämons fanden sie. Sie schnitten mit einem Zauber in sie ein und ließen ihre Glieder erstarren. Dyna war Stein und gleichzeitig Eis, eingeschlossen in den Mauern ihres Bewusstseins. Die gefrorene Luft drückte ihre Lungen zusammen und unterdrückte ihre Schreie. Sie ertrank in ihrem verzweifelten Versuch zu entkommen. Es gab keinen anderen Ausweg als ihren Tod. Der eisige Griff um ihren Geist wurde immer fester und fester.

Ihr Vater schnappte sich das heruntergefallene Amulett und legte es ihr um den Hals. Seine Magie durchdrang die Trance und befreite sie. Sie atmete tief ein, die Luft strömte in ihre Kehle.

Das wütende Gebrüll des Schattens erschütterte das Fundament des Hauses und drang in ihre Knochen.

Dyna kreischte und stolperte vor Panik in den Schaukelstuhl, in dem Versuch, wegzulaufen. Ihr Vater nahm ihr Gesicht in seine schwieligen Hände und zwang sie, sich auf ihn zu konzentrieren.

»Schweig jetzt, Dynalya, du bist sicher«, flüsterte er. »Solange du das Amulett trägst, kann dich der Schatten nicht sehen.«

Sie schüttelte den Kopf. Es war zu spät.

»Papa?« Thane saß auf seinem Bett und rieb sich den Schlaf aus den Augenwinkeln.

Die geschmolzenen Augen des Dämons richteten sich auf den Jungen, der ungeschützt war. Thanes Miene verdüsterte sich, sein Mund wurde schlaff, als er in die Trance des Schattens fiel.

»Nein!« Der Schrei ihres Vaters ließ Dyna die Nackenhaare zu Berge stehen.

Für einen Moment war es, als würde die Zeit stehenbleiben. Die Ereignisse um sie herum verlangsamten sich zu einer grausamen Wiederholung, die sich ihrer Kontrolle entzog. Egal, wie oft sie diesen Moment noch einmal durchlebte oder wie oft sie sich einen anderen Ausgang wünschte, nichts änderte sich. Sie schrie Thanes Namen, als sich ihr Vater auf ihn stürzte, um ihn zu retten.

Aber das Fenster zerbrach – und der Schatten kam.

KAPITEL 1

ÐYNALYA

S chrille Schreie bahnten sich ihren Weg aus Dynas Kehle. Der Schrecken zerrte an ihrem rasenden Herzen und drohte, es aus ihrer Brust zu reißen. Adrenalin schoss durch ihre Adern, und das Blut rauschte in ihren Ohren. Hände packten sie und hielten sie nieder. Sie strampelte und kämpfte gegen sie an, schrie und schrie.

»Ruhig, Schwester! Ich bin es.« Die vertraute Stimme glitt durch die Fesseln von Dynas Albtraum, schnappte in das Schloss und befreite sie. »Ich bin hier. Du bist in Sicherheit.«

Kleine, sanfte Hände legten sich über Dynas Wangen. Sie blickte in das Gesicht ihrer kleinen Schwester, dessen zarte Züge von Sorge gezeichnet waren. Lyras Anwesenheit vertrieb alle Schatten, so wie die Sonne die Nacht.

Aber selbst die Sonne musste am Ende des Tages untergehen.

Dyna brach in keuchendes Schluchzen aus. Sie umklammerte ihre Schwester in einer erdrückenden Umarmung, aber Lyra beschwerte sich nicht.

Wenn sie doch nur die Zeit anhalten und Lyra in Sicherheit bringen könnte, wo keine faulige Dunkelheit sie erreichen könnte. Aber das Wünschen würde nichts bringen – eine Lektion, die sie vor langer Zeit gelernt hatte.

Dyna atmete zittrig ein, als ihr Weinen schließlich verstummte. Sie löste ihren Griff um ihre Schwester und ließ ihre tauben Arme auf das Bett fallen.

»Geht es dir gut?«

Dyna nickte und rieb sich ihre geschwollenen Augen. Schweißnasse Haarsträhnen klebten an ihren Schläfen, Deckenberge wickelten sich um ihre Beine.

Lyra setzte sich zurück auf ihre Fersen. Ihre roten Locken, die sie in zwei Spiralen auf dem Kopf geflochten hatte, lösten sich bereits. Sie sah aus wie ihre Mutter, mit den gleichen Sommersprossen auf den Wangen, dem gleichen herzförmigen Gesicht und den braunen Augen.

Trauer schwoll in Dynas Kehle an, als sie den Drang bekämpfte, wieder zu weinen. Ihre Schwester war alles, was ihr von ihrer Mutter geblieben war. Sie streckte ihre Arme aus, und Lyra ließ sich bereitwillig in sie fallen.

Dyna hielt sie fest, während sie ihr Schlafzimmer betrachtete. Es war dasselbe wie in ihrem Traum, aber das Fenster war frei von jeglichen Schatten, die dort nicht hingehörten. Dahinter erhellte sich der dunkle Himmel, als die Morgendämmerung die Silhouette der Zafiro-Berge küsste. Im Kamin brannte kein Feuer mehr, nur noch ein paar glimmende Holzscheite. Mehrere geschmolzene Kerzen zierten die Simse im Raum. Spuren von Wachs härteten dort aus, wo sie sich in den Kerzenhaltern gesammelt hatten, dicke Rinnsale liefen über den Rand von Regalen, Beistelltischen und jeder verfügbaren flachen Oberfläche. Alles, um die Dunkelheit und die Vergangenheit in Schach zu halten.

Es hatte sich nicht viel in ihrem Schlafzimmer verändert. Ein leeres, kleines Bett stand noch immer unter der Fensterbank.

Dyna sah weg und schluckte die Welle an Emotionen herunter, die sie zu übermannen drohte. Sie hatte sich nie dazu durchringen können, das Bett loszuwerden. An den Tagen, an denen sie erschöpft oder abgelenkt war, füllte eine Illusion der schlafenden Gestalt ihres kleinen Bruders den Raum. Manchmal hallte sein Lachen in den

Bergen draußen wider, seine fröhliche Stimme, die nach seinen Freunden rief. Es hörte sich immer so real an.

»War es die Dunkelheit, die dir Angst gemacht hat?«, fragte Lyra. Ihre kleine Stimme war zu schwer, um einem Kind von neun Jahren zu gehören.

Dyna wusste nicht, was ihr mehr Angst gemacht hatte. Die Dunkelheit? Die Vergangenheit? Oder die Zukunft?

Lyra schlüpfte aus ihrer festen Umarmung und hüpfte vom Bett. Sie eilte zu dem mit Büchern und Schriftrollen übersäten Schreibtisch, auf dem noch eine Kerze brannte. Damit zündete sie die anderen nacheinander an, bis der Raum in einen warmen Farbton getaucht wurde. Lyra strahlte vor Zufriedenheit. Sie war ein kleines, schlaksiges Mädchen und trug ein weißes Hemd, das ihr bis zu den Knien reichte. Auf ihr süßes Lächeln antwortete Dyna mit einem kleinen.

»»Und dann war da Licht'«, zitierte Lyra die archaischen Lehren der Heiligen Schriftrollen. Ein Spruch, den ihre Großmutter zu Dyna gesagt hatte, als ihre Angst vor der Dunkelheit angefangen hatte.

Das Licht vertrieb das drückende Gefühl in ihrer Brust, und sie konnte etwas leichter atmen.

»Danke«, murmelte Dyna. Mit ihren achtzehn Jahren war sie etwas zu alt für diese kindische Angst, aber wann immer sie allein in der Dunkelheit war, fanden diese roten Augen sie und sie verlor sich in ihrer Furcht.

Lyra legte ihren Kopf schief. »War es schon wieder derselbe Albtraum? Von Mutter, Vater und Thane? Von der Nacht, als sie starben?«

Erinnerungssplitter durchdrangen Dynas Augen, ihren Mund und ihre Ohren und sammelten sich zu einem zerbrochenen Haufen auf ihrem Schoß. »Ja.«

Lyra kehrte zum Bett zurück, rollte sich neben ihr zusammen und deckte sie mit einer Decke zu. Sie gähnte, die Augen fielen ihr zu. Das Licht der Morgendämmerung drang durch das Fenster und zierte ihr pausbäckiges Gesicht; ihre Wimpern warfen schwache Muster auf ihre weichen Wangen. »Wirst du mir davon erzählen?«

Dyna schüttelte ihren Kopf. Die Vergangenheit hatte ihre Schwester nicht erreicht, und das würde auch so bleiben.

»Bitte?«

»Vielleicht eines Tages.«

Lyra murmelte unzufrieden. Sie schmiegte sich näher an sie und driftete wieder in den Schlaf.

Dyna lehnte sich mit dem Rücken gegen das Kopfteil. Sie beobachtete das Flackern des Kerzenlichts auf den freiliegenden Dachsparren, die die schräge Decke bildeten, und versuchte, ihre Gedanken zu beruhigen.

Nicht alle ihre Träume handelten von Schatten. Manchmal träumte sie davon, von dem warmen Wind über ein schimmerndes Meer getragen zu werden. Unsichtbare Flügel trugen sie durch die Wolkenfetzen, wo der endlose Himmel wartete.

Die Schlafzimmertür öffnete sich mit einem quietschenden Geräusch, und Großmutter Leyla linste hinein. Langes graues Haar fiel wie ein Wasserfall an ihren Schultern hinab, umrahmte ihr rundes, von der Zeit gezeichnetes Gesicht, mit den sanften braunen Augen voller Sorge.

Sie trat an Dynas Bett. »Ich habe die Schreie gehört. Oh, meine Blüte, sieh dich nur an. Du bist so weiß wie ein Sack Mehl. Ist alles in Ordnung?«

Dyna lächelte traurig. »Es ist nichts, Großmutter. Mir geht's gut.« Sie griff nach ihrer weichen Hand und nahm den beruhigenden Duft von Nelke und Lavendel wahr. Es war ein Wunder, dass ihre Großmutter diese Nacht überlebt hatte. Ohne sie hätte sich Dyna vielleicht nicht erholen können.

Großmutter Leyla sah sich in dem Raum um und betrachtete die vielen Kerzen und den unordentlichen Schreibtisch. »Es ist schon eine ganze Weile her, dass du diese Träume hattest, aber dies ist das fünfte Mal innerhalb von zwei Wochen. Das liegt daran, dass du dich unermüdlich mit den Sieben Toren und den dunklen Dingen beschäftigst, in die wir uns nicht einmischen sollten.« Ihre zierliche Gestalt ließ sich am Ende des Bettes nieder. »Welcher Traum war es dieses Mal? Der mit dem Schatten, der dich den Berg hinauf verfolgt? Oder der über den Glasbaum?«

»Keiner von beiden.« Dyna blickte zu Thanes Bett. »Der, über den Moment davor.«

Die Falten auf dem Gesicht ihrer Großmutter vertieften sich vor Sorge. »Vielleicht ist es an der Zeit, das Bett loszuwerden. Es erinnert dich nur an Dinge, die du besser vergessen solltest.«

Ihre Großmutter hatte in ihrem Leben viele geliebte Menschen verloren, und Dyna fragte sich, an wen sie wohl gerade dachte.

»Wenn der Schatten mich in jener Nacht geholt hätte, hättest du mich vergessen?«

»O nein, das würde ich niemals.« Großmutter drückte sanft ihre Hand. »Ich danke dem Urnengott jeden Tag für Zev. Niemand sonst hätte dich in diesem Schneesturm finden können.«

Jenseits des Fensters ragte der karge Wald den Fuß der Berge hinauf. Ein Baum stach unter allen anderen hervor; sein verknoteter Zinnstamm und seine hauchdünnen Blätter fingen das Morgenlicht ein. Die Dorfbewohner nannten ihn den Glasbaum. *Hyalus* war der richtige Name seiner Spezies. Seine Magie hatte sie vor dem Schatten geschützt, aber das Eis hätte sie geholt, wenn ihr Werwolf-Cousin nicht gewesen wäre. Es war sein scharfer Geruchssinn gewesen, der sie auf dem Berg aufgespürt hatte. Doch obwohl Zev ihren Körper geborgen hatte, hatte ihr Geist ihn schon verlassen gehabt.

Trauer war eine merkwürdige Sache. Sie hatte sie zu Boden geworfen, sie mit dem Gesicht niedergedrückt und ein Loch in ihre Brust gerissen. Sie hatte sie in einer Bitterkeit erstickt, die sich an ihren Schreien gelabt hatte, bis sie nichts mehr zu geben gehabt hatte.

Dyna starrte ausdruckslos aus dem Fenster. »Ich war verloren, als er mich gefunden hat.«

»Aber du bist zurückgekehrt«, sagte ihre Großmutter.

Das hatte sie gemusst, als ihre Trauer durch Angst ersetzt worden war. Der Kummer hatte ihren Körper gelähmt, aber die Angst hatte ihren Geist beherrscht. Etwas lebte in den Ecken ihres Bewusstseins, eine hämische Stimme, die ihr jede Nacht ins Ohr flüsterte. Sie lachte über ihr Versagen, ihre Familie zu schützen, und ergötzte sich an ihrem Schmerz. Und sie versprach, dass der Schatten als Nächstes ihre Schwester holen würde.

Dyna sah auf Lyra herab, und eine Träne lief ihr über die Wange.

»Lyra wird nichts passieren«, versicherte ihr Großmutter Leyla und wischte die Träne weg. »Der Dorfrat bereitet sich auf das nächste Erscheinen des Schattens vor. Die Mitglieder haben nicht aufgehört zu versuchen, die Tarnamulette deines Vaters zu replizieren, obwohl das Schilf, das er verwendet hat, in Magos heimisch ist. Wer weiß, wie er es gefunden hat. Der Rat hofft, dass die Blätter des Glasbaumes von Nutzen sein werden. Und es wird davon geredet, die Dämonenjäger herzubringen.«

Dyna zuckte zusammen. »Sie werden Fremden erlauben, herzukommen?«

Ihr abgelegenes Dorf lag in der Zafiro-Bergkette am südlichen Rand von Azure. Vor Jahrhunderten hatten die alten Magier North Star verzaubert, um verborgen zu bleiben. Die Dorfbewohner zahlten weder Steuern an die Fürsten noch leisteten sie dem Azure-König Lehenstreue. Niemand wusste, wo sie waren – aus gutem Grund.

»Nun, die Entscheidung wird diskutiert, aber ich glaube, sie werden zur Vernunft kommen. North Star braucht Hilfe, sonst werden wir den vierten Schattenwinter im nächsten Jahr nicht überleben.«

Aber Dämonenjäger wären nutzlos.

In all den Büchern, die Dyna über die Unterwelt gelesen hatte, hatte sie nur wenig über Schattendämonen gefunden. Es gab keine dokumentierten Schwächen oder Methoden, sie zu bekämpfen. Der Schatten war ein ungreifbares Gespenst, flüchtig wie Rauch. Weder Fallen noch Waffen würden gegen ihn wirksam sein.

Nicht, dass der Dorfrat ihr eine Audienz gewähren würde, um ihm genau das mitzuteilen. Als ihr Vater gesagt hatte, der Schatten würde zurückkehren, war er verspottet und aus dem Rat entfernt worden. Es hatten erst Kinder sterben müssen, um die Mitglieder davon zu überzeugen, dass er nicht verrückt gewesen war und sich das Tor zur Unterwelt alle zehn Jahre öffnete. Welche Hoffnung hatte sie, sie zu überzeugen?

Es spielte keine Rolle. Dieses Mal würde sie nicht hilflos danebenstehen.

»Meine Liebe«, Großmutter Leyla runzelte die Stirn, »ich habe den Rucksack gefunden, den du in der Scheune versteckt hast. Er enthielt genug Kleidung und Essen für eine einwöchige Reise.«

Dyna antwortete stotternd und wusste nicht, wie sie sich erklären sollte.

»Hast du geplant, ohne ein Wort zu verschwinden? Dachtest du, ich würde das erlauben?« Der Mund der Großmutter verzog sich zu einer strengen Linie. »Du wirst nicht nach Magos gehen. Ich verbiete es.«

Magos?

Ihre Großmutter blickte zu dem Schreibtisch, auf dem ein aufgeschlagener Wälzer lag. Die Enzyklopädie listete die Flora von Magos auf, dem Gebiet der Magier. »Du hast darüber nachgedacht, nach dem Luna-Schilf zu suchen, oder nicht?«

Dyna senkte ihren Blick und nickte. Sie hasste es zu lügen. Ja, sie hatte eine Reise geplant, aber nicht dorthin.

»Bitte, hör auf, diese Bücher zu lesen. Es ist Zeit, die Angelegenheit ruhen zu lassen und dem Rat zu vertrauen, das Dorf zu beschützen.«

»Der Rat weiß nichts«, sagte Dyna – wie ihr Vater.

Ihre Großmutter schürzte die Lippen. »Dynalya Astron, ich erlaube nicht, dass du dich weiter damit befasst, hörst du?«

Dyna vergrub das Gesicht in ihren Händen. Vor neun Jahren war sie zu jung gewesen, die Angst und Paranoia ihres Vaters zu verstehen, aber jetzt klebten sie an ihr wie der Schweiß auf ihrer Haut. Dieser Fluch musste ein Ende haben.

»Es wird nicht funktionieren. Nichts davon. Selbst wenn der Dorfrat es schafft, das Luna-Schilf zu replizieren, ist es keine dauerhafte Lösung. Die Amulette werden sie nur bei Mondlicht verbergen. Aber sie verbannen nicht den Schatten.«

»Der Glasbaum...«

Sie schüttelte enttäuscht den Kopf. »Das Licht der *Hyalus*-Blätter erscheint nur bei Nacht. Wir brauchen eine endgültige Lösung, sonst wird der Schatten immer wieder zurückkehren.«

»Ich weiß, dass du dich sorgst, meine Blüte. Das tue ich auch.« Großmutter Leyla strich eine Locke hinter Dynas Ohr. »Um die Mittagszeit findet eine Sitzung des Dorfrates statt. Dort kannst du deine Bedenken äußern.«

»Niemand wird mir zuhören.«

»Lady Samira wird es. Von allen Mitgliedern ist sie am wenigsten arrogant. Gelegentlich.«

Dyna versteifte sich bei der Erwähnung dieses Namens und versuchte, das flaue Gefühl in ihrem Magen zu ignorieren. »Warum gibt es heute eine Sitzung?«

»Lady Samira tritt zurück und wird ihren Nachfolger verkünden.«

Dyna beobachtete ihre Großmutter und las den Hauch von Resignation in ihrem Gesicht. »Geht es ihr nicht gut?«

»Sie braucht jetzt alle ihre Kräfte. Es ist nicht mehr viel davon übrig.«

Dyna verstand. Die Essenz von Lady Samira füllte sich nicht mehr auf. Das geschah im hohen Alter. Die Essenz war nicht nur die Energiequelle aller Magie, sie war auch die verzauberte Lebenskraft der Magier und Zauberinnen. Ohne sie konnten sie nicht überleben.

»Nun, die Sonne ist noch nicht ganz aufgegangen. Ruh dich noch ein bisschen aus.« Großmutter Leyla stand auf. »Der Herbst ist eingekehrt, und wir haben viel Arbeit im Garten vor uns, bevor der Frost einsetzt.«

»Ja, Großmutter.«

Sie schlurfte aus dem Zimmer und schloss die Tür hinter sich.

Dyna legte sich wieder hin und betrachtete den Schrank an der Wand über ihrem Schreibtisch. In den vielen quadratischen Schubladen befanden sich mehrere Gläser mit einer Vielzahl von getrockneten Kräutern, Extrakten und Pulvern. Eine kleine Nachbildung der Apotheke im Hauptraum der Hütte.

Jahrelang hatte sie die alten Medizin-Wälzer ihres Vaters studiert, um seinen Platz als Kräutermeister einzunehmen. Sie hatte all die Zauberbücher in seinem Arbeitszimmer gelesen, in der Hoffnung, den Zauber zu finden, den er benutzt hatte, um den Dämon zurück durch das Tor der Unterwelt zu schicken.

Doch sie hat ihn nie gefunden.

Und selbst wenn, die Bücher enthielten Zaubersprüche, die ihre Fähigkeiten weit überstiegen. Trotzdem floss Magie durch ihre Adern, so wie in den vielen Generationen vor ihr.

Dyna griff unter ihr Kopfkissen, fand einen vertrauten, rechteckigen Gegenstand und zog ihn heraus. Das Tagebuch war schwer, der Einband aus schwarzem Glattleder, an den Ecken vom Alter geknickt. Zwei goldene Verschlüsse hielten es fest verschlossen. Das Tagebuch war eines von vielen anderen, die sich in einer alten Holzschatulle unter ihrem Schreibtisch stapelten.

Die Magie des Tagebuchs summte in ihr zur Begrüßung, und ihre Handflächen glühten schwach grün, als ihre Essenz erwachte. Sie zeichnete das heraldische Siegel auf dem Einband nach: eine Mondsichel mit einem Wirbel aus Ranken. Es war das Siegel des Hauses Astron, einer der ältesten Magierfamilien aus Magos.

Das Tagebuch enthielt die Antwort, die sie brauchte – einen Weg, den Schatten auszulöschen.

Dyna stellte sicher, dass Lyra noch immer schlief, bevor sie mit der Hand über den Deckel fuhr. Das Licht, das von ihrer Handfläche ausging, wurde heller, das verzauberte Tagebuch erkannte sie als Verwandte und die goldenen Verschlüsse öffneten sich. Sie schlug den Einband auf und bewunderte die elegante Federführung und die Skizzen alter Pflanzen und Relikte, während die gelben Seiten zwischen ihren Fingern zerknitterten.

In der Mitte des Tagebuchs tauchte eine einzige leere Seite auf. Es hatte Monate gedauert, bis sie erkannt hatte, dass sie absichtlich leer war, und ein paar weitere, um den Satz zu entziffern, der nötig war, um das dort verborgene Geheimnis zu lüften.

Sie führte das Tagebuch nah an ihre Lippen und flüsterte: »*Tellūs, lūnam, sōlis.*«

Ihre Hände flackerten leuchtend grün und lösten den eingebetteten Zauber auf der Seite aus. Feiner Goldstaub wirbelte über die Oberfläche und strahlte mit einem Wirbel aus violetter Magie und einem Hauch von Grün von ihr selbst. Schwarze Tinte erschien in der Mitte und schlängelte sich in kalligraphischen Strichen nach außen, drehte und wölbte sich, während sie eine wunderschöne, detaillierte Karte eines Kontinents in Form eines stämmigen Kelches bildeten – das Land Urn.

Sie würde es komplett durchqueren müssen, um das zu bekommen, was sie brauchte, und die Reise würde viele Monde dauern. Ihr blieb noch etwas mehr als ein Jahr, bis der Schatten zurückkehren würde. Ein mageres Jahr, um die Waffe zu finden, die sie brauchte, um ihn zu besiegen.

Dyna schlüpfte aus dem Bett und zuckte zusammen, als ihre Füße auf dem eisigen Boden landeten. Sie ging zum Fenster, das mit Frost bedeckt war, und spähte hinaus. Ihr Haus lag auf einer Anhöhe mit Blick auf das darunter liegende Tal. Ein leichter Nebel schwebte über dem verschlafenen Dorf, Rauch wirbelte aus den Schornsteinen. Dahinter schimmerte ein See, und die sanften Hügel waren mit Schafen und grasenden Kühen übersät. North Star war friedlich und schön.

Aber es war nicht länger sicher.

Dyna sah hinab auf ihre kleine Schwester, und die verzweifelte Entschlossenheit, das Letzte zu beschützen, was ihr noch geblieben war, zog sich fester um ihr Herz zusammen. Sie würde den Rat dazu bringen, ihr zuzuhören.

Auf die eine oder andere Weise.

DYNALYA

Die Morgensonne schien hell über das Tal und streifte mit ihrer müßigen Wärme Dynas kalte Wangen, während sie die unbefestigte Straße ins Dorf entlangschritt. Ihre Gedanken verknoteten sich, während sie versuchte, eine Rede vorzubereiten, die sie vor dem Rat halten wollte. Der Plan, Lady Samira gegenüberzutreten, füllte ihren Geist mit dem letzten Bild des Gesichts ihres Vaters, das von den purpurnen Spuren, die seine Wangen hinunterliefen, befleckt war. Dyna kniff die Augen zusammen, um die Erinnerung zu verdrängen. Sie konzentrierte sich auf die Stimme von Großmutter Leyla, die Lyra eine Lektion über gängige Pflanzen und deren Verwendung erteilte.

»Es ist wichtig, dass du das lernst, Lyra. Du wirst im kommenden Frühling der Lehrling eines Heilers werden und musst die Grundlagen vorher auswendig lernen. Jede Pflanze dient einem Zweck, sei es...«

»Als Nahrung, Heilmittel oder Gift«, zitierte Lyra nüchtern. »Ja, ich weiß, Oma.«

»Oh, wirklich? Dann verrate mir den Namen dieser Pflanze.«

Dyna blickte über ihre Schulter zu der Stelle, wo sie stehen geblieben waren. Inmitten des bunten Blumenteppichs, der am

Wegesrand wuchs, zeigte Großmutter auf ein Gewächs mit breiten, haarigen Blättern.

Lyra presste ihre Lippen zusammen, während sie die Pflanze ausgiebig betrachtete. »Fingerhut?«

Großmutter verschränkte die Arme vor der Brust, und Lyra zuckte unter ihrer Missbilligung zusammen.

»Beinwell«, flüsterte Dyna und zwinkerte ihr zu.

»Es ist Beinwell!«

Großmutter Leyla warf ihnen einen strengen Blick zu. »Lerne die Unterschiede, Lyra, oder es wird schwerwiegende Folgen haben, wenn du die beiden verwechselst. Fingerhut ist giftig.«

Lyra zuckte. »Oh.«

»Gib ihr etwas Zeit«, murmelte Dyna. »Es hat auch bei mir gedauert, bis ich den Unterschied wusste, Großmutter.«

Großmutter Leyla hob eine Augenbraue, und Dyna lächelte unschuldig. »Beinwell ist medizinisch. Kennst du seine Verwendung?«

Ihre kleine Schwester zauderte mit der Antwort. Dyna warf ihr einen Blick zu und rieb unmerklich über die Narbe an ihrem Ellbogen. Sie hatte sie sich vor drei Jahren verdient, als sie auf einen scharfen Stein gefallen war und sich den Ellenbogen bis zum Knochen aufgeschnitten hatte.

»Zur Heilung von Haut und Knochen«, antwortete Lyra mit einem siegessicheren Lächeln. Sie hüpfte auf ihre Zehen, wobei ihr Umhang und Kleid flatterten.

Dyna unterdrückte ein Kichern.

»Ja, Beinwell ist auch bekannt als ›Strickknochen‹, was es einfacher macht, sich seine Merkmale einzuprägen.« Großmutter Leyla zeigte auf eine andere hohe, spindelförmige Pflanze mit dunkelvioletten Blütenblättern. »Und was ist mit der?«

»Das ist einfach«, erwiderte Lyra. »Das ist Eisenhut. Sehr giftig.«

»Aber er kann auch Fieber behandeln, wenn du ihn in geringen Maßen einsetzt«, sagte Dyna mit einem Stirnrunzeln. »Er sollte nicht hier draußen bleiben. Das gibt nur Ärger.«

Der Anblick der Pflanze erinnerte sie daran, dass sie mehr Eisenhut-Extrakt für Zev brauchte. Sie betete, dass er gut zurechtkam, bis sie sich wiedersehen konnten.

Sie riss die giftige Pflanze aus ihren Wurzeln und wickelte sie in ein Tuch aus der Tasche ihres olivgrünen Umhangs. Ein sanftes Rauschen der Energie legte sich über sie, während die Magie der Pflanze sie trotz der steifen Brise warm hielt. Der Umhang war alt, der Stoff ausgefranst und verblasst, aber die Runen, die auf den ornamentalen Saum gestickt waren, hatten auch nach zwei Jahrhunderten noch ihre Kraft.

Dyna strich mit einem Finger über die Rune mit dem umgekehrten Dreieck. Das letzte Mal, als ihr Vater den Umhang getragen hatte, hatte er auf jede Rune gezeigt und geprüft, wie viele sie und Thane auswendig gelernt hatten.

Das Quietschen von Wagenrädern im Schlamm und das geschäftige Treiben der Menschen lenkte ihre Aufmerksamkeit wieder auf die Straße. Weitere Bewohner hatten sich ihnen angeschlossen, und die Menge wurde noch größer, als sie eine Kreuzung passierten, die vom Norden und Süden des Dorfes abzweigte.

Bauer Wendell marschierte mit seiner Familie die Straße hinunter, sein Gesicht mit einem strengen Blick versehen. Der große, stämmige Mann überragte seine zierliche Frau Fleur. Ihre Füße bewegten sich flink unter ihrem schmutzigen braunen Kleid, um mit seinem schnellen Tempo mitzuhalten, während sie ihre kleine Tochter auf dem Arm trug. Ihr ältestes Kind, Wren, zerrte spielerisch an Lyras Zopf. Sie schnappte ihm die Mütze weg, und die beiden rannten lachend und sich gegenseitig jagend in die Felder am Wegesrand.

»Geht nicht zu weit weg«, rief Dyna ihnen hinterher und beobachtete, wie sich Lyra und Wren zu den anderen spielenden Kindern gesellten. Sie waren so aufgeweckt und unschuldig.

Eine sättigende Mahlzeit.

Sie verbannte den schrecklichen Gedanken in die Abgründe ihres Geistes und vergrub ihn unter dem Berg der Ängste und Albträume, wo schwarze Wolken und Blitze den Abgrund umhüllten. In ihren Träumen kletterte Dyna oft auf den Berg, grub ihre Finger in die nasse Erde und stieß sich mit den Zehen an gestapelten Schädeln ab, um den Gipfel zu erreichen. Aber sie fiel immer, bevor sie ihn erreichte.

»Guten Tag.« Großmutter Leyla nickte Wendell und seiner Frau zu, als sie sich ihnen näherten.

Der finster dreinblickende Bauer grunzte daraufhin nur.

Fleur schenkte ihnen ein freundliches lächeln und strich sich ein paar lose Locken ihres blonden Haares aus dem Gesicht. »Guten Tag, Leyla, Miss Dynalya.«

Dyna lächelte. »Guten Tag.«

»Seid ihr ebenfalls auf dem Weg, den Dorfrat zu sehen?«

»Zusammen mit all den anderen Bewohnern, wie mir scheint«, antwortete Großmutter.

Wendell knirschte mit den Zähnen. »Die einzige Möglichkeit, ihnen Feuer unterm Arsch zu machen, ist, indem wir alle an ihre Tür klopfen.«

»Ich bin mir sicher, sie geben ihr Bestes, Schatz«, sagte Fleur zu ihm und warf Leyla und Dyna einen entschuldigenden Blick zu.

Es beruhigte Dyna zu wissen, dass sie nicht die Einzige war, die sich Sorgen um den Schatten machte. Ihr Vater hatte damals nicht so viel Glück gehabt.

Sobald Wendell voranmarschiert und außer Hörweite war, flüsterte Fleur: »Er hat in unserem Haus Treffen mit den anderen Bauern abgehalten. Sie wollen North Star verlassen.«

»Verlassen?«, keuchte Leyla. »Törichter Mann. Das wäre zu gefährlich für dich und die kleine Finnie.«

Dyna sah hinab auf das schlafende Baby in Fleurs Armen. Sie hatte bei der Geburt assistiert, und es war schon früh klar gewesen, dass Finnie mit mehr Essenz als ihre Mutter geboren worden war. Deshalb konnte sie das Dorf nicht verlassen, ohne einen Magier anzuziehen – keine der Frauen konnte das. Die Essenz war sehr wertvoll und begehrt. Kein Magier würde widerstehen, sie ihnen zu stehlen.

Ihre Großmutter legte eine Hand auf Finnies Stirn. »Wie geht es ihr?«

»Viel besser. Ihr Husten ist verschwunden, sobald ich ihr das Tonikum gegeben hatte. Danke, Leyla.«

»Selbstverständlich. Bring sie später zu mir, damit ich sichergehen kann, dass sie vollständig genesen ist.« Ihre Großmutter zerrte subtil an Dynas Ärmel. Sie verlangsamten ihr Tempo und überließen es Fleur, ihren Mann einzuholen. »Ich habe das Gefühl, diese Sitzung wird nicht gut verlaufen.«

Dyna sah in die vielen grimmigen Gesichter der Bewohner. Die meisten waren angespannt, wütend und in grummelnde Unterhaltungen vertieft. Sie waren es leid, dass der Rat nichts wegen des nahenden Schattenwinters unternahm. Sie brauchten Antworten und waren gewillt, sie zu bekommen. Das gab Dyna den Mut, den sie brauchte, dem Rat gegenüberzutreten.

»Sei vorsichtig da drin, meine Blüte. Wo Unruhe ist, ist Ärger.«

»Ja, Großmutter.«

Der Weg verengte sich, als sie das Dorf erreichten, und alle steuerten auf das Rathaus zu – ein einstöckiges Gebäude aus gestapelten Steinwänden und einem Strohdach. Als die Menschen paarweise hineingingen, bildete sich eine Schlange, und als Dyna eintrat, hatten sie bereits alle Holzbänke besetzt. Viele blieben auf den Beinen und stritten und schrien untereinander. Dyna nahm den Arm ihrer Großmutter und führte sie nach hinten.

Ratsherr Lorian, in seiner purpurnen Robe, stand vorn auf einem hölzernen Podest mit seiner ganzen Selbstherrlichkeit. Er hob träge die Hände gegen den wachsenden Zorn der Anwesenden. »Ich muss um Ruhe bitten. Wir haben uns hier versammelt, um ein neues Ratsmitglied zu begrüßen. Am Ende des Treffens wird es die Möglichkeit geben, weitere Themen zu besprechen.«

Sein Befehl wurde von dem anschwellenden Aufruhr verschluckt. Als er sah, dass der sinnlose Streit kein Ende nahm, gab Lorian den Versuch auf, die Aufmerksamkeit der Bewohner zu gewinnen. Er mochte den Sitz ihres Vaters im Rat errungen haben, aber es gelang ihm nicht, die Autorität der anderen fünf grimmigen Ratsmitglieder, die hinter ihm am Tisch saßen, zu erlangen.

Lady Samira thronte auf ihrem Platz in der Mitte. Die hagere, schrumpelige Frau blickte streng drein, ihr Körper wölbte sich unter den malvenfarbenen Gewändern und ihr weißes Haar war zu einem Zopf geflochten. Dyna und die Ratsfrau blickten sich quer durch den Raum an, ehe sie schnell zu den anderen Ratsmitgliedern blickte.

Auf der linken Seite befand sich Ratsherr Pavin, ein pummeliger, kahlköpfiger Mann in hellblauem Gewand. Neben ihm saß Mathis, ein schlanker und großer Ratsherr mit dunklem Haar und einer spitzen Hakennase. Zu Lady Samiras Rechten fand sich Ratsmitglied Xibil mit seinem langen grauen Bart, der zu den Schattierungen seines Gewandes passte. Sein Sohn Cario saß neben ihm. Er war ein stattlicher Mann mit einer Mähne aus orangefarbenen Locken, der die Aufmerksamkeit der Hälfte der Frauen des Dorfes auf sich zog.

Jeder von ihnen hatte sich von Dynas Vater abgewandt, als er sie angefleht hatte, ihm zuzuhören. Sie hatte vor, dasselbe zu tun, aber ihre distanzierten Blicke verrieten, dass sie jetzt genauso wenig bereit waren, zuzuhören, wie vor neun Jahren.

»Warum besprechen wir hier Nebensächlichkeiten?«, bellte Wendell. »Der Schatten kommt.«

Lorians Mund verzog sich zu einer dünnen Linie. »Ja, wir wissen, dass er kommt. Hältst du uns für Narren?«

»Darüber könnte man streiten«, knurrte der Bauer und erntete dafür Gelächter in der Menge. »Der Dämon wird im nächsten Winter hier sein. Er wird kommen, um unsere Kinder zu holen, und alles, was Euch interessiert, ist, wer im Rat sitzen wird.«

Der Ratsherr errötete. »Der Schatten wird keine weiteren Kinder holen.«

»Und wie wollt Ihr es aufhalten? Indem Ihr ihm Euren knochigen Hals anbietet?«

Dyna schüttelte ihren Kopf. So unsympathisch Lorian auch war, den Rat zu beleidigen, würde ihnen nicht weiterhelfen.

»Wir wissen alle, dass Ihr keine eigenen Kinder habt«, sagte Duren, ein Pelzhändler mit einer sechsköpfigen Familie. »Wenn dem so wäre, wärt Ihr vielleicht etwas mehr besorgt.«

»Wir haben ein paar Pläne ausgearbeitet«, schnappte Lorian.

»Was für Pläne?«, brüllte ein anderer Mann in der Menge.

Die Dorfbewohner warfen ihre Fragen auf. Es war eine Litanei von Stimmen, die alle dieselbe grundlegende Sorge zum Ausdruck brachten: Wie würde der Rat für ihre Sicherheit sorgen?

»Nun, wir denken, dass Dämonenjäger von Nutzen sein werden.«

»Dämonenjäger?«, wiederholte Duren in wütendem Unglauben.

Der Raum brach in Rufe aus, jeder kämpfte darum, gehört zu werden.

»Das ist Euer Plan?«

»Nichts kann den Schatten töten!«

Ratsmitglied Lorian wich vor ihrem Zorn zurück. Die Wut kochte hoch und begann, überzuschwappen. Schreie verschmolzen zu einem einzigen Massenbrüllen, als die Angst die Atmosphäre infizierte. Dyna spürte, wie sie über sie hereinbrach und immer größer wurde, bis sie nicht mehr atmen konnte.

»Das ist Wahnsinn!«, rief Wendell. »Wir verlassen diesen Ort. Er ist verflucht, und ich werde meine Familie nicht hier lassen, um von einem Dämon verschlungen zu werden. Kommt mit uns, wenn ihr überleben wollt!« Er packte Fleur am Arm und zog sie Richtung Ausgang.

Die Männer folgten diesem Beispiel und zerrten ihre Frauen und Kinder hinter sich her, um den drohenden Schatten in ihrem Rücken zu entkommen. Doch das ließ die Panik nur weiter wachsen. Die Menschen drängten zur Tür. In dem Getümmel brachen Kämpfe und Schreie aus.

»Genug!«, schrie Ratsherr Lorian sie an. »Beruhigt euch. Kommt zur Vernunft!«

Aber seine Aufforderungen blieben ungehört.

Dyna verharrte an Ort und Stelle und hielt ihre Großmutter fest. Sie pressten sich mit dem Rücken an die Wand, um nicht in das Chaos hineingezogen zu werden. Die Menschen mussten aufhören, sonst würde noch jemand verletzt werden.

»Lyra?« Dyna suchte verzweifelt die sich windende Menge ab. »Großmutter, wo ist Lyra? Ich kann sie nicht sehen!«

»Beim Urnengott, ich hoffe, sie ist draußen geblieben.«

Warum hatte sie nur ihre Schwester aus den Augen gelassen? Wenn Lyra hier drinnen war, würde sie zertrampelt werden!

Ein Knistern von Energie prickelte auf Dynas Haut, als sich die Luft energetisch auflud. Lady Samiras dunkle Augen glühten mit Resten von goldener Essenz, die sich in ihrer Silhouette ausbreitete. Sie erhob sich vom Tisch und bewegte sich langsam, aber stetig mithilfe ihres knorrigen Stabes. Ihre Robe schleifte hinter ihrer kleinen, zierlichen Gestalt über den Boden.

Sie stellte sich neben Lorian. Ihre dünnen Arme zitterten, als sie ihren Stab hob und ihn mit unerwarteter Wucht auf den Boden schlug, sodass ein Knall wie ein Donnerschlag durch den Raum ging. Eine Welle goldener Essenz schwappte nach außen, und die Menschen fielen wie geschorener Weizen. Die verblüfften Dorfbewohner blieben stöhnend, aber unverletzt liegen, wo sie gefallen waren.

Dyna richtete sich auf und half ihrer Großmutter zu stehen, wo sie gegen die Wand gefallen waren. Sie suchte nach einer Spur von rotem Haar und entdeckte schließlich Lyra, die mit Wren und den anderen Kindern, die draußen gespielt hatten, an der Tür stand. Erleichtert atmete Dyna aus und gab ihrer Schwester ein Zeichen, sich fernzuhalten. Lyra nickte und führte die anderen zurück zum Spielen.

»Sollen wir gackern und im Kreis rennen wie hirnlose Hühner?«, donnerte Lady Samira. Sie betrachtete die Dorfbewohner mit einem strengen Blick, hob eine weiße Braue und forderte jeden auf, sich ihr zu widersetzen.

Doch niemand tat es.

Sie war eine der letzten verbliebenen Ältesten mit mächtiger Essenz und hatte sich den Respekt der Dorfbewohner verdient. Dennoch konnte Dyna sehen, dass diese kleine Machtdemonstration sie eine Menge Kraft gekostet hatte. Die Farbe war aus ihrem Gesicht gewichen, und sie umklammerte ihren Stab fest mit ihren zitternden Händen, um aufrecht zu stehen.

Wendell räusperte sich. »Vergebt uns, Lady Samira, aber wir können nicht weiter unsere Zeit verschwenden. Der Schatten wird zurückkehren. Erwartet Ihr von uns, herumzusitzen und auf den Tod zu warten?«

»Wir haben eine Gruppe ausgesandt, um Luna-Schilf zu sammeln«, erinnerte Ratsherr Cario. »Wir warten auf ihre Rückkehr.«

Ratsmitglied Mathis nickte. »Bis nach Magos zu reisen und zurückzukehren, wird Zeit brauchen.«

»Die Gruppe ist letzten Sommer aufgebrochen«, sagte ein anderer Mann, der eine lederne Gerberschürze trug, und setzte sich auf. »Entweder haben die Ausgesandten nicht überlebt oder sie haben uns verraten und werden nicht wiederkommen.«

Dyna glaubte das nicht. Niemand hatte sich freiwillig für die Expedition gemeldet, also hatten die Ratsmitglieder eine Gruppe nach dem Zufallsprinzip ausgewählt. Nun, sie behaupteten, es sei eine zufällige Auswahl gewesen, aber sie hatte bemerkt, dass die Auserwählten Familien hatten – Männer, die am meisten zu verlieren hatten, wenn sie nicht zurückkehrten.

»Was ist, wenn der Erzmagier herausgefunden hat, wer sie sind?«, grunzte Duren. »Soweit wir wissen, könnten sie in Magos gefangen sein. Vielleicht kommt überhaupt niemand.«

Fünf Frauen, die sich in einer hinteren Ecke in der Nähe von Dyna versammelt hatten, weinten leise und hielten sich zum Trost aneinander fest. *Die Ehefrauen derjenigen, die an der Expedition teilgenommen haben*, erkannte sie. Jeden Tag bewachten sie die Straße, die aus dem Dorf hinausführte, und hofften und warteten auf die Heimkehr ihrer Männer.

Würden sie zurückkehren? Oder wäre dies ein weiterer für den Rat notwendiger Verlust?

Wendell schüttelte den Kopf. »Wir müssen diesen Ort verlassen. Er ist verflucht.«

Die Bewohner stimmten ihm laut rufend zu.

»Ihr habt recht«, sagte Samira, ihr zackiger Ton ließ die Anwesenden verstummen. »Dann geht. Gebt den einzigen Schutz auf, den eure Frauen und Töchter vor den Magiern haben. Geht und sterbt kämpfend gegen die Enforcer des Erzmagiers, wenn sie kommen, um sie zu holen. Dann könnt ihr auch gleich den Verbotenen Wald aufsuchen. Das wäre ein viel gnädigeres Ende.«

Die Bewohner keuchten und murmelten bei der Erwähnung des dunklen, drohenden Waldes auf der östlichen Seite von North Star – des Waldes, von dem sie angehalten waren, ihn nicht zu betreten. Denn jeder, der ihn je betreten hatte, war nie wieder gesehen worden.

Großmutter Leylas älteste Tochter war eine von ihnen gewesen.

Die Menschen um sie herum warfen ihr einen Blick zu und tuschelten untereinander. Dynas Großmutter ignorierte sie alle und blickte ruhig und gelassen nach vorn.

»Wenn ihr überleben wollt, müsst ihr von eurer Weisheit Gebrauch machen«, sagte Lady Samira. Sie streckte ihre glühende Handfläche aus. »Habt ihr vergessen, wer ihr seid? Die Magier können Essenz spüren, besonders die von Frauen. Sobald sie eure Kraft gewittert haben, egal wie wenig es auch sein mag, werden sie kommen, um eure Magie zu rauben.«

Stille breitete sich in dem Raum aus.

Schuhe knirschten leise auf dem Boden, und Kleidung raschelte, als sich die Dorfbewohner erhoben und wieder auf den Bänken niederließen. Alle beobachteten die Ratsfrau mit gespannter Aufmerksamkeit. Dyna spürte, wie sich in ihnen eine andere Angst regte als in ihr selbst. Eine alte Angst, mit der sie ihr ganzes Leben lang gelebt hatten.

»Ja, der Schatten kommt, aber das wissen wir und können uns dementsprechend darauf vorbereiten. Hier seid ihr geschützt und frei. Da draußen jedoch«, Lady Samira zeigte auf die Tür, »sind unzählige unbekannte Gefahren. Und von einer wissen wir mit Sicherheit, dass sie auf uns lauert. Die Frage ist nur, wann sie uns finden wird ...« Die Ratsherrin schwankte, ihr Teint wurde knochenbleich, während sie ihren Stab umklammerte, um aufrecht zu bleiben.

Dyna machte einen instinktiven Schritt Richtung Podium. »Großmutter«, wisperte sie warnend. Etwas war nicht in Ordnung.

»Ich sehe es«, flüsterte Großmutter Leyla zurück. Sie bahnten sich ihren Weg durch die Menge nach vorn.

Ratsherr Lorian griff nach Lady Samiras Arm, aber sie schüttelte ihn ab. Sie war zu stolz, um seine Hilfe anzunehmen.

»Rennt nicht vor Angst davon«, fuhr sie fort, nachdem sie Lorian einen warnenden Blick zugeworfen hatte. »Der Große Azeran hat Schlimmeres erlebt. Er und die Magier der Alten kämpften für die Freiheit, die ihr habt. Sie haben für das Land geblutet, das ihr bewirtschaftet. Wir sind es ihnen schuldig, für dieses Heiligtum zu kämpfen. Wir sind diejenigen, die den Fluch des Schattens herbeigeführt haben, und wir werden diejenigen sein, die ihn beenden.«

Der Mut ihrer Rede milderte die Besorgnis im Raum. Sogar Wendell stieß einen schweren Seufzer aus, und seine steifen Schultern sackten in sich zusammen. Die Dorfbewohner hatten immer noch Angst, aber die Worte der Ratsfrau gaben ihnen Hoffnung.

»Habt Geduld und merkt euch meine Worte: Der vierte Schattenwinter wird der letzte sein.«

»Wie das?«, fragte Dyna, ohne nachzudenken. Alle drehten sich zu ihr um. Sie schluckte, während sie Lady Samiras einschüchterndem Blick standhielt. »Wie plant Ihr, den Schatten zu stoppen? Das muss immer noch geklärt werden.«

Lorian grinste. »Hast du nicht zugehört? Wir warten auf das Luna-Schilf.«

»Ihr scheint wohl etwas zu vergessen«, erwiderte Dyna scharf, ohne den Blick von der Ratsfrau abzuwenden. »Wie ich Euch bereits erklärt habe, entfaltet das Amulett seine Kraft nur bei Mondlicht. Es kann nichts gegen den Schatten ausrichten. Er wird weiterhin auf unserem Land jagen, während wir in unseren Häusern kauern. Und wenn sich der Mond verfinstert, werdet Ihr wieder für weitere Tote verantwortlich sein, weil Ihr Euch weigert, auf mich zu hören, so wie Ihr es bei meinem Vater getan habt.«

Lady Samira stolperte einen Schritt zurück und starrte Dyna fassungslos an. Sie versuchte zu sprechen, konnte aber nur röchelnd einatmen. Dann rollten ihre Augen nach hinten, sie schwankte vorwärts und stürzte vom Podium.

Die Dorfbewohner schrien auf und versammelten sich um die gefallene Ratsfrau. Dyna und ihre Großmutter eilten zu ihr, und alle machten ihnen Platz.

»Samira?« Großmutter Leyla kniete neben ihr und untersuchte sie vorsichtig nach Verletzungen, dann überprüfte sie ihren Herzschlag. »Samira, sprich mit mir.«

»Oh, mach kein Theater um mich, du alte Frau.« Lady Samiras Augen flatterten kraftlos auf. Sie lag ausgestreckt auf dem Boden wie eine zerbrochene Puppe. Dyna fühlte sich schrecklich, weil sie sie angeschnauzt hatte.

»Du bist die alte Frau.« Leyla lächelte vorsichtig. »Du bist gefallen. Fühlst du dich schwach?«

»Mir geht es gut. Das Alter hat mich im Stich gelassen, das ist alles«, röchelte sie. Die Stärke, die sie früher an den Tag gelegt hatte, wich schnell ihrer blassen Gesichtsfarbe.

»Du versuchst immer, dein Gesicht zu wahren«, brummte Leyla, ehe sie sich an Dyna wandte. »Ich habe meinen Medizinbeutel nicht dabei. Untersuche sie, während ich ihn hole.«

Bevor Dyna antworten konnte, stürmte ihre Großmutter hinaus. Sie starrte ihr hinterher und schrumpfte unter den kritischen Blicken der anderen.

KAPITEL 3

DYNALYA

Nachdem sich die Aufregung gelegt hatte, wurde die Sitzung aufgelöst. Dyna bat Wendell, Lady Samira in das private Ratszimmer im hinteren Teil des Rathauses zu tragen. Die Ratsmitglieder mussten in der Halle warten, während er sie auf ein Sofa legte.

Wendell ließ die Schultern hängen und drehte seine Mütze in den Händen. »Vergebt mir, dass ich meine Stimme gegen Euch erhoben habe, Lady Samira.«

»Wenn du denkst, dass dies deine Schuld ist, hältst zu du viel von dir«, krächzte sie.

Der Bauer errötete unter seinem Bart.

»Ich werde mich um sie kümmern«, versicherte Dyna ihm.

Er schlenderte hinaus, während sie sich auf einen Stuhl neben Lady Samira setzte. Ihre Großmutter war noch nicht zurückgekehrt, also war es an ihr, weiterzumachen.

Dyna nahm die Hand der Ratsfrau und drückte zwei Finger auf ihr Handgelenk. Es war kalt und zerbrechlich. Fast schwerelos. Ihr Puls war zu schwach.

»Ist das schwer für dich?«, fragte Lady Samira angestrengt. »Die Frau zu behandeln, die deinen Vater in den Tod geführt hat?«

Sein lächelndes Gesicht tauchte wieder vor Dynas geistigem Auge auf, und sie konzentrierte sich auf ihre Aufgabe. Die Frage rechtfertigte keine Antwort. Sie konnte nicht darauf vertrauen, was aus ihrem Mund kommen würde, wenn sie ihn öffnete.

»Ich glaubte ihm nicht. Ich dachte wirklich, der Schatten würde nicht zurückkehren. Nachdem es passiert war, stand ich oft vor deiner Tür, aber ich habe mich nie getraut, zu klopfen.«

Selbst wenn die Ratsherrin geklopft hätte, hätte Dyna vielleicht gar nicht die Tür geöffnet. Sie war nicht in der Lage gewesen, zuzuhören.

Ihre Hände glühten grün, als sie sie in einer langsamen, schwungvollen Bewegung über Lady Samiras Körper schwenkte. Dyna schloss die Augen und ließ sich in die *Essentia Dimensio* treiben – eine Ebene, die sie nur von innen erreichte.

Schimmernde Kugeln aus Licht in allen Farben überspannten eine Welt der Dunkelheit, die sich bis in die Vergessenheit erstreckte. Sie repräsentierten die Essenz eines jeden Lebewesens. Um sie herum leuchteten die Kugeln der Ratsmitglieder in der Nähe und die der Dorfbewohner in der Ferne. Doch Lady Samiras goldenes Licht verblasste in dunstigen Sprühstößen.

»Seit dieser Nacht habe ich jede Entscheidung hinterfragt, die ich getroffen habe ...« Lady Samira schnappte zwischen den einzelnen Worten nach Luft. »Ob ich überhaupt richtig beurteilen konnte, sie hierzubehalten.«

Dyna streckte ihre grüne Essenz aus und berührte sie mit der goldenen Essenz der Ratsfrau. Sie pulsierte hell, und ein Umriss von Lady Samiras Körper erschien, der in Tausende von Spuren zerfiel.

Essenz-Kanäle.

Tunnel aus durchscheinendem Licht zogen sich von ihrem Scheitel bis zu ihren Füßen. Sie hätten fest sein und gleichmäßige Ströme von Magie pumpen sollen, so wie Blut durch die Adern floss, aber Lady Samiras Essenzkanäle brachen zusammen, einige waren ganz verschwunden. Ein kleiner Lichtpunkt verblieb in ihrem Herzen, doch er verblasste.

»Liege ich falsch, Dynalya? Sag mir, werde ich sie auch töten? Ich weiß es nicht mehr.«

Dyna wünschte, Samira würde aufhören zu sprechen, damit sie sich konzentrieren konnte. Ihre Hände zitterten, als sie versuchte, die Essenz der Ratsherrin mit ihrer eigenen wiederzubeleben. Aber egal, wie viel Energie sie ihr gab, die Kanäle rekonstruierten sich nicht.

»Ich sterbe.«

Dyna öffnete ihre Augen.

Lady Samira nickte – zu was auch immer sie in ihrem Gesicht gesehen hatte. Dyna wusste nicht, was sie antworten sollte. So viel Schmerz diese Frau ihr auch beschert hatte, sie wollte nicht, dass dies passierte.

»Es tut mir leid.«

»Dein Mitleid ist an mir verschwendet. Ich habe gespürt, dass meine Zeit, durch die Sieben Tore zu gehen, nahte. Ich habe das Unvermeidliche nur beschleunigt, indem ich meine letzte verbliebene Essenz eingesetzt habe, um sie am Gehen zu hindern. Es gibt nichts, was dir leidtun müsste. Ich bin diejenige, die diese Worte sprechen muss.«

Lady Samira war noch nie so gutmütig gewesen. Vielleicht hatte der Tod sie reumütig gemacht oder es war Schuld, aber sie war nicht mehr die harte Frau, die vor dem Dorf gesprochen hatte.

Dyna bemühte sich, konzentriert zu bleiben. Die Verwendung der Essenz hatte ihr die Energie geraubt und sie schlaff werden lassen. Sie war gekommen, um vor dem Rat zu sprechen. Vielleicht war jetzt nicht der richtige Zeitpunkt, aber wenn sie es jetzt nicht tat, hätte sie möglicherweise nie wieder die Gelegenheit, gehört zu werden. »Lady Samira, ich muss Euch um eine Audienz bitten.«

Die alte Frau musterte sie. »Sprich. Schnell. Ich habe nur noch wenig Zeit.«

»Mein Vater sagte Euch die Wahrheit, als er behauptete, der Schatten würde zurückkommen. Und ich sage Euch nun auch die Wahrheit: Ich habe einen Weg gefunden, ihn zu besiegen.«

Lady Samiras verklärter Blick fokussierte sich bei ihren Worten. »Aber?«

Dyna atmete tief ein. »Aber dafür muss ich North Star verlassen.« Der finstere Blick der Ratsfrau zeigte ihre Abneigung bereits, bevor sie antwortete. »Dynalya, du bist eine der wenigen in unserem Dorf, die die Essenz beherrschen.«

»Meine Essenz ist minimal...«

»Aber nützlich«, krächzte sie. Ihre Worte wurden langsamer und schwächer, als ob es ihr wehtat, zu sprechen. »Du bist eine Heilerin. Du hast Macht. Du kannst es nicht riskieren, dich außerhalb des Dorfes zu bewegen.«

»Wenn wir eine neue Gruppe zur Expedition aussenden würden, wäre ich nicht allein.«

»Nein. Wenn du das Dorf verlässt, wirst du einen Enforcer anziehen und nach Magos gebracht werden.«

»Ich kenne die Gefahren, aber ich muss gehen«, beharrte Dyna. »Ich fürchte mich nicht vor dem Erzmagier.«

»Du musst ihn *immer* fürchten. Die Magier werden vor nichts zurückschrecken, um dir deine gesamte Essenz zu entziehen, bis du stirbst ... Hast du verstanden?« Lady Samira streckte die Hand nach ihr aus. »Verzeih mir, dass ich deinen Vater nicht retten konnte, aber ich...«

Dyna entriss sich ihr.

Lady Samira ließ ihre Hand sinken. »Du musst bleiben. Nach meinem Tod wird ein Platz im Rat frei sein, der besetzt werden muss.«

Sie starrte die Ratsherrin an, unsicher, ob sie die Andeutung richtig verstanden hatte.

»Pardon, Lady Samira«, sagte Lorian, der soeben den Raum betreten hatte. Sein Gesichtsausdruck verbarg kaum seine Empörung. »Ihr könnt unmöglich vorschlagen, dass sie Euren Platz einnimmt. Sie ist zu jung...«

»Wenn ich dich erinnern darf: Du warst nur wenige Jahre älter als sie, als du dem Rat beigetreten bist«, zischte Lady Samira, ihre schwächer werdende Stimme gewann wieder an Schärfe. »Wenn ihr Vater nicht gestorben wäre, hättest du jetzt nicht seinen Platz.«

Lorian runzelte die Stirn.

»Ich möchte keinen Platz im Rat«, erwiderte Dyna. »Es hat meinem Vater nicht geholfen, Euch von den bevorstehenden Gefahren zu überzeugen. Keiner der Pläne, die Ihr ausgeheckt habt, wird funktionieren. Aber ich weiß, wie man den Fluch des Schattens brechen kann.«

Bei dem letzten Satz betraten die anderen Ratsmitglieder den Raum, und leiser Schock erfüllte den Raum.

Lorian starrte sie an. »Erklär dich.«

»Was ich vorschlage, ist gefährlich«, gab sie zu, während sie aufstand. »Aber es ist nicht unmöglich.«

Dyna hatte nicht damit gerechnet, die ungeteilte Aufmerksamkeit der Ratsmitglieder zu erregen, aber alle Augen waren auf sie gerichtet. Sie hingen an jedem Wort, das sie sagte, und warteten darauf, dass sie fortfuhr. Die Situation musste schlimmer sein, als sie zugegeben hatten, wenn sie ihr jetzt zuhören wollten.

»Es gibt andere Quellen mächtiger Magie«, sagte sie.

Lorian verschränkte die Arme vor der Brust. »Und wo ist diese mächtige Magie, von der du sprichst?«

Dyna schluckte den Kloß in ihrem Hals herunter. »Auf der Insel.«

Die Ratsmitglieder starrten sie an, bevor sie in spöttisches Gelächter ausbrachen.

»Das ist kein Scherz. Ich kann das Dorf retten!«

Sie wendeten sich ab, kicherten untereinander und warfen ihr verächtliche Blicke zu. Sie wiesen sie ab, wie sie es vorausgesagt hatte.

Die Hoffnung war zu Sand verlaufen. Sie glitt ihr schneller durch die Finger, als sie sie fassen konnte. Sie glaubten ihr nicht. Wie sollten sie auch, wenn sie diesen Ort nur als Mythos aus einer Geschichte betrachteten?

»Ich habe nicht auf deinen Vater gehört, als er mich gewarnt hat«, murmelte Lady Samira, ihre Lider hingen schwer herab. »Ich bedaure zutiefst, was deiner Familie widerfahren ist. Eine

Entschuldigung wird niemals ausreichen, aber ich kann dir meinen Segen geben. Und damit möge dein Vater mir verzeihen. Ratsherr Pavin?«

»Ja?« Der untersetzte Ratsmann trat vor.

»Bring mir Pergament und Tinte. Ich habe meinen Nachfolger auserwählt.«

Alle Ratsmitglieder standen aufrecht und selbstbewusst da und richteten die Vorderseite ihrer Roben.

Lady Samira hielt ihren Blick. »Ich werde meinen Sitz Dynalya überlassen.«

Die Gesichtsausdrücke der Ratsmitglieder reichten von geweiteten Augen bis hin zu klaffenden Mündern. Dyna hätte ihre Reaktionen vielleicht amüsant gefunden, wenn sie nicht ebenso sprachlos gewesen wäre. Lady Samiras Platz einzunehmen, bedeutete, dass sie den hohen Sitz innehaben würde und damit die Macht, über Angelegenheiten des Dorfes zu entscheiden. Es gäbe ihr die Macht, Lyra zu retten.

»Beeil dich, Mann, ich sterbe«, schnappte Lady Samira.

Ratsherr Pavin verließ eilig den Raum.

Lorian sah zu Dyna und bedeutete ihr, mit ihm auf den Flur zu kommen, während sich die anderen versammelten, um sich von der Ratsfrau zu verabschieden.

Sobald sie allein waren, drängte er sie gegen die Wand und lehnte sich vor, bis sein ranziger Atem ihr ins Gesicht wehte. »Du bist grausam, ihr auf dem Sterbebett Träume und Märchen in den Kopf zu setzen.«

Dyna starrte ihn an und ballte ihre Hände zu Fäusten, damit er nicht sah, wie sehr er sie einschüchterte. »Ich sage die Wahrheit. Ich kann helfen.«

»Du wirst uns helfen, indem du hierbleibst und uns nicht dem Erzmagier auslieferst. Sobald wir entdeckt werden, wird ganz Magos über uns herfallen.«

»Lady Samira hat mir ihren Segen gegeben.«

»Ihren Sitz, meinst du. Den Sitz, den einer von uns hätte einnehmen sollen.«

»Wenn Ihr etwas zu sagen hättet«, zischte Dyna leise.

»Es ist *mein* Platz. Ich habe ihn mir verdient und ich werde nicht zulassen, dass ihn mir irgendein Mädchen wegnimmt.«

»Ich interessiere mich nicht für den Platz im Rat, ich möchte nur die Kinder retten«, ärgerte sie sich. »Der Schatten kommt, und ich weiß, wie man ihn aufhalten kann. Wenn Ihr mir nicht helft, werde ich das allein durchziehen.«

Lorian grinste und beugte sich hinunter, bis sich ihre Nasen fast berührten. »Na los, geh, wenn du so mutig bist. Aber verabschiede dich von deinen Liebsten. Es wird das letzte Mal sein, dass sie dich sehen, Dynalya. Denn du wirst scheitern.«

Seine Worte hallten in ihrem Kopf wider. Der Boden wurde zu Treibsand, der sie unter sich zog, ihr über Mund und Nase glitt, bis er sie in der kalten Dunkelheit blendete.

Du wirst scheitern.

»Was machst du mit meiner Enkelin?«

Ratsherr Lorian sprang weg. Großmutter Leyla stand mit ihrer Tasche am Ende des Flurs und starrte ihn düster an.

»Kommt, Madam, Ihr verletzt mich.« Er kicherte lässig. »Wir haben nur über Lady Samiras Zustand gesprochen.«

Ihre Augenbrauen zogen sich zusammen. Sie ging zu Dyna und musterte ihr Gesicht. »Wie geht es ihr?«

Dyna schüttelte ihren Kopf, und ihre Großmutter seufzte.

Ratsherr Pavin eilte mit einem Blatt Papier und einem Tintenfass an ihnen vorbei, und sie folgten ihm in den stillen Raum, doch es war zu spät. Ratsherr Mathis bedeckte das Gesicht von Lady Samira mit einer Decke, als sie sich dem Sofa näherten.

»Sie ist tot«, verkündete Ratsherr Xibil düster.

Cario legte tröstend eine Hand auf die Schulter seines Vaters.

»Oh …« Großmutter Leyla bedeckte ihr Gesicht.

Dyna ließ sich auf den Stuhl neben Lady Samira fallen und senkte den Kopf. Ihre Verbitterung über diese Frau hatte sie schon so lange begleitet, dass sie tief in ihr verwurzelt war. Aber sie diente keinem Zweck. Sie würde sie nur in der Vergangenheit festhalten, während sie sich der Zukunft stellen musste.

Dyna nahm sanft Lady Samiras Hand und zitierte das Gebet für die Toten: »Möget Ihr das Tor der Sterblichen verlassen, ohne dass Euch eine Last bindet. Möget Ihr das Tor des Todes durchschreiten und all Eure Fehler vergeben sein.« Ihre Tränen flossen reichlich, und sie spürte, wie jede einzelne ihren Groll wegwusch. »Möget Ihr das Tor der Zeit mit der Weisheit des Alters passieren. Möget Ihr durch die Weite des Raumtors schreiten. Möget Ihr durch das Tor des Lebens gehen, wie Ihr es am Anfang getan habt. Möget Ihr am Ende am Tor des Himmels ankommen. Möge der Urnengott Eure Seele empfangen.« Im Flüsterton fügte sie hinzu: »Ich werde sie retten. Das verspreche ich Euch.«

»Lady Samira ist von uns gegangen, bevor sie offiziell einen Nachfolger ernennen konnte«, sagte Lorian kühl. »Die Gesetze sind diesbezüglich eindeutig. Wir müssen einen neuen Obersten Ratsherrn wählen. Wer soll es sein? Jemand aus unserer Mitte? Oder wird das Schicksal von North Star von den Launen eines unerfahrenen Mädchens abhängen?«

Unsicher sahen die Ratsmitglieder sie an, während Lorian spottete. Dyna machte sich nicht die Mühe zu bleiben, um das offensichtliche Ergebnis der Abstimmung zu hören. Sie nahm ihre verwirrte Großmutter bei der Hand und verließ den Raum mit so viel Würde, wie sie aufbringen konnte.

Als Dyna die Karte zum ersten Mal entdeckt hatte, hatte sie gewusst, dass sie gehen musste, aber sie hatte die Reise aufgeschoben, weil ihr der Mut gefehlt hatte, den ersten Schritt aus der Behaglichkeit ihres Zuhauses zu tun. Doch der kleine Funke Hoffnung, dass der Rat ihr helfen würde, war mit Lady Samira gestorben. Sie hatte keine andere Wahl, als die Sache selbst in die Hand zu nehmen.

Der Gedanke war so beängstigend wie ein Sprung in eine pechschwarze Grube, nicht wissend, wann sie auf dem Boden aufschlagen würde. Sie hatte keine Vorstellung davon, was sie da draußen in der Welt erwartete, zudem bestand die Gefahr, einen Magier anzulocken. Das Risiko war größer als ihr möglicher Erfolg.

Dyna sah von dem Brief auf, den sie an ihrem Schreibtisch geschrieben hatte, und aus dem Fenster. Der dunkle Himmel hellte sich auf. Sie war lange wach geblieben, hatte nachgedacht und geplant, aber nun würde es bald Morgen sein. Sie stöhnte und vergrub das Gesicht in ihren Händen.

Der Winter stand vor der Tür, bald würde sich der Schluchteingang zum Dorf bis zum späten Frühjahr mit Schnee füllen. Wenn sie jetzt nicht aufbrach, würde sie nicht genug Zeit haben, um Urn zu durchqueren und vor dem vierten Erscheinen des Schattens nach Hause zurückzukehren.

Die Zeit glitt an ihr vorbei, und der Schatten kam näher.

Sie musste gehen. Das stand außer Frage. Und zwar heute, in diesem Moment, bevor es zu spät war. Doch die Angst hielt sie gefangen und erinnerte sie daran, dass sie nicht allein schlafen konnte, schon gar nicht im Dunkeln. Außerdem hatte sie eine große Verantwortung. Zev brauchte ihre Hilfe oder er würde ...

Ihre Gedankenspirale stoppte, und sie begann zu grinsen. Zev konnte mit ihr kommen. Sie musste das nicht allein tun.

Dyna sah zu Lyra, die auf dem Bett unter einem Haufen Decken tief und fest schlief. Sie hob das Tagebuch auf, das hinter einem Stapel Bücher gelegen hatte, schlug es auf der leeren Seite auf und flüsterte die Worte. Als die Karte erschien, tippte sie auf das Königreich Azure und die Magie wogte über die Oberfläche. Der Kontinent wirbelte herum und dehnte sich aus, bis der östliche Quadrant die Seite ausfüllte.

Sie studierte das Land hinter den Zafiro-Bergen. Zev lebte in Lykos Peak, dem Gebiet der Werwölfe. Es befand sich in einer dichten Waldregion, die von Küstenklippen eingegrenzt wurde, und lag etwa fünfzig Kilometer östlich ihres Dorfes, aber ein dichtes Waldgebiet trennte sie. Die Dorfbewohner nannten es den Verbotenen Wald. Auf der Karte war es als Hilos eingezeichnet.

Wenn du dort hineingehst, kommst du nie wieder heraus, so lautete ein Sprichwort. Ein schrecklicher Reim, den alle Kinder lernen mussten. Keiner außerhalb des Rates wusste, was dort lauerte. Aber wie gefährlich konnte es sein, wenn Zev jeden Monat durch diesen Wald wanderte, um sie zu besuchen? Er sprach nie davon, dass sich dort etwas Furchtbares herumtrieb. Das musste nicht viel heißen, denn die meisten hielten ihn für ebenso furchterregend, wenn man seine Herkunft bedachte. Nichtsdestotrotz war Dyna neugierig.

»*Was ist in dem Wald?*«, hatte sie ihn oft gefragt. »*Wie ist es dort?*«

Zev hatte daraufhin immer mit den Schultern gezuckt und geantwortet: »*Es ist nur ein Wald.*«

»*Aber warum ist er dann verboten?*«

»*Du musst die Regeln befolgen, auch wenn du sie nicht verstehst.*«

Ihr Cousin stammte nicht aus North Star, deswegen galten die Regeln für ihn nicht, aber der Wald konnte ja nicht so schrecklich sein, wenn er freiwillig hineinging. Die Gerüchte waren sicher nur ein Aberglaube.

Oder vielleicht doch nicht.

Ihre Tante war vor Jahren durch den Verbotenen Wald gewandert und nicht zurückgekehrt.

Dyna schüttelte das unheilvolle Gefühl ab, das ihr die Erinnerung bescherte. Sie hatte keine andere Wahl, als durch den Verbotenen Wald zu gehen, wenn sie Lykos Peak vor Einbruch der Nacht erreichen wollte. Wenn sie ihn umging, würde der Umweg sie um drei Tage zurückwerfen. Sie war nicht in der Lage, so viele Nächte allein in der Dunkelheit zu überstehen.

Dyna warf einen Blick auf den verzauberten Umhang ihres Vaters, der über ihrem Stuhl hing. Unter den vielen Runen befand sich auch die der Verhüllung. Wenn der Zauber noch stark war, würde er sie gut genug vor dem verbergen, was den Verbotenen Wald ... verboten machte.

Lyra murmelte im Schlaf und lächelte. Sie musste einen schönen Traum haben. Ihre Schwester war alles, was ihr von ihren Eltern geblieben war. Sie war so unschuldig, süß und sorglos. Dyna würde durch jede Dunkelheit gehen, um sie zu beschützen.

Entschlossen eilte sie zu ihrem Kleiderschrank und wählte ein einfaches, salbeifarbenes Rockkleid mit langen Glockenärmeln. Sie zog es über ihr Hemd und zog die Schnürung des Korsetts von ihrem Busen bis zur Taille, bis es ihre schlanke Figur umschloss.

Dyna warf das Tagebuch in ihre lederne Tasche, die an einem eisernen Haken an ihrer Zimmertür hing. Sie hängte sie sich über die Schulter und griff nach dem Rucksack, den sie unter ihrem Bett versteckt hatte. Darin befanden sich bereits Lebensmittel und Wasser. Sie fügte noch ein paar Kleidungsstücke hinzu, bevor sie ihn auf ihren Schultern befestigte.

Die Dielen knarrten, als sie zu ihrem Schreibtisch huschte. Sie schlüpfte in ihren Umhang, griff dann nach dem drei Zentimeter langen Messer, das neben einem Haufen getrockneter Halme lag, und steckte es in ihr Korsett.

In einer Tonschale, die auf einem Stapel Bücher stand, lagen die fünf Amulette, die ihr Vater angefertigt hatte. Dyna fuhr mit ihren Fingern über die glatten Holzanhänger. Vier würde sie zu dem Brief tun, den sie für ihre Großmutter geschrieben hatte. Darin stand, wohin sie gegangen war und warum. Falls sie nicht zurückkehrte, würde Großmutter Leyla entscheiden müssen, welche Kinder die Amulette erhielten. Es war ungerecht, ihr eine solche Last aufzubürden, aber es war der letzte Ausweg.

Dyna legte das fünfte Amulett in Lyras Handfläche und schloss ihre kleinen Finger darum. Egal, was auf dieser Reise passieren würde, sie wusste, dass ihre Schwester in Sicherheit war.

Dyna küsste Lyra auf die Stirn und flüsterte ein Gebet zum Urnengott, damit er auf sie aufpasste. Nachdem sie das Fenster vorsichtig geöffnet hatte, schlich sie sich nach draußen und das frostige Gras knirschte unter ihren Schuhen. Ihr Atem trübte sich in der Luft, und die morgendliche Kühle kitzelte ihre Wangen. Die Dunkelheit über ihr färbte sich blassblau und rosa, als die Dämmerung nahte.

Dyna nahm ihr Haus in Augenschein und prägte sich die abgenutzten Steinmauern, das Strohdach und die Holztür mit dem kleinen, runden Fenster ein. Sie konnte fast hören, wie ihre Mutter summte, während sie sich um den Garten kümmerte, Thanes Lachen, wie er durch den Hof rannte, und ein Echo der Stimme ihres Vaters. Ein dumpfer Schmerz erfüllte ihre Brust. Er hatte alles getan, was er konnte, um North Star zu retten. Diese Aufgabe fiel nun ihr zu.

Mit einem letzten Blick zu ihrem Schlafzimmerfenster verabschiedete sich Dyna. Sie ging weg, sich dazu zwingend, nicht zurückzublicken, und überquerte den wackligen Zaun, der ihr Grundstück umgab. Ihr Weg führte sie nach Osten, in Richtung der Talschlucht und des dunklen Waldes, der dahinter lag. Mit jedem Schritt, den sie sich weiter entfernte, wuchs ihre Beunruhigung.

Dyna legte eine zitternde Hand auf das Tagebuch in ihrer Tasche. Die sanfte Energie des Buches antwortete ihr und erfüllte sie mit Kraft.

KAPITEL 4

DYNALYA

Dyna wanderte den ganzen Tag, ihr gleichmäßiges Tempo führte sie tief in den Verbotenen Wald. Nichts schlich sich zwischen den Bäumen hervor, um ihr zu begegnen. Alles war still und ruhig. Der Abend war angebrochen, wenn man dem schwachen Licht Glauben schenken konnte, und die Panik kroch in ihr hoch. Der Gedanke, sich in der Dunkelheit wiederzufinden, machte ihr Angst, vor allem im Wald – und dieser Wald war seltsam. Zev war nicht ehrlich zu ihr gewesen.

Die Bäume waren merkwürdige, uralte Riesen. Ihre dicken weißen Stämme trugen riesige indigoblaue Blätterdächer, die breite Schatten warfen. Das Unterholz war voller Blumen, die an Iris erinnerten – in leuchtendem Lila, Türkis und Rosa – und ihre Umgebung in einen unheimlichen Farbton hüllten. In dem dichten Wald gab es keine Straßen oder Pfade, auf denen man hätte gehen können.

Niemand außer ihr wagte es, hierherzukommen.

Dyna fröstelte, unsicher, ob die kühle Luft oder die Vorstellung, was im Dickicht lauern könnte, der Grund dafür war. Sie rückte ihre Kapuze gegen die Kälte zurecht und zog den Umhang enger um ihre Schultern, um sich von seinen Verzauberungen beruhigen zu lassen. Die Runen verborgen ihre Anwesenheit gut, solange sie keinen Laut von sich gab. Doch das war kein Problem für sie, denn sie hatte den merkwürdigen Sinn, leise zu sein.

Hilos. Sie ließ sich den Namen dieses Landes durch den Kopf gehen und versuchte, sich zu erinnern, wo sie ihn schon einmal gehört hatte. Er musste ihr während des Studiums von Vaters Büchern begegnet sein. Ihre schmerzenden Füße verlangten nach einer Pause, aber Lykos Peak sollte nicht mehr weit entfernt sein.

Dyna blieb mitten im Schritt stehen, als sie ein neues Geräusch hörte, das nicht zur Natur gehörte. Sie musste sich anstrengen, um das Rascheln der Blätter im Wind zu überhören.

Musik.

Es war eine so schöne und herzzerreißende Melodie, die nur von einer Flöte stammen konnte. Irgendetwas an ihr kam ihr bekannt vor und erinnerte sie daran, wie ihre Mutter ein ähnliches Lied gesungen hatte. Die Melodie wurde klarer, als Dyna in ihre Richtung weiterging, und formte einen tiefen Ruf, dem sie folgen musste. Doch dann erreichte das Lied sein Ende und verblasste zwischen den Bäumen.

Dyna hielt inne und wartete auf eine weitere Melodie, doch es blieb still. Je länger sie dort stand, desto mehr fragte sie sich, ob sie das Lied wirklich gehört hatte. Oder war es nur ein Trick des Waldes gewesen? Dyna wich bei diesem Gedanken einen Schritt zurück. Was wäre passiert, wenn sie den Barden gefunden hätte?

Dyna drehte sich um und wollte den Weg zurückgehen, den sie gekommen war, nur um festzustellen, dass sie nicht wusste, welcher es war. Sie drehte sich auf der Stelle und versuchte, ihre Schritte zurückzuverfolgen, doch der Waldboden war zu dicht, um irgendwelche Fußspuren zu hinterlassen. Jeder Weg sah gleich aus. Die gleichen Bäume boten keine Orientierung. Es gab keine sichtbaren Hügel, Flüsse oder Pfade, die ihr die Richtung wiesen.

Sie hatte sich verlaufen.

Die langen Schatten wuchsen, als die Sonne immer tiefer sank. Dynas Herz raste, ihr Atem ging stockend. Die Dunkelheit des Waldes verschwamm, und ihre Beine wurden taub. Sie fiel auf die Knie und schlang ihre zitternden Arme um sich. Ihre Kehle schnürte sich zu, als sich die Bäume um sie herum schlossen. Sie fiel durch die Risse in der Erde und verwandelte sich in Schutt und Staub.

Lyra.

Dyna schnappte nach Luft. Der Name ihrer Schwester war ein Rettungsseil, das sie nutzte, um die Wände ihrer Panik hochzuklettern. Sie presste kalte Luft in ihren Hals, immer und immer wieder, bis sie wieder klar denken konnte. Als sich die Welt nicht mehr drehte, schloss Dyna die Augen. Ihr Atem wurde ruhiger, und sie hörte, wie in der Ferne Wellen gegen die Klippen schlugen, die Hilos und Lykos Peak trennen mussten.

Sie erhob sich vom Boden und rannte darauf zu. Ihre Füße trugen sie durch den Wald, und die Sträucher raschelten, als sie an ihnen vorbeiraste. Nach ein paar hundert Metern blieb Dyna in einem Lichtkegel stehen und lauschte wieder nach dem Meer, aber es herrschte eine unnatürliche Stille. Der Wind verstummte, die Vögel sangen nicht mehr und jedes Geräusch des Lebens verschwand, als ob der Wald selbst den Atem anhielt. Die Erinnerung daran, dass sie keinen Ton von sich hätte geben dürfen, kam zu spät. Das Gefühl, beobachtet zu werden, jagte ihr eine Gänsehaut über den Körper. Sie wirbelte herum und suchte ängstlich das Grün ab.

Niemand war dort.

Erinnerungen an die Vergangenheit kamen hoch, an geschmolzene rote Augen, die sie in der Dunkelheit jagten. Dyna atmete mehrmals tief ein und lehnte sich an einen Baum, um ihre Angst zu zügeln. Sie blickte hinauf zu den zarten Sonnenstrahlen, die durch die langen, geschwungenen Äste des Baumes fielen und auf den breiten, hauchdünnen Blättern schimmerten, die wie Glas aussahen. Es gab noch einen *Hyalus*-Baum in diesem Wald.

Dyna trat zurück und bewunderte den ruhigen Riesen. Der Baum war höher als alle anderen – überragte sie, als würde er über sie herrschen. Er war viel größer als der Baum außerhalb ihres Dorfes. Der Umfang des silbernen Stammes war so groß wie ihre Hütte. Doch die Besonderheit des Baumes bestand nicht in der Schönheit seiner durchsichtigen Blätter, sondern darin, dass sie bei Einbruch der Nacht in einem leuchtenden Weiß erstrahlten.

Ein Satz aus ihrem Tagebuch kam ihr in den Sinn: *Magie ist in allem Leben. Sie ist in der Sonne, dem Mond und der Erde. Verehrung ist angebracht, denn ein solch majestätisches Wesen ist seit Anbeginn der Zeit hier und wird noch lange nach unserem Ende hier sein.*

Dyna lächelte und tätschelte den Baum. Wenn die Nacht einbrach, bevor sie Zev fand, würde sie zum *Hyalus* zurückkehren, um zu rasten. Er würde sie beschützen. Sie wollte jedoch noch nicht aufgeben. Wenn sie nur ein frisches Blatt finden könnte, hätte sie eine Lichtquelle und somit eine Sorge weniger.

Sie suchte in dem üppigen Bett aus gefallenen Blättern, die über die Wurzeln verstreut waren, nach einem geeigneten, als sie eine lange schwarze Feder entdeckte. Sie war glänzend und schimmerte fast im Schatten. Zu welcher Art von Vogel gehörte sie?

Sie hob sie auf, und abrupte Energie prallte auf ihre Essenz. Goldenes Licht funkelte an der Spitze der Feder und breitete sich in ihrem gesamten Profil aus, während ein Schwall unerwarteter Kraft sie erfüllte und Hitze durch ihre Adern pumpte.

Erstaunt fuchtelte sie mit der Feder herum und erzeugte leuchtende Lichtstreifen. Das war eine ihr unbekannte Magie. Sie würde sie später studieren müssen.

Als sie sich zum Gehen wandte, hörte sie ein Schnappen. Ein Seil schnellte aus den Blättern hervor, schlang sich um ihren Knöchel und riss ihr den Boden unter den Füßen weg. Dyna schrie auf, als sie in die Luft geschleudert wurde und den Halt in der Welt verlor. Sie baumelte unkontrolliert von dem Baum, gefangen in einem Pendel über dem Boden.

Als sich die Bewegung verlangsamte, fand sie sich mit dem Umhang und dem Kleid über dem Gesicht hängend wieder, sodass ihre Beine nackt waren. Sie klemmte den Saum zwischen ihre Schenkel und inspizierte ihre Umgebung. Das Seil, das um ihren Knöchel gebunden war, hing an einem Zweig des *Hyalus*.

Sie musste eine Jagdfalle ausgelöst haben, aber sie hatte niemanden sonst im Wald getroffen. Für welches Tier war diese Falle wohl bestimmt? Ein großes, wie es schien.

Dyna stöhnte und streckte die Hand aus, um das Seil zu fassen zu bekommen, da raschelte es in den Blättern. Sie warf den Kopf herum und sah einen Mann, der auf einen dicken Ast eines anderen Baumes gegenüber von ihr stieg. Langes blondes Haar umrahmte die Konturen seines markanten Gesichts. Aus den umliegenden Bäumen tauchten noch mehr von seiner Sorte auf. Sie alle waren männlich, goldhaarig und unglaublich schön – aber es waren ihre reinweißen Flügel, die ihr den Atem raubten.

Die ferne Stimme ihrer Mutter hallte in ihrem Kopf wider, wie sie ihr alte Geschichten vor dem Schlafengehen erzählt hatte: »*Vor langer Zeit, während des ersten Zeitalters, streiften die Seraphim durch Urn. Sie lebten im Königreich von Hilos und waren gütige, sanfte Wesen.*«

Aber diese geflügelten Männer sahen nicht nett oder freundlich aus. Härte zierte ihre Gesichter; ihre Blicke so scharf wie Klingen. Feine, dunkelgrüne Lederrüstungen, die der Farbe der Blätter entsprachen, lagen an ihren Körpern wie eine zweite Haut. Ein goldenes Siegel aus ausgebreiteten Flügeln prägte ihre Brustplatten, jeder von ihnen war mit Schwert und Bogen bewaffnet.

Dynas Herz hämmerte in ihrer Brust. Wenn man bedachte, wie ausweichend ihr Cousin reagiert hatte, wenn sie wegen des Waldes neugierig gewesen war, musste Zev von den Seraphim gewusst haben. Warum hatte er ihr nicht von ihnen erzählt?

»Wie geht es Euch ... Milord?« Dyna sagte es zu dem Mann, der als Erster zwischen den Bäumen aufgetaucht war. Sie wusste nicht, wie sie ihn angemessen ansprechen sollte, mal abgesehen davon, dass sie noch immer kopfüber von einem Baum hing. Der Art nach zu urteilen, wie seine Gefährten ihn ansahen, musste er der Anführer sein. Sie zog an ihren Röcken, um sicher zu sein, dass sie bedeckt war. »Es tut mir leid, dass ich in Euer Jagdrevier geplatzt bin. Ich ... ähm ... bin auf dem Weg nach Lykos Peak und zufällig hier vorbeigekommen.«

Seine Augen verengten sich zu Schlitzen, als er die schimmernde schwarze Feder bemerkte, die sie noch immer festhielt. Dyna ließ sie schnell fallen, und sie beobachteten, wie die Feder zu Boden schwebte.

»Entschuldigt bitte, ich wollte Euch nicht beleidigen. Ich werde so schnell wie möglich wieder verschwinden.« Sie zog ihr kleines Messer aus dem Korsett und machte sich daran, das Seil zu durchschneiden.

»Das wirst du nicht.« Die Stimme des Anführers war tief und hart. »Du bist in unser Land eingedrungen, *Mensch*.« Er spuckte das letzte Wort förmlich aus. »Und dafür musst du hingerichtet werden.«

Dynas Herz schlug heftig, und sie fröstelte. Hingerichtet? Das Wort klang in ihrem Kopf wie ein schreckliches Echo, das ihr Urteil vollstreckte. *Wenn du dort hineingehst, wirst du nie wieder herauskommen.*

Er blickte zu einem anderen Seraphim, der einen vergoldeten Bogen hielt, und gab ein stummes Kommando. Der Bogenschütze spannte einen Pfeil und zielte auf sie.

»Ich bin nur auf der Durchreise, das ist alles!« Aber ihre Worte machten keinen Unterschied.

Mit einem leichten Nicken gab er dem Bogenschützen ein Zeichen. In dem Moment, als der Pfeil vorbeirauschte, durchtrennte Dyna das Seil und stürzte. Sie landete schwer auf einer freiliegenden Wurzel, die ihr die Luft aus den Lungen presste.

Der Seraphim flog nach unten. Dyna wich zurück, Tannennadeln stachen in ihre Handflächen. Das Messer in ihrem zitternden Griff war eigentlich zum Durchschneiden von Stängeln gedacht, aber es war alles, was sie hatte. Ein Seraph verdrehte ihren Arm, sie schrie auf und ließ das Messer wieder los. Sie rissen ihr die Tasche und den Rucksack weg und durchwühlten sie.

»Nicht!« Dyna wollte danach greifen, aber sie traten ihr in die Kniekehlen und zwangen sie auf den Boden.

Der Anführer näherte sich ihr, seine langen Schritte waren anmutig und lautlos. Seine Männer reichten ihm die Tasche, und er warf den Inhalt auf den Boden. Es war nicht viel: das Tagebuch, ein kleines, gebundenes Notizbuch, die kleinen Gläser mit Medizin und eine Handvoll Kupfermünzen. Als Nächstes leerte er ihren Rucksack; ihre Kleidung und ihr Essen landeten auf dem Boden.

»Gebt mir meine Sachen zurück!« Dyna sah ihn finster an und versuchte, tapfer zu wirken, aber ihre Fassade bröckelte, als sein vernichtender Blick auf sie fiel.

Sein Schwert sang, als er es zog. Schillernde weiße Flammen züngelten an der Klinge entlang, und die brennende Hitze schlug ihr ins Gesicht. Sie schreckte keuchend zurück und schrie auf, als sie näher an das Feuer gezogen wurde. Ihre Tränen verdampften wegen der unerträglichen Temperatur auf ihren Wangen, und alle ihre Hoffnungen und Träume verschwanden mit ihnen.

»Nein, Stopp!«, bettelte sie. »Bitte tut das nicht. Meine Schwester braucht mich!«

Doch nichts, was Dyna sagte, milderte seinen kalten Spott. Er wollte ihre Seele durch die Sieben Tore schicken – und das Tor des Todes würde das erste sein.

»Zu wem betest du?«

Sie sah durch ihre verschwommene Sicht zu ihm auf und wünschte sich die Antwort, die ihr Leben retten würde. Es gab viele Götter. Sie glaubte nur an einen, aber die Welt hatte seinen Namen ausradiert.

»An den Urnengott.« Es war ein leises Gebet und ein Flehen.

Sein steinerner Gesichtsausdruck änderte sich nicht, abgesehen von der leichten Genugtuung, die in seinem Blick lag. »Gut. Möge er deine Seele empfangen.«

Dyna wand und trat um sich, in dem Versuch, sich zu befreien. Sie verdrehten ihr die Arme hinter den Rücken und zwangen sie, sich nach vorn zu beugen und sich zu unterwerfen. War ihre Tante auf diese Weise gestorben, auf dem Boden liegend?

Dyna weinte und flehte sie immer wieder an. Die Hitze des Schwertes zeichnete sich an ihrem entblößten Hals ab, als es über ihren Kopf gehoben wurde. Sie presste ihre Augen zusammen. *Bitte!*

»Hauptmann Gareel«, ertönte eine neue männliche Stimme. »Tötet sie nicht.«

Dyna lugte durch ihre Wimpern. Der Seraphim blickte wütend und ungläubig zu dem *Hyalus* auf. Zuerst dachte sie, der Baum hätte gesprochen, aber da hockte ein anderer auf einem Ast. Die gläsernen Blätter verbargen das meiste von ihm – bis auf einen Arm, der träge über einem gebeugten Knie hing, das mit weißer Seide bedeckt war. Ein dünner Sonnenstrahl fiel auf die Flöte, die er locker in seinen Fingern drehte.

Der Hauptmann verstärkte seinen Griff um seine Waffe. »Ihr kennt die Gesetze dieses Landes, Eure Hoheit.«

»Das war ein Befehl«, antwortete der andere gelangweilt. »Lasst den Menschen frei.«

Hauptmann Gareel warf ihr einen so hasserfüllten Blick zu, dass er sie mit bloßem Willen durch das Tor des Todes hätte schicken können.

Sie hielt ihren Atem an und wartete auf seine Entscheidung.

Nach einem kurzen Moment steckte er sein Schwert zurück in die Scheide und erstickte damit seine Flammen. »Wie Ihr befiehlt.«

Vor Erleichterung wich Dyna zurück. Die anderen lösten ihren Schraubstockgriff um sie, und sie sackte zu Boden. Sobald das Gefühl in ihre tauben Glieder zurückkehrte, stürzte sich Dyna auf ihre Sachen, schmiss sie zurück in ihre Tasche und schulterte sie. Sie wagte es nicht, nach ihren Kleidern und dem Proviant zu greifen, die zu den Füßen von Hauptmann Gareel lagen.

Er hockte sich vor sie und beugte sich nach vorn, bis die Abscheu in seinen blauen Augen sie erstarren ließ. Er sprach so leise, dass nur sie seine Worte hören konnte. »Der Nephilim mag Mitleid mit dir haben, aber Hunderte von Wächtern lauern in diesem Nest. Du wirst hier umkommen, bevor die Sonne untergeht.« Sein Versprechen hing über ihrem Kopf wie einst sein Schwert.

Dyna ballte ihre zitternden Hände zu Fäusten und reckte ihr Kinn. »Nur, wenn es der Urnengott so will.«

Der Hauptmann grinste und griff nach dem Messer, das er an seiner Wade trug. Sie warf die Hände hoch und rief aus Instinkt ihre Essenz, auch wenn sie keine wirkliche Magie besaß, um sich zu verteidigen. Aber ein unerwarteter Schwall brennender Macht strömte aus ihrem Inneren und floss mit einer unkontrollierbaren Kraft durch ihren Körper, die so schmerzhaft war, dass sie schrie. Grünes Feuer explodierte aus ihren Handflächen, traf den Hauptmann und schleuderte ihn quer durch den Wald. Er prallte gegen den *Hyalus*-Baum und brach als verkohlter Haufen auf seinen Wurzeln zusammen. Dyna starrte auf den Rauch, der von den gebrochenen Flügeln seiner reglosen Gestalt aufstieg, dann auf ihre zitternden Hände.

Die Seraphen starrten sie entsetzt an.

Was hatte sie getan? Hatte … sie ihn getötet?

Hauptmann Gareel stöhnte und zuckte. Er war noch nicht tot.

Dyna sprang auf und rannte auf die Bäume zu.

Keiner hielt sie auf.

Dornensträucher schlitzten Dynas Umhang und Arme auf, als sie durch den Wald rannte. Ihre schweren Atemzüge trübten die Luft, eine schwere Kälte setzte sich in ihren Knochen fest. Noch nie hatte sie eine solche Kraft entfesselt. Die Explosion der Essenz hatte sie geschwächt, aber sie rannte weiter. Sie musste diesem Ort entkommen.

Der Wald lichtete sich. Hinter den Ästen verschmolz der Himmel in Schatten aus Blau, Orange und Rot mit dem Sonnenuntergang. Hoffnung keimte in ihr auf. Sie durchbrach eine Wand aus Büschen, geriet aber an eine Klippe und wippte mit den Zehen am Rand. Dyna kreischte und fuchtelte mit den Armen. Sie stieß sich nach hinten ab und fiel mit einem Grunzen auf festen Boden.

Ihr wilder Herzschlag hallte in ihren Ohren wider, und sie schnappte nach Luft, während sie eine Hand auf ihre Brust legte. Ihre Lungen schrien nach einer Pause, aber sie konnte jetzt nicht stehen bleiben.

Dyna taumelte nach oben und spähte über die Klippe. Sie ragte Hunderte von Metern hoch auf und endete in einem Streifen Meer. Tosende Wellen rammten die gezackten Felsen unter ihr. Ein Sturz in den Tod wäre schlimmer als ein schneller Schwerthieb.

Ein paar Meter vor ihr befand sich eine weitere Klippe mit dem weiterhin dichten Wald von Lykos Peak. Sie hatte es geschafft.

Dyna schleppte ihre pulsierenden Füße an dem Rand der Klippe entlang nach Norden und suchte nach einem Weg auf die andere Seite. Sie stieß auf eine erbärmliche, alte Brücke, die im Wind schwankte. Moos und Ranken bedeckten die morschen Bohlen. Das Seil war verrottet und fehlte an einigen Stellen. Es hätte Zevs Gewicht nicht halten können, trotzdem ging sie näher heran, um es genauer zu untersuchen.

»Stopp!«

Dyna zuckte bei dem unerwarteten Schrei zusammen. Die Seraphen hatten sie gefunden!

Dyna rannte zur Brücke und lief über die knarrenden Planken. Sie schwankte bei jedem schnellen Schritt. Als sie die Mitte erreichte, ertönte ein heftiger Knall unter ihren Füßen. Sie hielt inne, aber es machte keinen Unterschied. Das Seil rollte sich unter ihren Fingern auf.

»Nein, bitte nicht«, flehte sie.

Ein Schatten fiel auf sie, und sie sah zu der geflügelten Silhouette auf, die gegen die grelle Sonne flog. »Nimm meine Hand!«

Sie duckte sich aus seiner Reichweite. »Geht weg!«

»Tu es, sonst wirst du sterben!«

Die Brücke schwankte, und Holz splitterte. Sie würde sie nicht mehr lange halten. Dyna wirbelte zu dem Seraph herum und streckte die Hand nach ihm aus. Ihre Finger berührten sich fast, als die Planken unter ihren Füßen wegbrachen. Sie stürzte durch die Brücke. Ihr markerschütternder Schrei hallte in den Klippen wider, als sie auf das Tor des Todes zustürzte.

Der geflügelte Mann sah ihr hinterher, noch immer seine Hand ausgestreckt. Doch es war zu spät, um sie zu retten. Dyna schloss ihre Augen und ließ sich fallen.

Alles, was sie sehen konnte, war Lyra, die auf der Eingangstreppe saß und auf ihre Rückkehr wartete, ohne zu wissen, dass sie niemals zurückkommen würde. Sie würde mit einer furchtbaren Wahrheit sterben: Sie hatte versagt.

Ihr Fall hörte abrupt auf, und die Wucht raubte ihr den Atem. Das tosende Meer, das nur wenige Zentimeter unter ihr war, spritzte ihr eiskaltes Wasser auf die ramponierten Beine. Sie starrte auf die Wellen hinunter und stellte fest, dass sie mitten in der Luft schwebte. Ein rhythmisches Rauschen erfüllte ihre Ohren. Im selben Augenblick realisierte sie, dass warme, starke Arme sie hielten. Der Glanz der untergehenden Sonne verdeckte das Gesicht ihres Retters – bis auf die anmutigen schwarzen Flügel, die hinter ihm wehten.

Der Wind rauschte an ihnen vorbei, als sie wieder den Abgrund hochflogen. Dyna griff nach seiner seidenen Kleidung, versteckte sich an seiner Brust und atmete unwillkürlich seinen Duft ein. Er war anders als alles, was ihr bisher begegnet war. Überirdisch. Unbeschreiblich. Aber wenn sie es versuchen müsste, würde sie sagen, dass er fast ambrosisch war.

Zusammen stiegen sie hoch in den Himmel hinauf, die Zafiro-Berge ragten in der Ferne auf. Zwischen den endlosen Kiefern und den seltenen indigoblauen Baumkronen waren einige rote, orangefarbene und gelbe Baumkronen zu sehen.

Aber Dyna konnte den Anblick nicht bewundern, da sie sich des Fremden, der sie trug, sehr bewusst war. Was hatte er mit ihr vor? Er hätte sie nicht gerettet, wenn er vorhätte, ihr etwas anzutun. Oder doch?

Mit gleichmäßigen Flügelschlägen flog er sie zu einer kleinen Lichtung am Rand der Klippe. Keiner von ihnen sprach, und er setzte sie nicht ab. Ihre innere Stimme sagte ihr, dass sie Angst haben sollte, aber sie hatte keine.

Dyna holte tief Luft, bevor sie es wagte, ihn anzuschauen, denn sie spürte, dass sie es brauchen würde. In dem Moment, als sie seinen

Augen begegnete, die grau wie ein wütender Sturm waren, wurde ihr wieder einmal die Luft zum Atmen genommen.

Die schwachen Strahlen des Sonnenuntergangs fielen in einem roten, goldenen Farbton um ihn herum und betonten seine seidenschwarzen Flügel und seine markanten Gesichtszüge, die von so schwarzem Haar umrahmt waren, dass es wie verschüttete Tinte auf seinem Gesicht aussah. Seine blasse Haut hatte einen subtilen Schimmer, als ob er ein Licht in sich trug.

Er war nicht echt.

Wie könnte er? Seine Art existierte nicht länger in dieser Welt.

Unsicher, ob sie träumte, streckte Dyna ihre Hand nach ihm aus. Sie brauchte einen Beweis, dass er real war. In dem Moment, als ihre Fingerspitzen über seine kalte Wange strichen, pulsierte ein sanftes Pochen zwischen ihnen. Es war beinahe elektrisch. Er zuckte zurück und atmete scharf ein. Sein Blick verfinsterte sich, er zog seine Arme zurück und ließ sie fallen.

Sie landete unsanft auf dem Boden. Wehklagend rollte sie sich auf die Knie, nur Zentimeter davon entfernt, seine Zehen zu berühren. Das Licht fiel auf den silbernen Saum seines Seidengewandes, als eine kühle Brise es über seine Beine wehen ließ; der Saum streifte seine nackten Füße im Gras. Das Sonnenlicht schimmerte auf dem Saphirring, der an einer dünnen Kette um seinen Hals baumelte. Aber das war nichts im Vergleich zu der Pracht seiner schwarzen Flügel. Sie konnte nicht anders, als zu bewundern, wie sich das Licht in den glatten Federn spiegelte.

Er war wunderschön.

Sein Blick wanderte über ihren Körper, und er verzog den Mund. Sie sah seine Abneigung nicht nur, sie fühlte sie.

»Du bist ein unglaublich dummer Mensch«, sagte er.

Dyna nahm die Beleidigung kaum wahr, zu fasziniert war sie von seiner Stimme. Sie war sanft, beschwingt, mit einem leisen Akzent, der sich leicht von dem unterschied, der in den östlichen Quadranten von Urn gesprochen wurde – und es war dieselbe Stimme aus dem Wald, die ihr das Leben gerettet hatte.

KAPITEL 5

CASSIEL

In Cassiels Kopf ertönte jeder nur erdenkliche Fluch. Stöhnend massierte er seine Schläfen. Er hatte nicht erwartet, dass viel passieren würde, als er den Befehl erhalten hatte, die Wächter zur Grenze zu begleiten.

»Es ist an der Zeit, dass du lernst, wie dein Reich regiert wird«, hatte der Hochkönig verkündet. »Einschließlich der Arten, wie wir unser Volk vor Eindringlingen beschützen.«

Aber niemand wagte sich nach Hilos. Nicht mehr. Die Gebeine derer, die es getan hatten, ruhten unter den Wurzeln der Bäume. Doch jetzt starrte Cassiel einen Eindringling an, der ihn anglotzte wie ein toter Fisch.

Sie blieb unbeweglich auf den Knien sitzen. Ihr Kleid war schmutzig und zerrissen, Schnitte kennzeichneten ihre Knöchel und Hände. Winzige Sommersprossen sprenkelten ihre geröteten Wangen und den Nasenrücken. Ihre vollen Lippen waren rissig und trocken vom Durst. Sie war jung, vielleicht sogar jünger als er. Ihre Locken hatten die Farbe von Flammen und fielen ihr bis über die Schultern. Sein Blick verweilte bei ihren Augen, verwirrt von ihrer atemberaubenden Farbe. Sie waren von einem tiefen Grün, das mit den reinsten Smaragden konkurrierte.

Bei den Göttern, wen interessierten ihre Augen? Indem er ihr Leben verschont hatte, hatte er Gesetze gebrochen, die seit einem halben Jahrtausend existierten. Er könnte seine Flügel verlieren.

Verdammt.

Was war in ihn gefahren? Warum hatte er sie gerettet?

Cassiel starrte die zierliche, junge Frau an und rieb sich die Wange, um das Kribbeln loszuwerden, das sie hinterlassen hatte. Es fühlte sich an, als hätte sich ihre Berührung in seine Haut gebrannt.

Der Moment, als sie ihn berührt hatte, hatte eine zweite Sicht ausgelöst, und er hatte durch die Glut ihrer Lebenskraft in ihre Seele geblickt. Es war nur ein kurzes Aufblitzen gewesen, aber er hatte keine bösen Absichten in ihrem Herzen erkannt, nur den Kummer, den es trübte.

Er sah zu ihr, suchte nach irgendwelchen versteckten Waffen. Aber sie schien nicht bewaffnet zu sein, geschweige denn kampferprobt.

Noch immer starrte sie ihn an.

»Hast du vergessen, wie man spricht?«

Sie blinzelte, dann huschte ein Lächeln über ihre Lippen. »Ihr wart der Seraph im *Hyalus*-Baum.«

»Ich bin *kein* Seraph.«

Sie runzelte die Stirn und legte den Kopf schief. »Oh ... seid Ihr der Nephilim?«

Anstatt diese Frage zu stellen, hätte sie ihm auch gleich ins Gesicht spucken können. Er musste die Verunglimpfung durch seine Brüder und andere Celestials ertragen, aber er würde sie nicht von einem Menschen dulden.

»Nenn mich noch einmal so und ich werde dich töten«, schnappte er.

Sie wich vor ihm zurück. »E–es tut mir leid. Ich wollte Euch nicht beleidigen. Der Hauptmann, er ...«

Cassiel blickte finster zu den Bäumen. Er hatte sich bereits gefragt, was Hauptmann Gareel ihr zugeflüstert hatte.

Sie runzelte die Stirn, als sie zwischen ihm und dem Wald hin und her blickte. Hatte sie nicht verstanden, was sie da gerade gesagt hatte? »Sag niemals wieder dieses Wort.«

Die junge Frau nickte eifrig. Sie musterte ihn erneut, und ihre Augen weiteten sich noch mehr, als sie das Diadem auf seiner Stirn bemerkte. Sofort stand sie auf und verbeugte sich mit einem unbeholfenen Knicks. »Es ist mir eine große Ehre, Euch zu treffen, Eure Majestät. Ich bin Dynalya...«

Cassiel unterbrach sie, indem er die Hand hob. Dies würde das letzte Mal sein, dass er sie sah, also konnte er auf diese Floskeln verzichten. Trotzdem ging ihm ihr Name nicht mehr aus dem Kopf. Dynalya. Es war der Name einer Elfenblume, wie merkwürdig.

»Weder bin ich der König noch interessiert es mich, wer du bist.«

Ihre Wangen färbten sich rosa, und sie spielte mit ihren Fingern. »Oh, na dann ... Geht es dem Hauptmann gut?«

Er runzelte die Stirn, überrascht darüber, dass sie das überhaupt interessierte. Sie war den Wächtern gegenüber hilflos erschienen, bis sie Hauptmann Gareel mit grünem Feuer getroffen hatte. Hätte Cassiel es nicht selbst gesehen, hätte er es für unmöglich gehalten. Menschen besaßen keine Magie. Sie waren schwache, bemitleidenswerte Wesen. Auch sie schien schockiert, dass sie zu so etwas imstande war.

Seine Feder.

Sie musste irgendwie einen Teil seiner Magie absorbiert haben. Das war die einzige Erklärung. Aber wie hatte sie das geschafft?

»Seine Verletzungen könnten fatal sein, wenn sie nicht behandelt werden«, sagte sie. »Er braucht Pflege.«

Obwohl Cassiel es genossen hatte zu sehen, wie er quer durch den Wald geschleudert worden war, war das Einzige, was an Hauptmann Gareel verletzt war, sein Stolz. Celestials waren nicht so leicht zu töten.

»Er wird leben.«

»Warum wollte er mir wehtun?« Ihre großen Augen suchten seine, auf eine Antwort wartend. Wusste sie es wirklich nicht? Nun, es war bereits fünf Jahrhunderte her, dass sie zuletzt Kontakt zur Außenwelt hatten.

»Du solltest nicht hier sein.«

Sie zögerte, bevor sie fragte: »Warum?«

Er verschränkte die Arme vor der Brust und überlegte, wie viel er preisgeben sollte. Sie war keine Wilderin, so viel war klar. Trotzdem war Hauptmann Gareel bereit gewesen, ihr den Kopf abzuschlagen.

Cassiel war noch nie Zeuge einer Hinrichtung gewesen, aber die Situation hatte ihn an den letzten Eindringling erinnert, der vor zwei Jahrzehnten durch den Wald gewandert war. Das verschwommene Bild einer schwarzhaarigen Frau tauchte vor seinem inneren Auge auf, die seinen Namen rief. Schnell schob er die Erinnerung beiseite.

»Das hier ist Hilos, der hohe Hof der Celestials«, erklärte er.

Die junge Frau legte den Kopf schief. »In unseren alten Erzählungen nennen wir Eure Art die Seraphim.«

»Celestials und Seraphim sind nicht ein und dasselbe. Merk dir das.«

Sie öffnete den Mund, wahrscheinlich um mehr Fragen zu stellen, aber bei seinem finsteren Blick biss sie sich auf die Lippe.

»Wie hast du es geschafft, das Reich so weit zu durchqueren? Du hattest Glück, dass die Wächter unvorsichtig geworden sind.«

»Die Wächter?«

»Die Celestials, die unsere Grenzen bewachen.«

Sie hob einen Zipfel ihres Umhangs an, um ihm die verblassten archaischen Runen zu zeigen, die auf den Saum genäht waren. »Ich war mir nicht sicher, ob der Verhüllungszauber, der ihn durchwebt, noch funktioniert. Ich habe versucht, leise zu sein und den Wald nicht zu stören.«

Er kannte nicht alle Runen und ihre Bedeutungen, aber er wusste, dass ein magischer Umhang den Träger schützte. Der tätowierte Stoff schien nur eine Farbe zu haben, die sich änderte, wenn er sich bewegte, und tarnte ihn vor jedem, der zu genau hinsah. Nur die Elfen oder die Magier konnten solche Umhänge herstellen, und sie kosteten ein kleines Vermögen. Dieser Mensch hätte sich ihn unmöglich leisten können, selbst in seinem schlechten Zustand.

»Aber dann habe ich die Musik gehört«, sagte die junge Frau und blickte auf seine Flöte.

Cassiel legte seine Hand fest um das kühle Metall. Er hatte nicht die Absicht gehabt, sie damit zu locken. Er hatte die Flöte nur gespielt, um sich die Zeit zu vertreiben und weil es Hauptmann Gareel irritierte.

»Dieses Lied, ich habe es schon einmal gehört.«

»Das bezweifele ich, dummer Mensch.« Er hatte dieses Lied komponiert. Niemand außerhalb des Palastes hatte es je gehört.

Sie runzelte die Stirn. »Wie bitte?«

»Es ist eine passende Anrede, schließlich hättest du bereits zweimal unter vermeidbaren Umständen fast dein Leben verloren.«

»Danke, dass Ihr mich gerettet habt«, antwortete sie steif. »Ich stehe in Eurer Schuld. Wie kann ich Euch für Eure Freundlichkeit danken?«

»Ich möchte nichts von dir.«

Ihr Mund klappte auf. »A–aber Ihr müsst! Das Heilige Gesetz des Urnengotts verlangt, dass ich meine Schuld begleiche oder mein Leben in Euren Dienst stelle. Bitte, ich möchte nicht Eure Lebensdienerin sein.«

Das ganze Konzept der *Heiligen* Lebensschuld war abscheulich. Die Menschen hatten einen solch üblen Glauben erfunden. Wenn man einem anderen das Leben rettete, wurde er für den Rest seines Lebens zum Schuldner, wenn er nicht die Mittel hatte, die Schuld mit einer angemessenen Opfergabe zu begleichen. Menschen, die Menschen besaßen und sie wie Vieh brandmarkten.

Er würde sich niemals einen Sklaven halten, schon gar nicht einen menschlichen. Mal abgesehen davon, dass Hilos keine lebenslangen Schulden erlaubte. Aber das wusste sie nicht.

Je länger Cassiel sie anstarrte, desto mehr wich sie zurück. Sie schob die abgenutzte Tasche, die an ihrer Schulter hing, hinter sich und änderte ihre Haltung, um sie zu verbergen. Nicht, dass es ihn interessierte, was sie darin versteckte. Sie war eine Bäuerin und würde nichts von Wert besitzen.

»Ich befreie dich von deiner Schuld, Dynalya«, sagte er und nannte sie zum ersten Mal beim Namen. Es überraschte ihn, wie leicht er ihm von der Zunge ging und wie angenehm er klang.

Sie seufzte erleichtert. Der Satz befreite sie von jeglicher Verpflichtung ihm gegenüber, und einmal ausgesprochen, konnte er seine Entscheidung nicht mehr zurücknehmen. Sie war frei.

»Danke. Und nennt mich gern Dyna, wenn Ihr mögt. Darf ich auch Euren Namen erfahren?«

»Nein.«

Dyna schnaubte entrüstet. »Na schön. Da Ihr mich von meiner Schuld befreit habt, sollte ich nun weiterziehen. Euch einen schönen Tag.« Sie verbeugte sich noch einmal vor ihm und wandte sich zum Gehen.

»Ich habe dich nicht entlassen. Erkläre mir, warum du in unser Reich eingedrungen bist.«

»Ich suche nach meinem Cousin, Zev. Er lebt in Lykos Peak.« Sie zeigte auf das überwucherte Dickicht jenseits der Klippe.

Das konnte nicht ihr Ernst sein. Cassiel wollte gerade etwas sagen, aber sie war schon im Begriff zu gehen.

»Du kannst dort nicht hingehen«, stotterte er.

»Aber ich muss«, rief sie über ihre Schulter.

Sie setzte ihren zügigen Gang am Rand der Klippe entlang fort und verschwand hinter einer hohen Hecke. Cassiel starrte in die Richtung, in die sie ging. Nun, das war es dann wohl. Es wurde Zeit, dass er zur Burg zurückkehrte und eine Erklärung abgab. Der Hochkönig erwartete ihn sicher bereits.

Aber Cassiel konnte sich nicht dazu durchringen, zu gehen. Unentschlossenheit und Verwirrung hielten ihn zurück, obwohl das alles nichts mit ihm zu tun hatte. Er hatte bereits seinen Teil dazu beigetragen, ihr Leben zu retten. Diese Frau bedeutete ihm nichts.

Er fluchte und flog ihr hinterher.

Dyna verweilte in der Dämmerung an einem umgestürzten Baum, der zwischen den beiden Klippen lag. Er war massiv, mit freiliegenden, ausgetrockneten Wurzeln, die so scharf wie Krallen waren. Er kreiste über der unerwarteten Baumbrücke. Wer hatte den Baum hierhergebracht? Die Wächter vermieden es, in der Nähe der Grenze zu Lykos Peak zu patrouillieren, also war dies ohne ihr Wissen geschehen.

Sie überprüfte die Robustheit der Wurzeln, dann begann sie zu klettern. »So schafft es Zev also immer auf die andere Seite.«

Cassiel verschränkte die Arme vor seiner Brust. »Erwarte nicht, dass ich dich auffange, wenn du wieder fällst.«

»Ich werde das schon schaffen, Eure Hoheit«, erwiderte sie, als sie oben ankam.

»Ist das so?«, höhnte er.

Dyna stoppte im Zwielicht und schenkte ihm ein sanftes Lächeln. »Ich hatte wirklich Glück, Euch zu begegnen. Ohne Euch hätte ich diesen Tag nicht überlebt, und ich glaube, das Schicksal ist noch nicht mit uns fertig.«

Cassiel war zu überrumpelt, um etwas zu erwidern. Wer war diese junge Frau, dass sie so etwas behauptete?

Ihr leichtes Lachen folgte auf seine Reaktion, und der dumpfe Klang vibrierte in ihm auf eine Weise, wie es nicht hätte sein sollen. Sie sah ihn mit solch unverdienter Offenheit an, dass ihr Lächeln für einen Moment sein Verbrechen, ihr Leben verschont zu haben, wert war.

Dyna überquerte die große Breite des Baumes, die Arme zum Ausgleich ausgestreckt. Er zuckte zusammen und wollte sie instinktiv wieder auffangen, aber sie schaffte es ohne Zwischenfall bis zum anderen Ende und sprang hinunter.

Sie steuerte auf das dichte Dickicht zu, doch hielt inne. »Werdet Ihr mich begleiten?« Hinter ihrem fragenden Blick verbarg sich eine Spur von Angst.

Cassiel hob eine Augenbraue. »Nein.«

»In Ordnung.« Sie atmete tief ein und fixierte den Wald von Lykos Peak.

Sicherlich würde sie es nicht wagen, dort allein...

Dyna rannte hinein.

Wenn er sich vorher nicht sicher war, so war dies der endgültige Beweis, dass er tatsächlich einen dummen Menschen gerettet hatte. Dyna ging hinein, nachdem er sie gewarnt hatte. Es war nicht seine Aufgabe, für ihr Überleben zu sorgen, aber er konnte sich nicht dazu zwingen, zu gehen.

War es, weil sie ihm vertraute? Oder weil er wusste, dass sie sterben würde, wenn er ihr nicht folgte?

Cassiel stöhnte. Verdammt sei das Schicksal, und verdammt sei er, weil er ein Narr war.

Er flog über den Abgrund und landete an dem Rand der Klippe. Sein Wissen über Lykos Peak ließ ihn zögern. Er musste Dyna zurückholen, bevor *sie* ihre Anwesenheit bemerkten.

Cassiel eilte durch die Bäume und stieß mit Dyna zusammen. Ihr erschrockener Schrei klang in seinen Ohren.

»Leise!«, zischte er.

Ein leichtes Lächeln umspielte ihre Lippen. »Ihr seid gekommen.«

»Entgegen meines besseren Wissens, an dem es dir anscheinend mangelt.« Er streckte einen Arm aus, um sie davon abzuhalten, weiterzugehen, während er die Schatten in ihrer Umgebung beobachtete. Sie standen auf einer dunklen, von dichtem Laub umgebenen Lichtung. Schweiß rann seinen Nacken herunter, und sein Herz raste mit dem schwindenden Licht. »Wir müssen gehen. Dieses Territorium gehört den Werbestien.«

»Werbestien?«

»Ja, auch bekannt als Gestaltwandler, Wolfsmenschen – oder wie auch immer man sie dort nennt, wo du herkommst.«

Sie runzelte die Stirn. »Wir nennen sie Werwölfe.«

»Dann weißt du, was sie sind.« Um Dyna nicht direkt zu berühren, griff er nach ihrer Kapuze und zog sie den Weg zurück, den sie gekommen waren.

»Ich werde nicht gehen.« Sie schlüpfte aus ihrem Umhang.

»Verdammte Scheiße, ich hätte dich über die verfluchte Klippe fallen lassen sollen.« Er warf den Umhang auf den Boden.

Sie schnaubte. »Ich kann ohne Zev nicht gehen.«

»Sei leise oder du wirst die Bestien geradewegs zu uns locken«, schnappte er. Was war so wichtig, dass sie ihr Leben riskierte, um diesen Cousin zu finden? Wenn er hierhergekommen war, war er sicher bereits tot. »Die Nacht bricht herein, und ich habe keine Waffe.« Er ergriff die Flöte und erinnerte sich, dass sie aus Silber war. Sie würde einem Werwesen einigen Schaden zufügen – aus nächster Nähe. Nein, das würde er nicht riskieren. »Wir gehen.«

Sie blieb standhaft und verschränkte die Arme vor der Brust. »Ich muss meinen Cousin finden.«

Cassiel hatte genug von diesem Unsinn. »Hör zu, du dummer Mensch, entweder du kommst mit mir oder ich werde dich hier alleinlassen.«

Dynas Gesichtsfarbe verblasste, ihr Atem wurde schnell und schwer. »Bitte lasst mich nicht an diesem dunklen Ort zurück«, flehte sie. »Ihr versteht das nicht. Ich *muss* ihn finden.«

Eine kühle Brise streichelte die Schweißperlen in seinem Nacken und zog weiter nach Osten. Das Grauen sank in Cassiels Magen. Dieser Wind trug ihren Geruch.

Die Bäume waren so still, dass Dynas stockendes Atmen in der Stille laut zu hören war. Die Bedrohung, die sich in die Luft schlich, war nicht zu übersehen, als das letzte Licht mit dem Einbruch der Nacht erlosch. Dünne Schatten des Mondlichts sickerten durch die Äste, und in der Ferne des Waldes durchbrach ein Heulen die ohrenbetäubende Stille.

Cassiel packte Dyna am Ärmel und zerrte sie weg.

»Mein Umhang!«

»Lass ihn liegen.«

»Nein!«

»Wir können nicht steh...«

Ein tiefes, bedrohliches Knurren ließ ihn auf der Stelle verharren. Ein kalter Schauer lief Cassiel über den Rücken. Langsam neigte er den Kopf und warf einen Blick über seine Schulter.

Dort, in den Tiefen des Gebüschs, waren zwei gelbe Augen, die sie in der Dunkelheit beobachteten.

KAPITEL 6

CASSIEL

Eine Gänsehaut breitete sich auf Cassiels Armen aus, und ein Fluch lag ihm auf der Zunge. Diese raubtierhaften Augen zogen ihn in ihren Bann und fixierten ihn an Ort und Stelle, während die Gedanken durch seinen Kopf rasten. Er war nicht bewaffnet. Die Bäume waren zu dicht, um hindurchzufliegen. Er konnte nicht gegen eine Bestie kämpfen. *Weglaufen.*

Sie mussten weglaufen!

»Zev?«, rief Dyna der Bestie zu, ihre Stimme zitterte.

Cassiels Blick schoss zu ihr. »Dein Cousin ist ein Werbiest?«

Sie nickte, ohne die Bestie aus den Augen zu lassen.

Die Kreatur knurrte und bewegte sich ins Mondlicht, das einen riesigen grauen Wolf offenbarte. Er war dreimal so groß wie ein normaler Wolf, aber dünn und mit kahlen Stellen in seinem Fell. Schaum säumte sein Maul, und Sabber sickerte durch seine scharfen Zähne, während er sich anschlich.

Sie stolperte rückwärts. »Das ist er nicht!«

Cassiel packte sie am Ellbogen, und sie rannten los. Mit einem Sprung schubste der Wolf Dyna zu Boden und riss sie aus seinem Griff, als sie auf den Boden stürzten. Ihr schrecklicher Schrei hallte in seinen Ohren wider. Er sammelte die Kraft in seinen Flügeln, wirbelte herum und peitschte sie gegen die Bestie. Der Schlag schleuderte sie über die Lichtung, aber sie kam schnell wieder auf die Beine.

Cassiel hielt seine Flöte wie ein Messer und spannte seine Beine an. Silber würde die Kreatur töten, solange er einen durchdringenden Schlag ausführte.

Der Wolf schlich sich an sie heran, als ein junger Mann durch das Gebüsch stürmte. Er riss sich die Kleider vom Leib und sprang in die Luft, verwandelte sich noch im Flug in einen schwarzen Wolf und riss ihren Angreifer aus dem Weg. Die monströsen Bestien rangen am Boden miteinander – eine knurrende Masse aus Fell und Zähnen.

Cassiel zog Dyna auf die Beine und schob sie in Richtung der Klippen. »Geh!«

Aber sie blieb an Ort und Stelle und starrte die Kreaturen an, ihre Hand entsetzt vor den Mund gelegt.

Die beiden Wölfe umkreisten sich auf der Lichtung, ihre reflektierenden gelben Augen leuchteten in der Nacht. Der schwarze Wolf war massig und viel stärker. Das hielt den grauen jedoch nicht davon ab, ihn herauszufordern. Sie stürzten sich aufeinander und bissen sich gegenseitig ins Fleisch.

Cassiel beobachtete ihre Angriffe und stellte fest, dass der Kampf nicht mehr lange dauern würde. Der schwarze Wolf war auf dem Vormarsch, obwohl er nicht darauf aus war, zu töten. Er versuchte immer wieder, seinen Gegner in den Wald zu treiben, aber das Tier war unnachgiebig. Es versuchte weiter, Dyna zu erreichen. Der schwarze Wolf stürzte sich auf den grauen und schleuderte das massive Tier über die Lichtung. Mit einem lauten Knall prallte es gegen einen Baum und warf ein paar Blätter auf den Boden. Es stand nicht wieder auf.

Der schwarze Wolf stieß ein leises Heulen aus. Er umkreiste vorsichtig den Baum und beäugte das gefallene Tier. Als es sich nicht bewegte, näherte sich der schwarze Wolf dem grauen, der sich daraufhin rührte und ihm in den Hals biss.

»Nein!«, schrie Dyna und lenkte damit die Aufmerksamkeit des grauen Wolfes zurück auf sich.

Der schwarze Wolf griff ihn an, und sie rollten außer Sichtweite in das Unterholz. Bösartiges Knurren erfüllte die Lichtung. Ein scharfes Heulen schnitt durch die Nachtluft und fand ein abruptes Ende. Nach einer kurzen Stille ertönte jenseits des Waldes ein Chor von kläglichem Heulen. Der eindringliche Klang ließ jeden Muskel in Cassiels Rücken steif werden.

Das Gebüsch raschelte, und der massive schwarze Wolf trat mit glitzernder Schnauze hervor.

»Zev!« Dyna rannte zu dem Wolf und schlang ihre Arme um seinen Hals, vergrub ihr Gesicht in seinem dicken Fell. Er wimmerte leise und schmiegte sich an ihre Wange, wobei er Blutspuren auf ihrer Haut hinterließ.

»Dieses *Ding* ist mit dir verwandt?«, fragte Cassiel. Vielleicht war *Cousin* nur eine Art Kosename.

Der Wolf grollte und fletschte seine Zähne.

»Das ist Zev.« Dyna löste sich von ihm, eilte zu den Büschen, sammelte die verstreuten Kleider und Stiefel ein und legte sie neben das Tier.

Als sie sich umdrehte, veränderte sich die Gestalt des Wolfes. Sein Fell verschwand und gab den Blick auf einen zusammengekauerten, nackten, jungen Mann frei. Zev richtete sich zu seiner vollen Größe auf. Er war deutlich größer als Dyna und hatte einen breiten, muskelbepackten Körper. Im Mondlicht konnte Cassiel die entstellten Narben, die ihn überzogen, kaum erkennen. Zevs Augen leuchteten nicht mehr gelb. Sie hatten einen anderen Farbton, der in der Nacht nicht wahrnehmbar war, aber sein wirres, dunkles Haar und sein ungepflegtes Gesicht verbargen kaum die wilden, scharfen Züge, die andeuteten, was er wirklich war.

Cassiel konnte sich nicht erklären, was er da sah. Er blickte zwischen Zev und dem Mond hin und her, der durch die Äste schaute. Dieser Werwolf verwandelte sich nachts in seine menschliche Gestalt. Aber wie?

Zev zog sich schnell die Hose an und schlüpfte in eine schmutzige weiße Tunika, dann in seine Stiefel. »Dyna, geht es dir gut?« Seine Stimme war voller Sorge.

»Ja.« Sie drehte sich mit einem Lächeln zu ihm um, aber es bröckelte beim Anblick des Blutes, das an seinen Rippen durch die Tunika sickerte. »Du bist verletzt.«

»Das ist nichts.« Er legte seine Hände auf ihre Schultern. »Ich habe das Schlimmste befürchtet, als ich deinen Geruch gewittert und realisiert habe, dass Faolan dich jagt.«

»Faolan?« Sie blickte zu den Büschen. »Ist er vom Lykos-Pack?«

»Das war er.«

Dynas Gesichtszüge entglitten ihr. »Es tut mir leid.«

»Es musste sein. Er war wild und hätte nicht aufgehört.«

Wild? Cassiel runzelte die Stirn. Er hatte gedacht, dass alle von Zevs Art wild waren.

Dynas Augen weiteten sich. »Hatte er den Verstand verloren?«

Auf die Frage hin wandte das Werwesen den Blick von ihr ab. Was meinte sie mit ›den Verstand verloren‹?

»Hat er dich verletzt?«, fragte Zev stattdessen. Er untersuchte ihre zerkratzten Arme und Beine.

»Mir geht es gut. Lass mich dein Wunde versorgen. Es wird nur einen Moment dauern.« Dyna wollte die Bisswunde an seinem Hals berühren, aber er nahm ihre Hand und senkte sie vorsichtig, als wäre er sich bewusst, dass er sie mit seinen scharfen Nägeln verletzen könnte.

»Das ist nicht nötig. Schon morgen wird sie nicht mehr als eine Narbe sein.«

Sie seufzte. »Lass sie mich wenigstens einsalben, sonst könnte sie sich infizieren.«

Er widersprach nicht weiter. Fassungslos sah Cassiel zu, wie sich Zev von ihr eine wachsartige Substanz aus einem Tiegel, den sie aus ihrer Tasche holte, auf seine Wunden schmieren ließ. Dyna hatte wirklich keine Angst vor dem Wolfsmann, und er machte auch keine Anstalten, sie anzugreifen.

»Wie hast du hierhergefunden?«, fragte Zev, während sie ihre Arbeit verrichtete. »Ich wollte dich in einer Woche in North Star treffen. Du hättest nicht herkommen sollen. Lykos Peak ist kein Ort für Menschen.«

»Das habe ich ihr auch gesagt«, murmelte Cassiel.

Der Werwolf wandte sich ihm zu und zog die Augenbrauen zusammen. Die verlängerten Eckzähne blitzten in seinen Mundwinkeln auf, als er sprach. »Guten Abend.«

Cassiel entschied, nicht zu antworten.

Zev warf Dyna einen ernsten Blick zu. »Würdest du mich mal aufklären?«

Sie fummelte an dem Glas herum und verstaute es wieder in ihrer Tasche. »Nun, ich...«

Zev drehte sich in Richtung Wald, seine Augen flackerten gelb.

Cassiel verstummte, als ein weiterer Chor von Heulern in der Ferne ertönte – sie klangen viel näher als zuvor.

»Wir müssen gehen.« Zev eilte zum Gebüsch und zog einen zerfledderten Rucksack hervor. Er hängte ihn sich über die Schulter, sein sperriger Inhalt klirrte darin.

Dyna musterte ihn. »Wolltest du abhauen? Du hast mir versprochen, das zuerst mit mir zu besprechen.«

»Es ist nicht der richtige Zeitpunkt, zu diskutieren.«

Zev zog sie zu den Klippen. Cassiel folgte ihnen. Sobald sie den Wald hinter sich gelassen hatten, stob er wieder in die Luft.

Der Werwolf und Dyna sprinteten zu der Baumbrücke, die die beiden Klippen verband. Zev warf sie auf den Stamm des Baumes, bevor er selbst hinaufsprang und sie hochhob. Mit ihr im Arm, eilte er hinüber und bewegte sich mit schnellen und wendigen Schritten. Auf der anderen Seite angekommen, sprang er von der Brücke und setzte Dyna ab, um die Baumwurzeln zu packen. Cassiel sah sprachlos zu, wie das Holz knarrte und ächzte und sich langsam aus der Erde löste. Zevs Rücken spannte sich an, als er die Baumbrücke mit unvorstellbarer Kraft von der Kante stieß. Der Baum stürzte den Abgrund hinunter und zerschellte an den Felsen darunter.

Er starrte über die Klippe hinweg auf den Wald von Lykos Peak. Cassiel folgte seinem Blick zu den mehreren gelben Augen, die in der Dunkelheit leuchteten.

Das Lykos-Rudel.

Zev wandte den Blick nicht ab, bis sie sich zurückzogen. »Sie werden uns nicht hierher folgen. Das Rudel hat einen Vertrag mit Hilos, der sie daran hindert, die Territorialgrenzen zu überschreiten.«

Das hätte Cassiel wissen müssen, aber er ignorierte oft seine Regierungsstudien oder alles andere, was ihn nicht interessierte. Er war davon ausgegangen, dass die Werwesen nicht in ihr Reich eindrangen, weil eine Kluft ihre Territorien trennte. Aber wenn das stimmte, warum war Zev dann auf celestischem Boden?

Zev stieß einen langen Seufzer aus und rieb sich über das Gesicht. »Was für eine Nacht.«

»Ja, sie war sehr ereignisreich«, stimmte Dyna zu.

Sein wachsamer Blick hüpfte zwischen ihr und Cassiel, der über ihnen schwebte, hin und her, dann stöhnte er. »Warum hast du den Verbotenen Wald betreten? Er ist aus gutem Grund verboten, Dyna.«

Sie trat gegen einen kleinen Kieselstein und scharrte mit ihrem Schuh im Schmutz. »Warum hast du es mir nicht gesagt?«

Der Werwolf presste die Kiefer zusammen, und seine Augen glitten wieder zu Cassiel hinauf. Sie wussten beide, dass er ihr niemals von den Celestials hätte erzählen können.

Cassiel flog zu einem nahen Baum und landete auf einem Ast. »Sie ist den Wächtern in die Arme gelaufen. Hat beinahe ihren Kopf verloren.«

Zev starrte sie an.

Dyna nickte verlegen. »Er hat mir das Leben gerettet.«

Cassiel verschränkte die Arme vor der Brust und ließ sich neben dem Baumstamm nieder. »Ich habe dein Leben mittlerweile dreimal gerettet, dummer Mensch.«

»Wie bitte?«, knurrte Zev ihn an.

»Ich denke, ich habe mich klar ausgedrückt.« Ihre bisherigen Mätzchen hatten nur bewiesen, dass der Spitzname angemessen war.

»Ihr habt meinen Dank, Eure Hoheit«, brummte Zev. »Aber wenn Ihr gedenkt, eine Schuld einzutreiben, seid Euch eines bewusst: Ich werde niemals zulassen, dass meine Cousine Eure Lebensdienerin wird.«

»Ich bin kein Sklaventreiber.«

»Warum seid Ihr ihr dann gefolgt?«

Cassiel blickte auf die Frau, die im Vergleich zu ihrem Cousin so klein war. So sehr sie ihn auch nervte, er hatte sie nicht zum Sterben zurücklassen können.

»Keine Sorge, er hat mich von meiner Schuld befreit«, sagte sie, und Zevs Schultern entspannten sich. »Er ist sehr viel netter als die anderen Seraphim.«

»Er ist ein Celestial, Dyna.«

»Oh, stimmt, das sagte er bereits.« Doch ihr Stirnrunzeln verriet, dass sie den Unterschied nicht kannte.

Cassiel lehnte seinen Hinterkopf gegen den Baumstamm. »Die Seraphim entstammen dem Tor des Himmels. Sie sind nicht an die Erde gebunden. Anders als die Celestials.«

Das war alles, was er zu dem Thema zu sagen hatte. Er war nicht in der Stimmung, ihnen eine Geschichtsstunde zu erteilen.

»Vergebt mir«, erwiderte Dyna. »Damit ich Euch nicht ständig fälschlicherweise als Seraphim bezeichne, darf ich bitte Euren Namen erfahren?«

Er wollte nicht antworten, aber ihre sanften Augen ließen ihm keine Ruhe. Er flog hinunter und landete in einem vorsichtigen Abstand auf einem Stück Rasen. »Ich bin Cassiel Soaraway, dritter Prinz von Helios.«

Der Werwolf nickte ihm zu. »Ich bin Zev Astron aus Lykos Peak.«

Dyna lächelte. »Ich bin Dyna Astron aus North Star.«

Er hätte fast gelacht. Sie konnten nicht von ihm erwarten zu glauben, dass ein Mensch und eine Bestie zum Hause Astron gehörten – einer der mächtigsten Magierfamilien aus Magos. Die

Magier waren eine reinblütige Elite. Sie vermehrten sich nicht außerhalb ihrer Rasse. Aber Cassiel ignorierte die Lüge, denn er hatte dringendere Fragen.

»Was *bist* du?«, fragte er Zev. »Werwesen müssen im Mondlicht bis zum Morgengrauem als Bestien wandeln. Wie kannst du deine menschliche Gestalt annehmen?«

Zev legte den Kopf schief, und sein Blick fixierte ihn. »Für einen Celestial seid Ihr auch einzigartig, Eure Hoheit.«

Wut wallte in Cassiel auf. Dyna sah ihn fragend an, und sein Gesicht erhitzte sich. Wenn sie wüsste, was er war, würde sie ihn nicht mit einem Seraph oder gar einem Celestial verwechseln. Sie würde ihn das andere Wort nennen, das er so sehr hasste. Warum sollte es wichtig sein, was sie dachte?

»Dyna, das Heilige Gesetz verpflichtet dich dazu, den Prinzen dafür zu entschädigen, dass er dein Leben gerettet hat«, erinnerte Zev sie.

»Ja, natürlich.« Sie wandte sich wieder an Cassiel und lächelte. »Bitte erlaubt mir ein Zeichen meiner Dankbarkeit.«

»Wie ich schon sagte, ich möchte nichts von dir. Du hast eindeutig weder Reichtum noch Ansehen, geschweige denn auch nur einen Funken Intelligenz. Alles, was du mir schenken könntest, wäre nutzlos für mich.« Er ging an ihr vorbei und ignorierte den kleinen Anflug von Schuldgefühlen, als der Schmerz auf ihrem Gesicht aufblitzte.

Ein beängstigendes Knurren hallte durch den Wald und ließ ihn zusammenzucken.

Zev pirschte sich an ihn heran, und seine Augen blitzten gelb. Das tiefe, bedrohliche Knurren der Bestie ließ ihn erschaudern. Da er nicht in der Lage war, außer Reichweite zu fliegen, machte Cassiel seine Flöte bereit. Er würde nicht kampflos untergehen.

»Nein, Zev!« Dyna stellte sich zwischen sie und legte ihre Hände auf Zevs bebende Brust.

Bei den Göttern, was tat dieser dumme Mensch da? Er erwartete, dass die Bestie Dyna zerreißen würde, aber zu seinem Erstaunen blieb sie an Ort und Stelle stehen.

»Es ist meine Schuld«, sagte sie. »Ich habe ihn beleidigt. Und jetzt beruhige dich. Atme.«

Zev atmete tief und zitternd ein, mehrere Male, bis sich seine Augen wieder normalisierten und das Fell an seinen Armen zurückging. Dyna flüsterte etwas, und er richtete seinen Blick auf die silberne Flöte. Cassiel war bereit gewesen, sie durch Zevs Brust zu stoßen, wenn er ihm noch näher gekommen wäre.

»Es tut mir leid, Eure Hoheit«, entschuldigte sich Dyna bei ihm. »Es ist sicher.«

Cassiel glaubte ihr nicht. In der Nähe dieses *Dings* konnte man nicht sicher sein. »Du kannst ein Biest nicht zähmen.«

Sie biss sich auf die Unterlippe und wich seinem Blick aus. »Er wird weder mich noch Euch verletzen.« Sie warf Zev einen strengen Blick zu. »Manchmal lassen sich Werwölfe provozieren, wenn es darum geht, ihre Familie zu schützen. Wenn er das Gefühl hat, dass ich bedroht oder verletzt werde, kommt sein Wolf zum Vorschein.«

Hatte er ihr etwas angetan? *Verbal*, nahm Cassiel an. Er sollte sich entschuldigen, aber sein Stolz verdrängte diesen Gedanken.

Zev wich von ihnen zurück und rieb sich das Gesicht. »Die Dunkelheit ist eingebrochen. Wenn wir nicht gehen, werden wir bald die Gejagten sein.«

KAPITEL 7

ZEV

Zev wusste, dass er einen Fehler gemacht hatte, als er den wilden Ausdruck auf Dynas Gesicht sah. Er hörte ihre schnellen, bebenden Atemzüge, als sie sich umdrehte und den stillen Wald nach der Präsenz absuchte, die sie verfolgte, sobald die Dunkelheit einbrach. Sie kauerte auf ihren Knien und schrumpfte so klein wie an dem Tag, als er sie in der Höhle unter dem *Hyalus*-Baum in den Bergen gefunden hatte.

Er drängte sich an dem verwirrten Celestial-Prinzen vorbei und schloss sie in seine Arme. Das war der schnellste Weg, um Dynas Schrecken zu vertreiben. Sie brauchte die physische Präsenz einer anderen Person, um sich daran zu erinnern, dass sie nicht allein war.

»Du hast nichts zu befürchten«, besänftigte Zev sie. »Ich bin bei dir.«

Er konnte hören, wie ihr Herz unruhig schlug. Ihre zitternden Hände krallten sich in seine Tunika, klammerten sich an ihn wie Treibholz in dem Sturm ihrer Panik. Zev schmeckte ihre Angst, ihre Haut war eiskalt. Er hielt sie in einer Umarmung fest und gab ihr seine ganze Wärme. So verharrten sie, bis sich ihr steifer Körper langsam entspannte und ihr Zittern nachließ.

»Danke«, murmelte sie. »Mir geht's wieder gut.«

Cassiel musterte ihn. Es stand außer Frage, dass er sich wunderte, was gerade passiert war. Doch bevor Zev es ihm erklären konnte, wurde er von dem Schlagen sich nähender Flügel unterbrochen. Die Baumkronen raschelten, als ein Schwarm Celestials ihnen entgegenflog. Ihre Flammenschwerter loderten in der Nacht.

Dyna rappelte sich auf, wich zurück und zerrte an seiner Tunika. »Sie müssen meinetwegen hier sein.«

Aber sie würden sie nicht bekommen. Fell spross aus Zevs Armen, und seine Krallen fuhren aus, als er sich darauf vorbereitete, sie alle zu bekämpfen. Die Wächter machten als Antwort ihre Waffen bereit. Er verfolgte ihre Bewegungen und entschied, wen er zuerst ausschalten wollte.

»Sei kein Narr«, sagte Prinz Cassiel. »Der Schütze hat dich im Visier.«

Zev erkannte den Celestial, der einen Pfeil gespannt hatte und auf ihn zielte. Die Pfeilspitze glitzerte im Mondlicht. Zwar war er im Kampf talentiert, jedoch war der Schütze zu nah, als dass er Dyna davor bewahren könnte, getroffen zu werden.

Der Prinz adressierte den Wächter in der Mitte. »Warum seid Ihr hier, Hauptmann Gareel?«

Zev hatte den Hauptmann schon oft gesehen, wenn er durch Hilos gewandert war, um nach North Star zu gelangen. Die Celestials hatten ihn nie bemerkt, wenn er vorbeigekommen war. Er hatte sich immer im Schutz der Dunkelheit als Wolf vorbeigeschlichen, aber *sie* waren im Laub leicht zu erkennen.

Celestials leuchteten.

Ihr Licht war für andere gedämpft, aber vor den Augen eines Wolfes konnten sie ihren goldenen Schein nicht verbergen. Ein Zeichen dafür, dass sie nicht von dieser Welt waren. Normalerweise stanken sie auch nicht.

Zevs Nase kräuselte sich angesichts des Geruchs von verbranntem Leder. Hauptmann Gareels zerfetzte Kleidung und Rüstung waren verbrannt. Ruß befleckte sein langes Haar und seine Flügel. Er schien durch Feuer gelaufen zu sein, war aber ansonsten unverletzt. Obwohl der Prinz zu ihm gesprochen hatte, blieb die Aufmerksamkeit des Hauptmanns auf Dyna gerichtet, sein Gesicht vor Wut verzerrt.

»Es tut mir leid«, sagte Dyna sanft. »Ich wollte Euch nicht verletzen.«

Hauptmann Gareels Blick veränderte sich. Zev sah zwischen ihnen hin und her. Sie war für sein Erscheinen verantwortlich?

»Ah, also stimmt es also«, ertönte eine amüsierte Stimme am Ende der Schar.

Die Wächter verbeugten sich, als ein weiterer durch ihre Reihen schlüpfte. Dieser Celestial strahlte eine Kraft und Eleganz aus, die zu der tiefblauen Seide seines Gewandes passten. Das Alter tat der Pracht seines Gesichts keinen Abbruch, das von goldenem Haar und einem kurzen Bart umrahmt war. Selbst in der Dunkelheit strahlte er ein Licht aus, das weitaus brillanter war als das der anderen. Eine königliche Krone aus Gold und Saphiren schmückte sein Haupt.

Prinz Cassiel verbeugte sich tief vor ihm.

Der Celestial nickte ihm zu, bevor er seinen Blick auf Zev und Dyna richtete.

»Eindringlinge«, presste Hauptmann Gareel zwischen zusammengebissenen Zähnen hervor. »Vor euch steht seine königliche Hoheit Yoel Soaraway. Ein heiliger Sohn des Himmels, Hochkönig von Hilos und der vier Celestial-Reiche. Ihr. Werdet. *Knien*.«

Zev packte Dynas Ellbogen und zog sie mit sich auf den Boden. Er spannte sich an und hielt den Kopf gesenkt, als der König sie umkreiste.

»Cassiel«, sagte König Yoel im Plauderton, seine Stimme war müßig und sanft. »Stell dir vor, wie überrascht ich war, als der Hauptmann mich über deine Begegnung mit einem Menschen in meinem Wald informierte und dass du es für angemessen hieltest, die Wächter von ihrem Posten zu entlassen.«

»Ich hatte wenig Vertrauen, dass sie sich an meinen Befehl halten würden, ihr nichts zu tun, Sire«, erwiderte der Prinz gleichgültig.

»Du hast unsere Gesetze missachtet, indem du sie verschont hast.« Der Hochkönig klang eher neugierig als wütend. »Warum?«

Cassiel hielt seinen Blick respektvoll gesenkt, als er sich steif von seiner Verbeugung erhob. »Weil sie keine Wilderin ist.«

Zev ballte die Fäuste, um den Wolf in seinem Inneren zu bändigen. Sie sprachen über Dyna, als ob sie ihnen nicht zuhörte, während sie über ihr Leben diskutierten. Er spürte ihre Verwirrung, aber sie tat gut daran, sittsam und ruhig zu bleiben.

Zev holte kurz Luft, bevor er den Kopf leicht hob. König Yoel stand mit verschränkten Armen da, die Mundwinkel missbilligend verzogen. Nur ihre Nasen und Kiefer ähnelten sich, sonst nichts. Ihre farbigen Merkmale waren völlig gegensätzlich. Der Prinz verschmolz mit der Dunkelheit, während der König das Licht war.

»Du hast das Gesetz gebrochen, Sohn.«

Cassiel hob den Kopf, in seinen Augen blitzte ein Hauch von Trotz auf. »Ich bin *nicht* der Erste.«

Das musste eine Bedeutung gehabt haben, denn auf dem Gesicht des Hochkönigs erschien etwas, bevor es ihm entglitt. »Das ist eine ernstzunehmende Angelegenheit. Das Gericht hält sich strikt an König Raels Gesetze.«

»Dieser Mensch ist unschuldig. Er möchte uns nichts tun. Dessen habe ich mich vergewissert.«

König Yoel sah zu Dyna. »Hast du das?«

»Ja.« Cassiel verschränkte die Arme vor der Brust. »Deswegen gewähre ich ihm königliche Immunität und Amnestie. Das ist mein gutes Recht, und der Königshof kann nichts dagegen einwenden.«

Sein Vater und die Wächter starrten ihn an.

»Eine solche Absolution stellt eine ewige Verpflichtung für euch beide dar«, sagte König Yoel. »Sie erfordert Treue und Loyalität dieser jungen Frau. Die Folgen sind schwerwiegend, wenn sie jemals wegen Missachtung verurteilt wird. Bist du dir sicher, dass du ihr diese Absolution erteilen willst?«

Cassiel seufzte, als wäre das ganze Thema nicht von Bedeutung. Zev wusste wenig über das celestische Gesetz, aber was der Prinz anbot, war Schutz auf eigene Kosten. Wenn Dyna jemandem von der Existenz der Celestials erzählte, wäre ihr Leben ebenso verwirkt wie das seine.

»Ja«, antwortete Cassiel. »Ich bin mir sicher.«

Der Hochkönig hob seine Augenbrauen und sah zwischen seinem Sohn und Dyna hin und her. »Na schön, dann habe ich keine andere Wahl, als sie in deine Obhut zu entlassen. Du bist verantwortlich für ihre Diskretion.«

»Was ist mit dem Werbiest, Eure Majestät?«, fragte Hauptmann Gareel.

Der Hochkönig musterte Zev nachdenklich. »Wir teilen unsere Grenzen mit dem Lykos-Rudel seit Jahrhunderten. Wir haben keine Probleme mit den Werwesen und werden jetzt auch keine heraufbeschwören«, sagte er und forderte die Wächter auf, sich zurückzuziehen.

In Zevs Kopf meldete sich ein knirschendes Flüstern, das wie Krallen durch ihn hindurch zog. *Wird sich ihre Entscheidung ändern, wenn sie herausfinden, dass du kein Rudel hast? Was werden sie denken, wenn sie erfahren, was du getan hast?*

»Zev?«, rief Dyna mit schwacher Stimme. Sie sah auf seine Arme, aus denen Fell wuchs, und seine Finger gruben sich in die Erde.

Wenn er den Wahnsinn nicht zum Schweigen brachte, würde er sich verwandeln. Er schloss die Augen und konzentrierte sich auf die Gerüche von feuchter Erde, Kiefer und altem Laub, bis das Flüstern verklang. Der Wahnsinn konnte ihn später verdammen.

Die Wächter steckten ihre Schwerter in die Scheiden – bis auf den Hauptmann, dessen weiße Flamme in dem dunklen Wald hell leuchtete. Der Bogenschütze ließ seinen geladenen Bogen sinken, hielt ihn aber bereit. Zev spürte, wie er jede seiner Bewegungen verfolgte.

»Erhebt euch«, forderte der Hochkönig. »Euch wird kein Leid zugefügt werden.«

Zev half Dyna aufzustehen, und sie trafen beide auf seinen durchdringenden Blick. »Vielen Dank, Eure Majestät.«

»Und mit wem habe ich das Vergnügen, Bekanntschaft zu machen?«

»Ich bin Zev, und das ist Dynalya aus North Star.«

Dyna drückte den Saum ihres Kleides zusammen und knickste.

Der Hochkönig neigte den Kopf. »Es ist mir wirklich eine Freude, Euch kennenzulernen, meine Liebe. Ihr müsst ein Wunder sein, schließlich habt Ihr die Gunst meines Sohns erlangt. Als ich von seinem Vergehen erfuhr, kam ich, um selbst zu sehen, was ihn zu einer solchen Tat getrieben haben könnte.« Er zögerte, bevor er die Hand ausstreckte und ihre Wange berührte. Seine Augen schlossen sich, und er lächelte. »Ich verstehe.«

Zev knurrte. Der König war auf Seelensuche. Die celestische Fähigkeit, die Seele eines anderen zu sehen, war eine ziemlich intime Angelegenheit, und es gefiel ihm nicht, dass er das mit seiner Cousine tat. Ohne nachzudenken, griff er nach Dyna, und der Bogenschütze ließ sofort seinen Pfeil los. Zev riss sie aus dem Weg und wappnete sich.

Doch der Pfeil traf ihn nicht. Stattdessen spritzte ein Blutstropfen auf seine Wange.

Die Wächter zogen ihre flammenden Schwerter und fluteten den Wald erneut mit Licht. Zev blickte auf die ausgestreckte Hand des Prinzen, die von einer blutigen Pfeilspitze durchbohrt war. Rote Rinnsale liefen seinen blassen Arm hinunter und schimmerten auf dem Weiß seines Seidengewandes.

»Euch wurde befohlen, euch zurückzuhalten«, zischte Cassiel zwischen zusammengebissenen Zähnen.

Dyna starrte den Prinzen an, genauso wie Zev. Er konnte nicht glauben, dass Cassiel eingeschritten war. Der Prinz blickte an ihm vorbei zu Dyna und musterte sie, als wolle er sich vergewissern, dass sie nicht verletzt war. Hatte er es für sie getan?

Zev senkte demütig den Kopf.

König Yoel gluckste. »Was ist passiert? Er hat sich so schnell bewegt, dass ich ihn fast nicht gesehen habe.«

»Seid vorsichtig, Sire.« Cassiel zog eine Grimasse, als er den Pfeil aus seiner Handfläche zog und ihn wegwarf. »Es scheint, dass Werwesen einen Hang zur Streitlust haben.«

Der Prinz ließ seine verwundete Hand neben seinen Körper fallen. Scharlachrote Spuren rannen an seinen Fingern hinunter und sammelten sich in einer Pfütze neben seinen Füßen. *Tropf, tropf, tropf,* hallte es in Zevs Ohren wider. Der süße, metallische Geruch von celestischem Blut berauschte seine Sinne.

»Warum hilft ihm niemand?«, fragte Dyna.

Es interessierte niemanden, dass Cassiel blutete. Niemand rührte sich, um ihm zu helfen, nicht einmal sein Vater. Bevor Zev es ihr erklären konnte, eilte Dyna zu dem Prinzen. Sie riss ein Stück von ihrem Wollkleid ab und drückte es auf seine Wunde. Er versuchte, sich von ihr loszureißen, aber sie hielt ihn fest.

»Bitte haltet still. Ich gebe Euch Laudanum gegen die Schmerzen und werde die Wunde nähen.«

»Das ist nicht nötig«, sagte er, seine Augen wurden trüb. »Mir geht es gut.«

»Das tut es nicht.«

Cassiels angespannte Miene glättete sich, seine Lider fielen zu, als sich seine Finger um ihre legten. Zev blickte zu den anderen und fragte sich, wie sie darauf reagieren würden. Aber die Celestials sahen schweigend zu, und der Hochkönig lächelte leicht.

Das war es, was der Prinz gemeint haben musste, als er gesagt hatte, er habe Dynas Unschuld bewiesen. Er hatte ihre Seele gesehen.

»Prinz Cassiel?«, rief sie besorgt. »Werdet Ihr ohnmächtig? Ihr habt eine Menge Blut verloren.«

Er riss die Augen auf und zog seine Hand weg. »Deine Sorge ist unangebracht. Ich blute nicht länger.«

»Das ist lächerlich. Ein Pfeil durchbohrte Eure...«

Cassiel zog das getränkte Tuch ab, um zu zeigen, dass er tatsächlich nicht mehr blutete. Zev sah erstaunt zu, wie sich Muskeln und Haut wie auf einem unsichtbaren Webstuhl zusammenfügten, bis seine Hand ohne die Spur einer Narbe blieb. Die purpurnen

Flecken auf seiner Kleidung waren der einzige Hinweis auf die Verletzung.

Zev wusste von den selbstheilenden Kräften der Celestials, aber es mit eigenen Augen zu sehen, grenzte an ein Wunder.

»Beim Urnengott,«, wisperte Dyna.

»Vergebt den Wächtern ihre Impulsivität, meine Liebe«, sagte der König. »Wir haben hier nicht viele Besucher.«

Der Blick des Hauptmanns war auf den Bogenschützen gerichtet. »Du hast das Blut des Prinzen vergossen. Andere wurden für weniger verbannt!«

Der Schütze kniete nieder vor König Yoel und senkte seinen Kopf. »Vergebt mir, Sire.«

»Ich bin mir sicher, dass du nicht vorhattest, meinem Sohn zu schaden. Jedoch sagte ich, dass unseren Gästen kein Leid widerfahren darf. Was für einen Wert haben meine Worte, wenn sie nicht befolgt werden?« Der König sah zu Cassiel. »Dennoch werde ich dir die Entscheidung über sein Schicksal überlassen. Möchtest du, dass er verbannt wird?«

Der Prinz warf ihm einen Blick zu, der kaum unterdrückte Verärgerung ausdrückte. »Ich werde niemandem die Flügel stutzen.«

Dynas Augen weiteten sich, und sie sah zu Zev. Er nickte leicht. Verbannung bedeutete den Verlust der Flügel. Die Celestials konnten nicht hinaus in die Welt der Menschen, solange sie sie hatten. Sie waren eine geheime Rasse, die im Verborgenen lebten, und konnten nicht zulassen, dass man sie erkannte.

»Mein Sohn hat dir Gnade erwiesen. Sieh das nicht als Selbstverständlich an«, sagte der König.

Der Schütze verbeugte sich vor Dankbarkeit noch einmal.

»Kümmere dich um das Chaos, das du angerichtet hast«, bellte Hauptmann Gareel.

Cassiel ließ das blutige Tuch fallen und schob Dyna beiseite, als sich der Bogenschütze näherte. Er bot dem Prinzen einen Wassersack an, den er von seinem Gürtel hakte. Während sich Cassiel die Hände wusch, bewegte der Bogenschütze das Tuch in die Blutlache und brach den blutigen Pfeilschaft in zwei Hälften, bevor er ihn mit einer Handvoll Anzündholz darauf warf und ihn anzündete.

Zev sah zu, wie die Flammen alles verzehrten. Sie konnten keine Spuren ihrer Existenz hinterlassen, die jemand hätte entdecken können – schon gar nicht Heiliges Blut.

Cassiel schüttelte den Kopf, das Feuer färbte seine Silhouette orange. »So aufregend dieser Tag auch war, wir müssen zur Burg zurückkehren, Sire.«

Yoels Lächeln wurde breiter. »Ja, da hast du recht. Herr Wolf, junge Dame, es wäre mir eine Ehre, wenn ihr uns heute Abend zum Essen begleiten würdet.«

Zum Abendessen?

Der Schreck, der jedem Celestial ins Gesicht geschrieben stand, entging Zev nicht.

KAPITEL 8

ZEV

Das Schloss Hilos ruhte auf einem Gipfel. Seine spitzzulaufenden Türme ragten hoch in den Himmel, durchstoßen den Schweif aus Sternen. Fackeln leuchteten in der Nacht, aber es war die biolumineszierende Pflanzenwelt, die das in den Hang eingebettete Königreich hervorhob. Der Gipfel befand sich auf einer Bucht, der Halbmond spiegelte sich in der Oberfläche des Meeres. Das leise Rauschen der Wellen, die an der Küste aufschlugen, trug den Duft von Salzlake in die Luft. Die Schönheit dieses Ortes wirkte, als sei ein Stück des Himmels auf das Land Urn herabgestiegen.

Zev wich Dyna nicht von der Seite, als die Wächter auf den Gipfel zumarschierten und sie über eine schmale Steinbrücke brachten, die zu dem Schloss führte. Sie kamen an tosenden Wasserfällen vorbei, die einen feinen Nebel über ihnen versprühten. Der Hochkönig und der Prinz flogen außer Hörweite von Zev und führten ein privates Gespräch. Währenddessen führten die Wächter sie zu hohen schmiedeeisernen Toren, die mit rostigen Ketten umwickelt und seit Jahrhunderten nicht mehr geöffnet worden waren.

Yoel und sein Sohn flogen voraus mit Hauptmann Gareel, landeten auf einem der vielen Balkone des Schlosses und begaben sich nach drinnen. Ein anderer Wächter holte einen Schlüsselbund hervor und öffnete die Ketten. Zwei weitere kümmerten sich um die dicken Balken und zogen sie mit der Kraft ihrer Flügel weg. Zev zuckte zusammen, als er das Geräusch der korrodierten Scharniere hörte, die beim Öffnen kreischten.

Prinz Cassiel kehrte bald zu ihnen zurück und landete neben Dyna in sauberer Kleidung. Es war offensichtlich, dass es ihm nicht gefiel, dass Zev und Dyna hier waren, aber sein Vater bestand darauf und man konnte dem König nicht wiedersprechen.

»Bleib dicht bei mir«, wies er sie an.

Zev versuchte, die Pracht des Schlosses nicht zu bestaunen, als ihre Schritte durch den ruhigen Innenhof hallten. Sie folgten dem Prinzen zu dem Haupteingang, und er führte sie in die große Halle. Im Inneren waren alle Oberflächen aus poliertem Marmor; vergoldete Ranken und Blätter schmückten die Säulen, jedes Detail war sorgfältig und makellos. Von den hohen Decken der Kathedrale hingen Kronleuchter herab und warfen zartes Licht in die ruhigen Säle.

Königliche Wachen standen an jeder Ecke, steif und beinahe leblos in ihren vergoldeten Rüstungen, die im Licht der Kerzen glänzten. Ihre kalten Blicke folgten ihnen, als sie an ihnen vorbeiliefen. Die Atmosphäre hier fühlte sich nicht richtig an. Sein Wolf wanderte in ihm herum, unruhig und aufgeregt.

Cassiel führte sie vor eine Reihe massiver goldener Türen und warf ihnen einen Blick über die Schulter zu, wobei sich seine Kiefer anspannten. »Passt gut auf euch auf, solange ihr hier seid«, sagte er schroff. »Geht nirgendwo allein hin. Sprecht mit niemandem.« Seine kühlen Augen richteten sich auf Dyna. »Und berührt niemanden. Vor allem sprecht Ihre Majestät nicht an, wenn ihr nicht dazu aufgefordert werdet. Der Hochkönig mag euch hierher eingeladen haben, aber ihr seid nicht sicher vor der Königin, wenn ihr sie beleidigt. Habt ihr das verstanden?«

Zev nickte und wünschte sich, er hätte die Einladung abgelehnt, aber jetzt gab es kein Zurück mehr.

Cassiel entließ die Wächter, und die königlichen Wachen marschierten voran, um ihre Position einzunehmen. Sie öffneten die

Türen und offenbarten ein riesiges Esszimmer. Ähnlich wie der Rest des Schlosses war er mit poliertem Stein und Gold verziert. Zev hörte, wie sich der Herzschlag des Prinzen beschleunigte, aber seine äußere Haltung blieb gleichgültig, während er sie hineinführte.

Mehrere Diener in seidengrauen Gewändern trugen goldene Karaffen und Teller mit Speisen. In der westlichen Ecke befand sich ein massiver Kamin mit einem lodernden Feuer. An den Wänden hingen Wandteppiche mit einem Siegel. Es zeigte Flügel, die sich aus einem gekrönten Schwert ausbreiteten, das in Flammen stand.

In der Mitte des Raumes befand sich ein großer Tisch mit der reflektierenden Oberfläche eines Spiegels. Der Hochkönig saß an seinem Kopfende auf einem gläsernen Thron. Zu seiner Linken war eine prächtige Frau mit einer Mähne aus sonnengesponnenen Locken und einer kunstvollen Krone. Die Königin, so vermutete Zev.

Zur Rechten des Königs hatte sich die königliche Familie niedergelassen, die sich in ihren Gesichtszügen ähnelte. Zwei männliche Personen und eine junge Frau. Sie trugen weiße Seidengewänder mit schimmernden Stickereien, die ihnen bis zu den nackten Füßen fielen. Ihre Haare waren golden, ihre Augen tiefsaphirblau und jeder von ihnen besaß perlenbesetzte Flügel.

Der Raum war ein einziger Widerhall von rasenden Herzen. Nur der Herzschlag des Königs war ruhig, aber Zev spürte die Wut und die Besorgnis in der Luft. Sie hätten nicht kommen sollen.

»Willkommen!«, durchbrach König Yoels Stimme die Stille. »Bitte, gesellt euch zu uns.«

Cassiel ließ sie allein, um seinen Platz am Ende des Tisches einzunehmen, weit weg von den anderen.

»Es ist sehr freundlich von Euch, uns einzuladen«, sagte Zev, als sich Dyna verbeugte. »Das ist wirklich eine Ehre.«

Der Anstand verlangte diese Antwort, obwohl sie sich auf seinen Lippen falsch anfühlte. Er war neugierig auf das verborgene Reich der Celestials gewesen, aber jetzt, da er es betreten hatte, wollte Zev nichts mehr, als wieder zu gehen.

»Das Vergnügen ist ganz meinerseits.« Der Hochkönig wies sie an, auf den beiden gläsernen Stühlen Platz zu nehmen, die die Diener in der Mitte des Tisches aufgestellt hatten. Nachdem sie sich niedergelassen hatten, begann er: »Es ist mir eine Freude, meine Familie vorzustellen. Meine Frau, Mirah.« Er deutete auf die Königin, dann auf die anderen, einen nach dem anderen. »Meine Söhne, Malakel und Tzuriel, und meine Tochter, Ariel. Ich habe ihnen erzählt, wie ihr hierhergekommen seid, und die Geschichte hat sie ziemlich fasziniert.«

Daran hatte Zev keinen Zweifel.

Die Königin würdigte sie keines Blickes, und die Prinzen und die Prinzessin saßen steif und mit gesenkten Köpfen da, als ob ihre Kronen zu schwer wären.

Der König beugte sich zu Malakel vor und flüsterte: »Wo ist Prinzessin Briel?«

»Ich werde meine Frau nicht in die Nähe dieser Bestie lassen«, antwortete der älteste Prinz. »Sie diniert heute Abend in ihren Gemächern.«

Niemand außerhalb ihrer Nähe hörte den Austausch, aber Zevs scharfem Gehör entging nichts. Weder das Zähneknirschen von König Yoel über den frechen Ton seines Sohnes noch das leise Keuchen von Prinzessin Ariel oder das unterdrückte Husten von Prinz Tzuriel.

Der Hochkönig richtete sich auf und lächelte Zev und Dyna an. »Das war ein ziemliches Abenteuer, das ihr heute erlebt habt. Ihr müsst hungrig sein.«

Die Diener traten vor und deckten den Tisch mit haufenweise Schalen mit rohem Obst und Gemüse, Nüssen und Samen sowie Datteln und Feigen. Aus goldenen Karaffen gossen sie eine weiße Substanz – dem Geruch nach zu urteilen, süße Reismilch. Zevs Magen knurrte vor Hunger, aber er war enttäuscht, dass es kein Fleisch gab. Es war gegen den celestischen Glauben, das Fleisch von Tieren zu essen und etwas Vergorenes zu trinken. Sie glaubten, es würde ihre Heiligkeit beflecken.

Für seine Cousine, die ebenfalls auf Fleisch verzichtete, war die Vielfalt der Speisen jedoch perfekt. Sie lächelte, als die Diener ihr einen Teller mit Obst vorsetzten. Sie servierten Zev dasselbe, zusammen mit einem zweiten Teller, der hellbraune Streusel enthielt.

»Das nennt man Manna«, sagte der Hochkönig zu ihm. »Ihr werdet es köstlich finden.«

Zev wartete darauf, dass der König zu essen begann, bevor er irgendetwas anrührte. Das Manna erinnerte ihn an Brot. Die Außenseite hatte eine weiche, krümelige Textur, während das Innere so süß wie Honig schmeckte. Himmlisch war die einfachste Art, dieses seltsame Essen zu beschreiben. Aber er fühlte sich zu unwohl, um noch einen weiteren Bissen herunterzubekommen. Die Spannung im Speisesaal war zu greifbar, als dass er sie hätte ignorieren können.

Das Besteck klirrte gegen die Teller, während die königliche Familie in ihrem Essen herumstocherte. Prinz Malakels Gesicht blieb verkniffen, während Prinzessin Ariel auf ihren Schoß starrte. Nur Prinz Tzuriel aß, während er dem Gespräch seines Vaters mit Dyna zuhörte.

König Yoels Lachen erfüllte den Raum, als sie ihm von ihrer Begegnung mit den Wächtern erzählte und dem, was sie zunächst für einen sprechenden Baum gehalten hatte. Daraufhin sagte er, dass es sprechende Bäume gäbe, aber nicht in Urn. Er führte das Gespräch fort, wobei er die Stimmung im Raum entweder ignorierte oder gar nicht bemerkte. Die Diener und die königliche Garde sahen mit strengem Blick zu, und ihre Verachtung grub sich in Zevs Schädel.

Aber sie und Dyna waren nicht die einzigen unerwünschten Gäste.

Cassiel saß da, das Kinn auf die Faust gestützt, und schob mit einer Gabel einen Klumpen Essen auf seinem Teller hin und her. Wie sein Vater bemerkte er nicht die spöttischen Blicke, die ihm die Diener und Prinz Malakel zuwarfen. Königin Mirah schaute zu dem dunklen Prinzen, und ihre Züge verzogen sich vor Abscheu.

Wie konnte seine Mutter ihn so ansehen? Es sei denn ... sie war nicht seine Mutter.

Cassiel ist ein offensichtlicher Gegensatz zu seiner Familie und zur gesamten celestischen Bevölkerung, überlegte Zev. Ein Fleck auf einem weißen Laken, zumindest nach der Verachtung zu urteilen, die sich auf den Gesichtern derer abzeichnete, die ihn ansahen.

Das konnte nur eines bedeuten.

Er ist ein Halbblut, flüsterte der Wahnsinn. *So wie du.*

König Yoels Stimme stieß ein erneutes Lachen aus, das Zevs Gedanken zum Schweigen brachte. »Ihr seid wirklich ein lebhaftes Mädchen. So gut wurde ich seit Jahren nicht unterhalten!«

Zev zwang sich zu einem Lächeln, während er versuchte, seine Gedanken zu ordnen. »Sie ist wundervoll, oder?«

»So wundervoll wie ihr Name. Dynalya, richtig?«

»Ja, wie die Blume, Sire«, erwiderte sie. »Kennt Ihr sie?«

Der Hochkönig lehnte sich auf die Armlehne seines gläsernen Throns. »O ja, ich bin vertraut mit dieser Blume. Sie wächst nur im Tal der Elfen. In der elfischen Sprache bedeutet *Dynalya* ›große Heilung‹. Wer hat Euch benannt?«

Dynas Lächeln bröckelte. »Meine Mutter.«

Es musste ihr immer noch wehtun, an sie zu denken – ein Kummer, den Zev nur zu gut kannte.

Er räusperte sich und zog die Aufmerksamkeit des Hochkönigs auf sich. »Dynas Eltern waren Kräutermeister und besaßen einst eine Apotheke, Sire. Sie lehrten ihr von Kindesbeinen die Heilkunst der Botanik. Sie hat ihre Ausbildung bereits abgeschlossen und übt den Beruf nun selbst aus.«

Die Mienen von König Yoel und den anderen Celestials, die zugehört hatten, wechselten zu Erstaunen. Der Titel des Kräutermeisters war hoch angesehen und wurde nur an versierte Heiler vergeben. Er bedeutete, dass sie über fundierte Kenntnisse der Anatomie und die Fähigkeit verfügte, jede Heilpflanze der Region zu verwenden.

»Ihr seid in so jungen Jahren eine Kräutermeisterin geworden?« Anerkennung schwang in König Yoels Stimme mit. »Darf ich nach Eurem Alter fragen, Dynalya?«

»Ich lebe seit achtzehn Frühlingen, Eure Majestät.«

»Die meisten sind doppelt so alt wie Ihr, wenn sie diesen Titel erlangen. Ihr seid ein ganz außergewöhnlicher Mensch.«

Mensch.

Das Wort hatte eine so starke Wirkung im Raum, dass es so aussah, als würden alle auf einmal den Atem anhalten.

Prinz Malakel richtete seinen brennenden Blick auf den Hochkönig. »Du weißt also, dass *sie* tatsächlich ein *Mensch* ist. Ich habe schon an deinem Verstand gezweifelt, Vater.«

König Yoels Gesicht verhärtete sich angesichts der unverhohlenen Respektlosigkeit. »Das ist mir bewusst.«

»Warum bringst du sie dann in unser Schloss?« Prinz Malakel sprang auf und schleuderte seinen gläsernen Stuhl über den glatten Boden. Die Bediensteten wichen aus, bevor der Stuhl an der Wand zerschellte. Zev zuckte zusammen, als das Geräusch an seine Ohren drang, und Dyna jaulte auf.

Als Nächstes wirbelte Malakel zu Cassiel herum. »Wie kannst du es wagen, unser aller Leben zu gefährden, indem du ihres verschonst? Und dann hältst du es für angebracht, ihr Immunität zu gewähren? Du hast unseren Verwandten und allem, wofür sie gestorben sind, ins Gesicht gespuckt. Du bist ein Verräter!«

Die Muskeln in Cassiels Unterkiefer spannten sich an. Sein gleichgültiger Gesichtsausdruck blieb unverändert, aber seine Fäuste ballten sich auf beiden Seiten seines Tellers so fest, dass seine Knöchel weiß wurden.

Malakel schimpfte weiter auf ihn ein, seine Worte hallten an den Wänden wider. »Du hast das Königreich beschmutzt und die Familie Soaraway entehrt! Du bist es nicht wert, diesen Namen zu tragen. Du ekelst mich an, du dreckiger, niederträchtiger Neph...«

»Ruhe!«, schnitt König Yoel ihm das Wort ab. »Du wirst *dieses* Wort nicht in meiner Gegenwart aussprechen.«

Malakel schnaubte. »Und ich werde nicht hier sitzen und mit einem Menschen und einem Biest speisen. Das ist inakzeptabel. Sobald ich den Thron bestiegen habe, werden ich alle hinrichten lassen, die Menschen Gnade erweisen.«

Die Königin lächelte über die Ankündigung ihres Sohns. Ariel und Tzuriel glotzten ihn an.

Wut loderte in den Augen des Hochkönigs, doch als er sprach, klang seine Stimme gefährlich ruhig. »Sag mir, Malakel, wann habe ich gesagt, dass der Thron an dich gehen wird?« Er stand auf, seinen Sohn im Blick behaltend. »Dieses Menschenmädchen hat in seinem Leben mehr erreicht als du in all den Jahren in dieser Welt. Du musst mir noch beweisen, dass du ein weiser Herrscher sein kannst. Von all deinen Brüdern bist du aktuell der Letzte, der es verdient, *mein* Königreich zu regieren.«

Königin Mirah sah ihn mit zu Schlitzen verengten Augen an. »Er ist der rechtmäßige Nachfolger. Laut dem Erbrecht...«

»*Ich* mache die Gesetze!« Bei König Yoels ohrenbetäubendem Gebrüll wichen sie alle zurück. Er erhob sich über dem verblüfften Prinzen, seine ausgebreiteten Flügel warfen bedrohliche Schatten. Prinz Malakel wich zurück. »Ich bin der Hochkönig und dein Vater. Verhalte dich entsprechend. Noch ein Wort aus deinem Mund und ich werde dich verbannen und dir die Flügel stutzen lassen. Dann wirst du den Menschen ähneln, die du so sehr verabscheust.«

Die Farbe wich aus dem Gesicht des Prinzen. Er zuckte zusammen, als das Besteck der Königin auf ihren Teller krachte und das Geräusch in dem stillen Raum widerhallte.

Der König zügelte seine Wut und glättete seine Gesichtszüge, als hätte er seinen Sohn nicht bedroht. »Das war das letzte Mal, dass du dich mir gegenüber so respektlos verhalten hast, Malakel. Und nun geh mir aus den Augen.«

Der älteste Prinz verbeugte sich steif, machte dann auf dem Absatz kehrt und ging zu einer anderen goldenen Tür. Nachdem er gegangen war, rührte sich lange Zeit niemand mehr. Zev bewegte keinen Muskel und hob nicht den Blick, und Dyna folgte seinem Beispiel.

Die Königin war die Erste, die ihre Sprache wiederfand. Ihr leises Zischen drang bis zu Zevs Ohren. »Du wärst so grausam, deinen Sohn zu verbannen, Yoel? Die Flügel zu verlieren, ist schlimmer als der Tod.«

Der Blick des Hochkönigs durchbohrte sie. »Stelle mich noch einmal infrage und dir wird dasselbe Schicksal widerfahren, Mirah.«

Die Königin keuchte empört auf. Ihr Stuhl quietschte, als sie aufstand und ihre Augen auf Prinz Tzuriel und Prinzessin Ariel richtete. Auf den stummen Befehl hin erhoben sie sich. Das Flüstern ihrer Schritte erfüllte den Raum und verschwand mit dem Knall der schweren Tür, die sich hinter ihnen schloss.

Nach einem weiteren Moment der Stille begannen die Diener damit, die Teller abzuräumen. Langsam löste sich die Anspannung im Raum.

König Yoel atmete schwer aus und rieb die Hand über sein Gesicht. »Bitte vergesst dieses Theater. Vielleicht war ich bei dieser Zusammenkunft etwas zu voreilig.«

»Ich entschuldige mich für jeglichen Ärger, den unsere Anwesenheit verursacht hat, Eure Majestät«, sagte Dyna.

Er machte eine abweisende Handbewegung. »Beachtet Malakel nicht. Er ist mein Ältester und der Törischste.«

Zev hörte Cassiels kaum hörbaren Spott. Prinz Malakels Reaktion war nicht ohne Bedeutung gewesen.

»Es ist nicht deine Schuld«, meinte Zev zu Dyna. »Die Menschen und Celestials verbindet eine unglückliche Geschichte.«

Die Diener hielten inne, und erneut füllte sich der Raum mit einer schweren Stille und dem Geruch von nervösem Schweiß.

»Warum?«

Er zögerte zu antworten. Sie hatte schon genug Schreckliches gesehen, ohne dass er sie mit den Taten anderer belastete, und dies war auch nicht der richtige Ort, um darüber zu sprechen.

Der Hochkönig musterte sie wieder, sein Blick war unergründlich. Er wandte sich ab und ging auf einen Eingang im Westen zu. »Es ist besser, wenn wir den Rest des Abends in meinem Arbeitszimmer verbringen. Kommt, mein Sohn wird euch begleiten.« Dann schritt er ohne ein weiteres Wort aus dem Speisesaal.

Zev und Dyna erhoben sich unsicher von ihren Plätzen. Hatte der König vor, ihre Frage zu beantworten?

Cassiel umrundete den Tisch und starrte seinem Vater nach, als könnte er es nicht glauben. Dann bedeutete er ihnen mit einem Nicken, dass sie ihm folgen sollten. Zev holte tief Luft, Dyna hakte sich bei ihm unter und gemeinsam schritten sie hinter dem dunklen Prinzen her.

KAPITEL 9

DYNALYA

Dyna blieb dicht bei Zev und hütete sich vor den dunklen Gängen des Schlosses, obwohl Fackeln die polierten Wände säumten. Zwei königliche Wachen marschierten hinter ihnen, während Prinz Cassiel sie durch den Westflügel führte. Sie war kein *dummer Mensch*, wie er sie genannt hatte. Selbst ihr war klar, dass ihre Anwesenheit in Hilos falsch war. Prinz Malakels Ausbruch und die Abscheu jedes Celestials, der ihr in die Augen blickte, bewiesen dies mehr als deutlich.

Warum hatte der Hochkönig sie hierher eingeladen?

Unter all den Fragen, die in ihrem Kopf kreisten, hatte die eine, die sie laut gestellt hatte, das Esszimmer zum Stillstand gebracht. Es schien, dass Gesprächspausen unter den Celestials üblich waren. Wie auch immer die Antwort auf ihre Frage ausfiel, das Thema war so bedrohlich, dass sie nun an einen anderen Ort geführt wurden, tiefer ins Schloss hinein, weg von anderen Ohren.

Sie folgten Cassiel durch mehrere Korridore, sodass sie die Orientierung verlor. Dyna versuchte, sich zu merken, wie oft sie abbogen, aber die Gänge waren ein Labyrinth. Die Wände verschmolzen in endlosem Marmor und Zierrat. Ohne Führung wäre es unmöglich, den Weg hinaus zu finden.

Zev schnupperte die Luft in jeder Halle, die sie betraten, und seine Augen huschten ständig hin und her, als versuche er, sich alles einzuprägen. Mit geneigtem Kopf lauschte er ihren dumpfen Schritten. Es musste anstrengend für seine Sinne sein, das alles zu verarbeiten. Sie war selbst überwältigt. Der Anblick, der sich ihr beim Betreten des Königreichs geboten hatte, war atemberaubend gewesen, das prächtige Schloss ebenso prächtig. All das fühlte sich surreal an – und beängstigend.

Sie kamen an massiven Portraits vorbei, die die früheren Herrscher von Hilos darstellten, wie Dyna vermutete. Das neueste zeigte König Yoel mit Königin Mirah an seiner Seite. Auf dem Portrait davor war ein einzelner Celestial zu sehen. Dyna erkannte König Yoels sanftes und jugendliches Gesicht kaum wieder. An der Schwelle zum Mannesalter. Der Maler hatte den leeren Gesichtsausdruck des Hochkönigs eingefangen und mit detaillierten Pinselstrichen seine verschlossenen, glasigen Augen geformt. Sie erkannte diesen Blick, denn sie hatte ihn auch getragen, als sie ihre Familie verloren hatte.

Das Grauen hing über ihr. Schwer und erstickend wie eine Decke in der schwülen Hitze des Sommers. Wenn die Ereignisse während des Abendessens ein Zeichen waren, dann war die Geschichte dieses Ortes düster, aber ihre Neugierde verlangte danach, sie aufzudecken. Ein Teil von ihr identifizierte sich mit der Dunkelheit hier. Schließlich hatte ihr Dorf ebenfalls eine düstere Vergangenheit.

Sie kamen vor einem orangefarbenen Lichtstreifen an, der den dunklen Korridor durch eine angelehnte Tür erhellte. Die königlichen Wachen nahmen ihre Posten vor dem Arbeitszimmer ein und öffneten die Tür, damit sie eintreten konnten. Zev zögerte, dann führte er sie hinter Prinz Cassiel hinein. Dyna zuckte zusammen, als sich die schwere Tür hinter ihnen schloss, und Zev versteifte sich; seine Befürchtung, an einem unbekannten Ort gefangen zu sein, mischte sich mit ihrer eigenen.

Dyna spähte an Cassiels Schulter vorbei und betrachtete das opulente Arbeitszimmer. Brennendes Holz knisterte in einem großen Kamin, der mit poliertem weißem Stein verkleidet war und im Feuerschein funkelte. Ringsherum standen Samt- und Ledersofas auf einem blauen Plüschteppich. Ein verschnörkelter Schreibtisch aus dunklem Holz und ein leerer Ohrensessel standen auf einem erhöhten Podest auf der anderen Seite des Raumes.

Eiserne Kerzenständer, die überall im Raum aufgestellt waren, warfen flackerndes Kerzenlicht auf die zahlreichen Bücherregale, die an den hohen Wänden aufgereiht waren. Unzählige Bücher und Schriftrollen säumten die Regale. Einige waren so alt, dass sie eine dicke Staubschicht angesetzt hatten. Vergoldete Säulen trugen die geschwungene Decke, die mit goldenen Wolken bemalt war. Sie waren so detailliert, dass sie fast zu leuchten schienen, als wäre es ein Fenster des Himmels.

Prinz Cassiel stellte sich an die massiven Fenster, von denen aus man einen weiten Blick auf Hilos hatte. Geflügelte Gestalten flogen in der Ferne gegen das Licht des Mondes an.

Hier zu sein und solche unglaublichen Dinge zu sehen, verfestigte Dynas Realität und verzerrte sie.

»Bitte, macht es euch gemütlich«, sagte König Yoel. Er durchstöberte die Wälzer an der Spitze eines Bücherregals, während seine grazilen Flügel ihn in der Luft hielten.

Cassiel deutete auf die Sitzecke. Dyna entschied sich für ein gepolstertes Sofa, und Zev ließ sich neben ihr nieder.

»Ich denke, Miss Dynalya hat eine ziemlich wichtige Frage gestellt«, begann der Hochkönig, während er ein Buch betrachtete. »Wollt Ihr antworten, Herr Wolf?«

Zev rutschte auf seinem Platz herum. Seine Stirn war in Falten gelegt, und seine Kehle schnürte sich zu. Mehrmals versuchte er zu sprechen, aber es kamen keine Worte aus seinem Mund. Als er schwieg, blickten der Hochkönig und der Prinz ihn an, dann einander. Es lag eine Nuance in ihrem stummen Austausch, die Dyna nicht ganz nachvollziehen konnte.

Der König flog nach unten mit einem Buch in der Hand und reichte es ihr, bevor er in dem Sessel gegenüber von ihnen Platz nahm. Das Buch war groß und schwer; mit dicken, von Oxidation gefärbten Metallklammern verschlossen. Der brüchige Ledereinband war stärker abgenutzt als ihr Tagebuch, die Ränder schälten sich ab und waren bis auf den Kern abgenutzt. *Der Fall von Gamor* stand in altem Urnisch auf der Mitte des Deckels.

»Dynalya, seid Ihr mit der Stadt Gamor vertraut?«, fragte König Yoel.

»Früher lag sie nicht weit von hier«, antwortete sie. »An der südlichen Grenze zum Azure-Königreich. Gamor wurde vor fünfhundert Jahren von einem großen Brand zerstört und ist heute eine Ruine.«

Der Hochkönig und sein Sohn tauschten einen weiteren Blick aus. Was hatte Gamor mit ihnen zu tun? Zev zupfte an einem ausgefransten Loch in seiner Hose und wich Dynas Blick aus.

Dyna verschränkte die Arme vor ihrer Brust. »Du weißt, was passiert ist, genauso wie du wusstest, dass die Celestials in der Nähe von North Star leben. Großmutter hat mich immer mit Halbwahrheiten verwöhnt, aber warum wolltest du das alles vor mir verheimlichen?«

Zev atmete schwer aus. »Eure Majestät?«

König Yoel nickte. »Für heute Nacht erlaube ich Euch, über dieses Thema frei zu sprechen.«

»Danke.« Zev drehte sich zu ihr. »Ich konnte dir nicht von der Existenz der Celestials erzählen, da ich geschworen habe, nie darüber zu sprechen. Alle mystischen Wesen sind an die Geheimhaltung gebunden, die durch das Abkommen festgelegt wurde. Es besteht zwischen den Celestials, den Alphas der Rudel, den Elfenkönigen, dem Volk der Fae und den Souveränen aller mystischer Wesen in dieser Welt. Es wurde aufgrund der celestischen Geschichte geschaffen und wird konsequent durchgesetzt.«

Dyna blickte in seine besorgten grünen Augen. Es war das einzige Merkmal, das sie gemeinsam hatten, aber seine Augen waren ausdrucksstark wie die ihres Vaters und zeigten seine Gedanken und Gefühle wie seine Sorgen.

»Du brauchst mich nicht vor der Vergangenheit zu beschützen, Zev«, sagte sie. »Unwissenheit nützt niemandem etwas, und ich wäre deswegen fast gestorben.«

Die Erinnerung daran ließ ihn zusammenzucken. »Diese Geschichte hat kein Happy End, Dyna.«

Das war etwas, mit dem sie vertraut war.

Sie streichelte den abgeschrägten Schriftzug des Buches auf ihrem Schoß, die Ränder schmiegten sich seidig an ihre Fingerkuppen. »Bitte, ich möchte sie gern hören.«

Zev gab mit einem weiteren schweren Seufzer nach und starrte ins Feuer. »Gamor war eine kleine, unauffällige Stadt, aber Celestials besuchten sie oft, da es von Hilos nur ein kurzer Flug dorthin war. Die Menschen hatten Ehrfurcht vor ihnen, denn ihre Schönheit war unvergleichlich. Sie wurden nie krank und lebten Jahrhunderte lang. Die Menschen glaubten, dass der Urnengott diese heiligen Wesen geschickt hatte, um sie vor den Dämonen zu schützen, die einst das Reich der Sterblichen durchstreiften.«

Dyna richtete sich auf. Dämonen?

»Sie heilten Menschen, die dem Tod nahe waren, von schweren Wunden und Krankheiten – und das nur mit ein paar Tropfen ihres Heiligen Blutes.«

Sie blickte auf Cassiels Hand und erinnerte sich, wie nahtlos die Wunde verheilt war. Die Fähigkeit zur Selbstheilung war unglaublich und viel weiter fortgeschritten als alles, was sie mit Heilkünsten tun konnte.

»Und ihre Federn? Auch sie tragen Magie in sich, richtig?« Die schwarze Feder, die sie gefunden hatte, musste dem Prinzen gehören. Seine Kraft hatte ihre Essenz verstärkt und ihr eine nie da gewesene Stärke verliehen.

Zev nickte. »Ihre Federn tragen eine angeborene Magie in sich, die selbst die feinsten Zaubersprüche verstärken kann. Als sich die Nachricht von der celestischen Macht verbreitete, reisten Menschen aus allen Teilen der Welt nach Azure. Sie kamen auf der Suche nach

Wundern für sich selbst, nach einem Heilmittel für ihre sterbenden Angehörigen oder wegen der Magie, die sie erlangen konnten.

Die meisten reisten nach Gamor, weil sie wussten, dass sich dort die Celestials versammelten, und das ließ die Wirtschaft florieren. Die Herren von Gamor sahen darin eine Chance. Sie überzeugten Hochkönig Rael, den damaligen Herrscher von Hilos, ein exklusives Handelsabkommen mit dem Azure-Königreich abzuschließen. Es brauchte nicht viel, um ihn zu überzeugen. Die Celestials spendeten ihr Blut aus Mitgefühl und Freundlichkeit, aber als die Stadt an Größe und Reichtum zunahm, wuchs auch die Gier der Menschen.«

Zev hielt inne, und Dyna verstummte, da sie spürte, dass die Geschichte eine dunkle Wendung genommen hatte.

Leise Traurigkeit schwang in seinen nächsten Worten mit. »Nachdem die Menschen den ersten Celestial getötet hatten, um an sein Blut zu gelangen, beendete König Rael die Handelsbeziehungen. Aber die Lords weigerten sich, die Quelle ihres Reichtums aufzugeben. Sie setzten Wilderer ein, um sie zu jagen, und so begann die Dezimierung der Celestials.«

Eine Kälte überkam Dyna. Sie blickte auf das Buch auf ihrem Schoß hinunter, und wieder lastete ein schweres Grauen auf ihr. Sie schlug den Einband auf und blätterte durch die brüchigen, gelben Seiten voller verblasster Schrift, bis sie zu einem Abschnitt mit Illustrationen kam. Jede von ihnen zeigte das Grauen, das sich in Gamor ereignet hatte. Celestials, die in Netzen gefangen waren, an Händen und Beinen gefesselt. Einige schrien vor Schmerz, als Menschen ihnen die Flügel absägten.

Ihre Sicht verschwamm mit jeder Seite, die sie umblätterte. Eine Träne kullerte über ihre Wange und spritzte auf das Bild eines Celestials, der mit den Füßen an einem Ast hing und dessen Blut aus der Halsschlagader in ein Fass unter ihm floss. Das war der Grund, warum die Wächter sie hatten töten wollen und warum Prinz Malakel ihren Anblick verabscheute.

Menschen hatten ihr Volk ermordet.

Die nächsten Abbildungen zeigten celestische Frauen mit Kindern. Sie wurden in kleinen Käfigen gehalten, schluchzend, die Hände durch die Gitterstäbe streckend, bettelnd. Männer drückten sie nieder, um ihnen die Neugeborenen aus den Armen zu reißen. Aber diese Babys hatten keine Flügel. Unter dem Rahmen des Bildes stand in dicken, harten Buchstaben das Wort *HALBBLÜTER* geschrieben.

»Dyna.« Zev wollte sie davon abhalten, umzublättern, aber sie riss sich von ihm los. Sie musste sehen, was ihresgleichen getan hatte.

Das nächste Bild war so schrecklich, dass sich ihr der Magen umdrehte und ihr die Galle in den Hals stieg. Zev klappte das Buch schnell zu und nahm es ihr weg. Sie schloss die Augen, aber das Bild, das sich in ihren Kopf eingebrannt hatte, wurde dadurch nicht ausgelöscht.

Dyna hielt sich den Mund zu, weil sie Angst hatte, zu schreien oder zu schluchzen oder beides angesichts dessen, was diesen Kindern angetan worden war.

»Sie raubten uns unsere Frauen, um ihre eigenen Celestials zu züchten«, sagte König Yoel sanft. »Die meisten haben nicht überlebt.«

»Eure Majestät, bitte. Sie muss das nicht erfahren«, bat Zev.

Doch der Hochkönig fuhr trotz ihres offensichtlichen Entsetzens fort. »Sie ließen viele der Jünglinge ausbluten, bevor sie merkten, dass sie nicht heilen konnten. Ihr Blut war unbrauchbar. Nicht, weil sie Halbblüter waren, sondern weil Celestials kein Heiliges Blut entwickeln, bis ihnen im Alter von drei Jahren die Flügel wachsen. Darin liegt unsere Kraft. Ohne unsere Flügel sind wir im Grunde nur Menschen.«

Dynas Sicht verschwamm. Wie viele waren aus Gier gestorben? Wie hatte es so weit kommen können?

Sie muss ihre Gedanken laut ausgesprochen haben, denn König Yoel antwortete: »Die Dezimierung dauerte viele Jahre, denn wir fürchteten, dies sei vielleicht der Wille von *Elyōn*.«

»Ehl-*youn*?«, wiederholte sie das fremdsprachige Wort.

»Ihr nennt ihn den Urnengott. Für uns ist er *Elyōn*, der Erschaffer der Sieben Tore, die jede Seele am Anfang und Ende ihres Lebens passiert.«

Eine Gänsehaut breitete sich auf ihren Armen aus, als sie den wahren Namen des Urnengottes hörte.

»Wir leben nicht aus freiem Willen in dem Reich der Sterblichen«, sagte er. »Unsere Vorfahren waren die Seraphim, aber sie waren verdammt. Sie wurden aus dem Tor des Himmels verstoßen und fielen im Ersten Zeitalter in diese Welt, um Buße zu tun. Als ihre Nachfahren war es unsere Aufgabe, den Menschen zu helfen, in der Hoffnung, dass sie uns eines Tages erlösen und wir in das Tor des Himmels zurückkehren können.

Elyōn hatte uns Waffen aus göttlichem Feuer geschmiedet, um Dämonen zu vernichten und gleichzeitig sein Werk zu schützen. Ein Menschenleben zu nehmen, würde gegen seinen Befehl verstoßen und unsere Seelen auf ewig verdammen. Als die Menschen uns jagten, wehrten wir uns daher nicht. Wir versteckten uns.« König Yoel seufzte, blickte aus dem Fenster auf sein Königreich und sah etwas, das sie nicht sehen konnte. »Die Menschen verloren sich in ihrer Bosheit und Gier. Die Dezimierung breitete sich auf die vier Celestial-Reiche aus, und König Rael verließ Hilos, um ihnen zu helfen. Während seiner Abwesenheit traf sich seine Frau, Königin Sapphira, mit den Lords von Gamor, um sie um Frieden zu bitten. Sie glaubte, dass Worte der Vernunft sie von ihrem Weg abbringen würden.« Trauer überflutete seinen Blick wie ein überlaufender Bach nach einem Sturm. »Sie hat sich geirrt.«

Dyna hielt ihren Atem am.

Er faltete seine Hände zusammen und lehnte seine Stirn gegen sie. »Unser Blut gab ihnen Reichtum und Macht. Unbesiegbarkeit. Das wollten sie nicht aufgeben. König Rael war Tausende von Kilometern entfernt, als er jede Verderbtheit erlebte, die die Lords seiner Frau antaten. Er spürte jede Folter und Verletzung, während ihre Schreie in seinem Kopf widerhallten.«

Dynas Herz sank durch sie hindurch, dann durch die vielen Stockwerke des Schlosses und in die Erde, wo es fiel ...

und fiel ...

und fiel.

»Er versuchte, zu ihr zu fliegen.« Die Stimme des Königs war ein trauriges Flüstern. »Selbst als er die Qualen des Zerbrechens ihres Bandes ertragen musste.«

»Ihres Bandes?«, fragte sie schwach.

»Wenn ein Celestial einen Lebensgefährten wählt, werden sie mit ihrem Blut aneinander gebunden«, sagte er, ohne aufzublicken. »Das Blutband verbindet ihre Seelen auf ewig, bis sie im Tod voneinander getrennt werden. König Rael und Königin Sapphira waren mehr als nur im Blute miteinander verbunden. Sie waren wahrhaftig gebunden. Es ist schwer zu erklären, doch es lässt sich sagen, dass sie eins waren. Sie teilten sich Geist, Körper und Seele. Der Verlust eines wahren Bandes ist der schlimmste Schmerz, den ein Celestial ertragen kann, denn wenn es zerbricht, verliert er die Hälfte seiner Selbst.«

»Hat ... hat er sie rechtzeitig erreicht?«

»Nein.«

Dynas Augen füllten sich mit Tränen. Sie konnte sich König Raels Schmerz nicht vorstellen, aber sie kannte den Schmerz des Verlustes und das Gefühl, machtlos zu sein.

König Yoel atmete zitternd aus. »Sobald die Lords der Königin vollständig das Blut abgezapft hatten, hackten sie ihre Flügel ab und warfen ihren nackten Körper auf die Straße. Sie hatten sie bis zur Unkenntlichkeit verstümmelt ... Ich hätte sie fast nicht wiedererkannt.«

Er hatte sie gefunden?

Sie rätselte, wie er in die Zeitlinie passte, denn er sah keinen Tag älter als fünfzig Jahre aus, aber Zev hatte gesagt, Celestials hätten ein längeres Leben.

»Ich bin viel älter, als ich aussehe. Während der Dezimierung war ich in Eurem Alter.« König Yoels Blick traf ihren. »Königin Sapphira war meine Mutter.«

Ein Schluchzen blieb Dyna im Hals stecken. Sie biss sich auf die Lippe, um ihn zu unterdrücken, und hielt ihn hinter einem Damm fest, den sie mühsam errichten musste. Sie hatten seine Mutter getötet, und er hatte gesehen, was sie mit ihr gemacht hatten. Auf den Zügen des Prinzen zeichnete sich Bestürzung ab. Sein Gesichtsausdruck war zu roh und überrascht, als dass er diese Geschichte schon einmal gehört haben könnte.

»Als mein Vater sie verlor, verlor er jegliche Ehrfurcht vor *Elyōn*. Er wollte nicht mehr zum Tor des Himmel zurückkehren. Und ich auch nicht.« In dem ruhigen Ton des Hochkönigs schwelte eine Wut, die Dyna einen Schauer über den Rücken jagte. Er richtete sich auf und senkte die Hände, die er über den Knien verschränkte. »Wir versammelten die Armeen von Hilos und den vier Celestial-Reichen und fielen über Gamor her, um Vergeltung zu üben. Wir waren weder gütig noch barmherzig. Wir haben die Stadt in Schutt und Asche gelegt – und jeden in ihr.«

Jeden.

Die Schuldigen und die Unschuldigen. Sie wusste, dass es wahr war, als sie seinen scharfen Blick sah.

»Auch die celestischen Kinder?« Die Frage entwich ihr, ehe sie darüber nachdenken konnte.

König Yoels Blick bohrte sich in sie und ließ sie nicht los. »Sie waren uneheliche Halbblüter, geboren aus Sünde. Wir konnten sie nicht am Leben lassen.«

Dyna schloss die Augen und wandte den Blick ab, nicht mehr in der Lage, die Tränen zurückzuhalten, die ihr über das Gesicht liefen.

KAPITEL 10

DYNALYA

Zev hatte recht mit der celestische Geschichte, dachte Dyna. Sie war dunkel – und ihrer eigenen gar nicht so unähnlich. Die Männer schwiegen und ließen ihr einen Moment Zeit, das alles zu verarbeiten. Die einzigen Geräusche waren das Knistern des brennenden Holzes und das gedämpfte Schluchzen, das sie zu verbergen suchte. Prinz Cassiel drehte seine Flöte in seinen Fingern, während er alles ansah – nur sie nicht.

»Entschuldigt«, sagte Dyna und wischte sich über die Augen. »Was ist danach geschehen?«

»König Rael isolierte sein Volk zu seiner eigenen Sicherheit«, erzählte Zev vorsichtig und beobachtete genau die Regungen auf ihrem Gesicht. »Er stellte neue Gesetze auf, um zu verhindern, dass so etwas noch einmal geschieht, und postierte Wächter an den Grenzen des Reiches. Sie töteten jeden, der versuchte, in ihr Land einzudringen, und König Rael drohte dem Azure-Königreich Krieg an, sollten die Menschen sie weiter jagen.

Die Zerstörung von Gamor genügte als Warnung. Der damalige König war jung, und Azure war nicht das berühmte Königreich, das es heute ist. Da er keine Lust auf Krieg hatte, befahl er seinen Bürgern, sich nicht über die Zafiro-Berge hinaus zu bewegen, ansonsten drohte ihnen die Todesstrafe.«

Dyna fragte sich, ob das der Grund war, warum ihr Dorf in diesen Bergen gegründet worden war. Dieser Erlass schützte indirekt North Star.

Zev fuhr fort. »Mit der Zeit hörten die Wilderer auf, sie zu jagen, und niemand suchte mehr nach Wundern. Nachdem die Menschen, die während der Dezimierung gelebt hatten, gestorben waren, schlossen die Celestials mit den Herrschern der mystischen Wesen ein Abkommen, um ihre Existenz geheim zu halten. Nach fünfhundert Jahren hat der größte Teil der Welt sie vergessen.«

»Aber wir haben nicht vergessen, was uns angetan wurde, und werden es auch nie«, sagte König Yoel. »Wir sind nicht mehr die friedlichen Wesen, die wir einst waren.«

Ein weiterer Schauer durchfuhr sie. Hauptmann Gareel hätte sie getötet, wenn Cassiel ihn nicht gestoppt hätte. Ihr Leben zu verschonen und ihr Immunität zu gewähren, hatte die Sicherheit seiner eigenen Leute in Gefahr gebracht.

»Es ist lange her«, tröstete Zev sie und tätschelte ihre Hand.

»Das macht es nicht erträglicher.« Dyna blinzelte die Tränen in ihren Augen weg. »Vergebt mir, aber ich ...« Sie musste innehalten, um nicht wieder zu weinen. »Ich finde das, was den Kindern widerfuhr, einfach nur grausam. Niemand verdient Hass oder Tod für seine Geburt. Von zwei Arten abzustammen, macht einen nicht weniger wertvoll.« Sie sah ihren Cousin an. »Auch dich nicht, Zev.«

Er seufzte. »Ich weiß.«

Dyna spürte eine Veränderung im Raum und begegnete den Blicken der königlichen Celestials.

»Er ist ein Halbblut?«, fragte König Yoel.

Sie zuckte zusammen.

»Ich habe Euch verärgert, Dynalya.« Er legte den Kopf schief, als sie zögerte zu antworten. »Dies ist nicht der Königshof, meine Liebe. Es steht Euch frei zu sagen, was Euch in den Sinn kommt.«

»Zev ist mein Cousin, Eure Majestät«, erklärte sie vorsichtig. »Er ist halb Mensch, aber ich mag diese Unterscheidung nicht. Als eine

Hälfte von etwas bezeichnet zu werden, suggeriert, dass man unvollständig oder ein Fehler ist.«

»Ihr seht das nicht so?«

»Wir existieren, weil der Urnengott es so will. Er ist der Gott des Lebens und hat das Leben in all seinen Variationen erschaffen. Von gemischter Herkunft zu sein, nimmt einem nicht das Recht auf Leben.«

Die Mundwinkel des Königs zuckten leicht, aber sie war sich nicht sicher, ob er ihr zustimmte oder ihre Überzeugung amüsant fand. Der Prinz zog die Stirn in Falten, als wäre ihre Antwort seltsam gewesen.

Dyna senkte ihren Kopf. »Es mag aus meinem Mund wenig wert sein, aber im Namen der Menschen entschuldige ich mich für die Taten an Eurem Volk.«

»Euch trifft keine Schuld, aber die Entschuldigung ehrt mich«, sagte König Yoel.

Ihr Blick traf den von Cassiel. »Ihr hattet keinen Grund, mich zu verschonen, dennoch habt Ihr es getan. Dafür werde ich auf ewig in Eurer Schuld stehen.«

Zum ersten Mal, seit sie das Arbeitszimmer seines Vaters betreten hatten, sprach der Prinz. »Wie ich bereits sagte, ich entbinde dich von deiner Schuld. Das ist das letzte Mal, dass wir darüber sprechen.«

Dyna lächelte. »Wie Ihr meint.«

Der Hochkönig hob belustigt die Augenbrauen, gab aber keinen Kommentar ab. Stattdessen konzentrierte er sich auf Zev. »Da wir gerade bei leichteren Dingen sind, Herr Wolf: Ich habe gehört, dass Ihr Euch nach Belieben verwandeln könnt. Das ist ungewöhnlich für Eure Art.«

Sie sah zu Cassiel, der ihrem Blick auswich. Er war der Einzige, der Zevs Verwandlung miterlebt hatte.

»Hat es vielleicht mit Eurem ... Stammbaum zu tun?«, fragte König Yoel und zwinkerte ihr zu. Sie errötete, weil es ihr peinlich war, dass ein König es für nötig hielt, ihr entgegenzukommen.

»Möglicherweise, Sire«, sagte Zev. »Ich bin unsicher. Es gibt im Lykos-Rudel niemanden, der so ist wie ich.«

»In *Eurem* Rudel, meint Ihr.«

Etwas huschte über Zevs Miene, bevor er es hinter einem gleichgültigen Achselzucken verbarg. »Ich habe kein Rudel.«

Er war schon seit vielen Jahren nicht mehr Teil des Lykos-Rudels gewesen. Werwölfe waren soziale Wesen und sie gediehen in einer Gruppenumgebung. Es war eine große Schande, ein einsamer Wolf zu sein. Oft bedeutete das den Tod.

»*Wir* sind ein Rudel«, beharrte Dyna.

Zev schenkte ihr ein leichtes Lächeln. »Aye.«

»Ist das so?«, fragte König Yoel sie. »Aber Ihr lebt nicht in Lykos Peak. Ihr seid aus einem kleinen Dorf in den Zafiro-Bergen, etwa einen Tagesmarsch südwestlich von Hilos.«

»Ihr habt davon gehört?«, fragte Dyna überrascht.

Er schaute kurz weg und dann wieder zu ihr, seine blauen Augen waren nun wachsam. »Sagt mir, was hat Euch hierher geführt? Es muss wichtig genug sein, um Euer Leben zu riskieren.«

Sie schob ihre Knöchel um ihre Tasche herum, wo sie sie abgestellt hatte. Er drängte sie nicht, aber er wartete auf eine Antwort, so wie die anderen auch. Sie hatte vorgehabt, es Zev zu sagen, wenn sie allein waren, aber etwas an dem Hochkönig und dem Prinzen sagte Dyna, dass sie ihnen vertrauen konnte. Sie hatten ihr auch die Geheimnisse ihres Volkes anvertraut.

Sie legte die Tasche auf ihren Schoß. »Ich bin gekommen, weil ich dich sehen musste, Zev. Um dir zu sagen, dass ich die Antwort gefunden habe.«

Seine Augen weiteten sich. »Du meinst ...«

»Ja. Ich habe einen Weg gefunden, den Schatten zu besiegen.«

»Den Schatten?«, warf König Yoel ein.

»Ich spreche von einem Schattendämon.« Dyna blickte zu den großen Fenstern im Arbeitszimmer und sah das Profil des Dämons, das einst den Rahmen ihres kleinen Schlafzimmerfensters ausgefüllt hatte. »North Star ist verflucht, Sire. Jedes Jahrzehnt, in der Nacht der

Wintersonnenwende, öffnet sich das Tor zur Unterwelt in unserem Dorf und der Schatten kommt hindurch, um ...« Sie konnte sich nicht dazu durchringen, es auszusprechen.

»Kinder zu jagen«, beendete Zev.

Cassiels Augen verengten sich zu Schlitzen. »Das ist unmöglich. Schattendämonen können die Unterwelt nicht verlassen. Sie haben keine Substanz. Wenn sie das Tor der Sterblichen passieren, lösen sie sich auf.«

König Yoel runzelte die Stirn. »Ich sehe, du hast deinen Unterricht vernachlässigt. Wenn du die Abhandlungen über Dämonen gelesen hättest, wüsstest du, dass es sehr wohl möglich ist.« Er wandte sich Dyna zu. Ein Schattendämon kann sowohl das Tor der Unterwelt als auch das Tor der Sterblichen durchqueren, wenn er beschworen wird. Dann würde er sich schnell einen Körper zulegen, um in dieser Welt bleiben zu können.«

Dyna nickte. Der Schatten kam nach North Star, weil ein Dorfbewohner mit dunkler Magie herumgepfuscht hatte.

Der Prinz verschränkte die Arme vor der Brust. »Dann haben sie es sich selbst zuzuschreiben.«

Sie senkte ihren Kopf. Er hatte recht.

Zev knurrte. »Wir haben nichts damit zu tun. Der Schattendämon wurde beschworen, bevor wir überhaupt geboren waren. Während seines letzten Angriffs vor neun Jahren hat er sich Dynas Bruder geholt und tötete ihre Eltern bei dem Versuch, ihn zu bekämpfen. Wag tes nicht, zu sagen, es sei ihre Schuld.«

»Zev.« Dyna legte eine Hand auf seinen Unterarm. Seine Krallen zogen sich aus den Polstern zurück.

»Mein Beileid, Dynalya«, sagte der Hochkönig nach einer kurzen Pause.

Sie nickte, nicht wissend, was sie erwidern sollte.

Prinz Cassiel wandte sich an seinen Vater. »Wenn der Dämon einen Körper besetzt, kann er zerstört werden.«

König Yoel schüttelte den Kopf. »Das ist keine einfache Angelegenheit, Sohn. Die Besessenheit gibt dem Schattendämon eine feste Form, um im Reich der Sterblichen zu wandeln, aber er verliert weder seine Vitalität noch seine Fähigkeiten. Dämonen sind Rauch, hervorgebracht aus den Feuern der Unterwelt. Schnell und bösartig. Die Menschen können nicht gegen sie bestehen.«

»Es ist nicht so, dass unsere Familie es nicht versucht hätte«, meinte Dyna. »Mein Großvater und mein Vater haben ihr Leben verloren bei dem Versuch, den Schatten aufzuhalten. Jetzt liegt es an mir. Ich habe mein Leben der Vorbereitung auf sein nächstes Kommen gewidmet. Alle Bücher, die es im Dorf über Dämonen, Besessenheit und die Sieben Tore gibt, habe ich gelesen. Ich habe geglaubt, dass es einen Weg geben muss, den Zehn-Jahres-Zyklus zu beenden oder den Dämon auf irgendeine Weise zu besiegen, und ich hatte recht.« Sie lächelte ihren Cousin an, die neblige Erinnerung an die Geschehnisse von damals verdrängend. »Ich weiß, wie man den Schatten ein für alle Mal vernichten kann.«

Ihm klappte der Mund auf. »Wirklich?«

Dyna zog ihr Tagebuch aus der Tasche. Sie streichelte das geprägte Siegel des Hauses Astron auf dem alten Leder. Es reagierte mit einer sanften, warmen Energie, die in sie eindrang, als sie sich mit ihrer Essenz verband.

Nach dem brutalen Massaker an ihrer Familie war sie lange Zeit wütend gewesen. Ihr Verlust hatte eine Leere in ihr hinterlassen, aber das Leben ging weiter. An der Vergangenheit konnte sie nichts ändern, aber die Zukunft konnte sie beeinflussen.

»Dieses Tagebuch gehörte *ihm*«, erzählte Dyna Zev. Sie blätterte bis zu der Seite mit den detaillierten Zeichnungen von zwei Medaillons. Das eine war das mit Silber und Diamanten überzogene Lūna-Medaillon mit einem Mondstein in der Mitte. Aber es war das andere Medaillon aus Gold mit einem großen roten Edelstein in der Mitte, das ihr Hoffnung gab. »Das ist das Sōl-Medaillon. Das Oberhaupt der Sonnengilde hat es vor dreihundert Jahren geschaffen. Siehst du das hier?« Sie deutete auf den Edelstein. »Das ist ein Sonnenstein. Er enthält die Kraft eines einzigen Sonnenstrahls. Sag mir, was löscht die Dunkelheit aus, Zev?«

»Licht«, wisperte er. »Passiert das gerade wirklich? Du hast die Antwort gefunden?«

»Ja!« Sie lachte atemlos. »Das Tagebuch bestätigt, dass der Sonnenstein Dämonen töten kann. Alles, was ich nun tun muss, ist, ihn zu finden.«

Zev zog sie in eine zerdrückende Umarmung. Sie feierten gemeinsam und gönnten sich endlich einen kleinen Anflug von Glück.

»Einen Moment«, unterbrach König Yoel sie. »Steht in dem Tagebuch auch, wo dieses Medaillon zu finden ist?«

»Ja, Sire.« Dyna setzte sich aufrecht hin und machte sich auf Demütigung und Vorwürfe gefasst wegen dem, was sie gleich enthüllen würde. Wie auch immer sie reagieren mochten, sie hatte jahrelang auf diese Entdeckung gewartet und sie wusste tief in ihren Knochen, dass es wahr war. Niemand würde ihr das wegnehmen. »Das Söl-Medaillon wurde vor Jahrhunderten während des Krieges der Gilden aus Magos gestohlen und ... auf der Insel Mount Ida versteckt.«

Niemand lachte.

Die Flöte des Prinzen glitt ihm aus den Fingern, und er bewegte sich hektisch, um sie aufzufangen. »Hast du gerade Mount Ida gesagt?«

»Das habe ich.«

König Yoel musterte sie. »Seid Ihr vertraut mit der Geschichte über diese Insel?«

»Ja, Sire«, erwiderte sie. »Die meisten sagen, es ist unmöglich, sie zu finden...«

»Genau, meine Liebe. Mount Ida ist unmöglich zu finden, da diese Insel nicht existiert. Es ist nur eine Geschichte über Abenteuer und verlorene Schätze.«

Der Hochkönig blickte seinen Sohn an und hielt inne, bevor er zu seinem verzierten Schreibtisch schritt. Mit einem eisernen Schlüssel schloss er eine Schublade auf und kehrte mit einem Stapel Bücher zurück, die er auf einen Tisch neben ihr legte.

Sie waren viel moderner als das Geschichtsbuch, das er ihr zuerst gegeben hatte, zumindest waren sie in diesem Jahrhundert entstanden. Dyna nahm eines mit einem detailliert gemalten Einband in die Hand, der eine in Wolken gehüllte Vulkaninsel zeigte. Bevor sie es bewundern konnte, riss Cassiel ihr das Buch aus der Hand. Seine Hände umklammerten es so fest, dass sie zitterten. Er blätterte durch die anderen Bücher und warf sie in seiner Eile zu Boden, während er die Titel las. Sein wütender Blick richtete sich auf seinen Vater, der ihn anglotzte.

Sie sah zwischen den beiden hin und her. Diese Bücher bedeuteten dem Prinzen etwas. »Ich bin mit der Legende über Mount Ida vertraut, Sire, aber sie ist nicht einfach nur eine Geschichte. Sie ist wahr.«

»Dynalya.« Der Hochkönig sprach ihren Namen aus, als wäre sie ein uneinsichtiges Kind. »Es ist leicht, unserer Fantasie freien Lauf zu lassen und solche Märchen zu glauben. Reliquienjäger verfolgen die Legende in der Hoffnung, die sagenumwobenen Schätze und verzauberten Relikte zu finden, nur um Jahre später mit leeren Händen oder gar nicht zurückzukehren. Es tut mir leid, meine Liebe. Ich fürchte, Euer Sonnenstein ist nicht dort, denn Mount Ida ist nichts weiter als ein Mythos.«

Die meisten glaubten nicht, dass es die legendäre Insel wirklich gab, und auch sie hatte nie daran geglaubt, bis sie die Tagebücher entdeckt hatte. König Yoel versuchte, sie davon zu überzeugen, dass alles eine Lüge war, aber er wusste, dass es nicht so war. Sie konnte es in seinem Gesicht sehen. Er hoffte, seine Worte würden sie zur Vernunft bringen.

Doch das war unmöglich.

Dyna lächelte. »Mount Ida ist echt, Sire. Ich habe eine Karte.«

KAPITEL 11

CASSIEL

Der Raum war still wie eine Krypta. Kein Geräusch war zu hören außer Cassiels Herzschlag, der in seinen Ohren widerhallte. Ein Teil von ihm wollte nicht glauben, dass das gerade wirklich passierte, doch die verblüfften Reaktionen der anderen bewiesen, dass Dyna die Worte wirklich gesprochen hatte. Mount Ida war ein Rätsel, das ihn die meiste Zeit seines elenden Lebens geplagt hatte. Dieser verfluchte Ort war zwar real, aber für die Welt verloren, und doch behauptete dieser Mensch, die Mittel zu haben, ihn zu finden.

Lügen.

»Dieses Tagebuch gehörte einst einem bekannten Magier«, sagte Dyna. »Auf seinen vielen Abenteuern hat er den Standort von Mount Ida entdeckt.«

Das Siegel auf dem Deckel des Tagebuchs kam ihm bekannt vor, aber Cassiel konnte sich nicht daran erinnern, welches Haus es repräsentierte. Er beobachtete, wie Dynas schlanke Finger die Seiten in einen leuchtenden Abschnitt teilten. Cassiel trat näher heran und bestaunte eine abgeschnittene Karte des Landes Urn, die mit einem Wirbel violetter, grün gefärbter Magie erleuchtet war.

Im Südwesten, im Leviathan-Ozean, pulsierte das Licht über einer Insel am hellsten, als ob das verzauberte Tagebuch auf das deutete, wonach er all die Jahre so verzweifelt gesucht hatte.

Dyna tippte mit dem Finger auf die Insel, und das Bild vergrößerte sich, bis es die Seite ausfüllte. Daneben standen die Worte *Mons Idaeus* in eleganter Schrift.

Die Sprache aus Magos. Seine urnische Übersetzung war: Mount Ida.

Cassiel starrte auf das Bild, bis seine Sicht verschwamm. Sein Verstand kämpfte darum, es als real zu akzeptieren. Dies musste die einzige Karte sein, die zu diesem Ort führte.

Der Mythos, die Insel, sie zu finden – all das war unmöglich gewesen. Bis jetzt. Wie hatte Dyna das Unmögliche möglich gemacht?

Cassiel lehnte sich an die Kaminsäule. Er brauchte etwas, das ihn stützte. Der erstaunte Blick seines Vaters war auf das glühende Tagebuch gerichtet.

Zevs Mund öffnete und schloss sich wieder, ehe er es schaffte, zu sprechen. »Du hast wirklich die Karte zu diesem Ort. Dyna, du darfst niemandem davon erzählen. Es könnte dich dein Leben kosten.«

»Allein der Versuch, dorthin zu gehen, wird dich umbringen«, sagte Cassiel und zwang sich zu einem dumpfen Ton. »Ohne mich wärst du längst tot. Wie willst du die Reise durch das Land überleben?«

Sie seufzte. »Ich schätze Eure Sorge, Prinz Cassiel, aber ich muss dorthin.«

Zev schüttelte den Kopf. »Es ist nicht so einfach. Du hast noch nie zuvor das Dorf verlassen. Diese Reise wird weitaus gefährlicher, als nur Hilos zu durchqueren.«

»Das ist der Grund, warum ich nach dir gesucht habe«, erzählte sie ihm. »Ich hoffte, dass du mich begleiten würdest. Ich brauche deine Führung und ich muss mein Versprechen dir gegenüber einhalten.«

Schatten verdunkelten Zevs Züge, ein tiefes Elend erfüllte seinen fernen Blick. Cassiel beobachtete ihn und fragte sich, welches Versprechen ihn zu einer solchen Reaktion veranlassen könnte.

»Wenn ihr die Möglichkeit hättet, andere zu retten, würdet ihr es nicht tun?«, fragte sie an den Hochkönig und den Prinzen gewandt.

»Dieser Dämon hat so viele Leben genommen, so viele *Kinder*. Ich konnte ihn nicht davon abhalten, meinen Bruder zu rauben, aber das wird mir nicht noch einmal passieren. Ich werde den Schatten stoppen, bevor er noch jemanden töten kann.«

Cassiel ballte die Flöte in seiner Faust. Dieser Blick, er hatte ihn schon einmal gesehen. Bei einem anderen Menschen mit der gleichen Entschlossenheit, mit der gleichen dummen Sturheit.

Zev rieb sich den Nacken. »Weiß Großmutter Bescheid?«

»Ich habe einen Brief hinterlassen.«

»Du bist gegangen, ohne dich zu verabschieden?«

»Ich musste, sonst hätte sie mich aufgehalten.«

»Aus gutem Grund«, knurrte er.

Dyna schloss das Tagebuch und erstickte sein Licht. »Großmutter wird es verstehen.«

»Dynalya, denkt Ihr nicht, dass Ihr etwas überstürzt handelt?«, fragte der Hochkönig. »Es könnte andere Möglichkeiten geben, den Schatten zu besiegen, als solch eine tückische Reise zu unternehmen.«

»Es ist die Einzige, die ich gefunden habe. Aber vorhin sagtet Ihr, Celestials könnten Dämonen bekämpfen?« Hoffnung schwang in ihrer Stimme mit.

Sein Lächeln war reumütig. »Das konnten wir, vor langer Zeit. Die Seraphim erschlagen Dämonen, aber das ist nicht, wer wir sind. Nicht mehr. Als wir unsere Hände mit menschlichem Blut befleckt haben, haben wir die Heiligkeit verloren, die nötig ist, um das Böse auszulöschen.«

Cassiel runzelte die Stirn. Das war nicht ganz richtig. Der Verlust der Unantastbarkeit galt für Celestials, die Menschen getötet hatten. Nicht für diejenigen, die nach der Dezimierung geboren worden waren – wie er.

Sein Vater warf ihm einen fragenden Blick zu und ließ ihm die Wahl, sich freiwillig zu melden, aber Cassiel sah weg. Er würde sich nicht in ihre Angelegenheiten einmischen. Das hatte nichts mit ihm zu tun. Außerdem fehlte seinem unreinen Blut vielleicht die wahre

Göttlichkeit, die zum Töten von Dämonen nötig war. Er konnte sich selbst heilen, aber das war es auch schon.

»Dann habe ich keine andere Wahl«, sagte Dyna.

Die Augenbraue des Königs zuckte. »Wenn Ihr das tut, werdet Ihr es wahrscheinlich nicht überleben, meine Liebe.«

»Der vierte Schattenwinter wird nächstes Jahr über uns hereinbrechen, Sire. Meine Schwester ist noch ein Kind, und es gibt Hunderte mehr in unserem Dorf. Ich werde nicht aufgeben. Ich kann nicht. Ich werde den Sonnenstein finden oder bei dem Versuch sterben.«

Ihre Worte hatten etwas Verheißungsvolles, das Cassiel wie eine Warnung in den Knochen saß. »Wenn du wie durch ein Wunder die Reise zu dieser Insel überlebst, wirst du dort dein Ende finden«, sagte er leise. »Du wirst nie wieder zurückkommen.«

Cassiel sah die Furcht in ihren Augen, doch sie blieb stur. »Nie ist ein starkes Wort. Ich habe in der Tat viel zu verlieren, aber ich werde *niemals* aufgeben. Ich werde zu der Insel reisen.«

Cassiel starrte den dummen Menschen an, in dessen Augen ein Feuer brannte, das heißer als jeder Schmiedeofen war.

»Das reicht, Sohn«, unterbrach sein Vater ihn, ehe er weiter diskutieren konnte. »Sie hat ihre Entscheidung getroffen.«

Cassiel presste seine Zähne zusammen und verkniff sich, was er sagen wollte. *Du solltest am besten wissen, dass sie dort nicht hin darf.*

Der Ausdruck seines Vaters wurde streng. »Muss ich dich daran erinnern, dass du auf dein Recht, Forderungen an sie zu stellen, verzichtet hast?«

Ihm stieg die Zornesröte ins Gesicht. Sklaverei mochte in Hilos nicht praktiziert werden, aber er hätte etwas für die Befreiung von ihrer Schuld verlangen können. Hätte er gewusst, dass Dyna die Karte hatte, hätte er sie als Bezahlung für die Lebensschuld genommen und ihr verboten, zu gehen. Seine Arroganz, zu glauben, dass sich in ihrer Tasche nichts Wertvolles befand, kam ihn nun teuer zu stehen.

König Yoel stand auf. Dyna und Zev taten es ihm gleich. Er sah zu ihr mit einer Mischung aus Bestätigung und Sorge. »Nichts, was ich sage, wird Eure Meinung ändern?«

»Nein, Sire.«

»Ich verstehe, warum Ihr gehen müsst, aber dies ist keine Reise, dir Ihr allein bestreiten solltet.«

»Sie wird nicht allein sein«, sagte ihr Cousin. »Die Welt da draußen ist gefährlich, Dyna. Ich werde nicht zulassen, dass du ohne mich losziehst.«

Sie strahlte vor Erleichterung. »Danke, Zev.«

»Dann ist es beschlossen. Ihr habt Euren Kopf und Euren Wächter.« König Yoel legte ihr die Hände auf die Schultern. »Ich bete, dass *Elyōn* Eure Schritte beschützen wird. Wenn Euer Herz aufrichtig ist, wird auch Euer Weg richtig sein. Ihr könnt gern über Nacht bleiben, um Euch auszuruhen, bevor Ihr Eure edle Suche beginnt. Am Morgen werden die Vorbereitungen für Euch getroffen, und die Wächter werden Euch bis zum Ende unseres Reiches begleiten.«

»Danke, Eure Majestät«, rief Dyna aus.

Cassiel konnte es nicht fassen. Sie waren Narren, sie alle.

»Wenn ihr mich entschuldigen würdet, ich wünsche euch einen guten Abend.« Er verbeugte sich kurz vor seinem Vater und verließ das Arbeitszimmer, wobei er die schwere Tür hinter sich zuschlug.

Der Korridor des Südflügels hätte auch eine stockfinstere Höhle sein können. Er hatte keine Fenster, und die Diener waren nicht gekommen, um die Fackeln anzuzünden. Sie kamen nie in diesen Teil des Schlosses.

Blind, aber nicht verloren fuhr Cassiel mit den Fingern an der Wand entlang und zählte geistesabwesend die vergoldeten Simse, wie er es schon so oft getan hatte. Es war still, nur das leise Geräusch seiner Schritte auf dem kalten Boden leistete ihm Gesellschaft.

Er kämpfte gegen seinen Willen an, um nicht zurück ins Arbeitszimmer zu sprinten, Dyna das Tagebuch zu entreißen und es zu vernichten.

Oder es für sich selbst zu behalten.

Cassiel hatte Jahre damit verbracht, jedes Buch in der Schlossbibliothek über Mount Ida zu studieren, auf der Suche nach einem Hinweis über seinen Standort, nur um zu erfahren, dass bestimmte Bücher versteckt worden waren. Sein Vater hatte sicher Spaß daran, ihn zum Narren zu halten.

Cassiels Finger landeten auf den vertrauten, verzierten Mustern einer Tür. Er stieß sie auf, um seine dunklen Gemächer zu betreten. Die durchsichtigen weißen Vorhänge, die den offenen Balkon umrahmten, wehten in der Brise, und er fröstelte bei dem plötzlichen Temperaturwechsel. Das Mondlicht schimmerte auf dem polierten Fußboden und warf genug Licht, um die wenigen Möbelstücke in dem großen Raum zu erkennen. Ein massives Himmelbett stand am Ende des Raumes, ein Sessel stand neben dem Kleiderschrank – und zwei geflügelte Gestalten warteten in der Dunkelheit auf ihn.

Die eine stürzte sich auf ihn und schleuderte ihn nach hinten. Sein Hinterkopf prallte gegen die Wand, und seine Flöte klirrte, als sie zu Boden fiel. Ein brennender Schmerz durchzuckte seine Flügel, die hinter ihm lagen. Im schwachen Licht konnte er nur langsam die Umrisse von Malakels Grinsen erkennen, aber er ahnte bereits, wer ihn festhielt.

»Lass mich los.« Cassiel versuchte, sich loszureißen, aber Malakel warf ihn erneut gegen die Wand.

Sein linker Flügel knickte unter ihm ein. Cassiel biss sich auf die Zunge, bis sie blutete, um nicht zu schreien. Er wollte Malakel nicht die Genugtuung geben, seinen Schmerz zu hören. Blut benetzte die Innenseite seines Mundes, bevor seine Verletzungen taub wurden – ein Zeichen dafür, dass er heilte.

»Deine schändlichen Taten haben einen Menschen und eine Bestie zu uns geführt«, knurrte Malakel ihm ins Gesicht. »Du hast unsere Hallen mit dem Gestank ihrer Anwesenheit besudelt.«

Tzuriel gluckste. »Du musst zugeben, dass es ziemlich amüsant ist, Mal. Die Diener hören nicht auf, darüber zu tratschen. Das ist der skandalöseste Zwischenfall in Hilos, seit unser kleiner Bruder geboren wurde.«

»Nein, es ist abstoßend, genauso wie er.« Malakel gab ihm einen erneuten Schubs und trat zurück. Seine Lippen kräuselten sich vor Ekel. »Du bist eine Abscheulichkeit, Cassiel. Man hätte dir niemals erlauben dürfen zu leben. Wenn du nicht der Bastard des Hochkönigs wärst, hätte man deine Mutter hingerichtet, bevor sie dich zur Welt brachte. Das wäre eine Gnade gewesen.«

Cassiel richtete seine Kleidung und wischte sich nicht existenten Staub ab. Es war am besten, nichts zu erwidern. Er hörte diese Worte nicht zum ersten Mal.

»Ich will wissen, warum er den Menschen verschont hat.« Tzuriel trat in sein Sichtfeld. Das Mondlicht schimmerte auf dem Perlmuttglanz seiner Flügel, und die Federspitzen streiften den Boden. »Ich bin neugierig.«

»Keine der celestischen Frauen will dich auch nur ansehen, also bist du scharf auf ein schmutziges Stelldichein mit einem Menschen, ist es das?«, provozierte Malakel. »Du bist besessen von dieser Frau.«

»Erspar mir deine Vermutungen«, erwiderte Cassiel.

»Warum lebt sie dann noch?«

»Ich werde dir nicht antworten.«

Malakels Blick verschärfte sich. »Glaub nicht, dass ich zulasse, dass sich die Geschichte wiederholt. Ich werde dich persönlich kastrieren, bevor ich zulasse, dass du noch mehr Halbblut-Bastarde mit dem Namen Soaraway zeugst.«

Cassiel verdrehte die Augen. Er hatte nie daran gedacht, etwas in dieser Richtung zu tun.

Tzuriel kicherte und lehnte sich mit der Schulter gegen die Wand, verschränkte seine Knöchel. »Du musst dir keine Sorgen machen, Mal. Vater ist wiederholt daran gescheitert, eine Lebensgefährtin für unseren lieben kleinen Bruder zu finden. Obwohl die Heirat seiner Braut den Titel ›Prinzessin von Hilos‹ einbringen würde.«

Cassiel erstarrte angesichts der unerwarteten Nachricht. Warum sollte sein Vater so etwas tun?

Malakel lachte über seine Verwirrung und deutete sie fälschlicherweise als Enttäuschung. »Das ist richtig. Ein Teil der königlichen Familie zu werden, reicht nicht aus, um die Adligen zu bestechen, damit sie ihre Töchter an jemanden wie dich verheiraten. Niemand würde jemals ein Blutband mit einer *Kreatur* eingehen.«

Unbeirrt wischte Cassiel den Stich in seinem Herzen beiseite, als wäre er ein Schmutzfleck. Er wusste schon lange, dass es für ihn nicht möglich war, zu heiraten, und er war auch nicht daran interessiert. Es war auf jeden Fall das Beste. Wenn er sich eine Lebensgefährtin nahm, würde sie wie seine Mutter geschmäht werden, und alle Kinder, die er zeugte, würden demselben Tadel ausgesetzt werden wie er. Nein, seine beschmutzte Blutlinie würde mit ihm enden.

Dynas Stimme drängte sich in seine Gedanken: »*Von gemischter Herkunft zu sein, nimmt einem nicht das Recht auf Leben.*«

Malakel zerrte Cassiel an seinem Gewand nach vorn und zerriss dabei die zarte Seide. »Glaubst du, deine Taten werden dir verziehen, weil Vater deine Mutter vor den Wächtern verschont hat? Du magst diesen Menschen mit Immunität geschützt haben, aber du bist nicht immun gegen das Gesetz. Die Königin wird dich vom Hof dafür bestrafen lassen. Solltest du dich irgendwie davonschleichen, denk daran, dass ich eines Tages Hochkönig sein werde, und mein erster Befehl wird sein, dich zu verbannen.«

Cassiel konnte sich die abfällige Bemerkung nicht verkneifen. »Es sei denn, Vater verbannt dich zuerst.«

Er wusste, dass der Schlag kommen würde, aber Cassiel war nicht darauf vorbereitet, dass ihm die Luft wegblieb, als Malakels Faust auf seinen Unterleib traf. Er beugte sich über seinen schmerzenden Bauch, sein Diadem klirrte auf den Boden und glitzerte im Mondlicht. Das grelle Ding war ein lächerliches Stück Metall, das auf seinem Kopf nicht mehr Wert hatte als auf dem eines Ebers. Bei dem Gedanken daran verwandelte sich Cassiels Husten in ein Glucksen, dann in schallendes Gelächter.

»Warum lachst du?«, rief Malakel.

Cassiel wusste nicht, was so lustig war. Vielleicht war er es leid, wütend zu sein, oder er hatte seinen verfluchten Verstand verloren. Kichernd schüttelte er den Kopf. »Sag mir, Bruder, bist du immer noch der Thronerbe? Vater hat sich nicht klar ausgedrückt, nachdem er dich vor den Bediensteten wie ein Kind zurechtgewiesen hat.«

Malakel wollte sich wieder auf ihn stürzen, aber Tzuriel hielt ihn zurück. »Ignorier ihn, Mal. Du bist der rechtmäßige Nachfolger. Daran besteht kein Zweifel.«

Cassiel genoss seltsamerweise die Wut seines älteren Bruders, und das machte ihn töricht. Gedanken, die all die Jahre in ihm geschwelt hatten, flossen ihm wie Gift von der Zunge. »Du hasst mich, weil wir dasselbe Blut teilen. Weil Vater deine Mutter verschmähte, als er meine wählte. Ich mag ein Bastard sein, aber er hat mich bei meiner Geburt als sein Sohn anerkannt. Ich bin ein Prinz Hilos. Ich stamme von der Soaraway-Blutlinie ab. Die Geschichte wird dich für immer als den Hochkönig mit dem Nephilim als Bruder in Erinnerung behalten, und dieser Makel wird dein Erbe trüben. Auf ewig.«

Malakel breitete seine Flügel mit einem wütenden Gebrüll aus, warf Tzuriel zurück und griff Cassiel mit einer Flut von Schlägen an. Er fiel auf die Knie, konnte nicht mehr stehen, aber er hörte nicht auf zu lachen. Cassiel lachte und lachte, während er Sterne sah und seine Ohren klingelten.

Tzuriel brüllte. Cassiel konnte nicht sagen, ob er ihren älteren Bruder anstachelte oder ihm sagte, er solle aufhören. Ein weiterer Schlag traf ihn am Kiefer, und sein Kopf krachte gegen die Wand. Schmerz durchbohrte seinen Schädel. Licht blitzte in einer Leere auf, die ihn in die Tiefe ziehen wollte.

»Aufhören!« Tzuriel zerrte Malakel zurück. »Das reicht jetzt. Wir müssen gehen, bevor Vater davon erfährt.«

Malakel schubste ihn weg. Seine Fäuste ballten sich und lösten sich wieder, sein Zorn erfüllte den Raum. Als er wieder sprach, war er gefasst, sein Tonfall distanziert. »Du bist irrelevant. Eine Schande. Nach deinem Tod wird sich niemand an dich erinnern.«

Cassiel lachte nicht länger.

Sein älterer Bruder trat auf den Flur, seine Schritte verhallten. Cassiel spuckte Blut auf den Boden, lehnte sich gegen die Wand und schloss die Augen. Der eisige Wind strich über sein pochendes Gesicht, aber der Schmerz wurde dumpfer und kribbelte, während sein Blut arbeitete, um ihn zu heilen.

»Du steckst heute voller Überraschungen, kleiner Bruder«, sagte Tzuriel von der Tür aus. Verwirrung lag auf seinem Gesicht und so etwas wie Respekt. »Warum ihn provozieren, nur damit er dich verprügeln kann? Lord Jophiel hat dich während deiner Zeit in Hermon Ridge gut ausgebildet. Du kannst dich behaupten.«

Warum sollte sich Tzuriel für ihn interessieren? Das hatte er noch nie getan.

Es wäre nicht gut für Cassiel, gegen Malakel zu kämpfen. Er hätte sich aus Prinzip unterordnen müssen. Als er alt genug gewesen war, um zu sprechen, hatte Königin Mirah ihm klargemacht, dass er keines ihrer Kinder herausfordern sollte. »*Sie sind reinblütig, Erben der Reiche. Du bist ein Nichts.*«

Tzuriel trat einen Schritt auf ihn zu. »Cassiel...«

»Raus hier.«

Tzuriel hielt inne, als wollte er noch mehr sagen, aber er seufzte und glitt in den dunklen Korridor, wobei seine Flügel als Letztes verschwanden.

Er hasste Malakel, aber Cassiel musste ihm zustimmen, dass es dumm gewesen war, den Menschen und seinen Werwolf-Cousin in die Burg zu bringen.

Warum hatte er Dyna von der Dezimierung und dem Fall von Gamor erzählen sollen? Er wusste, dass sein Vater an der Zerstörung der Stadt beteiligt gewesen war, aber bis zu diesem Tag hatte man nicht darüber gesprochen – und er hatte sich entschieden, es mit einem Menschen zu teilen.

Cassiel nahm seine Flöte in die Hand und ging auf den Balkon hinaus. Eine dicke Wolkendecke kroch über die Sterne und erfüllte die klare Luft mit dem Geruch von baldigem Regen. Er kletterte auf das breite steinerne Geländer und setzte sich mit dem Gesicht nach außen, sodass seine Beine über den Hunderte von Metern unter ihm liegenden Schlossgarten baumelten. Jenseits des Gipfels tauchte die Silhouette des Hilos-Königreichs auf, umrissen von einer in der Nacht leuchtenden Biolumineszenz-Flora.

Der Geist seiner Mutter verweilte an diesem Ort. Als er ein Kind gewesen war, war sie oft auf diesen Balkon gekommen, um zu musizieren oder ihm Märchen vorzulesen. Ihre sanfte Stimme kam zu ihm, getragen von einem Strom der Erinnerung.

»Ein Pirat namens Kapitän Rozin Ida beherrschte vor Jahrhunderten die Meere, Kleiner. Er plünderte und stahl, während er Gold und Juwelen sammelte. Er bevorzugte Artefakte, die mit Magie durchdrungen waren, denn ihre Macht machte ihn zu Lande und zu Wasser unübertroffen. Eines Tages stahl Kapitän Ida eine Heilige Schriftrolle, die ein schreckliches Geheimnis enthielt und ihn zu einer großen Vulkaninsel in einer gefährlichen Region des Ozeans führte. Dort erlangte er das Unendliche. Dadurch konnte sich ihm niemand mehr widersetzen. Er nannte die Insel Mount Ida und machte sie zu seiner Festung, während er nach Herzenslust plünderte.

Er verseuchte die Insel mit so viel Magie, dass sie lebendig wurde und ihm in allem diente, was er wollte. Sie erfüllte sogar die Wünsche, die in seinem Herzen verborgen waren. Kapitän Ida fürchtete, dass andere versuchen würden, seine Schätze zu stehlen, und er wurde bald misstrauisch gegenüber seiner Mannschaft. Die Insel, die ihrem Meister gefallen wollte, beseitigte sie und ließ sein Schiff im Stich. Sie hüllte sich in Magie, um die Schätze zu schützen, und schloss den Piraten für alle Ewigkeit ein. Mount Ida wurde seitdem nie wieder gefunden, aber ich verspreche dir, Kleiner, ich werde ihn finden.«

Cassiel fragte sich, ob seine Mutter das jemals gelungen war.

War Mount Ida so wunderschön und tückisch, wie es die Legenden besagten? Er verdrängte die Frage schnell wieder.

Er musste es.

Denn wenn er zu viel darüber nachdachte, wurde er die Vorstellung nicht mehr los, wie die Insel sie im Ganzen verschlang.

KAPITEL 12

CASSIEL

Cassiel war sich nicht sicher, wie lange er auf dem Balkon ausgeharrt hatte, als ein leises Klopfen an seiner Tür ertönte. Er antwortete nicht, doch die Person wartete nicht auf Einlass. Sofort folgten sich nähernde Schritte. Es konnte nur sein Vater sein. Cassiel veränderte seine Position auf dem Geländer, um das getrocknete Blut auf seiner Nase und seine zerrissene Kleidung zu verbergen.

König Yoel trat nach draußen, sein Atem wirbelte durch die Luft. »Die Nächte werden langsam kühl.«

Cassiel runzelte die Stirn, verwirrt darüber, dass sein Vater hergekommen war, um mit ihm über das Wetter zu reden. Sie sprachen nicht oft miteinander, somit war jede Konversation außerhalb der formalen Angelegenheiten ungewöhnlich. So wie dieser ganze Tag.

Der Hochkönig lehnte sich an das Geländer und blickte auf das Königreich hinaus. Das Fehlen seiner widerwärtigen Krone nahm ihm die Königswürde, die ihn jünger erscheinen ließ, als er war. »Unsere Gäste haben sich für die Nacht eingerichtet.«

Cassiel vermutete, dass sein Vater vertrauenswürdige Wachen vor ihrer Tür postiert hatte. Wie sicher konnten sie in einem Schloss voller Celestials sein, die sie am liebsten tot sehen würden?

»Zevs Fähigkeit, sich nach Belieben zu verwandeln, ist erstaunlich«, bemerkte sein Vater.

Das Werbiest war ungewöhnlich. Cassiel hatte versucht, nicht auf die vielen Narben zu starren, die sich in wahllosen Linien über jeden Zentimeter seines Körpers erstreckten. Armbänder aus vernarbtem Fleisch kreisten um seine Handgelenke, und die Haut zog sich um sie herum, sodass es aussah, als hätte man ihn in Stücke gerissen und wieder zusammengenäht.

»Halbblütige Werwölfe werden Lycans genannt. Sobald sie volljährig sind, entwickeln sie zwei Verwandlungsformen: den Wolf und den *Anderen*. Sie sind selten, denn die Mütter wollen sie oft nicht großziehen.«

Den *Anderen*?

Cassiel seufzte. Er wollte nicht über die Bestie oder irgendetwas anderes nachdenken. Er wollte allein sein.

»Und Dynalya, sie hat eine brillante Seele. Du hast sie selbst gesehen, nicht wahr?«

Natürlich hatte er das. Aber wozu diente die Fähigkeit, die Seelen der Menschen zu sehen und zu fühlen?

Als Dyna seine Wange berührt hatte, hatte er nur einen kurzen Einblick bekommen, doch als sie seine verletzte Hand gehalten hatte, hatte er alles gesehen. Ihre Seele war ein leuchtendes, flammendes Grün mit dem Licht von tausend Gewitterstürmen. Ihre Gesamtheit war wunderschön. Das Gefühl, das sie ausstrahlte, war fast vertraut, als würde er an einen Ort zurückkehren, den er einst gekannt hatte. Es war ihre Seele gewesen, die ihn davon überzeugt hatte, dass es richtig war, sie zu retten, aber sie trug großen Kummer in sich. Nachdem er heute Abend von ihrer Vergangenheit erfahren hatte, wusste er auch, warum.

Der Hochkönig legte seinen Kopf schief, ein wehmütiger Ausdruck lag auf seinem Gesicht. »Die Seelensuche kann überwältigend sein. Etwas so Phänomenales zu sehen und zu fühlen, lässt einen fast sprachlos zurück.«

Ja, so würde es Cassiel ausdrücken. Er hatte sich bereitwillig Dynas Seele hingegeben und sich in dem herrlichen Gefühl gesonnt.

»Du hast keine Erfahrung damit, und ich kann mir vorstellen, dass dein erstes Mal beunruhigend war. Bei physischem Kontakt mit einem Menschen siehst du automatisch seine Seele, aber es ist leicht zu kontrollieren. Entscheide dich einfach, nicht zu sehen.«

Das war eine ziemlich vage Erklärung.

Sein Vater grinste verschmitzt. »Ich hatte fast vergessen, wie sich Seelensuche anfühlt. Es ist schon eine Weile her, dass ein liebevoller Mensch meinen Wald durchquert hat.«

»Wie kannst du über solche Dinge scherzen?«, zischte Cassiel.

Das Lächeln des Hochkönigs verschwand. »Vergib mir, es war nicht meine Absicht, unliebsame Erinnerungen zu wecken.« Er nickte zu der Flöte. »Ist das die Flöte deiner Mutter?«

Warum stellte er Fragen, auf die er die Antwort bereits wusste?

»Elia war nie schöner, als wenn sie auf ihr gespielt hat.«

Der Klang des Namens seiner Mutter brach über Cassiel hinweg wie eine kalte Meereswelle.

»Ich war dort an dem Tag, als sie unser Territorium betreten hat, ihre Flöte spielend«, sagte sein Vater, seine Stimme war so weit weg wie sein traumhafter Blick. »Ihre Melodie erfüllte den Wald mit etwas, das an Magie erinnerte. Ich musste die Quelle finden, und als ich sie erblickte, verließ mich jegliche Vernunft. Ich gewährte ihr Immunität und begleitete sie zurück nach Hause. Nach North Star.«

Cassiel richtete sich auf. North Star war Dynas Dorf.

»Sie war etwas Besonderes, deine Mutter. Ihre Gesichtszüge. Ihre Stimme. Die Zerbrechlichkeit ihres Lebens. All das hat mich angezogen. Ich hätte nichts mit einem Menschen zu tun haben dürfen, aber ich fühlte mich auf unerklärliche Weise zu ihr hingezogen. Ich flog oft zu ihrem Dorf, und sie wartete immer, als hätte sie geahnt, dass ich kommen würde. Sie wusste von Anfang an, dass ich zu ihr gehörte und sie zu mir.«

Dies war das längste Gespräch, das Cassiels Vater seit Jahren mit ihm führte, und er wählte diesen Moment, um über *sie* zu sprechen.

»Du hättest sie in Ruhe lassen sollen«, knurrte Cassiel. »Du hast sie verdammt, als du dir die Dreistigkeit herausgenommen hast zu glauben, sie zu lieben.«

Sein Vater stotterte, verblüfft über seinen Ausbruch. »Ich habe...«

»Wenn du sie wirklich geliebt hättest, hättest du sie niemals als deine Gemahlin hierhergebracht, obwohl du bereits verheiratet warst!« Sein Schrei hallte über den Gipfel, und die Worte sprudelten nur so aus ihm heraus. »Du hast angenommen, dein Volk würde einen Menschen akzeptieren, weil sein Hochkönig es so wollte. Du hast angenommen, dass sie hier jemals so etwas wie Glück haben könnte. Ihr Leben war unerträglich, und es hat sie in den Wahnsinn getrieben. Auf dich zu treffen, war ihr Ende!«

Cassiel wandte sich ab, als die letzten Worte in der Nacht verklangen, und machte sich auf die Folgen seiner Respektlosigkeit gefasst. Das Leiden seiner Mutter war der tiefste Groll, den er gegen seinen Vater hegte. Aber es war sinnlos, ihn jetzt zu offenbaren.

»Vielleicht hätte ich sie sterben lassen sollen«, sagte sein Vater erstaunlich ruhig. »Aber ich konnte ihr nicht den Rücken kehren, so wie du es nicht bei Dynalya konntest. Warum hast du sie gerettet?«

»Ich weiß es nicht«, log Cassiel.

Die Wahrheit war: Es hatte ihn wütend gemacht, dass die Wächter sie hatten töten wollen, weil sie ein Mensch war. Sie war in ihr Land eingedrungen, aber nicht, um ihnen etwas zu tun. Als er sie weinen und betteln gehört hatte, hatte er das unstillbare Bedürfnis verspürt, sie zu beschützen. Also hatte er es getan. Dieser unbezwingbare Drang verfolgte ihn seitdem. Ihr Immunität zu gewähren, war aus einem Impuls heraus und aus Bosheit geschehen, als sein Vater ihn zur Rede gestellt hatte. Dennoch war da immer noch dieser Zwang, sie schützen zu wollen, den er sich einfach nicht erklären konnte.

»Doch, das tust du«, erwiderte sein Vater und musterte sein Gesicht.

Wenn sie ein Gespräch führen wollten, wollte Cassiel nicht durch königlichen Anstand behindert werden. »Darf ich frei sprechen?«

»Hast du das bisher nicht getan?«, erwiderte er und gluckste.

Cassiel blickte auf die Bucht hinaus und beobachtete die Wellen, die an das Ufer schlugen. »Ich bitte dich, mich nicht zu bevormunden, Vater. Dieser Mensch ist eine törichte Bäuerin, die den Weg hierher gefunden hat, ohne unsere Gesetze zu kennen. Ich habe sie aus Mitleid gerettet.«

»Eine Bäuerin? Sie ist belesen und drückt sich gewählt aus. Du kannst es leugnen, aber ich glaube, dass es dir wichtig ist, was aus ihr wird.«

»Kein bisschen.«

Sein Vater zuckte mit den Schultern, immer noch lächelnd. »Wie du meinst.«

Cassiel blickte finster drein. »Machst du dich über mich lustig?«

»Das tue ich nicht.«

»Dann werde ich so tun, als wüsste ich nicht, was du andeutest.«

»Ich habe ihre Seele ebenfalls berührt, Sohn. Sie ähnelt deiner viel zu sehr, um verleugnen zu können, dass eure Schicksale miteinander verknüpft sind.«

Cassiel kniff die Augen zusammen, als er die Bedeutung der Worte seines Vaters verstand. Ein neuer Verdacht über den Zweck des heutigen Abends kam in ihm auf. »Ich dachte, du wärst verrückt, einen Menschen und ein Biest hierher zu bringen, aber ich hätte wissen müssen, dass du es mit Absicht getan hast. Du hast angenommen, ich hätte Gefallen an ihr gefunden.«

»Warum sonst solltest du ihr das Leben retten und Immunität gewähren?«

»Weil es das Richtige war, sonst nichts«, antwortete er knapp. »Ist es so fragwürdig, dass ich jemanden verschont habe, der es nicht verdient hatte, zu sterben?«

»Ich sagte dasselbe, als ich deine Mutter verschonte, aber es gab einen Grund für unsere Begegnung und ich glaube, auch deine Begegnung mit Dynalya war nicht grundlos. Sie hat nicht ein einziges Mal infrage gestellt, warum du einzigartig bist.«

Das stimmte. War ihr nicht klar, dass er kein Reinblüter war? Es war offensichtlich, dass er nicht wie die anderen war, dennoch hatte sie ihn nicht anders behandelt.

»Du hast ihr von der Dezimierung erzählt und von den Halbblütern von Gamor. Eine uneheliche Sünde, nicht wahr?«

»So sehe ich dich nicht, mein Sohn. Ich sagte es, um sie zu provozieren, und sie reagierte unerwartet.«

Cassiel runzelte die Stirn und erinnerte sich an die Tränen auf Dynas Wangen. Tränen über den Verlust von Personen, die sie nie gekannt hatte. »Nun, du hast sie in dem Glauben gelassen, dass sie zum Tode verurteilt wurden.«

»Ich überlasse es dir, ihr die Wahrheit zu sagen, wenn du das möchtest.« Sein Vater zuckte mit den Schultern. »Sie würde sich sicher freuen, sie zu hören.«

»Warum hast du überhaupt gelogen?«

»Ich wollte ihre Meinung zu diesem Thema wissen.«

Cassiel blickte finster drein, und etwas Heißes stieg in seiner Brust auf. »Du wolltest wissen, was sie über mich denkt, meinst du.«

»Ich denke, sie würde dich nicht dafür verurteilen, anders zu sein.«

»Es interessiert mich nicht, was sie denkt, geschweige denn will ich etwas mit diesem Menschen zu tun haben«, schnappte er. »Ich werde deine Fehler nicht wiederholen.«

Sein Vater drehte sich zu ihm um, sein Ton wurde härter. »Ich habe viele Fehler in meinem Leben gemacht, aber deine Mutter war keiner von ihnen. Du wirst sie *nie wieder* als einen solchen bezeichnen.«

Cassiel verzog das Gesicht und sah auf das Königreich unter sich herab. Er hasste diesen Ort. Die Erinnerung an seine Mutter war überall präsent, und er konnte es nicht länger ertragen. »Ich werde morgen abreisen.«

»Wann habe ich dich entlassen? Es ist weniger als einen Monat her, dass du aus Hermon Ridge zurückgekehrt bist.«

»Hilos ist nicht mein Zuhause. Ich wäre nicht hierhergekommen, wenn du Lord Jophiel nicht befohlen hättest, mich zurückzuschicken.« Cassiel drehte sich auf dem Geländer, um ihn anzusehen.

Die großen Augen seines Vaters wanderten über sein ramponiertes Äußeres. »Wer hat dir das angetan?«

»Ich gehöre nicht hierher. Ich möchte in Hermon Ridge leben. Niemand dort verachtet mich dafür, ein halber Mensch zu sein.«

Sein Vater seufzte. »Ich verstehe, dass dein Leben hier bisher schwierig war, aber du bist ein Prinz von Hilos. Du musst deine Pflicht gegenüber den Reichen erfüllen. Mit fast zwanzig Wintern bist du jetzt volljährig und kannst dich binden.«

Er presste seine Kiefer zusammen. »Ich habe *kein* Bedürfnis nach einer Frau.«

»Unsere Leben sind lang. Wir sind nicht dafür geschaffen, allein zu sein, und ich werde dafür sorgen, dass du es nicht sein wirst.«

Cassiel sprang von dem Geländer und ballte seine Hände zu Fäusten. »Ich werde mich nicht zu einer Ehe zwingen lassen, die ich nicht möchte. Du magst mit deiner Frau unglücklich sein, aber ich werde nicht zulassen, dass mich dasselbe Schicksal ereilt.«

Er wusste, dass er sich im Ton vergriffen hatte, als sich die Miene seines Vaters verfinsterte.

»Du vergisst, mit wem du sprichst!«, donnerte der Hochkönig. »Ich erlaube dir, deinen Unmut zu äußern, aber ich dulde keine Respektlosigkeit.«

Cassiel trat einen Schritt zurück und senkte seinen Kopf. »Vergib mir. Ich hatte mich nicht unter Kontrolle.«

Sein Vater wandte sich ab und bat *Elyōn* murmelnd um mehr Geduld, um seine unverschämten Söhne ertragen zu können. Er atmete schwer aus, bevor er wieder sprach. »Es ist die Aufgabe des Hochkönigs, die Lebensgefährtinnen seiner Kinder auszuwählen. Starke Unionen sorgen für starke Blutbande, die eine angemessene Kraft für die Führung der Reiche bieten.«

Cassiel hielt seine Zunge im Zaum, bevor er wieder etwas Unüberlegtes sagte. Blutbande waren ein immerwährendes Versprechen, aber sie vermittelten niemals Liebe. Das war etwas, das nicht gefälscht werden konnte. Der Beweis dafür war, wie sehr sein Vater und Königin Mirah einander verabscheuten.

»Mein Vater hat unter den damaligen Umständen vorschnell für mich entschieden«, sagte König Yoel, als hätte er Cassiels Gedanken gelesen. »Das werde ich nicht tun. Ich habe Malakels Lebensgefährtin mit großer Sorgfalt ausgewählt, und er ist mit ihr zufrieden, ebenso wie Tzuriel mit der ihm zugedachten. Du hast mein Wort, dass es bei dir nicht anders sein wird.«

»Bitte.« Cassiel hasste den flehenden Ton, der in seiner Stimme mitschwang. Wer auch immer mit ihm gebunden werden wurde, würde leiden. Warum konnte sein Vater das nicht sehen?

»Du wirst tun, was ich dir sage.« Es war ein Befehl. Die Diskussion war beendet. »In der Zwischenzeit wirst du den Wächtern an der Grenze Gesellschaft leisten.«

»Du vertraust mir, die Grenzen zu schützen, nachdem ich einen Eindringling verschont habe?«

Sein Vater lehnte sich an das Geländer. »Dynalya hat keine Bedrohung dargestellt. Es war die richtige Entscheidung, sie zu verschonen. Die Menschen der Vergangenheit haben uns hintergangen, aber die der Gegenwart tragen keine Schuld. Das ist etwas, das unseresgleichen nicht versteht. Unsere fehlgeleiteten Überzeugungen haben uns auf einen Weg gebracht, den wir nicht mehr verlassen können, wenn wir uns nicht ändern. Jophiel hat das nach dem Fall von Gamor vorausgesagt und wollte nichts damit zu tun haben.«

Bei der Erwähnung seines Onkels sah Cassiel Richtung Norden, zu dem Reich, das zu weit weg war, um es zu sehen.

»Ich habe damals nicht mit den Idealen meines Bruder übereingestimmt. Zu besessen war ich von Wut und Hass. Es dauerte ein halbes Jahrtausend, bis ich erkannt habe, was Jophiel in den

Menschen gesehen hat. Die Antwort liegt in der Akzeptanz. Sie ist die Grundlage seines Reiches, und ich wünsche mir das Gleiche hier.«

Cassiel sah nicht, wie das möglich sein sollte. Hermon Ridge war in jeder Hinsicht das Gegenteil von Hilos, von den Bürgern bis zur Politik.

König Yoel hob eine Hand Richtung Himmel, als wolle er etwas Unerreichbares festhalten. »›Es gibt für alles eine Zeit unter dem Himmel; eine Zeit zum Lieben und eine Zeit zum Hassen; eine Zeit für Krieg und eine Zeit für Frieden.‹ Eines Tages wird dieses Reich die Menschen wieder aufnehmen.«

Cassiel blinzelte bei dieser lächerlichen Rede. Sein Vater verhielt sich seltsam, seit er Dyna getroffen hatte, und nun zitierte er geweihte Gleichnisse aus den Heiligen Schriftrollen, die im Ersten Zeitalter geschrieben worden waren. Von den Tausenden von Schriftrollen, die es einst gegeben hatte, befanden sich drei in dem Schloss, die in einer Truhe verschlossen waren.

Sein Vater deutete auf sein schwarzes Federkleid. »Wer und was du bist, ist genau das, was dieses Königreich braucht. Deine Hände sind rein. Du hast keinen Menschen getötet, geschweige denn hasst du sie. Das allein macht dich würdig.«

»Würdig für was?«

»Meine Herrschaft endet, Sohn. Ich muss daran denken, was gut für mein Volk ist, und einen viel weiseren Regenten an meiner statt hinterlassen. Einen, der der Inbegriff des Wandels in unserer Zukunft sein wird. Ich glaube, das bist du.«

Cassiel starrte ihn ungläubig an. Die Vorstellung war so bizarr, dass er lachen wollte. Sein Vater war wirklich verrückt. Er zeigte auf das Königreich unter sich. »*Ihr* Hass ist tief in ihnen verwurzelt. Celestials hassen Menschen dafür, was sie getan haben, und sie hassen mich, weil ich sie daran erinnere. Sie würden mich niemals als Hochkönig akzeptieren. Ich bin ein halbblütiger Bastard.«

Sein Vater blickte finster drein. »Sprich nicht so über dich. Du bist mein Sohn, und ich habe dich als solchen anerkannt.«

»Das spielt keine Rolle. Malakel ist reinblütig und dein Erstgeborener. Er ist der rechtmäßige Nachfolger.«

»Ich entscheide, wer meinen Thron erbt.«

Cassiel schüttelte den Kopf und trat zurück, suchte in den Schatten nach Spionen. Königin Mirah würde ihn im Schlaf ermorden lassen, wenn sie davon hörte. Der König mochte sich Veränderungen für Hilos wünschen, aber sie würden nicht eintreten. Nicht in diesem Leben. »Dieser Ort war das Todesurteil meiner Mutter und er wird das meine sein, wenn ich bleibe.«

»Cass...«

»Warum hast du die Bücher vor mir versteckt?«, wollte er wissen.

Sein Vater wurde traurig. »Du weißt, warum. Wenn ich es nicht getan hätte, hätte die Insel dich mir auch noch genommen. Ich musste dich beschützen.«

Er streckte die Hand nach Cassiel aus, aber er wich zurück. »Du hast mir den Rücken gekehrt, als sie uns verlassen hat. Wo warst du die ganze Zeit?«

Sein Vater senkte seinen Blick.

Cassiel ballte seine zitternden Fäuste. Er war wütend auf sich selbst, weil er seine Verbitterung wieder preisgegeben hatte. Er war so wütend auf seine Eltern und das Leben, das sie ihm geschenkt hatten. Die Wut erstickte ihn. Es war viel zu spät, ihn vor irgendetwas zu schützen.

Die Schultern seines Vaters sanken unter einer unsichtbaren Last. »Ich habe um deine Mutter getrauert. Du bist ihr Ebenbild, und ich ... konnte dir deshalb nicht nahe sein. Das war dir gegenüber nicht fair. Ich sehe das jetzt ein und ich werde immer die Schuld für den Kummer tragen, den ich dir bereitet habe. Es tut mir so sehr leid, mein Sohn.«

Als Kind hatte er sich so sehr danach gesehnt, diese Worte zu hören. Er hatte sich nach einem Funken Hoffnung gesehnt, dass sein Vater ihn nicht im Stich gelassen hatte. Aber jetzt war es ihm egal. Sein Herz war ein kalter Stein in seiner Brust.

»Was kann ich tun, damit du mir vergibst?«

Die Frage schürte seine Wut. Vergebung war zwar nicht käuflich, dennoch war dies eine ausgezeichnete Gelegenheit, den Hochkönig um alles zu bitten, was er sich wünschte.

Dynas naives, lächelndes Gesicht tauchte vor seinem inneren Auge auf.

Es hatte ihn viel gekostet, sie am Leben zu erhalten, trotzdem steuerte sie nun auf den sicheren Tod zu. Wenn sie das Schlosstor verließ, würde sie nie wieder zurückkehren. So wie seine Mutter.

»Hindere den Menschen daran, zu der Insel zu reisen«, antwortete Cassiel, bereute jedoch augenblicklich, diese einmalige Möglichkeit an ihr verschwendet zu haben. Er hätte seine Freiheit verlangen sollen.

Sein Vater stöhnte. »Von all den Dingen, die du dir wünschen könntest, wählst du diese? Hast du nicht ihre Entschlossenheit gesehen?«

Ja, und sie hatte ihn so sehr an seine Mutter erinnert, dass es unheimlich war.

»Der Tod ihrer Eltern belastet sie. Sie muss diese Reise bestreiten, für sie und für sich selbst. Du wirst sie nicht aufhalten können, selbst wenn du ihr den ganzen Weg bis Mount Ida folgst.«

Ihr folgen?

Cassiel sah hinab auf den Ring, der an einer Kette um seinen Hals hing. Er wiegte ihn in seiner Handfläche, der Saphir glitzerte im Mondlicht. Vielleicht hatte das Schicksal ja doch etwas damit zu tun, dass er Dyna getroffen hatte.

»Ich war nicht hier, um Elia am Gehen zu hindern«, sagte König Yoel, seinen Blick auf den Ring gerichtet. »Ich werde nie aufhören, das zu bereuen.«

Cassiel ließ ihn zurück auf seine Brust fallen. »Sie hat ihre Entscheidung getroffen.«

Sein Vater seufzte. »Da ich mich nicht in Dynalyas Reise einmischen kann – welchen anderen Gefallen kann ich dir tun?«

»Ich möchte nach Hermon Ridge zurückkehren«, antwortete Cassiel, ohne zu zögern. Ein Plan formte sich in seinem Kopf, aber er würde nur funktionieren, wenn er die Erlaubnis hätte, Hilos zu verlassen.

»Na schön.«

Das war erstaunlich einfach. »Ich habe deine Erlaubnis?«

Sein Vater nickte. »Für den Moment. Du bist jung und musst noch viel lernen, bevor wir über die Zukunft sprechen. In der Zwischenzeit kannst du Hilos verlassen. Ich werde Jophiel morgen über den Wasserspiegel kontaktieren und ihn über deine bevorstehende Ankunft informieren.« Er hob die Hand, als Cassiel eine weitere Bitte vorbringen wollte. »Ich werde die Verwendung von Sternenstaub nicht erlauben. Du musst während der Reise zwischen den Reichen unsichtbar bleiben.«

»Ja, Sire.« Cassiel verbeugte sich zustimmend, wenn auch nur, um seine Verärgerung darüber zu verbergen, dass sein Vater in ihm las wie in einem offenen Buch. Der Verzicht auf Sternenstaub kam ihm ungelegen.

»Unsere Leben sind lang und reichlich«, sagte der Hochkönig. »Unvergleichlich mit den Menschen. Das Wichtigste ist nicht, wie lange wir leben, sondern *wie*, mein Sohn. Ich wünsche mir nur, dass du glücklich bist.«

Cassiel hatte nichts mehr zu sagen. Er wünschte seinem Vater einen guten Abend und sprang über den Balkon. Seine Flügel trugen ihn in die kühle Nacht und hinaus aufs Meer, wo er in müßigen Bögen auf dem Wind ritt.

Den letzten Teil dieser absurden Konversation ließ er völlig außer Acht. Es hatte keine Bedeutung für ihn.

Glück war eine Illusion, genau wie die Liebe.

KAPITEL 13

ZEV

Der Wald außerhalb von Hilos war nicht sonderlich auffällig. Die Flora leuchtete nicht, und die Bäume waren jünger. Auch haftete ihm kein unheimlicher Hauch von Gefahr an. Der Tau perlte auf jedem Blatt und jedem Grashalm und schimmerte im Morgenlicht, das durch die Baumkronen fiel. Ein sanfter Wind strich über die schlammigen Pfützen, die der Regen der letzten Nacht hinterlassen hatte. Alles schien normal zu sein, dennoch blieb Zev in höchster Alarmbereitschaft.

Die Diener des Schlosses hatten sie vor dem Morgengrauen geweckt, ohne dass ihnen eine weitere Mahlzeit angeboten worden war. Sie waren aus dem Schloss geeilt, bevor der Rest des Königreichs aufgestanden war, und die Wächter hatten sie mit einem dicken Rucksack mit versprochenen Vorräten und ohne ein Wort an der Grenze zu Hilos zurückgelassen. Es schien, dass die Celestials nicht viel von Abschieden hielten. Zev beschwerte sich nicht. Er war froh, diesen prächtigen, in Finsternis gegründeten Ort hinter sich zu lassen.

Zev wandte sich von den Bäumen ab, als er hörte, wie Dyna stöhnte, als sie versuchte, den Rucksack wieder anzuheben. Er presste die Lippen zusammen und unterdrückte ein Grinsen. Dies war ihr fünfter Versuch, aber sie bestand darauf, das Gepäck zu tragen. Sie schwang den Rucksack nach oben, und das Gewicht warf sie mit einem Platschen zurück in den Schlamm. Er brach in Gelächter aus.

»Zev!« Sie strampelte mit ihren Füßen in der Luft, in dem Versuch, aufzustehen.

»Ich habe dir gesagt, dass du mich den Rucksack tragen lassen sollst, Dyna.« Er nahm ihre Hand und half ihr, aufzustehen. »Ich bin der Stärkere von uns beiden, denkst du nicht?«

»Mhm, ich schätze schon.« Sie seufzte und wischte sich den Schlamm von den Knöcheln.

Zev zog den Rucksack hoch und schob sich die dicken Riemen ohne Mühe auf die Schultern. Er legte seine Tasche obenauf, und die Ketten klirrten darin. Das Geräusch knirschte in seinen Ohren. Er freute sich nicht darauf, es die ganze Zeit hören zu müssen. In sechs Tagen wäre der nächste Vollmond, und es graute ihm bereits davor.

Durch einen glücklichen Zufall war er bereit gewesen, Lykos Peak zu verlassen, bevor Dyna unerwartet aufgetaucht war. Er hatte Monate damit verbracht, sich zu überlegen, ob er gehen sollte. Obwohl er ein Ausgestoßener war, hatte er sich in den Außenbezirken frei bewegen können, und es hatte reichlich Beute gegeben. Das Fehlen dieser Sicherheit beunruhigte ihn, aber zurückzugehen, war ihm nicht mehr möglich.

Er musste Dyna weit weg von hier bringen. Das Rudel konnte nicht in das celestische Territorium eindringen, aber die anderen Wölfe würden sicher um den Kamm wandern, um ihn zu fangen. Wenn Werwölfe einmal auf der Jagd waren, hörten sie nicht auf, bis sie ihre Beute gefasst hatten.

»Komm, wir haben einen weiten Weg vor uns und es ist besser, wenn wir uns nicht in der Nähe von Hilos aufhalten«, sagte Zev zu ihr. *Oder Lykos Peak.*

Er marschierte weiter, die Bedrohung in seinem Rücken trieb ihn an. Dyna folgte ihm klaglos. Sie reisten weit durch den endlosen Wald und überquerten mehrere Bäche, um ihre Gerüche zu verwischen, aber das würde nicht lange funktionieren. Werwölfe waren geschickte Fährtenleser. Der Alpha war besser als die meisten.

Als sich der klare blaue Himmel langsam orange färbte und der Abend nahte, bemerkte er, dass Dynas Füße über den Boden schleiften und ihr Magen gluckerte.

»Lass uns rasten«, sagte er, als sie eine von wilden Sträuchern und Bäumen gesäumte Lichtung betraten. »Ich suche uns einen sicheren Platz.«

»Ich kann weitergehen.«

»Du hast dich gut geschlagen. Wir haben viel Strecke zurückgelegt, aber es ist Zeit, uns etwas auszuruhen.« Er führte sie zu einem großen Felsen, löste den Wasserschlauch aus seinem Rucksack und reichte ihn ihr.

»Danke.« Sie trank, während er in dem Rucksack nach Essen suchte. Der Herbstwind ließ sie erschaudern, und sie rieb sich über die Arme, um sich aufzuwärmen. Die Kälte machte Zev nichts aus, da ihm als Werwolf immer warm war, ganz im Gegensatz zu Dyna. Ihre Nasenspitze und Wangen waren gerötet.

»Hast du einen Umhang dabei?«

»Nein«, antwortete sie.

»Wenigstens zusätzliche Kleidung?«

»Ich habe sie im Verbotenen Wald verloren.«

»Die Nächte werden nur kälter werden, und dein Kleid wird nicht ausreichen, um dich warm zu halten«, meinte er und runzelte die Stirn beim Anblick des dünnen Stoffes ihrer Ärmel. »Aber ich habe etwas Geld. Wir werden dir in der nächsten Stadt einen Umhang kaufen.«

»Danke, Zev.« Sie seufzte. »Leider habe ich meinen eigenen in Lykos Peak verloren.«

Ihr Umhang!

Das bedeutete, dass das Rudel Dynas Geruch hatte. Die Wölfe würden sie finden, egal, wie viele Gewässer sie überquerten. Adrenalin peitschte durch Zevs Venen, aber er wollte sie nicht verängstigen. Nach dieser kurzen Pause würde er sie auf dem Rücken tragen und die ganze Nacht durchrennen, wenn es sein musste.

Er reichte ihr einen Sack mit getrockneten Früchten und zwang sich zu einem Lächeln. »Hier, iss.«

»Es war sehr nett von König Yoel, uns mit so viel Proviant auszustatten«, sagte Dyna und tauschte sie gegen den Wasserschlauch.

»Aye, das war es«, stimmte Zev zu, bevor er trank. Er spannte sich an, als seine Sinne aufflammten und ihn warnten, dass eine Person in der Nähe war. Langsam ließ er den Wasserschlauch sinken und wischte sich mit der Rückseite seines Arms den Mund ab.

Sein Wolfsblick übernahm die Kontrolle. Während er die Luft einatmete, suchte er die wachsenden Schatten zwischen den Bäumen und dem Unterholz ab, lauerte auf jede mögliche Bewegung. Unter den Geruch von feuchter Erde und verwesendem Laub mischte sich ein vertrauter süßer. Er trug nicht den Moschusduft des Rudels an sich, aber Werwölfe waren nicht die einzige Gefahr. Sie waren allein mit einer Karte zu der legendären Insel in ihrem Besitz, und niemand außerhalb von Hilos wusste davon.

Würden sich die Wächter den Befehlen ihres Hochkönigs widersetzen und Dyna holen? Zevs Eckzähne fuhren bei diesem Gedanken aus. Er suchte die Äste über ihm ab, aber wer auch immer ihnen gefolgt war, war nicht dort oben. Mit einem weiteren Schnüffeln lokalisierte er den Ursprung des Geruchs. Er blieb Dyna zugewandt, um nicht zu verraten, dass er sich der Präsenz hinter ihm bewusst war.

»Dyna.« Sie begegnete seinen glühenden Augen und eilte an seine Seite. Seine Augen veränderten sich nur aus zwei Gründen: Wenn er wütend war oder wenn er eine Bedrohung spürte.

»Was ist los?«, flüsterte sie und starrte in den dunkler werdenden Wald.

»Warte hier.« Er ließ ihre Taschen laut zu Boden fallen.

Ihr Atem ging stockend. »Ich kann nicht.«

»Doch, du kannst.« Er packte sie bei den Schultern. »Mach dir keine Sorgen. Ich bin gleich wieder zurück.«

Sie biss sich auf die Unterlippe und nickte ihm mutig zu.

Er wich zurück, warf sein Hemd beiseite, und ein Schmerz durchfuhr ihn, als sich seine Knochen verwandelten. Der Wolf drang an die Oberfläche, und seine Hose rutschte herunter, als er auf vier Pfoten fiel. Alles war klarer und heller. Seine Sicht, sein Gehör und sein Geruchssinn waren geschärft, und er nahm die Düfte der Natur und das Geschnatter der wilden Tiere noch intensiver wahr.

Zev schüttelte sich und flitzte zwischen die Bäume. Seine Muskeln spannten sich unter seinem Fell an, als er an Tempo zulegte. Seine Pfoten sanken in den nassen Schmutz. Er raste über umgestürzte Baumstämme und durch Sträucher, während der Wald an ihm vorbeizog. Als er zur Lichtung umkehrte, nahm er zwischen den verwesenden Blättern eine Mischung aus Gerüchen wahr. Leder, Honig und göttlicher Weihrauch. Das verriet ihm die Identität der unbekannten Person.

Er pirschte sich vor und spähte durch das Laub auf die geflügelte Gestalt zu. Prinz Cassiel versteckte sich hinter einem alten, von Ranken umwickelten Baum und sah Dyna stirnrunzelnd an. Sie stand sichtbar auf der Lichtung und drückte Zevs Kleidung an ihre Brust, während sie in die Richtung starrte, in die er gegangen war. Cassiel schüttelte den Kopf und machte einen Schritt auf sie zu. Zev knurrte, sprang aus dem Gebüsch und stürzte sich auf den erschrockenen Prinzen.

Cassiels Herz raste, und Zev spürte seine Panik, aber er verbarg sie gut hinter einem stählernen Blick.

»Geh von mir runter«, befahl der Prinz, als wäre er ein Hund. »Ich werde mich nicht wiederholen.«

Zev stieß ein grollendes Knurren aus. Cassiel zog ein Messer aus seinem Ärmel und drückte die Klinge gegen Zevs Rippen, sodass ein glühender Schmerz in seiner Seite aufblitzte. Er wimmerte und sprang weg. Die Stelle, an der er verbrannt worden war, pochte pulsierend.

Der Prinz rollte sich auf die Füße und ging in eine Kampfhaltung über. Er schwenkte das Silbermesser in seiner Hand, dessen Schneide so scharf war wie sein Grinsen, und winkte Zev damit nach vorn. »Komm schon.«

Zev knurrte, ging in die Hocke und beschloss, die Hand sauber abzubeißen. Doch bevor er sich auf sie stürzen konnte, brach das Getrappel von rennenden Füßen durch die Büsche.

»Prinz Cassiel?«, rief Dyna überrascht und lenkte ihn ab.

Zev stürzte sich auf ihn und riss ihn zu Boden, wobei er die Waffe wegschlug.

Cassiel fluchte. »Pfeif deine Bestie zurück.«

Zev fletschte seine Zähne eine Haaresbreite vor seiner Nase.

Dyna hob das Messer auf. Ihre Augen verengten sich zu Schlitzen, als sie es betrachtete. »Bitte bewegt Euch nicht, Eure Hoheit. In seiner Wolfsgestalt ist er nicht so umgänglich, und im Moment seid Ihr eine Bedrohung. Dem würde ich zustimmen, wenn man bedenkt, dass Ihr mit Silber bewaffnet gekommen seid.«

Der Prinz blickte Zev direkt an. »Ich wäre ein Narr, wenn ich um diese Zeit unvorbereitet gekommen wäre.«

»Was hat Euch hergeführt? Wir haben Eure Anwesenheit nicht erwartet.«

»Ich würde diese Antwort gern im Stehen geben.«

»Zev, es ist schon in Ordnung«, wies Dyna ihn an. »Lass ihn aufstehen.«

Zev ließ von ihm ab und verwandelte sich. Dann packte er den Arm des Prinzen und riss ihn mit einem Ruck auf die Beine, wobei er einen Haufen schwarzer Federn auf dem Boden hinterließ.

Cassiel schaute finster drein und klopfte seine Kleidung ab. »Sieh nur, was du getan hast.« Er schubste Dyna zur Seite, um die Federn aufzusammeln, bevor sie nach einer griff, und riss ihr das Messer aus der Hand.

Zev fletschte seine Zähne. »Für einen Prinzen mangelt es Euch an Manieren.«

»Und dir mangelt es an Anstand, dich so schamlos vor einer Frau zu entblößen. Zieh dir gefälligst etwas an.«

Dyna lachte und reichte Zev seine Kleidung, die er sich sofort überstreifte. »Seit Kindertagen bin ich an seine ständigen Verwandlungen gewöhnt. Es hat keinerlei Effekt auf mich, Eure Hoheit.«

Der Prinz kräuselte angewidert die Nase.

Für Werwölfe gehörte die Gestaltwandlung zum Leben dazu. Zev dachte wenig über seine Nacktheit nach, aber er verstand, dass sie für andere unangenehm war.

»Warum seid Ihr hier?«, fragte Zev den Prinzen.

Zwar umgab Cassiel noch immer eine arrogante Aura, aber er trug nicht länger Seidengewänder. Er war in eine cremefarbene Hose, eine langärmelige Jacke aus marineblauem Brokat, die mit elfenbeinfarbenen Knöpfen geschlossen war, und schwarze Stiefel gekleidet. Ein luxuriöses Schwert mit einer verzierten Scheide und einem goldenen Griff in Form von Flügeln hing gesichert an seiner Taille. Das Wappen von Hilos zierte den Knauf.

Dyna entdeckte einen Lederrucksack, der in den Büschen versteckt war. »Geht Ihr auch auf eine Reise?«

Der Prinz schnappte sich den Rucksack und schulterte ihn. »Ich bin gekommen, um mich euch anzuschließen.«

Dyna hob ihre Augenbrauen. »Oh?«

Zev funkelte ihn an. »Ihr habt Euch ziemlich deutlich ausgedrückt, als Ihr Eure Meinung über diese Suche kundgetan habt.«

Und dann kam er auch noch mit Silber bewaffnet. Warum wollte er mit ihnen gehen, wenn er ihnen nicht vertraute?

Cassiel verschränkte seine Arme vor der Brust. »Es ist gefährlich, daran besteht kein Zweifel. Jedoch wäre es vielleicht von Vorteil, jemanden an eurer Seite zu haben, der sich auskennt.«

»Ich hatte bisher keine Probleme, Prinz Cassiel.«

»Unterlass es, mich außerhalb von Hilos mit meinem Titel anzusprechen.«

Zev verbeugte sich spöttisch. »Wie Ihr befiehlt, Eure Hoheit.«

Cassiel ignorierte ihn. Seine kühlen Augen überflogen Dynas Erscheinung mit Missbilligung. »Diese Reise wird lang und voller Gefahren sein. Es wird nicht einfach, dich zu beschützen, aber ich werde dafür sorgen, dass du überlebst.« Sein Blick ruhte auf ihrem Gesicht. »Es sei denn, meine Anwesenheit missfällt dir.«

Sie strahlte. »Nein, keineswegs. Ihr seid herzlich willkommen, uns zu begleiten!«

»Gut«, antwortete Cassiel in einem Ton, als hätte er nichts anderes erwartet. »Ich möchte klarstellen, dass die Immunität, die ich dir gewährt habe, mit Vorbehalten verbunden ist. Du darfst niemals die Existenz von Celestials vor anderen preisgeben. Ich will verdammt sein, wenn ich derjenige bin, der dafür verantwortlich ist, dass Wilderer zurückkehren, um meine Art zu jagen, weil ich einen dummen Menschen gerettet habe.«

Ihre Augen weiteten sich. »Das würde ich niemals tun.«

»Sie wird dein Geheimnis bewahren«, grollte Zev. »Und wenn du außerhalb von Hilos kein Prinz bist, werde ich deine Respektlosigkeit nicht länger tolerieren. Du wirst sie nicht wieder so nennen.«

Cassiels Kiefer mahlten. Ihm lag eine bissige Antwort auf der Zunge, aber Dyna ging zwischen die beiden.

»Ich bin froh, dass Ihr Euch uns anschließt«, sagte sie zu dem Prinzen, während sie Zev einen maßregelnden Blick zuwarf, der ihn ermahnte, sein Temperament zu zügeln. »Wir können Euer Wissen über Urn gut gebrauchen.«

Zev nahm an, dass sie recht hatte. Keiner von ihnen war je durch die Welt gereist.

Er blickte zu dem sich verdunkelnden Himmel, als die Sonne hinter dem Horizont verschwand, und spürte die Anziehungskraft des Mondes, der seinen Platz einnahm. Er rief nach seinem Wolf und ließ seine Haut jucken. Der wilde Teil in ihm sehnte sich danach, seinen niederen Instinkten nachzugeben und sich zu verwandeln, durch den Wald zu rennen und nichts als die Erde unter seinen Pfoten zu spüren.

»Der Tag ist vorbei«, sagte er.

Dyna nickte und spürte den Effekt, den der Einbruch der Nacht auf ihn hatte. »Wir sollten ein Lager aufschlagen.«

Cassiels große Schwingen entfalteten sich. Der weiche Farbton des Zwielichts schimmerte auf den glänzenden Federn. »Nicht hier.«

Zev stimmte ihm zu. Die offene Lichtung machte sie angreifbar. Sie mussten weitergehen. Zwar waren sie den ganzen Tag gereist, aber es war noch nicht genug. »Wir müssen gehen. Wir haben hier zu viel Zeit verschwendet.«

»Ich nehme an, du kennst dich in diesen Ländern nicht aus«, meinte der Prinz zu Dyna. »Lass uns noch einmal deine Karte sehen.«

Sie griff in ihrer Tasche nach dem Tagebuch, als ein Windhauch über sie hinweg zog und der Moschusgeruch, den Zev schon befürchtet hatte, in seine Nase drang. Er entdeckte die großen Gestalten, die zwischen den Bäumen lauerten und deren gelbe Augen leuchteten. Es war zu spät, um zu fliehen.

Sie waren umzingelt.

KAPITEL 14

ZEV

Zwei Instinkte kämpften in Zev: der, anzugreifen, und der, sich Dyna zu schnappen und wegzulaufen. Beides würde nicht gut ausgehen. So blieb nur eine Möglichkeit.

»Bewegt euch nicht«, warnte er sie.

Dyna und Cassiel hatten das Rudel nicht bemerkt, aber als sie seine Tonlage hörten, wussten sie sofort Bescheid.

Das Gebüsch raschelte, als eine Gruppe kräftiger Männer in Sichtweite schlich. Nicht alle Werwölfe waren zu sehen, aber allein ihrem Geruch nach zählte Zev über zwanzig. Sie hatten sich von hinten angeschlichen und die Ablenkung genutzt. Vielleicht waren sie schon die ganze Zeit in der Nähe gewesen und hatten gewartet, bis es dunkel wurde, um ihre Wölfe zu rufen.

Der Prinz griff nach seinem Messer.

»Nicht«, grollte Zev. »Wenn du nach diesem Ding greifst, werden sie dir die Kehle herausreißen.«

Und das würde das Ende des Friedens zwischen Lykos Peak und Hilos bedeuten. Cassiel musste denselben Gedanken haben, denn er versteifte sich und seine Finger glitten von dem Griff des Messers. Dennoch hielt er seine ausgebreiteten Flügel in Bereitschaft, jeden Augenblick loszufliegen.

Die Männer machten Platz, als sich der Alpha seinen Weg nach vorn bahnte. Owyns große Statur war von dicken Muskeln durchzogen. Er trug nur eine dunkle Hose, seine Füße waren nackt. Auf seiner Brust und seinen Armen befanden sich lange Krallennarben von den wenigen Wölfen, die ihn herausgefordert und verloren hatten. Er trug sein schwarzes Haar zurückgebunden, sodass sein hartes Gesicht und seine nachdenklichen Augen freilagen.

Zev fand Owyn nicht mehr so einschüchternd wie früher, aber er senkte seinen Blick, um ihn nicht herauszufordern. Sein ruheloser Wolf pochte in ihm, verlangte, der Bedrohung zu begegnen, und drängte ihn, sich zu seinem eigenen Schutz zu bewegen. Doch ein Instinkt war wichtiger als alles andere: Dyna zu beschützen.

Er streckte die Arme aus und sank mit gesenktem Kopf auf ein Knie. »Meine Gefährten haben nichts damit zu tun. Bitte, lass sie gehen.«

Owyns lautes Knurren hallte auf der Lichtung wider. Dyna wich einen Schritt zurück.

»Alpha, ich flehe dich an«, sagte Zev ehrerbietig. Er fügte den Titel hinzu, um seinen Respekt zu zeigen, auch wenn er kein Mitglied des Rudels war. Owyn antwortete nicht, aber das Knurren der anderen war leiser geworden. Zev wertete das als Erlaubnis und gab Dyna und Cassiel ein Zeichen, zu gehen.

Sie klammerte sich mit zitternden Händen an sein Hemd, aus ihren Poren drang die Angst. »Ich werde dich nicht zurücklassen.«

Der Gedanke, dass ihr etwas zustoßen könnte, erschreckte Zev mehr als alles andere. Er konnte nicht noch mehr Angehörige verlieren, nicht durch seine eigene Hand.

»Bring sie zu dem Zyklopen«, wies er Cassiel an und hoffte, dass der Prinz wusste, was das bedeutete. »Wenn ich nicht zurückkomme, geleite sie bitte nach Hause.«

Dyna befreite ihren Ellbogen aus Cassiels Griff. »Ich werde nicht gehen. Es ist meine Schuld, dass Zev mit diesem Wolf gekämpft hat«, sagte sie zu Owyn.

»Halte dich da raus«, zischte der Prinz.

»Vergib ihr«, unterbrach Zev schnell das Grollen des Rudels. »Sie weiß nicht, wie wir leben.«

»Ich weiß genug«, erwiderte Dyna trotzig, sehr zu seinem Entsetzen. Sie begegnete Owyns kaltem Blick, ihre zitternden Hände zu Fäusten geballt. »Ein Mitglied Eures Rudels hat mich angegriffen. Es ist gegen das Rudel-Gesetz, den Partner oder ein Familienmitglied eines anderen Wolfs zu verletzen.«

Der Mann knurrte.

»Dyna!«, flüsterte Zev mit scharfem Unterton. »Bitte, geh.«

Prinz Cassiel zog sie hinter sich her und öffnete seine Flügel, um sie vor den Blicken zu verbergen.

»Zev Astron«, grollte die raue Stimme des Alphas. »Ich habe dir erlaubt, auf meinem Land zu verweilen, um meine Schuld deinem Vater gegenüber zu begleichen. Dennoch hast du mich betrogen und bist zu den Celestials gerannt, um Zuflucht zu suchen.«

»Ich habe dich nicht betrogen, Alpha.«

»Du hast meinen Neffen getötet!«, brüllte Owyn. Seine Kraft drückte auf Zev ein und zwang seinen Körper, sich unterwürfig niederzuwerfen. Ein feindseliges Knurren lenkte seine Aufmerksamkeit auf den Mann, der den Alpha flankierte. Der Beta des Rudels, Kenlan, Owyns Bruder und Faolans Vater. Er war kleiner, schlanker, aber mit der gleichen Brutalität, die der Kampf um seine Position mit sich brachte.

»Es tut mir leid«, erwiderte Zev. »Das tut es wirklich. Aber Faolan hat mir keine Wahl gelassen. Der Wahnsinn hatte die Oberhand über ihn gewonnen, und er hatte den Verstand verloren.«

Die Männer hörten abrupt auf zu knurren, ihr Schock klebte an Zevs Haut.

Es war die Pflicht des Alphas, alle Wölfe, die dem Wahnsinn verfallen waren, zur Sicherheit des Rudels zu erlegen. Sie wurden instabil und verwirrt, bevor das wilde Stadium eintrat. Ein wild gewordener Wolf war extrem gefährlich. Dem Ausdruck des Alphas und des Betas nach zu urteilen, hatten sie Faolans Zustand erahnt, aber sich nicht dazu durchringen können, ihn zu töten. Die Familie war immer die Schwäche eines Werwolfs.

Owyn rieb sich über das Gesicht. »Als Faolan davonlief, hatte er noch nicht den Verstand verloren.«

»Man hätte ihn nicht in diesem Zustand lassen dürfen.«

Der Mund des Alphas verzog sich, die Reißzähne fuhren aus. »Hinterfragst du mich etwa, Halbblut?«

»Nein.« Zev senkte wieder seinen Kopf. »Dürfte ich fragen, was es ausgelöst hat?«

»Er hat seine Partnerin verloren.«

Ja, Verlust konnte einen Wolf wild werden lassen. Werwölfe fühlten alles so tief. Freude. Wut. Schmerz. Aber vor allem Trauer war ein verräterischer Auslöser. Zev bewegte sich ständig am Rande des Wahnsinns.

Owyn sah an ihm vorbei zu Dyna. »Was ist diese Frau für dich?«

»Sie ist Familie. Die Tochter meines Onkels«, antwortete Zev, in der Hoffnung, dass dieser Fakt in seinem Fall ausschlaggebend wäre. Owyn schnupperte an der Luft, um die Behauptung zu überprüfen. Sie war zwar kein Wolf, aber der Geruch der Verwandtschaft war nicht zu leugnen. »Faolan hatte sie als Beute im Visier. Ich musste ihn aufhalten.«

Kenlan schwankte zwischen Mensch und Wolf, während er vor Wut kochte. Seine Worte waren nicht mehr als ein Knurren. »Es spielt keine Rolle, wer diese Schlampe ist.«

Zev knurrte, sein Wolf kämpfte sich bei dieser Beleidigung fast bis an die Oberfläche.

»Sie gehört nicht zum Rudel, genauso wenig wie du. Du hattest kein Recht, meinen Sohn zu töten. Nun wirst du mit deinem Leben bezahlen!«

»Nimmst du die Herausforderung an?«, fragte Owyn ihn.

Zev atmete tief durch, um sich zu beruhigen. Er wollte nicht mehr töten. Das hatte er bereits zu oft getan. »Ich möchte nicht kämpfen.«

»Dann möchtest du also sterben?«

Die Frage hätté ihn erschrecken müssen, aber er war wie betäubt. Er blickte zum Alpha hinauf und las dort das Urteil. Kenlan war der zweitstärkste Kämpfer, und die anderen Wölfe waren Rudelkrieger. Sie waren nicht als Zeugen hier.

Sie planten, ihn zu töten.

Der Tod gehörte zum Leben dazu. Es gab keine Möglichkeit, einem solchen endgültigen Ende zu entgehen. Und egal, was Zev tat, der Tod folgte ihm immer.

Was war das für ein Leben? Er gehörte nirgendwohin, wurde für das, was er war, gemieden und kämpfte ständig darum, bei Verstand zu bleiben. Das Leben war zu hart geworden. Er hatte kein Zuhause, wo er sich ausruhen konnte. In dem Haus, das er einmal hatte, spukte es.

Zev wusste noch genau, wie es ausgesehen hatte, flankiert von Eschen, eingebettet in einen Garten voller Eisenhut. Es war Spätherbst gewesen, als die gelben Blätter durch das zerbrochene Fenster hereingeschwebt und an den rot besprizten Wänden kleben geblieben waren. Der verstümmelte Körper seines Vaters hatte auf dem Boden gelegen, die Eingeweide herausgerissen, sein Blut war durch die Risse in den Bodendielen gesickert. Es war so viel Blut geflossen. Der Gestank von Aas erfüllte Zevs Nase, während die schrecklichen Schreie seiner Mutter in seinen Erinnerungen wiederhallten.

»Du hast das getan. Du hast ihn getötet!«

Das Gewicht drückte auf Zevs Brust. Er konnte nicht mehr atmen. Dunkelheit trübte seine Sicht, und ein durchdringendes Klingeln erfüllte seine Ohren. Alle Geräusche und die Umgebung verschwanden. Sein ganzes Sein stürzte durch ihn hindurch, als würde die Erde ihn nach unten ziehen. Der Wahnsinn versuchte erneut, ihn zu ergreifen. Er kämpfte, um sich daraus zu befreien. Er musste sich wehren, aber die verheißungsvolle Stimme in seinem Kopf lockte mit Versprechungen.

Gib dich dem Wolf hin und ruh dich aus. Die geflüsterten Worte waren eine süße Liebkosung – und eine scharfe Peitsche. *Alles, was du berührst, verwelkt. Alle, die du liebst, sterben. Vergiss es. Sei unbelastet von Schmerz und Verzweiflung. Vergiss das alles.*

Vergessen. Das wäre ein willkommener Frieden.

Ja, zischte der Wahnsinn gierig. *Vergiss, was du getan hast. Mörder.*

Die Anschuldigung schlug Zevs schwankenden Willen nieder, und er ließ los. Der Wahnsinn nahm von ihm Besitz, rupfte jeden Fehler weg.

Mörder.

Zerstörer.

Monster.

Jede weggerissene Sünde ließ ihn schwerelos zurück. Der Schmerz in seiner Brust ließ nach, und er schwebte davon. Der Wahnsinn würde ihn zu einem neuen Zuhause führen. An einen Ort, an dem es weder Schmerz noch Trauer gab. Wo nichts von Bedeutung war. Während er in die Leere entschwand, fragte er sich, warum er sich überhaupt gewehrt hatte.

»Nein, Zev. Komm zurück!«, ertönte eine verzweifelte Stimme. »Gib nicht auf! Bleib bei mir!«

Sein Bewusstsein kehrte mit einer plötzlichen Wucht in die Realität zurück. Seine Seele drang in seinen Körper und nahm ihren rechtmäßigen Platz ein – zusammen mit all seinen Sünden. Er fiel auf Hände und Knie und keuchte schwer, während sich sein schwarzes Fell zurückzog und seine verlängerten Eckzähne schrumpften.

»Zev!«, schrie Dyna.

Er umklammerte seinen schmerzenden Kopf und stöhnte, weil ihre Stimme in seinen Ohren so schrill klang. Sie rief ihn erneut, und er winkte mit einer schlaffen Hand, um zu signalisieren, dass es ihm gut ging.

»Hast du das gesehen? Er hat fast den Verstand verloren«, sagte Kenlan.

Ihre Abscheu und ihr Hass drückten auf ihn nieder. Sie wollten ihn tot sehen.

»*Unsinn*«, hallten die letzten Worte seines Vaters in seinem Kopf wider. »*Gib nicht auf, Zev. Wenn du es tust, gewinnt der Wahnsinn die Oberhand. Ein wahnsinniger Wolf wird ein wilder Wolf. Wenn du den Verstand verlierst, stirbst du.*«

Kein Alpha würde einen wild gewordenen Wolf am Leben lassen.

Zev sah zu Owyn auf, der ihn mit kalter Berechnung beobachtete, die Klauenhand zum Schlag bereit.

»Es war nur eine Frage der Zeit, bis der Wahnsinn ihn holen würde«, spottete Kenlan. »Er ist ein *anderer*.«

Dieses Wort war ein Fluch der Götter. Seit Zev alt genug war, um die Verachtung seiner Mutter zu verstehen, wusste er, dass er anders war.

Etwas ... anderes.

Anderer, hatte das Rudel geflüstert, wann immer er vorbeigekommen war, und ihn mit Angst und Abscheu beäugt. Er hatte nicht verstanden, was sie meinten, bis er seine erste Vollmondverwandlung erlebt hatte. Werwölfe hatten eine Verwandlungsform, aber er hatte zwei: den Wolf und den *Anderen*.

»Es war ein Fehler, ihn am Leben zu lassen«, sagte Kenlan zu Owyn. »Du hast gesehen, zu was er imstande ist. Du hättest ihm an diesem Tag das Genick brechen sollen!«

Das Rudel stimmte mit dröhnendem Grollen zu.

Owyns Oberlippe kräuselte sich über seine Zähne. »Jetzt stellst *du* mich infrage, Bruder?« Seine Alphamacht, die Unterwerfung verlangte, durchdrang Zevs Sinne, und er kippte fast um. Die Männer fielen alle gleichzeitig auf die Knie.

Kenlan beugte sich nach vorn und spannte sich unter Owyns Kraft an. »Nein, Alpha.«

Owyn warf Zev einen finsteren Blick zu. »Du bist am Rande des Wahnsinns. Ich könnte dich genauso gut jetzt töten, aber mein Bruder sucht diese Genugtuung. Ich frage dich noch einmal: Wünschst du dir den Tod?«

Zev blickte über seine Schulter zu Dyna, deren Gesicht von Tränen gezeichnet war.

Wünschst du dir den Tod?

Noch nicht.

Sie brauchte ihn. Solange sie das tat, würde er weiterkämpfen. Sie zu beschützen war das Einzige, was ihn davon abhielt, in der Vergessenheit seiner Gedanken zu versinken.

»Ich werde kämpfen.« Mit einem Nicken bedeutete er Cassiel, sie wegzubringen. Sie sollte nicht mitansehen, was passieren würde, wenn Kenlan gewann.

»Nein!« Dyna versuchte, zu ihm zu eilen, aber der Prinz hielt sie zurück.

Sie wehrte sich wütend gegen ihn, trat und schlug um sich. Cassiel riss sie von den Füßen und kämpfte, um ihre sich windende Gestalt in seinen Armen zu halten. In ihrem Handgemenge fiel das Tagebuch unbemerkt in den Schlamm. Der Prinz hockte sich hin, breitete seine Flügel aus und schoss in den Himmel.

Zev hörte, wie das Flügelschlagen mit Dynas Schreien über den Baumkronen verklang.

Kenlans spöttisches Lachen schallte über die Lichtung. »Ich werde deinen blutigen Pelz an meine Wand hängen, *Anderer.* Es wird das Letzte sein, was sie sieht, bevor ich ihr den hübschen Hals aufreiße.«

Wut schoss durch Zevs Adern, und er biss die Zähne zusammen. Das war alles, was er brauchte, um seine Beherrschung loszulassen.

Als die letzten Reste des Zwielichts verschwanden, warfen die Männer ihre Kleider beiseite und verwandelten sich. Die Wellen ihrer Verwandlung zerrten an Zevs Wolf. Die Wölfe des Rudels waren massig und kräftig, alle mit verschiedenen Varianten von dunklem Fell. Sie reichten ihm etwa bis zur Schulter, ihre scharfen Zähne blitzten. Kenlan ließ sich auf alle viere fallen und wurde zu einem dunkelgrauen Wolf mit einem blassen Fleck auf der Brust.

»Verwandele dich«, befahl Owyn, bevor er sich selbst verwandelte und neben seinem Bruder aufstellte. Ihre Größen unterschieden sich drastisch. Während Kenlan kleiner war, war der Alpha von kräftiger Größe und Statur.

Zev riss sich die Klamotten vom Leib und ließ sie auf das Tagebuch fallen. Unter Schmerzen verwandelte er sich und erhob sich als sein Wolf.

Die anderen Werwölfe wichen zurück, als sie alle den Kopf hoben und ihn ansahen – auch der Alpha. Es war schon eine Weile her, dass Zev mit ihnen gewandert war. Er hatte nicht bemerkt, wie groß er geworden war.

Owyn knurrte. Er gab dem Rudel mit der Schnauze ein Zeichen, sich zurückzuziehen, und die Wölfe versammelten sich in einem breiten Ring um Zev und Kenlan.

Der Beta umkreiste ihn, und Zev tat es ihm gleich, studierte ihn. Er hatte schon ein paar von Kenlans Machtkämpfen beobachtet. Kenlan war ein erfahrener Kämpfer. Seine schlanke und wendige Gestalt machte ihn schnell. Wie der Alpha hatte er bisher keinen Kampf verloren, aber das war Zev egal. Kenlan bedrohte Dyna. Er würde die Lichtung nicht lebend verlassen.

Sie stürmten aufeinander zu. Böses Knurren hallte auf der Lichtung wider. Kenlan zwang Zev zu Boden und zielte auf seinen Hals. Er wich aus, aber die Krallen durchbohrten seine Schulter. Jammernd drehte sich Zev, schlug nach Kenlans Gesicht und schleuderte ihn weg. Zev rollte sich wieder auf die Beine, durchbrach die Verteidigung des Betas und drückte ihn in den Schlamm. Kenlan stieß ihn weg und sprang nach hinten, um Platz zwischen ihnen zu schaffen.

Zev knurrte und ging in die Hocke, als sie sich wieder umkreisten. Seine Wunden glühten vor Schmerz, heißes Blut sickerte durch sein Fell. Kenlan strahlte eine Selbstgefälligkeit aus, als hätte er bereits gewonnen. Diese Arroganz war zu Zevs Vorteil.

Der Beta rannte und sprang nach ihm in die Luft, sodass sein Unterkörper ungeschützt blieb. Zev katapultierte sich hoch, packte Kenlan mit einer schnellen Bewegung am Hals und brachte ihn zu Fall. Die Wölfe verstummten. Kenlan heulte auf, seine Pfoten rutschten durch den Schlamm und er versuchte verzweifelt, sich zu befreien.

Es war vorbei.

Zev brach dem Beta das Genick und zermalmte Knochen und Sehnen mit seinen Zähnen. Heißes Blut sickerte durch sein Maul und floss an seiner Schnauze hinunter. Der bittere Geschmack von Wolfsblut drehte ihm den Magen um, der saure Geruch stach ihm in die Nase. Kenlans letzter Atemzug verließ ihn, und Zev ließ den Körper auf den Boden fallen.

Die Werwölfe heulten in ihrer Trauer, ihr langes Jaulen hallte durch den Wald. Owyn erschauderte und schüttelte sich, als ein weiterer Wolf aus seinem Rudel dahinschied. Seine grimmigen gelben Augen richteten sich auf Zev. Die Wölfe wurden still, wankten auf ihren Füßen, ihre Schwänze zuckten. Er roch ihr Unbehagen.

Sie fürchteten ihn.

Er hatte den Beta in wenigen Minuten getötet und war größer als der Alpha.

Owyn knurrte, tief und bestimmt. Sein Fell stellte sich auf, um seine Dominanz zu demonstrieren. Ob beabsichtigt oder nicht, Zev war eine Gefahr für seine Position und das konnte er nicht auf sich beruhen lassen.

Der Alpha verstärkte seine Kraft, aber Zevs eigene wuchs und schüttelte seinen Griff ab. Ein überraschtes Grollen ging durch die Reihen der Wölfe.

»Wirst du mich als Nächstes herausfordern?«

Zev knurrte, als er Owyns harsche Stimme in seinem Kopf hörte. Es war Jahre her, dass ein anderer Wolf mit ihm über die Verbindung kommuniziert hatte. *»Nein. Mein Platz ist nicht in Lykos Peak.«*

»Anderer, es gibt nirgendwo Platz für deinesgleichen.«

Die Wölfe pirschten sich vor, knurrten und grollten, als sie Zev umzingelten. Wolken zogen über den Mond und verdunkelten alles um ihn herum bis auf den Kreis der schillernden Augen, die in der Nacht leuchteten.

Zev fletschte die Zähne. *»Ich habe Kenlan besiegt. Nach dem Rudel-Gesetz bin ich begnadigt.«*

»*Unsere Gesetze beschützen dich nicht mehr*«, sagte Owyn und schnappte nach ihm. »*Auch deine Cousine nicht. Du hast mir meine Familie genommen. Ich werde sichergehen, dass du deine nie wiedersehen wirst.*«

Das Rudel griff an.

Zev biss und kratzte sich einen Weg durch die tobenden Wölfe. Das Knurren der Werwölfe hallte wie Donner in seinen Ohren wider. Er riss einem Wolf die Halsschlagader heraus und brach einem anderen das Genick. Er kämpfte gegen den Schwarm an, der aus allen Richtungen angriff. Blut spritzte in die Luft, aber er wusste nicht, ob es seins oder ihrs war. Ein Biss in sein Hinterbein ließ ihn aufschrecken. Das war alles, was sie brauchten, um ihn zu überwältigen.

Sie warfen ihn zu Boden, ihre Zähne bohrten sich in sein Fleisch und rissen ihn Stück für Stück auseinander. Er jaulte vor Schmerz, während sein Blut unter ihm hervorquoll. Der Ansturm hörte auf, und die Wölfe wichen zurück. Owyn kam in sein Blickfeld, Überlegenheit lag in seinem Blick. Er würde ihm das Genick brechen. Das war sein Ende.

Endlich würde Zev seinen Vater wiedersehen und ihn um Vergebung bitten.

Doch dann durchflutete ihn zornige Verzweiflung. Sein Wolf verlangte, dass er aufstand. Er konnte nicht fallen. Noch nicht. Wenn sie ihn erledigten, würden sie sich als Nächstes Dyna vornehmen.

Familie ... Muss Familie beschützen ... Das waren seine letzten Gedanken, bevor er in Dunkelheit versank.

Zev stand nackt auf der Lichtung und atmete schwer, Blut sickerte aus seinen vielen Wunden. Das Rudel war verschwunden. Was war geschehen? Er konnte sich nicht mehr erinnern. Keine Erinnerung wollte aus dem dunklen Nebel seines Verstandes auftauchen. Das geschah erst, als ...

Ein schrecklicher Schauer durchfuhr ihn, als er erkannte, dass er den abgetrennten Kopf eines Wolfes in der Hand hielt, dessen Schnauze aufgerissen war. Glasige, vor Entsetzen erstarrte Augen sahen zu ihm auf. Der Kopf glitt durch seine Finger und landete mit einem platschenden Geräusch in der roten Lache zu seinen Füßen.

Der Mond erhob sich über den Wolken und tauchte die Lichtung in milchiges Licht. Zerstückelte Wölfe lagen wie grausige Rosen auf dem Boden, ausgeweidet, mit herausquellenden Eingeweiden, die den Schlamm mit Blut tränkten.

Der *Andere* war zum Spielen herausgekommen.

Zevs Atem ging schnell, seine Hände zitterten. Das hätte nicht passieren dürfen. Seine Bestie sollte nur in einer Nacht des Monats befreit werden. War sie stärker geworden? Er ballte die Fäuste, die Krallen bohrten sich in seine Handflächen. Warum musste es immer wieder so weit kommen?

Ein Wimmern lenkte seinen Blick auf Owyn, der ein paar Schritte vor ihm lag. Dort, wo einst die Beine des Alphas gewesen waren, waren nur noch blutige Stümpfe, von den Knien abgetrennt. Zev näherte sich ihm mit langsamen Schritten, bahnte sich seinen Weg durch das Meer der Toten.

Der Alpha beobachtete ihn, wie er auf ihn zukam, und zitterte, während er ausblutete. »Das Lykos-Rudel wird dich niemals als seinen Alpha akzeptieren«, knurrte er schwach. In dem Moment wich das letzte bisschen Kampfgeist aus ihm und seine Augen bekamen einen flehenden Ausdruck. »Tu ihnen nichts. Rühr sie nicht an. Tasnia war immer nett zu dir.«

»Ich werde deiner Partnerin nicht wehtun, Owyn.«

»Schwöre, dass du niemals zurückkehren wirst.«

»Ich schwöre es.«

Der Alpha nickte und sackte zurück in den blutigen Schlamm, sein Gesichtsausdruck so gebrochen wie sein Körper. Er blickte zum Himmel, während seine flachen Atemzüge in seinen Lungen rasselten. »Töte mich.«

Zev schüttelte seinen Kopf.

»Tu es. Du hast mich und die Meinen geschändet. Du schuldest mir einen schnellen Tod.«

Vergib mir. Zev wollte betteln, aber das Einzige, worauf er ein Recht hatte, war die Erfüllung der ihm gestellten Aufgabe. Vorsichtig nahm er den Kopf des Alphas in seine Hände.

»Du bist kein Wolf.« Owyns Stimme war nur ein schwaches Flüstern im Wind, der den Geruch des Todes in sich trug. »Du bist ein Dämon.«

»Aye ... Ich glaube, du hast recht«, sagte Zev.

Dann brach er Owyns Genick.

KAPITEL 15

DYNALYA

Dyna schlang die Arme fest um ihre Knie – um ihr Zittern zu unterdrücken und sich zu wärmen. Eine Kälte hatte sich in ihren Knochen eingenistet, und das Sitzen am Lagerfeuer half nicht dabei, sie zu vertreiben. Cassiel stand ihr gegenüber, die Arme verschränkt, schweigend und wütend darüber, dass sie darauf bestanden hatte, ein Feuer zu machen. Die Flammen würden ihre Anwesenheit verraten, falls eine der Werbestien nach ihnen suchte. Aber sie konnte nicht in der Dunkelheit warten.

Sie sah sich an dem Seeufer um, zu dem er sie gebracht hatte. Das Wasser schlug sanfte Wellen im Wind und glitzerte weiß unter dem Halbmond. Eine Mauer aus Kiefern umgab sie wie stille Wächter, die sie in der Nacht beschützten. Warum waren sie hierhergekommen? Der Prinz war mehrere Kilometer mit ihr geflogen, ohne eine Spur zu hinterlassen. Wie sollte Zev sie finden?

»Wir müssen zurückgehen«, sagte sie.

Cassiel, der ihre Umgebung studiert hatte, ließ seinen Blick zu ihr gleiten, ehe er seine Aufmerksamkeit wieder auf die Dunkelheit richtete.

»Woher wisst Ihr, dass Zev wollte, dass wir hierherkommen?«

»Das ist der Nayim-See«, antwortete er, als würde das als Erklärung genügen. Dyna runzelte verwirrt die Stirn, und er seufzte. »Er ist vollkommen rund. Siehst du die Insel?«

In der Mitte des Sees befand sich eine kleine Insel mit Bäumen und Sträuchern. Sie hatte sich so gut in die Nacht eingefügt, dass Dyna sie zunächst nicht bemerkt hatte.

»An einem klaren Tag reflektiert der See die Farbe des Himmels. Von oben sieht er dann aus wie ein einziges blaues Auge.«

»Wie das Auge eines Zyklopen«, schlussfolgerte Dyna. Sie bettete ihre Wange auf ihre Knie und sah weiterhin zum See. Zev hatte ihr nichts von diesem Ort erzählt. Er hatte ihr viele Dinge nicht erzählt, aber das war ihr mittlerweile egal. Das Einzige, das zählte, war, dass er überlebte.

»Was ist der Wahnsinn?«, fragte Cassiel nach einer Weile und überraschte sie mit dieser zögerlichen Frage.

»Manchmal kann der Wolfsgeist zu stark werden und das Bewusstsein eines Werwolfs überwältigen«, sagte sie und betrachtete die Spiegelung des Mondes auf dem Wasser. »Das ist der Wahnsinn. Er lässt den Besitzer zu seinen wilden Instinkten zurückkehren. Er wird immer aggressiver und gewalttätiger, bis er nichts anderes mehr ist als ein wild gewordener Wolf. Wer er einmal war, verschwindet.«

Was sie nicht sagte, war, dass der Wahnsinn nur kam, wenn ein Werwolf nicht mehr leben wollte. Zev hatte viele Gründe, sich aufzugeben, und sie fürchtete, dass er es eines Tages tun würde. Auf der Lichtung hatte er es fast getan. Während er darum gekämpft hatte, bei Bewusstsein zu bleiben, hatte er zwischen Wolf und Mensch hin und her gewechselt, bis er aufgehört hatte zu kämpfen.

Wenn sie nicht seinen Namen gerufen hätte ...

Es waren mittlerweile Stunden vergangen, seit Cassiel sie weggebracht hatte, doch ihre Hände zitterten noch immer. Frische Tränen tropften von ihrer Nase. Sie konnte ihn nicht auch noch verlieren.

Cassiel warf einen Wasserschlauch neben ihre Füße, dessen Inhalt laut schwappte. »Trink«, befahl er, ehe er sanfter hinzufügte: »Dann wirst du dich besser fühlen.«

Als das kühle Wasser ihre Kehle hinunterfloss, legte sich etwas von ihrer Angst. Sie wischte sich mit dem Ärmel ihres Kleides über die Wangen und verdrängte den größten Teil ihres Kummers. Es brachte nichts, vom Schlimmsten auszugehen.

»Wenn dein Cousin nicht zu uns zurückkehrt, hat er dich angewiesen, nach Hause zu gehen.«

»Das werde ich nicht tun.«

Die Lippen des Prinzen schmälerten sich. »Doch, das wirst du.«

Dyna funkelte ihn an. Die Geschichte ihres Dorfes war von denen begründet worden, die für das Recht kämpften, ihre eigenen Entscheidungen zu treffen, und sie wollte sich das nicht nehmen lassen.

»Ihr habt mich missverstanden, Prinz Cassiel. Ich habe mich entschieden, wo ich sein soll, und das ist hier. Ich werde nicht zurückgehen. Nicht ohne den Stein.«

Erstaunen legte sich auf seine Züge. Es war das erste Mal, dass sie so entschieden zu ihm sprach, aber er musste verstehen, dass sie nicht aufgeben würde, egal was passierte.

»Und Ihr braucht gar nicht erst zu versuchen, mich mit Gewalt nach Hause zu bringen. Ihr werdet mein Dorf nicht finden«, sagte sie, immer noch verärgert darüber, dass er sie gegen ihren Willen mitgenommen hatte. Aus Angst, er würde sie fallen lassen, hatte sich Dyna verzweifelt an ihn geklammert, als er mit ihr in die Luft geflogen war. Die Erinnerung an ihre schiere Panik ließ sie innerlich zusammensacken.

Ein Hauch von Belustigung lag in seinen kühlen Augen. Seine großen schwarzen Flügel spannten sich auf seinem Rücken, das Gefieder glänzte wie Öl im Feuerschein.

»Solange ich den Himmel sehen kann, weiß ich, wohin ich muss. Dein Dorf liegt genau westlich von hier. Es wird leicht sein, es zu finden.«

Dyna zuckte mit den Schultern. »Das wird Euch auch nicht helfen.«

Cassiel zog eine Augenbraue hoch, als er das abschätzte, was er in ihrem Gesicht las. Sie hatte nicht gelogen. Die alten Magier hatten North Star vor jeder unerwünschten Aufmerksamkeit geschützt. Er würde es niemals finden. Nicht von oben, nicht einmal, wenn er direkt vor ihm stand.

»Wenn du erst einmal gesehen hast, was für eine Dunkelheit hier draußen auf dich wartet, wirst du mich anflehen, dich nach Hause zu bringen«, sagte der Prinz über das Knistern des brennenden Holzes hinweg.

Dyna legte ihre Handflächen auf das hohe Gras, während sie sich nach vorn lehnte und seinen harten Blick hielt. »Ob hier oder dort draußen, die Dunkelheit findet ihren Weg in jeden entlegenen Winkel der Welt. Ich bin keine Dämonenjägerin, keine Kriegerin, geschweige denn jemand mit Kampferfahrung. Vielleicht sollte ich diese Aufgabe jemandem überlassen, der weitaus qualifizierter ist, aber das werde ich nicht tun, denn sie gehört *mir*.«

Sie ballte ihre Hände zu Fäusten und zerriss Grashalme. Die Essenz regte sich in ihr, heiß und elektrisch, aufgewühlt von ihrer Wut. Die unsichtbare Energie kribbelte auf ihrer Haut und umgab sie mit statischem Licht. Das Feuerholz knackte, die Flammen flackerten auf und ließen den Prinzen hochschrecken.

Wenn sie eine große Menge an Essenz hätte, würde sie jetzt unkontrollierbare Magie ausstoßen. Emotionen wühlten die Magie in denjenigen auf, die nicht trainiert hatten, sie zu kontrollieren. Ihr Vater war gestorben, bevor er sie hatte unterweisen können, aber das spielte keine Rolle. Sie hatte nicht genug Essenz, um wirkliche Macht zu erzeugen.

Aber sie würde nicht umkehren.

Nicht, wenn sie sich deutlich daran erinnern konnte, wie das Blut ihrer Familie im Schnee kristallisiert war, nachdem der Schatten sie getötet hatte. Der Hügel hatte ausgesehen wie aus zermahlenen

Rubinen, die im Sonnenlicht geschimmert hatten. Wunderschön. Verheerend. Eine Erinnerung an das, was noch kommen würde.

»Der Schatten hat mir *alles* genommen«, sagte sie und fixierte Cassiel mit ihrem Blick. »Ich werde nicht ruhen, bis ich ihn zu Asche verwandelt habe.«

Er schaute nicht weg. Und sie tat es auch nicht, bis der Mond über den Wolken aufstieg, als wäre er von den alten Mächten ihres Stammbaums gerufen worden. Ob es nun das Mondlicht war oder die Verfestigung ihrer Essenz, die Unruhe in ihr verflog wie eine vorbeiziehende Brise, die all die Bitterkeit mit ihrem nächsten Atemzug hinwegfegte.

Dyna legte ihre Wange wieder auf ihren Knien ab und schloss die geschwollenen Augen. »Haltet Ihr mich für so töricht, dass ich keine Angst vor dem habe, was auf dieser Reise passieren könnte? Ich weiß, was ich riskiere. Ich kenne die Gefahren, aber ich muss es versuchen. Der Sonnenstein ist die einzige Möglichkeit, den Schattendämon zu besiegen. Also werde ich diese Reise antreten, selbst wenn sie mich das Leben kostet.«

Eine schwere Stille senkte sich über sie und verdichtete den Raum zwischen ihnen. Sie hatte es sich selbst gegenüber noch nie laut zugegeben, aber es war ein Schwur, den sie in ihrem Herzen verbarg. Für Lyra würde sie alles tun. Ihre Schwester würde nicht dasselbe Schicksal erleiden wie Thane.

Cassiel fummelte an den Riemen seines Schwertes, das neben ihm lag. »Wenn du einen anderen Weg finden solltest, würdest du dann Mount Ida vergessen?«

Sie konnte seinen Gesichtsausdruck nicht deuten, und er wich ihrem Blick aus. »Dann hätte ich keinen Grund, dorthin zu reisen. Warum fragt Ihr?«

Er zuckte mit den Schultern.

Dyna wartete, aber er machte keine Anstalten, zu antworten. Sie blickte sich nach ihren Habseligkeiten um und kam zu einer erschreckenden Erkenntnis. »Wenn Zev nicht bis zum Morgen hier ist, muss ich zur Lichtung zurückkehren.«

»Es würde nichts nützen, seine Leiche zu sehen. Wenn etwas von ihr übrig ist.«

Sie zuckte zusammen. Zev verdiente ein ordentliches Begräbnis, falls er wirklich tot war. »Ich muss dorthin zurück.«

»Warum?«

»Weil ich das Tagebuch dort fallen gelassen habe.«

»Was?«, zischte Cassiel. »Du hast es *fallen gelassen*? Wie?«

Dyna kam nicht zum Antworten, denn in dem Moment trat eine große, entstellte Gestalt aus der Baumreihe und stolperte auf die Lichtung.

KAPITEL 16

DYNALYA

Pure Erleichterung durchflutete Dyna, als sie sah, wer die Person war. Ein Schluchzen unterdrückend, sprang sie auf und überbrückte die Distanz zwischen ihnen. »Zev!«

Er ließ die Rucksäcke fallen, die er getragen hatte, bevor er auf die Knie ging. Fest schlang sie die Arme um seine Schultern. Er stöhnte und verzog vor Schmerz das Gesicht.

»Beim Urnengott, was haben sie dir angetan?«

Rote Spuren sickerten aus tiefen Wunden an ihm herab. Ein Stück Haut hing unter seinem linken Ohr, wo die Zähne versucht hatten, seine Halsschlagader zu treffen. Kies und Dreck waren in seinen Verletzungen eingebettet. Sein Gesicht und sein Mund waren mit so viel Blut bespritzt, dass es nicht sein eigenes sein konnte.

Unter den starken Metallgeruch mischte sich der schwache Geruch von Erbrochenem. Die Rückseite seines Unterarms war rot verschmiert, wo er sich den Mund abgewischt hatte.

Dynas Hände schwebten um ihn herum. Sie wusste nicht, was sie zuerst tun sollte. »Ich werde die Blutung stoppen.«

»Nein«, krächzte er und setzte sich auf seine Versen zurück. »Spar dir die Kraft.«

»Aber dein Hals...«

»Es ist nichts Lebensbedrohliches.«

Cassiel blieb mit verschränkten Armen in einiger Entfernung stehen und versuchte, nicht zu erschaudern. »Hast du das Tagebuch?«

Zev holte das rechteckige Bündel hervor, das er in seine schmutzige Tunika eingewickelt und unter den Arm geklemmt hatte. Zu Dynas Erleichterung packte er es aus und enthüllte das in Leder gebundene Buch.

»Kaum einen Tag unterwegs und schon hast du dir Feinde gemacht«, sagte Cassiel und richtete seinen Blick darauf.

»Die Sache ist geklärt. Wir sind nun sicher.«

Dyna klappte die Tunika von innen nach außen auf die saubere Seite. Sie drehte Zevs Kinn, um das Blut von seinem Hals zu wischen, und notierte sich in Gedanken, dass sie so bald wie möglich geeignete Verbände finden musste. Für eine Heilerin war sie völlig unvorbereitet. »Wir müssen deine Wunden säubern.«

»Wie bist du entkommen?«, fragte Cassiel.

»Das bin ich nicht.« Zevs leerer Blick konzentrierte sich auf etwas über ihrer Schulter. Verloren in Schrecken, die sie nicht sehen konnte. Auf dieser Lichtung war etwas Schreckliches geschehen.

»Sie haben dich gehen lassen?«, presste der Prinz hervor.

»Aye ...«

Sie musterte das Gesicht ihres Cousins. »Aber jetzt kannst du nie wieder nach Hause zurückkehren, oder?«

»Dieser Ort ist nicht mehr mein Zuhause, Dyna. Schon seit sehr langer Zeit.«

Sie verfielen in Schweigen, nicht wissend, was sie sagen sollten. Prinz Cassiel wandte sich ab und wanderte zu dem See. Mit ein paar Flügelschlägen erhob er sich mühelos in den Nachthimmel und zog träge seine Kreise über ihnen.

Dyna beobachtete Zev, wie er einfach nur ins Leere starrte. Sie hätte wissen müssen, dass er nicht mehr lange in Lykos Peak leben konnte. Die anderen Wölfe hatten ihn dort nie akzeptiert. Dyna nahm Zevs Gesicht und richtete seinen unkonzentrierten Blick auf sie. Sie sah den Wahnsinn in ihm schwimmen. Wie er zu ihm sprach. Und ihn verwandelte.

»Zev? Zev!«

Er blinzelte, seine gelben Augen wurden wieder grün und das wachsende Fell an seinen Unterarmen bildete sich zurück. Er schüttelte den Kopf, um das Geflüster in seinem Kopf loszuwerden, von dem sie wusste, dass er es gehört hatte.

»Wohin wolltest du gehen?«, fragte sie mit brüchiger Stimme.

Zevs gequälter Miene nach zu urteilen, wusste er, was sie meinte. Wohin hatte er sich von dem Wahnsinn bringen lassen wollen?

»Ich habe geplant, hierherzukommen.« Er sah zu dem See, sein wildes Haare wehte im Wind. »Es ist ruhig hier, und das Dorf ist nur eine Tagesreise entfernt. Und da ich nicht mehr Hilos durchqueren müsste, könnte ich dich öfter besuchen kommen.«

Er konnte noch nicht ganz aufgegeben haben, wenn er Pläne für die Zukunft machte. Es war ein Funke der Hoffnung, an den sich Dyna festklammerte.

Sie fuhr damit fort, seine Haut von dem Blut zu reinigen, aber es war einfach zu viel. Statt es zu entfernen, wischte sie es lediglich hin und her. »Wie hast du diesen Ort gefunden?«

»Mein Vater hat ihn mir gezeigt. Als ich ein Kind war, ist er oft nach Landcaster gereist, um zu arbeiten. Der Nayim-See liegt auf halber Strecke, deswegen hat er hier übernachtet. Er erzählte mir, dass es einmal eine Fischerstadt hinter den Bäumen gegeben habe und dass eine Legende besagte, dass die Insel auf dem See das Auge von Utgard sei – einem Zyklopenriesen, der unter den Gebirgskappen von Skath eingeschlossen sei. Es heißt, er habe den See verflucht, als er einen kleinen Spalt in dem Tor des Raumes geöffnet habe, um in unsere Welt zu schauen, und das zwang die Stadtbewohner zur Flucht. Die Geschichte sollte erschreckend sein, aber ich glaube nicht, dass der Zyklop die Absicht hatte, sie zu verscheuchen. Er wollte nur nicht allein sein.«

Da lag so viel Traurigkeit in seinem Blick, dass Dyna am liebsten angefangen hätte zu weinen. »Komm mit mir nach North Star, wenn diese Reise vorbei ist. Du kannst bei mir, Lyra und Großmutter leben. Du musst nicht länger allein sein.«

Zev seufzte. »Du weißt, ich kann nicht…«

»Es ist mir egal, was der Dorfrat sag.« Dyna schüttelte ihren Kopf. »Wir sind deine Familie. Onkel Belzev hätte gewollt, dass du bei uns bist.«

»Der Rat hatte recht damit, mich zu verbannen, Dyna. Es ist nicht sicher für einen Werwolf, unter Menschen zu leben. Aber dieser Ort ist es. Hier würde ich niemanden verletzen.«

Zev war stark und gütig, doch so zerbrechlich. Irgendetwas war in seinem Inneren zerstört, und das war von außen sichtbar. Sein Körper war ein Zeugnis seines Lebens, übersät mit Narben, die ihm andere zugefügt hatten, und solchen, die er sich selbst zugefügt hatte. Seine neuen Wunden würden noch mehr hinterlassen. Sie konnte ihn nicht länger so sehen.

Dyna legte eine Hand auf seine Halswunde, rief ihre Essenz herbei und zeichnete ein leuchtend grünes Licht in ihre Handfläche. Sie ließ es durch ihre Fingerspitzen fließen und malte sich die Schichten von Muskeln und Haut aus…

»Dyna!« Zev wich zurück. Er funkelte sie an und berührte zaghaft die Wunde. Die Blutung hatte aufgehört, die geschwollenen roten Ränder hatten sich deutlich zurückgebildet und die Haut war zu einer rosafarbenen Linie verschmolzen. »Ich habe dir gesagt, dass das nicht nötig ist.«

»Lass mich dir helfen!«

»Nein. Die Essenzheilung ist erschöpfend. Sieh dich an.«

Sie versuchte, so zu tun, als sei alles in Ordnung, aber ihr Atem ging schwer und ihre Glieder zitterten. In ihrer Blutlinie floss nur noch ein Bruchteil der Macht ihrer Vorfahren, daher kostete sie die Essenzheilung sehr viel Kraft.

»Was ist der Zweck dieser Fähigkeit, wenn ich sie nicht nutzen kann, um anderen zu helfen?«, fragte sie.

Dyna hatte ihn schon einmal geheilt, als er zu verwundet gewesen war, um sie aufzuhalten, aber danach war sie für drei Tage ohnmächtig gewesen. Seitdem erlaubte er es ihr nicht mehr, ihn zu heilen.

»Hilf denen, die es brauchen; nicht mir. Werwölfe heilen schnell. Meine Verletzungen werden bis zum Morgen vernarben.« Er schüttelte den Kopf, als sie zu protestieren ansetzte. »Bitte, lass uns nicht darüber streiten. Ich bin müde und verhungere.«

Dyna schnaubte und hob ihr Tagebuch auf, als sie aufstand, aber sie schwankte und ihr Kopf drehte sich. Zev streckte die Hand aus, um sie zu halten.

»Mir geht es gut.« Sie schüttelte ihn ab. »Wir werden hier übernachten. Geh dich waschen, während ich unser Essen vorbereite.«

Zev zwang sich auf die Beine. Er schleppte ihre Rucksäcke zum Feuer und humpelte dann zum See.

Dyna wusch sich die Hände und suchte in Zevs Rucksack nach sauberen Kleidern zum Wechseln. Die meisten seiner Tuniken waren verschlissen und löchrig. Sie nahm eine Hose heraus, dabei berührten ihre Finger die eisigen Glieder seiner dicken Ketten. Erschaudernd zog sie ihre Hand zurück.

Nachdem er seine Kleidung am Ufer zurückgelassen hatte, durchwühlte Dyna den anderen Rucksack nach weiteren Gegenständen. Sie holte zusammengerollte Schlafsäcke aus behandeltem Segeltuch und Wolldecken hervor. Dann machte sie sich daran, mehr Feuerholz für die Nacht zu sammeln. Prinz Cassiel flog herab und setzte sich in einen nahen Baum. Dyna spürte, wie er sie bei ihrer Arbeit beobachtete, aber er machte keine Anstalten zu helfen.

Nachdem sie das Lager aufgeschlagen hatte, kam Zev sauber und angezogen zurück. Dyna reichte ihm einen Teller mit Manna, Käse und Trockenfrüchten. Er aß eilig, während sie seine Wunden mit einer Salbe versorgte. Cassiel blieb über ihnen sitzen. Er holte seine eigenen Rationen aus seinem Rucksack und blieb für sich, während er ihre Umgebung wachsam beobachtete.

Dyna aß schweigend, während sie ihn musterte. Das geflügelte Profil des Prinzen warf einen langen Schatten auf die kahlen Äste, die im Schein des Lagerfeuers schwankten. Selbst in der Dunkelheit sah er nicht menschlich aus. Die überirdische Schönheit, das subtile Glühen, das von seiner Haut ausging. Cassiel war unwirklich. Aber nicht auf dieselbe Weise wie der Rest seiner Art.

Er war anders.

Seine schwarzen Flügel und seine Haare waren einzigartig unter den Seraphim, die sie bisher gesehen hatte. *Celestials*, verbesserte sie sich selbst. Aber was war der Unterschied? Der Prinz hatte gesagt, Celestials wären an die Erde gebunden. War das alles?

Cassiel spürte, dass sie ihn anstarrte. Seine silbernen Augen trafen auf ihre. Sie waren abweisend und so kalt wie Stahl im Schnee. Doch Dyna spürte, dass da mehr hinter seiner Gleichgültigkeit war. Sie wünschte sich, nur für einen Moment, zu wissen, was ihm durch den Kopf ging, wenn er sie ansah.

Nun, er hatte bereits gesagt, was er über sie dachte. *Dummer Mensch.*

»Danke, dass du Dyna in Sicherheit gebracht hast«, rief Zev zu ihm hoch und durchbrach die Stille.

Cassiel lehnte sich mit dem Rücken gegen den Baumstamm und winkelte ein Bein an, um seinen Unterarm darauf zu stützen. »Ich würde nicht sagen, dass es hier sicher ist.«

Zev folgte seinem Blick zu den Schatten, die sie umgaben. »Die Wölfe werden uns nicht verfolgen.«

»Sie haben dich nur knapp mit dem Leben davonkommen lassen. Sie könnten kommen, um zu beenden, was sie angefangen haben.«

Dyna fragte sich, ob das der Grund war, warum der Prinz nicht herunterkommen wollte, oder ob er es einfach bevorzugte, hoch über dem Boden zu sein – wie ein Vogel.

Zev sah hinab auf die Wunden auf seiner Brust, die durch die offene Tunika sichtbar waren. »Das werden sie nicht.«

»Wenn er sagt, dass wir sicher sind, müssen wir uns keine Sorgen machen«, sagte Dyna, als sie die offensichtliche Skepsis auf dem Gesicht des Prinzen sah.

Cassiel musterte sie einen Moment, dann ließ er sich mit einem wendigen Sprung zu Boden fallen. Eine Hand ruhte auf dem Griff seines Schwertes, das Silbermesser an seinem Gürtel war in Reichweite der anderen. Sein Blick glitt zu Zev. Das Rudel war vielleicht nicht das Einzige, vor dem er sich in Acht nahm.

Der Prinz setzte sich auf die freiliegenden Wurzeln seines Baumes, als wären sie ein Thron. Es war wirklich unmöglich, ihm seine königliche Herkunft nicht anzusehen. Er winkte sie heran. »Bring die Karte her.«

Dyna holte das Tagebuch aus ihrem Schlafsack und blätterte die zarten Seiten bis zu der Stelle, an der die Karte hätte sein sollen. Doch die Seite war leer. »Sie ist verschwunden.«

Cassiel sprang auf. »Was meinst du damit? Wo ist die Karte?«

Zev sah sich um und wühlte durch ihre Sachen. »Ist sie herausgefallen? Dann muss sie noch auf der Lichtung sein.«

Dyna lächelte. »Keine Sorge, die Karte ist vorsorglich mit einem Zauber versehen, der sie verschwinden lässt. Der Magier, dem dieses Tagebuch gehörte, hat sie mit seiner Essenz gesichert.«

Cassiels Augen verengten sich. »Was?«

»Die Essenz ist die Energiequelle der Magie«, erklärte Zev. »Man findet sie bei den wahrhaft Geborenen, die die Fähigkeit haben, sie zu nutzen, wie die Fae, die Elfen...«

»Die Definition ist mir vertraut«, unterbrach Cassiel ihn. »Aber Dyna hat vergessen zu erwähnen, dass die Karte mit einem Zauber belegt ist. Nur der Magier kann sie enthüllen.«

»Und dennoch habe ich sie Euch bereits gezeigt«, bemerkte Dyna.

Er warf ihr einen zweifelnden Blick zu. »Wie soll ein *Mensch* eine *verzauberte* Karte offenbaren können?«

»Erlaubt mir, es Euch zu zeigen.« Dyna konnte es kaum erwarten, diesen Teil zu demonstrieren. Sie versammelten sich um sie und beobachteten, wie sie das Tagebuch an ihre Lippen führte und flüsterte: »*Tellūs, lūnam, sōlis.*«

Ihre Hände flackerten grün, und ein violettes Licht wirbelte über das Blatt. Zev und Cassiel standen die Münder offen, das mystische Leuchten spiegelte sich auf ihren Gesichtern. Mit großen Augen folgten sie den Tintenstrichen, die sich über das Blatt bewegten. Ein unsichtbarer Pinsel schien jede zarte Kurve zu zeichnen, während der Kontinent Urn Gestalt annahm. Dann erschien im Westen die leuchtende Insel. Mount Ida.

Ihre Sprachlosigkeit hielt nur ein paar Sekunden an, bevor Zev in Gelächter ausbrach. »Aye, ich hätte es wissen müssen. Du erstaunst mich immer wieder.«

Doch Cassiel richtete seinen scharfen Blick auf sie. »Du bist eine *Hexe*.«

Dyna verzog das Gesicht. »Wie bitte?«

»Sie ist keine Hexe.« Zev funkelte ihn an.

Cassiel trat einen Schritt von ihnen zurück. »Das war eindeutig ein Zauberspruch.«

»Ja, schon, aber nicht meiner«, erklärte sie ihm. »Die Worte waren der Spruch, um den Zauber zu lösen, der die Karte verbirgt. Ich habe nicht *gezaubert*.«

Er trat noch einen Schritt zurück, als sie aufstand, wobei er ihre Hände im Auge behielt. Erwartete er, dass sie ihn mit einem Fluch belegte?

Dyna runzelte die Stirn. Sie wurde lieber dumm genannt als eine Hexe. Menschen wurden nicht mit Essenz geboren, aber sie konnten vom Schattengott, dem Herrscher der Unterwelt, mit schwarzer Magie ausgestattet werden und so zu Hexen werden.

»Ich habe Essenz benutzt, um den Zauber auszulösen«, sagte sie. »Ich weiß, es mag verwirrend sein, einen Menschen mit Macht zu sehen, aber ich habe sie nicht durch dunkle Mittel erlangt. Ich wurde mit ihr geboren. Zev und ich stammen von Mondmagiern ab, von Azeran selbst.«

Der Prinz spottete über diese Behauptung, wurde aber ernst, als Dyna ihren gleichmäßigen Gesichtsausdruck beibehielt. Sie schloss das Tagebuch und zeigte ihm das Siegel des Hauses Astron auf dem Einband.

Cassiels Augen weiteten sich. »Du willst mir sagen, dass ihr der Blutlinie von *dem* Azeran Astron entstammt – dem Magier, der vor zweihundertfünfzig Jahren den Krieg der Gilden in Magos ausgelöst hat?«

»Ja.«

Er reckte sein Kinn hervor. »Als ihr euch mir mit dem Namen Astron vorgestellt habt, habe ich diese Behauptung ignoriert, doch da ihr weiter auf eurer Lüge beharrt: Ihr könnt nicht aus dem Hause Astron stammen.«

Es war schwer zu glauben. Magier heirateten nicht außerhalb ihrer Rasse. Dynas feuerrotes Haar könnte auf Vorfahren aus der Sonnengilde schließen lassen, aber Azeran war ein Mitglied der Mondgilde gewesen. Sein Haar war so weiß wie Sternenlicht gewesen und seine Augen hatten die Farbe von Amethystkristallen gehabt.

Zev verschränkte die Arme vor der Brust. »Sie sagt die Wahrheit.«

»Es ist eine Ehre, seine Nachfahrin zu sein«, fügte Dyna hinzu.

Cassiel kräuselte seine Nase. »Das ist nichts, worauf man stolz sein kann. Azeran hat Verrat begangen.«

Sie seufzte und schüttelte ihren Kopf. »Das ist nicht wahr.«

»Du möchtest Hunderte von Büchern und Magierbiografien infrage stellen, die den Krieg der Gilden dokumentieren?«

»Ja«, antworteten sie und Zev entschieden.

»Azerans Aufstieg hat zu unzähligen Toden geführt«, schoss er zurück. »Als der Krieg endete, lag der Großteil von Magos in Schutt und Asche.«

»Die Magier haben ihre Geschichte erfunden«, sagte sie. »Der Erzmagier des Orbis-Zeitalters sorgte dafür, dass nur seine Darstellung des Krieges bekannt wurde.«

Der Prinz starrte sie über das Feuer hinweg an. Es knisterte und knackte. Glut stob aus ihm empor. »Wer hat euch solche *Lügen* erzählt?«

Dyna drückte das Tagebuch an ihre Brust, und es antwortete mit einem warmen Energiestrom. Es war Azerans Essenz, aber ein Teil von ihr glaubte, dass es auch ein Stück seines Geistes enthielt. Die eingebettete Magie war so sanft, dass nicht zu leugnen war, was für ein Mann er gewesen war.

Sie hatte nur einen allgemeinen Bericht über den Mondmagier gekannt und darüber, was ihn dazu gebracht hatte, sich dem Magos-Imperium zu widersetzen. Erst als sie seine Tagebücher gelesen hatte, hatte sie viel mehr über seinen Mut erfahren und den Preis, den er für seine Freiheit gezahlt hatte.

»Ich habe einen Koffer voller Tagebücher, die sein Leben vor und nach dem Krieg dokumentieren«, erzählte sie. »Magos ist nicht der Ort, für den Ihr ihn haltet, Prinz Cassiel. Vielleicht ist jetzt nicht der richtige Zeitpunkt, um darüber zu sprechen, aber Azerans Taten dienten dem Frieden.«

Er war nicht überzeugt. Das Glitzern in seinem Blick war viel härter als in Hilos. Dyna seufzte. Nichts, was sie sagte, würde seine Meinung ändern. Ihr Wort stand gegen das eines ganzen Reiches.

»Und doch gibt es eine Tatsache, die deine Geschichte widerlegt«, sagte Cassiel nach einer Pause. »Azeran hat keine Kinder gezeugt und er starb während des Krieges. Ihr könnt nicht von seiner Blutlinie sein.«

»Du hast gesehen, wie sie Essenz genutzt hat«, widersprach Zev.

»*Das* lässt sich erklären.«

»Sie ist keine Hexe«, grollte Zev. Der Prinz legte seine Hand auf das Silbermesser, und Zevs Augen färbten sich bei dieser subtilen Drohung gelb.

»Azeran hat überlebt«, erwiderte Dyna und zog ihre Aufmerksamkeit zurück auf sich. »Er und eine Handvoll Magier der Mondgilde sind aus Magos geflohen und haben North Star gegründet. Wir sind ihr Erbe.«

Sie saß neben Zev, nahe genug, um ihn daran zu erinnern, dass er ihr schaden könnte, wenn er sich verwandelte. Das reichte aus, um seinen Wolf zu beruhigen, und er ließ sich wieder nieder.

»Warum denkt Ihr, dass der Schatten unser Dorf nicht verwüstet hat und nach Hilos gelangt ist?«, fragte sie Cassiel. »Es ist unversehrt, weil ein Dorfältester den Schattendämon bei seinem ersten Auftauchen in die Unterwelt zurückgeschickt hat. Mein Großvater tat dies bei seiner zweiten Ankunft und mein Vater bei seiner ... dritten.« Das letzte Wort kam als atemloser Ausruf heraus.

Es schmerzte sie noch immer, von ihm zu sprechen, sich an ihn zu erinnern. Aber sie würde nicht zulassen, dass sie vergaß, was er geopfert hatte.

Zev drückte sanft ihre Schulter. »Sie taten es mit Magie, aber der Preis war ihr Leben. Ihr Vater verstarb, bevor er ihr den Zauberspruch für den Zugang zum Tor verraten konnte.«

Dyna blickte zu dem funkelnden Himmel. In der Nacht, als der Schatten gekommen war, hatte Chaos im Dorf geherrscht, weil die Leute mit ihren Kindern weggelaufen waren. Ihr Vater hatte ihr gesagt, sie sollte dasselbe tun, und sie hatte auf ihn gehört, aber nun wünschte sie sich, sie wäre geblieben. Sie war es im Geiste mehrmals durchgegangen, hatte sich verschiedene Szenarien ausgemalt und sich gefragt, welches davon mit der Vernichtung des Schattens anstelle ihrer Familie hätte enden können.

»Der Spruch wäre nutzlos in meinen Händen«, sagte sie. »Die Magie in North Star ist fast verschwunden. Die erste Generation der Mondmagier, die das Dorf gegründet hat, war eng miteinander verwandt, sodass ihre Kinder Menschen als Lebensgefährten annahmen, als es an der Zeit war, zu heiraten. Das taten deren Kinder auch, und so weiter. Mit jeder Generation nahm ihre Magie ab.«

Der finstere Blick verschwand aus Cassiels Gesicht.

»Die Erhaltung der Magie innerhalb der Blutlinien ist eine delikate Angelegenheit«, fuhr sie fort. »Aus diesem Grund verbietet das Magos-Imperium den Magiern, außerhalb ihrer Rasse zu heiraten, auch außerhalb ihrer Gilden. In meiner Generation ist die Fähigkeit, Magie zu wirken und zu zaubern, fast verschwunden. Aber die Essenz ist geblieben. Meine Familie ist eine der wenigen im Dorf, die sie noch beherrscht.«

Der Prinz lehnte sich an einen Baum und stützte seinen Ellbogen auf sein angewinkeltes Knie. »Ich nehme an, so hast du die verzauberte Karte entdeckt?«

Dyna nickte, froh darüber, dass er ihr wenigstens zuhörte.

»Und im Wald ...« Er starrte sie aufmerksam an, seine Flügel eng an seinen Rücken gepresst.

Das Licht des Feuers fing das Gefieder am Scheitelpunkt jeder Feder auf. Die Feder, die sie gefunden hatte, hatte ihre Essenz gespeist, als sie sich gegen Hauptmann Gareel hatte verteidigen müssen. Das grüne Feuer war nichts, das sie allein heraufbeschwören konnte oder jemals wieder würde, so wie Cassiel reagiert hatte, als sie versucht hatte, eine andere seiner heruntergefallenen Federn zu berühren. Aber das war zu erwarten gewesen nachdem, was sein Volk erlitten hatte.

»Azeran hatte viele Geheimnisse und verfügte über ein umfangreiches Wissen über mächtige Zaubersprüche«, sagte Dyna und brach den Blickkontakt zuerst ab. »Er hat die Tagebücher verschlüsselt, damit nur seine Nachkommen sie erben können. Sie sind jetzt an mich gebunden.« Sie tätschelte das Tagebuch auf ihrem Schoß. »Wenn ich mich von diesem hier trenne, verschwindet die Karte. Das ist der Schutzzauber, den er auf das Buch gelegt hat.«

Cassiel warf Zev einen sturen Blick zu. »Soll ich glauben, dass du auch mit Essenz umgehen kannst?«

Ihr Cousin schnaubte. »Natürlich nicht. Es gibt nur wenige im Dorf, die es können, und noch weniger, die es so gut beherrschen wie Dyna. Ich glaube, auch ihre Schwester wird mit etwas Training die Fähigkeit erlangen.«

Der Prinz sah sie an. »Warum deine Familie?«

Sie zuckte mit den Schultern. »Ich vermute, es könnte daran liegen, dass die Astron-Blutlinie über große Macht verfügte oder dass meine Familie weiterhin mit ihr praktizierte. Azeran hatte eine Vorliebe für Heilmagie, die er Essenzheilung nannte. Das Wissen darüber wurde über Generationen hinweg weitergegeben. Wir wenden es in unserem Beruf als Kräutermeister an.«

Zev lächelte sie schief an. »Vielleicht wirst du es eines Tages sehen, Cassiel. Es ist ein Wunder.«

Der Prinz bestritt ihre Behauptung, von der Astron-Blutlinie abzustammen, nicht weiter, aber seine Zweifel blieben, wenn auch abgeschwächt, bestehen.

»Meine Essenz ist nicht stark«, sagte sie. »Deshalb brauche ich den Sonnenstein. Meine Kraft allein reicht nicht aus.«

Cassiel sah zu seinem Schwert, beinahe nachdenklich. »Nun, dann müssen wir einen Plan schmieden.« Er streckte die Hand nach dem Tagebuch aus und winkte mit seinen Fingern.

Dyna ging bereitwillig zu ihm, gespannt darauf, zu erfahren, was er ihr mitteilen konnte. Sie schlang ihr Kleid um ihre Beine und kniete sich neben ihn. Ihr Arm berührte den Rand seines Flügels, und er wich zurück.

»Entschuldigt«, murmelte Dyna. Die seidigen Federn hatten ein Kribbeln auf ihrer Haut hinterlassen. Sie schlug das Tagebuch bis zu dem Abschnitt der Karte auf und reichte es dann an ihn weiter.

Der Prinz starrte sie so aufmerksam an, dass Dyna wusste, dass er jedes Detail studierte. »Der beste Weg zur Insel führt durch die Xián Jīng-Dynastie an der Westküste, aber nicht zu Fuß«, erklärte er. »Wir müssen das Meer überqueren. Die einzigen Schiffe, die direkt nach Xián Jīng segeln, sind die Handelsschiffe aus Dwarf Shoe.«

»Dwarf Shoe?« fragte Dyna neugierig.

»Der freie Staat der Zwerge.« Er zeichnete die Umrisse des Staates auf der Karte nach, wobei seine Fingerspitze dort schimmerte, wo er das Blatt berührte. Zu Dynas Erstaunen hatte er tatsächlich die Form eines Schuhs.

Dwarf Shoe lag im Nordwesten, getrennt von Azure durch das Sächsische Meer – ein Streifen Wasser, der den östlichen Kontinent Urn wie ein Sprung in der Tasse durchschnitt. Das gab dem blauen Königreich den Beinamen *Urns Sprung*. Azure war durch eine dünne Landbrücke an der Nordküste mit dem Rest des Kontinents verbunden.

»Werden wir die Landbrücke überqueren?«, fragte Zev.

Cassiel schmunzelte. »Nur, wenn du lebendig gefressen werden willst.«

Dynas Augen weiteten sich. »Was?«

»Sie ist von Sumpftrollen befallen«, informierte der Prinz sie. »Vor fünfzehn Jahren siedelte der Azure-König törichterweise eine Stadt auf der Landbrücke an, um sie für sich zu beanspruchen, aber das ging nicht gut aus. Die Landbrücke ist heute als Troll Bridge bekannt.«

»Oh!«, antworteten sie und Zev wie aus einem Mund. Dyna erschauderte bei dem Gedanken, dass sie diese Information ohne Cassiel erst erlang hätten, wenn es bereits zu spät gewesen wäre.

»Wir werden Dwarf Shoe erreichen, indem wir von Azure Port lossegeln.« Cassiel deutete auf die Hafenstadt auf der Karte. Sie lag hinter den Zafiro-Bergen, am nordöstlichen Ende des Sächsischen Meeres. »Die Reise wird zu Fuß etwas mehr als zwei Wochen dauern, wenn alles glattgeht. Weniger, wenn wir uns in Corron einer Karawane anschließen. Auf der zentralen Straße zu den Westhäfen sind immer Händler unterwegs. Eine Karawane könnte uns direkt dorthin bringen und uns eine Woche Reisezeit ersparen.«

Dyna nickte eifrig. Je schneller sie Mount Ida erreichten, desto besser. »Dieser Plan gefällt mir.«

»Wir werden in den Städten entlang des Weges anhalten, um unsere Reisekasse aufzufüllen, wenn es nötig ist.«

»Landcaster ist die erste Stadt, die wir durchqueren werden«, sagte Zev. »Dort leben viele Bauern, und sie liegt etwa hundertfünfzig Kilometer von hier entfernt.«

Cassiel klappte das Tagebuch zu und ließ das violette Leuchten der Karte verschwinden. »Gut, dann wäre das geklärt. Jetzt sollten wir uns ausruhen. Wir brechen bei Tagesanbruch auf.«

Er kehrte zu seinem Baum zurück, und Zev fügte dem Lagerfeuer weiteres Holz hinzu. Dyna legte sich mit einem zufriedenen Seufzer in ihren Schlafsack. So verschlossen der Prinz auch war, sie war froh über seine Gesellschaft auf dieser Reise. Jetzt, da er bei ihnen war, fühlte sie sich nicht mehr so unvorbereitet.

Vielleicht bedeutete das, dass alles gut werden würde.

KAPITEL 17

CASSIEL

Cassiel unterdrückte ein Stöhnen, als Dyna *wieder einmal* stehen blieb, um eine weitere mickrige Pflanze zu pflücken. Auf den Fersen balancierend, hockte sie sich neben ein Stück dunkelrotes Gras und zog eine Handvoll langer Stängel mit intakten Blättern und Wurzeln heraus. Geschickt band sie sie mit Bindfaden zusammen und verstaute sie in einem Sack aus Sackleinen. Dann holte sie ein kleines, gebundenes Notizbuch aus ihrer Tasche und kritzelte etwas hinein, wobei sich winzige Fältchen zwischen ihren Brauen bildeten und sie sich konzentriert auf die Unterlippe biss.

Das Nachmittagslicht fiel durch die Äste und schimmerte in einem scharlachroten Heiligenschein um ihr geneigtes Haupt. Ihre Mundwinkel hoben sich zu einem schwachen Lächeln, wie sie es immer taten, wenn sie die Pflanzenwelt studierte. Jedes Mal, wenn sie ihm ihr Wissen über deren Verwendung mitteilte, hob sich ihre Stimme vor Aufregung um eine Oktave. Pflanzen machten sie aus irgendeinem Grund glücklich.

»Falls du es noch nicht bemerkt hast: Dass du ständig anhältst, um irgendwelche Gräser zu pflücken, verzögert unsere Reise um einen Tag«, sagte Cassiel. »Wir müssen Landcaster bald erreichen, um unseren Proviant aufzufüllen.«

Er war in seiner Planung zu ehrgeizig gewesen und hatte geschätzt, dass es nur zwei Wochen dauern würde, den Hafen zu erreichen. Sie konnten nicht fliegen wie er, und Dyna konnte sich nicht so schnell bewegen wie ihr Cousin. Dieser Ausflug könnte doppelt so lange dauern, wie er gedacht hatte. Und das Segeln zur Insel würde Wochen, wenn nicht sogar Monate in Anspruch nehmen. Er würde ganz sicher erst in einem Jahr zurückkehren. Sein Vater würde wütend sein.

»Bitte entschuldigt die Unannehmlichkeiten, Prinz Cassiel«, sagte Dyna, während sie etwas in ihr Notizbuch notierte. »Es ist notwendig für Heiler, angemessene Medizin mit sich zu führen.«

Medizin für wen? Dank seiner regenerativen Fähigkeiten fühlte er sich nie krank. Die tödlichen Verletzungen für Celestials waren solche, die sie am Herzen oder Kopf erlitten.

»Und wozu bitte schön soll das Gras gut sein?« Er fragte nur, weil sie es ihm sowieso erklären würde, egal ob es ihn interessierte oder nicht.

Sie erhob sich und verstaute ihre Sachen in ihrer Tasche. »Phyllon-Wurzeln sind gut gegen Schmerzen, und wenn man die Blätter einweicht, helfen sie beim Einschlafen. Ich werde heute Abend ein Schlafmittel für Zev machen. Er hat Schlafprobleme.«

Bei der Erinnerung an ihren Cousin suchte Cassiel die Umgebung nach einem schwarzen Fleck im Grün ab. »Die Bestie ist wieder weggelaufen.«

Dyna runzelte die Stirn. »*Zev* patrouilliert. Er wird wieder zu uns stoßen, wenn es Zeit ist, das Lager aufzuschlagen.«

Seit der Nacht am Nayim-See hatte sich das Werbiest in seinen Wolf verwandelt und verharrte in dieser Gestalt. Der Werwolf verbrachte die meiste Zeit außerhalb ihrer Sichtweite im Wald, während sie reisten, und sah hin und wieder im Laufe des Tages nach Dyna. In der Nacht wartete Zev, bis Dyna eingeschlafen war, bevor er loszog und tat, was Tiere eben so taten. Aufgrund des Wissens, dass er frei herumlief, hatte Cassiel nicht gut schlafen können.

Der Werwolf musste seinen Verstand verlieren. Das würde sein merkwürdiges Verhalten erklären, aber Cassiel kannte ihn nicht gut genug, um es mit Sicherheit zu sagen.

Anderer, so hatte das Rudel ihn genannt. Cassiel war sich sicher, dass sich die Wölfe nicht auf seine Fähigkeit bezogen hatten, sich nach Belieben zu verwandeln. Was auch immer *Anderer* bedeutete, das Rudel fürchtete sich vor ihm. Es war offensichtlich, dass der Alpha geplant hatte, ihn aus diesem Grund auf der Lichtung zu töten. Dennoch war Zev lebend am Nayim-See aufgetaucht, mit schweren Verletzungen und vagen Antworten.

Wie hatte er gegen so viele Werwölfe überleben können? Die Kreaturen waren riesig. Tödlich. Und Cassiel hatte nicht daran geglaubt, dass der Alpha Zev hatte gehen lassen. Also war er, nachdem Dyna und Zev eingeschlafen waren, zurück zur Lichtung geflogen, um nachzuforschen.

»Es geht ihm nicht gut ...« Cassiel hinderte sich daran, mehr zu sagen. Was er gesehen hatte, war zu grausam, um es Dyna zu erzählen. »Dein Cousin ist seit zwei Tagen ein Wolf«, sagte er stattdessen. »Er könnte bereits dem Wahnsinn verfallen sein.«

Dyna schüttelte den Kopf und betrachtete mit wehmütigem Blick die Äste der Bäume, die sich in der sanften Brise wiegten. Der Wind strich über sie hinweg und ließ ihre Locken und die Enden ihres salbeifarbenen Kleides flattern. »Zev wird sich zurückverwandeln, wenn er so weit ist.«

Was Zev getan hatte, blieb ungesagt.

Dyna konnte nicht wissen, was auf dieser Lichtung geschehen war, aber Cassiel vermutete, dass sie es ahnte. Er hatte sie für eine Närrin gehalten, die nur Unsinn im Kopf hatte, aber nun musste er zugeben, dass sie viel intelligenter war, als er angenommen hatte. Wahrscheinlich war das von Nöten, um Heilerin zu werden.

Dyna setzte ihren Weg fort. »Wie lange noch, bis wir Landcaster erreichen?«

Cassiel holte das verzauberte Tagebuch aus seinem Rucksack und blätterte zu dem Abschnitt mit der Karte, aber die Seite war leer. Er warf Dyna einen Blick zu, als sie durch eine Ansammlung von Farnen ging. Sie hatten getestet, wie weit sie sich von der Karte entfernen konnte, ohne dass sie verschwand, und zwanzig Schritte waren die Grenze.

Als sie die Karte im Arbeitszimmer seines Vaters zum ersten Mal gezeigt hatte, hatte er nicht darüber nachgedacht, woher sie sie hatte. Er hatte angenommen, dass sie sie gefunden hatte und nicht, dass sie in ihrer Familie weitergegeben worden war.

War an dem, was sie über ihre Abstammung sagte, etwas dran? Es war unglaublich, dass ein Mensch über echte Magie verfügen sollte. Aber das würde erklären, wie sie sich diese zunutze machen konnte.

Cassiel schloss zu Dyna auf und hielt ihr das Tagebuch hin. Sie sagte den Spruch, und die leere Seite leuchtete auf, als die Karte wieder erschien. Ihm war aufgefallen, dass diese Worte aus der Muttersprache der Magier stammten, bevor sie sich daran gewöhnt hatten, urnisch zu sprechen. *Tellūs, lūnam, sōlis* bedeutete übersetzt ›Erde‹, ›Mond‹ und ›Sonne‹ und stand für die drei Gilden, die das Magos-Imperium schützten.

»Es ist nicht mehr weit bis Landcaster. Wir sollten morgen früh ankommen«, sagte Dyna, während sie die leuchtende Seite mit einem Lächeln betrachtete. Sie blickte auf, und das Sonnenlicht ließ ihre Augen in einem kräftigen, leuchtenden Grün mit goldenen Flecken schimmern. »Habe ich Euch schon wieder erstaunt, Prinz Cassiel?«

Als er realisierte, dass sie ihn anstarrte, sah er schnell weg. »Ich bin noch nicht ganz überzeugt, dass du keine Hexe bist.«

Dabei hatte er längst akzeptiert, dass sie keine war. Als er darüber nachgedacht hatte, hatte er sich daran erinnert, dass er ihre Seele bereits gesehen hatte, und sie war nicht von dunkler Magie getrübt gewesen. Das war Beweis genug.

Dynas Augenbrauen hoben sich. »Ärgert Ihr mich etwa?«

Er räusperte sich, während er das Tagebuch in seinen Rucksack steckte und sie ihre Wanderung fortsetzten. »Ich kann nicht leugnen, dass Magie in dir fließt.«

»Ich habe nicht genug Macht, um viel damit anzufangen, und es ist schwierig, sie zu benutzen.«

Cassiel sagte nichts weiter, während ihre Schritte über herabgefallene Blätter und Äste knirschten. Er spürte ihre stumme Aufforderung, sich mit ihr zu unterhalten, und hörte ihren Seufzer, als er sie ignorierte.

Sie erreichten einen steilen Hügel, der mit nassem Moos und aufgeschichtetem Gestein bedeckt war, das er zum Klettern benutzte. »Soweit ich weiß, kann Magie durch regelmäßige Anwendung wachsen«, erwiderte er. »Verhält es sich nicht ähnlich wie mit dem Training von Körper und Geist?«

Dyna kletterte hinter ihm hoch. »Nun, ja. Je öfter man Magie benutzt, desto stärker wird sie und desto mehr kann man wirken...« Sie rutschte auf einem Moosfleck aus, doch er bekam die Rückseite ihres Kleides zu fassen, bevor sie auf dem Gesicht landete.

Cassiel verdrehte die Augen und half ihr hoch. »Pass auf, wo du hintrittst.«

Sie murmelte ein »Danke schön« und folgte ihm, wobei sie genau den gleichen Weg nahm wie er. »Aber jeder Mensch hat seine Grenzen, und wenn man zu viel Magie einsetzt, kann man sie aufbrauchen.«

»Essenz regeneriert sich von selbst«, erwiderte Cassiel.

»Das stimmt. Dennoch, die Elfen und Fae beziehen die Essenz aus der Natur, sodass ihre Erschöpfung rein physischer Natur ist, während die Magier sie aus sich selbst beziehen. Es ist ihre Lebenskraft. Deshalb ist es tödlich, wenn sie auf einmal große Mengen an Magie einsetzen und ihre Essenz vollständig aufbrauchen. Ohne sie können sie nicht überleben.«

Daran erinnerte sich Cassiel aus seinem Unterricht. Er hörte seinen Lehrern nicht gern zu, wenn sie über langweilige Fächer redeten, aber Magie war eines der interessantesten gewesen.

»Magier trainieren ihre Essenz, damit sie an Stärke und Menge zunimmt, aber auch das hat seine Grenzen«, sagte Dyna. »Nicht alle können endlose Mengen an Essenz einsetzen.«

Er sprang auf einen weiteren Felsblock und warf einen Blick über seine Schulter, um Dynas Fortschritte zu überprüfen. Sie war etwas zurückgefallen. Ihre kurzen Beine konnten den Sprung zu ihm nicht schaffen, und er war nicht geneigt, ihre Hand zu nehmen, denn das würde bedeuten, ihre Seele wiederzusehen.

Als er ihr keine Hilfe anbot, griff sie nach einer dicken Liane und testete, ob sie ihr Gewicht halten würde. Plötzlich kam er sich wie ein Flegel vor. Er streckte seine Hand aus, aber sie winkte ab. Die Ranke spannte sich und hielt, als sich Dyna den Hügel hinaufzog, wobei sie freiliegende Wurzeln und Felsbrocken als Halt benutzte. Er sah ihr beim Klettern zu und war beeindruckt, dass sie es bis zum Gipfel schaffte, ohne wieder auszurutschen.

Sie verschwand für einen Moment aus seinem Blickfeld, dann sprang sie über die Kante und strahlte auf ihn herab. »Kommt Ihr?«

Er schmunzelte. Mit einem Flügelschlag schwebte er den Rest des Weges nach oben und landete neben ihr. »Wäre es fatal für dich, wenn du deine gesamte Essenz auf einmal verbrauchst?«

Sie zuckte mit den Schultern und biss sich auf die Lippe. »Möglicherweise, aber ich bin keine geborene Zauberin, also bin ich mir nicht sicher.«

»Zauberin?«

»Ein weiblicher Magier.«

Cassiel runzelte über diesen komischen Begriff die Stirn. Er hatte ihn noch nie gehört. Wenn er so darüber nachdachte, waren weibliche Magier in seinem Unterricht über das Magos-Imperium nie erwähnt worden. Seine Lehrer hatten gesagt, dass nur die Männer Macht hätten. Aber Dyna konnte Magie benutzen, also wie...

Cassiel war nicht in der Stimmung, darüber zu diskutieren. Er bedeutete ihr mit einem Nicken, weiterzugehen. Schließlich stießen sie auf einen Bach, der den Wald durchschnitt. Er war seicht und nur ein paar Meter breit.

Dyna hielt an, um daraus zu trinken und ihre Wasserreserven aufzufüllen. »Immer, wenn ich zu viel Essenz verbrauche, werde ich müde. Manchmal werde ich sogar ohnmächtig. Ich habe trainiert, um meine Kraft weiter zu entwickeln, aber irgendetwas hindert mich daran. Es ist, als ob ich mit Fesseln an den Knöcheln herumlaufe. Meine Kraft wird wegen meiner menschlichen Veranlagung niemals so stark sein. Es fällt mir schwer, die Essenz zu nutzen, aber ich bin dankbar, dass ich überhaupt etwas damit anfangen kann.«

Sie hob eine Hand, und ihre Fingerspitzen leuchteten in einem schwachen Grün, bevor das Licht verblasste. Soweit er sich erinnerte, nahm die Manifestation der Essenz die Farbe der Seele an. Dass Dynas Seele grün war, passte perfekt. Es war eine Farbe, die für Heilung und eine Verbindung zur Natur stand.

»Erschöpft es dich, die Karte zu enthüllen?«, fragte er, als sie über den Bach sprangen.

»Gar nicht«, sagte sie, auch wenn sich Müdigkeit auf ihrem Gesicht widerspiegelte. Er bezweifelte, dass es an der Wanderung lag.

»Wenn es dich anstrengt, bleib dicht bei mir.« Hitze stieg ihm in die Wangen, als er realisierte, was er da gerade gesagt hatte. »Ich meine, bleib nah bei der Karte. Wenn du ohnmächtig wirst, wird uns das noch weiter zurückwerfen.«

Dyna blieb stehen, und er wich zurück, als sein Flügel sie berührte. Er erschauderte bei dem Gefühl, das durch seine Flügelspanne fuhr. Celestials erlaubten anderen nie, ihre Flügel zu berühren. Sie waren die Quelle ihrer Göttlichkeit und Macht. Ein Punkt der Verwundbarkeit. Das Einzige, was sie davor bewahrte, menschlich zu werden.

Dyna bewegte sich oft in seiner Nähe, ohne darauf zu achten, ihn unbewusst zu berühren, während er es gewohnt war, dass körperlicher Kontakt mit ihm gemieden wurde. Niemand in Hilos näherte sich ihm. Sie schien sich aber nicht an seiner Nähe zu stören.

Cassiel versuchte, es zu vermeiden, ihr zu nahe zu kommen, in welcher Form auch immer. Aber die Karte zwang ihn, in ihrer Nähe zu sein. Das Gewicht des Tagebuchs in seinem Rucksack und das leise Summen seiner Kraft gaben ihm ein Gefühl der Sicherheit. Es bei sich zu haben, garantierte ihm, dass sie nicht ohne ihn abhauen würden. Und in der Nacht hatte er nicht aufhören können, die leuchtende Insel anzustarren. Obwohl er wusste, dass die Karte existierte, fragte er sich immer noch, ob das alles nur ein Traum war, wenn er sie mit seinen eigenen Augen sah und in den Händen hielt.

Dyna musterte ihn, als könnte sie ihn auf eine Weise sehen, von der er sich wünschte, sie könnte es nicht. »Ich danke Euch für Eure Sorge, Prinz Cassiel. Was die Verwendung der Essenz angeht, so habe ich nicht das Geringste dagegen.« Sie schlenderte weiter und ließ den zarten Duft ihres Haares zurück.

Er sah ihr hinterher und fragte sich wieder, wer sie war. Dyna war so ein seltsamer Mensch. Zu freundlich. Zu neugierig. Zu verwirrend. Er hatte nicht erwartet, mit ihr durch die Welt zu ziehen. Und doch waren sie hier, durch einen Zufall aneinander gebunden.

In seine Gedanken versunken, vergaß Cassiel, ihr Tempo zu halten. Nach zwanzig Schritten glitt ihre zierliche Gestalt durch die Bäume und das Summen des Tagebuchs verstummte.

KAPITEL 18

CASSIEL

Ein Rascheln im Gebüsch rüttelte Cassiel wach. Er richtete sich ruckartig auf seinem Ast auf und fiel fast herunter, bis er sich daran erinnerte, dass er auf einem Baum geschlafen hatte. Er krallte sich an der Rinde fest und suchte die Umgebung ab, um herauszufinden, was seinen Schlaf gestört hatte. Das erlöschende Feuer erhellte ihr kleines, dunkles Lager, das sie mitten im Wald aufgeschlagen hatten, nur wenig. Dyna schlief auf der anderen Seite des Lagerfeuers – allein.

Wo war die Bestie?

Zevs Schlafsack war leer, eine zerknitterte Wolldecke lag darauf.

Cassiels Haut kribbelte unter seiner feuchten Kleidung. Ein kühler Nebelschleier schwebte zwischen den dichten Hecken, die sie umgaben. Er hatte diesen Lagerplatz wegen seiner Abgeschiedenheit gewählt, aber die stillen Bäume hielten ihn jetzt gefangen.

Bei einem weiteren Rascheln im Gebüsch ließ er sich vom Ast fallen und landete auf den Füßen. Von seinem Gürtel zog er das Silbermesser ab. Er verlangsamte seinen Atem und versuchte, jedes sich nähernde Geräusch wahrzunehmen. Ein kalter Luftzug streifte seinen Nacken. Er drehte sich um, und sein Herz schlug bis zum Hals, als er zwei spiegelnde gelbe Augen sah, die ihn in der Dunkelheit beobachteten. Der riesige schwarze Wolf saß schweigend zwischen dem Laub, fast verschluckt von der Nacht.

Cassiel presste seine verschwitzte Handfläche um den glatten Griff seines Messers. »Ich habe geahnt, dass du als Nächstes hinter uns her sein würdest. Nun, dann komm. Ich bin bereit für dich.«

Der Wolf blinzelte ihn fragend an.

»Ich bin zurück zu der Lichtung gegangen. Ich habe gesehen, was du getan hast. Du hast sie alle abgeschlachtet. Deinesgleichen.« Ein weiterer Schauer lief Cassiels Rücken hinunter. »Weiß sie, was du getan hast?«

Seine gelben Augen bewegten sich zu Dynas schlafendem Körper und bewiesen, dass Zev bei klarem Verstand war.

»Nein, sonst hätte sie auch Angst vor dir.«

Der Wolf schlich sich auf das Lager zu und machte einen großen Bogen um ihn. Cassiel drehte sich um und behielt ihn im Visier. Als er das Lagerfeuer erreichte, nahm der Wolf Brennholz vom Stapel daneben in sein Maul und warf es über die sterbenden Flammen. Das Feuer flammte wieder auf und spendete mehr Licht. Dann ging er auf Dyna zu.

»Stopp! Bleib weg von ihr.«

Der Wolf gab ein Schnauben von sich, das beinahe menschlich klang, legte sich hin und rollte sich neben Dyna zusammen.

Cassiel funkelte ihn an. War es sicher, die Bestie in ihre Nähe zu lassen?

Wie um zu antworten, murmelte Dyna im Schlaf. Ihr Arm legte sich um den Wolf und schmiegte sich an das dichte Fell. Nun, sie hatte gesagt, Zev würde ihr nie etwas antun. Dass Werwölfe ihre Verwandten beschützten.

Aber zählte das Rudel nicht als Verwandtschaft?

Cassiel nahm eine Ecke seines Schlafsacks und schleppte ihn an das andere Ende des Lagerplatzes an den Fuß eines knorrigen Baumes. Er setzte sich mit dem Rücken an den Stamm, um das Tier zu beobachten, und schüttelte die Decke über seinen Beinen aus.

Dabei purzelte das Tagebuch heraus. Das Licht des Feuers glänzte auf dem sichelförmigen Siegel des Hauses Astron.

Die Astrons waren eine bekannte Familie. Berüchtigte, mächtige Mondmagier, die seit dreihundert Jahren unangefochten über die Mondgilde herrschten. Sollte er glauben, dass Dyna von ihnen abstammte?

Dünne Wolken zogen auf und ließen das Mondlicht auf Dynas kleine, nebelgekrönte Gestalt scheinen. Es ließ ihre blasse Haut im Vergleich zu der großen schwarzen Bestie neben ihr milchig wirken. Es gab eine Sache, die sie gesagt hatte, von der er glaubte, dass sie wahr war: ihr Versprechen, den Schatten zu vernichten. Er kam nicht umhin, ihre Entschlossenheit zu bewundern. Sie hatte ein Mittel gefunden, um den Dämon zu besiegen, und würde dieses gefährliche Unterfangen niemals aufgeben.

Aber der Sonnenstein war vielleicht nicht die einzige Option.

Cassiel drehte seine Hände um und untersuchte sie. Sein Vater hatte gesagt, sie seien rein. Er hatte kein Menschenleben genommen. Das würde bedeuten, dass er mit seinem Schwert die Macht hatte, den Schatten zu eliminieren. Möglicherweise. Als Halbblut konnte man nicht sagen, ob das Blut rein genug war, um das Böse auszulöschen. Da er jedoch über regenerative Fähigkeiten verfügte, bestand die Möglichkeit, dass es so war.

Doch wenn Dyna wüsste, dass er den Dämon töten könnte, würde sie vielleicht ihre Mission, zur Insel zu reisen, aufgeben, und das durfte nicht passieren. Er musste wissen, ob...

Cassiel sah auf den Ring seiner Mutter hinunter und steckte ihn in sein Hemd. Er musste die Insel erreichen, koste es, was es wolle. Außerdem, warum sollte er sich einmischen? Die Menschen waren nicht dazu gemacht, sich gegenseitig zu helfen. Jeder war für sich selbst verantwortlich. In ihrem abgelegenen Dorf war Dyna behütet und naiv aufgewachsen. Sie hatte keine Ahnung, wie grausam die Welt war. Ein Teil von ihm – ein kleiner, der nicht von Pessimismus getrübt war – wollte ihren Dämon töten, damit sie so weiterleben konnte.

Dyna war der letzte Funken Gutes in dieser Welt. Nicht, dass er jemals zugeben würde, wie sehr er die Farbe ihrer Seele mochte. Sie war nicht korrumpiert, noch nicht von Gier, Lust oder gar Zorn befleckt. Sie war wütend, aber so viel der Dämon ihr auch genommen hatte, ihre Seele war nicht dunkel vor Hass.

Was war in der Nacht geschehen, als der Schatten in ihr Dorf gekommen war? Sie hatten davon gesprochen, dass ihr Vater das Tor zur Unterwelt geöffnet hatte. Das hatte ihn sicherlich getötet, wenn nicht der Dämon. Die Sieben Tore enthielten eine Macht, die Sterbliche nicht berühren konnten, ohne mit ihrem Leben zu bezahlen. Und nun suchte Dyna nach einer anderen Methode, den Schatten zu bekämpfen; einer, die höchstwahrscheinlich auch sie das Leben kosten würde.

Cassiel seufzte, verstaute das Tagebuch in seinem Schlafsack, lehnte seinen Kopf gegen den Baum und klemmte das Silbermesser unter seine verschränkten Arme. Seine Augen wurden schwer, als sich der Himmel aufhellte. Warum dachte er über so etwas nach? Der dumme Mensch bedeutete ihm nichts. Er hatte nur eine Priorität.

Mount Ida zu erreichen.

Das Morgenlicht drang durch Cassiels Lider. Wann war er eingeschlafen? Noch immer die Augen geschlossen, bemerkte er, wie Zev über ihm auftauchte. Im Lager war es still. Zu still.

Sie waren allein.

Sich selbst zur Ruhe rufend, lauschte Cassiel Zevs Bewegungen. Langsam verstärkte er den Griff um sein Silbermesser, das versteckt unter seinen verschränkten Armen ruhte. Eine schwere Hand legte sich auf seine Schulter. Cassiel holte aus und spürte, wie die Klinge Zevs Fleisch berührte. Sein erschrockenes Brüllen erfüllte das Lager. Er war in seiner menschlichen Gestalt, taumelte zurück und hielt sich den blutenden Arm an die Brust.

Cassiel stand auf und war überrascht, dass das Silber sofort lähmend wirkte. Er hat ihn kaum geschnitten. »Ich habe dich gewarnt.«

»Ich wollte dir nicht wehtun«, krächzte Zev, Schweißtropfen traten ihm auf die Stirn. Dunkles Blut sickerte aus seiner Wunde.

»Nun ganz sicher nicht.«

Dyna kam mit unordentlichen Kleidern und tropfnassem Haar durch die Bäume gerannt. Sie musste in dem nahe gelegenen Bach gebadet haben. »Was ist passiert? Ich habe einen Schrei gehört.« Sie keuchte beim Anblick von Zevs Wunde, aus der Blut quoll, und ihre großen Augen huschten von ihm zu Cassiels Messer. »Was habt Ihr getan?!«

Sie holte ein kleines Keramikfläschchen aus ihrer Tasche, drehte den Korken ab und riss Zevs Kopf zurück, um ihm die trübe violette Flüssigkeit in die Kehle zu schütten.

Zev röchelte, hustete und hielt sich den Bauch, während er zuckend auf dem Boden lag. Dyna klopfte ihm auf den Rücken und murmelte beruhigende Worte, während er sich übergab. Sein Unterarm wurde so steif, dass er weiß wurde, als mehr schwarzer Schlamm aus der Wunde austrat.

Als Zev aufhörte zu krampfen, stand sie auf und drehte sich zu Cassiel. »Ihr hättet ihn beinahe getötet!«

Cassiel sah weg, sein Gesicht wurde heiß. »Es geschah nicht ohne Grund.«

»Und was war der Grund?«, zischte sie.

»Der Mischling hat mich angegriffen.«

Zev knurrte ihn an und fletschte die Zähne.

»Oh, habe ich dich beleidigt?«

»Du hast kein verfluchtes Recht, mich so zu nennen, *Nephilim*.«

Wut wallte in Cassiel auf, und er zeigte mit dem Silbermesser auf Zev. »Sag dieses Wort noch einmal und ich werde dir die Zunge herausschneiden.«

Zev grollte. »Respekt beruht auf Gegenseitigkeit. Wenn du nicht so genannt werden willst, wirst du mich als nichts anderes als einen Werwolf bezeichnen.«

»Nenn dich, wie du willst. Silber ist und bleibt deine Schwäche.«

Die Werbestie kämpfte sich mit mörderischer Miene auf die Beine. Cassiel winkte ihn mit dem Messer heran.

»Genug!« Dyna ging zwischen die beiden. Sie drückte auf Zevs bebende Brust, doch trotz seines geschwächten Zustands schaffte sie es nicht, ihn aufzuhalten. Ihre Schuhe rutschten durch den Schlamm, als er weiterging. »Hör auf, Zev. *Hör auf!* Wenn du gegen ihn kämpfst, wirst du mir wehtun.«

Er hielt mitten im Schritt inne.

Sie schüttelte den Kopf. »Ein weiterer Schnitt wird dich töten. Bitte, tu mir das nicht an.«

Zev schloss seine blutunterlaufenen Augen und atmete tief durch. Er pirschte durch das Gebüsch in Richtung des Baches.

Dyna blickte ihm nach. »Ich hatte ihn geschickt, um Euch zu wecken, Prinz Cassiel. Ihr habt den Morgen verschlafen, und wenn wir noch länger hier verweilen, werden wir Landcaster heute nicht wie von Euch geplant erreichen.«

Cassiel schwankte auf seinen Füßen, überrascht von der Wut, die in ihrem ruhigen Ton mitschwang.

»Ihr werdet Euch bei ihm entschuldigen.«

»Sag das noch mal«, erwiderte er.

Sie wirbelte zu ihm herum und fixierte ihn mit ihrem zornigen Blick. »Ihr habt einen Fehler gemacht. Ihr schuldet ihm eine Entschuldigung.«

»Ich schulde ihm gar nichts. Ich habe mich nur verteidigt.« Cassiels finstere Miene verzog sich angesichts des Ekels, der sich auf ihrem Gesicht ausbreitete.

»Ich werde nicht zulassen, dass Ihr Zev länger mit diesem Messer bedroht. Wenn Ihr weiterhin mit uns reisen möchtet, werdet Ihr dieses Ding jetzt und hier los.«

Er kochte vor Wut, sein Kiefer mahlten. Wie konnte sie es wagen, Forderungen an ihn zu stellen? »Das werde ich nicht tun.«

Ein langer Atemzug verließ Dynas Lippen, und sie streckte ihre Hand aus. »Dann trennen sich hier unsere Wege. Gebt mir mein Tagebuch. Bitte.«

Er starrte sie ungläubig an. »Du erkennst nicht, wie gefährlich er ist.«

»Die einzige Gefahr, die ich hier sehe, seid Ihr.« Dyna sah ihn mit einem Ausdruck an, der keinen Raum für Zweifel ließ.

Cassiel hätte nie gedacht, dass er sich jemals dem Willen eines Menschen beugen würde, aber als sich ihre Augen in seine bohrten, nahm er das Tagebuch und legte es in ihre Hand. Sie machte auf dem Absatz kehrt und ging in die Richtung, in die Zev gegangen war. Mit jedem Schritt, den sie tat, entfernte sich Mount Ida weiter und weiter von ihm.

»Warte«, rief Cassiel schwach. Nichts, absolut nichts, durfte über sein Ziel gestellt werden. Es war es wert, seinem Vater zu trotzen, und es war es gewiss wert, in dieser Sache nachzugeben. Er schluckte seinen Stolz hinunter, der einen bitteren Geschmack auf seiner Zunge hinterließ. Das Messer glitzerte im Sonnenlicht, als er es ihr mit dem Griff voran hinhielt.

»Danke«, sagte Dyna sanft und ohne jegliche Überraschung.

Ihre Finger legten sich um den Griff und berührten seine. Sie hinterließen ein Kribbeln auf seiner Haut, aber er bekam keinen Blick in ihre Seele. Sie hatte sich vor ihm verschlossen.

Dyna zog sich zurück und schlüpfte außer Sichtweite in die Büsche. Grummelnd packte Cassiel seine Habseligkeiten zusammen und stopfte sie in seinen Rucksack. Die Art, wie sie ihn angesehen hatte, ging ihm nicht aus dem Kopf. Er verstand nicht, warum ihn das beunruhigte. Er wusste nur, dass ihre Abscheu nichts mit seiner Abstammung zu tun hatte.

Sie hatte für keine Sekunde geglaubt, dass Zev ihn angegriffen hatte.

Nun, hatte er das denn?

Sobald Zev ihn berührt hatte, war Cassiel darauf aus gewesen, als Erster zuzuschlagen. Er stöhnte auf und knetete die Knoten in seinem steifen Nacken. Hatte er einen Fehler gemacht? Auf jeden Fall dachte Dyna das Schlimmste von ihm.

Er hängte sich seinen Rucksack über die Schulter und sah sich in dem leeren Lager um. Sie hatten ihre Habseligkeiten bereits zusammengepackt. Nur das erloschene Lagerfeuer war noch übrig und eine kleine Pfütze mit einer geronnenen Substanz. Zevs Blut hatte auf das Silber reagiert und war schwarz geworden, als es geronnen war. Das würde jeden umbringen.

Wenn Cassiel ehrlich war, war das nicht seine Absicht gewesen. Er hatte Zev nur so weit verletzen wollen, dass er sich zurückzog, aber jetzt hatte er es vielleicht noch schlimmer gemacht. Dyna hatte ihr Tagebuch, zudem hatte sie nicht ausdrücklich gesagt, dass er bei ihnen bleiben durfte.

Wenn sie ihn zurückließ, hätte er es wohl verdient.

KAPITEL 19

ZEV

Um sich von den Schmerzen abzulenken, lauschte Zev dem Plätschern des Wassers und dem Gezwitscher der Vögel in den umliegenden Birken. Er legte sich an das Ufer des Baches, während Dyna seine Wunde säuberte.

Hätte das Messer ihn nur berührt, hätte es keine solche Wirkung gehabt. Aber die Schneide der Klinge hatte seine Haut durchtrennt, wodurch Silber in seine Blutbahnen gesickert war. Das Gift war durch seine Adern geflossen und hatte in ihm das Gefühl ausgelöst, als hätte sein Arm in Flammen gestanden, von den Fingerspitzen bis zu seinem Ellbogen.

Wie weit hätte ihn der Schmerz gebracht, wenn Dyna ihm nicht ein weiteres Gift in die Kehle gezwungen hätte? Das Schlucken von Eisenhut war wie das Schlucken von flüssigem Feuer, das seinen Magen von innen heraus versengte. Glücklicherweise hatte die brennende Qual nachgelassen, nachdem er das Zeug ausgespuckt hatte.

»Onkel Belzev hat mich angewiesen, immer Eisenhut mit mir zu führen, um im Notfall deinen Wolf zu bändigen.« Dyna legte den verletzten Arm neben ihn und trocknete ihn mit dem Saum ihres Kleides ab, wobei sie darauf achtete, die Wunde zu vermeiden. »Ich dachte, wenn ich deinen Wolf einschläfern könnte, würde die Silbervergiftung weniger Auswirkungen haben.«

Zev hatte seit seiner ersten Vollmondverwandlung im Alter von dreizehn Jahren Schwierigkeiten, seinen Wolf zu kontrollieren, und sein Vater hatte versucht, seine Aggression mit der Giftpflanze zu behandeln.

Das hatte gut funktioniert – bis es nicht mehr funktioniert hatte.

Zev schloss seine Augen gegen das grelle Sonnenlicht und legte den anderen Arm über sein Gesicht. Er brauchte nicht in sich hineinzuhören, um zu wissen, dass sein Wolf verschwunden war. Er war durch den Eisenhut in einen Schlafzustand gefallen.

»Vergib mir. Das war das Einzige, was mir in dem Moment eingefallen ist«, murmelte sie. »Onkel Belzev hatte die Theorie, dass die toxischen Eigenschaften des Eisenhuts ein anderes Gift im Blutkreislauf überlagern und aus dem Körper verdrängen würden. Ich glaube, er hatte recht.«

»Das hast du gut gemacht«, krächzte Zev. Sein Magen schmerzte, und der Rhythmus seines Herzens war zu langsam für seine Art, aber das Brennen war nur noch auf seinem Arm zu spüren. Hätte sein Vater nicht dafür gesorgt, das Zev eine Toleranz gegen für Werwölfe giftige Pflanzen entwickelt hatte, hätte das Extrakt vielleicht mehr Schaden als Nutzen angerichtet.

Dyna kramte in ihrer Tasche und nahm einen Zweig heraus. »Iss das. Das wird deinem Bauch guttun.«

Zev kaute auf den süßen Blättern, während sie eine Salbe auf seine Schnittwunde auftrug. Er zuckte zusammen, als sie die geschwollenen Stellen berührte, aber sie kühlten bald ab und der Schmerz ließ weiter nach. Morgen würde die Wunde vernarben, auch wenn sie, wie die meisten Narben an seinem Körper, immer zart sein würde. Verletzungen, die durch Silber verursacht wurden, heilten nie vollständig.

»So, ich denke, das reicht. Hat das Brennen nachgelassen?«

»Aye, danke.«

Dyna saß mit angezogenen Knien da und schaute auf den Bach hinaus. Azerans Tagebuch und das Messer lagen neben ihr im Gras. Natürlich hatte Zev ihr Gespräch mit Cassiel mitbekommen. Sie hatte geschrien, sodass er nicht einmal sein scharfes Gehör gebraucht hatte. Es war ungewöhnlich, dass sie ihre Stimme erhob.

Zev setzte sich auf, als hinter ihnen ein entferntes Rascheln ertönte. Cassiel war ruhig, aber sein Geruch verriet ihn. Er kam jedoch nicht näher. Der Prinz hielt kurz hinter der dichten Wand aus Sträuchern inne, dann wandte er sich ab, als wäre er nur gekommen, um nachzusehen, wo sie waren.

»Was ist ein Nephilim?«, fragte Dyna, die nichts von seiner Anwesenheit mitbekommen hatte.

Zev warf einen verstohlenen Blick durch das Laub auf den Rücken des Prinzen, der mitten im Gehen stehen geblieben war. »Ich hätte ihn nicht so nennen dürfen, Dyna. Die Wut hat aus mir gesprochen. Es ist ein schreckliches Wort.«

Mehr sagte er nicht, denn es war nicht seine Aufgabe, weitere Erklärungen abzugeben, zudem spürte er Cassiels Unbehagen. So sehr der Prinz auch an seiner Überlegenheit festhielt, es war ihm nicht egal, was sie von ihm dachte.

»Er ist anders, oder?«

»Ja, das ist er.« Er schmunzelte. Es meinte damit Cassiels Temperament, aber er wusste, worauf Dyna anspielte. Allerdings würde sie niemals das Wort Halbblut benutzen.

Dyna hob einen verirrten Stock auf und zeichnete damit Formen in den Schlamm. »Prinz Cassiel vertraut uns nicht, aber ich glaube, dahinter steckt mehr. Er vertraut niemandem. Wie könnte er auch? Seine Familie ...«

»Was ist mit ihr?«

»Ich saß auch am Tisch des Königs, Zev.«

Er hatte es nicht vergessen. Der abweisende Blick, mit dem Königin Mirah Cassiel angesehen hatte, hatte Zev an den seiner eigenen Mutter erinnert.

»Prinz Malakel hat schreckliche Dinge gesagt«, ärgerte sich Dyna. »Ich stand kurz davor, ihm eine Feige ins Gesicht zu werfen.«

Zev kicherte und stellte sich die Reaktion des ältesten Prinzen vor, wenn sie es gewagt hätte, so etwas zu tun. »Das wäre unser letzter Tag auf Erden gewesen.«

Sie lachte. »Dem Urnengott sei Dank habe ich es nicht getan.«

Zev ließ sein Kichern verstummen und seufzte erneut. Cas-siel hörte zu, also konnte er seine Zweifel auch gleich äußern.

»Die Frage ist: Können wir ihm vertrauen?«, fragte Zev. »Er hat sich gegen mich bewaffnet. Warum sollte er sich uns anschließen, wenn er sich unsicher fühlt? Er ist nicht hier, um dich durch Urn zu begleiten, Dyna. Der Prinz kam wegen deiner Karte. Ich habe gesehen, wie er sie die ganze Nacht angestarrt hat. Wäre sie nicht an dein Wesen gebunden, hätte er sie dir vielleicht weggenommen und wäre allein losgezogen. Mount Ida ist ein Ort, der Ehrgeiz und Gier in allen weckt, die seine Geschichte hören. Wir können nicht davon ausgehen, dass es bei ihm anders ist.«

Cassiel schwieg. Das musste bedeuten, dass an Zevs Worten etwas Wahres dran war.

Dyna zeichnete die Rune der Menschheit in den Schlamm. Eine gerade Linie und ein Halbkreis, der sich an der Spitze nach oben kreuzte. Sie sah aus wie ein einsamer Mann, der die Welt hochhielt oder sie anflehte. »Die Menschen sind wie Pflanzen. Wenn man sie vernachlässigt, verwelken sie, aber wenn man sie richtig pflegt, gedeihen sie. Prinz Cassiel braucht nur ein wenig Sonne und Wasser.«

Zev schmunzelte über den Vergleich. »Ich nehme an, dass bedeutet, dass du ihm erlauben wirst, weiter mit uns zu reisen?«

Sie stand auf, nahm das Messer in die Hand und tippte mit einem Finger auf die Spitze des Messers. »Das Leben ist ein Risiko, und er hat seins mehrmals für mich riskiert. Ich schulde ihm etwas, aber ich werde das nicht über dein Wohlergehen stellen, Zev. Ob er uns begleiten wird, überlasse ich dir.«

Sie warf das Messer. Es segelte weit durch die Luft – weiter, als er es ihr zugetraut hatte –, bevor es in das tiefe Ende des Baches stürzte.

Zev stand auf, streckte die Arme nach hinten und spürte, wie ein Teil seiner Kraft zurückkehrte. Es war schon ein paar Tage her, dass er auf zwei Beinen gestanden hatte. Sein Verstand war jetzt klarer als zu seiner Zeit als Wolf.

»Er hat Grund, schlecht von mir zu denken, deswegen kann ich es ihm nicht verübeln«, sagte er. Der Prinz hatte gesehen, was er dem Lykos-Rudel angetan hatte. Das würde jeden erschrecken.

Dyna blickte ihn an und bemerkte die Nuance, die in seinen Worten mitschwang. Zev konnte sich nicht dazu durchringen, zuzugeben, was er getan hatte. Wölfe waren Raubtiere. Sie wusste, dass er hatte töten müssen, um lebend von der Lichtung zu kommen, aber sie wusste nicht, wie weit er gegangen war. So schwer Cassiel ihm das Leben auch machte, er hatte Dyna nicht erzählt, was auf der Lichtung geschehen war, und dafür war Zev ihm dankbar.

»Wir begeben uns auf eine Reise, die uns weiter bringen wird, als wir alle bisher gegangen sind. Ich nehme an, dass wir jeden von uns brauchen werden, um Mount Ida lebend zu erreichen. Wenn er lernen kann, uns zu vertrauen.«

Ein Lächeln erhellte Dynas Gesicht, das Sonnenlicht tanzte auf ihren Sommersprossen. »Vertrauen ist schwer zu erlangen. Vielleicht müssen wir uns bemühen, es uns zu verdienen.«

»Aye.« Zev lächelte und spürte, dass sie froh war. Sie wollte dem Prinzen eine Chance geben, so wie sie Zev eine gegeben hatte, als es sonst keiner wollte. »Sollen wir zurückgehen?«

Sie nahm das Tagebuch in die Hand und schulterte ihre Taschen, während er ihre Rucksäcke einsammelte. Als sie die Büsche durchquerten, war Cassiel bereits verschwunden.

»Was ist der Unterschied zwischen einem Seraph und einem Celestial?«, fragte Dyna, während sie sich unter einem Ast hinweg duckte.

»Ein Seraph hat sechs Flügel und ein Celestial zwei«, erklärte Zev, als sie den Wald durchschritten und die kleine Lichtung erreichten, auf der sie geschlafen hatten.

»Es ist mehr als das«, sagte der stoische Prinz, der mit verschränkten Armen und Beinen an einem Baum lehnte. Die Nachmittagssonne schimmerte auf seinen tintenschwarzen Federn, während er zum Himmel blickte. »Unsere Vorfahren waren Seraphim, aber *Elyōn* entfernte vier ihrer Flügel, bevor sie auf die Erde fielen, und nahm ihnen den größten Teil ihrer Macht und ihre Unsterblichkeit. Im Himmel gibt es weder die Ehe noch die Notwendigkeit der Fortpflanzung. Als die Verlassenen hierher geworfen wurden, erhielten sie die Möglichkeit, Blutbande zu schließen und Familien zu gründen. Doch die hier geborenen Kinder waren nicht von der Gnade *Elyōns*. Sie entwickelten nur zwei Flügel; daher waren sie keine Seraphim. Man gab ihnen den Namen Celestials, denn sie waren immer noch Nachkommen des Himmels, auch wenn sie dessen nicht würdig waren.« Cassiel seufzte und strich sich die schwarzen Haare aus den Augen, um auf Dynas zu treffen. »Der Unterschied ist einfach. Ich entstamme nicht dem Tor des Himmels. Ich bin im Reich der Sterblichen geboren, so wie du.«

Sie bedachte ihm mit einem sanften Blick. »Dennoch würde ich nicht sagen, dass Ihr des Himmels unwürdig seid.«

Er errötete und sah weg. Ein merkwürdiger Ausdruck lag auf seinem Gesicht, den Zev nicht lesen konnte.

»Ich verstehe, dass Ihr Euch schützen müsst, aber nicht vor uns«, sagte sie. »Möchtet Ihr mir etwas tun?«

Er runzelte die Stirn. »Nein.«

»Dann glaubt mir, wenn ich Euch sage, dass Zev keine Gefahr für Euch ist. Ich möchte, dass ihr zwei euch versteht, und dass es keine Wiederholung der heutigen Geschehnisse gibt.«

Der Prinz rieb sich seinen Nacken. »Wie du wünschst.«

»Danke, Eure Hoheit.«

»Du musst nicht so förmlich mit mir sprechen. Mein Name reicht.«

»Cassiel«, begann sie und zog seinen Blick wieder auf sich. »Wenn wir uns beeilen, erreichen wir Landcaster vielleicht morgen früh.« Sie wandte sich aufgeregt zu Zev. »Und wenn die Gasthäuser nicht belegt sind, können wir dort übernachten.«

Zev lächelte, angesteckt von ihrem Enthusiasmus, bevor er den offensichtlichen Unmut des Prinzen über diese Idee bemerkte. Beim Anblick seiner großen Flügel erinnerte er sich, warum. »Das geht nicht. Keiner darf ihn sehen, Dyna.«

»Es wird schon gehen«, sagte Cassiel.

Zev zog seine Augenbrauen zusammen. »Wie?«

»Ich habe da so meine Mittel.«

»Ich werde es euch beiden überlassen, darüber zu diskutieren«, erwiderte sie. »Nachdem ihr euch beieinander entschuldigt habt.«

Dyna sprach den Spruch in das Tagebuch, bevor sie es Zev übergab und nach Norden in den Wald schlenderte. Er und Cassiel starrten sich gegenseitig an, ehe sie ihr hinterhersahen. Als sie außer Sichtweite geriet, folgten sie ihr schnell.

Zev sah keinen Grund sich zu entschuldigen, schließlich war er derjenige, der verwundet worden war. Weder er noch der Prinz sagten etwas, als sie Dyna durch den Wald folgten, und der Moment verging, ohne dass sich die Gelegenheit dazu bot, über das Geschehene zu reden.

Sie schlugen ihr Nachtlager in der Nähe eines kleinen Teiches auf, der durch das Quaken der Frösche und das Flattern der Libellen belebt wurde. Nachdem sie gegessen und ihre Schlafsäcke ausgebreitet hatten, schlief Dyna sofort ein. Zev zog ihr eine Decke über die Schultern und wickelte sie um sie herum. Die langen Tage der Reise hatten sie erschöpft.

Der Prinz saß wieder auf einem Ast und drehte seine Flöte zwischen den Fingern. Ohne Dyna als Gesprächspartnerin herrschte eine unangenehme Stille zwischen ihnen. Zev seufzte. Sie würden sich immer streiten, wenn sie einander nicht verstanden.

»Ich habe getan, was ich musste, um Dyna zu beschützen«, sagte er mit gesenkter Stimme. Cassiel sah von seinem Ast zu ihm herab, dann zu der schlafenden Dyna. »Sie wollten nicht nur mich töten, sondern auch sie. Das konnte ich nicht zulassen.«

Er war dem Wahnsinn fast erlegen, als er gesehen hatte, was aus dem Rudel geworden war. Der Gedanke, zu Dyna zurückzukehren, war das Einzige gewesen, was ihn bei Verstand gehalten hatte. Er hatte sich verwandeln müssen, um nicht über das Geschehene nachzudenken. Sein Denkprozess und seine Instinkte waren anders, wenn er ein Wolf war. Aber der Geruch von Blut, der sein Fell bedeckte, hatte in seiner Nase gebrannt, egal wie oft er sich gewaschen hatte.

»Du hast recht damit, mich eine Bestie zu nennen«, murmelte Zev. »Denn ich bin eine geworden, um sie zu schützen.«

Der *Andere* mag sie versehentlich beschützt haben, aber er war ein Wesen, das alles tötete, was sich ihm in den Weg stellte. Wäre Dyna auf der Lichtung gewesen, hätte er auch sie zerrissen.

Du bist kein Wolf. Du bist ein Dämon.

Etwas Kaltes fiel in seinen Magen und durchzuckte ihn.

Cassiels Silhouette verschwand in der Dunkelheit, als die Nacht hereinbrach, seine Stimme klang leise in der kühlen Brise. »Werden noch mehr vom Lykos-Rudel kommen, um sich an dir zu rächen?«

Zev hatte im Wald seither Tag und Nacht patrouilliert, aber es hatte keine Spuren gegeben und auch keinen Geruch von umherstreifenden Wölfen. Würden sie ihn holen kommen, nachdem sie das Blutbad gesehen hatten, das er hinterlassen hatte?

»Wahrscheinlich nicht.«

KAPITEL 20

ZEV

Die Nachmittagswanderung durch den Wald verlief ohne weitere Zwischenfälle. Dynas Brummen ließ Zev aufsehen, während sie vorwärtsging und hie und da Blätter pflückte. Die spärlichen Bäume in diesem Teil des Waldes erlaubten es dem Prinzen, über ihnen zu fliegen. Warmes Sonnenlicht zeichnete Muster auf den Teppich aus herabgefallenen Blättern, und der klare blaue Himmel lugte durch die Baumkronen.

Schon wieder hatten sie den Großteil des Morgens mit Schlafen vergeudet. Dieses Mal wegen Zev, da er sich von den gestrigen Geschehnissen hatte erholen müssen.

Sein Wolf schlummerte noch immer tief in seinem Inneren. Es war ein merkwürdiges Gefühl. Die meisten seiner Sinne waren nicht mehr so stark ausgeprägt wie sonst, und er war schwächer, aber ausnahmsweise war das Geflüster in seinem Kopf verstummt. Sein Geist war klarer und leichter – leer ohne diese zusätzliche Präsenz, die er nicht vermisste. Es wäre ein Wunder, wenn der Wahnsinn nicht zurückkehren würde, aber er wusste, dass er es tun würde. Alles, was er tun konnte, war, die Zeit zu genießen, die ihm ohne ihn blieb.

Neugierig, wie weit sie noch von Landcaster entfernt waren, öffnete Zev das Tagebuch, blätterte bis zu der Seite mit der Karte und studierte ihren aktuellen Standort. Cassiel warf einen flüchtigen Blick nach unten und versuchte, über seine Schulter zu schauen. Zev stoppte und hielt ihm das Tagebuch hin. Nach kurzem Zögern landete der Prinz neben ihm und nahm es an. Sein Gesicht leuchtete lila von der eingebetteten Magie des Buches, als er die Karte musterte.

»Ich habe mich immer gefragt, ob die Insel wirklich existiert«, sagte Zev.

»Natürlich existiert sie«, erwiderte Cassiel neutral. Er zögerte, ehe er hinzufügte: »Wir sollten bald in Landcaster ankommen. Ich kenne eine Taverne, in der wir die Nacht verbringen können.«

»Du hast dich schon unter Menschen bewegt?«

»Nur, wenn es nötig war.«

»Aber was ist mit deinen Flügeln? Du könntest entdeckt werden.«

Der Prinz schmunzelte. »Das wurde ich bisher nicht.«

»Ich kann mir nicht vorstellen, dass der König erlauben würde, dass du unter Menschen wandelst.«

»Das würde er wahrscheinlich nicht.«

Zev starrte ihn ungläubig an. »Weiß der Hochkönig, dass du Hilos verlassen hast, um dich uns anzuschließen?«

Er antwortete nicht.

»Diese Reise wird viele Monde dauern, Cassiel. Wir werden erst im nächsten Jahr zurückkehren.«

»Das ist mir bewusst. Ich bin bereits viele Male von Hermon Ridge nach Hilos gereist. Ich weiß, was ich tue.«

Auf den abwehrenden Ton des Prinzen hin ließ Zev die Sache auf sich beruhen. Nach dem zu urteilen, was er gesehen hatte, verband Cassiel und seine Familie nichts außer die königliche Blutlinie. Der Prinz verbrachte lieber Zeit damit, allein durch Urn zu reisen und so zu tun, als wäre es ihm egal, dass er nicht erwünscht war. Was war diesmal sein Grund gewesen, den Schutz des Schlosses zu verlassen?

»Es gibt etwas auf der Insel, das du suchst. Richtig?«, vermutete Zev.

Cassiels Augen, die so hart wie Granit waren, verengten sich. »Es hat nichts mit euch zu tun.«

Zev nahm an, dass er mit seiner Annahme recht hatte. »Was ist in Hermon Ridge? Ich bin noch nie weiter als Landcaster gereist.«

Der Prinz zögerte mit der Antwort und warf ihm einen langen Seitenblick zu. »Ein weiteres Celestial-Reich liegt dort versteckt in den Bergen. Es ist unter der Herrschaft meines Onkels.«

»Oh, das wusste ich nicht.« Die Standorte der vier Reiche waren nur Celestials und ausgewählten Außenstehenden bekannt.

Cassiel gab ihm das Tagebuch zurück. »Niemand darf es erfahren.«

Zev fand Hermon Ridge auf der Karte. Der Berg ragte am nördlichen Ende von Azure empor, etwa eintausendfünfhundert Kilometer von Hilos entfernt. Jetzt, da er die Karte genauer betrachtete, fiel ihm auf, dass das Azure-Königreich nur einen Bruchteil des Landes ausmachte. Der Rest war ihnen allen unbekannt.

»Nachdem wir Urns Sprung verlassen haben, werden wir blind reisen«, sagte Zev. Einer Karte zu folgen, war nicht dasselbe, wie seine Umgebung aufgrund von Erfahrung genau zu kennen. Man konnte nicht sagen, welcher Weg der sicherste oder schnellste war.

»Wir sollten die Dienste eines Guidelanders in Anspruch nehmen«, ertönte Dynas entfernte Stimme. Sie war nirgends zu sehen.

»Dyna?«, rief Zev und suchte unruhig die Umgebung ab.

»Ich bin hier oben.« Sie folgten dem Klang ihrer Stimme zu dem Baum neben ihnen, den sie hochgeklettert war, als niemand von ihnen hingesehen hatte. Dyna stand auf dem höchsten Ast und sah in die Ferne. »Zev, das musst du dir ansehen. Die Aussicht ist unglaublich.«

»Beim Urnengott.«

»Was tust du da?«, frage Cassiel dumpf. »Willst du dir das Genick brechen? Dann bist du auf dem besten Weg.«

»Komm da runter.« Zev eilte zu dem Baum und streckte seine Hände aus, um sie aufzufangen, aber Dyna lachte und begann, herunterzuklettern. »Sei vorsichtig.«

»Landcaster ist ganz in der Nähe«, sagte sie und griff nach einem weiteren Ast. »Wir sind weniger als fünfhundert Meter entfernt.«

»Du musstest keinen Baum hinaufklettern, um das in Erfahrung zu bringen«, erwiderte Cassiel. »Und jetzt pass auf, wo du hintrittst.«

»Ich bin bis zur Spitze hochgeklettert, also schaffe ich es wohl auch, wieder herunterzuklettern.«

Ihr Fuß durchbrach einen brüchigen Ast. Zev schrie auf, als sie fiel, aber Cassiel stürzte sich mit einem Flügelschlag in die Luft und fing sie auf.

»Oh ...« Sie blinzelte ihn an. »Danke.«

»Geht es dir gut?«, fragte er knapp.

Dyna nickte leicht.

Cassiel landete und übergab sie wortlos an Zev. Er schritt davon und murmelte vor sich hin: »Sie ist ein lebendes Unglück. Kein Wunder, dass Menschen nicht lange leben.«

Dyna errötete, als Zev sie stirnrunzelnd absetzte. Er seufzte und rieb sich die Mitte seiner Brust. »Ich bin sicher, ich habe soeben ein paar Lebensjahre verloren.«

»Ich gebe dir ein paar von meinen ab«, sagte sie verlegen, als sie ihren Weg fortsetzten. »Wie ich sagte, wir sollten einen Guidelander anheuern, der uns begleitet. Ihresgleichen verdienen ihren Lebensunterhalt damit, alles über Urn und die umliegenden Kontinente zu wissen. Wir können einen in Landcaster finden.«

Cassiel sah über die Schulter zu ihr. Er öffnete den Mund, wahrscheinlich um sie wieder *dumm* zu nennen, aber stattdessen warf er Zev einen durchdringenden Blick zu.

Dyna war nicht dumm, sondern einfach nur naiv. Sie hatte ihr ganzes Leben in einem Dorf verbracht, das im Großen und Ganzen sicher war. Abgesehen von dem Schatten war sie keiner anderen Gefahr ausgesetzt gewesen, und sie war mit Menschen aufgewachsen, die sie schon ihr ganzes Leben lang kannte. Die Dorfbewohner halfen sich gegenseitig, aber das konnte man vom Rest von Urn nicht behaupten, wo die meisten stahlen und schnorrten, um zu überleben. Anderen von ihrer Karte zur Insel zu erzählen, würde Reliquienjäger,

Diebe und Halsabschneider anlocken, die nicht zögern würden, sie zu stehlen.

»Seht, da ist es«, verkündete sie.

Als sie das Ende des Waldes erreichten, öffnete sich dieser zu einer großen Wiese mit hohem Gras, das sich im Wind wiegte. Dahinter lagen endlose Reihen von Feldern und Brachflächen. Große Holzhäuser und Bauernhöfe breiteten sich in dem mit Schafen gesprenkelten Tal aus. Eine Gruppe von Vorarbeitern auf Pferden führte eine große Kuhherde die Hügel hinunter, und unterhalb der Anhöhe erschien Landcaster. Es war keine große Stadt, aber es herrschte reges Treiben auf den unbefestigten Straßen, die sich bis zum Horizont schlängelten, und die Reisenden kamen und gingen mit ihren Wagen und Karawanen.

Dyna wippte auf ihren Zehen. »Kommt, lasst uns einen Guidelander finden!«

»Warte«, sagte Zev, doch sie eilte bereits über die Wiese.

Der Prinz rollte seine Augen zum Himmel, als würde er von dort um Gnade erbitten. »Geh. Ich werde euch auf dem Markt treffen.« Cassiel zog einen langen dunkelgrauen Umhang aus seinem Rucksack. Er warf ihn über, und sofort verschwanden seine Flügel. Der Umhang legte sich um ihn, als hätte er gar keine.

Zev starrte ihn für einen Augenblick an, unsicher, was er da gerade beobachtet hatte. Aber das konnte er auch noch später in Erfahrung bringen. Er musste Dyna hinterhergehen. Zev joggte den Hügel hinunter und entdeckte sie dort, wo sie an der zertrampelten und verdreckten Straße stehen geblieben war, während sich eine gelbe Karawane vorbeidrängte.

»Dyna, du musst auf mich warten«, brummte er.

»Das habe ich. Wo ist Cassiel?«

»Er wird zu uns aufschließen.«

Sie schlossen sich den Reisenden auf der Straße an, ihre Schritte quietschten in dem dicken Schlamm. Die Straße ging schließlich in Kopfsteinpflaster über, als sie sich der Stadt näherten. Der Name *Landcaster* war auf einem großen Holzschild am Eingang eingraviert.

Zev führte Dyna daran vorbei, und sie mischten sich in das Gewimmel von Menschen, die ihren Geschäften nachgingen. Die malerischen Fachwerkhäuser mit ihren steilen roten Ziegeldächern reihten sich aneinander und säumten die Straßen. Die meisten hatten überhängende zweite Stockwerke, ihre Steinsockel waren mit Kletterpflanzen und Blumengärten geschmückt.

Sie kamen zu einem Handelsviertel, in dem mehrere Straßen zusammentrafen und ein steinernes Denkmal mit dem Bildnis eines unbekannten Adligen umkreisten. Die Bürger drängten sich in den umliegenden Geschäften mit Kleidung und Waren. Wagen klapperten, als sie über das unebene Kopfsteinpflaster rollten, gepaart mit dem Getrappel von Pferdehufen. Kinder rannten vorbei, lachten und spielten im Wasser des Brunnens.

»Komm, Zev.« Dyna zog ihn eifrig in Richtung des überfüllten Marktes und strahlte vor Ehrfurcht.

Er kicherte, als sie von Stand zu Stand huschte und all die Eindrücke in sich aufsaugte. Die Händler verkauften alles, von Getreide bis zu Gewürzen. Zev setzte sich auf eine Bank in der Nähe und ließ Dyna alles erkunden. Er erinnerte sich daran, wie aufgeregt er gewesen war, als sein Vater ihn zum ersten Mal in die Stadt gebracht hatte.

Zev seufzte bei der Erinnerung. Die Stadt hatte sich seitdem verändert. Mehr Häuser waren gebaut worden, mehr Geschäfte hatten sich etabliert und anhand der vielen Menschen zu urteilen, die sich auf den Straßen tummelten, war die Bevölkerung gewachsen.

Zev fragte sich, ob es auch mehr Schmiede in der Stadt gab. Er warf einen Blick auf die Schmiedestraße neben dem Markt und überlegte, ob er bei Ragan vorbeischauen sollte. Er hatte den alten Schmied seit fast sechs Monaten nicht mehr gesehen, und es war an der Zeit, seine Ketten wieder zu verstärken. Dyna war gerade in ein Gespräch mit einer Kräuterfrau vertieft, und so beschloss Zev, eine schnelle Besorgung zu machen.

Er schlenderte durch die von Schmieden gesäumte Straße, lauschte den gleichmäßigen Schlägen der Hämmer und atmete den nach Eisen schmeckenden Rauch ein. Die drückende Hitze der Feuer umgab ihn. Viele Stadtbewohner waren unterwegs, um Anfragen zu stellen oder Aufträge entgegenzunehmen.

Zev erreichte eine bekannte Schmiede. Der alte Schmied dort trug ein Tuch um den Kopf, seine Kleidung war rußverschmiert. Mit einer langen Zange zog er ein geschmolzenes Stück Metall aus der Feuerstelle, und es zischte, als er es zum Abkühlen in einen Brunnen mit Wasser tauchte.

»Ragan«, rief Zev.

Der alte Schmied drehte sich zu ihm um und lächelte ihn breit an. »Ah, ich habe mich schon gefragt, wann du kommen würdest, Junge.«

»Wie geht es Euch, Sir?«

Ragan wischte sich das wettergegerbte Gesicht mit einem Lappen ab und blickte stirnrunzelnd auf die belebte Straße hinaus. »So gut, wie es eben geht. Das Geschäft ist hart, seit es in der Stadt mehr Schmiede als Arbeitskräfte gibt, aber ich kann mich nicht beklagen.«

»Hättet Ihr vielleicht heute Zeit, meine Ketten zu verstärken? Ich gehe auf eine Reise und muss mich vergewissern, dass sie sicher sind.«

»Aye, ich habe heute nicht viel zu tun. Ich werde sie mir ansehen.«

Zev kippte den Inhalt seines Rucksacks auf dem Tresen aus, und die Ketten klirrten. Als er einen kleinen Beutel mit Münzen herauszog, winkte Ragan ihn mit leicht beleidigtem Blick ab.

»Wie oft soll ich es dir noch sagen? Steck deine Münzen weg. Ich schulde deinem Vater etwas dafür, dass er meine Tochter von dem Fieber befreit hat. Nun begleiche ich die Schuld, indem ich mich um seinen Sohn kümmere.«

Zev senkte dankbar seinen Kopf. »Danke.«

»Aye, komm heute Abend wieder, um sie abzuholen.«

Zev wartete, bis sich Ragan umgedreht hatte, steckte die Münzen in die Tasche des Schmieds und verschwand, bevor er es merkte. Er kehrte gut gelaunt auf den Marktplatz zurück, doch als er den Stand der Kräuterfrau erreichte, sank seine Laune in den Keller, denn Dyna war nirgends zu sehen.

»Madam«, rief er der alten Frau zu. »Erinnert Ihr euch an die rothaarige junge Frau, mit der Ihr eben gesprochen habt? Sie ist meine Cousine. Wisst Ihr, wo sie hingegangen ist?«

Die buckelige Kräuterfrau lehnte ihren Kopf zurück, um zu ihm aufzublicken. Ihre weißen Brauen hoben sich auf ihrer Stirn. »I–ich weiß es nicht, Sir. Entschuldigt.«

Zev bahnte sich schnell einen Weg durch die Menge und schnupperte die Luft. Er nahm Dynas Geruch auf und folgte ihm bis zu einer kleinen Brücke, die über eine Wasserstraße führte, die nach etwas Schrecklichem stank. Er konnte nicht atmen, ohne zu würgen. Nach der Dichte ihres Geruchs auf dem Geländer zu urteilen, hatte sie sich hier einen Moment lang aufgehalten. Möglicherweise hatte sie sich zu sehr verirrt, um den Weg zurück zu ihm zu finden.

Endlose Gerüche und Geräusche überfielen Zevs Sinne und brachten seinen Kopf zum Schwirren. Es wäre unmöglich, ihre genaue Spur zu finden, ohne sich zu verwandeln, aber sein Wolf war noch nicht wieder aufgewacht. Er stöhnte frustriert und eilte über den Stadtplatz, wobei er sich jetzt auf seinen Instinkt verließ. Der Abend rückte immer näher. Er musste sie finden, bevor der Ärger sie zuerst fand.

Zev atmete tief ein und versuchte, ruhig zu bleiben. Mit etwas Glück nahm er ihren Geruch wieder auf. Er folgte ihm, drängte sich durch eine vorbeiziehende Menschenmenge und kam hinter zwei Männer, die zügig vorwärtsgingen – der eine war in einen schwarzen Ledermantel gekleidet und sein Begleiter trug einen schwarzen Kapuzenumhang. Der Geruch von Dyna haftete an ihnen, also mussten sie ihr begegnet sein.

Als er näher kam, drehte sich der Kapuzenmann um und zückte einen Dolch, den er unter Zevs Kinn hielt. »Whoa.« Zev hob kapitulierend die Hände, um nicht ein zweites Mal niedergestochen zu werden.

Die Kapuze des Fremden wurde vom Wind verweht und enthüllte sein kurz geschnittenes dunkelbraunes Haar und sein hartes Gesicht, das von spitzen Ohren flankiert wurde. Die Brauen des Elfen saßen tief über seinen bernsteinfarbenen Augen, die ihn mit Desinteresse ansahen. Der Dolch unter seinem Kinn war nur eine träge Warnung, aber Zev hatte keinen Zweifel daran, wie schnell ihm die Kehle durchgeschnitten werden konnte. Elfen waren flink und tödlich. Der mit rotem Metall vergoldete Querbalken des Messers schimmerte im Sonnenlicht. Auf dem Handrücken des Elfen befand sich eine vollkommen runde Narbe, als wäre er gebrandmarkt worden.

Der Begleiter des Elfen drehte sich halb um und blickte verärgert drein. Er war menschlich, groß, hatte kastanienbraunes Haar, das ihm ins Gesicht fiel, und ein kräftiges Kinn, das einen kurzen Bart zierte. Der Mann war ganz in Schwarz gekleidet. Eine Reihe von Messingknöpfen zierte das Revers seines Ledermantels und gab den Blick auf die vielen Messer frei, die an dem gekreuzten Bandelier an seiner Brust befestigt waren. Er bemerkte Zevs Blick und rückte seinen Mantel zurecht, um sie zu verbergen.

»Du bist zu alt, um ein Taschendieb zu sein«, sagte er mit dem azurischen Akzent des Nordens, während seine meergrünen Augen so scharf aufblitzten wie die Klinge an Zevs Hals. »Wie bedauerlich, dass du dir den falschen Mann zum Bestehlen ausgesucht hast.«

KAPITEL 21

VON

Beim Urnengott, Von hatte keine Zeit für so etwas. Der zerlumpte junge Mann, der vor ihm stand, sah aus, als wäre er aus einer Höhle gekrochen, und er roch auch so. Aufgrund der zerrissenen Kleidung hätte man ihn für einen Bettler halten können, aber er war nicht am Verhungern. Er war robust, hatte unansehnliche Narben und eine Wildheit an sich, die Von misstrauisch machte.

»Entschuldigt, Sir, das war nicht meine Absicht«, sagte der junge Mann, wobei die Spitzen seiner Eckzähne aufblitzten. *Also kein Mensch.* »Mein Name ist Zev, und ich suche nach meiner Cousine. Ich glaube, sie ist hier entlanggekommen. Sie hat rote Haare und ist ungefähr so groß.« Er bewegte seine Hand zu seiner unteren Brust, um ihre Größe zu zeigen.

Von studierte ihn noch einen Moment, bevor er entschied, dass seine Sorge echt zu sein schien, und gab Elon ein Zeichen, sich zurückzuhalten. »Aye, ich habe sie getroffen. Sie ist in mich hineingelaufen, bevor sie weiterschlenderte.« Er zeigte Richtung Markt.

»Danke«, meinte Zev, ehe er davonrannte und sich in die Menge mischte.

Woher wusste er, dass sie dem Mädchen begegnet waren?

»Wolf«, erklärte Elon gleichgültig, während er seinen Dolch wegsteckte.

Von hob eine Augenbraue. »Aye?«

Elon sprach selten und wenn er es tat, dann nur aus gutem Grund. Der Elf zog sich die Kapuze wieder über den Kopf und gewährte Von einen Blick auf die Narbe auf seinem Handrücken, wo sich früher die Tätowierung des Red Highlands befunden hatte.

»Woher weißt du das?«, fragte Von.

»Ich habe es gespürt, Kommandant«, sagte Elon in seinem müßigen Ton. »Gestaltwandler-Magie.«

»Hmm ...«

Das Mädchen, mit dem sie zusammengestoßen waren, schien nicht mit einem Werwolf verwandt zu sein. Sie hatte ein liebenswertes Lächeln, das ihn an Yavi erinnerte. Der Gedanke, zu ihr zurückzukehren, ließ Von seine Schritte beschleunigen.

»Die junge Dame ist da lang gegangen.« Elon deutete in die entgegengesetzte Richtung, in die Von Zev geschickt hatte.

»Oh.« Er hatte ihr keine Beachtung geschenkt, nachdem sie sich bei ihm entschuldigt hatte und weitergezogen war. Seine Gedanken waren bei seinem Ziel in dieser Stadt. »Wenn er ein Werwolf ist, wird er sie schon bald von allein finden.«

Sie durchquerten die Stadt und gelangten in eine schmale Straße, die nach abgestandenem Urin und übelriechendem, ranzigem Bier roch. Das Kopfsteinpflaster war glitschig, obwohl es seit Tagen nicht mehr geregnet hatte. Von kräuselte die Nase und vermied es, durch irgendwelche nicht identifizierbaren Pfützen zu laufen. Die Holzhäuser standen dicht beieinander, sodass sich die schattige Straße einsam anfühlte. Gedämpfte Stimmen und Musik drangen durch dunkel gefärbte Fensterscheiben und angelehnte Türen.

An jedem Eingang hingen an korrodierten Ketten geschnitzte Holzschilder mit den Namen der jeweiligen Schenke. Von suchte alle Schilder nach der Aufschrift *Big Valley* ab. Er fand es bei der letzten Schenke, die parallel zu der Hauptstraße lag, die aus der Stadt herausführte. In der Gasse zwischen der Schenke und einer anderen saßen zwei Burschen auf Fässern und warteten auf ihn.

Der Junge mit dem kupferfarbenen Haar, das die gleiche Farbe wie seine fröhlichen Augen hatte, sprang mit einem breiten Grinsen auf. Geon stand stolz in seiner komplett schwarzen Uniform da. Sie war unauffällig, mit einer einfachen Hose und einem Ledermantel, ohne Beschriftung oder Emblem, wie vorgesehen. Mit fünfzehn Sommern war er der jüngste rekrutierte Raider.

»Kommandant Von, Hauptmann Elon. Ihr seid gekommen«, sagte Geon.

»Warum sollte er nicht? Du hast nach ihm geschickt«, erwiderte der andere Junge in seinem selbstgefälligen Magos-Akzent.

Der junge Magier war nur ein Jahr älter als Geon, aber er strahlte eine Arroganz aus, die nicht zu einem Sklaven passte. Dalton strich sich das braune Haar aus den dunklen Augen, stand auf und legte sich seinen Stab auf die Schultern. An einem Ende des Stabes befand sich ein zerklüfteter, orangefarbener Kristall, der von einem kunstvollen Geflecht aus geschnitztem Holz umschlossen war. Die messingfarbenen Armreifen an seinen Knöcheln – ein klares Zeichen der Sklaverei – schimmerten unter seinem bernsteinfarbenen Gewand, als er sich bewegte.

Von verschränkte die Arme vor der Brust. »Ich folge lediglich dem Ruf des Meisters. Der Raider, den ihr ins Lager zurückgeschickt habt, behauptete, ihr hättet eine Heilige Schriftrolle gefunden. Deshalb bin ich gekommen.« Ansonsten hätte er nicht riskiert, sich in der Öffentlichkeit zu zeigen. Es trieben sich hier zu viele Ranger herum, und jeder von ihnen würde ihn mit Freuden an die Azure-Wache ausliefern. »Wo ist sie?«

Geon lächelte ihn verlegen an. »Ah … Nun, wir haben sie noch nicht. Wir haben einen Händler getroffen, der sagte, er hätte eine zum Verkauf. Er wartet drinnen.«

»Er ist hier?«

»Aye, im Schankraum.«

»Er ist ein korpulenter Klotz in schickem Gewand«, fügte Dalton hinzu. »Ihr könnt ihn nicht übersehen.«

»Habt ihr die Schriftrolle gesehen?«

Geon zuckte zusammen. »Nein, Kommandant.«

Von tauschte einen Blick mit Elon und knirschte mit den Zähnen. »Und wie kam es dazu, dass er euch angesprochen hat?«

Der Junge gluckste unbeholfen und kratzte sich an der Wange. »Tja, das war ein lustiger Zufall ...«

Dalton kicherte und stieß Geon mit dem Ende seines Stabes gegen den Kopf. »Dieser kleine Trottel hat damit geprahlt, ein Raider zu sein. Er hat ein Bier nach dem anderen gekippt und sich wie ein Idiot aufgeführt.«

Geon errötete und schlug den Stab weg. »Blödsinn!«

»Ich hab' dich doch gesehen, du Idiot.«

»Verpiss dich!«

Von packte Geon an seinem Mantel und knurrte ihm ins Gesicht: »Ich sollte dich wieder auf die Straße werfen, wo ich dich gefunden habe, Junge. Wenn auch nur, um dein Leben zu retten. Der Meister wird dich töten lassen, wenn er davon erfährt. Keiner darf wissen, dass er in Azure ist. Sein Raider zu sein, hat nichts mit Stolz zu tun. Du sollst ihm dienen und nur ihm, verstanden?«

Geon erblasste. »Aye, Kommandant. Es wird nicht wieder vorkommen.«

Von ließ ihn los und blickte als Nächstes in Daltons grinsendes Gesicht. »Und was hast du getan, als das passiert ist? Dich zurückgelehnt und seine Torheit genossen?« Der schuldbewusste Magier wich seinem harten Blick aus. »Hirnlose Schachköpfe seid ihr. Ständig geratet ihr in Schwierigkeiten. Ich sollte euch Idioten an den Ohren zurück ins Lager schleifen und euch auspeitschen lassen!«

Die Jungen zuckten zusammen und ließen ihre Köpfe hängen.

Von atmete tief durch, um sich zu beruhigen. Wahrscheinlich war das ganze eine Falle, aber die Chance, eine weitere Heilige Schriftrolle zu finden, war zu groß, um sie zu ignorieren.

»Elon und ich werden den Händler treffen. Wenn das ein Hinterhalt ist, wisst ihr, was zu tun ist.«

»Aye, Kommandant«, antworteten sie.

Von nickte Dalton zu. »Hast du sie dabei?«

»Immer.« Der Magier griff in sein Gewand und zog ein Leinenbündel heraus. Er rollte es aus und legte es auf ein Fass. Darin waren mehrere Reihen kleiner Glasfläschchen verschnürt. Jede enthielt ein andersfarbiges Elixier oder schimmerndes Pulver. Er wählte eine Phiole mit schillernden Perlen und hielt sie in die Höhe. »Vater sagt, die sind stark. Jede Perle wirkt für eine Stunde.«

»Ich weiß, wie Wahrheitszauber funktionieren«, brummte Von.

Für Magier waren Zaubersprüche so einfach wie eine Handbewegung, aber Menschen waren auf Tränke angewiesen, wenn sie Magie brauchten. Er ließ den Korken knallen und schob sich eine Perle in den Mund. Sie löste sich schnell auf seiner Zunge auf und schmeckte bitter – wie jede Wahrheit, die schwer zu schlucken war. Ein Kribbeln breitete sich in seinem Mund aus, über die Lippen bis hinunter in die Kehle.

Eine Stunde lang würde die Perle ihm die Macht geben, jedem, mit dem er sprach, Informationen zu entlocken und ihn dazu zwingen, ihm die Wahrheit zu sagen, wenn er eine Frage stellte. Diejenigen, die schwach im Kopf waren, bekamen nicht mit, wenn dieser Zauber bei ihnen gewirkt wurde.

»Ihr beide wartet vor der Schenke, wo ich euch sehen kann«, befahl Von und sah sie ernst an. »Bleibt unter euch. Sprecht mit niemandem.«

Die Jungen nickten und stellten sich an die schmutzigen Fenster der Kneipe. Von und Elon gingen hinein. Der Schankraum war voll mit Menschen, die lebhafte Musik mischte sich in den Chor der Stimmen. Ein Rauchschleier hing in der Luft, es roch nach Schweiß und gebratenem Fleisch. Die meisten Gäste versammelten sich an der Bar. Sie verhöhnten die Frauen, die ihnen Speisen und Getränke servierten, während der Barmann ihre Münzen einsammelte.

Eine Schankfrau, die ihren fleischigen Busen zur Schau stellte, lächelte ihnen zu. Sie balancierte ein Tablett mit Krügen, deren schaumiger Inhalt über die Ränder schwappte. »Setzt euch, wo ihr wollt. Ich komme gleich zu euch.« Sie zwinkerte und ging weiter, um die Getränke zu servieren.

Es gab keine freien Tische mehr. Während er zwischen den Gesichtern nach dem Händler suchte, entdeckte Von jemanden in einer dunklen Ecke des Raumes, der sie beobachtete. Der einsame Fremde saß still im Schatten und trug einen zerschlissenen Umhang in der Farbe des Waldes. Die Kapuze verbarg den größten Teil seines Gesichts, bis auf seinen Mund und die losen Locken seines langen blonden Haars. Elon bemerkte ihn ebenfalls, und obwohl sich sein Verhalten nicht änderte, spürte Von, wie seine Vorsicht zunahm.

»Grünelf«, informierte Elon ihn.

Der Fremde trug kein Kennzeichen, das bewies, dass er aus dem Greenwood-Königreich stammte, aber Von nahm seinen Gefährten beim Wort. Ob das Ärger bedeutete, verriet Elon nicht, was bedeutete, dass er sich noch nicht entschieden hatte. Der Hauptmann war ein Rotelf, der einst im Dienste des Red Highland-Königreichs gestanden hatte, bevor er verbannt worden war. Obwohl Elon jung aussah, schätzte Von, dass er weit über ein Jahrhundert alt war, also konnte er nicht sagen, wie lange das her war.

Meistens endete das Zusammentreffen von Rot- und Grünelfen mit Blutvergießen. Der zerbrechliche Frieden zwischen den beiden Königreichen hing an einem dünnen Faden, der nur darauf wartete, zerschnitten zu werden. Doch der Grünelf schaute weg und nippte weiter an seinem Getränk, scheinbar nicht an einer Konfrontation interessiert.

Von nahm die Suche nach dem Händler wieder auf und begegnete dem fragenden Blick eines Mannes in einer Brokatweste, deren Knöpfe über dem Bauch spannten. Er saß allein in der gegenüberliegenden Ecke im hinteren Teil des Raumes.

»Pass auf die Tür auf«, sagte Von zu Elon, dann bahnte er sich einen Weg durch die Menge zu dem Tisch. Er zog einen Stuhl hervor und setzte sich dem molligen Mann gegenüber.

»Oh, gut. Ich habe schon befürchtet, es würde niemand kommen.« Der Mann lächelte unbehaglich, während er sich den Schweiß von seinem fettigen Kopf wischte. Seine rote Haut leuchtete unter den Laternen, die von den freiliegenden Dachsparren hingen.

»Ich nehme an, du bist der Händler?«, fragte Von und aktivierte den Wahrheitszauber. Der Mann erschauderte, als die Magie auf ihn wirkte.

»Ja.« Da war keine Regung in seinem Gesicht – ein gutes Zeichen, dass er sich des Zaubers nicht bewusst war. »Mein Name ist…«

»Keine Namen.« Von lehnte sich nach vorn und hielt seine Stimme gesenkt. »Hast du sie?«

»Ja.« Der Händler griff hinter seinen Stuhl. Von spannte sich an und bewaffnete sich mit einem Messer unter dem Tisch. Der Mann holte ein zylindrisches Etui aus dunklem Leder hervor. Eine Kappe verschloss sie, und an beiden Enden war ein loser Trageriemen befestigt. Er stellte den Koffer auf den Tisch und hielt ihn mit einer fleischigen Hand fest. »Sie ist hier drin.«

»Warum hast du die Jungen angesprochen?«

»Sie haben den Namen ihres Meisters erwähnt. Ich habe von anderen Händlern gehört, dass er alle Heiligen Schriftrollen kauft, die er finden kann, und ich habe gerade eine im Angebot.«

Von knackte mit den Kiefern. Er musterte den Mann und untersuchte sein Gesicht auf Anzeichen einer Täuschung. »Ist das eine Falle?«

»Nein«, antwortete der Händler, ohne zu zögern.

Von nickte und lehnte sich auf seinem Stuhl zurück. »Wo hast du die Schriftrolle gefunden?«

»In Yamshal. Ein altes, heruntergekommenes Dorf am Rande der Mirage-Wüste. Sie gehörte einer mittellosen Frau.«

»Gehörte?«

»Ich habe sie an mich genommen.«

»Du hast sie gestohlen, meinst du.« Nicht, dass Von in der Position war, die Moral anderer Leute zu beurteilen. »Warum?«

Der Mann zuckte mit den Schultern. »Ich habe hohe Glücksspielschulden und zu viel Zeit in verrufenen Häusern verbracht. Ich muss mich mit den Banken gut stellen, sonst werden sie den Rest meines Vermögens beschlagnahmen.«

»Und was ist mit der Frau?«

»Sie lag im Sterben. Die Schriftrolle hätte ihr nichts mehr genützt.«

»Hatte sie Familie?«

»Ja.«

»Was ist aus ihr geworden?«

»Ich bin gegangen, ehe ich es herausfinden konnte.«

Von verzog angeekelt den Mund. »Du bist ein mieser, kleiner Bastard, mhm?«

Der Händler grinste, als wäre das ein Kompliment. »Integrität ist mir völlig egal. Mir geht es nur darum, meinen Reichtum zu erhalten.« Er sagte das mit einer solch gefühllosen Arroganz, dass der Wahrheitszauber vielleicht gar nicht nötig gewesen wäre. »Der Wert einer Heiligen Schriftrolle ist vergleichbar mit Gold«, fuhr der Händler fort. »Und ich weiß, dass Tarn ziemlich viel davon hat.«

Von rammte sein Messer in den Holztisch und knurrte ihn an. »Hüte deine Zunge.«

Der Mann wich zurück und kauerte sich zusammen. »J–ja, entschuldigt.«

Mit einem Blick auf die Umstehenden versicherte sich Von, dass niemand gehört hatte, wie der Name seines Meisters laut ausgesprochen worden war. Der Lärm im Raum hatte ausgereicht, um den Händler zu übertönen.

»Gib das her.« Er griff nach dem Etui. »Wenn ich herausfinde, dass du versucht hast, mich mit einer gefälschten Schriftrolle zu betrügen, wirst du nicht mehr am Leben sein, um dich um alte Schulden zu kümmern.«

»Sie ist echt, das schwöre ich. Ich habe sie überprüfen lassen.«

»Das werde *ich* beurteilen.«

Der Zauber garantierte zwar, dass er die Wahrheit sprach, aber wer konnte schon sagen, dass der Gutachter nicht gelogen hatte?

Von vergewisserte sich, dass niemand zusah, zog ein Paar Lederhandschuhe an, die er aus seinem Mantel hervorholte, und öffnete den Deckel des Koffers. Er kippte seinen Inhalt auf dem Tisch aus, und ein aufgerolltes Pergament rutschte mit einem Rinnsal aus Sand heraus. Vorsichtig entfaltete er das Pergament, wobei er darauf achtete, die brüchigen Ränder nicht zu beschädigen. Es war glatt, von der Zeit abgenutzt. Die verblasste Schrift der alten Sprache, die während des Ersten Zeitalters gesprochen worden war, füllte die zarte, verwitterte Seite. Von erkannte sie leicht, denn er hatte gesehen, wie Yavi Stunden damit verbracht hatte, ähnliche Dokumente zu übersetzen.

Die Schriftrolle war echt. Der Meister würde erfreut sein.

Yavi hatte ihm einmal erzählt, dass die Heiligen Schriftrollen mehrere Geheimnisse der Grundlagen der Welt enthielten, wie die Schlüssel zu den Sieben Toren und die Quintessenz des Lebens.

Wie viele davon noch existierten, war unbekannt. Nur dass die Schriftrollen einst in Tempeln aufbewahrt worden waren, die dem Urnengott im ganzen Land geweiht waren, ehe man sie vor Jahrhunderten zerstört hatte. Von unternahm Ausflüge in die ganze Welt, um die verbliebenen Schriftrollen zu finden.

Der Meister begehrte vor allem zwei Dinge: die Heilige Schriftrolle mit dem Geheimnis des Unendlichen und das Mädchen aus der Prophezeiung – die Erwählte, die ihn zu dem Ort führen würde, an dem das Unendliche aufbewahrt wurde.

Mount Ida.

Wahrsagerei, Prophezeiungen und jegliche andere Art der Weissagung hielt Von für Unsinn. Er wollte und konnte den prophetischen Worten, die sie von der berühmten Seherin vom Feenberg erhalten hatten, keinen Wert beimessen. Aber sein Meister glaubte an sie, und so suchte er seit Jahren nach der jungen Frau. Von hatte mehr Glück bei der Suche nach Heiligen Schriftrollen. Doch keine hatte bisher das Geheimnis des Unendlichen enthalten.

Diese hier wahrscheinlich auch nicht.

Er legte die Schriftrolle zurück in das Etui. »Ich nehme sie.«

»Fabelhaft.«

»Wer sonst weiß davon?«

Der Händler lehnte sich auf seinem Stuhl zurück und legte seine verschränkten Hände auf seinen Bauch. »Ich habe einen Makler in Corron. Er war meine Absicherung, sollte unser Handel nicht zustande kommen.«

Von machte sich eine mentale Notiz, Nachforschungen über diesen Makler anzustellen. Er konnte nicht riskieren, dass jemand Tarns Aufenthaltsort herausfand. »Und wie viel willst du für die Schriftrolle?«

Ein langsames, teuflisches Grinsen spaltete die runden Wangen des Mannes. »Nun, das Kopfgeld auf Euren Meister beträgt zehntausend Goldstücke. Ich denke, das klingt nach einem fairen Preis, oder?« Die Drohung blieb ungesagt, doch sein Standpunkt war klar.

Von lächelte gezwungen. »Siehst du meinen Gefährten da drüben?« Er bewegte sich auf seinem Stuhl zur Seite und nickte Elon zu, der sie unter seiner schattigen Kapuze beobachtete. Von winkte ihn heran. »Er wird dafür sorgen, dass du dein Gold erhältst.«

»Toll.« Der Händler erhob sich taumelnd, als sich Elon näherte.

»Er soll gut bezahlt werden«, sagte Von zu ihm.

Der Elf nickte einmal. Von wusste, dass er ihr leises Gespräch in dem belebten Raum gehört hatte. Elfen hatten ein feines Gehör, was sie zu hervorragenden Spionen machte.

»Es war mir ein Vergnügen. Guten Tag«, meinte der Händler. Er folgte Elon zu einer Hintertür, die in die Gasse hinter der Kneipe führte.

Von seufzte, riss sein Messer aus dem Holz des Tisches und steckte es weg. Sie konnten nicht riskieren, den Händler am Leben zu lassen. Das Risiko, dass jemand von Tarns Anwesenheit in Azure erfuhr, war zu groß. Elon war ein schneller Henker; der Mann würde nicht leiden.

Die Schankfrau kehrte zurück und stellte einen Krug vor ihn auf den Tisch. »Bitte sehr, mein Hübscher. Ich dachte, du könntest ein Bier gebrauchen.« Sie strich ihre dunklen Locken über die nackten Schultern – eine offensichtliche Einladung. »Du siehst ein wenig erschöpft aus. Wir haben oben Zimmer, falls du einen Ort brauchst, um dich zu erholen.«

Von legte seine Beine auf den Tisch und überkreuzte die Knöchel. Er schnippte eine einzelne rostrote Münze durch die Luft, die mit einem Klirren auf ihrem Tablett landete. Auf der Kupfermünze war das Siegel von Azure eingeprägt, ein verwobener, siebenzackiger Stern. »Für das Bier. Mehr nicht.«

Die Bardame schnaubte und ging zu einem anderen Tisch mit willigeren Männern.

Von nippte an dem gewürzten Bier und fand, dass es nicht schlecht war. Auf jeden Fall besser als das Gesöff, das sie im Lager getrunken hatten. Über den Rand seines Bechers hinweg bemerkte er, dass der Grünelf ihn wieder beobachtete.

Es war ungewöhnlich, Grünelfen in Urns Sprung zu sehen, denn das Tal der Elfen lag im Westen, jenseits des Sächsischen Meeres. Die meisten Elfen, die sich in Azure herumtrieben, waren verbannte Soldaten, die wie Elon ihre unvergleichlichen Fähigkeiten einsetzen wollten. Sie dienten entweder als Spione oder Wächter für reiche Lords oder als Kopfgeldjäger für das Azure-Königreich. Daher konnte jedwede Aufmerksamkeit von diesem Mann kein gutes Zeichen sein.

Der Blick des Elfen wanderte zu dem Neuankömmling, der durch die Vordertür hereinkam. Es war die junge Frau, die Von auf dem Marktplatz getroffen hatte – die, nach der der Werwolf gesucht hatte. Sie schaute sich ängstlich, aber auch ein wenig neugierig in dem Schankraum um.

Die Gäste bemerkten sie sofort. Sie hatte ein weiches und hübsches Gesicht, aber ihr Kleid war schmutzig und die Ärmel zerrissen. Der Saum ihres Unterrocks war mit Schlamm bedeckt, und ihre Röcke wiesen Flecken auf, die wie altes Blut aussahen. Der Lärm im Raum verstummte und alle Augen richteten sich auf sie, als sie sich der Bar näherte.

Sie wandte sich an den Barmann, ihre helle Stimme klang klar und deutlich durch den stillen Raum. »Guten Abend, Sir. Könntet Ihr mir vielleicht helfen? Ich habe mich auf dem Markt verirrt und bin auf der Suche nach...«

Ein lasziges Grinsen breitete sich auf dem Gesicht des alten Mannes aus. »Wenn du nicht auf der Suche nach Arbeit bist, solltest du besser verschwinden, Kleines.«

Sie ließ ihren Blick durch den Raum schweifen. Erst jetzt nahm sie die Männer wahr, die sie anzüglich begafften, und ihre Wangen färbten sich rosa. Ein Gast beugte sich auf seinem Hocker vor und kniff sie in den Schenkel. Sie sprang nach hinten und stieß mit einem anderen Betrunkenen zusammen, der sie auf seinen Schoß zog. Das Mädchen kreischte entsetzt auf und stürzte nach draußen, als der Raum in schallendes Gelächter ausbrach.

Von grinste vor sich hin und trank den letzten Schluck seines Getränks aus. Sie schien nicht von hier zu sein. Die junge Frau verweilte vor den Fenstern und sah sich unsicher um, als wüsste sie nicht, was sie tun sollte. Geon und Dalton beäugten sie mit schüchternem Grinsen. Sie überlegten nur eine Sekunde, bevor sie sich ihr näherten. Von stöhnte verärgert auf. Er hatte den beiden Idioten gesagt, sie sollten mit niemandem sprechen.

Dalton verbeugte sich schwungvoll vor der jungen Dame, wahrscheinlich um sich ihr extravagant vorzustellen, wie er es immer tat, um Mädchen zu beeindrucken. *Ich bin Dalton aus dem Hause Slater, ein Magier der Erdgilde.*

Doch statt Interesse zu zeigen, erbleichte sie. Die junge Frau antwortete schnell und machte einen kurzen Knicks, bevor sie versuchte, zu gehen. Dalton versperrte ihr mit seinem Stab den Weg. Er schnippte mit den Fingern und zauberte mit glitzernder Magie eine Lilie hervor, die er ihr anbot. Sie schüttelte den Kopf und wich zurück.

Dalton lachte, als ob sie nur schüchtern wäre, aber sobald er ihren Arm packte, verwandelte sich seine Belustigung in schockierte Wut. Er brüllte etwas Unverständliches, und das Mädchen schrie zurück. Geon versuchte, sie voneinander zu trennen, aber der Magier traf ihn mit einem Strahl orangefarbener Essenz, der ihn aus dem Blickfeld schleuderte.

Von erhob sich. Vorsichtig, um keine Aufmerksamkeit auf sich zu ziehen, hängte er sich den Riemen des zylindrischen Koffers über die Schulter und machte sich schnell auf den Weg zur Tür. Der Grünelf, der das Geschehen ebenfalls durch sein Fenster beobachtet hatte, tat das Gleiche. Von tat so, als würde er ihn versehentlich anrempeln, wodurch er fast gegen die Wand geschleudert wurde.

»Oh, entschuldigt«, sagte er höflich, während er dem Elfen half, sich aufzurichten. »Ich muss zu meinen Brüdern und sie zur Vernunft bringen. Kaum sehen sie ein hübsches Mädchen, vergessen sie ihre Marineren.«

Ungewöhnliche türkisfarbene Augen blickten unter der Kapuze des Elfen hervor. Das Licht der Laterne fiel auf das luxuriöse Schwert, das er an seiner Hüfte trug. Auf dem Knauf befand sich das Siegel von Greenwood, eine *Dynalya*-Blume in voller Blüte. Der Elf nickte steif und trat zur Seite, um ihm den Weg frei zu machen.

Von vergewisserte sich, dass er ihm nicht folgte, und trat nach draußen.

»Lass mich los!«, kreischte das Mädchen und versuchte, sich von Dalton loszureißen.

Geon, der noch immer auf dem Boden lag, stöhnte auf. »Hör auf, Dal, du tust ihr weh.«

Dalton riss die junge Frau an ihrem Arm hin und her. »Wie konntest du entkommen? Du bist doch von der Sonnengilde, nicht wahr? Zu welchem Haus gehörst du?«

Sie schüttelte den Kopf. »Lass mich gehen! Ich gehöre nicht zum Magos-Imperium!«

»Lügnerin! Ich bringe dich dorthin, wo du hingehörst!«

»Dalton«, bellte Von. »Was tust du da?«

Geon rappelte sich auf, seine qualmenden Haare standen ihm zu Berge. »Er ist nicht bei Verstand, Kommandant.«

»Sie ist eine Zauberin«, knurrte Dalton. »Ich habe ihre Essenz gespürt. Sie gehört nach Magos und nicht nach Azure, schon gar nicht auf freiem Fuß.«

Die junge Frau hob ihr Kinn. »Ich bin keine Zauberin, und du wirst nicht über mich bestimmen, Magier. Ich wurde frei geboren und werde auch weiterhin frei sein.«

Mit einem raschen Tritt gegen sein Schienbein brach sie seinen Griff. Dalton jaulte auf und hüpfte auf einem Bein, während er das andere festhielt. Von musste an sich halten, bei ihrem grimmigen Blick nicht zu lächeln. Sie hatte Mumm.

»So ein Unsinn«, schnauzte Dalton. »Der Magierkodex besagt, dass eine Zauberin niemals einen Fuß außerhalb von Magos setzen darf.«

Von hob eine Augenbraue. »Warum?«

Dalton errötete und zuckte wegen seines Fehlers zusammen. Das Magos-Imperium behielt seine Geheimnisse gern für sich, aber Von wusste von seiner abscheulichen Kultur und der Diskriminierung, die die Frauen dort erfuhren. Und die zierliche Rothaarige anscheinend auch.

»Du kommst mit mir.« Dalton versuchte erneut, sie zu greifen.

Von hielt ihn zurück. »Lass sie in Ruhe oder ich werde dir das Fell über die Ohren ziehen.«

»Ihr habt kein Recht, Euch einzumischen«, zischte er. Der junge Magier hatte sich ihm noch nie widersetzt, doch als seine Augen mit dem Kristall an seinem Stab zu glühen begannen, schlich sich Bosheit auf sein Gesicht. »Sie ist eine Zauberin. Sie gehört uns.«

Von verpasste Dalton eine so harte Rückhand, dass dieser zu Boden ging. Der Magier starrte ihn fassungslos an und hielt sich die gerötete Wange. Es war das erste Mal, dass Von ihn geschlagen hatte, aber es reichte aus, um ihn aus dem Zustand zu reißen, in dem er sich befunden hatte. »Bewegt eure Ärsche zurück ins Lager.«

Geon salutierte eingeschüchtert. »Aye, Kommandant.«

Dalton warf dem Mädchen einen verächtlichen Blick zu, als ob er sich wirklich um etwas betrogen fühlte, das ihm gehörte. Von hätte ihm am liebsten wieder eine geknallt. Was für ein unsinniges Gedankengut wurde den Leuten in Magos eingetrichtert?

»Na los, geht schon!« Die Burschen huschten davon. Als sie weg waren, wandte sich Von an das Mädchen. »So sieht man sich wieder. Ist alles in Ordnung mit Euch?«

Sie rieb sich den Bluterguss an ihrem Unterarm und schenkte ihm ein müdes Lächeln. »Ja, ich danke Euch, Kommandant.«

»Von reicht völlig aus.« Er neigte den Kopf zur Begrüßung.

»Ich heiße Dyna«, sagte sie und knickste vor ihm. Sie verriet nicht ihren Familiennamen, genauso wie er.

»Es ist mir ein Vergnügen. Kurz nach unserer Begegnung traf ich einen jungen Mann, der behauptete, Euer Cousin zu sein.«

Sie stöhnte. »Das war Zev. Er macht sich bestimmt Sorgen. Ich habe versucht, ihn zu finden, aber ich hätte bleiben sollen, wo ich war.«

Dyna blickte zu den wenigen Reisenden, die die Stadt verließen. Die untergehende Sonne färbte das Kopfsteinpflaster in ein goldenes Orange.

»Aye. Nun, es wird bald dunkel. Ihr solltet Euch nicht hier draußen herumtreiben«, meinte er zu ihr. »Und das da ist kein Etablissement für eine respektable Lady.«

»Danke für Eure Freundlichkeit, Sir, aber ich sollte hier warten. Wenn ich weiter durch die Stadt irre, wird das Zev nur noch mehr verwirren. Er wird mich finden.«

Von nickte und wandte sich zum Gehen. »Na schön, dann wünsche ich noch einen schönen Abend.«

»Kommandant.« Dyna kaute auf ihrer Lippe, während sie einen Blick auf die dunkler werdenden Straßenecken warf und ihre Arme um ihren Oberkörper schlang. »Wenn ich Euch weiter stören darf: Würde es Euch etwas ausmachen, mir Gesellschaft zu leisten, während ich warte? Wenn es nicht zu viele Umstände macht.«

Von warf einen Blick in die Gasse, in der Elon lauerte. Sie sollten zum Lager zurückkehren. Er war ein gesuchter Mann und riskierte mit jeder Sekunde, die er hier war, erkannt zu werden.

»Ich hätte nicht fragen sollen«, sagte sie, als er zögerte. »Geht ruhig, ich komme schon zurecht.«

Aber er konnte Dyna nicht alleinlassen, schon gar nicht vor einer Schenke. In der Nähe von betrunkenen Männern konnte es zu Problemen kommen, und sie sah bereits verängstigt aus. Wenn Yavi hier wäre, würde sie erwarten, dass er dem Mädchen Gesellschaft leistete.

»Ich werde mit Euch warten.« Er tat so, als hätte er ihren erleichterten Seufzer nicht gehört.

»Danke.«

»Kein Problem. Ich helfe gern.« Von ließ sich an der schimmeligen Wand der Schenke nieder. »Also, wo kommt Ihr her?«

Dyna erschauderte und antwortete prompt: »Ich komme aus North Star, einem abgelegenen Dorf in den Zafiro-Bergen.«

Oh. Von hatte vergessen, dass der Wahrheitszauber noch immer wirkte. Er hatte nicht beabsichtigt, ihn zu verwenden, aber er war neugierig genug auf die junge Frau, dass er mehr über sie herausfinden wollte.

»Ist das so?«, fragte Von. »Mir war nicht bewusst, dass dort ein Dorf ist.«

»Es ist versteckt.« Dyna runzelte die Stirn und berührte ihre Lippen, offensichtlich besorgt darüber, was sie preisgegeben hatte. Bevor er sich weiter darüber wundern konnte, lächelte sie unverfänglich. »Kommandant, ich kenne mich in dieser Stadt nicht aus. Wisst Ihr zufällig, wo ich einen Guidelander finde?«

»Nein, tut mir leid. Wollt Ihr zu einer Reise aufbrechen?«

»Ja«, antwortete sie sofort.

»Nur mit Eurem Cousin als Begleitung?«

»Und einer weiteren Person.« Die Worte kamen nun gezwungener und gegen ihren Willen. Ihre Verwirrung verwandelte sich in Misstrauen. Dyna war schlauer, als sie aussah, und würde bald merken, dass er sie verzaubert hatte.

Von fuhr fort, bevor sie den Zauber durchschaute: »Ist dies das erste Mal, dass Ihr durch Urn reist?«

»Ja.«

»Ich verstehe. Und wohin wollt Ihr, dass Ihr einen Guidelander braucht?«

»Mount Ida...« Dyna keuchte und schlug sich die Hand vor den Mund, ihre Augen weiteten sich vor Entsetzen.

Ein Schock durchfuhr Von, als sie nach hinten stolperte, um von ihm wegzukommen. Er richtete sich mit einem zweifelnden Lächeln auf, denn er war sich sicher, dass er nicht richtig gehört hatte. »Was hast du gesagt, Mädchen?«

Sie schüttelte den Kopf und stolperte rückwärts. Der Sonnenuntergang breitete sich mit überirdischer Anmut über ihr aus. Ihre roten Locken leuchteten wie tanzende Flammen im Wind, ihre grünen Augen funkelten wie helle Edelsteine.

Die Worte der Seherin hallten in seinem Kopf wider: »*Suche die Erwählte mit Smaragden als Augen und Locken aus Feuer ...*«

Von erstarrte, als ihn ein eisiger Schauer durchlief.

Das war er.

Der Moment, von dem er nicht hatte glauben wollen, dass er kommen würde.

Alle Hoffnung, die er für die Zukunft hatte, verpuffte. Die Welt stürzte ein, der Boden brach unter ihm zusammen und warf ihn in ein elendes Meer des Grauens. Es zog ihn in seine dunklen Tiefen, während alles, wonach er sich sehnte, außerhalb seiner Reichweite an die Oberfläche schwamm.

Das hätte nicht passieren dürfen. Die Weissagung sollte nicht echt sein. Es musste ein schrecklicher Scherz des Schicksals sein, also tat Von das Einzige, was er in diesem ungläubigen Moment tun konnte.

Er lachte.

KAPITEL 22

VON

Vons verrücktes Lachen hallte in der Gasse wider. Was sonst sollte er tun, als darüber zu lachen? Seine Welt glitt ihm durch die Finger und wurde ersetzt mit einer Realität, vor deren Eintritt er sich seither gefürchtet hatte. Ein angestrengtes Lächeln zeichnete sich auf Dynas Gesicht ab, ihre Hände fummelten an dem Riemen ihrer Tasche herum. Sie machte einen weiteren Schritt zurück, bereit zu rennen. Von überlegte, ob er sie gehen lassen würde, wenn sie es tat. Ein anderer dunkler Gedanke legte nahe, dass er sie jetzt töten sollte.

Wie konnte ein so kleines, süßes Ding das Ende von allem sein?

Er wurde hellhörig, als sich Schritte näherten. Die junge Frau wandte sich auf den Ruf ihres Namens hin ab. Von schloss sich Elon an, und sie bewegten sich zu der Gasse, die hinter der Reihe der Schenken begann und an beiden Enden zu der Hauptstraße führte. Es stank nach Müll, Unrat und Scheiße. Ein kleines Rinnsal im Boden führte die Abwässer die Straße hinunter, wo sie sich im Kanal außerhalb der Stadt absetzten.

Von schloss seinen Mantel und hielt sich die Nase zu. Er drückte sich an das Ende der Mauer und achtete darauf, kein Geräusch zu machen, während Elon in den schattigen Tiefen der Gasse herumlungerte. Neben ihm lehnte der Händler an einem Stapel Fässer – den Hals verdreht, die Augen leer.

Die beiden männlichen Stimmen, die sich mit Dyna stritten, hallten in der leeren Gasse wider.

»Wir haben die ganze Stadt nach dir abgesucht, dummer Mensch«, schnappte eine kühle Stimme.

»E–es tut mir leid.«

»Nenn sie nicht so, Cassiel«, mischte sich eine andere Stimme ein. Diese kam ihm bekannt vor. Sie gehörte zu dem Wolf namens Zev. »Dyna, geht es dir gut? Bist du verletzt?«

»Nein, aber ich ... habe einen Fehler gemacht.«

Von zückte ein Messer und benutzte die flache Seite als Spiegel, um auf die Straße zu sehen. Das Bild war verzerrt und trüb, aber er erkannte Zevs hochgewachsene Gestalt, als er Dyna vom Eingang der Schenke wegführte und in seine Richtung ging. Ein eine andere Person blieb dicht hinter ihm. Von duckte sich weiter hinter einen Stapel zerbrochener Kisten, und Elon zog sich in die angrenzende Gasse zurück.

Dynas Begleiter blieben kurz vor der Gasse stehen; ihre langen Schatten waren von Vons Position aus zu sehen. Einer war groß, einer schlank und einer klein.

»Was ist passiert?«, fragte Zev.

»Ich ... habe jemandem von Mount Ida erzählt.«

»Warum?«, fragte Cassiel geschockt.

»I–ich weiß es nicht! Die Worte kamen wie durch Zauberhand von meinen Lippen.«

»Was meinst du?«, wollte Zev wissen. Frustration und Sorge schwangen in seiner Stimme mit. »Wem hast du davon erzählt?«

»Einem Mann namens Kommandant Von, aber er ist gegangen. Wahrscheinlich hat er mir nicht geglaubt. Er hat gelacht.«

»Das klingt zwar lächerlich, aber vielleicht lauert er noch in der Nähe«, sagte Cassiel. »Kannst du seine Fährte aufspüren, Zev?«

Von versteifte sich. Ein Werwolf würde ihn leicht finden. Er hatte noch nie gegen einen gekämpft, aber er wusste, wie gefährlich seinesgleichen sein konnte. Er umschloss das Messer fester und machte sich kampfbereit.

Nach einem Moment würgte und hustete Zev. »Ich kann nichts riechen außer den Abfällen.«

Einen erleichterten Seufzer unterdrückend, bedankte sich Von in Gedanken für die Abwässer, die an ihm vorbeiflossen.

»Er hat erwähnt, dass ihr euch begegnet seid«, meinte Dyna. »Er war der Mann vom Stadtplatz.«

»Welcher Mann?«

»Jemand, den sie im Vorbeigehen getroffen hat«, antwortete Zev.

»Hast du ihm von der Karte erzählt?«, fragte Cassiel als Nächstes.

Von hielt den Atem an. *Karte?*

»Nein, habe ich nicht«, versicherte sie ihnen.

Zev atmete schwer aus. »Wir können uns glücklich schätzen, dass nichts passiert ist. Das ist alles meine Schuld. Ich hätte nicht weggehen dürfen. Von jetzt an bleibst du bei uns.«

»Wir können nur hoffen, dass dir der Mann nicht geglaubt hat, wer auch immer er war.«

»Der Kommandant schien mir kein schlechter Mensch zu sein«, meinte Dyna. »Er war nett zu mir.«

»Das bedeutet nichts«, erwiderte Cassiel kühl. »Wir können nicht riskieren, uns hier weiterhin aufzuhalten. Hoffentlich reichen unsere Vorräte bis zur nächsten Stadt. Corron ist nur vier Tage von hier entfernt.«

Zevs Schatten bewegte sich weg von den anderen. »Bring sie aus der Stadt raus. Ich werde euch finden.«

»Wo gehst du hin?«

»Es gibt da noch etwas, das ich erledigen muss.« Das war alles, was er sagte, bevor er davonjoggte.

Cassiel brummte, als er in Vons Blickfeld geriet. Er hatte ein markantes Gesicht, das fast zu strahlen schien. Dyna folgte ihm, als eine Gruppe Betrunkener vorbeikam. Sie hielten an, um ihr nachzurufen, und baten darum, nach ihm drankommen zu dürfen.

Cassiel schob sie hinter sich. »Ich werde das nur einmal sagen«, knurrte er den Männern mit tiefer Stimme zu. »Geht.«

Dieses einzige Wort versprach Gewalt, aber Von bezweifelte, dass er Dyna gegen so viele verteidigen könnte. Betrunkene Männer neigten dazu, dreist zu sein und manchmal Dinge zu tun, die sie bei klarem Verstand nicht tun würden. Er hatte das oft genug gesehen und wollte eingreifen, aber die Betrunkenen gingen glucksend weiter.

Cassiel lehnte sich gegen die groben Ziegel der Gassenwand und rieb sich das Gesicht. »Du ziehst Ärger magisch an, hm?«

Dyna zuckte zusammen. »Bitte seid nicht wütend, Prinz Cassiel.«

Von hob seine Augenbrauen über diese neue Erkenntnis. *Er ist ein Prinz?*

Der junge Mann stöhnte und rieb sich die Schläfen. »Ein Unglück jagt das nächste. Kannst du versuchen, nicht so leichtsinnig zu sein? *Bitte.* Das ist ein Wort, das ich nicht oft sage. Und hör auf, mich so zu nennen, verdammt noch mal!«

»Ja, *Cassiel*«, sagte sie mit einem Lächeln in der Stimme. Von hatte das Gefühl, dass Dyna das nicht wirklich versprechen konnte. Wenn sie nur wüsste, in welchen Schwierigkeiten sie bereits steckte.

»Zev sagt zwar, dass das alles seine Schuld sei, aber du warst diejenige, die allein losgezogen ist«, schnauzte Cassiel sie an.

»Vergib mir. Als er verschwunden ist, habe ich versucht, ihn auf eigene Faust zu finden, aber ich war zu fasziniert von Landcaster, um auf meine Umgebung zu achten.«

Der Prinz schnaubte. »Ich verstehe nicht, was du an dieser dreckigen Stadt so toll findest. Sie stinkt nach Pisse und Scheiße.«

Von musste ihm zustimmen. Er hatte schon bessere Orte gesehen.

Dyna lachte, und der erfreute Ton hallte in der Gasse wider. »Es gibt einen schönen Kanal, der mitten durch den Platz führt, hast du das gesehen?«

»Das ist das Abwassersystem ...«

»Und hier leben so viele Menschen! Es müssen um die tausend sein.«

»Wohl kaum«, erwiderte Cassiel. »Langsam frage ich mich, wie es in deinem Dorf aussehen muss.«

»Eines Tages werde ich dich dorthin bringen, aber zuerst musst du mir Urn zeigen. Die Dorfältesten, die North Star im Sommer verlassen, kehren immer mit den unglaublichsten Geschichten zurück.«

»Ist das so?«, fragte er. Sein Ton schwankte zwischen leichtem Spott und Desinteresse.

»Ja!«, bekräftigte sie aufgeregt. »Sie haben von den azurischen Minen erzählt, in denen pulverisierte Saphire den Boden bedecken und wie Ozeane glitzern. Und von den schelmischen Feen des Phantasma Moors, die tanzen und singen, wenn man ihnen neue Kleider näht. Sogar von dem großen Zug im Westen, der vom Sächsischen Meer bis zum Dragon Canyon fährt.« Ein Lächeln schlich sich auf Dynas Lippen, und Von folgte ihrem Blick zu der Mischung aus sattem Orange und Violett, die den Abendhimmel überzog. »Es gibt so viel, was ich gern sehen würde.«

Das Mädchen war ein Abbild der Unschuld und alles Reinen in der Welt. Von schluckte die Übelkeit in seinem Magen hinunter, denn er wusste, dass sie nicht lange überleben würde. Nicht hier und schon gar nicht jetzt, da er wusste, wer sie war.

»Nun, dann vergewissere dich, dass ich bei dir bin, bevor du umherziehst«, antwortete der Prinz, wobei seine Worte viel sanfter waren als die, die er zuvor zu ihr gesprochen hatte. Er legte einen Finger um den Riemen ihrer Tasche und zog sie nah zu sich heran – zu nah. Sie musste den Kopf heben, um ihm in die Augen zu sehen. »Die Welt ist tückisch«, murmelte er, »und wenn du nicht aufpasst, wird sie dich verschlingen, Dynalya.«

Cassiel schien sich der Situation bewusst zu werden und machte einen Schritt zurück. Einen Moment lang waren sie unbeweglich und still, bis Dyna nach Luft schnappte, ihn herumwirbelte und ihm auf den Rücken klopfte.

Er drehte sich zu ihr um. »Was tust du da?«

»Wo sind sie?«, fragte sie verwirrt. »Wohin sind sie verschwunden?«

»Nirgendwohin.« Er schritt davon.

»Ich verstehe das nicht.« Sie eilte ihm nach. »Was hast du mit ihnen gemacht?«

Ihre Stimmen verklangen, als sie die Straße hintergingen, die aus Landcaster herausführte. Von verließ die Gasse und starrte Dyna hinterher, als sie mit ihrem Prinzen in der Dämmerung verschwand.

Elon trat aus den Schatten. »Sie ist die Erwählte, Kommandant.«

»Ja, das ist mir bewusst. Danke«, schnappte Von. Die ganze Sache wühlte ihn auf. Ihre Existenz ließ seine schlimmsten Ängste wahr werden.

»Soll ich ihnen folgen?«

Dyna jetzt zu fangen, wäre einfach. Der Werwolf war weg, und der andere wäre keine Herausforderung für sie. Wenn es irgendeine Chance gab, sich Dyna zu schnappen, dann war es genau jetzt.

»Nein«, sagte Von. »Wir müssen vorsichtig sein. Kehre zum Lager zurück, während ich Bericht erstatte.«

Elon ging nicht, und Von spannte sich an. Der Elf stand unter seinem Kommando, aber er diente letztlich Tarns Interesse und wurde dafür gut bezahlt.

»Kommandant«, warnte Elon ihn und sah an ihm vorbei.

Von hörte den schnellen Rhythmus von Hufschlägen auf der Straße und drehte sich um. Er sah eine Gruppe von Rangern in marineblauen Gehröcken, die auf Pferden auf sie zuritten. An ihren Revers leuchteten Messingabzeichen mit den Insignien von Azure.

»Scheiße.« Von schlüpfte zurück in die dunkle Gasse und verfluchte das Schicksal.

»Sucht jedes Haus und jede Gasse ab!«, rief ein Ranger, als die Pferde in die Schenkenstraße galoppierten. »Versperrt die Ausgänge! Der Händler sagte, er würde hier sein.«

Von sah zu dem toten Händler zu seinen Füßen. Also war es am Ende doch eine Falle gewesen. Wie war es ihm möglich gewesen, zu lügen?

»Verleugnung«, beantwortete Elon seine stumme Frage. »Indem er die Pläne für den Hinterhalt nicht kannte, konnte er ihn leugnen.«

Von fluchte wieder. Er verwendete Wahrheitszauber, um unnötiges Blutvergießen zu verhindern, aber vielleicht musste er sich von nun an auf andere Methoden verlassen.

Er zückte ein weiteres Messer, und Elon zog lautlos sein Schwert aus der Scheide. Von übernahm die Führung und sprintete die Gasse hinunter. Drei Ranger stürmten durch die angrenzende Gasse und entdeckten sie sofort.

»Bleibt stehen, im Namen des Königs!«

Von holte aus und stieß einem Angreifer sein Messer tief ins Herz. Er sprang über den Körper und stach dem zweiten in den Bauch. Der dritte Ranger holte mit seinem Degen aus. Von duckte sich unter der zischenden Klinge hindurch, kam hinter dem Ranger hervor und schlitzte ihm die Speiseröhre auf. Der Mann gurgelte, Blut spritzte aus seinem Mund, bevor er zusammenbrach.

Fünf weitere Ranger kamen angerannt.

Elon warf seinen Umhang ab. »Geht, Kommandant. Ihr werdet woanders gebraucht.«

Von zögerte, ihn zurückzulassen, aber der Elf stellte sich den Männern mit seltener Freude entgegen. Die Ranger zückten ihre Degen und riefen Befehle zur Kapitulation, aber es würde keine geben. Nicht heute.

Elon flitzte wie ein schwarzer Geist zwischen den Männern hindurch, parierte und wich Angriffen mit unglaublicher Geschwindigkeit aus. Sein Schwert glitzerte zwischen den Körpern in Blitzen aus Stahl und Blut und schaltete die Gegner so schnell aus, wie sie kamen. Ihre Schreie lockten weitere Männer an, die aus allen Richtungen in die Gasse strömten.

Von spürte mehr, als dass er sah, wie der Elf Essenz aus der Atmosphäre zog.

Elon hob sein Schwert in gerader Linie zu seinem Gesicht und murmelte: »*Ogap'maler.*«

Wilde Blitze sprühten aus seinen Händen und wickelten sich in spiralförmigen Ranken um die Klinge. Der Elf rannte auf die Ranger zu, stürzte sich in die Luft und ließ sein Schwert nach unten sausen. Es schlug mit einem ohrenbetäubenden Knall auf dem Boden auf. Stromstöße schossen in gewaltigen Wellen nach außen.

Von sprintete vor den Explosionen und erschütternden Gebäuden davon und duckte sich tief. Die Reste der elektrischen Magie knisterten in seinem Rücken. Die Schreie der Sterbenden verfolgten ihn, selbst als er die Gasse in Richtung Stadt verließ.

Von schlich durch die Dunkelheit und mied die Laternen, die die verlassenen Straßen säumten, als er auf die Schenke namens *Smithton* im noblen Teil von Landcaster zusteuerte. Das imposante Steingebäude war drei Stockwerke hoch und hatte gewölbte Fenster. Durch die Eingangstür betrat er die Schenke, in der es viel ruhiger als im *Big Valley* war. Die glatten Holzböden schimmerten unter den Kronleuchtern, Treppen mit eisernen Spindeln flankierten die Wände der Taverne und führten zu den Unterkünften in den oberen Etagen. Dunkle Holztische verteilten sich im Schankraum. Es gab nur eine Handvoll Gäste, und alle hatten sich in private Ecken verzogen, wo Diener ihnen feine Speisen und Getränke auf polierten Tabletts brachten.

Der Meister saß an einem Tisch in einer schattigen Nische. Die scharfen Konturen von Tarns Gesicht waren unter seinem weißblond Haar nicht leicht zu erkennen. Ein paar Strähnen verdeckten einen Teil der entstellten Narbe, die diagonal von seiner rechten Stirn über den Nasenrücken bis zum linken Ende seines Kiefers verlief. Ein makelloser anthrazitfarbener Mantel mit gekerbtem Revers und silbernen Knöpfen umrahmte seine schlanke Gestalt.

Zwei weitere Männer saßen bei ihm, lachten und tranken, während sie Karten mischten. In der Mitte des Tisches schimmerte ein Stapel Goldmünzen. Tarn nippte an einem Becher und warf ein paar weitere Münzen auf den Haufen. Die Männer tauschten ein verschwörerisches Grinsen aus und gaben ihre Einsätze dazu. Sie hielten Tarn für einen wohlhabenden Herrn Anfang dreißig, der unerfahren und sorglos mit seinem Geld umging. *Wenn sie wirklich wüssten, wer dieser Mann ist, würden sie es nicht wagen, sich an seinen Tisch zu setzen,* dachte Von.

Er trat hinter sie und warf einen Blick auf ihre Karten. Jede war wunderschön und mit dem Siegel eines urnischen Königreichs bemalt worden. Das Spiel bewertete die Reiche je nach Größe, Reichtum und Armee unterschiedlich. Die beiden Spieler hatten passende Paare gebildet. Sie spielten gut genug, um zu gewinnen – nicht, dass sie es tun würden.

Von näherte sich der Seite seines Meisters und verbeugte sich. Tarn schnippte müßig mit den Fingern und erlaubte ihm, sich zu erheben. Er warf einen Blick auf die zylindrische Kiste. Von nickte und bestätigte, dass sie eine weitere Heilige Schriftrolle ergattert hatten. Doch dann bemerkte Tarn die Blutspritzer auf Vons Mantel und sah ihn mit seinen eisblauen Augen an, die ihn an einen gefrorenen See erinnerten – bodenlos und eiskalt. Von erschauderte unter seinem Blick.

Er beugte sich vor und flüsterte: »Wir hatten Ärger mit den Rangern.«

Tarn nippte an seinem Becher. »Grund?«

»Es war eine Falle.«

»Du hättest nicht so lange draußen herumlungern dürfen.«

»Ich wurde aufgehalten, Meister.« Von holte Luft und fügte hinzu: »Ich habe die Erwählte gefunden.«

Tarns Lächeln war so kalt wie der Rest von ihm.

Die beiden Spieler legten ihre zehn Karten ab. Tarn warf seine über den Tisch und deckte ein passendes Set auf, das die fünf großen Königreiche des Landes darstellte: den siebenzackigen Stern von Azure, die Dynalya-Blume von Green-wood, die Dünen von Harromog Modos, den feuerspeienden Drachen von Xián Jīng und das Triaden-Symbol, das die drei Gilden des Magos-Imperiums darstellte.

Die Männer sahen finster drein.

Der eine mit dem Bart schlug seine Hand auf den Tisch. »Es ist unmöglich, alle fünf zu haben. Du hast uns verarscht!«

Tarn trank einen Schluck. »Habe ich das? Oder seid ihr einfach zu inkompetent, um zu gewinnen?«

Der Mann sprang auf. Tarn trat den leeren Stuhl zwischen ihnen beiseite und kickte dem Mann die Füße weg, sodass er mit dem Gesicht auf die Tischkante stürzte und mit einem üblen Knacken aufschlug. Er schrie auf, Blut floss aus seiner gebrochenen Nase. Sein Freund erhob sich ebenfalls und holte mit einem Dolch aus, aber Von packte den Arm des Mannes und verdrehte ihn hinter seinem Rücken, bis es hörbar knackte. Ein markerschütternder Schrei hallte in der stillen Stube wider, gefolgt von dem dumpfen Aufprall des Dolches auf dem Boden.

Von schlug sein Gesicht auf den Goldhaufen. »Er hat diese Runde fair gewonnen, aye?«

»Aye«, stammelte der Mann, den Mund voller Münzen.

Von warf ihn neben seinen Begleiter. Die Bediensteten schenkten ihnen kaum Beachtung. Das musste ein gewöhnlicher Vorfall sein.

»Noch eine Runde?«, fragte Tarn, während er die Karten mischte.

Die Spieler wichen zurück, ihre blassen Gesichter waren blutig und zerschlagen. Von gab ihnen mit einem Nicken zu verstehen, dass sie gehen sollten. Sie schnappten sich ihre Habseligkeiten und verließen fluchtartig die Taverne.

Tarns kalter Blick fiel wieder auf ihn. »Bist du sicher, dass sie es ist? Ich habe die Schnauze voll von Gerüchten und falschen Fährten.«

Von senkte den Kopf und antwortete leise: »Ihre Beschreibung trifft auf die der Seherin zu. Haare wie Feuer und Augen wie Smaragde.« Das waren keine ungewöhnlichen Merkmale, aber es bestand kein Zweifel daran, wie Dyna im Sonnenuntergang auf ihn gewirkt hatte – und es gab noch andere Hinweise. »Sie hat den Schlüssel, wie es vorausgesagt wurde. Und ich habe ihre Gefährten reden gehört. Angeblich haben sie eine Karte, die zu Mount Ida führt.«

Tarns Gesichtsausdruck änderte sich nicht, aber Von spürte seine Zufriedenheit. »Sie ist in Begleitung, sagst du? Von den Wächtern?«

»Möglich.«

»Wie viele?«

»Zwei, es könnten mehr sein. Die Ranger haben uns daran gehindert, ihnen zu folgen.«

Tarn musterte ihn. Von achtete darauf, die Fassung zu bewahren, und zwang sich, sich nicht wegen der Lüge zu verkrampfen. Es hatte die Chance gegeben, sie zu verfolgen, doch er hatte sie verstreichen lassen.

»Sende die Spione aus.«

Er versuchte, seine Erleichterung zu verbergen. »Ja, Meister. Erlaubt mir, Euch zum Lager zu begleiten. Nach dem heutigen Tag wird sich die Kunde von Eurer Rückkehr in ganz Azure verbreiten.«

Tarn bedeutete einem Diener, mehr Wein zu bringen. »Wie bist du entkommen?«

»Durch den Hauptmann.«

»Dann wird er sich heute Abend um alle anderen Probleme kümmern. Geh. Du weißt, was zu tun ist.«

KAPITEL 23

DYNALYA

Die Silhouette von Landcaster verschmolz mit der Nacht – trotz des schwachen Kerzenlichts, das von den Fenstern glitzerte, und des gestreuten Mondlichts, das über die Dächer rieselte. Ein nervöser Schweißfilm legte sich über Dynas Haut. Der Schauer, der ihr über den Rücken lief, hatte nichts mit der kühlen Brise zu tun, die die Blätter zum Rascheln brachte.

Zev hatte gesagt, sie sollten auf ihn warten. Warum war er gegangen? Er wusste, dass sie es nicht aushielt, allein in der Dunkelheit zu sein.

Nun, sie war nicht allein. Neben ihr lehnte der schweigsame Celestial-Prinz gegen einen Baum, die Arme vor der Brust verschränkt und ernst in Richtung der Stadt blickend.

»Sollen wir ein Feuer machen?«, fragte sie und bemühte sich, ihr Unbehagen zu verbergen.

Er richtete seinen Blick auf sie. »Es wäre zwecklos. Wir werden nicht hier übernachten.«

Dyna rieb sich über die Arme und biss sich auf die Unterlippe. Sie hörte den anklagenden Unterton in seiner Stimme. Er war verärgert über den Fehler, den sie gemacht hatte, aber es war keine Absicht gewesen, den Zielort ihrer Reise zu verraten. Die Worte waren ihr irgendwie entrissen worden. Sie hatte keine Erklärung dafür.

Wie lange würde Zev noch brauchen?

Die Schatten wuchsen und dehnten sich in dem Wald aus, wo sie warteten. Im Laub lauerten Gestalten, die sie beobachteten. Nein, da war niemand. Es war nur ihre unbegründete Angst. Aber die Dunkelheit war alles verzehrend.

Dyna kniff ihre Augen zusammen, kauerte sich auf die Fersen und schlang die Arme fest um sich. *Er kann mich nicht verletzen. Er kann mich nicht erreichen. Ich bin allein.*

Sie stellte sich vor, wie sie in der Höhle unter dem *Hyalus*-Baum außerhalb von North Star ausgeharrt hatte. Der leuchtende Baum war das Einzige gewesen, was sie in dieser Nacht vor dem Schatten geschützt hatte.

»Ist dir kalt?«

Dyna zuckte zusammen, als sie Cassiel plötzlich vor sich sah. Er neigte den Kopf, und sie nickte steif. Ihre Arme kribbelten, und sie zitterte.

»Vielleicht ein kleines Feuer?«, presste sie hervor. Alles, um Licht ins Dunkel zu bringen.

Der Prinz trat einen Schritt nach hinten und zog sein Schwert, weiße Flammen züngelten auf der Klinge. Dyna schrie auf, wich vor der Hitze zurück und fiel hintenüber.

Cassiel hob das Schwert und rammte es in die Erde. »Hier.«

Das breite Band der Flamme schnitt durch die Dunkelheit und vertrieb alle sich anschleichenden Schatten.

Sie seufzte erleichtert auf und genoss die Wärme des Schwertes. »Das wird reichen.«

Cassiel kramte in seinem Rucksack, zog seinen verzauberten Umhang heraus, den er benutzt hatte, um seine Flügel zu verbergen, und legte ihn ihr unerwartet um die Schultern. Er hatte ihn ausgezogen, sobald sie die Stadt verlassen hatten. Sie war sich nicht sicher, ob er es wegen ihrer ständigen Fragerei oder wegen des Unbehagens, seine Flügel eingesperrt zu wissen, getan hatte. Eine Brokatjacke ruhte nun auf seinem Körper. Sie war so schwarz wie sein Haar und mit goldenen Stickereien verziert.

»Danke«, murmelte sie und kuschelte sich in den großen Umhang. Das feine Material kam ihr bekannt vor. Es war glatt und mit etwas ausgekleidet, das sich wie Samt anfühlte. Der Stoff trug Cassiels überirdischen Duft an sich, den Dyna einfach einatmen musste.

Sie schob ihre Arme unter den Umhang und streckte sie hinter sich aus. Wo sie die Rückseite des Mantels hätte spüren sollen, war stattdessen endloser Raum, als würde sich eine unermessliche Höhle unter dem Stoff verstecken.

Sternenstaub.

Das war alles, was Cassiel als Erklärung abgegeben hatte. Dyna hatte in Azerans Tagebüchern über Sternenstaub gelesen. Es war ein Zauber in Mineralform, den die Magier geschaffen hatten, um grenzenlosen Raum zu erschaffen, wo er gebraucht wurde. Es war ziemlich clever von Cassiel, ihn auf seiner Kleidung zu verwenden, um seine Flügel zu verbergen. Mit dem Mantel hatte er fast wie ein Mensch ausgesehen.

Der Prinz ließ sich in sorgsamem Abstand zu ihr nieder. Er mochte es nicht, berührt zu werden, das hatte sie bereits bei ihrer ersten Begegnung gemerkt. Hatte das einen besonderen Grund oder fand er sie einfach nur abstoßend?

Eine Stille legte sich über sie, während Dyna beobachtete, wie sich die Feuerblüten um das Schwert drehten. Die Wurzeln der Flammen hatten die Farbe von Kobalt. Sie berührten die Klinge nicht, gleichzeitig spürte Dyna die enorme Hitze. Eine Waffe aus Heiligem Feuer, die dazu bestimmt war, Dämonen zu vernichten.

Was würde sie gegen Menschen ausrichten?

Sie sah zu dem Prinzen und bemerkte, dass sein gedankenverlorener Blick auf die Flammen gerichtet war. Dieses Licht unterschied sich von dem trüben, orangefarbenen Schein eines Lagerfeuers. Das weiße Feuer hob alle Dunkelheit auf und vertrieb sie. Es milderte die scharfen Konturen von Cassiels Gesicht und hob das schwache Leuchten hervor, das von seiner Haut ausging. Einen Moment lang konnte sie fast sehen, wie er als Junge ausgesehen hatte:

engelsgleiche, weiche Augen, ein Mund, der einen Hauch von Lachen verriet. Sie blinzelte, und das Bild verschwand.

Er erwischte sie beim Starren, und schnell sah Dyna weg. »Woher kommen die Heiligen Waffen?«

»Ich denke, die Antwort ist offensichtlich.«

Richtig. Solche Dinge wurden nicht von Menschenhand geschaffen.

»Heilige Waffen werden *Neshek Hael* genannt«, sagte Cassiel. Die beschwingten Worte ließen ein warmes Gefühl in ihr aufsteigen – so wie damals, als König Yoel den wahren Namen des Urnengottes ausgesprochen hatte. *Elyōn.*

Dyna versuchte, sie zu wiederholen, doch scheiterte.

Ein leichtes Zucken von Cassiels Lippen verriet seine kaum verhohlene Belustigung. Er sagte die Worte noch einmal, wobei er jede Silbe langsam aussprach. »Neh-shek Ha-el.«

»Ist das die Sprache der Celestials?«

»Es ist die Sprache des Himmels.«

Die Enthüllung ließ sie kurzzeitig verblüfft zurück. »Und was bedeutet es?«

»›Mit seiner Göttlichkeit bewaffnen.‹ Eine allgemeine Übersetzung. Die ersten wahren Heiligen Waffen, die von *Elyōn* geschmiedet wurden, enthielten blaues Feuer. Einige wurden mit den ersten Seraphim herabgebracht, aber sie werden unter Verschluss gehalten. Sie sind zu wertvoll und zu mächtig in ihrer Schöpfung, um im Reich der Sterblichen eingesetzt zu werden.«

Aber woher kamen dann die Schwerter mit dem weißen Feuer?

»Wir mussten ohne sie auskommen«, antwortete Cassiel auf ihre stumme Frage. »Wenn ein celestisches Kind alt genug ist, um sich im Kampf zu üben, wählt es seine Waffe aus, die daraufhin von den Schmieden in den gesegneten Feuern von…«

Er brach abrupt ab, und sein Gesichtsausdruck wurde abweisend. Ihr Gespräch verlief so mühelos, dass er im Begriff gewesen sein musste, einen anderen Ort der vier Reiche zu verraten. Hermon Ridge – der nördliche Berg, den Cassiel gegenüber Zev erwähnt hatte

– war einer davon. Vielleicht hatte er es ihrem Cousin wegen des Abkommens verraten, weil er wusste, dass Zev nie darüber sprechen konnte. Dyna war sich nicht sicher, inwiefern sich das von ihrer königlichen Immunität unterschied, aber sie ging nicht weiter darauf ein. Sie kannte zwar einige celestische Geheimnisse, aber es war besser, wenn sie nicht alle kannte.

»Hat dein Schwert einen Namen?«, fragte sie, um das Thema zu wechseln. »Jedes gute Schwert hat eins.«

»Nein«, antwortete er viel zu schnell. Röte breitete sich auf seinem Gesicht aus.

Sie lächelte verschmitzt und rückte näher zu ihm heran. »Du lügst! Verrate ihn mir.«

»Nein.«

»Warum? Ist er ein Geheimnis?«

Er wurde noch röter und sah weg. So frei hatte sie ihn noch nie erlebt. Sie wartete und fragte sich im Stillen, was für ein Name ihn so erröten lassen könnte.

Cassiel verdrehte seine Augen, als er ihr Grinsen sah, und räusperte sich. »*Lahav Esh.*«

»Was bedeutet das?«

Die Frage blieb in der peinlichen Stille hängen, während der Prinz am Ärmel seiner Jacke zupfte. Dyna schwieg und wartete.

»Feuerschwert«, murmelte er so leise, dass sie es fast nicht hörte. Als sie ihn ausdruckslos anstarrte, wanderte die Röte in seinem Gesicht weiter zu seinem Hals. »Ich erhielt meine Heilige Waffe im Alter von acht Jahren. Nicht gerade kreativ, ich weiß.«

Ein Kichern entschlüpfte ihr, bevor sie es hinter ihrer Hand unterdrückte. Cassiel warf ihr einen milden Blick zu.

»Nun, ich mag ihn. Ein Schwert, das seinem Namen gerecht wird.« Sie unterdrückte ein weiteres Lachen, das nur als sanfter Scherz gemeint war.

Der Prinz kratzte sich am Kopf und zuckte mit den Flügeln. Die rötliche Farbe blieb in seinen Wangen. Da Cassiel sonst eher steif und kühl war, fand Dyna es sehr charmant, dass er wegen irgendetwas in Verlegenheit geraten konnte.

»Was ist mit deinem Arm passiert?«, fragte er plötzlich.

Der Ärmel des Umhangs war verrutscht und hatte einen Teil des Blutergusses freigelegt. Bevor sie etwas erwidern konnte, schob Cassiel den Stoff weiter hoch und legte ihr geschwollenes Handgelenk frei.

»Ähm, es gab ein paar Probleme ...«

Seine Miene verdüsterte sich mit einer Wut, die dafür sorgte, dass ihr die Worte im Hals stecken blieben. Doch was auch immer er sagen wollte, blieb ungesagt, als es plötzlich im Gebüsch raschelte. Cassiel sprang auf und riss gleichzeitig seine Waffe aus dem Boden.

»Ich bin es«, brummte Zev, der in den Schein des weißen Lichtes trat. »Ihr wart ziemlich leicht zu finden. Ich konnte euch von der Straße aus sehen. Steck das Ding weg. Ich bin jetzt hier.« Er sagte den letzten Teil, während er Dyna ansah.

Sie nickte, um ihm zu zeigen, dass es ihr gut ging. Ihr Gespräch mit dem Prinzen hatte sie abgelenkt.

Cassiel steckte sein Schwert in die Scheide. Die Dunkelheit umhüllte sie erneut und vertrieb jegliche Wärme. »Was war so wichtig, dass du zurück in die Stadt gegangen bist?«

»Ich musste einen alten Freund sehen«, sagte Zev und kam schnell an Dynas Seite. Seine Antwort half ihr, sich nicht auf ihre Angst zu konzentrieren.

Was für ein Freund? Er hatte keine Freunde in der Stadt, von denen sie wusste, abgesehen von ... Oh.

Das Klappern seines Rucksacks, als er sie tiefer in den Wald führte, zeigte ihr, dass sie recht hatte. Zev war zu Ragan gegangen.

»Was meintest du damit, es gab Probleme?«, fragte Zev und lenkte die Aufmerksamkeit zurück auf Dyna.

Cassiel sah sie erwartungsvoll an. Auch Zev wartete auf eine Antwort. Dyna versuchte, ihre Hand zu verstecken, aber er bemerkte es, hielt sie fest und schob ihren Ärmel hoch. Er knurrte, und seine Augen blitzten.

»Wer hat das getan?«, fragte Zev. Seine grollende Stimme verriet, dass sein Wolf wieder erwacht war.

Sie wollte ihnen nichts von ihrer Begegnung mit Dalton erzählen. Cassiel kannte die Gepflogenheiten des Magos-Imperiums nicht, aber Zev schon. Er würde den jungen Magier jagen, um sie zu beschützen, und das war keine Last, die sie seinem Gewissen aufbürden wollte.

»Es ist nichts.« Dyna entzog sich ihm. »Zwei junge Männer wollten meine Bekanntschaft machen.«

Als ein Knurren aus Zevs Kehle drang und Cassiels Blick mörderische Züge annahm, wusste sie, dass sie genau das Falsche gesagt hatte. Die Aussage war viel zweideutiger, als sie beabsichtigt hatte.

»Wann ist das passiert?«, wollte der Prinz wissen. »Vor der Schenke?«

Zev hielt ihr Handgelenk an seine Nase und atmete tief ein, wobei er Daltons Duft auf ihrer Haut wahrnahm. Er machte sich auf den Weg in die Stadt.

»Zev.« Dyna packte ihn am Arm. Sie war nicht stark genug, um ihn zu stoppen, dennoch hielt er sofort inne. Sein erster Instinkt war es immer, sie zu beschützen. Seine Augen, die auf Landcaster fixiert waren, glühten in der Nacht. Sein Wolf war mit voller Kraft zurückgekehrt und wollte jede Bedrohung auslöschen. Sie spürte es an der Art und Weise, wie seine Glieder vibrierten, in dem Bedürfnis, sich zu verwandeln. »Es waren nur zwei Jungs.«

»Alter ist keine Entschuldigung für so ein Verhalten«, sagte Cassiel, als würde er sie ebenfalls suchen wollen.

»Wir müssen gehen«, erinnerte sie die beiden. »Hier ist es nicht sicher, wie ihr selbst gesagt habt.«

Zev rieb sich über das Gesicht und zwang sich, sich umzudrehen. »Aye, das wäre das Beste.«

»Kannst du dich verwandeln?«, fragte der Prinz ihn.

Zev spannte seine Hand an, woraufhin Krallen aus seinen Fingern wuchsen und Fell aus seinen Armen spross. Er nickte.

»Gut. Ich schlage vor, du übergibst deinem Wolf das Kommando und wir reisen die ganze Nacht. Wir müssen so viel Abstand zwischen uns und diese Stadt bringen wie möglich.«

»Aber zu Fuß kannst du nicht mithalten.«

Cassiel blickte zum Himmel hinauf, wo eine starke Bö an einem Wolkenschleier zerrte. Seine großen Flügel entfalteten sich hinter ihm, die Federn flatterten in der Brise. »Es ist eine gute Nacht, um zu fliegen.« Sein Blick fiel auf Dyna, und er musterte sie von Kopf bis Fuß. »Du wiegst nicht viel. Das sollte kein Problem sein.«

Was meinte er damit? Wollte er sie etwa *tragen*?

Als er den Schock in ihrem Gesicht sah, hob er eine Augenbraue. »Ist es die Höhe, vor der du dich fürchtest?«

Sofort wurde ihr flau im Magen. Beide Male, als Cassiel mit ihr geflogen war, war es aus der Not heraus geschehen. Er hatte ihre Nähe absichtlich gemieden, wann immer es möglich war, aber jetzt bot er ihr freiwillig an, sie zu tragen? Der Gedanke, ihm so nahe zu sein, ihn die ganze Nacht zu umarmen, löste ein unerklärliches Gefühl in ihr aus.

»Es ist ziemlich hoch«, quietschte sie.

Amüsement zeichnete sich auf seinem Gesicht ab, auf dem niemals ein Lächeln zu sehen war. »Ich werde dich nicht fallen lassen.«

»Fliegen wäre viel schneller«, fügte ihr Cousin hinzu, während er seine Tunika auszog.

Dyna klatschte in die Hände und ignorierte den Sturm an Gefühlen, der in ihr tobte. »Na schön.«

Zev verschwand hinter ein paar Büschen, um sich seiner restlichen Kleidung zu entledigen, und kam zurück als Wolf. Sobald sie ihr Gepäck mit einem Seil auf seinem Rücken befestigt hatten, das Cassiel hergestellt hatte, waren sie so weit.

»Wir treffen uns in Elms Nook. Es ist ein Waldgebiet hundertzwanzig Kilometer östlich von hier.«

Ihr Cousin konnte so viel Strecke in einer Nacht zurücklegen, aber Dyna war sich unsicher, ob das auch für den Prinzen galt. Er machte jedoch nicht den Eindruck, als wäre er darüber besorgt.

Zev schmiegte sich zum Abschied kurz an ihre Schulter, dann verschwand er im Wald. Die Ketten in seinem Rucksack klimperten bei jedem Schritt. Dyna betete, dass ihm nichts passieren würde.

»Behalte den Umhang«, sagte Cassiel. »Du wirst ihn brauchen.«

Er fixierte ihn an ihren Schultern und stellte sicher, dass er ihre Beine bedeckte. Der lange Umhang fiel über ihre Füße, sammelte sich auf dem Boden und schirmte die frostige Luft größtenteils ab. Cassiels grazile Finger schlossen jeden Knopf und schnallten den Gürtel zu. Sie schaute zu ihm auf, während er arbeitete, und wusste nicht, was sie von dieser unerwarteten Aufmerksamkeit halten sollte.

Sobald der Stoff sie vollends umhüllte, stellte er den Kragen um ihren Hals auf. Der Rand seiner Hand streifte ihr Kinn und hinterließ dort, wo er sie berührt hatte, ein leichtes Kribbeln. Sie konnte nicht anders, als zu erschaudern. Cassiel trat einen Schritt zurück und rieb sich die Hand, als wolle er das Gefühl beseitigen.

Der übergroße Umhang war vielleicht nicht nur ein Mittel, um sie vor der Kälte zu schützen, sondern auch ihn vor ihr.

Der Prinz betrachtete sie und zog die Augenbrauen zusammen. »Wir müssen dringend dafür sorgen, dass du lernst, dich zu verteidigen.« Die Art und Weise, wie er es sagte, klang wie ein Gedanke, den er ungewollt laut aussprach. »Bereit?«

Dyna nickte, ihr Herz flatterte in ihrer Brust. Ohne den Blick von ihm abzuwenden, nahm sie ihren Mut zusammen und schloss die Lücke zwischen ihnen wieder. Er stand still da und überlegte – oder vielleicht wartete er darauf, dass sie den ersten Schritt machte. Langsam schlang sie ihre Arme um seinen Hals. Er atmete tief ein, seine Hände legten sich zögernd und leicht auf ihre Taille. Es waren viele Schichten zwischen ihnen, und doch pulsierte Wärme dort, wo sie sich durch den Stoff berührten.

»Ich bin bereit«, flüsterte sie.

Cassiel ging in die Hocke, und ihr Herz klopfte, als er sie von den Füßen hob. Dyna schmiegte sich in seine Arme. Sie waren stark, und der Mann, der sie hielt, gab ihr Sicherheit. Mit weit ausgebreiteten Flügeln spannten sich seine Muskeln unter ihr an, seine Beine stützten sie. Er blickte auf, und eine seltene Erregung trat auf sein Gesicht.

»Halt dich fest«, murmelte er sanft an ihre Wange. Es war ihre einzige Warnung.

Sie schossen in den Himmel.

Dyna atmete scharf ein, als der eisige Wind ihr ins Gesicht peitschte. Sie grub ihre Finger in Cassiels Rücken – oder versuchte es zumindest. Seine festen Schultern bewegten sich fließend unter ihren Händen in einem gleichmäßigen Rhythmus, als sie höher aufstiegen. Er war eher schlank als muskulös und besaß seine eigene Art von Stärke. Natürlich musste er stark sein, um solch massive Flügel zu kontrollieren. Sie schlugen anmutig, ritten auf dem Nachtwind.

Er trug sie weiter als die Baumkronen, in denen er sich so gern aufhielt. Landcaster wurde schnell kleiner, bis die Stadt nur noch ein Fleck in der Landschaft war. In der Ferne erhob sich das Ende der Zafiro-Berge, ragte stolz und mächtig empor, bis es ebenfalls kleiner wurde. Dyna war erstaunt, wie weit sie sich schon von zu Hause entfernt hatte.

Das Staunen verdrängte ihre Angst. Sie schmiegte sich an Cassiel und sah die Welt aus einer neuen Perspektive. Er trug sie auf schnellen Schwingen, ohne dass sie durch ihr Übergewicht ins Wanken gerieten. Das war seine natürliche Fähigkeit, ein Teil seines Wesens und es entfernte einen Teil seiner sorgfältig aufgesetzten Maske. Unter dem kühlen Äußeren erblickte sie eine Seite von ihm, die er so gut verbarg – die pure Freude, die ihm das Fliegen bereitete.

Beim Anblick ihres Lächelns zeichnete sich ein überhebliches Grinsen auf seinem Gesicht ab. »Sollen wir über den Wolken fliegen?«

»Das ist unmöglich.«

Ein Hauch von Heiterkeit glitzerte in seinen Augen, und Dyna bereute es sofort, ihn herausgefordert zu haben. Er zog sie enger an seinen Körper. Sie konnte fast sein Herz und das damit verbundene Hochgefühl spüren. Oder war es ihr eigenes?

Der Wind kam ihnen entgegen, als sie an Geschwindigkeit gewannen, und peitschte ihr die Haare in die Augen. Dyna klammerte sich fest an ihn, aber sie vertraute darauf, dass Cassiel sie nicht fallen lassen würde. Selbst bei den Hunderten von Metern, die sie vom Boden trennten, wusste sie, dass es keinen sichereren Ort gab als in seinen Armen.

Er flog höher, die eisige Luft stach ihr ins Gesicht und sie bemerkte den Baldachin der rasch herannahenden Wolken nicht. Sie tauchten in ihn ein, bevor sie nach Luft schnappen konnte, und eine Nebeldecke umhüllte sie. Da war nichts als ein dicker grauer Schleier. Dyna hatte Mühe, in der dünnen Luft zu atmen. Als sie schon dachte, es gäbe kein Ende, brachen sie auf der anderen Seite durch.

Sie hatten eine sanfte Ebene erreicht, die in strahlendes Licht getaucht war. Der schimmernde Mond, der fast eine volle Perle war, herrschte inmitten des riesigen Wolkenthrons. Der Anblick war atemberaubend.

Dyna blickte Cassiel an und sah, dass er zufrieden war mit dem, was er aus ihrer offensichtlichen Ehrfurcht herauslesen konnte. Das Mondlicht tauchte ihn in einen mystischen Schein, und seine schwarzen Flügel schimmerten, als wären sie mit einer Frostschicht überzogen. Ausnahmsweise war sein Blick warm und suchend. Er lächelte nicht ganz, aber es überraschte sie, in seinen Mundwinkeln zumindest den Ansatz eines Lächelns zu sehen. Sie erkannte, dass dies ein Geschenk war. Ein intimes Stück seines Lebens, das er mit ihr teilen wollte.

»Die Möglichkeiten werden durch die Wahrnehmung begrenzt«, sagte er nachdenklich, als sei dieser Gedanke eine neue Erkenntnis.

Was war ihre erste Begegnung anderes als eine wahr gewordene Unmöglichkeit? Noch vor Tagen hatte sie sich seine Existenz nicht vorstellen können, und doch war er hier. Ein Nachkomme des

Himmels, der ihr weit mehr zeigte, als sie sich hätte vorstellen können. Das war das wahre Geschenk.

»Mögen sie nicht durch unseren Glauben begrenzt sein«, war ihre Antwort. »Sondern durch unsere Vorstellungskraft.«

Der Celestial-Prinz blickte nach oben, und sie las dort die Frage. Der samtene Himmel war endlos. Funkelnd. Ein wunderschönes, tiefes Dunkelblau, das ihnen entgegenblickte. Auch sie fragte sich, was dahinter lag.

Dyna streckte eine Hand aus. Sie wollte es berühren. Cassiel erfüllte ihr den Wunsch. Mit einem sanften Flügelschlag schwebten sie über das Unmögliche hinaus und strebten zu den Sternen.

KAPITEL 24

VON

Frischer Wind und widersprüchliche Gedanken begleiteten Von aus Landcaster. Die Zukunft war ungewiss und nahm ihm jedes Gefühl von Normalität. Dieser Tag hatte etwas Unheilvolles in Bewegung gesetzt. Tarn konnte nicht aufgehalten werden. Er war eine Lawine, die alles in ihrem Weg unter sich begraben würde, sobald sie losgelassen wurde.

Von ging von der Straße ab und kletterte den Hügel hinauf, bis er ein leeres Tal westlich des Bauerndorfs erreichte, in dem das hohe Gras in der nächtlichen Brise raschelte. Er streckte die Hand aus und drückte seine Handfläche auf eine unsichtbare, feste Oberfläche. Kalt und schlüpfrig glühte sie bei seiner Berührung auf und kräuselte sich wie Wasser. Die Wellen breiteten sich aus und krümmten sich, woraufhin eine massive, durchscheinende Kuppel zum Vorschein kam.

Er drückte gegen sie. Das glitschige Gebilde wehrte sich zunächst, dann klebte es an seinen Fingern und umhüllte seine Hand und seinen Arm. Es strömte über den Rest seines Körpers und ließ ihn erschaudern. Als der Zauber feststellte, dass er eintreten durfte, überschritt er die Schwelle und fand sich in dem Lager wider.

In der Mitte erhob sich Tarns großes Zelt wie ein schwarzer Gipfel zwischen Hunderten kleinerer Zelte, die es in einem bestimmten

Abstand umkreisten. Überall im Lager waren Fackeln verteilt, die in den Schlamm gestochen waren. Die Raider saßen an kleinen Feuern, lachten, tranken und aßen aus dampfenden Schüsseln. Alle trugen Schwarz und waren gut bewaffnet.

Am nördlichen Ende des Lagers stand das Zelt des Kochs. Aus der Öffnung auf dem Dach drang Rauch, der den Geruch des Abendessens verströmte. Von schritt darauf zu und nickte den Raidern im Vorbeigehen zu. Sie sprangen auf, salutierten und machten sich dann aus dem Staub. Unabhängig davon, wie viele Jahre sie unter ihm dienten, die Angst vor ihm verschwand nie. Von schüchterte sie nicht absichtlich ein, aber sie hatten gesehen, wie brutal er sein konnte, um sich Gehorsam zu verschaffen. Er musste hart zu ihnen sein, damit der Meister es nicht war.

Von betrat das Zelt des Kochs und fand darin einen riesigen Minotauren. Mit seinen über zwei Metern füllte Sorren den größten Teil des erhöhten Raumes aus. Unter seiner fleckigen Schürze blitzte kastanienbraunes Fell auf. Er besaß nur ein Horn, das andere war nicht mehr als ein abgesägter Stumpf. An seinen langen Schlappohren glitzerten goldene Ohrringe, ein weiterer baumelte von seinen Nüstern.

Sorren begrüßte Von mit einem Grunzen, während er in einem riesigen Kessel über einem Feuer rührte, das brutzelte und knisterte. Aus dem stickigen Raum drang der Geruch von Eintopf, mit einem Hauch von altem Schweiß und Kräutern. Hinter der Kreatur stand ein Tisch, auf dem sich schmutziges Geschirr und Gemüsereste stapelten. Rechts daneben befand sich ein weiterer Tisch, an dem Von seine drei Untergebenen fand. Sie hoben ihre Köpfe von ihren Mahlzeiten, als er eintrat, und standen stramm.

Jeder von ihnen befehligte eine andere Fraktion von Tarns Männern, doch Von hatte das Kommando über sie alle. Hauptmann Elon, der die Spione anführte, war wie immer gleichgültig. Die Konfrontation mit den Rangern war ihm nicht anzusehen. Neben ihm stand Leutnant Abenon, ein dunkelhäutiger Mann mit schwarzen Locken und zwei Krummsäbeln, die er auf dem Rücken trug. Der aus der Mirage-Wüste stammende Mann führte die Raider an.

Das verbleibende Mitglied der Gruppe, ein bärtiger, alter Magier namens Benton, sah wie immer genervt aus. Das prasselnde Feuer funkelte in dem roten Kristall an seinem knorrigen Stab. Er beaufsichtigte alles, was mit Magie zu tun hatte.

»Ich habe die Erwählte gefunden«, verkündete Von.

Elon blieb apathisch, Abenon grinste und Bentons Mund schmälerte sich zu einer dünnen Linie.

»Die örtlichen Behörden haben unsere Anwesenheit bemerkt«, fuhr Von fort. »Abenon, informier die Männer. Wir rücken in einer Stunde aus.«

»Aye, Kommandant.« Abenon eilte aus dem Zelt.

»Benton«, wandte sich Von an den Magier. »Dein Sohn ist der Erwählten begegnet. Benutze ihn, um sie mit einem Ortungszauber zu belegen.«

»Nein.« Der alte Magier wich einen Schritt zurück und ließ die Messingreifen an seinen knochigen Knöcheln klirren. Seine Finger umklammerten fest seinen Stab. »Warum helft Ihr Tarn bei dieser Sache? Ihr wisst, was er vorhat. Wenn er das Unendliche in die Hände bekommt, werden wir nie frei sein. Und auch sonst niemand auf dieser Welt.«

Von konnte nicht widersprechen. Der Magier hatte recht. Wenn der Meister das Unendliche in die Finger bekam, würde sich ihm nichts und niemand entgegenstellen können. Aber welche Wahl hatte er? Welche Wahl hatte irgendeiner von ihnen?

Benton war der Einzige, der gegen Tarn rebellierte. Von den zweihundert Männern im Lager waren weniger als ein Achtel Sklaven, entweder durch Zwang oder durch Schulden. Der Rest folgte Tarn treu ergeben.

»Ich sage, wir verbünden uns und töten ihn«, wütete der Magier und forderte die beiden mit seinem wilden Gesichtsausdruck auf, sich ihm anzuschließen. »Lasst mich frei. Ich werde das erledigen.«

Von runzelte die Stirn. Solche verräterischen Worte könnten sie alle das Leben kosten. Allein aus Pflichtgefühl sollte er dem Magier auf der Stelle die Kehle durchschneiden. »Du wagst es, das in meiner Gegenwart zu sagen? Du bist zu dreist geworden, Benton. Es ist gegen das Gesetz, deinem Meister zu schaden.«

»Er ist nicht *mein* Meister.«

Von deutete auf Bentons Ketten, die ihn als Sklaven auswiesen. »Die da behaupten etwas anderes.«

Der Magier sah auf seine Füße. »Diese Fesseln mögen mich an dieses Lager binden, aber sie werden nicht mehr funktionieren, wenn ich den Kristallkern in seinem Zelt zerstöre. Er ist das Einzige, was mich davon abhält, ihn zu töten!«

»Du kannst dich ihm nicht nähern, du Narr«, sagte Von, während er langsam nach einem bestimmten Messer griff, das an der Rückseite seines Gürtels steckte.

»Wenn Ihr Euch mir nicht anschließt, werde ich Euch mit ihm zu Fall bringen.« Die dunklen Augen des Magiers glühten rot im Zusammenspiel mit dem Kristall seines Stabes. »Ich kann zwar nicht in sein Zelt eindringen, aber dieses Lager ist auf natürlichem Boden errichtet. Ihr scheint vergessen zu haben, zu welcher Gilde ich gehöre.« Benton schlug seinen Stab in die Erde, die mit einem heftigen Beben antwortete. Das Zelt wackelte, die Töpfe klapperten und das Geschirr zerschellte. »Was soll mich davon abhalten, euch alle lebendig zu begraben?«

Elon trat an Vons Seite und hob seine blau leuchtenden Handflächen. »Hör auf oder das wird nicht gut für dich enden.«

»Ich fürchte dich nicht, du spitzohriger Schnösel!« Benton spuckte auf den Boden. »Ihr Elfen sprecht eure Beschwörungsformeln, aber ich werde dich töten, bevor du nur ein einziges Wort...«

Von warf das Messer. Es durchbohrte Bentons Schulter, und er ging schreiend zu Boden, als eine leuchtende Welle roter Kraft aus ihm herausschoss und in den Griff des Messers rauschte. Die Erschütterungen hörten sofort auf.

Benton keuchte, Schweiß glänzte auf seinem fahlen Gesicht. »Ihr habt meine Essenz abgezapft?«

Von hockte sich neben ihn und riss das Messer aus seinem Fleisch. In den Knauf war eine bernsteinfarbene pulsierende Perle eingelassen, die seine Macht absorbiert hatte. Darin befand sich eine kleine schwarze Pflanze mit drei herzförmigen Blättern.

»Schwarzer Klee«, sagte er und betrachtete die Perle. »Richtig fies, das Zeug. Nicht wahr?«

Bentons Augen weiteten sich. »Wo habt Ihr das her?«

»Das ist unwichtig. Ich habe dir deine Essenz fast vollständig entzogen, nur noch ein winziges bisschen verweilt in deinem Körper. Wenn du dich noch einmal gegen den Meister auflehnst, werde ich dir auch den Rest nehmen.«

»Das würde er niemals erlauben. Ich bin mehr wert als Ihr.«

»Er hat keinen Bedarf an rebellischen Sklaven. Magier gibt es zuhauf, aber seine Geduld ist begrenzt.« Von reinigte die Klinge an Bentons Gewand, stand auf und verstaute sie. »Das ist nicht der einzige Klee, den wir haben, aber du hast nur zwei Söhne. Erkenne deinen Platz oder sie werden mit dir die Konsequenzen tragen.«

»Wenn Ihr sie anrührt, werde ich Euch töten!« Schwache magische Funken sprühten aus Bentons Fingerspitzen, aber das war alles, was er aufbrachte.

Dalton stürmte mit seinem älteren Bruder Clayton in das Zelt. Die Jungen starrten ihren Vater und Von an. Sie mussten die Magie in dem Beben gespürt haben und wer es verursacht hatte. Beide rannten an Bentons Seite.

Clayton warf Von einen bösen Blick zu und drückte auf die Wunde. Seine Handfläche glühte gelb von seiner Essenz, als er Benton heilte. Er hatte das gleiche schmale Gesicht und die gleiche Nase wie sein Vater, zusammen mit dem trotzig verzogenen Mund. Weder er noch Dalton fragten, was passiert war. Dies war nicht das erste Mal, dass Von den alten Magier in seine Schranken hatten weisen müssen.

»Ruh dich aus, Benton«, sagte Von und schenkte ihm ein unverfängliches Lächeln, während er Dalton eine Hand auf die Schulter legte. »Wenn du wieder bei Kräften bist, bereite den Ortungszauber vor.«

Bentons Gesicht färbte sich violett, aber diesmal weigerte er sich nicht. Clayton half ihm auf, und die Magier schlurften ohne ein weiteres Wort hinaus.

Von seufzte und rieb sich das Gesicht. Er hasste es, solche Drohungen auszusprechen, aber es war notwendig, um sie am Leben zu erhalten. Hätte Benton in Tarns Anwesenheit rebelliert, wäre diese Situation anders ausgegangen. Der alte Magier musste sich dessen ebenfalls bewusst sein. In Gegenwart des Meisters spuckte er nie so große Töne.

»Spür in der Zwischenzeit die Erwählte auf«, wies Von Elon an. »Bleib auf Abstand und finde über sie heraus, was du kannst. Nimm Novo und Len mit, lass Bouvier hier. Ich habe eine andere Aufgabe für ihn.«

Elon nickte und verschwand geräuschlos nach draußen.

Die Tische klapperten, als sich Sorren steif durch das Zelt bewegte. Bei jedem seiner schweren Schritte klirrten seine dicken Sklavenketten gegen seine Hufe.

»Lass mich das machen.« Von hockte sich hin und hob das zerbrochene Geschirr vom Boden auf.

»Es ist also so weit«, dröhnte die tiefe Stimme des Minotaurus in dem Zelt.

»Aye, es hat begonnen«, sagte Van und ließ seinen Akzent durchsickern. Er brauchte sich vor seinem Freund nicht zu verstellen.

»Benton hat recht. Warum weigerst du dich, zu kämpfen? Ich wäre an deiner Seite.«

Von lenkte sich damit ab, die Scherben aufzusammeln und in ein leeres Fass zu werfen. Dieses Thema zu diskutieren, würde nur zu Streit zwischen Sorren und Yavi führen, so wie bereits unzählige Male zuvor.

Vor vielen Jahren hatte Von einen Eid geschworen, der Familie Morken zu dienen, sodass es keinen Unterschied gemacht hatte, als er von Lord Morkens ältestem Sohn in die lebenslange Versklavung gezwungen worden war. Die Bedingungen seiner Lebensschuld waren bindendes Recht auf der Erde und im Himmel. Es war eine Ironie des Schicksals, dass er ständig Verbrechen beging, um seine Verpflichtung zu erfüllen.

»Wir sind Sklaven. Wir müssen gehorchen, ob es uns passt oder nicht.«

Sorren donnerte zwei Schüsseln mit Hammelgulasch auf den Tisch, der Inhalt ergoss sich über die Oberfläche. »Ich habe nie zugestimmt, der Sklave dieses Mannes zu sein, genauso wenig wie Benton«, grollte er. »Hast du?«

Von sah weg. Er bedankte sich bei Sorren für das Essen und verließ das stickige Zelt. Draußen herrschte reges Treiben, denn die Männer bauten das Lager ab und beluden die Wagen.

Abenon marschierte durch das Lager und bellte Befehle. »Brecht die Zelte ab! Beladet die Pferde! Beeilt euch, ihr faulen Schweine!«

Von kicherte und schüttelte den Kopf. Er machte sich auf den Weg zu seinem Zelt, das neben einer Gruppe dichter Büsche und Bäume lag, etwas weiter entfernt von den anderen. Außer Elon wagte sich niemand in die Nähe seines Zeltes, und so überraschte es ihn, als Len hinter den Bäumen hervorschlich. Die junge Frau blieb bei seinem Anblick stehen, und er bemerkte das kurze Aufflackern von Angst, bevor sich ihre Miene wieder beruhigte. Len hob die Kapuze ihres schwarzen Umhangs über ihr ebenso langes schwarzes Haar.

»Was machst du hier?«, fragte Von und blickte in die Richtung, aus der sie gekommen war. War sie in seinem Zelt gewesen?

Len weitete unschuldig ihre dunklen Augen und legte den Kopf schief, als ob sie nicht verstand. Die dunkle Haut ihrer weichen Gesichtszüge kennzeichnete sie ebenso als Fremde wie das Brandzeichen X auf ihrer Wange als Sklavin aus Versai. Tarn hatte sie von den Sklavenhändlern gekauft, als sie noch ein Kind gewesen war, aber nach zehn Jahren – obwohl Von sie nie hatte sprechen hören – wusste er, dass sie urnisch verstand. Wenn es von Vorteil für sie war.

»Erstatte Elon Bericht.«

Len duckte sich und huschte schnell durch die schattigen Ecken des Lagers davon. Eine weitere Gestalt schloss sich ihr an, und sie verschwanden gemeinsam in der Dunkelheit. Sie und Novo hatten ihr Spionagetraining gut verinnerlicht. Elon hatte sie vielleicht ein wenig *zu* gut unterrichtet.

Von blickte sich um, bevor er zu seinem Zelt ging. Die Klappen des Eingangs bewegten sich sanft in der leichten Brise und trugen den Duft von Leinöl und wildem Gras mit sich. Drinnen war es fast dunkel, nur eine einzige Kerze flackerte auf einer Truhe, die zwischen zwei Feldbetten stand. Auf der rechten Seite standen ein kleiner Holztisch und ein Stuhl.

»Yavi?« Von spürte ihre Präsenz hinter ihm, bevor sie die Arme um seinen Bauch schlang und ihre Wange gegen seine Wirbelsäule drückte. Er stellte die Schüsseln auf den Tisch. »Ich habe dir Abendbrot gebracht. Iss schnell. Wir ziehen weiter.«

Ihr Griff verstärkte sich. »Das habe ich mitbekommen.«

»Hat dir das Beben Angst gemacht? Es war nur mal wieder Benton und einer seiner Wutausbrüche.«

»Mir geht es gut«, sagte sie, doch etwas in ihrer Stimme bewies das Gegenteil.

»Was ist los?«

»Ich … ich muss dir etwas sagen«, wisperte sie.

Er drehte sich um und traf auf Yavis haselnussbraune Augen, die rot und geschwollen waren. Tränen perlten an ihren Wimpern ab. Er ging sofort vom Schlimmsten aus. »Hat jemand von uns erfahren?«

Sie schloss ihre Lider und schüttelte den Kopf. »Nein, niemand weiß Bescheid.«

Von atmete erleichtert aus, seine Sorge verflog etwas. Yavi war sein Geheimnis – ein süßer Betrug, der sie beide das Leben kosten könnte. Es war gegen das Sklavengesetz, einen Lebenspartner oder gar eine Familie zu haben. Sie lebten nur, um ihrem Meister zu dienen. Dennoch war sie sein Lebenssinn geworden.

Sanft umfasste er ihr schlankes Gesicht mit seinen Händen und bewunderte die leichten Sommersprossen auf ihrem Nasenrücken. Lange, kastanienbraune, nasse Haarsträhnen klebten an ihren Schläfen, weil sie so lange geweint hatte. Er wischte ihr über die feuchten Wangen und strich ihr zärtlich mit dem Daumen über die Lippen. Sie waren so rosa wie die Morgenröte und weich wie Satin. Seine Lieblingsstelle in ihrem Gesicht.

»Wen muss ich töten, weil er meine schöne Frau zum Weinen gebracht hat?«

Es sollte eine spielerische Frage sein, aber er meinte jedes Wort ernst. Die Männer wussten, dass sie sie nicht anfassen durften. Sie hatten gesehen, was er dem letzten, der es versucht hatte, angetan hatte.

Ihr exquisiter Mund verzog sich zu einem schwachen Lächeln. »Heute niemanden, Liebster.«

Von blickte über ihren Rock zu ihren nackten Füßen.

»Ich bin nicht verletzt«, versicherte Yavi ihm. Ihre Finger streiften den Riemen des zylindrischen Koffers auf seiner Schulter. »Du hast mir eine neue Schriftrolle gebracht ...« Sie hielt inne, als sie die Flecken auf seinem Mantel bemerkte. »Ist das Blut?«

»Aye.«

»Von ...«

»Es war notwendig.« Er nahm ihre Hand. »Was beschäftigt dich?«

Yavi musterte sein Gesicht. Auf ihrem spiegelte sich so viel wider, dass er nicht erraten konnte, was sie dachte – nur, dass sie Angst hatte. Sie schloss die Augen und umarmte ihn ganz fest. »Du wirst mich bald wegschicken.«

Von seufzte, schloss die Arme um sie und legte sein Kinn auf ihrem Kopf ab. »Wir haben darüber gesprochen. Ich muss einen Weg finden, deine Freiheit zu erlangen, bevor Tarn dich nicht länger braucht.«

Sie schwiegen. Beide fürchteten, dass dieser Tag früher kommen würde als gedacht.

»War Len hier?«, fragte Von.

»Oh, ähm ... ja.«

»Warum?«

»Sie kommt gelegentlich zu mir.« Yavi zog sich zurück und schenkte ihm ein schiefes Lächeln. Als er die Stirn runzelte, schnaubte sie. »Sie wird eine Frau. Mit wem sonst sollte sie solche Dinge besprechen?«

Von verzog das Gesicht und verzichtete auf weitere Erklärungen. Er hatte Len immer als Kind gesehen, dabei war sie ein paar Jahre älter als die Jungen. Außer Yavi gab es keine anderen Frauen im Lager. »Sie spricht mit dir?«

»Auf ihre Art.«

»Hmm ... Nun komm und iss. Du hast das Frühstück heute Morgen verpasst.« Er wies Yavi an, sich an den Tisch zu setzen, doch kaum hatte sie einen Löffel von dem Hammelragout gegessen, rannte sie aus dem Zelt. Sie würgte über ein paar Sträucher und gab sich alle Mühe, nicht zu kotzen. Von zögerte, zu ihr zu gehen, da er fürchtete, dass jemand sie beobachten könnte. Dennoch tat er es. »Yavi?«

»Oh, mach dir keine Sorgen.« Sie winkte ab und nahm tiefe Atemzüge. »Ich muss etwas gegessen haben, das mir nicht bekommen ist.«

»Dann lass es raus. Ich werde Sorren fragen, ob er irgendetwas hat, das deinen Magen beruhigt.«

»Nein«, platzte es aus ihr heraus. »Mir geht es gut. Nur keine Umstände. Würdest du das Essen bitte aus dem Zelt bringen? Ich kann den Geruch nicht ertragen.«

Von runzelte die Stirn, aber tat, was sie verlangte. Erst danach ging Yavi wieder hinein und legte sich auf ein Feldbett. »Wirst du eine Weile bei mir bleiben?«

Er tat so, als würde er nachdenken, obwohl es wenig gab, was er ihr verweigern konnte. »Wie könnte ich einer so schönen Dame etwas abschlagen?«

Sie lachte und streckte eine Hand nach ihm aus. Von legte sich neben sie, und sie kuschelte sich an seine Brust. Er zeichnete Muster auf ihren Rücken und atmete ihren blumigen Duft ein. Ein paar Minuten konnte er entbehren, ehe er wieder in seine Rolle als Kommandant schlüpfen musste.

»Warum ziehen wir weiter?«, fragte Yavi. »Wir sind doch erst gestern angekommen.«

»Weil die Ranger von unserer Anwesenheit wissen.«

»Oh.« Sie musterte sein nachdenkliches Gesicht. »Aber da ist noch etwas anderes, oder?«

Von seufzte. Hätte es einen Unterschied gemacht, wenn er nie nach Landcaster gekommen wäre?

»Wir haben die Erwählte gefunden.«

Yavis Augen weiteten sich. »Beim Urnengott. Wirklich?«

»Aye, ihr Name ist Dyna. Sie ist nur ein kleines Lämmchen. Zu unschuldig und viel zu vertrauensselig. Tarn wird sie in Stücke reißen, sollte er sie in die Finger bekommen.«

Es war fünf Jahre her, dass Tarn die Prophezeiung über ›Die Erwählte mit dem Schlüssel‹ erhalten hatte. Von hatte gehofft, dass alles nur ein Trick war und dass sie die Insel Mount Ida, wo das Unendliche lag, nie erreichen würden. Diese Hoffnung war zerschlagen worden, als er Dyna getroffen hatte. Jetzt war sie wieder in Gefahr, und er konnte sie diesmal nicht beschützen; nicht vor seinem Meister.

»Er hat sie noch nicht gefangen genommen?«

»Nein, wir werden sie und ihre Begleiter fürs Erste beobachten.«

Yavi quietschte vor Freude. »Ihre Begleiter? Sie hat die Wächter bereits versammelt?«

Von kicherte über ihre Aufregung. »Zwei junge Männer sind bei ihr, aber ich bin mir unsicher, ob sie die vorausgesagten Wächter sind. Elon ist losgezogen, um es zu bestätigen.«

»Wie sehen sie aus?«

»Einer von ihnen ist ein Werwolf...«

»Der Mondbewohner!«

»Aye ...« Was Von eher beunruhigend fand. Ein Werwolf bedeutete Ärger. Aber er ging davon aus, dass er kein Problem darstellen würde, solange sie ihm nicht bei Nacht gegenüberstanden. »Der andere schien nicht sehr kampffähig zu sein. Zu raffiniert und hübsch.«

»Hübsch?« Yavi kicherte. »Du darfst nicht voreingenommen sein. Man weiß nie, was sich wirklich hinter einer Weissagung verbirgt.«

Von drückte sie fester an sich. Er hatte sich geweigert, der Fae-Seherin zu glauben, denn auch sie hatte ihm eine Weissagung mitgegeben. Prophetische Worte, die er ignoriert hatte, die er aber nicht vergessen konnte. »*Erst wenn sie brennt, wird sie frei sein ...*«

»Von? Was ist?«

Er war sich unsicher, ob er ihr seine größte Angst mitteilen sollte. Die vorausgesagte Zukunft, an die er nicht hatte glauben wollen. Aber sie war dabei, einzutreten. Er spürte sie auf ihn zurollen – schneller, als dass er weglaufen konnte. »Ich hatte gehofft, es wäre alles eine Lüge.«

»Fae können nicht lügen, Liebster.«

Es war Yavis Lächeln, das ihn davon abhielt, die Wahrheit zu sagen. Wenn er ihr von den Worten der Seherin erzählen würde, wäre sie genauso verängstigt wie er.

»Aye, aber sie haben ein Händchen dafür, Halbwahrheiten zu erzählen«, sagte er. »Traue niemals den Fae. Sie werden dich eher dazu bringen, für immer auf dem Feenberg zu tanzen, anstatt dir zu helfen.«

»Nun, es ist gut, dass die Fae in Arthal leben, nicht wahr? Sie sind Tausende Kilometer von uns entfernt.«

Das war ein schwacher Trost. Zwar befanden sich die meisten Höfe der Fae in Arthal, aber einige waren auch in Urn zu finden. Jedoch nicht die Seherin. Sie war in ihrer unheimlichen Höhle eingesperrt. Diejenigen, die ihre Zukunft wissen wollten, gingen zu ihr.

»Und jetzt wird Tarns Prophezeiung wahr«, sagte Yavi aufgeregt. »Komm, erzähl sie mir noch mal.«

»Das habe ich doch schon so oft, dass du sie mittlerweile auswendig kannst. Ich muss zurückkehren.«

»Noch nicht. Ich will sie hören. Nur noch einmal.« Yavis Finger glitten an seinem Mantel hoch und öffneten einen Knopf nach dem anderen. Sie schob ihre Hände unter sein Hemd, und er atmete tief ein, als sie über ihre Brust zu seinem Bauch wanderten. Sie küsste ihn auf den Mundwinkel, ihre weichen Lippen wanderten über seinen Kiefer zu seinem Ohr. Das Gefühl ließ Hitze in ihm aufsteigen.

»Hmm ... Es ist ungerecht, deine Reize auszunutzen, Weib.« Von umklammerte ihre Hüften und erinnerte sich daran, dass er noch zu tun hatte. Aber sie hatten so wenig Zeit miteinander, dass jede gemeinsame Minute kostbarer war als Gold. Er konnte sich nicht dazu durchringen, zu gehen – oder aufzuhören. Seine Hände wanderten weiter ihren Rücken hinunter.

»Von, sag es mir«, murmelte sie.

Er zerrte den Ärmel ihres Kleides über ihre Schulter, fuhr mit seiner Nase an ihrem Schlüsselbein entlang und flüsterte auf ihrer Haut: »›Suche die Erwählte mit Smaragden als Augen und Locken aus Feuer, denn sie hält den Schlüssel zu dem Unendlichen, das du begehrst. Hüte dich vor den Wächtern, die kommen, um sie vor dir zu schützen. Der eine ist von Heiligem Blut, der andere ein Bewohner des Mondes, der heult, um auszubrechen. Es folgt ein Krieger, der sein Gelübde ablegt, und eine Zauberin, die ihre Magie gewährt. Ein vertrautes Gesicht dürstet nach Rache, und eine Kreatur mit der Kraft von zehn vernichtet die Fälschung. Das Wagnis, das du eingehst, birgt große Gefahren. Lass dich nicht von der Liebe beeinflussen, damit sie dir nicht zum Verhängnis wird.‹«

»›Lass dich nicht von der Liebe beeinflussen, damit sie dir nicht zum Verhängnis wird.‹« Yavis Stimme überschlug sich, als Von den Puls an ihrem Hals küsste. »Es besteht die Möglichkeit, dass er scheitern wird.«

»Das Mädchen wird ihn nicht verführen.«

»Die Prophezeiung besagt nicht, dass es die Erwählte ist, in die er sich verlieben wird. Es könnte jeder sein, sogar ein Mann.«

Von lachte über die Lächerlichkeit der Aussage.

»Es könnte sein. Ich habe ihn noch nie mit einer Frau gesehen.«

Sein Lachen erstarb. »Tarn hat keine Frau mehr angerührt, seit wir Troll Bridge verlassen haben. Er hat seine Liebste in der Horde aus Trollen verloren, die unsere alte Stadt überrannt hat.«

»Oh ... Du hast mir nie gesagt, dass er eine Partnerin hatte.«

»Das war vor sehr langer Zeit. Damals war er noch ein anderer Mann. Das waren wir beide.«

»Azure-Ritter aus Tanzanite, die geschworen haben, das Land Azurite für ihren Lehnsherrn zu beschützen.« Yavi lächelte ihn voller Bewunderung an.

Von dachte an Lord Morken und sein kaltes Verhalten, das Tarn geerbt hatte. Er hatte dem Grafen von Tanzanite gedient, als sie noch im nördlichen Teil des Königreichs gelebt hatten. Das war, bevor der Azure-König Lord Morken die Adelswürde über die Landbrücke verliehen hatte. Dort hatte sich alles verändert.

»Wir sind keine Ritter mehr. Tarn interessiert sich weder für Ehre noch für Lehnstreue und ganz sicher nicht für Liebe. Für ihn ist es eine Schwäche. Sogar noch mehr, seit er von der Seherin gewarnt wurde. Sein einziges Ziel ist das Unendliche. Er wird sich niemals beirren lassen.«

Yavi legte ihren Kopf auf seine Brust. »Dann werden wir ihm nie entkommen?«

Von hob ihr Kinn an. »Du hast mein Wort, dass ich dich von seinen Ketten befreien werde.«

Selbst wenn das bedeutete, sie gehen zu lassen und nie wiederzusehen. Egal, was es ihn kosten würde, er würde ihr die Freiheit zurückgeben, die von ihr gestohlen worden war. Es wäre das letzte und einzige unbezahlbare Geschenk, das er machen könnte.

Yavi stützte sich auf einen Arm und lehnte sich über ihn. Die seidenen Strähnen ihres Haares fielen um sie herum und streiften sein Gesicht. Sie roch nach Wildblumen und Regen. Er wünschte, er könnte ihren Duft konservieren. Ihn mitnehmen, wohin er auch ging, damit er ihn nicht vergaß.

Trotz all ihrer Hoffnungen und Träume wusste er, dass er nur einen von ihnen retten konnte. Er würde zurückbleiben müssen, damit sie entkommen konnte. Die Sanduhr ihrer gemeinsamen Zeit hatte sich umgedreht, und winzige Körnchen von Momenten wie diesen liefen auf den Tag zu, an dem er Abschied nehmen musste.

Yavi hielt seinem Blick stand, als sie ihm den Mantel auszog und ihn zu Boden fallen ließ. Das Bandelier folgte darauf. Er hob seine Arme, als sie ihm die Tunika auszog. Begierde brannte in dem flüssigen Haselnussbraun ihrer Augen. Ihr Blick wanderte über seine vernarbte Brust zu seinem Unterleib, voller Verlangen.

Die Pflicht konnte noch ein bisschen warten.

Von zog an den Schnüren ihres Korsetts, bis das Kleid herunterrutschte und sie nackt war. Der Anblick ihres perfekten Körpers ließ das Feuer in ihm aufflammen.

Egal, wie oft er mit ihr schlief, es war nicht genug. Es konnte nie genug sein.

Wenn er für immer in einem einzigen Moment leben könnte, dann wäre es genau hier mit der Frau, der wirklich jeder Teil von ihm gehörte. Wo nichts außer ihnen von Bedeutung war. Aber dies war nur ein gestohlener Moment, der ihnen erst dann vollständig gehören würde, wenn sie beide frei waren.

»Es muss da draußen jemanden geben, der das Herz dieses Mannes so ausfüllen kann, wie du das meine erfüllst.« Yavi presste ihre Lippen auf eine Narbe auf seiner Brust. »Ich hoffe es und bete dafür.«

Insgeheim tat er das auch.

KAPITEL 25

DYNALYA

Mit einem wütenden Schrei holte Dyna aus und zielte mit ihrer Faust auf Cassiels Gesicht. Er wich mit Leichtigkeit nach rechts aus. Mit dem Schwung des missglückten Schlages stolperte sie an ihm vorbei und landete auf den Knien im Gras. Sie übten schon seit zwei Tagen. Warum konnte sie ihn nicht treffen?

»Steh auf«, befahl Cassiel.

Dyna stöhnte frustriert und erhob sich. Sie strich sich die schweißnassen Haarsträhnen aus der Stirn und richtete ihren Blick wieder auf den Prinzen. Die Flügel hinter sich ausgebreitet, stand er selbstbewusst auf der Wiese, auf der sie ihr Lager für die Nacht aufgeschlagen hatten. Sein Schwert war noch immer in der Scheide, da er es nicht für nötig erachtete, es zu seiner Verteidigung zu nutzen. Er trug ein lockeres weißes Hemd, das leicht offen stand und eine verlockende Aussicht auf seine Brust freigab – die immer wieder Dynas Blicke auf sich zog.

Cassiel winkte sie zu sich. »Noch einmal.«

Sie griff ihn an, und er blockte jeden Schlag mühelos ab. Jedes Mal, wenn sie sich berührten, wurde ein sanfter Energiestoß ausgelöst, der Dyna durchströmte und in ihrem Bauch ein Flattern auslöste, das an das Kitzeln von Federn erinnerte.

Die Stromstöße traten nur bei Hautkontakt auf. Sie vermutete, dass dies der Grund war, warum Cassiel früher den Körperkontakt zu ihr gemieden hatte. Das tat er jetzt nicht mehr – seit der Nacht, in der er sie durch den Himmel getragen hatte.

»Bewege deine Füße«, wies er sie an. »Halte die Fäuste hoch.«

Dyna drehte sich auf dem Absatz und holte erneut aus, doch ihr Fuß trat unsicher auf den Boden und sie verfehlte ihn.

»Konzentriere dich.«

Sie versuchte es, aber sein intensives Starren lenkte sie ab.

»Du musst lernen, dich zu verteidigen, damit *das* nicht noch einmal passiert«, sagte der Prinz und deutete auf den verfärbten Bluterguss an ihrem Arm. Er hatte die Form von Daltons Hand angenommen.

Sie zupfte an den Ärmeln, die sie bis zu ihren Ellenbogen hochgekrempelt hatte, und bedeckte die empfindliche Stelle. Lady Samira hatte sie gewarnt, dass man sie entdecken würde, aber Dyna hatte nicht geglaubt, dass dies so bald geschehen würde. Wie groß waren die Chancen gewesen, in der ersten Stadt, die sie erreichten, einen Magier zu treffen? Wenn sie einem erwachsenen Magier begegnet wäre, wäre sie auf Nimmerwiedersehen nach Magos verschleppt worden.

Sie verfehlte einen weiteren Schlag und stolperte in Cassiel. Er blickte stirnrunzelnd auf sie herab, er war ungefähr zwei Köpfe größer als sie. Ihr Herz schlug schneller, sich der Nähe zu ihm plötzlich peinlich bewusst. Seine Finger schlossen sich um ihre Handgelenke und sandten einen sanften Energiestoß über ihre Arme.

Warum passierte das immer wieder? Was verursachte es?

Er setzte sie zurück auf ihre Füße. »Das reicht für heute.«

»Nein, lass uns weitermachen.« Dyna schüttelte ihre kribbelnden Hände aus, die Hitze in ihrem Gesicht ignorierend. Sie wollte weiter trainieren. Als Dalton sie gepackt hatte, hatte sie sich nur noch winden und schreien können. Sie wollte sich nicht wieder so hilflos fühlen. »Wenn ich lernen kann, meine Essenz zu nutzen, kann ich auch lernen, mich zu verteidigen.«

Sie setzte zu einem überraschenden Tritt an, aber Cassiel wich aus und fegte ihr das andere Bein unter dem Körper weg. Keuchend schlug sie auf dem Boden auf.

Er schüttelte seinen Kopf, sein Gesichtsausdruck war nichts anderes als enttäuscht. »Ich glaube, das ist Zeitverschwendung.«

Zev gluckste und amüsierte sich köstlich über den Anblick, der sich ihm von dem flachen Stein nahe des Baches bot, auf dem er saß. »Du musst es ihr besser erklären. Es bringt nichts, ihr zu sagen, dass sie in deine Handflächen schlagen soll.«

Cassiel verschränkte die Arme vor der Brust. »Wenn du eine bessere Methode hast, dann bitte.«

Zev schlenderte zu ihnen und half ihr auf. »Erstens, schütze dein Gesicht besser, Dyna. Du gibst deinem Gegenüber zu viel Angriffsfläche. Zweitens, pass auf deine Füße auf, damit du nicht über sie stolperst.«

»In Ordnung.« Sie brachte sich in Position, während sie ihre abgewetzten Schuhe betrachtete. Die Sohlen hatten sich schnell abgenutzt, sodass sich Steine in ihre Fersen bohrten. Sie waren nicht für die Reise gemacht und würden nicht mehr lange halten.

»Stell die Füße auseinander, parallel zu deinen Schultern, und beuge die Knie. Setz beim Schlagen die Kraft deines ganzen Körpers ein. Dein Schlag wird mit mehr Wumms landen, wenn er weniger als die volle Reichweite deines Arms trifft.« Zev demonstrierte es ihr, und sie ahmte seine Position nach.

Cassiel beäugte ihre Haltung kritisch. »Sie strahlt nicht gerade Selbstbewusstsein aus.«

Zev drehte sie um, sodass sie wieder dem Prinzen gegenüberstand. »Lass deinen Gegner niemals aus den Augen. Beobachte seine Bewegungen, dann kannst du ihm besser ausweichen.«

Dyna hob ihre Fäuste und machte sich bereit. Sie studierte Cassiels Haltung, bemerkte die Veränderung in seiner Mimik und wie sich seine Muskeln anspannten.

»Bereit?« Er holte aus, ohne auf ihre Antwort zu warten. Sie duckte sich unter seinem Arm hindurch und schlug zu. Er wich schnell nach hinten aus. Ihre Fingerknöchel streiften seinen Kiefer, verfehlten ihn nur knapp. Beide blinzelten sich an, dann grinsten sie breit. Es war zwar kein Treffer, aber so nah war sie noch nie an ihn herangekommen.

Zev tätschelte ihren Kopf. »Gut gemacht.«

»Pures Glück«, sagte Cassiel.

»Du warst unvorsichtig.«

Der Prinz zuckte zustimmend mit den Schultern, dann musterte er sie mit gerunzelter Stirn. »Sie ist klein. Gegen einen Mann, der gewillt ist, ihr wehzutun ...«

Hätte sie keine Chance. Nach nur zwei Tagen Training fühlte sich Dyna nicht kampffähiger als in Landcaster.

»Sie braucht eine Waffe.«

»Nein.« Zev warf Cassiel einen ernsten Blick zu.

»Sie muss lernen...«

»*Keine* Waffen.« Die Stimme ihres Cousins war schärfer geworden, aber es war keine Wut, die in ihr mitschwang. Er sah unsicher und besorgt aus. »Dyna, ich werde dich immer beschützen, aber eines Tages bin ich vielleicht nicht mehr da. Wenn du jemals von einem Mann in die Enge getrieben wirst, ziele auf seine *empfindlichsten* Stellen.« Er begab sich neben Cassiel und deutete auf seine Körperteile. »Augen, Kehle, Nieren und Leiste. Ein Schlag oder Tritt dorthin wird ihn lange genug außer Gefecht setzen, damit du dich aus dem Staub machen kannst.«

Wie Cassiel ihn anfunkelte, brachte sie fast zum Kichern. Er wandte sich ab und ging auf den Bach zu. »Ich werde mich nicht an einer solch erniedrigenden Demonstration beteiligen.«

Zev gluckste und rief ihm nach: »Sie kann nicht mit mir trainieren. Bei meiner Stärke wäre das unpraktisch.«

»Lasst uns eine Pause machen«, sagte Dyna, darum bemüht, ihr Lächeln zu unterdrücken. »Ich kümmere mich um unser Essen.«

Sie machte sich auf den Weg zu ihrem Lager, das sie ein paar Meter entfernt in der Nähe des Waldes aufgeschlagen hatten. Zev ging zum Bach. Er lachte über das, was Cassiel sagte, als sie ihre Wasserflaschen auffüllten. Dyna war froh, die beiden so zu sehen. Die Spannungen zwischen ihrem Cousin und dem Prinzen nahmen ab, je länger sie zusammen reisten. Sie hoffte, dass dies bedeutete, dass Cassiel sie erträglich fand.

Dyna lächelte und verrührte die Gemüsestücke in dem kochenden Topf, der über dem Lagerfeuer hing. Sie hatten nicht viel zu essen, aber die Brühe würde bei der Kälte guttun und perfekt zu Brot passen. Dyna sehnte sich nach dem Geschmack frischer Brötchen, die noch dampften, wenn sie aufgeschnitten wurden. Sie würde Zev bitten, sie in ihre Vorräte aufzunehmen, sobald sie Corron erreichten.

Mit den Sanften Klängen von Cassiels Flöte wurde es ruhig auf der Wiese. Dyna warf einen Blick auf den Bach und entdeckte Zev, der ausdruckslos auf das fließende Wasser starrte und einen vertrauten, unruhigen Gesichtsausdruck aufgesetzt hatte. Morgen war Vollmond. Sie hatten Cassiel noch nichts von Zevs anderer Gestalt erzählt. Er hatte die Ketten noch nicht bemerkt, und Zev hatte noch nicht versucht, sie ihm gegenüber zu erwähnen.

Dyna seufzte, nahm einen leeren Sack aus ihrer Tasche und machte sich auf den Weg zu den Brombeersträuchern am Rande des Waldes. Sie pflückte Beeren, während sie darüber nachdachte, Cassiel von dem *Anderen* zu erzählen, aber es war nicht ihre Aufgabe. Zev brachte es nicht über sich, dem Prinzen zu sagen, wofür seine Ketten waren, und sie konnte es auch nicht. Sie machten sich beide die gleichen Sorgen. Was würde Cassiel von ihm denken?

Die Tasche glitt ihr aus den beerenverschmierten Fingern. Sie ließ sich auf Hände und Knie fallen, um im hohen Gras danach zu suchen, als sie ein bedrohliches Zischen hörte. Aus dem Unterholz schlängelte sich eine braune Schlange mit einem schwarzen Muster auf den Schuppen, die ihren Rücken hinunterliefen. Zwei winzige Hörner ragten aus ihrem Kopf. Dyna erkannte die giftige Schlange sofort. Sie zischte und streckte ihre lange schwarze Zunge heraus. Dynas Herz schlug ihr bis zum Hals, Panik erfasste sie. Wenn die Schlange sie biss, würde sie innerhalb von Sekunden durch das Tor des Todes marschieren.

Sie fuhr fast aus der Haut, als eine leise Stimme jenseits der Bäume zu ihr sprach. »Milady, bitte bewegt Euch nicht.«

Dyna unterdrückte ein Wimmern, denn sie fürchtete sich vor der fremden Person und dem drohenden Tod vor ihr. Sie wagte es nicht, den Blick von den glitzernden schwarzen Augen der Schlange abzuwenden. Ihr Zischen wurde aggressiver, sie bäumte sich auf und entblößte ihre Giftzähne. Ein Schrei entrang sich Dynas Mund, als sie sich auf sie stürzte, doch ein Pfeil zischte durch das Gebüsch und durchbohrte den Schädel der Schlange nur wenige Zentimeter vor ihrem Gesicht.

Sie hörte das Schlagen von Flügeln, ehe Cassiel neben ihr landete. »Was ist passiert?«

»Dyna!« Zev eilte zu ihnen. »Ist alles in Ordnung?«

Sie starrte auf die tote Schlange, die am Boden fixiert war, und zeigte mit einem zitternden Finger auf die Bäume. »Jemand ist im Wald. Er hat mit mir gesprochen.«

Zev atmete die Luft ein. Seine Wolfsaugen blitzten, und er knurrte. »Wer ist da?«

Cassiel zog *Lahav Esh*. Weiße leuchtende Flammen züngelten an der Klinge entlang, und ihr Anblick ließ sie erschaudern. Seine Flügel waren entblößt, aber er versuchte nicht, sie zu verbergen. Er musste zu demselben Schluss gekommen sein wie sie. Wer auch immer im Wald war, hatte ihn bereits gesehen.

»Vergebt mir, es war nicht meine Absicht, ihr Angst zu machen«, sagte die Stimme. Der Fremde hatte einen eleganten Akzent, die *Rs* seiner Worte waren geglättet. Es deutete darauf hin, dass er aus einem anderen Teil von Urn kam. »Ich konnte nicht tatenlos zusehen, wie die Schlange sie beißt. Das Gift einer Ecru-Schlange ist tödlich.«

Zev zog sie weg von der toten Schlange. »Er hat sie getötet?«

Dyna nickte und sagte in Richtung der Bäume: »Ich schulde Euch mein Leben, Sir.«

Cassiel funkelte sie an. »Sag das nicht.«

»Das Gesetz verpflichtet mich dazu.«

»Ich befreie Euch von Eurer Schuld, Milady«, erwiderte der Fremde. »Bei meiner Ehre, ich möchte Euch nichts tun.«

»Dann zeigt Euch«, verlangte Cassiel.

Das Laub raschelte, und er zog Dyna hinter sich, als eine Gestalt auftauchte. Zev spannte sich an, bereit, bei der geringsten Provokation anzugreifen.

Der Fremde trug einen zerfledderten Mantel aus tiefem Immergrün, dessen Farbe ihn in den Blättern gut getarnt hatte. Mit der Kapuze über dem Gesicht war sein Mund das einzige sichtbare Merkmal. Er trat ins Licht, gefolgt von einem prächtigen weißen Hengst. Sein samtiges Fell nahm den Schimmer des Abendhimmels an.

Cassiel richtete sein Schwert auf ihn. »Bleibt, wo Ihr seid.«

Das Pferd wieherte wild und bäumte sich gegen seine Zügel auf. Der Fremde streichelte die seidige Mähne des Tieres und beruhigte es in einer sanften Sprache, die Dyna nicht verstand. »*Atse neib esemlac, Osom'reh.*« Liebevoll strich er ihm über die Schnauze. »*Neidan et aramitsal.*«

Die sanften Worte beruhigten nicht nur das Tier, sondern auch Dyna. Das schöne Pferd ließ sich nieder und schnaubte leise.

Der Fremde griff in seinen Umhang und reichte seinem Pferd etwas zu fressen. Darunter erblickte sie eine alte Lederrüstung. Schmutz bedeckte seine zerrissene weiße Hose, und seine Lederstiefel waren abgenutzt. Auf dem Rücken trug er einen feinen Köcher, und in der Hand hielt er einen eleganten Langbogen, der mit filigranem Gold beschlagen war. An seiner Taille trug er ein feines Schwert mit einem Griff aus Obsidian und einer Scheide, die mit Blättern vergoldet war. Die Waffen und der Vollbluthengst schienen an dem armen Mann fehl am Platz zu sein.

»Wer seid Ihr, Sir?«, fragte Dyna.

Der Fremde nahm seine Kapuze ab, und sie bestaunte den auffälligen Elfen vor ihnen. Seine Iris hatte einen ungewöhnlichen Türkiston, und spitze Ohren lugten unter seinem langen blonden Haar hervor, das ihm über die Schultern floss. Sein neugieriger Blick wanderte an *Lahav Esh* vorbei und betrachtete Cassiels schwarze Flügel, dann Zevs gelbe Augen. Es schien ihn nicht zu stören, wer sie waren.

Als er Dyna ansah, schenkte er ihr ein warmes Lächeln. Er legte einen Arm über seine Brust und verbeugte sich. »Ich bin Rawn aus dem Hause Norrlen, Armeegeneral des Greenwood-Königreiches. Milady, ich bin gekommen, um Euch um eine Audienz zu bitten.«

KAPITEL 26

DYNALYA

Das elfische Pferd fraß ohne Aufhebens den Hafer aus Dynas Handfläche und kuschelte sich an ihre Schulter und ihr Gesicht. Beim Anblick von Lord Norrlens freundlichem Lächeln hatte sie sofort beschlossen, ihn zu mögen, und ihn in ihrem Lager willkommen geheißen. Er war dankbar für die Schale mit der Brühe, die sie ihm angeboten hatte, und nippte zufrieden daran. Er musste hungrig gewesen sein.

Zev und Cassiel beobachteten ihn wachsam von der anderen Seite des Lagerfeuers. Sie hatten gesagt, dass wenn der Elf mit ihr sprechen wolle, er vorher seine Waffen abgeben müsse. Was er bereitwillig getan hatte.

»Fair hat dich gern«, sagte Lord Norrlen zu ihr und durchbrach die Stille.

»Schön, Euch kennenzulernen, Sir Fair«, meinte Dyna zu dem Pferd und tätschelte seine samtene Flanke. Fair schnaubte in ihr Haar und brachte sie zum Kichern. »Vorhin habt Ihr ihn noch bei einem anderen Namen genannt.«

»*Osom'reh*«, erwiderte Rawn und wechselte mit Leichtigkeit zu der sanften elfischen Sprache. »So lautet sein Name auf Elfisch. Fair ist eine gleichwertige Übersetzung.«

»Dyna«, rief Cassiel sie. Er sprach ihren Namen selten aus, und sie erkannte die Verärgerung in seinem Tonfall. Seine Arme waren vor der Brust verschränkt, seine stahlharten Augen fixierten die ihren. Er legte den Kopf leicht schief, um ihr zu signalisieren, dass sie sich von Rawn entfernen sollte.

Auch Zev beobachtete sie mit leuchtenden gelben Augen. Er stützte sich auf seine Knie, seine Muskeln waren angespannt, bereit, beim ersten Anzeichen einer Bedrohung anzugreifen. Sein Wolf brodelte unter der Oberfläche seines kantigen, schmuddeligen Gesichts. Es gefiel ihm nicht, dass sie so nahe bei dem Fremden stand. Dyna wollte die beiden nicht weiter verunsichern, also setzte sie sich wieder zwischen sie.

Zu Cassiels Füßen lag Rawns Schwert. Auf dem Knauf befanden sich das Wappen einer blühenden *Dynalya*, der Ursprung ihres Namens, und die Insignien des Greenwood-Königreichs.

Als Rawn aufgegessen hatte, sah er sie an und sagte: »Danke für die Mahlzeit, Milady. Möge der Urnengott Euch segnen.«

Sie errötete. »Oh, ich gehöre nicht zum Adel, Lord Norrlen. Ihr braucht mich nicht als Lady anzusprechen. Mein Name ist Dynalya, aber Ihr könnt mich Dyna nennen.«

»Wenn es Euch nichts ausmacht, würde ich es bevorzugen, Euch diesen Respekt zu erweisen.«

Sie lächelte schüchtern und stimmte dem Titel zu.

»Ich habe gehört, wie Eure Gefährten Euch Dyna genannt haben, aber ich wusste nicht, dass dies ein Spitzname ist. Die *Dynalya* ist eine unschätzbare Blume, die nur im Tal wächst. Ihre Blütenblätter sind so rot wie Euer Haar; der Name passt zu Euch.« Rawn sprach ihren vollen Namen mit einem Akzent aus, der ihren Ohren fremd war, aber dafür umso schöner klang.

Zevs Augen verengten sich. »Ihr habt uns gehört? Wann?«

Rawn hielt inne und sah zwischen ihm und Cassiel hin und her, bevor er antwortete: »In Landcaster, als ich hörte, wie Ihr sie beim Namen nanntet und über eine Karte zu Mount Ida gesprochen habt.«

Cassiel und Zev sprangen auf. Der Prinz zückte sein Schwert, während Fell aus Zevs Armen schoss und seine Krallen wuchsen.

»Wartet.« Dyna hielt sie an ihren Unterarmen fest. »Lasst ihn sprechen. Jeder könnte uns in der Stadt gehört haben.«

»Ist er derjenige, dem du unsere Pläne offenbart hast?«, fragte Cassiel, ohne den Blick von Rawn zu nehmen.

»Nein.«

»Ihr seid uns aus Landcaster gefolgt?«, knurrte Zev, und seine Eckzähne blitzten. »Das heißt, Ihr seid uns seit zwei Tagen auf den Versen. Ich hätte Euch hören oder Euren Geruch wittern müssen.«

Rawn hielt ihren harten Blicken stand, sein Gesichtsausdruck war ruhig und gelassen. »Nachdem ich die Stadt verlassen hatte, habe ich mitbekommen, wie Ihr, Zev, Euch in einen Wolf verwandelt habt und sich Prinz Cassiel in die Lüfte erhob.«

Zevs Augen weiteten sich, als Rawn seinen Namen nannte, denn er hatte sich ihm nicht vorgestellt. Dyna war eher überrascht, dass Rawn nicht auf seine Fähigkeit, sich nach Belieben zu verwandeln, reagierte.

»Ich musste Euch aus der Ferne verfolgen und habe Euer Lager erst heute erreicht. Es war nicht schwer, Euch aufzuspüren. Ich brauchte nur Prinz Cassiel am Nachthimmel zu sehen.« Rawns Blick ruhte auf dem Prinzen. »Ich habe noch nie einen Celestial mit solchen Eigenschaften wie Euren gesehen.«

»Die Elfen sind an Raels Gesetze gebunden«, sagte Cassiel knapp.

»Ja, Ihr braucht Euch keine Sorgen zu machen.«

»Woher wisst Ihr von meinem Titel?«

»Wie die Werwölfe haben auch wir Elfen ein scharfes Gehör. Ich musste nicht in der Nähe sein, um eure Gespräche mitzuhören. Verzeiht mir mein Fehlverhalten. Ich wollte meine Anwesenheit offenbaren, aber ich war mir nicht sicher, wie ich das tun sollte, ohne Misstrauen zu erregen, wie ich es jetzt getan habe.«

»Mein Vertrauen ist begrenzt, selbst wenn man sich mir vernünftig vorstellt, Lord Norrlen. Wenn Ihr wirklich der seid, für den Ihr Euch ausgebt.«

Dyna runzelte die Stirn. »Du glaubst ihm nicht?«

»Die Familie Norrlen ist sehr bekannt«, erzählte Cassiel ihnen. »Sie sind berühmte Soldaten, die seit mehreren tausend Jahren im Tal der Elfen dienen. Aber ich bin nicht geneigt zu glauben, dass er aus dem Haus Norrlen stammt, geschweige denn der Armeegeneral von König Leif, dem Herrscher von Greenwood, ist.«

»Ich verstehe Eure Bedenken«, sagte Rawn. »Ich hätte es bevorzugt, eure Bekanntschaft unter angenehmeren Umständen zu machen.«

Dyna musterte Rawn. Er schien nicht viel älter als dreißig Jahre zu sein, dennoch benahm er sich sehr elegant. Seine besonnene Art stammte aus einer anderen Zeit. »Lord Norrlen, darf ich Euch nach Eurem Alter fragen?«

»Ich bin zweihundertsiebenunddreißig Sommer alt.«

Ihr klappte der Mund auf. »Ist das der Grund, warum Ihr so komisch sprecht?«

Zev stupste sie wegen der unverschämten Frage in die Seite.

Rawn lächelte und schien gar nicht gekränkt zu sein. »Das könnte man so sagen.«

»Es ist kaum der Rede wert«, erwiderte Cassiel und steckte sein Schwert in die Scheide.

»Leben Celestials länger als Elfen?«

»Nicht mehr.« Er hob eine Hand, seine Finger nur ein Flüstern von ihren Lippen entfernt, als wolle er die neue Reihe von Fragen stoppen, die sich bei dieser Enthüllung in ihr zusammenbraute. Sie wollte mehr wissen, aber seine Nähe brachte ihre Gedanken kurzzeitig zum Stillstand. Er löste seinen Blick von ihrem und sagte zu Rawn: »Die wichtigere Frage ist, warum seid Ihr hier?«

»Ich schätze, es beginnt mit dem Streit im Tal.«

»Ist euresgleichen des Krieges nie überdrüssig? Man hört immer wieder von Kämpfen zwischen den Grün- und Rotelfen.«

Dyna legte verwirrt den Kopf schief. Rawn sah nicht grün aus.

»Die Bezeichnung der Elfen nach ihrer Farbe ist entstanden, um zu unterscheiden, zu welchem Königreich wir gehören«, informierte

Rawn sie. »Das Tal war einst ein einziges Königreich, bevor es sich im Jahr dreihundertsieben, am Ende des Elfheim-Zeitalters, in zwei Teile spaltete. Greenwood wurde im Südosten und das Red Highland im Südwesten gegründet. Leider wird das Tal alle paar hundert Jahre von Kriegen heimgesucht, und diese Zeit steht uns nun wieder bevor.« Er hielt inne, sein Ausdruck wurde grimmiger. »Der König des Red Highlands sucht Drachenauge.«

»Ein Drachenauge?«, fragte Dyna neugierig. »Warum sollte er das wollen?«

»Kein Auge. Er bezieht sich auf die Sage von den Zwillingsdrachenklingen«, sagte Cassiel.

»Oh.« Von dieser Sage hatte sie noch nie gehört.

Rawn nickte. »Zwei Schwerter wurden vor einigen Jahrtausenden aus den Feuern von Bái Lóng, der weißen Drachengottheit der Xián Jīng-Dynastie, geschmiedet. Diese Schwerter besaßen eine so unvorstellbare Macht, dass der Kaiser von Xián Jīng anordnete, sie zu vernichten. Leider waren sie unzerstörbar. Daraufhin sandte er seine vertrauenswürdigsten Gesandten aus, um die Schwerter an entgegengesetzten Ecken der Welt zu verstecken. Eines dieser Schwerter wurde Drachenzahn genannt, das andere Drachenauge.«

Dyna stellte sich die prächtigen, mit Drachenschuppen überzogenen Schwerter vor, deren Feuer von den tödlichen Klingen reflektiert wurde. Über welche Art von Magie verfügten sie?

»Dass das Red Highland nach Drachenauge sucht, bedeutet eine Kriegserklärung für Greenwood«, fuhr Lord Norrlen fort. »Mein König erteilte mir den Auftrag, Drachenzahn zu finden, denn es ist das einzige Schwert, das Drachenauge herausfordern kann. Ich reiste sofort nach Xián Jīng und verbrachte viele Jahre mit der Suche nach den vertraulichen Berichten über die verborgene Mission der Zwillingsklingen und viele weitere damit, sie ins Urnische zu übersetzen. Die letzte Schriftrolle enthielt eine Inschrift, die besagte, dass Drachenzahn auf nicht gefundenem Land ruht.«

Nun ergab für Dyna alles einen Sinn. »Also seid Ihr nun auf der Suche nach Mount Ida. Es ist eine Insel, die nicht gefunden werden kann.«

Rawn seufzte und blickte wehmütig an ihnen vorbei in Richtung Westen. »Es ist der einzige Ort, an dem das Schwert sein könnte. Ich habe die ganze Welt nach Mount Ida abgesucht, aber die Suche war erfolglos und nicht ganz ohne Schwierigkeiten, denn das Red Highland hat von meiner Mission erfahren. Der König hat eine Reihe von Attentätern geschickt, um mich zu behindern, und ein Kopfgeld auf mich ausgesetzt. Ich habe mich versteckt, um ihnen zu entgehen, was meine Reise weiter behindert hat. Ich kann erst nach Greenwood zurückkehren, wenn ich das Schwert gefunden habe, und die Zeit ist unbarmherzig an mir vorbeigegangen. Ich sehne mich danach, wieder zu Hause zu sein. Ich habe meine Frau seit der Geburt unseres Sohnes vor fast einem Jahr nicht mehr gesehen.«

Ihr klappte der Mund auf. »Ihr sucht Mount Ida bereits seit zwanzig Jahren?«

»Ich habe meine Familie viel zu lange vernachlässigt, während ich auf der Suche nach Drachenzahn war«, sagte Rawn und runzelte die Stirn. »Ich habe dies für meinen König und mein Land getan, aber ich möchte unbedingt nach Hause zurückkehren. Als ich hörte, dass Ihr eine Karte zur der Insel habt, bin ich Euch gefolgt. Bitte verzeiht mir. Bei meiner Ehre, es war nicht in böser Absicht.« Er ging auf die Knie und neigte den Kopf, wobei sein blondes Haar wie ein Vorhang vor sein Gesicht fiel. »Ich flehe Euch an. Bitte erlaubt mir, mich Euch anzuschließen. Ich habe alle Kontinente dieser Welt bereist sowie alle Regionen Urns. Ich kann Euch sicher zu der Insel geleiten. Ihr habt mein Wort, dass wo auch immer diese Reise hinführt, ich Eure Schritte bewachen und Euch mit meinem Leben beschützen werde. Bis ans Ende der Welt und zurück.«

Sein Versprechen beruhigte Dyna. Das war es, was sie brauchten: jemanden, der sie auf ihrer Reise begleitete.

»Nein«, erwiderte Cassiel.

»Aber wir brauchen einen Guidelander und er kennt das Land.«

»*Nein*«, wiederholte er, sein Gesicht war verhärtet. »Woher sollen wir wissen, ob an seiner Geschichte etwas Wahres dran ist? Es wäre töricht, einen Fremden in unserer Mitte aufzunehmen.«

Sie erhob sich. »Er hat mir das Leben gerettet, Cassiel.«

»Die Leute werden alles tun, um dein Vertrauen zu erlangen. Begreifst du das denn nicht?«

Dyna mochte nicht viel über die Welt wissen, aber ein Schwur eines Elfen war ein heiliger Pakt, den man nicht ohne Weiteres brach. »Nun, ich glaube ihm.«

»Das liegt daran, dass du ein dummer Mensch bist«, schnappte Cassiel.

Sie zuckte zusammen. Zum ersten Mal traf sie diese Beleidigung, als hätte er sie geschlagen.

Sein Ärger verpuffte. »Dyna, ich...«

»Diese Angelegenheit betrifft uns alle«, unterbrach sie ihn und sah weg. »Wir sollten abstimmen. Ich sage, er bleibt.«

Cassiel rieb sich die Stirn. »Ich stimme dagegen.«

Sie drehten sich zu Zev. Er blickte zwischen den beiden hin und her, dann zu Lord Norrlen, der das Urteil erwartete.

»Zev«, bat sie ihn, aber er schüttelte den Kopf.

»Es tut mir leid, Lord Norrlen.« Er nahm Rawns Schwert und gab es ihm zurück. »Ihr seid ein Risiko. Das kann ich in Dynas Nähe nicht erlauben.«

Rawn stieß einen tiefen Seufzer aus und erhob sich. »Es war mir eine Freude, Euch kennenzulernen, Milady. Ich werde Eure Freundlichkeit nicht vergessen.«

Sie hörte die schwache Traurigkeit in seiner Stimme. »Ihr verlasst uns?«

»Ich muss die Entscheidung Eurer Gefährten respektieren. Sie achten auf Eure Sicherheit und tun gut daran. Seid auf der Hut. Die Gefahr könnte ganz in der Nähe sein.«

Cassiel und Zev sahen ihn fragend an.

»Es ist nur eine nett gemeinte Warnung. Fremde Augen sind überall, und ich glaube nicht, dass ich der Einzige in Elms Nook bin.«

Rawn nahm die Zügel seines Pferdes und neigte zum Abschied den Kopf. »Ich wünsche euch einen guten Abend.« Er saß auf und galoppierte in Richtung Wald davon.

Dyna sah ihn zwischen den Bäumen verschwinden, ohne dass er zurückblickte. »Ich weiß, hier draußen lauern Risiken und Gefahren, aber er hat die Wahrheit gesagt. Er möchte nur zu seiner ... Familie zurückkehren.«

Zev streckte die Hand nach ihr aus, doch sie wich zurück. »Lord Norrlen mag gute Absichten haben, aber wir wissen nichts über ihn. Cassiel hat recht.«

»Natürlich habe ich recht.«

Sie funkelte ihn an.

Er erwiderte ihren finsteren Blick. »Es ist nur zu deinem Besten.«

»Ich bin kein Kind, Cassiel. Du wirst nicht entscheiden, was zu meinem Besten ist.«

Dyna ging auf den Bach zu und ignorierte die Rufe der beiden, umzukehren. Ihre Bedenken waren berechtigt, aber sie wollte Lord Norrlen helfen, solange er noch die Chance hatte, seine Familie wiederzusehen. Sie hatte ihre eigene verloren, und egal, was sie tat, sie konnte sie nie wieder zurückbekommen.

KAPITEL 27

CASSIEL

Der Weg nach Corron war lang und ereignislos, wenn nicht sogar etwas unangenehm. Cassiel lief hinter Zev und Dyna her und versuchte, ihren geflüsterten Streit zu hören. Doch alles, was sie sagten, wurde von dem Knirschen des Kies unter ihren Schuhen übertönt. Ihre Schritte beschleunigten sich, sobald er sich näherte, und brachten das, worüber sie diskutierten, zum Schweigen. Sie hatten heute kein Interesse daran, mit ihm zu sprechen.

Er sah zum Abendhimmel und fragte sich, ob es etwas mit den gestrigen Geschehnissen zu tun hatte. Dyna hatte seitdem nicht mehr mit ihm geredet. Warum wollte sie nicht einsehen, dass sie dem Elfen nicht vertrauen konnten?

Dennoch, sie war bestimmt sauer auf ihn. Cassiel musste zugeben, dass er etwas zu harsch gewesen war. Der verletzte Ausdruck auf ihrem Gesicht wollte ihm nicht mehr aus dem Kopf gehen. Sie würdigte ihn nicht einmal mehr eines Blickes. Der Tag war ohne ihr aufgeregtes Geschwätz, an das er sich unbewusst gewöhnt hatte, vorbeigezogen.

»Es ist Zeit zu rasten«, verkündete Zev.

Er führte sie von der Straße weg und einen Kilometer in den Wald hinein, bis sie eine kleine Lichtung fanden. Während die anderen das Lager aufschlugen, sammelte Cassiel Reisig als Anzündholz. Er holte einen Feuerstein und einen kleinen Stahlstab aus seiner Tasche und schlug damit auf die Stöcke. Die Funken setzten das Holz schnell in Brand.

Dyna legte eine Handvoll Gemüse und Kräuter für die Suppe bereit. Cassiel zögerte, bevor er eine Kartoffel nahm und sie für sie schälte. Sie murmelte ein leises Dankeschön. Er nahm an, dass das ein gutes Zeichen war, und half ihr mit dem Rest, aber die Spannung löste sich nicht. Sie verharrten in unangenehmem Schweigen, während sie darauf warteten, dass ihr Essen kochte, und es dauerte an, während sie aßen.

Als die Sonne unterging, wurde der Wind kälter – und auch die Stimmung. Irgendwann blickte Zev zu dem sich verdunkelnden Himmel und stand auf, aber Dyna zerrte an seinem Arm und diskutierte wieder mit ihm im Flüsterton.

Cassiel verschränkte die Arme vor der Brust. Er hatte die Schnauze voll. »Was ist los? Wenn ihr ein Problem mit mir habt, raus damit.«

Sie hielten beide inne und sahen über das Lagerfeuer zu ihm. Zev hatte einen abweisenden Gesichtsausdruck aufgesetzt, Dyna wich seinem Blick aus.

»Das hat nichts mit dir zu tun«, sagte Zev.

»Da bin ich anderer Meinung.« Sie verbargen etwas, und Cassiel spürte, dass es etwas Schlimmes war.

»Ich habe keine Zeit, es zu erklären.«

»Dann nimm sie dir.«

Dyna seufzte. »Wir haben gesagt, dass wir daran arbeiten werden, einander zu vertrauen. Dies ist der Zeitpunkt, den ersten Schritt zu machen, Zev.«

Sie kramte in seinem Rucksack und holte ein umfangreiches Set dicker, grober Ketten heraus. Sie klirrten, als sie sich zu ihren Füßen auf dem Boden stapelten. An jedem Ende hingen Handschellen. Cassiel starrte sie an und kam sich wie ein Idiot vor, weil er nicht hinterfragt hatte, was den Krach in Zevs Rucksack verursacht hatte.

Sofort fühlte er sich an die Geschichte seines Volkes zurückerinnert, das von den Menschen in Ketten gelegt und in Käfigen gehalten worden war. Er war weit weg von beiden celestischen Reichen, und niemand wusste, wo er war. Vorsichtig erhob er sich und griff nach dem Griff seines Schwertes. »Wofür sind die Ketten?«

Zev atmete tief durch und sah ihm in die Augen. »Ich habe zwei Verwandlungsformen. Den Wolf und den *Anderen*.«

Cassiel wusste das. Aber was hatte das mit den Ketten zu tun? Zev schaute wieder zum Himmel, und da erkannte er den Zusammenhang. Heute Nacht war Vollmond.

Er ließ seine Verteidigung sinken – erleichtert, aber trotzdem alarmiert. »Du wirst dich selbst in Ketten legen.«

»Das muss ich, sonst wird der *Andere* alles töten, was ihm in die Quere kommt. Ich kann ihn nicht kontrollieren.«

Kälte durchströmte Cassiel, als er sich an das Massaker auf der Lichtung erinnerte.

»Das ist alles, was ich dir zu sagen habe.« Zev wandte sich ab. »Lass uns gehen, Dyna.«

Cassiel sah zwischen den beiden hin und her. »Gehen wohin?«

»In den Wald«, sagte sie. »Ich muss ihn an einen Baum ketten.«

Er starrte Zev an. »Du lässt sie etwas so Barbarisches tun?«

»Ich muss«, ging sie dazwischen. »Zev kann die Ketten nicht berühren. Sie sind aus Silber.«

Er blickte auf den hässlichen Metallhaufen hinunter. Jetzt, da er sie sah, passten die Ketten genau zu den seltsamen Narben, die Zevs Körper zierten.

Dyna kramte in ihrer Tasche und holte ein Fläschchen heraus. Das Fläschchen mit der trüben Substanz, die sie Zev gegeben hatte, als er mit Silber vergiftet worden war.

»Was ist das?«, fragte Cassiel.

»Eisenhut. Es hilft, den *Anderen* zu unterwerfen.« Dyna schnappte sich die Ketten und steuerte mit Zev auf den Wald zu.

Cassiel rieb sich über das Gesicht und atmete schwer aus. »Ich werde euch begleiten.«

Er nahm einen Ast aus dem Feuer, um ihn als Fackel zu benutzen, und ging vor, ehe sie seine Entscheidung infrage stellen konnten. Er war morbide genug, dass er sehen wollte, wie der *Andere* aussah, und er musste sichergehen, dass er Dyna nichts tat, während er gefesselt war.

Niemand sprach. Ihre Schritte knirschten über herabgefallene Blätter, und ihr Atem wurde durch die kühle Luft getrübt. Als sich der Wald mit dem Sinken der Sonne verdunkelte, zirpten in den Sträuchern Grillen, Mäuse raschelten im Dickicht und eine Eule heulte über ihnen – ein Publikum für ihren düsteren Marsch.

Zev blieb vor einer alten Ulme stehen, die einen kräftigen Stamm und dicke, ausladende Wurzeln hatte. »Der hier.«

Dyna ließ die Ketten fallen und stellte die Phiole neben ihren Füßen ab. Ihre Hände zitterten, als sie die Masse entwirrte und die beiden Fesseln zusammennahm. Sie wickelte die langen Ketten einmal um den Baum. Dann stellte sie sich vor Zev, ohne ihn anzuschauen.

»Es ist notwendig«, sagte er.

»Es ist unerträglich.« Sie schnürte die Ketten fest. »Aber ich habe dir mein Wort gegeben.«

Zev hielt ihr seine Hände hin, als wäre er ein Gefangener. Dyna löste eine Fessel und legte sie ihm um das rechte Handgelenk. Sie schloss sich mit einem lauten Klirren. Er schrie auf und fiel auf die Knie. Seine Haut brutzelte unter dem Metall, Rauch stieg auf.

Dynas Gesichtszüge entglitten ihr. »Es tut mir so leid.«

Cassiel erschauderte und versuchte, nicht den Gestank von verbrannter Haut einzuatmen. Musste Zev das jeden Monat ertragen?

»Die nächste«, sagte Zev zwischen zusammengebissenen Zähnen und hob seine freie Hand. Sobald sie die Fessel um sein Handgelenk geschlossen hätte, wäre er an den Baum gefesselt. »Beeil dich, der Mond ist fast da.«

Schnell löste sie die zweite Fessel, doch als Dyna sie Zev anlegen wollte, ruckte sein Kopf hoch und er blickte an ihr vorbei, seine Augen loderten gelblich.

»Was ist los?« Dyna ließ die Fessel fallen und fuhr herum.

Cassiel suchte den dunklen Wald ab. Alle drei verharrten still und schweigend. Nichts bewegte sich oder gab einen Laut von sich, aber eine Gänsehaut kribbelte auf seinen Armen.

»Etwas ist hier«, murmelte er leise vor sich hin. Er ließ die Fackel in den Schlamm fallen und zückte sein Schwert, dessen weiße Flammen aufloderten.

Ein schwarzer Streifen brach durch die Bäume und riss Dyna zu Boden. Ihr Schrei hallte durch den Wald. Cassiel erstarrte bei dem Anblick des Wolfes, der auf Dyna lag und seine Zähne fletschte. Dyna bewegte sich nicht. Ihre großen, verängstigten Augen waren auf das Tier gerichtet, das nur Zentimeter von ihrem Gesicht entfernt war.

»Nein, Tasnia!«, rief Zev. »Sieh mich an!«

Der Wolf tat es und knurrte bösartig, wobei Sabber durch seine Zähne sickerte.

»Ich weiß, dass du sauer bist«, sagte Zev. Er streckt dem Wolf flehend seine angekettete Hand entgegen. »Du möchtest Owyn und die anderen rächen, aber meine Cousine hat nichts damit zu tun. Bitte, tu ihr nichts. Nimm stattdessen mein Leben. Es gehört dir.«

»Nein«, wimmerte Dyna.

Das wütende Knurren der Wölfin ließ Cassiel die Haare auf den Armen zu Berge stehen. Sie würde Dyna töten.

»Tasnia«, rief Zev. »Bitte.«

Cassiel umklammerte den Griff seines Schwertes fester. Wenn er nur nahe genug herankommen könnte … Er machte einen Schritt, aber die Wölfin fletschte ihre Zähne nur wenige Zentimeter vor Dynas Hals und ließ ihn stehen bleiben.

»Ich habe sie in Stücke gerissen«, erzählte Zev, sein Tonfall wurde kalt und treibend. Tasnias glühende Augen richteten sich auf ihn, und ihre Lippen zogen sich über ihre glitzernden Zähne. »Ich habe sie ausgeweidet wie die Tiere, die sie waren. Owyn habe ich in ein zerfetztes Stück Fleisch verwandelt. Als er nur noch betteln konnte, habe ich ihm das Genick gebrochen. Und ich habe es genossen.«

Tasnia stürzte sich mit einem wilden Knurren auf ihn. Zev fiel unter ihrem Gewicht zurück. Er wehrte ihre Bisse ab. Seine Klauenhände kämpften, um ihre Zähne auf Abstand zu halten. Cassiel packte Dyna und zerrte sie von ihnen weg. Ein silbernes Licht erfüllte die Lichtung, als eine weiße Kugel am Nachthimmel aufleuchtete.

»Bring sie hier weg!«, brüllte Zev Cassiel zu. Angst, Verzweiflung und Schmerz schimmerten auf seinem Gesicht.

Das war alles, was er sagen konnte.

Seine Augen rollten nach hinten, und er sackte auf den Boden, wo er heftig zuckte. Er schrie, als seine Knochen brachen und sich neu formten. Sein Rücken knickte und krümmte sich, die Muskeln zogen sich unter seiner Haut zusammen und dehnten sich. Scharfe Krallen sprossen aus seinen Fingern und Zehen. Schwarzes Fell wuchs über seinen zitternden Körper, ein langer Schwanz ragte hinter ihm hervor. Sein Gesicht verdrehte und dehnte sich und formte sich zu einer sabbernden Schnauze voller scharfer Zähne.

Zev war verschwunden.

An seiner Stelle stand ein riesiger Hybrid aus Mensch und Wolf auf zwei Beinen und heulte den Himmel an.

Der *Andere*.

Tasnia lief nicht weg. Selbst als die Bestie die Wölfin am Hals packte und hochhob, wehrte sie sich nicht. Sie hing einfach in seiner krallenbewehrten Hand, als ob sie ihr Schicksal akzeptierte. Ihre keuchenden Atemzüge wurden schwächer und schwächer, als der *Andere* zudrückte. Cassiel zuckte beim Knirschen der Knochen zusammen. Der Wolf fiel schlaff zu Boden und wurde dann zur Seite ins Gebüsch geschleudert.

Die glühenden Augen des *Anderen* richteten sich nun auf ihn. Mit nur einer angeketteten Hand hielt ihn nichts im Zaum.

Lauf, befahl sein Instinkt, aber die Angst ließ Cassiel wie angewurzelt dastehen. Er konnte sich nicht bewegen oder seinen Blick von der Monstrosität abwenden, die ihn nun jagte.

Er bemerkte nicht, dass Dyna von seiner Seite gewichen war, bis er sie hinter dem *Anderen* mit der zweiten Fessel entdeckte. Sie bewegte sich auf ihn zu, aber die Ketten klirrten. Die Bestie drehte sich zu ihr und brüllte. Sie schrie auf, und die Ketten glitten ihr aus den zitternden Händen. Die Bestie griff sie an und schleuderte sie über die Lichtung. Mit einem furchtbaren Knall prallte sie gegen einen Felsblock. Blut floss von ihrer Hüfte bis zu ihrem Oberschenkel, wo ihr Kleid aufgeschlitzt war. Der *Andere* stürzte sich auf sie, aus seinen scharfen Zähnen sickerte Speichel.

Dyna schüttelte ihren Kopf. »Nein, Zev!«

Er biss ihr in die Schulter. Dynas durchdringender Schrei hallte durch den Wald. Blut floss über ihren Rücken und durchtränkte ihre Kleidung. Der *Andere* begann, sie wegzuschleifen.

Beweg dich!

Der Gedanke riss Cassiel aus seiner Paralyse, und er sprintete auf sie zu. Er erhob sich in die Luft und stieß einen wütenden Schrei aus. Die Bestie drehte sich um, als er ihr seinen Stiefel hart ins Gesicht rammte. Der Tritt betäubte den *Anderen* so sehr, dass er von Dyna abließ. Cassiel hob sie hoch und trug sie in die Luft.

Sie krallte sich an ihm fest, ihre Hände zitterten. »Wir müssen Zev an den Baum festketten. Der Eisenhut, ich habe ihn auf dem Boden gelassen. Aber wenn du an ihn herankommst...

»Bist du verrückt?«, unterbrach er sie. »Ich werde mich nicht einmal in die Nähe dieses Dings wagen.«

»Wenn Zev wegläuft, könnte er jemanden töten. Wir müssen ihn aufhalten!«

Der *Andere* kreiste auf dem Boden unter ihnen und beobachtete sie mit hungrigen Augen. Die Ketten schleiften hinter ihm her, noch immer an einer seiner Vorderpfoten befestigt. Cassiel war es egal, ob die Bestie weglief, solange sie sie nur in Ruhe ließ.

Dyna streichelte seine Wange. Er zuckte bei der Berührung zusammen und begegnete ihrem traurigen Blick. Tränen glitzerten wie Perlen auf ihren Wimpern.

»Bitte«, flehte sie ihn an. Ihre Stimme zitterte. »Wir müssen ihm helfen.«

Sie setzte ihr Vertrauen in ihn, wie sie es in Hilos getan hatte. So sehr er sich auch nicht einmischen wollte, er konnte ihr nicht widerstehen, wenn sie ihn so ansah.

»Er muss nur mit der anderen Fessel an den Baum gekettet werden.«

Als wäre das so einfach.

Die Bestie stürzte sich auf sie. Cassiel wich den schnappenden Zähnen nur um Haaresbreite aus. Er flog höher und setzte Dyna auf dem höchsten Ast eines Baumes ab. Der *Andere* machte einen weiteren Sprung. Cassiel nutzte die Gelegenheit, um nach unten zu fliegen und das andere Ende der Ketten zu ergreifen.

Er blieb auf dem Boden und stellte sich der Bestie entgegen. Sie stürmte vorwärts, ihre schillernden Augen fingen das Mondlicht ein. Cassiel zwang sich, durchzuatmen, Adrenalin peitschte durch seinen Körper. Die Ketten klapperten in seinen zitternden Händen, als die Kreatur ihn umkreiste.

Er öffnete die Fessel. Alles, was er tun musste, war, den *Anderen* an den Baum zu ketten. Wie schwierig konnte das schon sein?

Der *Andere* stürzte sich auf ihn. Cassiel sprintete vorwärts, rutschte über den Boden und erreichte so den Rücken der Bestie. Sie knurrte und stürzte sich wieder auf ihn. Er flog in die Luft. Mit all seiner Kraft schleuderte er die Ketten wie ein Lasso um den Körper des *Anderen*. Er riss es mit der Kraft seiner Flügel nach hinten und warf ihn von den Füßen.

Cassiel verharrte einen Moment, überrascht, dass es funktioniert hatte, und zerrte dann das schwere Tier zum Baum. Doch der *Andere* löste sich schnell von den Ketten und stürzte sich auf ihn. Er warf sich zurück, als die Klauen sein Hemd zerrissen. Cassiel landete schwer auf dem Boden und klopfte sich auf die Brust, wobei er sich verdammt glücklich schätzte, dass sie unversehrt war.

Als er merkte, dass er dorthin gefallen war, wo Dyna den Eisenhut zurückgelassen hatte, wagte er es, für eine Sekunde den Blick von der Bestie abzuwenden und den Blätterteppich abzusuchen. Seine Finger fuhren über eine vertraute, runde Form.

»Cassiel!«, schrie Dyna.

Er wich dem Angriff aus und ließ den *Anderen* kopfüber gegen den Baum prallen. Die Bestie taumelte über die Wurzeln, benommen von dem Schlag. Cassiel hob den Krug mit Eisenhut, und als die Bestie brüllte, schüttete er den Inhalt in ihren Schlund. Ein grässliches Heulen durchzog den Wald. Der *Andere* fiel zurück, strampelte und heulte vor Schmerz.

Cassiel ergriff das eine Ende der Ketten und flog schnell um den Baum herum, wobei er sie mehrmals um den *Anderen* schlang, dann ließ er die verbleibende Fessel um sein freies Handgelenk schnappen. Das Tier wehrte sich, knurrte und versuchte, ihn zu beißen.

Er stolperte davon, um zu sehen, ob die Ketten halten würden, was sie zum Glück taten. Der *Andere* jaulte auf, als sein Fell unter den Ketten qualmte. Mit einem Heulen der Niederlage sackte er gegen den Baum.

Cassiel stützte sich auf seine Knie, während er schwer atmete und nach Luft schnappte. Er schüttelte den Kopf über die Kreatur, die er überwältigt hatte. Sie hatte keine Ähnlichkeit mit Zev. »Er ist verloren, Dyna.«

»Nein«, wimmerte sie, Tränen rannen über ihr Gesicht.

»Dieses Ding ist nicht dein Cousin«, sagte Cassiel.

»Wenn die Sonne aufgeht, wird er wieder er selbst sein.« Sie begann, den Baum herunterzuklettern. Blut floss an ihrem Bein herunter. Sie schrie wegen der Belastung ihrer verwundeten Schulter auf, und ihre blutigen Hände rutschten von dem Ast, an dem sie hing. Cassiel erhob sich, fing sie auf und trug sie zu Boden.

Sobald er sie abgesetzt hatte, näherte sich Dyna vorsichtig der Bestie. »Zev, ich bin es. Du erkennst mich, oder?«

»Was tust du da?«, fragte Cassiel. »Geh weg von ihm!«

Dyna schüttelte ihren Kopf, schluchzte. »Ich weiß, dass du immer noch da drin bist. Du kannst dagegen ankämpfen. Bitte, versuche es.«

Der *Andere* hörte auf zu winseln und fixierte sie.

»Ganz genau, ich bin es.« Sie hob ihre blutige Hand, um die Schnauze des Tieres zu streicheln, doch der *Andere* geriet in Raserei und schnappte nach ihr.

»Geh zurück!« Cassiel zog sie weg.

»Zev ist noch da. Er hat mich gehört.«

»Er hat dich fast in Stücke gerissen!«

Blut floss aus den tiefen Wunden an ihrer Schulter und Taille. Ihr zerfetztes Kleid hing nur noch in Streifen an ihrem Körper. Zev hatte versucht, sie zu töten. Cassiel sah Dynas Entsetzen in dem Moment, als ihr das klar wurde. Ihr Atem kam in schnellen Stößen, ihr Körper zitterte.

»Atme ...«, beruhigte er sie.

Aber sie konnte es nicht. Ihre Augen rollten nach hinten, und sie kippte nach vorn.

»Dyna!« Cassiel fing sie auf und tätschelte ihr das Gesicht. Es war sinnlos. Sie hatte zu viel Blut verloren.

Er nahm sie in seine Arme und flog zurück zum Lager. Bald tauchten die flackernden orangefarbenen Flammen ihres Lagerfeuers vor ihm auf. Er stürzte herab und legte sie auf das Gras neben dem Lagerfeuer. Cassiel schnappte sich Dynas Tasche und kippte seinen Inhalt aus. Azerans Tagebuch, ihr Notizbuch und getrocknete Pflanzen fielen heraus. Es gab keine Verbände, und die Keramikgefäße waren nicht beschriftet. Er wusste nicht, wofür sie verwendet wurden, geschweige denn kannte er die Pflanzen. Er war ein Narr gewesen, dass er ihr nicht richtig zugehört hatte.

»Verfluchte Scheiße!«

Sie war die Kräutermeisterin. Er wusste nicht, was er tun sollte. Das Fehlen von Verbandszeug war nebensächlich. Er musste die Blutung stoppen.

Cassiel hob den durchnässten Stoff an, um ihre zerschundene Schulter zu untersuchen. Das zerrissene Material entglitt seinen Fingern und enthüllte ihren nackten Körper. Dunkelrote Spuren zogen sich von den Einstichen in ihrer Schulter, wo Zev sie gebissen hatte. Er öffnete ihren zerfledderten Rock und stellte fest, dass das Gleiche für die gezackten Wunden galt, die von ihrer Taille bis zu ihrem Oberschenkel verliefen. Cassiel presste seine Hände auf die Wunden und übte Druck aus. Ihr warmes Blut sickerte durch seine Finger. Der Puls von Dyna war schwach und zu langsam.

Er konnte spüren, wie das Leben aus ihrem Körper wich.

Cassiel senkte seinen Kopf. »Ich weiß nicht, wie ich dich retten soll. Ich kann die Blutung nicht stoppen.«

Er drückte fester auf ihre Wunden, in dem verzweifelten Versuch, zu verhindern, dass sie noch mehr Blut verlor...

Blut.

Sein Blut könnte sie retten! Aber er durfte es ihr nicht geben. Es war illegal, und er war ein verfluchtes Halbblut. Sein Blut konnte sie vielleicht gar nicht heilen. Cassiels Hände zitterten, als er mit seiner Moral und dem celestischen Gesetz rang. Heiliges Blut mit einem Menschen zu teilen, bedeutete Verbannung. Man würde ihm die Flügel nehmen, und er würde nie wieder einen Fuß in eines der vier celestischen Reiche setzen.

Dynas Puls verschwand unter seinen Fingerspitzen und ließ ihn in Verzweiflung versinken. Er blickte auf ihr blasses Gesicht und wünschte sich, sie würde aufwachen und ihm ihr sorgloses Lächeln schenken, das er nicht mochte. Wenn sie starb, obwohl er sie hätte retten können, würde er sich das nie verzeihen.

Cassiel kramte in ihrem Rucksack und warf Gegenstände heraus, bis er das Tranchiermesser fand. Er zuckte zusammen, als er seine beiden Handflächen aufschlitzte. Zitternd atmete er ein und legte sie auf ihre Wunden.

In dem Moment, als weißes Licht unter seinen Händen aufblitzte, wusste er, dass er einen schweren Fehler begangen hatte.

Die Kraft schoss wie ein Blitz durch seinen Körper und erfüllte jede Faser seines Wesens mit unglaublicher Hitze. Sie fraß sich mit einer Kraft durch Muskeln und Knochen, die ihn zu Boden geworfen hätte, hätte er nicht gekniet. Die brennende Kraft setzte ihren Weg von ihm zu Dyna fort, und Licht brach in einem hellen Strahl aus ihr hervor.

Ihr Herz hämmerte wie das schnelle Flattern eines Kolibris in seiner Brust. Seine Hände pochten mit elektrischer Wärme, wo sie sich berührten. Es gab ein Ziehen und ein Verschmelzen in ihm, als sich seine Lebenskraft mit der ihren verband. Gewaltige Wellen der Lust rauschten durch seine Adern, das Blut pochte in seinen Ohren und raubte ihm den Atem. Als er dachte, es würde ihn ganz verschlingen, ließ das Gefühl nach und sein Herzschlag verlangsamte sich. Im gleichen Rhythmus wie Dynas.

Die Erkenntnis, was er getan hatte, lastete wie das Gewicht der Welt auf seinen Schultern. Er hatte ihr nur sein Blut geben wollen, aber in seiner Panik hatte er es stattdessen mit ihr getauscht. Deshalb wusste Cassiel eines mit einer erschreckenden Gewissheit, die ihn bis in seine Seele erschütterte.

Er hatte sein Blut mit dem von Dynalya Astron verbunden.

KAPITEL 28

CASSIEL

Cassiel hatte sich im Unterricht mit vielen Themen beschäftigt, aber die Gouvernante des Schlosses hatte die Praktik des Blutbindens stets außer Acht gelassen. »*Ihr werdet niemanden finden, der sich mit Euch binden möchte, Eure Hoheit. Deswegen ist es zwecklos, dieses Thema zu behandeln.*« Er hatte nicht widersprochen, weil er ihr insgeheim zugestimmt hatte.

Niemand wollte einen Nephilim als Lebensgefährten.

Cassiel riss seine zitternden Hände von Dyna und tränkte sie mit eiskaltem Wasser aus einem Wassersack. Die tiefen Risse kribbelten, als sie sich zusammenzogen. Er starrte bestürzt auf seine makellosen Handflächen. Es war unmöglich, Dynas Blut aus seinem Körper zu waschen.

Der frische Wind, der durch die Bäume wehte, kühlte den Schweiß auf seinem Rücken, und ein Schauer durchfuhr ihn, als in der Ferne ein Heulen ertönte. Er blickte zum Mond, der hoch zwischen den funkelnden Sternen am Himmel stand.

»*Elyōn* ... was habe ich getan?« Seine Worte waren nicht mehr als ein Flüstern.

Er war ein Kind gewesen, als er das letzte Mal zu dem Gott des Lebens gesprochen hatte. Es war trivial, irgendeine Führung von ihm zu erwarten, denn sie kam nie, wenn er sie brauchte. Vielleicht war er es gar nicht wert, dass er sie erhielt. Er war ein Fehler – etwas, das nicht existieren sollte.

Cassiel schloss die Augen und versuchte mit seinem ganzen Willen, die letzte Stunde ungeschehen zu machen. Aber eine unbestreitbare, hypnotische Kraft summte zwischen ihm und Dyna. Die Scham lastete auf ihm wie ein Urteil des Himmels.

Celestials hoben sich das Blutband für ihren Lebenspartner auf, denn der Akt des Bluttausches verband ihre Leben für immer miteinander. Er konnte nie wieder rückgängig gemacht werden. Nicht bevor er durch das Tor des Todes ging, was erst viele Jahrhunderte später der Fall sein würde, wenn Dyna schon lange tot war. Er vergrub das Gesicht in den Händen und stöhnte, während er an seinen Haaren zog.

Aus dem Impuls heraus, ihr das Leben zu retten, hatte er sie unbeabsichtigt geheiratet. War das alles, was es brauchte, um eine Ehefrau zu gewinnen?

Er hatte gedacht, der Akt des Bindens wäre komplex und würde etwas Bedeutungsvolleres erfordern. Aber er hatte noch nie einer celestischen Hochzeit beigewohnt, deswegen hatte er noch nie gesehen, wie sich zwei Celestials aneinander banden. Cassiel hatte sich auch nicht darum gekümmert, in Erfahrung zu bringen, wie dieses Ritual funktionierte. Demzufolge, was er darüber gehört hatte, wurden während der Zeremonie Eide abgelegt, dann folgten einige körperliche und psychologische Veränderungen, während die Bindung hergestellt wurde. In seinem Gedankenkarussell konnte er sich nicht an die Details erinnern. Aber eines wusste er: Blutbande erzeugten keine Gefühle der Zuneigung.

Dyna würde ihm das übel nehmen.

Cassiel blickte auf seine frisch gebundene Frau hinunter und verzog bei dem Anblick ihres nackten, vor Kälte prickelnden Körpers das Gesicht. Er wollte sie mit einer Decke zudecken, doch er bemerkte, dass ihre Verletzungen noch nicht verheilt waren. Wirkte sein Blut nicht?

Ihre Atmung war gleichmäßig, und die tiefen Wunden bluteten nicht mehr. Er nahm ihr Handgelenk und fühlte ihren starken Puls. Sein Blut *musste* gewirkt haben. Es war das erste Mal gewesen, dass er jemanden geheilt hatte. Er war sich nicht sicher, was er erwarten sollte. Seine eigene Heilung erfolgte sofort, aber vielleicht brauchte sein unreines Blut länger, um andere zu heilen.

Im Mondlicht fiel ihm noch etwas anderes auf. Reihen von alten, gezackten Narben zogen sich von Dynas Schlüsselbein bis zu ihrer Brust. Krallenspuren. Das war ihr schon einmal passiert. Der Tiefe und Breite der Narben nach zu urteilen, war der Angriff lebensbedrohlich gewesen, doch sie hatte überlebt.

Cassiel seufzte und bedeckte sie. »Du wirst auch dieses Mal überleben. Ich nehme an, das ist alles, was zählt.«

Nachdem er einen Topf mit Wasser über dem Feuer erwärmt hatte, riss er seine zerstörte Tunika in große Streifen. Er zog den Rest von Dynas zerfetzter Kleidung aus, wobei er darauf achtete, sie nicht zu begaffen. Den Unterrock ließ er unberührt, denn der einzige Schaden war ein Schlitz in dem blutigen Stoff.

Vorsichtig wusch Cassiel sie mit dem erhitzten Wasser. Der metallische Geruch von Blut war so stark, dass er ihn fast schmeckte. Dann verband er ihren Oberschenkel, ihre Taille und ihre Schulter mit den Streifen seiner Tunika.

Jedes Mal, wenn er ihre Haut berührte, zog ein Kribbeln seinen Arm hinauf. Die Energielinie fühlte sich ähnlich an wie bei der Seelensuche, aber das hier war zehnmal intensiver. Es musste ein Teil ihrer ... neuen Verbindung sein.

Cassiel wickelte Dyna erneut in die Decke. Verkrustetes Blut bedeckte ihre Locken und Augenbrauen und sprenkelte ihre Lippen. Er säuberte ihr Gesicht, dann wusch er ihr das Haar und ließ die weichen Strähnen zwischen seinen Fingern zerlaufen.

Unter all den Fehlern, die er begangen hatte, war der lächerlichste, sich an einen Menschen gebunden zu haben. Cassiel richtete sich bei dieser Erinnerung auf.

Dyna war ein *Mensch*.

Sie musste sich nicht an die celestischen Bräuche halten. Sie hatte nicht eingewilligt, ihn zu heiraten, also war ihre Ehe ungültig. Aber Annullierungen gab es bei den Celestials nie. Blutbande waren heilig. Immerwährend. Wenn sein Vater davon erfuhr, könnte er sie zwingen, ihren Bund zu ehren.

Doch er musste es nicht erfahren. Niemand musste das.

Cassiel fluchte und knetete seine Schläfen. Es war unmöglich, diese Angelegenheit lange zu verheimlichen. Er würde seine Ehe mit Dyna spätestens dann gestehen müssen, wenn sein Vater ihn dazu zwang, eine andere Frau zu heiraten. Einmal gebunden, konnte er sein Blut nie wieder mit jemand anderem austauschen. Ein solcher Schritt wäre Ehebruch. Diese Untreue würde nicht nur ein Blutband auflösen, sondern auch Selbstkasteiung und Verschmähung nach sich ziehen.

Nein.

Er würde nicht zulassen, dass jemand Dyna verpflichtete, die Bindung einzuhalten.

Nicht mit ihm.

Er weigerte sich, ihr das Leben aufzubürden, das seine Mutter hatte ertragen müssen. Wenn sie Dyna zwangen, in Hilos zu bleiben, würde der Hass seines Volkes sie brechen. Die Vorstellung davon ließ ihn seine Fäuste ballen. Wenn er sie vor irgendetwas schützen konnte, dann davor. Immer.

Verwirrt über sich selbst, betrachtete er die weichen Kurven von Dynas Gesicht. Die Glut des Feuers betonte ihren seidenen Mund und ihre Nase. Er strich ihr eine Haarsträhne von der Wange, seine Finger kribbelten.

Was war an diesem Menschen, dass er das Bedürfnis hatte, ihn zu beschützen?

Vielleicht lag es daran, dass sich Dyna so sehr bemühte, das zu tun, was sie allein tun konnte, und er wollte ihr helfen, wo sie kläglich versagte. Oder weil er sie, so dumm sie auch war, unglaublich mutig fand, sich in die unbekannte Welt hinauszuwagen, um einen Dämon zu bekämpfen.

Dyna wimmerte im Schlaf. Sie murmelte unverständliche Worte und wurde immer unruhiger, während sich in ihren Augenwinkeln Tränen sammelten. Cassiel fasste sich an die Brust, als ihn ein Hauch von Angst durchströmte. Doch es war nicht seine Angst, sondern ihre. Sie sickerte durch das Band zwischen ihnen.

Als ihr Wimmern immer lauter wurde, wuchs auch die Panik, die er in ihr spürte, bis sie schließlich verzweifelt wurde. Cassiel streckte die Hand aus, um Dyna zu wecken, aber er zögerte, ihren geschundenen Körper zu berühren. Er fand eine Stelle an ihrem Knöchel und wickelte seine Finger zart darum. Das Band vibrierte mit warmer Energie und ließ den Schrecken verblassen, der ihn durchzuckt hatte.

Dynas Weinen verstummte. Sie wachte auf und blinzelte verschlafen Richtung Nachthimmel. Er versuchte, seine Hand heimlich zurückzuziehen, aber sie bemerkte ihn.

»Cassiel?« Sie stöhnte und presste ihre Hand auf die Stirn. »Was ist passiert? Wo ist Zev?« Sie setzte sich auf, wodurch die Decke herunterrutschte und sie entblößte. Er wandte schnell das Gesicht ab. Dyna kreischte und beeilte sich, sich zu bedecken. »Wo ist meine Kleidung?«

»Ich musste sie ausziehen, um deine Wunden zu behandeln«, sagte Cassiel und zwang seine Stimme zur Ruhe. Er deutete auf den Haufen blutiger Lumpen neben ihm. »Das ist alles, was noch von ihr übrig ist, und ich habe keine Wechselkleidung für dich gefunden.«

»Oh ... Ich habe meine Ersatzkleidung in Hilos verloren.«

Cassiel seufzte. Er hatte nicht genug Kraft, um genervt zu sein. Zu beschäftigt war er damit, den Anblick ihrer Brüste aus seinem Kopf zu vertreiben.

»Hast du deine Tunika für mich zerrissen?«

Sie musste die Farbe ihrer Bandagen bemerkt haben und dass sein Oberkörper ebenfalls nackt war.

»Kleidungsstücke sind austauschbar, du nicht.« Cassiel schämte sich, so etwas zu sagen. Was war nur los mit ihm?

Es gab eine weitere kurze Pause, gefolgt von dem Geräusch, dass sich Dyna ein wenig bewegte. »Ich bin bedeckt. Du kannst dich wieder umdrehen.«

Er wagte es nicht. Zum Glück verbarg die Dunkelheit sein heißes Gesicht, denn er war sich sicher, dass es knallrot geworden war. Seine Flügel zuckten unter ihrem Blick, der sich in seinen Rücken bohrte.

»Du hast mir schon wieder das Leben gerettet. Ich werde für immer in deiner Schuld stehen.«

Er stöhnte. Anstatt wütend auf ihn zu sein, war sie ihm dankbar. Das sorgte nur dafür, dass er sich noch mehr schuldig fühlte. »Schluss mit dem Unsinn. Das ist das letzte Mal, dass wir von Schulden sprechen.«

»Danke, Cassiel. Du hast ein gutes Herz.«

Die Röte wanderte zu seinem Hals. »Das habe ich nicht.«

»Doch.«

»*Nein.*« Er machte eine scharfe Geste durch die Luft, um die Debatte zu beenden.

»Was ist mit deiner Hand passiert?«

Cassiel sah zu seinen Handflächen hinunter. Da waren Blutreste, die auf seinen Handgelenken und Armen getrocknet waren. Überall.

»Bist du verletzt? Ich kümmere mich darum.

»Es ist nichts.«

Cassiel wusch sich schnell das Blut ab, dann fischte er eine saubere Tunika aus seinem Rucksack und zog sie über. Er schloss seine Flügel um sich und wollte aus ihrem Blickfeld verschwinden. Einen Moment lang saß er so da, mit dem Rücken zu ihr und dem knisternden Feuer. Ihre Schatten bewegten sich gemeinsam im hohen Gras.

Er wollte Dyna fragen, wie sie sich fühlte. Sie schien keine Schmerzen zu haben. War sie schon geheilt?

Ein Heulen erklang über den Baumkronen.

»Die Bestie macht das schon eine ganze Weile«, sagte er.

»Zev ist keine Bestie. Er wird morgen früh wieder er selbst sein.«

Cassiel blickte auf ihren Schatten. »Ich hätte dich niemals mein Messer wegwerfen lassen dürfen, Dyna.« Er drehte sich zu ihr um. Sie starrte ihn aus dem Haufen Decken an, der sie bis zum Hals umhüllte. Er hob die Fetzen ihres blutigen Rocks hoch. »Zev hätte dich fast in Stücke gerissen. Wenn er keine Bestie ist, warum ist er dann wie eine angekettet?«

Dyna wandte den Blick ab, ihre Augen tränten. »Weil ich Zev versprochen habe, ihn in Ketten zu legen. Wenn ich es nicht getan hätte, hätte er sich das Leben genommen.«

Cassiels wachsende Irritation verflog mit dem Rauschen des Atems, der ihn verließ. Darauf gab es nichts zu erwidern. Er warf die Lumpen ins Feuer, und sie sahen zu, wie die Flammen sie verschlangen.

»Zevs Vater war ein guter Mann«, sagte Dyna sanft. »Er war der jüngere Bruder meines Vaters. Beide waren bekannte Kräutermeister, aber das Dorf war für beide zu klein, deswegen reiste Onkel Belzev in nahegelegene Städte, um dort zu arbeiten. Eines Tages verkündete er, das er geheiratet habe, und er zog weg, um mit seiner Frau zu leben. Mein Vater hat sie nie kennengelernt, und mein Onkel hat nie von ihr gesprochen. Jahre später kehrte er nach North Star zurück, mit einem Baby im Arm. Erst dann erzählte er meinem Vater, dass er in Lykos Peak mit einer Werwölfin gelebt hatte, die ihn als Partner ausgewählt hatte. Aber er hatte sie verlassen, weil sie ihr Kind abgelehnt hatte. Sie wollte kein Halbblut.«

Cassiels Brust zog sich zusammen. In der Ferne ertönte ein weiteres Heulen.

»Mein Vater nahm die beiden auf, und Zev wuchs zu einem süßen Jungen heran. Er war drei Herbste alt, als ich geboren wurde. Er hat immer über mich gewacht, als wäre er mein großer Bruder. Als Kind habe ich nicht erkannt, dass Zev besonders war. Ich dachte, seine Fähigkeit, sich in einen Wolf zu verwandeln, sei normal. Mir war nicht aufgefallen, dass er sich nur im Kreise unserer Familie verwandelte. Als ein Dorfbewohner davon mitbekam, breitete sich Angst aus und der Rat verbannte Zev aus North Star. Er verstand nicht, warum die anderen ihn eine Bestie nannten und ihn mit Steinen bewarfen. Er war nur ein kleiner Junge. Es brach ihm das Herz, ungewollt zu sein.«

Die Beleidigungen, die Malakel Cassiel während ihrer Kindheit entgegengeschleudert hatte, klangen in seinen Ohren wider. *Dreckiges Halbblut. Verfluchter Nephilim. Abscheulichkeit.*

Dyna rollte sich auf den Knien zusammen und stützte ihr Kinn auf ihre Arme, während sie das Lagerfeuer betrachtete. »Sie kehrten nach Lykos Peak zurück, damit Zev unter seinesgleichen sein konnte. Wir trafen uns jahrelang auf einer Wiese außerhalb des Dorfes, bis der Schatten meine Familie tötete. Onkel Belzev kam nicht mehr, aber Zev und ich trafen uns weiterhin. Je älter er wurde, desto entmutigter wurde er. Das Rudel betrachtete ihn als abnormal, also mieden die anderen Wölfe ihn, und seine Mutter konnte ihn nicht lieben. Ich glaube, sie nahm es ihm übel, dass Belzev ihn ihr vorgezogen hatte.«

Cassiel kannte das Ausmaß an Missgunst und Eifersucht nur zu gut. Es hatte Königin Mirah wahnsinnig gemacht, als sein Vater seine Mutter gewählt hatte. Seine Kindheit war von ihrem Hass geprägt gewesen. *Du bist ein Nichts.*

»Als Zev im Alter von dreizehn die Volljährigkeit erreichte, wurde alles nur noch schwieriger.« Dynas sanfte Stimme verwandelte sich in ein Flüstern. »An dem Tag, als er seine erste Vollmondverwandlung hatte, erschien der *Andere*.«

Cassiel unterdrückte ein Schaudern. »Was ist der *Andere*?«

»Seine zweite Verwandlungsform; eine Manifestation, die dadurch entsteht, dass er halb Mensch und halb Wolf ist. Mächtig und aggressiv. Werwölfe ziehen keine Mischlingskinder auf, weil sie sich vor dem *Anderen* fürchten.«

»Die Verwandlung sah schmerzhaft aus«, sagte Cassiel und erinnerte sich daran, wie Zev gezappelt hatte, als eine andere Kraft ihn gebeugt und gedehnt hatte, als wäre er Teig.

»Das ist es. Wenn er sich in einen Wolf verwandelt, tut es weh, aber es passiert schnell und seine Masse verändert sich nicht. Aber wenn er sich in den *Anderen* verwandelt, brechen seine Knochen und zwingen ihn, eine neue Form anzunehmen.«

»Woher hat er die Ketten?«

Dyna rieb sich die alten Narben auf ihrem Schlüsselbein und starrte ausdruckslos an ihm vorbei. »Sein Vater hat sie anfertigen lassen, nachdem ...«

»Er dich angegriffen hatte.«

»Es war nicht seine Absicht. Er war nicht bei Verstand.«

»Spiel das nicht herunter. Diese Wunden hätten dich töten können.«

»Belzev hat mich mit der Essenzheilung behandelt.«

Cassiel runzelte die Stirn, aber er wollte nicht darüber diskutieren, wie ihre Familie Magie verwendete. Etwas Mächtiges musste sie vor solch schweren Wunden bewahrt haben. »Und das Rudel hat das einfach ignoriert?«

»Der Alpha war gezwungen, Zev und seinen Vater weiterhin in Lykos Peak leben zu lassen, da Belzev das Rudel vor einer Epidemie gerettet hatte. Sie standen in seiner Schuld.«

Cassiel schüttelte den Kopf. »Aber wie konnte dein Onkel im Territorium der Werwölfe leben? Der Vollmond zwingt alle Werwölfe, die Kontrolle über ihre Wölfe abzugeben. Und dann ist es ihr erster Instinkt, zu jagen.«

Ein trauriges Lächeln zupfte an Dynas Mundwinkeln. »Onkel Belzev hatte ihr Haus am Rande von Lykos Peak in der Nähe einer Gruppe von Eschenbäumen gebaut. Werwölfe hassen den Geruch. Zur Sicherheit pflanzte er um das Haus herum Eisenhut, der für sie giftig ist. Das Rudel hat ihn nie gejagt, aber ich vermute, dass die Angst vor dem *Anderen* es auf Abstand gehalten hat.«

»Die Ketten reichen, um ihn in Schach zu halten?«

»Silber ist der Fluch der Werwölfe. Belzev benutzte die Ketten, um den *Anderen* während des Vollmonds zu bändigen, und er stellte ein verdünntes Elixier aus Eisenhut her, um ihn zu unterwerfen. Das Elixier machte Zev krank, aber sein Vater sagte, dass er es nicht mehr brauchen würde, sobald er gelernt hätte, den *Anderen* zu kontrollieren. Durch Training lernte er schließlich, die Verwandlung fast die ganze Nacht hinauszuzögern. Zwar verwandelte er sich trotzdem immer wieder in den *Anderen*, aber das bestärkte Onkel Belzev in dem Glauben, dass es Zev schaffen könnte.« Dyna hielt inne und wandte ihr Gesicht zum Sternenhimmel.

Cassiel atmete angesichts des tiefen Kummers, der ihn durchströmte, flach ein. »Aber das hat er nicht.«

Tränen kullerten über Dynas Wangen und sammelten sich am Ende ihres Kinns. Ihre Stimme schwankte, als sie sprach: »In einer Herbstnacht, an Zevs achtzehntem Geburtstag, beschloss Onkel Belzev, dass er bereit war, von den Ketten befreit zu werden. Als Zev am nächsten Morgen aufwachte, fand er sein Haus blutverschmiert und seinen Vater in Stücke gerissen vor. Kannst du dir vorstellen, wie er sich gefühlt haben muss, zu wissen, dass er ihn mit seinen eigenen Händen getötet hatte?«

Cassiel konnte nicht antworten.

Er stellte sich das Gemetzel vor, in dessen Mitte Zev gekniet hatte, verloren und gebrochen, als er realisiert hatte, was er getan hatte. All das Grauen und der Schmerz lasteten schwer auf Cassiels Brust.

»Seine Mutter wollte ihn tot sehen«, sagte Dyna. »Stattdessen hat der Alpha ihn verbannt. Aber Zev wollte nicht mehr leben. Er ging in den Wald, um zu sterben. Ich fand ihn Tage später auf der Wiese, im Delirium des Hungers und verwirrt durch den Wahnsinn. Ich versprach Zev, dass ich ihn anketten würde. Ich musste es, damit er weiterlebte. Seitdem sind drei Jahre vergangen, in der ich in jeder Vollmondnacht mein Versprechen halte.« Am Ende ihrer Erzählung legte sie den Kopf auf die Arme. Ihre Schultern bebten, als sie lautlos weinte.

Wut und Trauer regten sich in Cassiel. Er war sich nicht sicher, wie viel davon von ihm stammte oder ob es nur Dynas Gefühle waren, die durch ihr Band in ihn sickerten. Doch die Trauer war schwer, bedrückend und verschlang ihn auf eine Weise, die ihn verwirrt zurückließ. Er wollte sie ihr nehmen und sei es nur, um zu verhindern, dass sie sich auf ihn auswirkte.

Jetzt verstand er, warum Zev kurz davor war, dem Wahnsinn zu verfallen.

Schuld hatte ihn gebrochen, dennoch lächelte und lachte er – für Dyna. Er spielte für sie diese Rolle. Der tief verwurzelte Instinkt, seine Familie zu beschützen, war das Einzige, das ihn am Leben hielt.

Nicht ein einziges Mal hatte Cassiel an die Menschen gedacht, mit denen er unterwegs war. Zevs Kindheit in Lykos Peak war nicht viel anders gewesen als seine in Hilos. Sie wurden beide verachtet und ausgegrenzt, weil sie Halbblüter waren. Mit Schrecken stellte er fest, dass er Zev genauso behandelt hatte. Er war nicht besser als Malakel. Vor Selbstekel verdreht sich Cassiel der Magen.

Aber diese Methode, den *Anderen* zu bändigen, war zu gefährlich. Dyna musste damit aufhören.

»Das Beste wäre, ihn gehen zu lassen«, sagte Cassiel. »Du kannst nicht länger für seine Ketten verantwortlich sein.«

Dyna wischte ihr Gesicht mit einer Decke ab. »Ich muss. Ich bin die Einzige, auf die er sich verlassen kann. Sonst wird er seinen Verstand verlieren.«

Cassiels Schläfen pulsierten schmerzhaft. »Ihn weiterhin anzuketten, wird dich irgendwann töten. Du wärst heute fast gestorben. *Schon wieder.* Warum musst du ständig dein Leben riskieren?«

»Ich tue es gern. Für meine Familie.«

Er starrte sie ungläubig an. »Was?«

»Manche Leute schätzen Reichtum, Land und Wohlstand. Ich schätze meine Familie. Sie ist alles, was mir noch geblieben ist. Und wenn ich eins gelernt habe, dann das Familie etwas ist, an dem man festhalten muss.«

Das machte für ihn wenig Sinn, da er keine derartige Verbindung zu jemandem hatte. Das ganze Konzept von Familie war ihm fremd.

Cassiel blickte finster in das Feuer. »Die Familie verletzt dich viel mehr, als irgendjemand anderes es je könnte. Sich auf andere zu verlassen, etwas von ihnen zu erwarten, führt nur zu Enttäuschungen.«

»Und wenn schon. Es gibt nichts auf der Erde oder im Himmel, das mich davon abhalten könnte, denjenigen zu helfen, die ich liebe.«

Bei den Göttern, diese Frau war unfassbar.

Cassiels Fäuste ballten sich so fest im Schoß zusammen, dass sich seine Fingernägel in seine Haut bohrten. »Ich verstehe dich nicht. Wenn wir uns berühren, sehe ich deine Seele. Ich sehe dein Herz. Wenn irgendjemand ehrlich gelitten hat, dann du. Dennoch haben dich Hass und Egoismus nicht korrumpiert.«

Dyna schnappte nach Luft. »Was? Du kannst meine...«

»Ich verstehe es nicht!«, unterbrach er sie. »Warum bist du nicht von Zorn zerfressen wegen dem, was dir und deinen Liebsten widerfahren ist? Du hast allen Grund, dein Schicksal zu hassen und die Welt zu verfluchen. Warum rennst du nicht weg und versteckst dich vor allem, was dich belastet?«

Warum kämpfte sie weiter darum, ihr Leben in vollen Zügen zu leben, während er seines längst aufgegeben hatte?

Dyna drückte ihre Hand auf ihre Brust. Ihre schimmernden Augen durchdrangen ihn und sahen durch die Mauer aus Stein, die er um sich herum errichtet hatte. Durch die Verbindung spürte sie seine ganze Bosheit und Wut. Es war ärgerlich und demütigend.

Cassiel wollte von ihr wegfliegen. Weit weg in irgendeine unbekannte Richtung, bis er ihre Anwesenheit nicht mehr in sich spüren konnte.

»Wut ...«, sagte sie, während sie seinen Blick hielt. »... und Hass haben mich eine Weile begleitet, doch ich habe beschlossen, sie aus meinem Leben zu verbannen. Es war schwer, aber diese Gefühle haben mir nichts genützt.«

Cassiel schüttelte seinen Kopf. Er verstand immer noch nicht, wie das möglich war. »Ich brauche sie ...« Das geflüsterte Geständnis entschlüpfte seinem Mund, als ob es ein anderer gesprochen hätte.

Wut hielt ihn am Leben. Hass machte ihn stark. Ohne sie hätte er nichts.

»Ich verstehe.« Ihre sanfte Antwort brannte sich in ihn und ließ seine Sicht verschwimmen.

»Nein«, erwiderte er harsch. »Tust du *nicht*.«

Sie war kein verfluchtes Halbblut. Sie war nicht als Objekt des Ekels und des Spottes geboren worden, auf das andere spuckten. Wie sollte sie ihn jemals verstehen?

Dyna erhob sich und kniete sich neben ihn. Cassiel musterte ihr Gesicht. Er versuchte, etwas darin zu erkennen, irgendetwas Dunkles oder Unvollkommenes, das sie ihm nicht gezeigt hatte. Doch das Einzige, was nicht perfekt war, waren die Frakturen, die ihr Herz umgaben.

Die Art, wie sie ihn ansah, war so bizarr, wie sie es war. Er wollte ihr Mitleid nicht. Er brauchte es...

Dyna legte seine warme Hand auf seine Wange. Ein Summen von Energie durchströmte ihre körperliche Verbindung und bewegte sich durch ihn. Ihrem überraschten Gesichtsausdruck nach zu urteilen, spürte sie es auch.

Einen Moment lang dachte Cassiel, sie hätte herausgefunden, was zwischen ihnen geschehen war. Er verspürte den verzweifelten Drang, sich von ihr zu lösen, doch er ebbte ab, als die Verbindung ihn mit sanftem Frieden erfüllte. Das Gefühl umhüllte ihn mit einer Wärme, die seine steifen Schultern sinken ließ, und er lehnte sich in ihre Handfläche. Es dauerte eine Weile, bis er das Gefühl der Behaglichkeit erkannte.

Warum tröstete sie ihn, wenn sie es doch selbst nötig hatte? Ihre seltsame Art widersprach allem, was er über Menschen zu wissen geglaubt hatte – oder war sie einfach anders?

Dyna behandelte ihn, als würde seine niedere Existenz sie nicht stören, als würde das, was er war, sie nicht anekeln. Sein Verstand kämpfte damit, zu akzeptieren, dass sie ihn nicht ablehnte, dabei spürte er es durch die Verbindung. Sie hatte keine Abneigung gegen ihn – und das, obwohl er sie grundlos so kalt behandelt hatte.

Warum war sie so freundlich zu ihm? Er hatte ihr mehr als genug Gründe gegeben, ihn zu verschmähen.

Cassiels zweite Sicht wurde ausgelöst, und ihre hypnotisierende Seele öffnete sich ihm in einer Flut von leuchtenden Farben. Er wusste nicht, wie so etwas Schönes existieren konnte oder wieso er das Privileg hatte, es zu sehen.

Dyna wurde ganz still, da sie ahnte, dass er auf Seelensuche war. Aber sie bewegte sich nicht weg. Sie hielt seinem Blick stand, während ihre Seele ihn in seinen Bann zog.

Cassiels Augen wurden schwer, und er ließ sich fallen. Alles, was er war, löste sich auf. Alles, was ihn beunruhigte, fiel von ihm ab. Und er verschwand in den endlosen Tiefen.

Während er sich dort verlor, dachte er, dass er sich dort auch wiederfinden könnte.

KAPITEL 29

ZEV

Feuer brannte sich in jede Ecke von Zevs Verstand. Ein trockenes Heulen verließ seinen Mund, das zu einem Schrei anwuchs, als die sengenden Qualen ihn verzehrten. Die Ketten waren wie Fesseln aus heißem Eisen. Wo das Silber ihn berührte, stiegen Rauch und Dampf auf. Er versuchte, sich zu bewegen, aber die Ketten hatten seinen nackten Körper fest an die Ulme gepresst, die schweren Fesseln um jedes Handgelenk befestigt. Um sich in der Nacht so zu verheddern, musste der *Andere* verzweifelt darum kämpfen, sich zu befreien.

Zev knirschte mit den Zähnen und versuchte, die Qualen aus seinem Kopf zu verdrängen. Wolken seines röchelnden Atems schwebten in der Morgenkälte. Doch die Kälte tat wenig, um seine brennende Haut zu lindern. Die Ketten und seine Zähne klapperten durch sein unkontrollierbares Zittern. Es blieb ihm nichts anderes übrig, als darauf zu warten, dass Dyna ihn befreite.

Ein Ulmenblatt schwebte herab und landete neben seinem Gesicht auf dem Boden. Er prägte sich die leuchtend orangene Farbe, den Geruch und die gezackte Form ein und versuchte, an etwas anderes zu denken als an das Brennen und Klingeln in seinen Ohren.

Der Wahnsinn flüsterte ihm wieder zu – so, wie er es immer tat. *Vergiss den Schmerz. Vergiss die Vergangenheit. Vergiss die Ketten. Gib dich hin.*

Zev knurrte und drängte den Wahnsinn zurück, die Ablenkung machte ihn wieder anfällig für den Schmerz. Er verzehrte ihn bis zum Delirium. Seine Schreie schallten über die Lichtung und erfüllten den Wald mit seiner Qual und seinem Kummer.

Er musste es ertragen. Er hatte die Folter verdient.

Die Ketten waren eine Strafe für seine größte Sünde, und die zurückgelassenen Narben waren ein Zeugnis. Ein Sohn, der seinen Vater ermordet hatte, hatte kein Recht auf etwas anderes.

Zevs Sicht verzerrte und verdunkelte sich, er schwebte am Abgrund. Seine Sinne stumpften ab, und er wurde wie betäubt. Dyna hatte noch nie so lange gebraucht, um ihn zu befreien, und die engen Ketten hatten sich tief in seine Haut gebrannt. Sein Körper hatte seine Grenze erreicht.

Er starb.

Der Gedanke sollte ihm Angst machen, aber er war bereit. Er wollte diese Welt verlassen und an einen anderen Ort gehen, wo all dieser Schmerz nicht existierte.

Eine dunkle Gestalt schlüpfte zwischen den Bäumen hervor. Sie näherte sich ihm im Schatten der Morgenwolken, ihre Bewegungen waren flink und lautlos. Ein schwarzer Mantel umhüllte ihren Körper, eine Kapuze verdeckte ihr Gesicht.

Der Tod war gekommen, um seine Seele zu holen.

Er erreichte seine Seite, machte aber keine Anstalten, ihn zu holen. Warum starrte er ihn nur an? Wartete er auf Erlaubnis?

»Ich bin bereit … durch das Tor … zu gehen …«, krächzte Zev.

Der Tod antwortete nicht.

»Bitte …«, flehte er. »Beende es.«

Nach einem Moment schob sich der Umhang des Todes beiseite und offenbarte eine schwarz behandschuhte Hand, die einen Dolch hielt. Das Morgenlicht glänzte auf der scharfen Klinge und dem rot vergoldeten Griff. Die Waffe kam ihm bekannt vor, aber er konnte sich nicht erinnern, wo er sie schon einmal gesehen hatte.

»Zev!«, drang eine schwache Stimme an sein gedämpftes Gehör. »Zev!«

Der Tod verschwand in einem Windstoß, als eine leuchtende Gestalt durch das Dickicht brach. Ein in Licht gehüllter Seraph. Das Wesen eilte an seine Seite, und sein Gesicht wurde klarer.

»Zev, ich bin hier!« Dynas kühle Hände umfassten sein schweißnasses Gesicht, und seine Sinne kehrten an ihren Platz zurück. All das Leid und der Gestank seines brennenden Fleisches prasselten auf ihn nieder.

Dyna fummelte an einem Schlüssel, der an einem Stück Schnur hing. Sie steckte ihn in eine Fessel, und er hörte das deutliche Klicken seiner Freiheit, bevor die Fesseln klirrend in den Schmutz fielen. Dyna versuchte, die Ketten behutsam zu entfernen, aber Zev schrie auf, als jedes Stück seiner geschmolzenen Haut mit ihnen weggerissen wurde. Sie rezitierte Entschuldigungen wie ein Gebet, Tränen liefen ihr über das Gesicht. Die abscheulichen Ketten bildeten einen Haufen zu ihren Füßen, Streifen seines verwesenden Fleisches klebten an den dicken Gliedern. Das Silber hinterließ Verbrennungen, die sich kreuz und quer von seinem Hals über die Brust und den ganzen Rücken bis hinunter zu seinen Beinen zogen.

Dyna legte ihm schnell eine Decke um die Taille und führte einen Wasserschlauch an seine Lippen. Das eisige Wasser rann ihm die trockene Kehle hinunter.

»Bitte, lass mich dich heilen.«

»Nein.« Seine Stimme war nicht mehr als ein raues Flüstern. »Nicht.«

»Warum tust du dir das an? Diese Verbrennungen können sich infizieren.«

»Nein!« Zev riss sich von ihr los. Die Verletzungen und die Entstellung waren eine Buße, die er tragen musste. Seine eigenen Augen tränten bei dem Klang ihres leisen Weinens. »Es tut mir leid.«

Er sah Dyna wieder an und stellte fest, dass sie immer noch schwach glühte. Ihre zerzausten roten Locken verdeckten ihren gesenkten Kopf, eine seiner Tuniken hing an ihrem dünnen Körper und fiel von einer schmalen Schulter, die mit getrocknetem Blut verschmiert war. Ihr befleckter Unterrock war zerfetzt – zerrissen von dem, was seine Krallen gewesen sein mussten.

Zev zuckte zusammen, als er sich dazu zwang, sich aufzusetzen. »Dyna, was ist passiert?«

Sie konnte nicht ohne größere Verletzungen entkommen sein, aber er sah keine an ihr. Ihr getrocknetes Blut roch seltsam. Es vermischte sich mit einem anderen, süßlicheren Duft, den er schon einmal gerochen hatte.

»Ist das Cassiels Blut?«, fragte er ungläubig.

Dyna nickte. »Er hat mir geholfen, dich anzuketten ... und ich denke, dass er mich geheilt hat.«

Zevs Augen weiteten sich, während er sie musterte. Dass Cassiel das getan hatte, konnte nur eines bedeuten: Er hatte keine andere Wahl gehabt.

»Wie schlimm war es? Sag mir die Wahrheit.«

Sie konnte ihn nicht ansehen.

Er streckte die Hand nach ihr aus, und sie wich zurück. Als er das Phantom der Angst auf ihrem Gesicht sah, verschluckte ihn das Elend. Wie viele von seiner Familie musste der *Andere* noch töten, bevor er sein Ende fand?

Zev zog an seinen Haaren, als der Wahnsinn in seinen Gedanken kreischte: *Bringer des Verderbens. Saat des Unglücks. Du stinkst nach Tod!*

Sein Wolf knurrte in dem Nebel seines Bewusstseins, und sein Fell wuchs über seinen Körper, als der Wahnsinn ihn übermannte.

»Nein, nein, mir geht es gut. Ich bin am leben! Höre nicht auf seine Lügen!« Dyna schlang ihre Arme um ihn. Sie murmelte beruhigende Worte, bis das wahnsinnige Geflüster verstummte.

Ihr Geruch hatte sich verändert. Er war leicht, verweilte unter der Oberfläche. Sie roch ätherisch.

Wie Cassiel.

»Vergib mir«, flehte er. »Bitte.«

Dyna schüttelte den Kopf. »Es gibt nichts zu vergeben, Zev. Das warst nicht du.«

Doch, das war er. Der *Andere* würde immer ein Teil von ihm sein. Das wahnsinnige Flüstern kehrte zurück, winkend und verlockend. Zev sehnte sich danach, das anzunehmen, was es ihm bot. Er wollte so nicht mehr leben.

Dyna hielt ihn fest, während er bitterlich weinte und sein ganzer Schmerz in erschütternden Schreien aus ihm herausströmte. Sie ließ ihn nicht los, selbst als er leer und erschöpft war. Lange saßen sie schweigend zusammen und ließen das Leben an sich vorüberziehen.

Als es später Morgen wurde, entdeckte Zev den Kadaver einer Wölfin, der halb im Gebüsch lag und über dem Fliegen schwirrten. Er brauchte nicht zu fragen, um zu wissen, dass er es gewesen war, der sie getötet hatte.

»Wer war sie?«, fragte Dyna.

»Tasnia, Luna des Lykos-Rudels. Owyns Partnerin.« Zev verschränkte die Arme über seinen gebeugten Knien und legte seinen Kopf auf ihnen ab. »Sie kam, um Rache an mir zu nehmen.«

Tasnia war einer der wenigen Wölfe gewesen, die nett zu ihm gewesen waren. Und er hatte es ihr gedankt, indem er ihr ihren Partner genommen hatte. Er hatte letzte Nacht die Anfänge des Wahnsinns in ihr gesehen, gepaart mit Wut, Sorge und Betrug. Er hätte wissen müssen, dass sie sich an ihm rächen würde für das, was er ihrem Partner angetan hatte.

»Es war mehr als das«, erwiderte Dyna. »Als der *Andere* erschien, rannte sie nicht weg. Sie kämpfte auch nicht.«

Zev schloss die Augen. Tasnia musste ihm gefolgt sein und in der Ferne auf die Vollmondnacht gewartet haben, damit er sie tötete. Sie hatte es vorgezogen, ihr Leben als Wolf zu beenden, anstatt sich dem Wahnsinn hinzugeben, und sich gleichzeitig an Zev zu rächen. Die Schuld an ihrem Tod durch seine Hand und Owyns letzte Worte würden immer auf ihm lasten.

Du bist kein Wolf. Du bist ein Dämon.

Dyna ergriff seinen Arm. »Komm, lass uns zum Lager zurückgehen.«

Zev kämpfte sich auf die Beine, stolperte gegen die Ulme und konnte kaum stehen. Dyna richtete sich neben ihm auf, sodass er sich auf sie stützen konnte, und sie wankten davon, wobei Dyna nur innehielt, um die verfluchten Ketten zu ergreifen und sie mitzuschleppen. Es war ein langsamer Marsch durch den Wald, während Zev einen Fuß vor den anderen setzte.

Schließlich verließen sie die Baumgrenze und betraten die Lichtung, auf der sie ihr Lager aufgeschlagen hatten. Der Celestial-Prinz saß an einem lodernden Feuer inmitten eines Grasfeldes, das unter einer Schicht Morgentau glitzerte. Zu Zevs Überraschung eilte er herbei, um ihnen zu helfen. Cassiel nahm Dyna die Ketten ab und legte sich Zevs Arm über die Schultern. Er trug den größten Teil des Gewichts und schleppte ihn den Rest des Weges zum Lager.

Zev zischte und zuckte, als sie ihm halfen, sich flach auf das nasse Gras zu legen. Er schloss seine müden Augen gegen das grelle Licht der Sonne. Eine tiefe Müdigkeit überkam ihn und zog ihn in die Tiefe.

»Lass mich dich heilen«, bat Dyna erneut.

Zev wollte nicht mehr darüber mit ihr diskutieren. Er rollte sich auf die Seite und kehrte ihnen den Rücken zu. Cassiel fluchte, als er die Verbrennungen dort sah.

»Ich kann es nicht ertragen, dich so zu sehen«, sagte sie mit bebender Stimme. »Bitte.«

Der Klang ihres Weinens war so schmerzhaft wie seine Wunden, weswegen er nicht mehr protestierte. Sie kniete sich hin und hielt ihre beiden Hände über seinen Körper. Wärme überkam ihn, als lebendige grüne Essenz von ihren Fingerspitzen ausstrahlte. Die Luft lud sich statisch auf und kribbelte auf seiner Haut. Das Licht wuchs und hüllte ihn in einen Kokon ein.

Cassiel zog zischend die Luft ein.

Langsam schmolzen Zevs Schmerzen wie Schnee im Frühling. Er lag still da und beobachtete, wie die Brandwunden an seinen Armen die verschiedenen Stadien der Heilung durchliefen, als würde die Zeit in dem grünen Licht vorbeiziehen. Sie schlossen sich und verschorften, dann fiel die Kruste ab und hinterließ ungepflegte rosafarbene Narben. Die letzte Wunde über Zevs Herz vernarbte, und Dynas Essenz verblasste.

»So«, murmelte Dyna leise, ehe sie zusammenbrach.

»Dyna!«, rief Cassiel. »Sie ist bewusstlos.«

Zev seufzte und rollte sich auf den Rücken.

Der Prinz hielt ihren schlaffen Körper auf seinem Schoß, ihr Kopf lehnte an seiner Brust. »Was ist passiert? Was war das?«

»Sie wird sich erholen«, nuschelte Zev. »Sie braucht nur Ruhe.«

»Das braucht ihr beide.«

Zev murmelte eine unzusammenhängende Antwort, ehe seine blutunterlaufenen Augen zufielen und die Müdigkeit ihn übermannte.

Der Geruch von Haferbrei riss Zev aus seinen Träumen. Er blubberte in einem kleinen Topf, der über dem Lagerfeuer hing. Dyna schlief tief und fest im Gras neben ihm unter einem Haufen von Decken. Cassiel saß bei ihnen, seinen abwesenden Blick auf ihr Gesicht gerichtet. Er hielt einen schwarzen Flügel über sie gestreckt, der Schatten gegen die Sonne spendete, die hoch am klaren blauen Himmel stand.

»Wie lange habe ich geschlafen?«, fragte Zev. Sein Hals war immer noch rau und trocken.

»Den halben Tag.«

Zev stöhnte, als er sich aufrichtete. Seine Muskeln waren steif und taten weh.

Cassiel verlor kein Wort über das, was letzte Nacht passiert war. Er musterte Dyna besorgt.

»Sie wird bald aufwachen«, sagte Zev und ging zu seinem Rucksack, um sich frische Kleidung anzuziehen und in seine Stiefel zu schlüpfen.

»Wann?«

Er wusste es nicht. Es könnte sich um einen Tag oder auch um eine Woche handeln. Hoffentlich nicht länger. Sie hatte sich komplett erschöpft, indem sie ihn geheilt hatte.

Cassiel sah zu ihm und betrachtete die neuen Narben an seinen Armen und Beinen. »Dieses Licht, das sie hervorgerufen hat, war Essenzheilung?«

»Ja.«

»Aber die Wunden haben Narben hinterlassen.«

Zev rieb sich über den Ellbogen, auf dem das Kettenglied eingeprägt war. »Essenzheilung verwendet Lebensenergie, um Wunden und Krankheiten zu heilen. Ähnlich wie dein Heiliges Blut, aber nicht so mächtig, und sie ist auch kein endgültiges Heilmittel. Dyna kann sich damit nicht selbst heilen, geschweige denn Erkrankungen. Die Essenzheilung dringt in den Körper ein, um Verletzungen zu lokalisieren und die körpereigene Regeneration anzukurbeln.«

»Sie erwähnte, dass Heilmagie viel Kraft erfordert.«

»Je nach dem Ausmaß der Wunde kann sie ihre Essenz verbrauchen und sie bewusstlos machen, bis sie sich erholt hat.«

»Deshalb ist nie noch nicht aufgewacht.«

»Meinem Vater passierte das gelegentlich. Er war auch ein Kräutermeister aus der Linie von Azeran …« Zev brach ab. Er wollte nicht über ihn sprechen.

»So wie ich das sehe, war es nicht deine Schuld«, murmelte Cassiel. »Er hat dich ohne Ketten zurückgelassen.«

Zev nahm einen tiefen Atemzug. »Sie hat es dir erzählt?«

»Ja, das hat sie.«

Er wandte sich ab und starrte auf das verfärbte, verformte Gewebe an seinen Handgelenken. Cassiel hatte keine Antworten von ihm verlangt, denn Dyna hatte sie ihm bereits gegeben.

»Ich wünschte, sie hätte es nicht getan. Du verachtest mich schon genug.«

Eine leichte Röte färbte das Gesicht des Prinzen. »Ich verachte dich nicht, ich wusste nur nicht, wie ich dich einordnen sollte. Ich habe gelernt, dass die Menschen alle gleich sind, egal woher sie kommen. Sie lehnen ab und fürchten sich vor dem, was nicht in ihre gesellschaftlichen Vorstellungen passt.« Cassiel zupfte an einer seiner heruntergefallenen Federn, die im Gras lag, und drehte den Schaft zwischen seinen Fingerspitzen. »Celestials betrachten sich selbst als eine reine und heilige Rasse. Sie sind intolerant gegenüber allem Unnatürlichen. Sie hassen mich, weil ich halb Mensch bin, und ich hasse sie für ihre Engstirnigkeit. Ich habe mir geschworen, nie so zu werden wie sie, aber ich ...« Er seufzte und warf die Feder ins Feuer, wo sie in einem Funken zerbarst. »Ich habe das Gleiche mit dir gemacht. Das war falsch.«

Zev hob seine Augenbrauen. »Entschuldigst du dich etwa gerade?«

Cassiel räusperte sich und fummelte an den elfenbeinfarbenen Knöpfen seiner Tunika herum. »Ich räume Fehler in meinem Verhalten ein.«

Zev schmunzelte und fuhr sich durch sein verfilztes Haar. Näher als das würde er wohl nicht an eine Entschuldigung herankommen. »Ich hätte meinen Zustand nicht so lange vor dir verheimlichen dürfen. Es ist schwierig, darüber zu sprechen.«

»Ich verstehe das besser als die meisten. Aber wenn du es mir nicht erzählt hättest und ich euch letzte Nacht nicht in den Wald gefolgt wäre, wäre Dyna jetzt mit Sicherheit tot.«

Zev wich zurück.

»Erinnerst du dich nicht?«

»Ich habe keine Erinnerungen mehr, sobald der *Andere* die Kontrolle übernimmt.«

»Du warst entschlossen, uns zu töten.« Der Wind wehte ihnen entgegen und trieb Cassiels Duft zu Zev. Es war subtil, aber der Prinz roch wie Dyna.

»Du hast ihr dein Blut gegeben.«

Cassiels Röte flammte wieder auf und füllte sein Gesicht. »Sie lag im Sterben und i–ich wusste nicht, was ich sonst tun sollte.«

»Du hast ihr erneut das Leben gerettet. Ich weiß, was das bedeutet.«

Cassiels Augen weiteten sich. »Das tust du?«

»Es ist Celestials verboten, ihr Heiliges Blut an Menschen zu geben. Du könntest verbannt werden.«

»Oh, richtig ...«

Zev war sich nicht sicher, ob der Prinz erleichtert oder verängstigt über seine Worte war. »Es ist ein schwerwiegendes Gesetz, das du um ihretwillen gebrochen hast. Egal, welche Konsequenzen das für dich haben wird, ich werde zu deinen Gunsten sprechen und deinem Vater erklären, was passiert ist.«

»Das ist nicht nötig«, sagte er beunruhigt.

»Danke, Cassiel. Ohne dich wäre sie nicht mehr am Leben.«

Er erschauderte, die Röte wanderte zu seinem Hals. »Bitte dank mir nicht.«

Zev legte seinen Kopf schief und versuchte, ihn zu lesen. »Warum? Das ist eine Schuld, die ich nie werde begleichen können.«

Cassiel seufzte. »Ich bitte dich einfach, nie ein Wort darüber zu verlieren. Das genügt mir als Dank.«

Zev stimmte bereitwillig zu. Im Gegenzug für die Rettung ihres Lebens hätte er zu allem Ja gesagt.

Zev schlief nicht viel in dieser Nacht, genauso wie Cassiel. Sie saßen bei Dyna, hoffend und wartend, dass sie endlich aufwachte. Je länger sie warteten, desto ängstlicher wurden sie. Sie war zu still, ihr Atem zu ruhig. Zev hörte immer wieder ihren Herzschlag ab, und Cassiel überprüfte ihren Puls.

Nach einem halben Tag ohne Veränderung versuchten beide, sich mit einfachen Aufgaben rund um das Lager zu beschäftigen, wie der Einteilung der Vorräte und dem Suchen nach Nahrung. Irgendwann nahm sich Zev die Zeit, Tasnia ordentlich zu beerdigen. Das war er ihr und Owyn schuldig.

Im Morgengrauen des nächsten Tages atmeten beide erleichtert auf, als sich Dynas Augen endlich flatternd öffneten. Ihr Teint hatte seine Farbe verloren, ihr Gesicht war hager und ihr Haar stumpf. *Ihre Lebenskraft ist erschöpft*, dachte Zev, als sie ihnen ein schwaches Lächeln schenkte, das ihn mitten ins Herz traf. Er musste sich mit der Angelegenheit abfinden. Ihr Gesundheitszustand würde sich verbessern, sobald sich ihre Essenz regeneriert hatte.

Zev bestand darauf, dass sie etwas aß, und so servierte der Prinz ihnen Tee und Manna-Brot aus seinen letzten Vorräten. Während sie aßen, diskutierten sie, ob sie sofort weiterreisen sollten.

»Du brauchst eine weitere Nacht Ruhe«, sagte Zev und versuchte, nicht mit den Zähnen zu knirschen, als er die violetten Schatten um ihre Augen sah.

Dyna schüttelte den Kopf und nippte an ihrem Becher. Sie kauerte unter einem Haufen Decken, dennoch konnte sie nicht aufhören zu zittern.

Cassiel runzelte die Stirn. »Wir werden Corron nicht vor Einbruch der Nacht erreichen. Du kannst genauso gut schlafen.«

»Ich möchte nicht noch mehr Zeit verschwenden«, beharrte sie.

Widerwillig packte Zev ihre Rucksäcke, und sie machten sich auf die Suche nach der Hauptstraße. Als sie diese gefunden hatten, blieben sie im Wald und nutzten die Barriere aus hohen Sträuchern zwischen ihnen und der Straße, um sich vor Blicken zu verbergen.

Nach einem halben Kilometer schien sich Dyna etwas zu erholen. Sie summte vor sich hin und pflückte Zweige am Wegesrand. An einem Strauch kniend, strich sie sich eine Strähne ihres scharlachroten Haares hinter ein Ohr und kaute auf ihrer Lippe, während sie etwas in ihr Notizbuch schrieb.

Wann immer sie stehen blieb, blieb auch der Prinz stehen. Wenn sie weiterging, ging auch Cassiel weiter. Zev beobachtete ihren Tanz. Sie bewegten sich in einem seltsamen Gleichklang, spiegelten sich unbewusst gegenseitig. Von Zeit zu Zeit warfen sie sich einen Blick zu, wenn der andere nicht hinsah.

Dyna streckte sich auf den Zehenspitzen, um ein loses Stück Rinde von einem Baum zu kratzen, wobei ihr Unterrock verrutschte und der Schlitz ihren Oberschenkel entblößte. Cassiel errötete und wandte den Blick ab, als er Zevs amüsiertem Grinsen begegnete.

»Was?«, zischte er.

Zev hob eine Augenbraue. »Du verhältst dich komisch.«

»Oh, tue ich das?« Cassiel warf sich seinen Rucksack über die Schulter und ging an ihm vorbei. »In Anbetracht der Ereignisse von gestern Abend kann man mir das wohl verzeihen.«

»Stimmt.« Zev schloss zu ihm auf. »Tut mir leid.«

»Ich bin ein Idiot, dass ich es nicht früher herausgefunden habe, selbst das mit den Ketten.«

»Was dachtest du, wofür sie sind?«

»Nun, ähm ...« Cassiel kratzte sich am Kinn.

»Du dachtest, wir würden dich anketten und ausbluten lassen.« Zev verschränkte die Arme vor der Brust. »Du nimmst wirklich das Schlimmste von den Menschen an.«

»Es besteht immer die Gefahr, dass Wilderer meinesgleichen jagen.«

»Sieht sie aus wie eine Wilderin?« Zev nickte in Dynas Richtung. Sie tippte mit einem Bleistift auf ihr Notizbuch, während sie gedankenverloren eine andere Pflanze betrachtete.

»Nun, nein«, sagte Cassiel entrüstet. »Aber die meisten würden der Versuchung, einen Celestial zu fangen, nicht widerstehen.«

Zev schlug dem Prinzen auf die Schulter und riss ihn mit seinem Gewicht fast von den Füßen. »Wenn ich das wollte, bräuchte ich keine Ketten. Es würde nicht viel brauchen, um einen deiner Flügel zu brechen und dich vom Wegfliegen abzuhalten.«

Cassiels Augen verengten sich zu Schlitzen.

Zev lachte und schlenderte weiter, während er ihn leise grummeln hörte.

»Ignorier ihn, Cassiel. Er ärgert dich nur«, erwiderte Dyna.

»Ich mochte es lieber, als er mich angeknurrt hat.«

Sie lachte. »Du lügst.«

»Wie kannst du es wagen, einen Prinzen des Lügens zu bezichtigen?«, erwiderte Cassiel gutmütig und brachte sie erneut zum Lachen.

Überrascht hielt Zev inne und drehte sich um. Dyna und der Prinz gingen lässig nebeneinander her, viel näher, als er es zuvor zugelassen hatte.

»Wegen letzter Nacht ... Ich möchte dir dafür danken, was du getan hast«, sagte sie.

»Es gibt nichts, wofür du mir dankbar sein solltest.«

»Wir wissen beide, dass das nicht stimmt.« Dyna hielt an und nahm Cassiels Hand in ihre. Beide zuckten plötzlich zusammen und sahen auf ihre ineinander verschlungenen Finger hinunter, doch keiner von beiden ließ los. »Dieses Gefühl ... ist es das, was du Seelensuche nennst? Es fühlt sich anders an als vorher.«

Cassiel erstarrte. Er schluckte und wandte seinen Blick von ihrem fragenden Gesicht ab. Als er bemerkte, dass Zev ihn beobachtete, huschte kurz Panik über seine Züge. Er entriss Dyna seine Hand. »Wir sollten uns beeilen, wenn wir vorankommen wollen. Corron liegt noch fast siebzig Kilometer vor uns.«

Der Prinz eilte weiter und ließ sie zurück. Zev runzelte die Stirn und wusste nicht, was er von dieser seltsamen Reaktion halten sollte. Dyna schenkte ihm ein verwirrtes Lächeln.

Als sie weitergingen, wurde Zev das seltsame Gefühl nicht los, dass seine Cousine nicht mehr dieselbe war. Neben ihrem Geruch war da noch etwas anderes an ihr. Etwas Neues, das er nicht genau beschreiben konnte. Letzte Nacht hatte sie sich verändert.

Und er vermutete, dass es nicht nur an ihm lag.

KAPITEL 30

VON

Von lauschte dem Abendwind, der an Tarns Zelt vorbeizog. Er erschütterte die Decke und ließ die an den Stützbalken hängenden Anhänger klimpern. Es gab mehrere davon: hölzerne Ornamente, getrocknete Kräuter, glänzende Perlen, Papierstreifen mit kalligrafischen Symbolen und Kristalle. Von hatte sie alle auf ihren Reisen durch die Welt gesammelt – zum Schutz des Meisters oder zu einem anderen Zweck, der ihm diente.

In der Mitte hing ein großer blutroter Kristall an einer Spange in Form von Krallen. Der Kristallkern. Er war es, der alle widerspenstigen Sklaven bändigte, die die Messingarmbänder tragen mussten. Die Magie des Kristalls hielt sie in einer bestimmten Entfernung vom Lager und vom Kristall selbst gefangen. Er führte auch zu einer unangenehmen Bestrafung, wenn sie versuchten, ihrem Meister zu schaden.

Verkohlte Umrisse von Runen markierten die geölten Zeltplanen, in die ein Druide sie eingelassen hatte. Die Zaubersprüche waren über ein Jahrzehnt alt, aber die Ladung ihrer Macht bewegte sich in dem Raum und kribbelte auf seiner Haut.

Vons Füße sanken in die auf dem Boden ausgebreiteten Felle, als er durch den Raum ging, um die auf Eisenständern aufgestellten Kerzen anzuzünden. Neben einem hohen Himmelbett aus luxuriösem, dunklem Holz standen Truhen voller glitzerndem Gold. Schwarze Seidenlaken und flauschige Kissen bedeckten die plüschige Daunenmatratze.

Es war ein extravagantes Bett für jemanden, der nie darin schlief.

Der Meister trank jede Nacht sechs Tropfen Hexengebräu vermischt mit seinem Wein, damit er keine Ruhe brauchte. Tarn hatte zu viele Feinde, um so etwas zu riskieren. Von konnte an einer Hand abzählen, wie oft er ihn hatte schlafen sehen. Das erste Mal war in der Nacht gewesen, als sie die Horde überlebt hatten, und das zweite Mal …

Tarn saß mit Yavi am Esstisch. Er beobachtete sie aufmerksam, während sie die Heilige Schriftrolle studierte, die Von in Landcaster erworben hatte. Die gezackte Narbe, die sich über sein Gesicht zog, trat im Kerzenlicht noch deutlicher und unansehnlicher hervor.

Von würde nie vergessen, wie Tarns Gesicht entzweigerissen worden war, die Haut aufgefaltet und die darunterliegenden Muskeln für jeden sichtbar. Aber die Schreie, die in seinen Erinnerungen widerhallten, gehörten nicht dem Meister. Sie gehörten zu dem Xián Jīng-Attentäter, der ihm diese Narbe zugefügt hatte.

Er ging weiter zu den Kerzenständern, die neben dem Schreibtisch standen. Darauf lagen dicke Wälzer, die eine Karte von Azure flankierten. Er zündete die letzte Kerze an und brachte sie zu dem Tisch, an dem Yavi inmitten eines Wirrwarrs von Briefen, Dokumenten und Heiligen Schriftrollen arbeitete.

Ihre Feder klirrte leicht in dem Tintenfass, dann schrieb sie weiter auf einem anderen Blatt Pergament. Das schwache Licht leuchtete in dem abgedunkelten Zelt auf ihrem Gesicht und erhellte die kastanienbraunen Locken, die ihr in weichen Wellen über die Schultern fielen. Sie saß etwas aufrechter, und ihre Augen schimmerten ein wenig fröhlicher, während sie arbeitete. Das Übersetzen der Heiligen Schriftrollen war die einzige Zeit, in der sie lesen und schreiben durfte. Eine solche Bildung war unter Frauen eine Seltenheit, besonders in Yavis Alter.

Von folgte dem Wirbeln der nassen Tinte, während sie saubere Buchstaben formte. Als sie den letzten Satz beendet hatte, schnappte sich Tarn das Pergament und hinterließ einen Tintenklecks auf dem Tisch.

»Du hättest nicht so lange dafür brauchen dürfen«, sagte er, während seine blassen Augen beim schnellen Lesen im Zickzack huschten.

Yavi steckte die Feder zurück in das Tintenfass und senkte ihren Blick. »Diese Schriftrolle war länger als die anderen. Einige Wörter der alten Sprache sind im heutigen Urnisch nicht zu finden. Ich habe sie sowohl übersetzt als auch interpretiert.«

»Was bedeutet, dass deine Arbeit scheiße ist. Was nützt du mir, wenn du nicht das tust, wofür ich dich in meinen Dienst gestellt habe?«

Sie schlug ihre bebenden Hände zusammen und versteckte sie in ihrem Schoß. »Ich werde mich bessern, Meister.«

»Vielleicht hätte ich mehr davon, dich zu verkaufen.«

Es kostete Von alle Mühe, sich zu beherrschen. Besorgnis peitschte durch seine Adern. »Es könnte schwierig werden, einen Sklaven zu finden, der altes Urnisch lesen kann, Meister«, kommentierte er ruhig. »Zusätzlich zu den zwölf Sprachen, die sie in Wort und Schrift beherrscht. Sie wird Euch gut dienen, wenn wir außer Landes sind.«

Tarns kühle Augen verengten sich, als er ihn über das Pergament hinweg musterte. »Du wirst deine Meinung nur äußern, wenn ich es dir sage.«

Von neigte ehrerbietig den Kopf.

Tarn las weiter und deutete abweisend in Yavis Richtung. »Geh.«

Sie erhob sich und verbeugte sich kurz, ehe sie sich zum Gehen wandte. Ihr sorgenvoller Blick begegnete flüchtig Vons. Ein Amethystkristall, der über ihnen hing, glühte und drehte sich langsam, wobei er violette Lichtstrahlen auf die Zeltwände warf. Der Vorwarnkristall meldete jede Anwesenheit in einem Umkreis von zwanzig Fuß um das Zelt, sodass sie immer wussten, ob jemand in der Nähe war. Die Lichter erloschen, sobald Yavi das Zelt verlassen hatte.

Von betete, dass die Worte des Meisters nur eine leere Drohung gewesen waren. Er wusste, dass er sich eines Tages von Yavi würde trennen müssen, aber nicht auf diese Weise. Nicht, wenn sie verkauft und an einen Ort gebracht werden könnte, den er nicht erreichen konnte.

Tarn warf das Pergament zur Seite. »Eine weitere wertlose Schriftrolle. Diese spricht von den Anfängen der Welt. Du hast meine Anwesenheit in Azure für diesen Mist preisgegeben?«

»Vergebt mir, Meister.«

»Jede einzelne, die du mir gebracht hast, war nutzlos.«

»Soll ich die Suche nach der Heiligen Schriftrolle des Unendlichen aufgeben?«

»Nein.« Tarn hob seinen Krug und schwenkte den Wein darin. »Sie ist irgendwo da draußen. Rozin Ida hat sie vor fast dreihundert Jahren entdeckt. Ich werde sie ebenfalls finden.«

»Werdet Ihr die Sklavin so lange behalten oder soll ich einen Händler finden?« Von stellte die Frage gleichgültig und kalt. Er nannte Yavi vor Tarn nie beim Namen und zeigte niemals, dass ihm etwas an ihr lag.

Innerlich wurde seine Brust unter einem Felsbrocken von Anspannung zusammengedrückt. Er schob das Gefühl schnell beiseite, da er sich der Stimmungsrune bewusst war, die jedes starke Gefühl im Zelt auffangen konnte.

Seine Frage blieb unbeantwortet.

»Ich beginne zu denken, dass die Schriftrolle auf Mount Ida sein könnte«, murmelte Tarn zu sich selbst.

Es war möglich. Die Schriftrolle des Unendlichen hatte den berüchtigten Piraten überhaupt erst zu der versteckten Insel geführt. Dort hatte Kapitän Ida unbesiegbare Macht erlangt. Nun waren sie auf der Suche nach ihr.

Aber würde Tarn Yavi verkaufen? Von presste seinen Mund zusammen, um sich davon abzuhalten, ihn erneut zu fragen. Das Risiko, dass Tarn von ihrer Beziehung erfuhr, war zu groß.

Er hob das Pergament auf, das sie beschrieben hatte, pustete auf die noch halb nasse Tinte und steckte es in eine Ledermappe. Sie war gefüllt mit Seiten, die Yavi im Laufe der Jahre übersetzt hatte. Die meisten waren Gleichnisse oder Lehren über den Sinn des Lebens und die Dimensionen der Sieben Tore. Nichts davon war für sie von Nutzen. Er nahm die Mappe und die Schriftrolle mit zum Schreibtisch und legte sie zurück in eine Schatulle mit den anderen Heiligen Schriftrollen, die er gesammelt hatte.

Keine einzige hatte er ehrenhaft erlangt.

Das Töten für die Worte des Urnengottes hatte einen üblen Fleck auf Vons Gewissen hinterlassen. Einen schwarzen Fleck, den er nie wieder loswerden würde, egal wie stark er schrubbte. Das heilige Gesetz besagte, dass Sünden, die während der Sklaverei begangen wurden, dem Meister zuzurechnen waren. Warum also fühlte er die Last dieser Sünden?

»Bring mir das Buch über den Mondstein«, sagte Tarn.

Von durchstöberte die Wälzer. Er zog einen mit einem blauen Ledereinband und einem in Silber geprägten Titel heraus, auf dem *Magos-Artefakte der Orbis-Ära* stand. Er legte ihn auf den Tisch. Tarn schlug das Buch auf und blätterte bis zu einer detaillierten Abbildung des Lūna-Medaillons. Es war versilbert und mit Diamanten besetzt, die sich um einen schillernden Stein in der Mitte wanden. Das Medaillon hatte die Kräfte von Azeran Astron nutzbar gemacht und ihm beinahe das Magos-Imperium eingebracht, aber es war der darin eingelassene Mondstein, den Tarn brauchte, um seinen Plan erfolgreich umzusetzen.

Die Illustration sah zu echt aus. Tarn strich seine Finger über die Seite, als ob er sich wünschte, er könnte den Stein herausreißen.

Würde er das Interesse an Dyna verlieren, wenn er den Mondstein hätte? Mit ihm in seinem Besitz könnte Tarn Mount Ida binnen eines Augenaufschlags erreichen. Der Stein öffnete Portale zu jedem Ort, den der Träger wünschte, und benötigte nur das Licht des Mondes, um seine Kraft zu entfalten. Sogar ein Mensch konnte ihn benutzen. Von könnte damit Yavi nach Hause zu ihrer Familie schicken.

»Immer noch keine Spur?«

»Nein, Meister. Bouvier behauptet, dass das Lūna-Medaillon seit dem Ende des Krieges der Gilden verschwunden sei, aber er wird nicht aufhören, danach zu suchen.« Ihr vierter Spion war einfallsreich beim Aufspüren seltener Artefakte und wertvoller Informationen. Seit Bouvier vor einem Jahr zu ihnen gestoßen war, hatte er ihm viel Arbeit abgenommen.

Ein Teil der Narbe, die sich über Tarns Stirn zog, bekam Furchen. »Wo ist er jetzt?«

»Ich habe ihn gestern nach Corron geschickt, um den Makler aufzuspüren, den der Händler erwähnt hatte.«

»Ah, stimmt ja. Du vermutest, dass der Händler ihm von meinem Aufenthaltsort erzählt haben könnte.« Tarn hob seinen Krug, und Von schenkte ihm Wein nach.

»Wenn dem so ist, hat Bouvier den Auftrag, alle Spuren zu beseitigen.«

Tarn legte einen Ellbogen auf den Tisch und stützte sein Kinn auf seine Faust. Er blätterte eine weitere Seite in dem Buch um und betrachtete nachdenklich die Passage, die er dort las. »Ich erinnere mich an eine Zeit, in der du dich gegen solche Dinge gewehrt hast.«

»Ich lebe, um Euch zu dienen.«

»Tust du das?«

»Ja.«

Die Rune der Wahrheit, die wie der Umriss eines horizontalen Stundenglases aussah, leuchtete blau. Hätte Von gelogen, wäre sie rot geworden.

»Wann wird Elon zurückkehren?«

Es waren schon drei Tage vergangen, seit er aufgebrochen war. Von gingen langsam die Ausreden aus. Der Elf brauchte normalerweise nicht so lange, um mit Informationen zurückzukehren. »Bald.«

Tarn blickte von dem Buch auf, seine blassen Augen begannen zu glänzen. »Das sagtest du bereits gestern.«

»Es sollte nicht mehr lange dauern.«

Von warf einen Blick auf die kleine Glaskugel von der Größe seiner Faust, die auf dem Tisch neben Tarn ruhte. Auf der polierten Oberfläche erschien eine leuchtende Karte der Region und ein grüner Lichtfleck, der Dynas Position im Osten anzeigte. Der Ortungszauber, den Benton ihr auferlegt hatte, sorgte dafür, dass sie sie gut verfolgen konnten. Aber irgendwie war sie ihnen weit vorausgeeilt. Sie waren eine Tagesreise hinter ihr.

Tarn klappte das Buch zu. »Kümmere dich um den Abbau des Lagers. Es ist dunkel genug, um weiterzureisen.«

Von unterdrückte ein erneutes Seufzen. »Ja, Meister.«

Es erleichterte ihn, aus der Situation entlassen zu werden, aber es war eine weitere Form der Bestrafung. Seit Landcaster zog das Lager jede Nacht um. Seine Späher hatten berichtet, dass auf den Hauptstraßen Kopfgeldjäger, Ranger und die Azure-Wache gesichtet worden waren. Die Raider waren also ständig in Bewegung und reisten bei Nacht, um nicht entdeckt zu werden. Die Männer hatten deshalb wenig Schlaf bekommen.

Wenn die Behörden Tarns Anwesenheit bemerkten, wurden sie in der Regel schnell in einen anderen Teil des Landes oder auf einen anderen Kontinent verlegt. Aber jetzt konzentrierte sich sein Herr nur noch auf die Erwählte.

Das Wagnis, das du eingehst, birgt große Gefahren.

Die Warnung der Seherin war zu vage, um in ihr lesen zu können. Sie könnte bedeuten, dass die Verfolgung des Unendlichen Tarn in Gefahr brachte – wobei er das bereits war, weil die Azure-Wache nach ihm suchte –, oder sie könnte den Untergang bedeuten. Aber für wen?

Er wäre alles bald vorbei.

Von wollte gerade gehen, als sich der Vorwarnkristall zu drehen begann und eine andere Präsenz ankündigte. Endlich. Elon war gekommen, um ihm Bericht zu erstatten.

Stattdessen rief Geon von draußen: »Kommandant Von, ich kehre zurück mit Neuigkeiten aus Corron.«

Von runzelte die Stirn. »Es muss sich um eine Nachricht von Bouvier handeln, Meister.«

»Gut.«

Er schob die Zeltplane zur Seite und ließ den frischen Wind hinein. Geons rötliches Gesicht tauchte in der Nacht auf. Der Junge salutierte und überreichte Von einen gefalteten Zettel und zwei zylindrische Holzkisten. Er entließ Geon, kehrte dann zum Esstisch zurück, stellte die Kisten ab und entfaltete die Nachricht.

Tarn hob eine Augenbraue. »Und?«

»Nach einer eindringlichen Befragung kam Bouvier zu der Auffassung, dass der Makler nichts über Eure Anwesenheit in Azure wusste«, sagte Von, während er las. »Der Mann handelte mit Antiquitäten. Er besaß zwei Heilige Schriftrollen, die Bouvier an sich genommen hat.«

»Hmm ...« Tarn öffnete den Deckel einer der Holzkisten und holte ein brüchiges Stück aufgerolltes Pergament heraus. Sorgfältig entfaltete er es und holte die zweite Schriftrolle hervor. Beide waren uralt und mit einer verblassten Schrift versehen.

»Der Makler hat zugegeben, dass er eine weitere Schriftrolle in Beryl Coast ersteigern wollte«, fügte Von hinzu. »Das ist eine Stadt an der nordöstlichen Küste von Azure. Die Tempelruinen dort werden gerade ausgegraben.«

»Sende eine Nachricht an Bouvier, er soll nach Beryl Coast reisen und weitere Nachforschungen anstellen. Und ruf die Sklavin her, damit sie sich um die neuen Schriftrollen kümmert.«

Der Vorwarnkristall kündigte weitere Gesellschaft an, bevor er antworten konnte.

»Ich bin zurück«, rief Elon.

Das wurde auch verdammt Zeit.

Zwei Schatten schlüpften durch den Eingang des Zeltes. Elon und Novo waren unter ihren schwarzen Mänteln nicht zu erkennen. Beide trugen Masken, die die untere Hälfte ihrer Gesichter verbargen.

Von wartete darauf, dass eine kleinere Gestalt hinter ihnen eintrat, aber der Amethyst hatte aufgehört, sich zu drehen. »Wo ist Len?«

Novos dunkle Augen huschten zu seinem Hauptmann.

Elon zog die Maske von seinem Gesicht. »Ich habe sie angewiesen, in der Nähe der Erwählten zu bleiben.«

Von runzelte die Stirn. Warum hatte er das Mädchen zurückgelassen und nicht Novo?

Wenn es Tarn etwas ausmachte, war es nicht offensichtlich. Er hatte Len ungewollt aufgezogen und sie selbst ausgebildet, bevor sie zu einer seiner Spione geworden war. Das Mädchen war gerade mal siebzehn, dennoch war sie nach Von und Elon seine beste Kriegerin. Und unheimlich loyal. In gewisser Weise betrachteten die Raider sie als Tarns Adoptivtochter. Sie waren vorsichtig in ihrer Nähe, um ihn nicht zu reizen, doch nicht Elon. Er setzte sie wie jeden anderen unter seinem Kommando ein.

Tarn schnippte mit den Fingern. »Berichte.«

Elon beschrieb das Tagebuch, in dem die Karte zur Insel aufbewahrt wurde. Sogar aus der Ferne hatte er bestätigen können, dass das Tagebuch verzaubert und an die Erwählte gebunden war.

Die Nachricht löste eine endlos wirkende Pause aus. Es würde also nicht ausreichen, die Karte zu stehlen. Sie müssten auch Dyna mitnehmen. Von hatte das bereits geahnt, aber er hatte sie verschonen wollen. Wie war sie überhaupt an die Karte gekommen?

»Was ist mit ihrer Begleitung?«, fragte er.

»Zwei junge Männer reisen mit ihr«, sagte Elon. »Sie sind die beiden ersten Wächter, die in der Prophezeiung erwähnt werden.«

»Wir haben bereits vermutet, dass es sich bei ihrem Cousin um den Mondbewohner handelt, aber der andere Kerl soll der Wächter von Heiligem Blut sein?«

Elon nickte. »Er ist ein Celestial.«

Vons Gedanken stockten für einen Moment, er konnte es nicht fassen. Dynas Prinz hatte keine Flügel gehabt.

»Ihr habt richtig gehört«, sprach der zweite Spion. Er zog seine Maske und Kapuze ab und enthüllte einen jungen Mann mit langen braunen Locken, die im Nacken zusammengebunden waren. Novos Schnurrbart kräuselte sich, als er ihnen ein Grinsen zuwarf. »Er hat sogar *schwarze* Flügel. Er benutzt eine Art Zaubermantel, um sie zu verstecken.«

Schwarze Flügel? Das konnte nicht stimmen. Celestials wurden immer mit denselben Merkmalen beschrieben: weiße Flügel, blonde Haare und blaue Augen. Dynas Prinz passte nicht auf diese Beschreibung. Vielleicht war er kein Celestial, aber hatte andere Fähigkeiten, die Von zuerst nicht bemerkt hatte, wie zum Beispiel die Fähigkeit zu fliegen.

»Sind sie uns deshalb so weit voraus?«, fragte Von.

Elon nickte. »Er hat sie von Landcaster weggeflogen.«

»Sie sind weitaus mehr, als sie auf den ersten Blick zu sein scheinen«, fügte Novo hinzu. »Besonders der andere.«

»Was meinst du? Ist etwas mit dem Werwolf passiert?«

»Er ist kein Werwolf, oder?« Novo tauschte einen Blick mit dem Hauptmann aus.

»Nein, er ist ein Lycan«, erklärte Novo.

Die Wahrheitsrune warf einen beängstigenden blauen Farbton in das Zelt. Von war wieder einmal wie betäubt und schwieg.

»Ich habe seinen verfluchten *Anderen* mit eigenen Augen gesehen«, erzählte Novo, dessen Gesicht in dem unheimlichen Licht halb verdunkelt war. »Sie mussten ihn mit Silberketten fesseln.«

Von fluchte. Lycans waren weitaus gefährlicher als Werwölfe. Sie waren brutaler, stärker und sie konnten sich tagsüber verwandeln.

Tarn schwenkte träge den Wein in seinem Becher. »Er hat euch nicht aufgespürt?«

»Ich habe einen Verhüllungszauber gewirkt«, sagte Elon.

Novo schmunzelte. »Aye, wir konnten uns frei bewegen, ohne bemerkt zu werden. Aber es wäre schlau gewesen, ihn zu töten, als Ihr die Gelegenheit dazu hattet, Hauptmann. Er war geschwächt.«

Von runzelte die Stirn. »Du hast dich ihm offenbart? Dann wissen sie jetzt, dass wir sie verfolgen.«

»Tun sie nicht.«

»Der Lycan war zu geschwächt von dem Silber«, erklärte Novo. »Er dachte, Hauptmann Elon sei der Tod selbst, der seine Seele durch die Sieben Tore bringen wollte.«

Dann hatte Novo recht. Es wäre die perfekte Gelegenheit gewesen, den Wächter auszuschalten. Warum hatte es Elon nicht getan?

Von seufzte und rieb sich das Gesicht. »Und was ist mit dem anderen? Ihr seid euch sicher, was er ist?«

Die Worte über den Wächter mit Heiligem Blut waren es gewesen, die ihn davon überzeugt hatten, dass die Seherin eine Betrügerin war. Celestials waren seit fünfhundert Jahren ausgestorben.

Die Seherin musste Spaß an Spielchen haben. *Man weiß nie, was eine Weissagung wirklich bedeutet.* Welche anderen Halbwahrheiten hatte die Elfe in ihren Worten versteckt?

»Was ist ihr nächstes Ziel?«, fragte Tarn.

»Corron«, antwortete Elon.

»Sie planen, eine Karawane nach Azure Port zu nehmen und von dort aus mit dem Schiff nach Dwarf Shoe zu segeln«, sagte Novo. »Sie werden morgen Mittag in Corron ankommen.«

Tarns Gesicht verriet nichts, aber Von hatte längst gelernt, zu spüren, wann sein Meister einen Plan schmiedete. Die Stadt war der Ort, an dem sie ihren Zug machen würden. Die Angst umklammerte ihn wie Baumwurzeln und begrub ihn unter einem Berg von Adrenalin. Es war das Gefühl, das er immer vor einem Kampf hatte.

Der Tod würde bald die Seelen einsammeln.

»Gute Arbeit. Zieht euch zurück und lasst Len holen«, befahl Von.

Novo nickte und schlüpfte aus dem Zelt.

Elon hingegen blieb. »Ein weiterer Wächter könnte aufgetaucht sein.«

Tarns blassblaue Augen blickten ihn an. »Ein weiterer?«

»Wer?«, fragte Von.

»Rawn Norrlen. Ein Grünelf.«

Es überraschte Von, dass Elon dies so ruhig berichtete. Die alte Narbe auf seinem Handrücken wirkte im Kerzenlicht wächsern. Die Entfernung der Tätowierung bedeutete Ungnade und Verbannung. Niemand wusste, warum Elon verbannt worden war, doch scheinbar fühlte er sich nicht verpflichtet, sich um einen Feind des Red Highlands zu kümmern. Entweder das oder er verfügte über eine gut ausgeprägte Zurückhaltung.

»Lord Norrlen wollte sich der Gesellschaft der Erwählten anschließen, doch wurde zurückgewiesen.«

»Warum denkst du dann, er könnte ein Wächter sein?«

»Das Haus Norrlen ist im Tal für seine Dienste gegenüber dem Thron bekannt. Er ist ein Krieger von hohem Ansehen, den wir nicht unterschätzen sollten.«

»Rawn Norrlen«, brummte Tarn. »Wo habe ich den Namen schon einmal gehört?«

»Er führte die Schlacht von Fen Muir an, die Greenwood den jüngsten Sieg über das Red Highland bescherte.« Elon hielt Vons Blick stand, und was er dann sagte, jagte ihm einen Schauer über den Rücken. »Rawn hat der Erwählten einen Schutzschwur geleistet, und der Schwur eines Elfen ist bindend.«

Es folgt ein Krieger, der sein Gelübde ablegt.

Die Prophezeiung fügte sich immer mehr zusammen. Mehr Wächter würden bald folgen.

»Dann sollten wir nicht darauf warten, dass er seinen Schwur einhält.« Tarns Augen waren zwei Kugeln aus Eis, als er Von anblickte. »Bring sie zu mir.«

Bevor er antworten konnte, ertönte draußen vor dem Zelt ein Stimmengewirr, und Abenon rief den Männern zu, zu den Waffen zu greifen.

Geon stürmte in das Zelt. »Kommandant, die Azure-Wache hat uns gefunden! Wir werden angegriffen!«

KAPITEL 31

VON

Wie waren sie entdeckt worden? Das war unmöglich. Sie hatten das Lager verhüllt. Aber Von hörte das Klirren von Stahl, das schrille Wiehern von Pferden und die Schreie seiner Männer, die kämpften oder starben. Er rannte aus dem Zelt – und dann sah er es. Die schimmernde Schutzbarriere, die das Lager normalerweise verbarg, hatte sich aufgelöst und sie für alle sichtbar zurückgelassen.

Verdammter Benton! Weder der alte Bastard noch sein Sohn waren in Sichtweite.

»Kommandant.« Geon schloss zu hm auf.

»Finde Yavi. Beschütze sie.«

»Aye«, sagte Geon und rannte in die entgegengesetzte Richtung.

Von sprintete mit Elon an seiner Seite den verdächtigen Geräuschen entgegen. Sie stießen auf eine Schlacht – oder mehr auf ein Massaker. Azure-Wachen und Ranger zu Pferd ritten in das brennende Lager und schlugen die Raider nieder, wo sie standen. Ihre Schwerter schimmerten im Fackelfeuer, das sich im Gras und in den umgestürzten Zelten entzündet hatte. Rauch und der Gestank von verkohlten Zelten erfüllten die Luft. Seine Männer stürzten zu den Waffen, doch die meisten fielen, bevor sie sich verteidigen konnten. Der Feind war ihnen zahlenmäßig drei zu eins überlegen.

»Lass uns die Chancen ausgleichen«, knurrte Von.

Elon zog seine Klinge, legte seine Hand auf die flache Seite und führte sie zu seinem Mund. »*Nev emah'cucse narg naidraug led ot'nemaruj, edeneita im ad mall*«, murmelte er so sanft, als würde er seine Liebste aus dem Schlaf wecken. Um ihn herum knisterte die Energie, und die Atmosphäre wurde dünn. Der Wind wehte auf und Trümmer wirbelten zu seinen Füßen, während er den Bäumen und der Erde Essenz entzog. Er fuhr mit dem Singsang fort, seine Stimme wurde zu einem eindringlichen Echo: »*Nev at'reipsed. Nev leif, recen'va sim sogimene. Nev ye ratroc, Anadoug Luza.*«

Leuchtend blaue Ranken sprossen aus Elons Händen und schlangen sich um den Griff seines Schwertes. Licht flammte auf, schlängelte sich an seinen Armen empor und setzte die Klinge in Brand.

»Runter!«, brüllte Von. Die Raider fielen auf seinen Befehl hin alle zu Boden.

Elon schwang sein Schwert anmutig, und ein blauer Strahl brach aus der Klinge hervor. Er schnitt durch die Luft, flog über seine Männer und zerfetzte die unvorbereiteten Ranger mit einem Schlag. Die Körper zerfielen in einer Salve von Gliedmaßen und Köpfen und verwandelten das Feld in ein purpurnes Meer.

Von knirschte mit den Zähnen, sein Magen drehte sich angesichts der grausamen Verwüstung um. Die Blaue Sense, so nannten es die Elfen. Ein tödlicher und mächtiger Zauber. Er vernichtete die Einheit der Ranger, doch ihr Sieg war nur von kurzer Dauer. Am anderen Ende des Feldes warteten eine Kompanie der Azure-Wache und eine Kavallerie von Rangern.

Elon atmete schwer, Schweiß glänzte auf seinem Gesicht. Der Zauber hatte ihn viel gekostet. Er konnte ihn nicht noch einmal wirken, ohne die Ausdauer zu verlieren, die er für den Kampf brauchte. Der Feind wusste das ebenfalls.

Der Anführer der Azure-Wache, der auf einem weißen Pferd saß, zog sein Schwert. »Legt eure Waffen nieder und übergebt uns Tarn!«

Von zog seine Messer, als sich Abenon und die Raider hinter ihm und Elon aufreihten. »Ihr werdet hier keine Feiglinge finden!«, rief er zurück. »Wenn ihr ihn wollt, dann kommt und holt ihn euch!«

Ohne zu zögern, brüllte der Anführer der Garde zum Angriff. Die Kavallerie bäumte sich auf und stürmte über das Feld. Unter Vons Füßen vibrierte der Boden, und das Donnern der Hufe hallte durch die Nacht. Seine Männer spannten sich an, machten ihre Waffen bereit. In ihren Gesichtern stand eine Mischung aus Furcht und wildem Adrenalin. Ihre Angst durchdrang die Luft.

»Solltet ihr fallen«, rezitierte Von.

»Marschiert durch die Tore!«, sprachen die Raider wie aus einem Mund.

»Geht mit eurem Gott!«

»UND MÖGE ER EUCH EMPFANGEN!«, schrien sie in einem Kriegsruf.

»Aye, möge er euch empfangen«, wiederholte Von leise.

Er atmete tief aus und verstärkte den Griff um seine Messer, als er den näherkommenden Ansturm der Pferde beobachtete. Sein Herz pochte in seiner Brust mit dem Schlag des Angriffs, sein Blut wurde kalt. Bei den Göttern, er sah keine Hoffnung, dies zu überleben. Sie waren auf dem unteren Boden im Nachteil, und die meisten seiner Männer würden zu Tode getrampelt werden.

»Wenn du noch Kraft für einen Zauber hast, wäre jetzt der richtige Zeitpunkt«, sagte er zu dem Hauptmann.

Als Antwort hob Elon seinen Blick zum Mond und streckte ihm eine flehende Hand entgegen, wobei seine Stimme erneut in einen unheimlichen Tonfall verfiel. *»Anul ed sol soleic, at'serp em ut redop, nev Aivull Ed Soyar.«*

Statik drückte gegen Vons Haut, alles in ihm wurde starr. Über ihnen zogen Wolken auf, Donner und Blitze krachten. Die Kavallerie erreichte sie, als ein Blitzregen das Terrain zwischen ihnen in gleißenden Säulen durchzuckte. *Bomm! Boom! BOOM!*

Die Explosionen rissen Ranger und Pferde in die Luft, ihre verängstigten Schreie verschwanden mit ihnen im Rauch. Vons

Ohren klingelten durch die Nähe der Explosionen. Er hörte nur sein pochendes Herz und seinen rasenden Atem. Es dauerte einen kurzen Moment, dann waren alle Geräusche wieder da. Er hörte den nassen Aufprall von fallendem Fleisch und brechende Knochen. Der verdrehte Körper eines Ritters knallte zu seinen Füßen auf den Boden.

Die Raider brachen in Jubel aus. Von hob eine Faust über seine Schulter, und auf das Signal hin verstummten sie. Der Angriffszauber war zwar mächtig gewesen, aber er hätte keine ganze Kavallerie ausschalten können. Rauch vernebelte das Feld und versperrte ihnen die Sicht. Es herrschte absolute Stille. Konzentriert blickte er auf die Wolke, lauschte. Wartete.

Elon spannte sich an. »Sie kommen.«

»Macht euch bereit!«, warnte Von die Männer.

Er spürte die Anfänge eines Rumpelns, bevor er es hörte. Es wurde lauter und lauter, bis es über ihnen war. Azure-Wachen brachen durch den Dunst, und Von und die Raider prallten mit einem Klirren von Stahl auf sie.

Elon durchstieß die Eingeweide eines Ritters und drehte sich, um einen anderen mit einem schnellen Hieb zu köpfen. Er bewegte sich mit tödlicher Geschicklichkeit und Präzision. Sein Schwert beendete jedes Leben, das ihm begegnete. Abenon stürzte sich mit seinen Krummsäbeln ins Getümmel und hinterließ eine Spur von Leichen.

Von wich einer Klinge aus, die ihm fast den Kopf abgetrennt hätte. Er drehte sich um den Ritter und schleuderte ein Messer auf einen heranstürmenden Ranger, das ihm in der Kehle stecken blieb. Ein weiterer Ritter schloss sich mit zwei anderen zusammen, und alle drei umkreisten ihn. Feuer glitzerte auf ihren polierten Abzeichen, in die das Siegel von Azure eingraviert war. Sie beäugten ihn unablässig, während sie sich in einer geübten Formation bewegten. Es waren fähige und vor allem gut Männer, die vom König den Auftrag erhalten hatten, das Gesetz zu wahren. Eine Schande, dass sie hier sterben mussten.

Von nahm zwei Messer aus seinem Bandelier und drehte sie in seinen Handflächen. Die Ritter griffen an, und er ließ die Messer fliegen. Zwei gingen zu Boden. Er schnappte sich ein gefallenes Schwert und wirbelte auf den dritten Ritter zu. Es lag ihm vertraut in der Hand. Seine Gliedmaßen bewegten sich aus der Erinnerung heraus, das Training der Vergangenheit strömte durch ihn hindurch. Die Klinge zischte durch die Luft und schlitzte den Bauch des Ritters auf. Von wandte sich ab, als der Mann fiel.

Es kamen noch mehr.

Von spürte das Gewicht der Waffe nicht mehr. Sie war eine Verlängerung seines Arms, während er Muskeln und Sehen zertrennte. Die Bewegungen fielen ihm so leicht wie das Atmen. Ausweichen – parieren – schlagen.

Schlamm und Blut beschmierten sein Gesicht, als er sich durch die Reihen hackte. Ein Ranger stürmte auf einem Pferd auf ihn zu, den Degen schwingend, als Von seine Klinge aus einem toten Ritter zog. Er hob das Schwert hoch, schleuderte es wie einen Speer und schickte es direkt durch die Brust des Mannes.

Elon sang einen weiteren Zauberspruch. Die verstreuten Flammen um das Lager erhoben sich zu einem riesigen Inferno. Wie ein Tsunami auf dem Meer wälzte es sich über eine schreiende Einheit von Rangern und Rittern und riss sie mit sich fort. Das Feuer griff auf Kisten und Zelte über und erhellte das Lager.

Brennendes Gras und der metallische Gestank von Blut stiegen Von in die Nase, und der Rauch brannte ihm in den Augen. Der Wald fing Feuer, als der Wind die Flammen verbreitete. Orange und Rot leuchteten am Himmel. Dieser Anblick erinnerte ihn an seine größte Angst.

Von rannte durch das brennende Lager. Als er sein Zelt erreichte, musste er feststellen, dass es in dem Chaos zusammengebrochen war.

»Yavi!«, brüllte er über den Lärm hinweg.

Ein entfernter Schrei drang an sein Ohr.

Auf der anderen Seite des Lagers entdeckte Von einen lachenden Ritter, der über einem Raider stand. Es war Geon, der aus einer

Wunde an der Wange blutete. Er bekam einen Tritt in den Bauch, schrie auf und rollte sich zusammen.

»Lass ihn in Ruhe!«, kreischte Yavi. Ein anderer Ritter hatte Probleme damit, sie zurückzuhalten, während sie sich mit aller Kraft loszureißen versuchte.

Der Ranger holte zu einem weiteren Tritt aus, aber Geon schnappte sich sein Bein und brachte ihn zu Fall. Er hob sein Schwert vom Boden auf und sprang auf die Beine. »Lass sie los und kämpfe!«

Von hatte dem Jungen befohlen, Yavi zu beschützen, und das würde er tun – bis zu seinem letzten Atemzug. Er sprintete auf sie zu und tötete jeden, der sich ihm in den Weg stellte.

Der Ritter lachte und entwaffnete Geon mit Leichtigkeit, indem er ihn in die Knie zwang. Er grinste, als er seine Waffe über den Kopf des Jungen hob. Von sprang rechtzeitig zwischen die beiden und blockierte die Klinge mit einem Messer. Er stach dem erschrockenen Mann ins Genick und eilte zu dem anderen, der versuchte, Yavi wegzuziehen.

»Warum wehrst du dich?«, knurrte der Ranger sie an. »Ich bin gekommen, um dich zu befreien.«

»Weil sie nicht mit dir gehen möchte«, sagte Von und zückte ein weiteres Messer. »Wenn du sie gehen lässt, werde ich dich verschonen.«

Der Ritter sah zwischen ihm und Yavis bösem Blick hin und her. »Ihr alle seid ihm treu ergeben, sogar die Sklaven. Das macht euch zu Verrätern des Königs!«

Er benutzte Yavi wie einen Schild und zerrte sie rückwärts den steilen Hügel hinauf, der in einem tosenden Flammental endete.

»Stopp.« Von rückte schnell näher an ihn heran, während Geon bewaffnet zu seiner Linken auftauchte.

»Bleibt zurück!«, rief der Ritter.

»Lass sie erst frei.«

»Tu, was ich sage, oder ich werde sie töten!« Er drückte sein Schwert gegen ihre Kehle, bis ein Rinnsal Blut austrat.

Panik. Pure Panik.

Vons Hände zitterten, und seine Beine wurden taub. Er konnte nicht klar denken. Sie waren zu nah am Feuer, zu verdammt nah. Flammen stoben hoch hinauf. Sie griffen nach ihren Fersen, hungrig und wartend. Nur wenige Zentimeter entfernt. Alles, was er sehen konnte, war der orangefarbene Schimmer, und er spürte die drückende Hitze auf seinem Gesicht.

Erst wenn sie brennt, wird sie frei sein ...

Erst wenn sie brennt ...

Sie brennt ...

Brennt ...

»Von.« Yavis zarte Kehle wippte, Schweiß glänzte auf ihrem blassen Gesicht. Sie wandte ihren Blick nicht von ihm ab, während Tränen über ihre Wangen rannen. In ihren Augen stand nichts als unverfälschter Wille. Und die Frage nach Erlaubnis.

»Lass sie gehen«, forderte er. »Ich werde es nicht noch einmal sagen.«

Der Ritter richtete das Schwert auf ihn. »Zurück!«

Yavi stieß ihren Ellbogen in die Rippen des Mannes, wodurch eine Öffnung entstand. Von warf ein Messer, und es traf den Ritter zwischen seine Augenbrauen, durchbohrte seinen Schädel. Sein entsetzter Gesichtsausdruck erstarrte, er kippte nach hinten.

Und riss Yavi mit sich.

Ihr Schrei durchbohrte Vons Herz. »Nein!«

Er sprang an den Rand. Wie durch ein Wunder hatte es Yavi geschafft, sich an dem hohen Gras festzuhalten. Das gierige Flammental loderte unter ihr und wartete darauf, sie zu umarmen. Von und Geon ergriffen ihre Handgelenke und zogen sie hoch. Yavi brach unter keuchendem Schluchzen zusammen und kippte gegen Von. Sie sanken gemeinsam auf die Knie, und sie vergrub ihr Gesicht in seiner Halsbeuge, um ihre heiseren Schreie zu unterdrücken. Er drückte sie an sich. Sein rasender Puls pochte in seinen Ohren.

War es zu Ende? War das genug gewesen, um die Weissagung der Seherin zu vereiteln?

»Kommandant.« Geon schlug ihm auf die Schulter. »Es ist vorbei. Wir haben gewonnen.«

Nicht wirklich.

Die Schreie waren verstummt, und der Rauch lichtete sich. Feuer flackerten zwischen den Bergen von schwarz und blau gekleideten Leichen.

Von zog Yavi auf die Beine und machte sich mit ihr auf den Weg zu der versammelten Menge. Die Raider verhöhnten den einzig überlebenden Ritter der Azure-Wache. Der Mann kniete inmitten seiner toten Kameraden, ruhig und gefasst. Kurzes graues Haar umrahmte sein strenges Gesicht, das von einem gestutzten Bart gesäumt war. Zwei Raider kämpften um seinen eleganten blauen Mantel. Ein Abzeichen mit seinem Rang zierte das Revers. Sie hatten den Oberst erwischt, der den Angriff angeführt hatte.

Abenon spuckte auf den Boden. »Tötet den Bastard oder ich werde es tun.«

Elon wandte sich an Von, um seinen Befehl zu erhalten. Sie blickten alle zu der Stelle, wo Tarn auf einem Hügel vor dem Hintergrund des Smogs im Mondlicht stand. Von packte den Mann am Arm und zerrte ihn auf die Beine. Der Oberst leistete keinen Widerstand, als er den Hügel hinaufgeführt und gezwungen wurde, vor seinem Meister niederzuknien.

Tarn stand ihnen gegenüber und hielt ein Schwert, das nicht ihm gehörte. In den Knauf war das Siegel von Azure eingraviert. Blut tropfte von der Klinge und auf das Gras neben seinen Stiefeln. Die leblosen Ritter lagen verstreut hinter ihm. Das muss die wahre Absicht des Kampfes gewesen sein. Ein zweiter Hinterhalt auf ihr Ziel, während die anderen Einheiten die Raider abgelenkt hatten.

Der Oberst blickte auf seine toten Männer und presste die Kiefer zusammen, wobei sich Reue und Wut in seinem Gesicht abzeichneten. Es waren zu viele, als dass ein normaler Mann sie allein hätte töten können, aber Tarn war kein normaler Mann.

Er warf das Schwert weg und hockte sich hin, fixierte die kühlen Augen des Oberst. »Wie ist dein Name?«

Der Mann hob sein Kinn. »Ich bin Oberst Jasia Moreland der Azure-Wache.«

»Wie habt ihr mich gefunden?«

»Der König weiß, dass du hier bist, Tarn Morken. Azures beste Männer suchen das ganze Land nach dir ab. Du magst uns hier besiegt haben, aber egal wo du hinrennst und in welchem Loch du dich auch versteckst, es wird für dich an einem Strick enden, vor den Augen des Königs.«

Tarn hob seinen Blick zu dem rauchgeschwängerten Himmel. Der Schimmer des Feuers hob die scharfen Kanten seines Gesichts hervor, während der Rest in Schwarz gehüllt war. »Es gibt nur einen Ort, an dem es enden wird. Nach jahrelanger Suche bin ich ihm endlich einen Schritt nähergekommen. Ich habe schon vor langer Zeit beschlossen, dass die Flüsse rot fließen werden und die Welt zu meinen Füßen brennen wird, bevor ich zulasse, dass sich mir jemand in den Weg stellt.«

Mit einer Bewegung, die so schnell war, dass Von sie fast nicht gesehen hätte, schlug Tarn nach der Kehle des Obersts. Der Mann sackte auf den Boden, gurgelte und kratzte sich am Hals, wo seine Luftröhre zerquetscht worden war. Sein Gesicht verfärbte sich von Rot zu Lila, und in seinen wulstigen Augen platzten die Adern. Seine Beine strampelten, als er verzweifelt nach Luft rang.

Von schaute weg, aber er konnte die Geräusche nicht ignorieren. Die quälenden Sekunden schienen sich zu Minuten auszudehnen, bis der verzweifelte Überlebenskampf des Mannes verebbte. Mit einem letzten schmerzhaften Gurgeln wurde alles still. Der Oberst lag mit dem Gesicht nach unten im Gras, der Mund klaffte auf, seine Hände waren um seinen Hals geklammert. Eine weitere Leiche war zu den Massen hinzugekommen. Und sie diente als grelle Erinnerung an die Fähigkeiten seines Meisters.

Tarn steckte die Hände in seine Manteltaschen und steuerte auf sein Zelt zu. »Bring mir die Erwählte. Töte den Wolf und lasse den anderen ausbluten.

Von schloss die Augen und verbeugte sich. »Ja, Meister.«

Vons Schimmel wieherte unruhig, als er den Sattel festschnallte, und seine Hufe scharrten auf dem Boden. »Ruhig, Coal.«

Er legte das Zaumzeug an und warf die Zügel um den Knauf des Sattels. Coal war ein einfaches, gehorsames Pferd, das gelernt hatte, Stimmungen aufzuschnappen und sie zu reflektieren. Von war selten nervös, aber seit Tarn den Befehl gegeben hatte, Dyna zu verfolgen, war er unruhig. Er schüttelte es ab. Diese Aufgabe würde nicht anders sein als die vielen anderen.

Das Lager war abgebaut, und die Raider waren fast bereit zum Abmarsch. Die Toten wurden liegen gelassen, wo sie gefallen waren. Das war falsch, aber sie hatten keine Zeit, sie zu begraben, da das Feuer nur noch mehr Aufmerksamkeit erregen würde.

Abenons Stimme hallte über ein Feld gegenüber dem Ort des Gefechts. Er fluchte und brüllte den zwanzig für die Gefangennahme der Erwählten ausgewählten Raidern Befehle zu und übermittelte alle von den Spionen gesammelten Informationen.

»Nach dieser nächsten Mission werden wir zur Insel Mount Ida aufbrechen«, sagte Abenon und trabte auf seinem Pferd vor der Einheit hin und her. »Alles, was uns im Weg steht, sind ein Hund und ein Huhn. Wenn einer von euch Schwachköpfen es vermasselt, überlasse ich eure Leichen den Krähen. Fangt die Erwählte und ihr werdet für den Rest eures Lebens Gold scheißen!«

Die Raider jubelten. Blutrausch leuchtete auf ihren purpurverschmierten Gesichtern. Ihr Sieg gegen die Azure-Wache hatte sie mit Zuversicht erfüllt, und sie waren bereit für einen weiteren Kampf. Von fragte sich, ob ihnen bewusst war, wie nahe sie dem Tod gekommen waren. Ohne die Hilfe der Magie hätten sie mit Sicherheit ihr Leben verloren.

»Er hat einen Hang zu Dramatik«, meinte Elon, und Von zuckte bei seinem plötzlichen Auftauchen fast zusammen. Es war beunruhigend, wie lautlos sich der Elf bewegte, als ob er durch die

Schatten reiste. »Seid Ihr sicher, dass ich Euch nicht begleiten soll, Kommandant?«

»Ich brauche dich hier«, sagte Von, denn er wusste, dass der Elf ihre einzige Hoffnung sein würde, sollte die Azure-Wache mit mehr Männern zurückkehren. Nächstes Mal hätten sie vielleicht nicht so viel Glück. »Du hast das Kommando, während ich weg bin. Begib dich nach Osten und warte auf mich bei den Kazer-Klippen. Sie münden in einen Meeresarm von Loch Loden. Ich werde kommen, sobald ich die Erwählte habe. Wir treffen uns übermorgen um die Mittagszeit dort.« Er hielt inne und fügte dann hinzu: »Nimm Len mit.«

Sie mussten vorbereitet sein, und Len war die beste Bogenschützin.

»Hast du Benton gefunden?«

Der Gesichtsausdruck des Elfen änderte sich nicht, nur seine Kiefer spannten sich leicht an. »Die Magier waren in ihrem Zelt. Schlafend.«

Das war ein Haufen Blödsinn. Von glaubte nicht einen Moment lang, dass Benton den Kampf verschlafen hatte. Das musste ein weiterer Versuch gewesen sein, sich zu befreien. »Halte ihn gefangen. Ich weiß, dass er die Azure-Wache zu uns geführt hat. Kein Wort darüber, bis es bestätigt ist.«

Elon nickte und verschwand so schnell in der Nacht, wie er aufgetaucht war.

Von hatte Bentons Verrat vor Tarn geheim gehalten, um Dalton und Clayton zu schützen. Sie hatten es nicht verdient, wegen ihres Vaters aufgehängt zu werden. Sobald Von zurück war, würde er sich mit dem alten Bastard unterhalten.

»Kommandant«, rief Geon. Er trabte auf einer braunen Stute heran. »Darf ich mich der Einheit anschließen?«

Von bestieg sein Pferd. »Nein, du bleibst hier.«

»Aber ich möchte mitkommen. Ich werde Euch nicht enttäuschen.«

»Nein.« Von funkelte ihn an. Vor nicht einmal einer Stunde wäre der Junge beinahe durch das Tor des Todes geschritten. Sie waren auf dem Weg in die nächste Schlacht, und sicherlich würde es weitere Verluste geben, aber nicht auf seiner Seite, wenn er es verhindern konnte.

»Lass ihn gehen«, sagte Yavi, die sich ihnen näherte. Sie blieb im Schutz der Bäume stehen, nahe bei seinem Pferd und außer Sichtweite der übrigen Raider, die die Wagen bereit machten. »Er war mit Bouvier in Corron. Er hat sich auf den Straßen gut zurechtgefunden.«

Geon nickte eifrig. »Ich kenne den besten Weg in und aus der Stadt. Mit meiner Hilfe wird uns die Azure-Wache nicht kommen sehen.«

Von musste zugeben, dass das von Vorteil wäre.

Er stöhnte. »Gut, aber nur, damit du Bouvier eine Nachricht übermitteln kannst. Du wirst dich aus jeder Konfrontation mit den Rittern heraushalten. Geh und melde dich bei Abenon.«

»Danke, Kommandant.« Geon galoppierte los, um sich den anderen anzuschließen, während die Männer ihre Pferde bestiegen.

»Du solltest ihn nicht ermutigen, Yavi. Es wird gefährlich werden«, erwiderte Von. Er gab Abenon das Signal, auszurücken. Der Boden bebte unter den Hufschlägen, als die Raider nach Nordosten Richtung Corron galoppierten. Sie würden die ganze Nacht reiten und sollten gegen Mittag nach Dyna ankommen, wenn nicht sogar früher.

»Aye, das wird es«, sagte Yavi und beobachtete ihre Abreise. Ihr Rock und ihr Haar flatterten in dem starken Wind wie ein Strom.

»Du machst dir Sorgen um die Erwählte.«

»Dieser Mann sendet dich aus, um jemanden zu entführen und zwei weitere Leben auszulöschen«, meinte sie. »Dabei könnten diese Leute unsere Freiheit sein.«

Von hatte sich nicht erlaubt, darüber nachzudenken. Er war dem Meister gegenüber verpflichtet. Das Heilige Gesetz schrieb es vor. Tarn zu verraten, war dasselbe, wie den Urnengott zu verraten.

Yavi blickte finster zu dem schwarzen Zelt in der Ferne. »Stell dir vor, was für eine Zukunft du gehabt haben könntest, wenn du vor fünfzehn Jahren nicht so selbstlos gewesen wärst. Tarn war dir ausgeliefert. Er sollte *dein* Lebensdiener sein.«

Von seufzte. »Sein Vater war mein Lehnsherr. Wie hätte ich ihn als meinen Sklaven akzeptieren können?«

»Er hatte keine Skrupel, dich zu versklaven«, schnappte sie.

Dieser Verrat schmerzt immer noch. Tarn war sein Freund gewesen – oder vielleicht war er ein Narr gewesen, das zu glauben.

Als Azurite an die Horde gefallen war, hatte das Gemetzel auf dem Feld außerhalb der Stadt ähnlich ausgesehen wie hier. Alles war mit zerstückelten Leichen von Menschen und Trollen bedeckt gewesen. Die grau geschuppten Bestien hatten nach Sumpf und Aas gestunken, ihre Leichen waren während des tagelangen Angriffs in der Sommerhitze verrottet. Von und Tarn waren die einzigen überlebenden Ritter gewesen, die sich mit ihrem letzten Atemzug durch die Horde gekämpft hatten.

Tarn hatte seine Waffe verloren, und die Trolle waren über ihn hergefallen. Die Zähne hatten sich durch seine Knochen gebohrt und sich durch sein Fleisch gerissen, als sie ihn bei lebendigem Leib aufgefressen hatten. Von hatte nicht einmal darüber nachgedacht, ihn zu retten und anschließend von seiner Lebensschuld zu befreien. Aber als Tarn ihm unmittelbar danach zu Hilfe gekommen war, hatte er ihm diesen Gefallen nicht erwidert.

Von hatte sich danach oft gefragt, ob die Rettung Tarns den Lauf der Welt ebenso verändert hatte wie den Lauf seines Lebens. Sie hätten an diesem Tag beide umkommen sollen.

»Bereust du es?«, fragte Yavi.

»Was geschehen ist, ist geschehen.«

»Er muss das Unendliche nicht bekommen, Von. Was denkst du, wird er mit dieser Macht tun?« Sie deutete auf das blutige Feld. »Wie viele müssen noch sterben? Wie viele musst du noch für ihn töten?«

Von hatte den Überblick verloren, wie viele Leben er bereits genommen hatte. Er wischte eine verirrte Träne von ihrer Wange. »Ich habe kein Mitspracherecht.«

»Doch, das hast du. Ich wünschte, du könntest das sehen.« Ihre geschwollenen Augen sahen zu ihm auf, flehten ihn an, die richtige Entscheidung zu treffen. Aber was war die richtige Entscheidung? Unschuldige zu verschonen oder an seiner Heiligen Pflicht als Lebensdiener festzuhalten?

Er wusste es nicht.

»Ich fürchte, diese Aufgabe wird nicht so einfach sein, wie du es gewohnt bist«, murmelte Yavi gegen seine schwielige Handfläche. »Hüte dich vor den Wächtern, sagte die Seherin. Sie werden sie dir nicht kampflos überlassen.«

»Nun, sie wären schlechte Wächter, wenn sie nicht kämpfen würden, mhm?«

Sie schüttelte den Kopf. »Ich scherze nicht. Ich habe ein furchtbares Gefühl.«

Er lächelte, wenn auch nur, um zu verbergen, dass er dasselbe fühlte. »Ich werde zu dir zurückkommen. Das tue ich immer.«

»Das solltest du auch, Von Conaghan. Lass mich nicht allein in dieser Welt.« *Nicht mit diesem Mann.* Sie brauchte es nicht zu sagen. Er hörte die stummen Worte so deutlich wie die Angst in ihrer Stimme.

»Wie könnte ich, wenn ich dich mehr liebe als mein eigenes Leben?«

Yavi lächelte unter Tränen. »Wie sehr?«

Von beugte sich hinunter und zog sie an sich. »So viel«, flüsterte er und ließ jeden weiteren Protest mit einem Kuss verstummen.

KAPITEL 32

DYNALYA

Dyna stand auf einer Anhöhe mit Blick auf ein weites, grünes, mit wildem Heidekraut bewachsenes Moorgebiet. Zarte Wolken zogen müßig über den Morgenhimmel, verfolgt von ihren Schatten, die unter ihnen hinwegzogen. Das Wetter war zur Abwechslung mal erträglich.

Hinter ihr unterhielten sich Cassiel und Zev, während sie ihre Schlafsäcke wegräumten und ihre Taschen packten. Das Lachen ihres Cousins hallte von dem kleinen Felsen wider, der ihnen für die Nacht Schutz geboten hatte. Das Geräusch erleichterte ihr Herz, aber ihr Lächeln schwankte, als sie sich die rechte Schulter rieb, wo seine Zähne ihr Fleisch durchbohrt hatten. Cassiels Blut hatte keine Spuren von den Verletzungen hinterlassen, die sie in dieser Nacht erlitten hatte. Sie hätte es für einen Albtraum gehalten, wenn von ihrer Haut nicht noch immer ein schwaches Leuchten ausgehen würde.

Dyna warf einen Blick auf Cassiel. Die silbernen Knöpfe seiner dunkelblauen Weste standen offen, sodass seine weiße Tunika im Wind flatterte. Sonnenstrahlen schimmerten auf dem glatten Gefieder seiner Flügel, die sich wie Halbmonde bis zu seinen Fersen bogen. Sein schwarzes Haar fiel ihm ins Gesicht, als er das sterbende Lagerfeuer löschte. Ein sanftes Glühen umgab seinen Kopf. Sie hatte gedacht, sein Strahlen sei etwas, das sie sich eingebildet hatte, aber nun erkannte sie, dass es von dem Heiligen Blut herrührte, das in ihm und jetzt auch in ihr floss.

Seine grauen Augen trafen auf ihre und ließen die Schmetterlinge in ihrem Bauch Saltos schlagen. Ihn zu sehen, in seiner Nähe zu sein, ließ etwas in ihr vibrieren. Seit der Vollmondnacht konnte sie seine Anwesenheit praktisch auf ihrer Haut spüren. Ganz gleich, wo sich Cassiel aufhielt, ihr Bewusstsein folgte ihm, auch wenn sie es nicht beabsichtigte.

Und wenn sie sich berührten, entflammte ein Feuer der Wärme ihre Seele und verband sie auf eine Weise mit ihm, die sie nicht verstand.

Was hatte das zu bedeuten?

Zev legte einen Arm um ihre Schultern und sah besorgt auf sie herab. »Ist alles in Ordnung?«

Sie schaffte es zu lächeln. »Ja.«

Er runzelte die Stirn. »Du bist blass. Komm, trink wenigstens einen Schluck Wasser.« Zev führte sie zu einem Findling, auf den sie sich setzte. Er reichte ihr einen Wasserschlauch aus seinem Rucksack und sah ihr beim Trinken zu. Dynas Hand zitterte, als sie ihn zurückreichte. »Fühlst du dich schwach?«

»O nein, mir geht's gut.« Sie fummelte an dem ausgefransten Saum der braunen Tunika, die sie sich von ihm geliehen hatte.

Zev ging in die Hocke und legte eine Hand auf ihre, die im Vergleich zu seiner zwergenhaft wirkte. »Dyna, es war falsch von mir, von dir zu verlangen, mich anzuketten. Es ist furchtbar und gefährlich. Ich hätte dich schon einmal fast umgebracht. Wenn Cassiel nicht gewesen wäre ... Verzeih mir.«

»O Zev. Ich weiß, dass du mir nie absichtlich wehtun würdest.«

»Ich habe entschieden, dass du nicht länger die Verantwortung über meine Ketten tragen wirst. Nie wieder werde ich dich in eine solche Gefahr bringen.«

»Aber ich habe dir ein Versprechen gegeben.«

»Das ist nun ungültig. Ich befreie dich von deiner Schuld.«

Die schwere Bürde, die sie so lange getragen hatte, fiel endlich von ihr ab – nur um durch Schuld ersetzt zu werden. »Ich muss mein Versprechen halten, Zev. Nun bin ich an der Reihe, dich zu retten.«

Sie wäre in den Zafiro-Bergen erfroren, wenn er sie nicht gefunden hätte. Er hatte sie nie um eine Gegenleistung gebeten, dennoch sah sie es als ihre Pflicht, dies für ihn zu tun.

»Ich befreie dich von deiner Schuld«, beharrte er.

»Nein, das erlaube ich nicht.«

Er ließ sich auf die Fersen sinken und seufzte schwer. »Dyna, bitte.«

»Du brauchst mich. Du kannst dich nicht selbst anketten.«

»Ich werde es tun«, sagte Cassiel, der auf der Spitze des Felsens über ihnen stand. Er blickte zum Horizont, wo sich der Feldweg durch die Hügel schlängelte. In der Ferne waren andere Reisende auf dem Weg nach Corron zu sehen.

Zev schaute ihn mit großen Augen an. »Wirklich?«

»Ja. Für die Dauer unserer Reise werde ich mich um deine Ketten kümmern.«

Dieses großzügige Angebot rührte Dyna fast zu Tränen. Das hätte sie nie von ihm erwartet. »Danke ...«

»Ja, danke, Cassiel.«

Der Prinz zuckte mit den Schultern. Er hüpfte zu Boden und zog seinen verzauberten Umhang aus seinem Rucksack. Seine Flügel verschwanden, als er ihn umlegte.

Zev beugte neugierig Cassiels Rücken. »Wie funktioniert das?«

»Sternenstaub.«

»Was ist Sternenstaub?«

»Genau das, wonach es klingt.« Cassiel schulterte sein Gepäck und ging Richtung Osten.

»Es ist ein Zauber, der aus den Sternen gemacht ist«, erklärte Dyna Zev, während sie ihm folgten. »Er schafft unbegrenzten Raum auf allem, was er berührt. Azeran sagte, dass am Anfang der Welt gefallene Sterne wie Feuerstrahlen durch die Atmosphäre brannte, in die Ozeane stürzten und Land und Leben schufen. Ein solcher Stern fiel in die Region, die später zu Magos wurde. Es wird angenommen, dass so das Tor des Raumes entstand und die Essenz in die Welt gebracht wurde. Die Magier des Ersten Zeitalters zerstörten den Stern und verwandelten ihn in seinem mineralischen Zustand in einen Raumzauber. Sie lernten, ihn zu benutzen, um Taschen mit grenzenlosem Raum zu erschaffen.«

Cassiel warf ihr einen flüchtigen Blick zu und zog eine Augenbraue hoch. Sie fand fast, dass er beeindruckt aussah. »Exakt.«

»Und Celestials nutzen das, um zu reisen?«, fragte Zev.

Cassiel nickte. »Ein wenig Sternenstaub auf der Innenseite unserer Kleidung gibt uns die Möglichkeit, unsere Flügel zu verstecken.«

»Wie sind die Celestials an den Sternenstaub gekommen?«

»Vor der Dezimierung hat Hilos freien Handel mit der Außenwelt betrieben. Unsere Federn verstärken Magie erheblich und wurden daher vom Magos-Imperium sehr geschätzt. Der Erzmagier, der während des Calx-Zeitalters lebte, tauschte zehntausend Pfund Sternenstaub gegen fünftausend Pfund celestische Federn. Jedes der vier celestischen Reiche besitzt einen Bottich mit dem verbleibenden Sternenstaub. Mein Onkel schenkte mir eine Phiole, um meine Kleidung zu verzaubern. So kann ich meine Flügel verbergen und auf meinen Reisen als Mensch auftreten.«

»Hast du noch mehr verzauberte Kleidung dabei?«

»Nein, mein Vater hat sie bei meiner Rückkehr in Hilos konfisziert. Er bevorzugt es, wenn ich im Dunkel der Nacht reise, damit mich niemand sieht. Aber ich habe es geschafft, diesen Umhang vor ihm zu verstecken. Es gab keine Möglichkeit, mehr Sternenstaub zu bekommen, ohne dass er es bemerkt. Er ist gut bewacht.«

»Warum?«, fragte Dyna.

»Wir heben den Sternenstaub für diejenigen auf, die bei seltenen Gelegenheiten in die vier Reiche reisen müssen. Importeure und Abgesandte, zum Beispiel. Jedes Mal, wenn ein Celestial die Sicherheit der Reiche verlässt, ist das eine große Gefahr für uns alle.

Ein einziger Fehler könnte das Geheimnis unserer Existenz enthüllen und unser Überleben erneut bedrohen.«

»Aber du bist schon häufig zwischen Hilos und Hermon Ridge gereist«, sagte Zev.

»Ein Prinz zu sein, hat seine Vorteile. Mein Vater und Onkel vertrauen mir, dass ich unentdeckt bleibe.«

»Und was wäre, wenn du durch einen unglücklichen Zufall doch enttarnt werden würdest?«

Er zögerte, bevor er antwortete: »Dann hätte ich keine andere Wahl.«

Dyna fühlte Übelkeit in sich aufsteigen. »Keine andere Wahl?«

Das flaue Gefühl verschlimmerte sich, als Cassiel eine Hand auf seinen Bauch presste. Das Grauen, das sie durchströmte, spiegelte das Grauen in seinen grauen Augen wider, bevor sie sich verhärteten. »Ich trage die Verantwortung dafür, unsere Existenz um jeden Preis geheim zu halten.«

Sie brauchte keine weiteren Erklärungen. Er mochte sie in Hilos verschont haben, aber er würde nie wieder jemandem so viel Wohlwollen entgegenbringen.

»Vielleicht findest du einen Magier-Händler, der Sternenstaub verkauft«, sagte sie.

»Unwahrscheinlich. Er ist selten und viel zu teuer.« Cassiel beschleunigte sein Tempo, ging voraus und erklärte so das Gespräch für beendet.

Seit gestern war er wieder zu seiner schroffen Art zurückgekehrt. Sie vermutete, dass das an dem Gesetzesbruch lag, den er begangen hatte, indem er ihr sein Blut gab. Zev hatte ihr erklärt, wie ernst das war. Dyna seufzte. Seit ihrer Begegnung hatte sie ihm nichts als Unannehmlichkeiten bereitet. Er musste sie als lästig empfinden.

Cassiel hielt inne und drehte sich zu ihr um. Sein Gesichtsausdruck wurde weicher, als er sie musterte. »Kommt schon. Wir sind nicht mehr weit von Corron entfernt.«

Sie wanderten mehrere Kilometer, vorbei an steinernen Markierungen an jeder Kreuzung. Die unbefestigte Straße ging in

Kopfsteinpflaster über, als sie sich der Stadt näherten, und immer mehr Leute schlossen sich ihnen an. Viele waren von weit her angereist – einige zu Fuß, andere zu Pferd oder mit einer Karawane.

Es erstaunte Dyna, wie sehr sich die Leute hier von denen in ihrem Dorf unterschieden. Die Menge war wie ein bunter Wildblumengarten. Sie sah Männer und Frauen mit einer Haut, deren Farbe an Sonnenblumenherzen erinnerte. Ihre Haare und ihre Augen hatten die unterschiedlichsten Schattierungen und Strukturen, für die sie keine Namen hatte. Einige trugen Kaftane, die wie die Blütenblätter von Mohnblumen und Ringelblumen flatterten, andere elegante Kleider, die in den Farben von Glockenblumen und Lilien leuchteten. Die einheimischen Männer trugen imposante Rüstungen in der Tracht ihrer Lords. Feldarbeiter in wetterfester Kleidung zogen Karren mit Obst und Gemüse.

Schließlich endete die Straße vor einer breiten Brücke, die über einen großen See führte. Der Wind peitschte Dyna die Haare ins Gesicht und trug den Geruch von moosigem Wasser mit sich. Mehrere Fischerboote dümpelten auf der klaren blauen Oberfläche, und Vögel zwitscherten, während sie über dem See kreisten.

Jenseits der Küste lag die Stadt Corron eingebettet in steile, mit Kiefern bewachsene Hügel. Die steinernen Gebäude mit ihren roten Dächern erstreckten sich über das ganze Land und stiegen die Hügel hinauf wie Treppen in den Himmel. Irgendwo in der Ferne läutete eine Glocke, die die Mittagsstunde ankündigte. Dyna blieb an der Brüstung stehen, um den Anblick des riesigen Sees zu bewundern.

»Loch Loden«, sagte Cassiel, als er neben ihr anhielt. Er zeigte auf ein Waldstück im Norden des Sees außerhalb der Stadt. »Jenseits des Waldes befindet sich ein Meeresarm, der an den Kazer-Klippen vorbei zum Sächsischen Fjord fließt, der in das Sächsische Meer übergeht.«

Dyna lächelte und war froh darüber, dass er wieder mit ihr sprach. »Werden wir so den Hafen erreichen?«

»Nein, es ist sicherer, die Straße zu nehmen. Und nun komm. Wir sind fast am Tor.« Er führte sie weiter, wobei er sich rechts von ihr hielt, während Zev sie gegen die Menge zu ihrer Linken abschirmte.

Die Brücke war der einzige Weg nach Corron. Sie war voller Passanten, die sich langsam auf den Eingang zubewegten. Am Tor standen mehrere Männer in marineblauen Regimentsmänteln, schwarzen Hosen und Stiefeln Wache. An ihren Revers glänzten Messingknöpfe, die Manschetten und Taschen waren mit goldenen Nähten verziert. Ein Abzeichen mit dem Siegel von Azure prangte auf ihrer rechten Brust. Jeder von ihnen war mit einem Schwert bewaffnet, das er an der Hüfte trug.

»Wer sind die?«, fragte Dyna.

»Ritter der Azure-Wache«, antwortete Zev, als sie ein paar uniformierte Männer beobachteten, die Waggons und Karren untersuchten, ehe sie sie passieren ließen. »Sie wahren den Frieden des Königs. Es muss etwas passiert sein, dass hier so viele von ihnen patrouillieren.«

»Sie suchen nach jemandem«, sagte Cassiel misstrauisch.

Mit jedem Schritt, den sie sich dem Tor näherten, wuchs in Dyna die Nervosität. Zev und Cassiel versteiften sich sichtlich. Aber warum sollten sie sich Sorgen machen? Die Ritter waren nicht auf der Suche nach ihnen.

Als sie an der Reihe waren, warfen die Ritter ihnen nur einen kurzen Blick zu, bevor sie sie durchwinkten, und ihre Befürchtungen verschwanden. Zev atmete aus, und Cassiels Schultern lockerten sich. Sie passierten die Stadttore, wo weitere Ritter Zettel verteilten. Dyna nahm einen entgegen und stellte fest, dass er die Skizze eines Mannes enthielt.

Sein Gesicht war kantig, der Ausdruck gleichgültig und kalt. Seine Augen waren umrissen und farblos, sodass sie durchdringend wirkten. Eine deutliche, lange Narbe verlief diagonal über sein Gesicht von der rechten Stirn bis zur linken Seite seines Kinns. Dyna fand ihn trotz seiner Entstellung attraktiv. Er war vielleicht zehn

Jahre älter als Zev, aber diese harten Augen ließen ihn älter erscheinen.

In großer schwarzer Schrift stand oben auf der Seite:

VON DER KRONE GESUCHT
BELOHNUNG BETRÄGT 10.000 GOLDSTÜCKE
TOT ODER LEBENDIG

Zehntausend Goldstücke? Dyna konnte sich nicht vorstellen, so viel Geld zu besitzen. Sie hatte fünf Kupferstücke in der Tasche – eine gängige Währung. Fünfhundert Kupferstücke entsprachen einer Silbermünze, und fünfzig Silberstücke ergaben ein Goldstück. Warum war dieser Mann so viel wert?

Der Zettel listete seine Verbrechen auf: Diebstahl, Behinderung der Justiz, Mord und viele weitere. Unter der Skizze des Mannes stand sein Name: *Tarn Morken.*

»Er klingt nach einem sehr gefährlichen Mann«, sagte Dyna.

»Oh, aye«, bestätigte der Ritter. »Dem wollt Ihr nicht über den Weg laufen. Aber macht Euch keine Sorgen, Miss. Die Azure-Wache wird ihn bald in Ketten legen.«

Zev runzelte die Stirn. »Ihr glaubt, er könnte hier sein?«

»Ranger haben ihn in Landcaster gesichtet. Sein einziger Weg führt nach Osten. Unsere Männer patrouillieren in jedem Dorf, jeder Stadt und jedem Ort von hier bis Hallows Nest. Einschließlich jedes Seehafens im Königreich. Ich rechne damit, dass er noch vor Ende des Winters im Blauen Kapitol gefesselt und verstummt sein wird.«

»Gefesselt und verstummt?«, wiederholte Dyna.

»Er ist für den Galgen bestimmt, Miss, sollte der König gnädig gestimmt sein. Wenn nicht, wird Tarn dem königlichen Scharfrichter vorgeführt, um geviertelt zu werden. Anschließend wird er enthauptet«, fügte er achselzuckend hinzu.

Sie schnappte entsetzt nach Luft und fasste sich an den Hals. Cassiel funkelte den Ritter an, und Zev schob sie hastig weiter.

Dyna vergaß schnell das bevorstehende Schicksal des gesuchten Mannes, als sie der Menge zum Marktplatz folgten. Eine Mischung aus exotischen Gewürzen und dem Geruch von gebratenem Fisch stieg ihr in die Nase. Akzente aus dem ganzen Land vermischten sich zu einem Summen. Stände säumten die Straßen, Marktschreier verkauften und versteigerten eine Fülle von Waren. Ihre Verkaufsrufe verschmolzen zu einem Getöse.

Von den Dächern flatterten Fahnen in den Farben des Königs – tiefes Marineblau mit dem goldenen Siegel von Azure, einem geflochtenen, siebenzackigen Stern. Winzige rosafarbene Kobolde hüpften wie neugierige Libellen über sie hinweg. Dyna staunte nicht schlecht, als sie einen riesigen Oger mit blauer Haut und einem Streitkolben auf der Schulter erblickte. Er stampfte vorbei und ließ den Boden unter seinen schweren Schritten erbeben. Unmenschlich schöne Frauen mit Blumen und Blättern in ihren moosgrünen Haaren rollten in ihren Wagen vorbei, gezogen von Rossen aus Rauch.

»Es ist unhöflich zu starren«, wies Cassiel sie zurecht, und sie schloss sofort ihren offen stehenden Mund.

»In Landcaster waren nur Menschen.«

»Je weiter wir durch Urn reisen, desto mehr Völker wirst du zu Gesicht bekommen.«

Sie schaute in alle Richtungen und versuchte, alles zu erfassen. »Das ist unglaublich.«

Er verdrehte die Augen, dennoch schlich sich ein Schmunzeln auf seine Lippen. »Es ist nur ein weiterer schäbiger Markt.«

Als sie eine Kreuzung erreichten, brachte Zev sie zum Stehen, damit er die verschiedenen Schilder lesen konnte, die an einen Laternenpfahl genagelt waren und jeweils in eine andere Richtung wiesen. »Ich glaube, die Gasthäuser liegen geradeaus.«

»Wir müssen die Kaufleute finden, um uns eine Fahrt nach Azure Port zu sichern«, meinte Cassiel. »Ich bin nicht scharf darauf, den Rest der Reise zu Fuß zurückzulegen.«

»Sollten wir uns nicht zuerst um die Unterkunft kümmern?«

»Es ist Mittag. Wahrscheinlich sind alle vermietbaren Zimmer bereits vergeben.«

»Wir könnten noch etwas finden, wenn wir uns beeilen«, sagte Dyna und versuchte, ihre Enttäuschung zu verbergen. Sie wollte sich umsehen, aber sie hatten wichtigere Dinge zu tun. Der morgige Tag würde sich besser eignen, um die Gegend zu erkunden und ihre Vorräte aufzufüllen.

Sie mischten sich in den Strom der Passanten, der sie weiter über den Marktplatz trug. Die engen Straßen wurden immer voller. Körper schoben und drängelten sich an ihr vorbei, und Dyna verlor den Halt an Zevs Arm. Die kleine Lücke zwischen ihnen füllte sich schnell mit weiteren Leuten, sodass sie zurückfiel.

Dyna versuchte, hindurch zu schlüpfen, aber die Masse der Körper drückte sie weiter. Unbekannte Gesichter ertränkten sie in einem Farbenrausch. Hilflos geschoben und gedrängt, kämpfte Dyna darum, zu entkommen. Ein weiterer plötzlicher Stoß von hinten warf sie zu Boden. Jemand packte ihren Ellbogen, bevor sie auf dem Boden aufschlug, und schüttelte sie mit einer Ladung feuriger Energie. Ein Band zog sich in ihrer Brust zusammen, als sie eine vertraute Stimme und den drohenden Fluch hörte, den sie ausstieß. Die Masse löste sich schnell auf.

»Bist du schon wieder über deine eigenen Füße gestolpert?«

Dyna schönte, als ihr die Hitze ins Gesicht stieg. Sie konnte Cassiel kaum in die Augen sehen. »Nein, sondern über die halbe Bevölkerung von Corron.«

Er zog sie zur Seite. »Was soll ich bloß mit dir anstellen?«

Sein Arm schloss sich um ihre Taille und zog sie beschützend an seinen Körper. Dyna errötete unter den Blicken der anderen, während Cassiel sie ignorierte. Er führte sie weiter, bis sie eine weite Straße erreichten, wo sich die Menge bereits etwas gelichtet hatte. Dort fand Dyna ihren Cousin, der bei einem Waggon wartete.

Zev seufzte erleichtert auf, als er sie sah. »Dyna, du musst dicht bei uns bleiben. Jeder Mann hier könnte dich über seine Schulter werfen und verschleppen, wenn du nicht aufpasst.«

Ein kalter Schauer kroch ihren Rücken herunter.

Cassiel nahm ihre Hand und entsandte weitere Energiewellen in ihren Körper. »Das werde ich nicht zulassen.«

Dynas Magen kribbelte, als er sie so eindringlich ansah. Ein elektrischer Strom tanzte zwischen ihnen. Er ließ ihre Hand los, bevor sie das Gefühl weiter studieren konnte.

»Werte Herren! Miss!« Eine Frau winkte ihnen von der Tür ihres Ladens aus zu. Die hohen Schaufenster zeigten eine Auswahl an wunderschönen Kleidern, wie das scharlachrote, das sie trug. Ihr rundes Gesicht hatte eine satte Zedernfarbe, ein mütterliches Lächeln umspielte ihre Lippen. Sie stemmte die Hände in die Hüften und seufzte, als ihr Blick auf Dyna fiel. »Ich hoffe, ihr werdet euch um die Kleidung dieser jungen Dame kümmern. In diesem Aufzug ist sie wie Honigwein für einen Verdurstenden.«

Cassiels Gesichtsausdruck verfinsterte sich. »Wie bitte?«

Die Frau schlenderte verärgert zu ihnen hinüber, wobei ihre schwarzen Locken hin und her wippten. Das Sonnenlicht glänzte auf dem Spitzenbesatz ihres Kleides, das am Kragen und an den Ärmeln mit goldenen Blumen bestickt war. Eine goldene Kette umspielte ihre kurvenreiche Taille und baumelte an der Vorderseite herunter.

»Ich sage die Wahrheit, Milord«, sprach sie nun etwas höflicher, als sie Cassiels adeliges Auftreten bemerkte. Es war die Art, wie er sein Kinn hob und sein Gegenüber mit einem kalten, autoritären Blick musterte, die seine Herkunft verriet. »Sie wird in diesem *Gewand* die falsche Aufmerksamkeit auf sich ziehen.«

Alle Blicke richteten sich auf Dyna, und mit einem Mal war ihr ganz unwohl. Die übergroße Tunika hing ihr von den Schultern, und der zerrissene Unterrock entblößte ihren Oberschenkel. Sie errötete und zupfte am Saum der Tunika, um sich zu bedecken.

»Und was für eine Aufmerksamkeit wäre das, Wildkatze?«, fragte Zev wütend.

Die Augen der Frau blitzten lindgrün auf, und ihre Pupillen verengten sich zu schwarzen Schlitzen. In diesem Moment bemerkte Dyna, dass ihre spitzen Ohren mit weichem Fell bedeckt waren.

»Knurr mich nicht an, Wolf. Ich möchte euch nur warnen.« Sie betrachtete Dyna mit einem mitfühlenden Lächeln. »Ihr solltet euch schämen, sie in ihren Unterkleidern herumlaufen zu lassen. Das kann nur Ärger geben.«

»Es ist nicht ihre Schuld, Madam«, erklärte Dyna. »Ich war auf unsere Reise nicht vorbereitet, und mein einziger Rock ist ruiniert.«

Die Frau lächelte und tätschelte ihre Wange. »Nun denn, das bedeutet wohl, dass du neue Kleidung brauchst. Mein Name ist Namir. Komm in mein Geschäft, und ich werde dafür sorgen, dass du den Laden wie eine anständige Lady verlässt.«

»Danke, aber wir haben dafür keine Zeit.« Oder das Geld, nach Namirs Kleid zu urteilen.

Cassiel seufzte und rieb sich über die Stirn. »Sie hat recht. Was du trägst, ist unangemessen.«

»Ich stimme zu«, sagte Zev. »Aber ich habe nicht das nötige Kleingeld, um mir ihren Laden zu leisten.«

»Ich werde für die Kosten aufkommen.« Cassiel legte drei Goldstücke in Namirs Handfläche. »Was immer sie braucht.«

Namirs lange Finger umschlossen die Bezahlung mit einem breiten Lächeln. »Mit Vergnügen, Milord.«

Zev schüttelte den Kopf. »Das kann ich nicht von dir verlangen, Cassiel.«

»Ich bestehe darauf. Los, geh schon, Dyna, und beeil dich.«

»Aber...«

Namir fasste sie am Arm und zog sie mit sich. »Aber, aber, Mädchen, du darfst das Angebot eines Gentlemans nicht ablehnen«, flüsterte sie ihr ins Ohr. »Schon gar nicht eines solch attraktiven.«

»Oh, nun, i–ich ...«

Namir lachte und führte sie durch die verschnörkelte Tür ihres Ladens. »Ah, er ist also der, den du begehrst! Ich habe mich schon gefragt, wer von den beiden es sein könnte.«

Hitze schoss in Dynas Wangen. »Begehren?«

»Sie sind beide ziemlich attraktiv«, sagte Namir und spähte durch das Schaufenster zu ihnen. »Aber *der da* ist feiner als eine

Seidenspule! Ein bisschen steif, aber wenigstens ist er wohlhabend. Glaub mir, man darf nicht zu wählerisch sein, wenn es darum geht, einen guten Ehemann zu finden, der einen gut behandelt. Den wirst du ganz sicher im Handumdrehen heiraten.«

Dyna wurde rot im Gesicht. Sie schaute aus dem Fenster zu Cassiel und Zev, die sich anscheinend stritten. Zweifelsohne über den Kauf ihrer Kleider. Der Prinz erwischte sie beim Starren, und sie wich schnell zurück.

»Da ist nichts dergleichen zwischen uns, Madam. Er ist eine … Bekanntschaft.«

Oder sollte sie ihn einen Freund nennen?

»Dummes Mädchen«, sang Namir, als sie weiter in den Laden schlenderte, wobei ihre Absätze auf den Holzdielen klapperten. Sie winkte mit den Armen über die ausgestellten exquisiten Stücke, deren bunte Stoffe unter dem von der Decke hängenden Kronleuchter schimmerten. »Männer kaufen keine Kleider für *Bekanntschaften.*«

Dyna hatte darauf keine Antwort. Wenn überhaupt, dann löste es ein nervöses Zittern in ihr aus.

»Und nun«, Namir klatschte in die Hände und wandte sich grinsend zu Dyna, »fangen wir an.«

KAPITEL 33

DYNALYA

Wie Madam Namir es versprochen hatte, sah Dyna aus wie eine echte Lady, als sie den Laden verließ. Das smaragdgrüne Kleid mit spitz zulaufenden Ärmeln passte ihr perfekt. Der Satinstoff lag wie eine zweite Haut an ihrem Körper und war viel leichter, als es ihr Wollrock gewesen war.

»Passend zu deinen Augen«, hatte Namir gesagt, als sie es ausgesucht hatte.

Zev stand von der Bank vor dem Laden auf, und ein Grinsen erhellte sein Gesicht. »Du siehst zauberhaft aus, Dyna.«

Sie lächelte und hob leicht ihre Röcke, um einen Knicks zu machen. Dann sah sie sich nach Cassiel um, aber er war nirgends zu sehen.

»Hier ist alles, was ich für sie ausgesucht habe«, erklärte Namir zu Zev und reichte ihm ein großes, mit braunem Papier und Schnur umwickeltes Bündel. »Das sollte alles abdecken, was sie braucht. Es sind auch einige Kleider dabei, die besser für die Reise geeignet sind.«

»Danke.«

»Ja, danke, Madam«, sagte Dyna.

»Es war mir ein Vergnügen.« Namir zwinkerte ihr verspielt zu. »Sollte es euch noch mal nach Corron verschlagen, kommt mich besuchen.« Mit diesen Worten kehrte sie zurück in ihren Laden.

»Jetzt brauchst du nur noch einen Umhang, aber der wird auf meine Kosten gehen.« Zev verbeugte sich theatralisch und reichte ihr seine Hand. »Darf ich Euch begleiten, Milady?«

Kichernd legte sie ihre Finger in seine Handfläche. »Vielen Dank, Milord. Ihr seid viel zu gütig.«

»Ich *bestehe* darauf«, erwiderte er und ahmte Cassiels kühles Auftreten nach. Er schlang ihre Hand um seine Ellenbogenbeuge und führte sie die Straße entlang.

Trotz aller Scherze war es ihr zugegebenermaßen etwas unangenehm, dass Cassiel ihr die neue Kleidung bezahlt hatte, dennoch war sie ihm dankbar. »Das war sehr nett von ihm.«

»Ungewöhnlich nett, könnte man sagen.«

»Hör auf damit.« Dyna schlug spielerisch auf Zevs Arm. »Wo ist er hin? Ich muss mich bei ihm bedanken.«

»Keine Ahnung, aber wir werden ihn schon finden.« Zev steuerte auf einen Verkaufsstand zu, an dem Umhänge und Mäntel angeboten wurden. Er wühlte sie durch die Ware und runzelte nachdenklich die Stirn. »Siehst du etwas, das dir gefällt?«

»Hmm ...« Dyna betrachtete einen Umhang genauer, der ungefähr in ihrer Größe war, aber ihre Gedanken schweiften weiter zu Cassiel. Sie suchte nach ihm in der geschäftigen Menge. Warum war er weggegangen, obwohl sie es so eilig hatten, eine Unterkunft zu finden?

Ihr Blick fiel auf einen Stand, der mit einem schwarzen Baldachin verhüllt war. Er war mit getrockneten Kräutern, Kristallen und klirrende Glasglocken bestückt. Eine alte Frau saß hinter dem Tresen. Sie war blass und faltig wie eine vertrocknete Dattel. Tiefviolette Gewänder umhüllten ihre kleine, gebückte Gestalt. Sie trug einen passenden Turban über ihrem weißen Haar und eine schmutzige Augenbinde. Die alte Frau musste blind sein, aber sie schien Dyna direkt anzusehen, als sie ihr mit einem knorrigen Finger zuwinkte.

Wie hypnotisiert überquerte Dyna die Straße zu ihr.

»Guten Abend, meine Liebe«, sagte die alte Frau. Sie sprach mit dem azurischen Akzent, doch darunter verbarg sich die schwache

Andeutung eines anderen. »Darf ich dir einen Glücksbringer anbieten oder vielleicht einen Trank, um das Herz deiner unerwiderten Liebe zu erobern? Ich habe Amulette, verzauberte Kugeln und dergleichen.«

Auf der Theke standen saubere Reihen von Gläsern mit schimmernden Pulvern und blubbernden Flüssigkeiten. In Schalen lagen ausgetrocknete Molche, zermahlene Käfer und übel riechende Kräuter. Dann folgten Körbe aus polierten Knochen, die in Form von Menschen geschnitzt waren, und flache Steine, die mit Flüchen rot bemalt waren. Dies waren die Waren einer Hexe.

Dyna trat einen Schritt zurück. »Oh, ähm ... Nein danke, Madam.«

»Nichts nach deinem Geschmack? Was suchst du an diesem schönen Tag? Ich habe sehr viele Dinge. Manche sind zu schrecklich oder zu selten, um sie auszustellen. Wer weiß, vielleicht habe ich ja, was du begehrst.«

Sie dachte über die Frage nach. Die Erwähnung von seltenen Gegenständen brachte sie auf eine Idee. »Habt Ihr vielleicht Sternenstaub?«

Die Lippen der Frau schmälerten sich. »Ich verkaufe keine Magier-Magie, Liebes. Sternenstaub ist viel zu teuer in der Anschaffung, und ich bin nur eine arme, arme Zigeunerin.«

Die Sonne fing den Rand eines Anhängers auf, der aus einer Falte ihres Gewandes hervorlugte, und glitzerte auf etwas, das wie ein Diamant aussah.

Die Frau spürte, dass Dyna ihn ansah, und ließ ihn schnell verschwinden. Dann öffnete sie eine faltige Handfläche. Lange, vergilbte Nägel kräuselten sich an den Enden ihrer Finger. »Für ein Kupferstück sage ich dir die Zukunft voraus. Deine scheint interessant zu sein.«

Dyna zögerte, aber sie wollte wissen, was die Frau wohl in ihrer Zukunft sah, die so ungewiss war. Also nahm sie ihre Hand. In dem Moment, als sie sich berührten, prallte ein Stromstoß gegen ihre Essenz. Es war dasselbe Gefühl, das sie empfunden hatte, als Dalton sie ergriffen hatte.

Die alte Frau atmete scharf ein. Ihr faltiges Gesicht verzog sich vor Schreck, und ihr Mund blieb offen stehen. Sie griff nach oben und zog die Augenbinde herunter, um ein atemberaubendes Augenpaar von der Farbe lilafarbener Blütenblätter zum Vorschein zu bringen.

Eine Erkenntnis durchflutete Dynas Verstand. Die alte Frau war gar keine Hexe. Das Zusammentreffen ihrer Essenz und die einzigartige Augenfarbe offenbarten eine unbestreitbare Tatsache: Die alte Frau war eine Zauberin.

Sie starrten sich schweigend an. Dyna konnte es kaum glauben. Eine Zauberin außerhalb von Magos zu treffen, war unglaublich. Sogar unmöglich – und doch war sie hier.

Dyna wollte die alte Frau umarmen und ihr sagen, dass sie von den grausamen Methoden in Magos wusste. Aber sie brachte nicht mehr als ein atemloses »Oh« heraus.

Zev näherte sich dem Stand. »Was tust du, Dyna? Ich habe dir gesagt, du sollst bei mir bleiben.«

Die alte Frau schnappte nach Luft und lehnte sich zurück, als sie seine Größe und die vielen Narben bemerkte. Ihre Augen verweilten an seinen muskulösen Armen und seiner breiten Brust, bevor sie zu seinem Gesicht wanderten.

Er kratzte sich die stoppelige Wange, verunsichert von ihrem Starren. »Ähm, wir sollten gehen.«

»Sie wollte mir die Zukunft voraussagen«, erklärte Dyna. »Für ein Kupferstück wird sie auch in deiner lesen. Komm schon.«

Er zögerte ebenfalls, dann streckte er die Hand aus. Die alte Frau nahm sie zaghaft entgegen. Sie berührte seine Fingerspitze und zuckte sofort zurück, als ob er sie verbrannt hätte.

»Was habt Ihr gesehen?«, fragte er vorsichtig.

Ihre großen Augen huschten zwischen ihnen hin und her. Hatte sie gespürt, was er war?

Cassiel tauchte neben ihnen auf und funkelte die Waren an, ehe er Dyna wegzog. »Mit einer Hexe zu verkehren, bringt Unglück.«

»Sie ist keine Hexe.«

Er sah sie stirnrunzelnd an, doch dann veränderte sich sein Gesichtsausdruck. Was auch immer er hatte sagen wollen, war plötzlich vergessen. Sein Blick wanderte langsam an ihrem Kleid hinunter und wieder hinauf.

Die alte Frau schmunzelte. »Meine Güte, Ihr seid aber ein aufgeblasener Lord.« Sie griff nach seiner Hand, und die Farbe wich aus ihrem Gesicht. »Beim Urnengott.«

Cassiel entriss ihr seine Hand und wischte sie angeekelt an seinem Umhang ab. Er blickte die anderen finster an. »Hört auf zu trödeln. Wir müssen gehen, bevor die Tavernen voll sind.« Er mischte sich zurück in das Gedränge.

Zev legte zwei Kupferstücke auf den Tresen. Er wandte sich zum Gehen, als die alte Frau Dynas Handgelenk packte und mit den Fingern über ihre Haut strich. Ein elektrisches Kribbeln ging von ihrer Kopfhaut aus und schwebte mit einem Schaudern zu ihren Zehen.

Zev zog sie weg. »Was habt Ihr getan?«

Die alte Frau zuckte mit den Schultern. »Nur ein kleiner Zauber.«

Dynas Herz schlug heftig. »Ihr habt mich mit einem Zauber belegt?«

Ein bedrohliches Knurren verließ Zevs Kehle, seine Wolfsaugen leuchteten auf und Fell wuchs aus seinen Armen. Die alte Frau keuchte und sprang schnell von ihrem Stuhl auf. Aber sie rannte nicht weg. Sie starrte Zev an, als ein Strom spürbarer Energie in der Luft knisterte und violette Elektrizität an ihren Fingerspitzen funkelte.

Zev lehnte sich auf die Theke. Seine scharfen Klauen bohrten sich in die hölzerne Oberfläche, als er die Zähne fletschte. »Was immer Ihr getan habt, macht es rückgängig. Jetzt!«

Die alte Frau schnippte mit den Fingern. Die Welt kam zum Stillstand, und das Summen des Marktes verschwand. Dyna wirbelte herum und erkannte, dass die Menschen um sie herum erstarrt waren. Einige standen mitten auf der Straße, Händler hatten die Hände wie Trichter um ihre Münder geformt. Vögel schwebten in der Luft, Planen und Vordächer flatterten, ohne dass ein Wind zu spüren war. Das Gesicht ihres Cousins war in seinem wilden Blick eingefroren.

»Zev?« Dyna wedelte mit ihrer Hand vor seinen Augen und versuchte, ihn zu schütteln, aber er antwortete nicht. »Zev! Was passiert hier?«

Es war, als ob das Leben stehen geblieben wäre und sie außen vor gelassen hätte.

»Dies ist ein Riss im Tor der Zeit«, sagte die alte Frau, ihr Magos-Akzent klang echt. Im Gegensatz zu Lord Norrlens weichen *Rs*, waren ihre akzentuiert und verliehen ihren Worten etwas Würziges. »Zeit ist eine seltsame Sache. So sehr ich mich auch anstrenge, ich schaffe es nicht, sie vorwärts oder rückwärts laufen zu lassen.« Sie warf einen Blick auf ihre Umgebung. »Aber ich habe gelernt, wie man sie zum Stillstand bringt.«

»Ihr wart das?«

Das Bild der alten Frau verschwamm und verlor sich in einem Schleier aus violettem Licht, dann löste es sich auf und gab den Blick auf eine junge Frau frei. Dyna blieb der Mund offen stehen. Sie war niemand, der sich um sein Aussehen kümmerte, denn sie hatte keine Zeit für Eitelkeiten, aber die Schönheit der Zauberin schüchterte sie sofort ein.

Weißes Haar floss in einem Fluss aus Sternenlicht über ihren Rücken. Sie hatte anmutige Gesichtszüge, Alabasterhaut, Wimpern und Brauen wie Silberfäden, zartrosa Lippen und zu perfekte Wangenknochen. Enge schwarze Lederhosen und eine dazu passende Redingote umschmeichelten die Kurven ihrer langen Beine und ihrer schlanken Taille. Auf ihrer vollen Brust schimmerte ein mit Diamanten besetztes Medaillon mit einem perlmuttfarbenen Stein in der Mitte. Es war das Medaillon, das auf den Seiten von Azerans Tagebuch zu sehen war.

»Ihr seid von der Mondgilde«, flüsterte Dyna.

Der Tag verdunkelte sich, und Gewitterwolken zogen über den Himmel. Die kristallinen Augen der Zauberin leuchteten in vibrierendem Lila, während sich Elektrizität um sie herum drehte und durch ihre Locken floss. Eine unsichtbare Ladung hing in der Luft, mit einer vibrierenden Energie, die auf Dynas Essenz prallte.

Noch nie hatte sie solche Magie gespürt. So wild und ungezähmt. In solcher Fülle war sie dazu fähig, sie in Stücke zu reißen.

»Das ist meine einzige Warnung«, zischte die Zauberin. »Wenn du irgendjemandem meinen Aufenthaltsort verrätst, werde ich dich jagen und dich in dem Tor der Zeit einsperren, wo du verweilen wirst, bis deine Knochen zu Staub zerfallen. Ich habe mich zu viele Jahre versteckt, um jetzt gefasst zu werden.«

Dyna taumelte zurück. »Ich werde nie darüber sprechen, das schwöre ich.«

»Ich werde dich beim Wort nehmen.« Dann schnippte die Zauberin mit den Fingern und die Welt leuchtete blendend weiß auf.

Dyna blinzelte verzweifelt, um ihre trübe Sicht zu klären. Das Leben kehrte mit einem Ansturm von Marktgeschrei und geschäftigem Treiben um sie herum zurück.

»Hexe! Welchen Zauber hast du ... benutzt?« Zev brach ab, sein Schrei verwandelte sich in eine verwirrte Äußerung.

Die Zauberin und ihre Habseligkeiten waren verschwunden. In der Reihe der Verkaufsstände war nichts als ein leerer Platz, als wäre sie nie da gewesen.

Zum ersten Mal in ihrem Leben hörte Dyna Zev fluchen. Er zerrte sie förmlich in die Richtung, in die Cassiel gegangen war, und murmelte dabei die Beschwörung gegen dunkle Wesen.

Sie hatte Mühe, mit seinem zackigen Tempo mitzuhalten. »Zev...«

»Beim Urnengott, Dyna. Nur du schaffst es, einer Hexe in die Arme zu laufen.«

Sie hielt sich davon ab, ihn zu verbessern. Die Zauberin hatte sie ermahnt, über ihre Identität zu schweigen, aber Dyna nahm ihr das nicht übel. Sie musste sich schützen, um ihre Freiheit außerhalb von Magos zu bewahren.

»Ich hätte wissen müssen, was sie war. Sie roch nach wilder Magie.«

»Du kannst Magie riechen?« Das war das erste Mal, dass er das erwähnte.

Zevs Augenbrauen zogen sich zusammen. »Wenn du Essenz nutzt, riecht es wie eine Frühlingswiese. Ihre Essenz roch nach ... Blitzen.«

Blitze haben einen Geruch?, wunderte sie sich.

Aber genau so würde Dyna die Macht der Zauberin beschreiben. Sie war wie das Knistern eines Blitzes vor einem heftigen Gewitter.

»Wenigstens habe ich ihre Fährte, falls sie eine Bedrohung darstellt. Wie geht es dir? Hat der Zauber wehgetan?«

»Nein, mir geht es gut.«

Dyna konnte nicht sagen, was die Zauberin mit ihr gemacht hatte. Sie fühlte sich nicht anders, aber sie hatte das seltsame Gefühl, dass sie sich wiedersehen würden.

KAPITEL 34

LUCENNA

Der Unsichtbarkeitszauber verbarg Lucenna perfekt. Sie stand auf der Straße, ungesehen von allen, die den Markt besuchten. Sie beobachtete, wie der wilde, stämmige Mann die rothaarige, junge Frau wegzog. Dyna – so hatte er sie genannt. Und sie war eine Zauberin, wie das Flackern ihrer Essenz verraten hatte.

Das war genauso verblüffend, wie entdeckt worden zu sein.

Lucenna winkte mit einer Hand über ihren unsichtbaren Handelsstand. Er hob sich in die Luft und schrumpfte zu einer Miniaturfigur zusammen, bevor er auf sie zuhielt. Sie öffnete die Klappe der schwarzen Tasche, die an ihrer Schulter hing, und der Stand flog hinein. Anschließend schlüpfte sie in eine nahegelegene Gasse und lehnte sich an die Backsteinmauer, um zu Atem zu kommen.

Der Zeitzauber hatte sie viel Kraft gekostet, und er hatte eine beträchtliche Menge ihrer Essenz verbraucht. Es war töricht gewesen, einen solchen Zauber zu benutzen, aber sie war in Panik geraten. Zum ersten Mal hatte jemand entdeckt, was sie war, und ihr erster Instinkt war es gewesen, sich zu verteidigen. In letzter Sekunde hatte sie sich entschieden, Dyna mit einer Warnung gehen zu lassen. Aber jetzt könnte ihr Zauber alle Enforcer in Azure auf ihre Anwesenheit aufmerksam gemacht haben.

Ihr einziges Ziel war es, geflohene Zauberinnen zu fangen und sie zurück nach Magos zu bringen. Sie jagten sie bereits seit Jahren. Lucenna musste vorsichtig sein, ihre Aufmerksamkeit nicht auf sich zu ziehen – oder schlimmer noch: die ihres Vaters. Wobei Lucien sie gewarnt hätte, wenn Enforcer in der Nähe wären. Sie war der Gefangennahme nur schon so lange entgangen, weil sie seine Hilfe hatte.

Lucien würde sie ausschimpfen, wenn er wüsste, dass sie sich in Gefahr begeben hatte. Wahrscheinlich wusste er es bereits. Immerhin war er ihr Zwillingsbruder. Lucien konnte immer spüren, wenn sie große Mengen an Essenz verbrauchte oder wenn ihre Emotionen ihre Magie aufwühlten.

Beides war geschehen.

Wie aufs Stichwort schoss ein vertrautes Pochen in Lucennas Schläfen. Sie stöhnte auf und blickte stirnrunzelnd auf ihre Tasche. Weißes Licht strömte aus den Rändern der Öffnung und pulsierte in einem gleichmäßigen Rhythmus. Es kam von ihrer Kugel, aber sie wollte seinem Ruf nicht antworten. Sie wusste bereits, was er sagen würde.

Ohne ihm zu antworten, versicherte sie ihm über ihre Geschwisterverbindung, dass es ihr gut ging, auch wenn sie wusste, dass ihn das nur für kurze Zeit besänftigen würde.

Lucenna eilte die Gasse hinunter, wobei sie den Unsichtbarkeitszauber aufrechterhielt. Sie steuerte durch das Labyrinth der Stadt und ließ sich von schwarzen Farbklecksen leiten, die an jeder Ecke den Weg markierten. Die Markierungen fügten sich gut in die schmutzigen Ziegelwände ein. Sie fielen niemandem auf, der nicht wusste, dass er nach ihnen suchen musste. Sie wurden von den Fährleuten gemalt, die Menschen und Schmuggelware nach Corron hinein- und hinausschleusten.

Lucenna erreichte das Ende einer Sackgasse tief im Inneren der Stadt. In der Backsteinmauer gab es eine Öffnung, die groß genug war, dass jemand hindurchschlüpfen konnte. Lucenna quetschte sich hindurch und kam auf der Seite eines steilen Hügels wieder heraus. Ein dünner, ausgetretener Pfad schnitt durch den Teppich aus toten Blättern und Moos. Vorsichtig, um auf der schlammigen Piste nicht auszurutschen, ging sie den Hügel hinunter zu einem abgelegenen Seeufer, das von überwucherndem Schilf bedeckt war. Das Ruderboot war nicht da. Der Fährmann musste unterwegs sein.

Mit einem ungeduldigen Seufzer setzte sich Lucenna auf einen Baumstamm und wartete. Ihre Augen tränten von der Sonne, die auf der Oberfläche des Sees schimmerte, während das Wasser an das Ufer plätscherte. Sie rümpfte die Nase über den Gestank von Schlamm und Morast und versuchte, ihn nicht einzuatmen. Lucenna wippte mit ihren Füßen, während sie das Waldstück beobachtete, das einen abgelegenen Bach verbarg, der vom Loch Loden abzweigte. Von dort würde der Fährmann kommen.

Aber wo war er?

Ihre Schläfen pochten wieder, als Lucien sie rief. Er würde nicht aufhören, bis er wusste, dass sie in Sicherheit war, und wenn sie nicht antwortete, würde er andere Mittel nutzen, um sie zu kontaktieren. Lucenna rollte mit den Augen und griff in ihre Tasche. Sie war bodenlos – verzaubert, um eine endlose Anzahl von Gegenständen aufzunehmen. Sternenstaub war wirklich nützlich.

Lucenna griff hinein, und eine Glaskugel von der Größe einer kleinen Melone erschien in ihrer Handfläche. Sie sandte ein schummriges Licht aus, und in ihrem Inneren wirbelte Nebel wie gefangener Rauch. Nachdem sie ihren Unsichtbarkeitszauber aufgehoben hatte, tippte sie auf die Oberfläche, woraufhin sich der Nebel lichtete und das Bild ihres Bruders zum Vorschein kam.

Langes perlweißes Haar umrahmte Luciens wohlgeformtes Gesicht. Zwischen seinen weißen Brauen bildeten sich Falten, als er sie und ihre Umgebung betrachtete. Er befand sich in seinem Schlafzimmer, wie der Blick auf sein großes Bett hinter ihm und die bis zur Decke reichenden Bücherregale verriet. Neben ihm ruhte sein Stab aus Eschenholz, in den ein zerklüfteter keramischer Kristall eingelassen war, der zu der Farbe seines Gewandes passte. Das Sonnenlicht aus dem Fenster seines Schlafzimmers brach sich in seinen lilafarbenen Augen.

Als er sah, dass sie in Sicherheit war, hob er eine Augenbraue. »Lucenna.«

Sie imitierte seinen ernsten Gesichtsausdruck und seinen tiefen Tonfall: »Lucien.«

»Ich dachte, dein Ziel in Corron sei es, Geld zu verdienen. Kannst du mir erklären, warum du am Tor der Zeit herumgepfuscht hast?«

»Du hast in Magos gespürt, dass ich die Zeit angehalten habe?«, fragte sie ungläubig.

Er schmunzelte. »Nein, aber danke fürs Bestätigen.«

Sie funkelte ihn an. Wie schaffte er das immer?

»Ich kann vielleicht nicht wissen, welche Zauber du beschworen hast, aber ich kann spüren, wie viel Magie du verwendet hast. Das Tor der Zeit zu betreten, verlangt dir am meisten ab. Diese Art von Magie hinterlässt eine gewisse Spur in der Luft. Es waren keine Enforcer in dem Viertel unterwegs, aber nun sind sie mit Sicherheit auf dem Weg dorthin.«

Sie sah ihn schuldbewusst an. »Und Vater?«

»Glücklicherweise wurde er nach Schloss Ophyr gerufen, um sich um Gildenangelegenheiten zu kümmern.«

Was bedeutete, dass ihr Vater in Magos war, also hatte er nicht ihre Magie gespürt. Aber die Kunde davon würde ihn bald erreichen, daran bestand kein Zweifel.

Lucien musterte sie besorgt. »Lu, du darfst nicht weiter mit der Zeit spielen. Du kannst die Vergangenheit nicht ändern...«

»Das war dieses Mal nicht meine Absicht«, unterbrach sie ihn.

»Was ist dann passiert? Du hast mehr als einen Zauber gewirkt.«

Lucenna spielte mit dem Medaillon und erinnerte sich an ihre Begegnung auf dem Markt. »Ich habe eine Zauberin getroffen.«

Seine Augen weiteten sich. »Es sollte keine andere Zauberin in Azure oder dem Rest von Urn geben.«

Sie hatte dasselbe gedacht, als sie Dyna begegnet war.

Die Liberation schmuggelte Frauen und Kinder aus Magos, konnte sie aber in Urn nicht mehr freilassen, da die Enforcer die meisten erwischten. Deshalb schickten sie die Flüchtlinge stattdessen mit Schiffen über das Meer in die freie Nation Carthage.

»Ich hätte sie wegen ihrer roten Haare für ein Mitglied der Sonnengilde gehalten, aber ihre Essenz war winzig, kaum etwas wert.« Lucenna zuckte mit den Schultern. »Und sie sprach mit einem gebürtigen azurischen Akzent.«

»Ah, ich verstehe«, sagte Lucien aufgeregt. »Sie muss eine Freigeborene sein – eine Nachfahrin der vielen Zauberinnen, die die Liberation befreit hat. Geringe Essenz deutet auf gemischte Blutlinien hin. Sie ist keine Bürgerin von Magos.«

Lucenna schmunzelte. »Das würde erklären, warum sie so sorglos durch die Gegend schlenderte, dabei ist sie bereits entdeckt worden. Als ich ihre Hand nahm, spürte ich, dass ein anderer Magier ihre Essenz mit einem Ortungszauber verfolgte.«

»Wenn du sie berührt hast, kann der Zauber den Magier zu dir führen«, erwiderte Lucien alarmiert.

»Du brauchst dir keine Sorgen zu machen. Ich habe sie verhüllt und seinen Zauber gebrochen.«

»Gut. Aber das erklärt nicht, warum du dich in das Tor der Zeit eingemischt hast.«

Lucenna balancierte die Glaskugel zwischen ihren Handflächen und überlegte, wie sie sich erklären sollte. Vielleicht war sie zu hart zu Dyna gewesen, aber sie musste Vorsichtsmaßnahmen treffen. »Sie hat herausgefunden, was ich bin. Ich habe die Zeit angehalten, um sie zu warnen.«

Ihr Bruder runzelte die Stirn. »Du hast sie bedroht.«

»Ein bisschen.«

»Hmm, und du hast nicht überprüft, ob sie nicht vielleicht selbst in einer schlimmen Lage steckt?«

Das war das Erste, was sie überprüft hatte. Doch Dyna wirkte nicht missbraucht oder geknechtet, und ihre Gefährten sorgten sich um ihr Wohlergehen. Sie waren keine Magier, aber sie waren auch keine Menschen.

Der robuste Mann trug Magie in sich. Dyna hatte ihn Zev genannt. Lucenna war nicht umhingekommen, ihn anzustarren. Grobe, bullige Männer sah man in Magos nicht. Aber er hatte etwas Gefährliches an sich, und das hatte ihre Magie in Aufruhr versetzt. Sie hatte es nur gewagt, ihn mit einer Fingerspitze zu berühren, und das hatte genügt, um einen Blick auf eine furchterregende, wolfsähnliche Bestie zu erhaschen, die sie angeknurrt hatte.

Was den auffälligen jungen Mann betraf, so war dieser ein Celestial. Als sie seine Hand genommen hatte, war ihre Essenz mit der Magie seiner verborgenen Flügel und dem Heiligen Blut kollidiert, das durch seine Adern floss. Wie konnte das sein? Celestials streiften nicht mehr durch das Reich der Sterblichen, und ihre Merkmale wurden ganz anders beschrieben.

»Ging es ihr gut?«, fragte Lucien, als Lucenna keine Anstalten machte zu antworten.

»Ich glaube schon, ja.«

Ihr Zwillingsbruder seufzte und rieb sich die Stirn. »Lu, auch wenn es mich freut, von anderen Zauberinnen zu hören, die frei leben, darfst du dich nicht so leichtfertig in Gefahr bringen. Hör auf, dich für einen Hungerlohn als Wahrsagerin zu verkleiden.«

Lucenna konnte nicht in die Zukunft sehen, aber es war leicht, diejenigen zu täuschen, die nach Versprechungen von Reichtum und Liebe für einen Kupferstück suchten. »Ich muss schließlich von irgendetwas leben.«

»Ich werde dir Gold senden.«

Sie zog eine Grimasse. »Dafür müsstest du ein Portal öffnen, was Vater spüren würde.«

»Dann eben über die Bank.«

»Das würde er ebenfalls bemerken, Lucien. Lass es oder er wird schnell herausfinden, dass du mir hilfst, und dich wegen Verrats verurteilen lassen. Ich will nicht, dass noch jemand meinetwegen stirbt.«

Er zog die Stirn in Falten und wandte den Blick ab. »Du tust mir unrecht, indem du all die Schuld auf dich nimmst, obwohl sie allein mir zusteht. Ich habe dich und Mutter mit der Liberation bekannt gemacht. Ich war derjenige, der eure Köpfe mit Hoffnung für die Zukunft gefüllt hat.«

Lucenna ließ ihren Pony über ihre Augen fallen, damit er nicht sah, wie sie sich verdunkelten. »Ich habe diese Mission angenommen, weil Hoffnung das Einzige ist, was wir haben. Ich habe nicht aufgegeben. Und das werde ich auch nicht.«

»Du bist seit fast vier Jahren auf der Suche. Was ist, wenn wir nicht dazu bestimmt sind, ihn zu finden?«

Lucenna legte eine Hand auf das Lūna-Medaillon, das um ihren Hals hing, und strich über die Ränder der eingelegten Diamanten und eingemeißelten Runen. Ihre Finger fuhren durch den Illusionszauber, der ein Abbild des Mondsteins in seiner Mitte widerspiegelte. Der echte Stein war seit Jahrhunderten verschwunden, gestohlen und an einem Ort versteckt, der nur in Märchen existierte. »Es gibt andere Möglichkeiten.«

Luciens Augen verengten sich. »Schwarzer Klee ist *nicht* die Lösung.«

»Die Liberation ist da anderer Meinung.«

»Diese Pflanzen sind mit dunkler Magie verwurzelt, Lucenna. Hast du deine Lektion nicht gelernt?«

»Oh, du meinst, weil mein Handeln zu Mutters Tod geführt hat?«, zischte sie.

»Nein.« Er knallte seine Hand auf den Schreibtisch. »Ich meine, weil er gefährlich ist.«

Lucenna starrte ihn an. »Ich bin allein, Lucien. Mit dem, was ich weiß, kann ich nur sehr wenig ausrichten. Die Gilden haben keine wirkliche Macht. Der Erzmagier hat alles an sich gerissen. Solange er das Tellur-Medaillon hat, hat die Liberation keine Chance gegen das Imperium. Das Sōl-Medaillon ist verschwunden und dieses«, sie hob das Lūna-Medaillon, »ist ohne den Mondstein nutzlos! Mit jedem Tag, an dem ich ihn nicht finde, sterben mehr unserer Leute unter den Gesetzen des Magierkodex. Also sag mir, wie sollen wir sonst unsere Freiheit erlangen, wenn nicht mit dunkler Magie? Mit Gehorsam und Diplomatie? Das hat ja bisher sehr viel gebracht.«

Sobald die Worte ihren Mund verlassen hatten, bereute sie sie. Ihr Bruder reagierte nicht. Sein Gesicht war eine ausdruckslose Maske.

»Lucien...«

»Verlass Corron«, unterbrach er sie steif. »Es ist nicht sicher.«

Sie senkte ihren Kopf. »Das werde ich.«

»Melde dich, wenn du an einem sicheren Ort bist.« Sein Bild löste sich in der Kugel auf und wurde durch klares Glas ersetzt.

Lucenna stöhnte und verstaute die Glaskugel wieder in ihrer Tasche. Sie hätte nicht so etwas Grausames sagen dürfen.

Ein dünner Streifen Sonnenlicht fiel durch die Blätter und spiegelte sich auf dem rosafarbenen Diamantring an ihrem vierten Finger wider. Er erinnerte sie an einen anderen Ring, den Lucien einem Mädchen hatte geben wollen, das er geliebt hatte. Doch er hatte nie die Gelegenheit dazu gehabt.

Nichts davon war aus freien Stücken geschehen.

Sie hob einen Stein auf und schleuderte ihn mit einem gellenden Schrei gegen einen Baum. Bei jedem Stein, den sie warf, stellte sich Lucenna vor, wie sie dem Erzmagier den Schädel einschlug. Sie wünschte sich nichts sehnlicher, als ihn für all das zu vernichten, was er ihrer Familie und allen, die er unterdrückte, genommen hatte.

Schwer atmend ließ sie den Kopf gegen die ramponierte Baumrinde sinken und fühlte sich nicht bedeutsamer als der Schlamm, der auf ihre Stiefel gespritzt war.

Wer war sie, um ein Imperium zu stürzen?

Das leise Geräusch von Rudern, die durch das Wasser schnitten, lenkte ihre Aufmerksamkeit auf das Waldgebiet. Der Fährmann kam in Sicht. Er ruderte mit seinem Boot über den See und trug eine Handvoll Männer in Richtung des verhüllten Ufers.

Sie waren alle schwarz gekleidet und erhielten ihre Befehle von einem anderen Mann mit honigbraunem Haar, der einen schwarzen Ledermantel trug. Er war zu weit weg, als dass sie hören konnte, was er sagte, aber sie war neugierig genug, um es herauszufinden. Lucenna sprach einen Verstärkungszauber, um das Gespräch zu belauschen, woraufhin die Stimme des Mannes so klar wurde, als würde er in ihr Ohr sprechen.

»Ich habe ihren Aufenthaltsort verloren«, sagte er und blickte stirnrunzelnd auf etwas in seiner Hand. »Schwärmt aus. Sucht sie. Wenn ihr sie findet, gebt mir sofort Bescheid.«

Wen finden?

»Konfrontiert sie nicht. Zieht keine Aufmerksamkeit auf euch. Morgen greifen wir an.«

Die Männer nickten ernst. »Ja, Kommandant.«

Er war ein Kommandant? Er schien keinem Regiment anzugehören, und sie trugen weder die Tracht noch das Wappen ihres Lehnsherrn.

Die Männer bemerkten sie, als sich das Boot dem Ufer näherte. Einer mit dunkler Haut und schwarzen Locken stieß den Anführer an und deutete mit dem Kinn auf sie. »Kommandant Von, es gibt eine Zeugin.«

Die Magie pulsierte in ihren Fingerspitzen, bereit zum Angriff, sollte sich einer von ihnen nähern. Der Kommandant musterte sie. Sein Blick blieb an dem Medaillon hängen, und sie steckte es schnell weg.

»Lasst sie in Ruhe.« Er drehte sich weg. »Sie weiß nichts.«

Das Boot erreichte das Ufer, und die Männer stiegen aus, ihre Stiefel plätscherten im Wasser. Lucenna trat weit zur Seite und nahm keinen Blickkontakt auf, während sie darauf wartete, dass sie vorbeigingen. Die Männer waren unterschiedlich groß und alt. Der Jüngste schien nicht älter als fünfzehn zu sein. Zu ihrer Erleichterung marschierten sie wortlos vorbei und machten sich auf den Weg.

Der Fährmann stieg als Nächster aus seinem Boot. Er war ein stämmiger Mann, dessen Gesicht braun gebrannt und dessen Haar von der täglichen Arbeit in der Sonne gebleicht war. Kommandant Von reichte ihm einen Beutel mit klirrenden Münzen.

Der Fährmann nahm ihn mit einem fragenden Blick entgegen. »Das ist das Vierfache des Fahrpreises, Sir«, flüsterte er schockiert.

Lucenna wandte den Blick ab und tat so, als sei sie desinteressiert.

»Aye«, sagte der Kommandant und passte sich seiner Tonlage an. »Sieh es als Bezahlung für die geleisteten Dienste und den Rest meiner Männer, die auf die Überfahrt warten. Der Rest ist für deine Diskretion.«

»Ich habe gehört, wovon Ihr gesprochen habt. Ich werde mich nicht an einer Entführung beteiligen.«

»Du missverstehst mich. Ich bin wegen meiner Schwester gekommen.«

»Und Ihr braucht zwanzig bewaffnete Männer, um sie zurückzuholen?«

»Sie sind nicht für sie da, sondern für diejenigen, die sie mitten in der Nacht aus dem Haus meines Vaters entführt haben.«

»Oh«, sagte der Fährmann, und sein Tonfall verlor an Misstrauen. »Nun … ich will keinen Ärger.«

»Aye, und den sollst du auch nicht haben. Wir brauchen morgen früh wieder eine Überfahrt.«

»Na schön. Euch einen guten Tag.«

Kommandant Von kletterte ans Ufer, strich sich das Haar aus den meergrünen Augen und blickte Lucenna an. Er nickte ihr zur Begrüßung leicht zu, als er weiterging. Ein Teil von ihr wollte ihn mit einem Wahrheitszauber belegen und seine Angelegenheiten weiter erforschen. Was er sagte, klang wahr, aber sie spürte auch Lügen.

»Du willst so schnell wieder abreisen?«, fragte der Fährmann sie. Er drehte sein Boot so, dass der Bug nach außen zeigte.

»Ja, ich habe mich um meine Angelegenheiten hier gekümmert.«

»Das ist gut. Komm an Bord.« Er setzte sich an seinen Platz am Heck, mit dem Rücken zu ihr, und hob sein Ruder.

Lucenna machte einen Schritt auf das Ufer zu, als der Kommandant hinter ihr flüsterte: »Es tut mir leid, Mädchen.«

Ein Schlag traf sie am Hinterkopf und raubte ihr jegliches Gefühl in den Beinen. Die Welt geriet aus den Fugen, und der Boden stürzte auf sie zu.

Dann – schwarz.

KAPITEL 35

CASSIEL

Cassiel saß an einem großen Brunnen und sah zu, wie die Gischt des Wassers über die Stufen rieselte. Winzige Kobolde schwammen zwischen den Seerosen umher und blickten ihn mit marmorähnlichen schwarzen Augen an. Sie sprangen und tauchten heraus, ihre blaugrünen Körper schwangen durch die Luft, bevor sie wieder in das Becken plantschten.

Mit viel Glück hatte er einen öffentlichen Innenhof gefunden, weit weg von dem Trubel des Marktes und der erstickenden Menge. Es machte ihn nervös, unter so vielen Leuten zu sein. Hier war es viel ruhiger, die hohen Sträucher des gepflegten Gartens dämpften den Lärm und den Gestank der Stadt. Ein perfekter Ort zum Nachdenken.

Dyna.

Bei den Göttern, sie machte ihn unruhig. Er versuchte, das Gefühl zu ignorieren, das sie in ihm auslöste, aber je mehr er es tat, desto mehr wurde er sich ihrer bewusst. Oft ertappte er sich dabei, wie er ihre kleinen Macken studierte. Wie sie auf den Zehenspitzen wippte, wenn sie ängstlich oder aufgeregt war, wie sie sich konzentriert auf die Lippe biss oder wie ihre Augen vor Staunen aufleuchteten, wenn sie neue Dinge erlebte. Unerklärlicherweise fand er das liebenswert.

Es nervte ihn, so über jemanden zu denken. Vor allem über einen Menschen.

Sie beeindruckte ihn auch. Wie konnte sie Glück in ihrem tragischen Leben finden, während er das nicht konnte? Je mehr er sich über sie wunderte, desto frustrierter wurde er. Es war Zeitverschwendung, sich über Fragen den Kopf zu zerbrechen, die er nicht beantworten konnte.

Das Band summte in Cassiels Brust und signalisierte ihm, dass Dyna in der Nähe war, bevor sie und Zev aus einer der vier Straßen auftauchten, die zu dem Innenhof führten. Ihre Augen trafen die seinen, und er nahm sich einen Moment Zeit, um ihr neues Aussehen zu begutachten. Sie hatte Teile ihres Haares zu einer Krone geflochten, die entlang ihrer Haarlinie verlief. Silberne Stickereien schimmerten auf den langen Glockenärmeln ihres smaragdfarbenen Satinkleides. Es schmiegte sich an Dynas Taille und Oberweite und lenkte die Aufmerksamkeit auf Kurven, die er vorher nicht bemerkt hatte.

Cassiel wickelte seine Finger fest um die Kordel des Jutebeutels auf seinem Schoß. »Ihr habt aber ganz schön lange gebraucht«, sagte er und drückte damit eine Verärgerung aus, die er nicht spürte.

Zev runzelte die Stirn. »Ich hätte es bevorzugt, wenn du gewartet hättest. Es war schwierig, deinen Geruch unter so vielen ausfindig zu machen. Wo bist du hingegangen?«

»Ich bin losgezogen, um die Kaufleute zu finden. Ich habe uns Plätze in der nächsten Karawane gesichert, die morgen Nachmittag die Stadt verlässt ...« Cassiel hielt inne, als er ihre grimmigen Mienen sah. »Was ist passiert?«

Zev rieb sich über das Gesicht. »Die Hexe hat einen Zauber auf Dyna gewirkt.«

Cassiel erhob sich sofort. »Was für ein Zauber?«

»Das hat sie nicht gesagt. Im einen Moment war sie noch da und im nächsten war sie plötzlich verschwunden.«

»Ich habe doch gesagt, dass die Begegnung mit einer Hexe zu nichts Gutem führen kann!« Cassiel nahm Dynas Arme und suchte sie nach Verletzungen oder Veränderungen ab. »Hat es wehgetan?«

»Nein«, sagte sie, und ihre Augen weiteten sich.

»Hat sie irgendwelche Beschwörungsformeln gesprochen? Hat sie überhaupt etwas gesagt?«

Dyna sah weg. »Nein.«

»Vielleicht wollte sie dir einfach nur Angst machen. Hexen brauchen Worte, um ihre Flüche zu sprechen. Aber warum hast du überhaupt bei ihrem Stand angehalten?«

»Ich habe mich gefragt, ob sie vielleicht Sternenstaub verkauft ...«

Cassiel starrte sie an. Sie hatte versucht, Sternenstaub für ihn zu finden? Aber warum? Er hatte sie nicht darum gebeten.

»Wir sollten gehen, bevor wir keine Unterkunft für die Nacht haben«, warf Zev ein.

Sie setzten ihren Weg durch Corron fort und erreichten die erste Taverne. Der Schankraum war voller Gäste, deren Gekicher und Geplapper Cassiels Ohren erfüllte. Der schwere Geruch von Fett und Schweiß mischte sich in die Luft. Sie sollten sich nicht an diesem Ort aufhalten. Alle Zimmer waren sicher schon vermietet.

»Ich werde mich nach Unterkunft und Verpflegung erkundigen«, meinte Zev, bevor Cassiel etwas sagen konnte, und kämpfte sich durch das Gewimmel.

»Cassiel.« Dynas leise Stimme ging in dem Getöse fast unter. Sie hielt ihren Blick auf den Boden gerichtet. »Es tut mir leid, dass ich dir Unannehmlichkeiten bereitet habe. Du hättest dir von dem Gold lieber eine neue Tunika kaufen sollen, anstatt es für mich auszugeben.«

Er runzelte die Stirn. »Darüber bin ich nicht verärgert.«

»Aber ich *habe* dich verärgert.«

Cassiel wusste nicht, was er ihr antworten sollte, ohne sie anzulügen. Er war nicht auf sie wütend, sondern auf sich selbst.

Dyna hob den Kopf, und die Laternen über ihr tauchten ihr Haar in ein sanftes karminrotes Licht. »Ich habe dich in eine schwierige Lage gebracht, als du mich geheilt hast.«

Röte breitete sich von seinem Hals auf seinem Gesicht aus. »Das ist kein Grund zur Besorgnis«, erwiderte er etwas zu schroff.

»In Ordnung …«

Ein nervöses Flattern entstand zwischen ihnen. Er war sich nicht sicher, ob es von ihm oder ihr ausging – oder von ihnen beiden.

Nach einem langen Moment des Schweigens räusperte sich Cassiel und reichte ihr den Jutebeutel, den er getragen hatte. »Hier, das ist für dich.«

»Für mich?« Dyna spähte hinein. Der Beutel enthielt ein Paar kniehoher Lederstiefel. Das weiche Leder hatte eine satte Sienafarbe mit Messingverzierungen. »Du hast mir Schuhe gekauft?«

Cassiel zuckte mit den Schultern, als hätte er nicht nach dem besten Schuster in der Stadt gesucht. »Deine Schlappen werden auf der Reise nicht mehr lange halten.«

Er griff in seinen Umhang und reichte ihr ein weiteres Päckchen. Ein kleines Lächeln umspielte ihre Mundwinkel, als sie es öffnete und einen silbernen Umhang aus zerknittertem Samt herauszog. Das Band zwischen ihnen summte mit ihrem Glück, aber es schwang auch Traurigkeit mit.

»Ich weiß nicht, wie ich dir danken soll.«

»Dafür gibt es keinen Grund. Er ist nicht vergleichbar mit deinem alten Umhang. Hoffentlich reicht er trotzdem aus.« Er hatte versucht, einen ähnlichen zu finden, doch seine Suche war erfolglos gewesen. »Wie bist du überhaupt an einen verzauberten Umhang gekommen?«

»Er gehörte einst meinem Vater und seinem Vater vor ihm.«

Cassiel schaute weg, weil er sich schämte, ihn in den Dreck geworfen zu haben. Er hatte sie dazu gebracht, ihren Umhang in Lykos Peak zurückzulassen.

Dyna sah plötzlich mit zusammengezogenen Augenbrauen zu ihm auf und nahm seine Hand. »Es ist in Ordnung.«

Ein Kloß bildete sich in seinem Hals. Hatte sie ihn gespürt? Er ließ ihre Hände einen Moment länger ineinander verweilen, als er es hätte tun sollen, bevor er seine wegzog. »Ähm, wie geht es deiner Schulter?«

»Sie ist perfekt verheilt.«

»Gut.«

Dyna schaute nach vorn, diesmal mit einem echten Lächeln. Sie ging näher an das Foyer heran und stellte sich auf die Zehenspitzen, um die Menge nach Zev zu durchsuchen. Cassiel blieb an der Tür und lehnte sich mit verschränkten Armen an die Wand, während er sie beobachtete und das Kribbeln ignorierte, das ihre Berührung auf seiner Haut hinterlassen hatte.

Ihr Blutband hatte sich viel schneller entwickelt, als er gedacht hatte. Dynas Anwesenheit und ihre Gefühle durchströmten ihn ständig. Ihre kurzen Ausbrüche von Verwirrung konnten nur bedeuten, dass sie ihn auch spürte.

Er versuchte, seine eigenen Emotionen unter Kontrolle zu halten, denn wenn er sie offen zeigte, erfüllte ihn ein Wirrwarr von Gefühlen. Es war schon schlimm genug, dass er sich auch noch mit ihren auseinandersetzen musste. Er versuchte, Abstand zwischen sie zu bringen, sie zur Seite zu schieben, wie er es zuvor getan hatte, aber immer, wenn er das tat, überflutete ihn ihre darauf folgende Traurigkeit mit Schuldgefühlen.

Es war zum Verzweifeln. Er hatte keine Zeit für triviale Dinge wie Gefühle, aber er konnte den Sturm, der in ihm tobte, nicht abschütteln. Es war eine Mischung aus Angst, ein weiteres celestisches Gesetz zu brechen, Freude darüber, dass sein Blut funktionierte, und Scham über das, was er ihr angetan hatte.

Dyna war seine Blutgebundene.

Die Bedeutung war ihm nicht entgangen.

Ihre Rettung hatte auch eine Frage beantwortet, die er sich schon immer über sein unreines Blut gestellt hatte. Er konnte andere heilen. Das musste bedeuten, dass sein Blut heilig genug war, um den

Schatten zu töten, also brauchte sie ihr Leben nicht zu riskieren, indem sie Urn durchquerte. Er konnte sie in Sicherheit bringen.

Cassiel drückte auf seine Schläfen. Aber was war mit der Karte?

Er hatte endlich eine Chance, Mount Ida zu erreichen. Er brauchte Dyna, um dorthin zu gelangen. Aber war es das wert, ihr Leben für sein Ziel zu riskieren? Ein düsterer Gedanke überschattete alle anderen: Vielleicht würde er auf dieser Insel nicht finden, was er suchte.

»Wenn das Dach rostet, ist der Keller feucht. Das sagt man doch über Rothaarige, nicht wahr?«

Cassiels Blick wanderte zu einem Tisch an den großen Fenstern in der Nähe des Eingangs, an dem eine Gruppe von vier Männern saß und trank. Sie lachten, stießen vulgäre Bemerkungen aus – und grinsten Dyna an.

»Was für eine süße Schnecke sie doch ist«, sagte ein bärtiger Mann mit einem spitzen Hut. »Ich hätte nichts dagegen, es mit ihr im Heidekraut zu treiben.«

Ein dunkelhäutiger Kerl mit einem roten Tuch auf dem Kopf lachte und trank einen Schluck. »Die sieht hochgeboren aus, Garik. Sie würde einem Schwachkopf wie dir niemals Beachtung schenken.«

Garik lachte und sagte zu einem mageren Mann mit einem Nest aus rotem Haar neben ihm: »Das hat dieser selbstgefällige Idiot auch über die letzte Trollin gesagt, die mein Bett gewärmt hat.«

Ein größerer Mann, stämmig und flachnasig, grölte laut. »Ja, du treibst es immer mit den Mädels. Wie schaffst du das mit deinem hässlichen Arsch?«

»Nun, es ist einfach. Frauen mögen Männer, die ihnen die Wahrheit sagen. Zu dem süßen Ding dort werde ich sagen: ›Fräulein, ich bin ein Seefahrer, der einen Platz zum Anlegen seines Schiffes braucht, und der Steg zwischen Euren Schenkeln scheint mir perfekt.‹«

Wut loderte in Cassiel auf, als ihr Lachen in seinem Kopf ertönte. Namir hatte unrecht. Gute Kleidung verhinderte nicht, dass man die falsche Aufmerksamkeit auf sich zog. Männer waren abscheulich, unabhängig davon, wie sich eine Frau kleidete.

Sie verstummten, als er sich ihnen näherte. Bedrohlich baute sich Cassiel vor Garik auf. »Versuch es und du wirst kein Schiff mehr zum Anlegen haben.«

Die Männer starrten ihn für eine Sekunde an, dann brachen sie in hysterisches Gelächter aus. Sie lachten so heftig, dass sich Tränen in ihren Augen sammelten. Einer von ihnen schlug ausgelassen auf den Tisch.

Gariks Mund verzog sich zu einem spöttischen Grinsen. »Du solltest keine Drohungen aussprechen, die du nicht wahr machen kannst, *Junge*.«

Cassiel ballte die Fäuste. Dieser unausstehliche Mann würde bald lernen, dass er sehr wohl in der Lage war, seine Drohungen wahr zu machen.

»Cassiel.« Dyna tauchte neben ihm auf. Sie hatte ihre Unterhaltung nicht gehört, aber musste seine Wut gespürt haben. Wie ein Inferno brannte sie in seinem Inneren. Ihr wachsamer Blick glitt zu den kichernden Männern, die sie angrinsten. Sie ergriff seinen Arm und versuchte, ihn wegzuziehen. »Lass uns bei der Tür warten.«

Garik schmunzelte und trank einen Schluck. »Ah, sie gehört zu dir. Ich bitte um Entschuldigung. Gute Arbeit, Junge. Sie ist wirklich ein feines Törtchen. Zu fein für dich. Ich kann verstehen, warum du sie nicht teilen willst.«

Cassiel knirschte mit den Zähnen. Es juckte ihn in den Fingern, dem Hurenbock das fiese Grinsen aus dem Gesicht zu schlagen.

»Komm mit.« Dyna zog fester an ihm, und er ließ sich von ihr umdrehen. »Wir möchten keinen Ärger«, sagte sie zu den Männern. »Einen guten Tag.«

»Aye, es ist wirklich ein guter Tag, meine Liebe«, erwiderte Garik, während sein Blick über ihren Körper wanderte. »Vielleicht machen wir auch eine gute Nacht daraus? Ich wette, du schmeckst ziemlich süß.«

Cassiel drehte sich wieder zu den Männern um. »Hüte deine verdammte Zunge!«

»Glaub mir, Junge, nach einer Nacht mit mir wird sie meine Zunge nicht mehr stören.«

Seine Kumpel grölten vor Lachen.

Cassiel schlug Garik die Faust ins Gesicht, und der Schlag schleuderte ihn von seinem Platz. Garik rappelte sich auf und stieß ihn rückwärts gegen einen Tisch, wobei Krüge und Teller auf den Boden fielen. Er holte zu einem Schlag aus, bevor Cassiel ihn mit einem Aufwärtshaken traf. Er rollte sich vom Tisch ab, blockte den nächsten Schlag des Mannes ab und schlug ihm kräftig in den Bauch. Keuchend fiel Garik auf die Knie. Cassiel griff nach seinem Mantel und gab sich dem Gefühl hin, wie seine Faust das Gesicht des Mannes blutig schlug – dem Gefühl, wie Knochen auf Knochen prallte.

Dyna schrie seinen Namen.

Das war die einzige Warnung, bevor sich Cassiel dem großen Mann zuwandte, der mit einem Dolch auf ihn zukam. Zev sprang blitzschnell zwischen die beiden. Er erwischte die Hand, die das Messer hielt, und zerquetschte sie in seiner Faust. Cassiel zuckte zusammen, als er das Geräusch hörte, das er nur als das Zerbrechen von Ästen beschreiben konnte. Der gequälte Schrei des Mannes verstummte, als Zevs Schulter in seine Rippen rammte, ihn nach hinten fallen und durch ein Fenster krachen ließ.

Schaulustige keuchten und wichen vor Zev zurück. Er knurrte Gariks verbleibende Begleiter an, seine Augen blitzten gelb auf. Schnell packten sie Gariks Arme und zerrten ihn aus der Taverne.

Cassiel wischte sich über seine blutige Lippe. »Danke.«

Zev nickte. »Erklärst du mir, was passiert ist?«

»Lieber nicht.«

Zev würde ihnen wahrscheinlich die Kehlen herausreißen, wenn er hörte, was diese Schweine über Dyna gesagt hatten. Cassiel fand ihr schockiertes Gesicht in der Menge, und sie eilte zu ihm.

»Geht es dir gut?«, fragte sie ihn.

»Den Umständen entsprechend.«

Sie wischte ihm den Blutstropfen von der Nase. »Du blutest.«

»Es ist schon verheilt«, murmelte er. »Wir müssen gehen, bevor die Azure-Wache eintrifft.« Er zog einen kleinen Beutel mit Goldmünzen aus seiner Tasche und warf ihn dem Wirt zu, der bestürzt auf das zerbrochene Fenster starrte. »Für den Schaden.«

Dann verließ er das Etablissement. Dyna und Zev folgten ihm von Taverne zu Taverne, auf der Suche nach einer Unterkunft. Die Dämmerung brach herein, als sie an dem letzten Gasthaus von Corron anhielten. Schimmel befleckte das armselige Steingebäude. Die schiefen Dachziegel schienen allein durch bloßen Willen zu halten. Ein morsches Holzschild quietschte an seinen losen Scharnieren, als es über der Tür im Wind flatterte. Ironischerweise waren darauf die Worte *The Last Resort* eingebrannt.

Das geschäftige Treiben im Inneren bewies, dass der Betrieb in vollem Gange war. Sie stellten fest, dass der Schankraum belebt, aber nicht überfüllt war, und die meisten Gäste waren Männer der Azure-Wache. Cassiel wies die anderen an, an der Tür zu warten, und machte sich auf den Weg zur Bar.

»Abend«, rief er dem Wirt zu. Der schrumpelige Mann nickte, während er den Tresen abwischte. »Habt Ihr noch Zimmer frei?«

»Nur eines, Milord«, antwortete der alte Mann mit einem starken urnischen Akzent.

»Eins? Aber ich brauche drei Betten für die Nacht.«

»Ach, wirklich? Verzeiht mir, dass ich Eure Erwartungen nicht erfüllen kann, Milord. Ich habe nur noch ein Zimmer übrig, aber es ist recht vornehm und könnte Eurem feinen Geschmack entsprechen. Es liegt im zweiten Stock und bietet viel Platz, ein großes Bett und ein eigenes Bad. Und es hat Ausblick auf Loch Loden, falls Ihr das wünscht.« Der dumpfe Sarkasmus des Wirts versprach das Gegenteil. Er blickte an ihm vorbei zu Zev und Dyna. »Mit zusätzlichen Gästen kostet es zwei Silbermünzen für die Nacht.«

Cassiel funkelte ihn an, als er die lächerliche Summe hörte. »Ein Zimmer hier ist wenn überhaupt zehn Kupferstücke wert.«

Der Wirt zwang sich zu einem Lächeln, das zeigte, dass er nicht zum ersten Mal darüber stritt. »Jeder, der den Weg in mein Gasthaus findet, hat in den anderen Unterkünften in Corron kein Zimmer mehr bekommen – und hohe Nachfrage führt zu hohen Preisen. Bezahlt den Preis oder schlaft auf der Straße. Für mich macht das keinen Unterschied.«

Cassiel knirschte mit den Zähnen. Normalerweise würde er nicht zulassen, dass ihn jemand ausnutzte, aber er konnte Dyna nicht den Gefahren der Stadt bei Nacht aussetzen. »Und Ihr habt keine anderen Zimmer?«

»Ihr seid auch im Stall oder hier im Schankraum herzlich willkommen.«

Cassiel seufzte und ließ zwei Münzen auf den Tresen klappern.

Der Wirt grinste und überreichte ihm einen einzigen Eisenschlüssel. »Willkommen im *Last Resort*, Milord. Möchtet Ihr auch trinken und speisen?«

Bei der Erwähnung von Essen lief ihm das Wasser im Mund zusammen, und er warf ihm eine weitere Münze zu. »Ja, drei Mahlzeiten. Zwei ohne Fleisch, und Wasser zum Trinken.«

Der Wirt gluckste. »Aye, setzt Euch. Ich werde es Euch bringen lassen.«

Cassiel winkte Zev und Dyna zu und wies auf einen runden Tisch am anderen Ende des Raumes, zu dem sie sich begaben. Brotkrümel und verschüttetes Bier verunreinigten die Oberfläche.

»Wir werden gleich bedient«, sagte Cassiel, als sie sich setzten. Er schob den Schlüssel über den Tisch zu Dyna. »Es war nur ein Zimmer frei. Du nimmst es. Zev und ich werden hier unten schlafen.«

Sie schaute flehend zu Zev und schüttelte leicht den Kopf.

Stattdessen nahm er den Schlüssel. »Ich werde bei ihr bleiben.«

»Was?« Cassiel runzelte die Stirn. Das war unangemessen, blutsverwandt hin oder her.

Zev zuckte mit den Schultern. »Sie hat Angst, nachts allein zu sein.«

Er sah zu Dyna, deren Wangen sich rosa färbten. Angst, allein zu sein? Nein, dahinter steckte mehr. Bei Einbruch der Nacht wurde sie immer unruhiger und beobachtete ihre Umgebung, als ob sie erwartete, dass etwas herausspringen und sie angreifen würde.

Sie zuckte unter seinem Blick zusammen und fummelte an ihrem Ärmel herum. »Vielleicht können wir uns alle das Zimmer teilen? Wir haben ja schon draußen zusammen unter den Sternen geschlafen. Das wäre doch dasselbe.«

Cassiel räusperte sich und zerrte an seinem Kragen. »Das wäre überhaupt nicht dasselbe.«

»Ist es besser als die Alternative?«, fragte Zev. »Dyna wird nicht allein schlafen. Sie kann nicht.«

»Tut mir leid, Zev«, murmelte sie. »Ich müsste da längst rausgewachsen sein.«

Er tätschelte ihren Rücken. »Es ist nicht deine Schuld.«

Dyna schloss die Augen, und ihre Stirn legte sich in Falten. Eine ferne Angst sickerte durch die Verbindung und legte sich über Cassiel. Kalte, scharfe Klauen griffen nach ihm und erfüllten ihn mit tief sitzender Verzweiflung und Angst. Dyna lebte mit dieser Angst?

Sie zuckten beide zusammen, als sie etwas auf den Tisch knallen hörten. Eine vorbeigehende Schankfrau hatte eine Kanne und drei Becher abgestellt. Eine andere platzierte drei dampfende Schüsseln mit einem Korb Schwarzbrot vor ihnen, bevor sie verschwand, um weitere Gäste zu bedienen. Bei dem Geruch des Essens vergaß Cassiel ihr Gespräch. Er atmete den Duft seiner Mahlzeit ein und konnte ein Stöhnen kaum unterdrücken. Man hatte ihm wilden Reis mit gebutterten Pilzen und Kräutern aufgetischt.

»Es riecht köstlich!«, sagte Dyna.

»Das tut es.« Zev grinste seinen Teller an. Dampf wirbelte über der brutzelnden Lammkeule, die in Kartoffeln und Karotten eingebettet war. Die braune Haut war knusprig und glänzte mit Öl und Rosmarin. Sie lachte, als er sie genüsslich verzehrte.

Cassiel hatte seine Mahlzeit zur Hälfte aufgegessen, als Zev seine bereits verschlungen und nichts außer die Knochen übrig gelassen hatte. »Bist du satt?«

Zev schmollte. »Kein bisschen.«

»Dann bestell dir noch eine Mahlzeit. Ich habe dem Wirt weitaus mehr bezahlt, als unser Aufenthalt hier wert ist.«

Zev rieb sich die Hände und ging zum Tresen, um genau das zu tun. Cassiel schenkte sich Wasser ein, während er Dyna ansah. Sie knabberte gedankenverloren an einem Brötchen, bis sie seinen Blick bemerkte und aufschaute.

»Geht es dir gut?«, fragte er.

»Ja, und dir?«

»Mir?«

»Warum hast du dich mit diesem Mann geprügelt?«

Wusste sie nicht, warum?

Dyna legte den Kopf schief, ihre wissenden grünen Augen suchten seine. Oh. Sie hatte die abscheulichen Worte Gariks gehört, aber sie verstand nicht, warum er gegen ihn gekämpft hatte. Cassiel verstand es auch nicht. Er war so wütend gewesen, dass er den Mann hatte schlagen wollen, und zwar so lange, bis er seine Arme nicht mehr hatte heben können. Aber mit jedem Schlag seiner Faust hatte sich seine Wut in blinde Raserei verwandelt und Gariks Gesicht war mit dem seines Bruders und all der anderen, die ihn so verachteten, verschmolzen.

»Cassiel?«

»Es spielt keine Rolle.« Er atmete tief ein, seufzte und schüttelte den Kopf. Um sich abzulenken, nahm er einen Schluck aus seinem Becher und spuckte ihn wegen des süßlichen Gärungsgeschmacks fast aus. »Verzeihung, was ist *das*?«, fragte Cassiel die Schankfrau im Vorbeigehen, während er angeekelt auf den Krug deutete.

Sie runzelte die Stirn, als sei sie von seiner Frage verwirrt. »Das ist Met, Milord. Unser feinster.«

»Ich habe Wasser bestellt.«

»Oh. Vater dachte, das sei ein Scherz.«

»Das war es nicht«, erwiderte er knapp.

»Tut mir leid, Sir. Ich werde Euch Wasser bringen.« Sie knickste und eilte davon.

»Ich mag auch keinen Met«, sagte Dyna. »Der Geschmack missfällt mir.«

Es war nicht der Geschmack, der ihn beunruhigte, sondern sein Kopf, der sich schon von dem kleinen Schluck schummrig anfühlte. Celestials tranken nicht. Angeblich besudelte der Alkohol ihre Heiligkeit, aber er vermutete, dass es daran lag, dass sie ihn nicht vertrugen.

Seltsamerweise wurde auch seine Beziehung zu Dyna getrübt. War es wegen des Mets?

Zev kam mit demselben Essen zurück und aß herzhaft zwischen zwei Schlucken Met. Er schien ihm gut zu schmecken, also versuchte Cassiel es erneut. Als er den Met auf seiner Zunge verweilen ließ, stellte er fest, dass er knackig war und einen Hauch von Honig und anderen Gewürzen enthielt. Sein Gesicht errötete, als sich der Met schnell seinen Weg durch ihn bahnte und ihn schwindlig werden ließ. Das Blutband verblasste weiter.

Der Teil von ihm, der nichts mit der Bindung zu tun haben wollte, war erleichtert, für den Moment von ihr befreit zu sein, aber der Rest vermisste sie, wollte an ihr festhalten. Es machte ihn ängstlich und wütend, als würde ihn das Band selbst warnen, dass mit Dyna etwas nicht stimmte. Eine schwindende oder zerbrochene Bindung bedeutete den Tod, aber sie war direkt vor ihm, lebendig und gesund. Er musste gegen den Drang ankämpfen, über den Tisch zu greifen und ihre Hand zu nehmen, um seine Sorge zu lindern.

Cassiel schüttelte den Kopf, um sich dieser Gedanken zu entledigen, und füllte seinen Becher immer wieder auf. Zusammen mit Zev trank er zwei weitere Kannen Met. Am Ende schwankte er auf seinem Stuhl und schwebte auf einer Wolke der Euphorie, die stark genug war, um selbst seine Sorgen zu betäuben.

Er stützte sein Kinn träge auf eine Hand und sah Dyna mit seinem verklärten Blick an. »Warum hast du Angst, allein zu sein?«

»Lass sie in Ruhe«, lallte Zev. »Sie hat Dinge durchgemacht, die du dir nicht einmal vorstellen kannst.« Er schenkte Dyna ein lethargisches Grinsen und tätschelte unbeholfen ihren Kopf.

Cassiel schnaubte in seinen Becher. »Haben wir das nicht alle?«

»Du bist ein herablassender Vogel ...«, murmelte Zev. Er hob den Krug und winkte ihm damit zu. »Hier. Nimm noch einen Schluck. Möge es dein schreckliches Benehmen bessern. Es ist dringend nötig.«

»Du...« Cassiel hob eine Hand, um auf Zev zu zeigen, doch er stieß seinen Becher um. Der Inhalt ergoss sich über den Tisch, und Dyna schob ihren Stuhl beiseite, bevor sich der Met auf ihren Schoß ergoss.

Zev kicherte. »Ihr habt eine Sauerei angerichtet, Eure Hoheit!«

Dyna schüttelte den Kopf. »Ihr seid beide betrunken.«

»Oh, aye, und ich mag's!«

Cassiel schmunzelte. »Ich schätze, ich mag es auch.«

»Ich dachte, es sei gegen den celestischen Glauben, Alkohol zu trinken. Dein Bruder würde einen Anfall bekommen.« Zev richtete sich mit strenger Miene gerade auf seinem Stuhl auf und sprach mit der selbstgefälligen Stimme von Prinz Malakel: »Du hast die Familie Soaraway entehrt!«

Cassiel lehnte sich auf seinem Stuhl zurück und lachte darüber, wie gut Zev ihn nachgeahmt hatte. Doch das Lachen verging ihm und er vergrub das Gesicht in den Händen, weil ihm übel war. Nicht wegen des Mets, sondern weil ihm klar wurde, dass Malakel recht hatte. Er entehrte seine Familie ständig.

Sei es durch das Trinken von Alkohol oder durch seine Existenz.

Du bist irrelevant. Eine Schande. Nach deinem Tod wird sich niemand an dich erinnern.

Seine Lippen verzogen sich zu einem bitteren Lächeln, und er schenkte sich nach.

Prost.

KAPITEL 36

DYNALYA

Mit großer Mühe führte Dyna ihre betrunkenen Begleiter durch den überfüllten Schankraum und die Treppe hinauf. Es dauerte dreimal so lange, weil sie ständig über ihre nutzlosen Füße stolperten, lachten und miteinander zusammenprallten. Sie war erschöpft, als sie den zweiten Stock erreichten. Ihre Schritte stockten in dem dunklen Flur, in dem die hängenden Laternen unheimliche Schatten an die Wände warfen. Das Fenster am Ende des Flurs gab einen Ausblick auf die schwarze Nacht.

Dyna folgte Zev und Cassiel, als diese zu ihrem Zimmer taumelten. Mit zitternden Fingern schloss sie die Tür auf, und die Scharniere knarrten, als sie sich langsam öffnete.

Drinnen wartete die Dunkelheit.

An der Schwelle blieb sie stehen. Ihr Herz klopfte, und eine Gänsehaut kroch ihr über die Arme. Cassiel und Zev wankten in den Raum und ließen ihre Rucksäcke mit einem dumpfen Aufprall auf den Boden fallen. Beide steuerten auf das kleine Bett zu, das neben der Tür stand. Sie ließen sich zusammen darauf fallen, und der Holzrahmen ächzte unter ihrem Gewicht. Sie beschwerten sich darüber, dass der andere im Weg war, und stießen und traten nach einander, um sich Platz zu verschaffen.

Eine Laterne stand auf dem Nachttisch neben dem Bett. Dyna holte tief Luft, lief ins Zimmer und zündete sie schnell an. Sobald ein sanftes Licht den Raum erhellte, lösten sich die Fäden der Angst, die sie nie verlassen hatte.

Das Zimmer hatte eine angenehme Größe. Das Bett stand an der Wand. Gegenüber befanden sich große Doppelfenster mit geschlossenen Fensterläden und daneben ein passender Kleiderschrank mit Messinggriffen. Ein gefalteter Paravent teilte den Raum und verbarg den Nachttopf und das Bad. Dyna öffnete die Fensterläden, um das Mondlicht hereinzulassen, aber ein angrenzendes Gebäude versperrte den größten Teil der Aussicht, sodass nur ein Bruchteil des Sees zu sehen war.

Bald füllte sich der Raum mit einer Symphonie aus leisem Schnarchen. Zev schlief mit dem Gesicht nach unten, halb über dem Bett hängend, die unordentlichen Haare im Gesicht, sodass nur seine zusammengekniffenen Lippen zu sehen waren. Der Prinz schlief schräg auf dem Rücken, wobei seine Beine auf Zevs Hintern ruhten. Dyna unterdrückte ein Kichern und wünschte sich, ein Bild von dem Schauspiel zu haben, das sie boten. Sie war froh, dass sie Cassiel beim Lachen und Scherzen mit Zev hatte beobachten können. Auch wenn er dabei betrunken gewesen war.

Nachdem sie ihnen die Stiefel ausgezogen hatte, deckte sie sie mit einem Ersatzlaken zu, dann nahm sie das Papierbündel mit ihren neuen Kleidern und ging hinter die gefaltete Trennwand, wo eine mit Wasser gefüllte Kupferbadewanne wartete. Sie errötete bei dem Gedanken, im selben Raum wie Zev und Cas-siel zu baden. Aber sie würden nicht so bald aufwachen, und der Paravent war blickdicht genug, um ihre Privatsphäre zu wahren. Dyna zog das smaragdfarbene Kleid vorsichtig aus und hängte es über den Wandschirm. Sie strich über die schöne Naht aus Blumen und Ranken am Saum. Noch nie hatte sie etwas so Schönes getragen.

Dyna stieg in die Wanne, ließ sich in das lauwarme Wasser sinken und seufzte, als es ihre wunden Füße beruhigte. Sie lehnte ihren Kopf an den Rand des Beckens und lächelte vor sich hin. Es war ein guter

Tag gewesen. Cassiel konnte herablassend und kalt sein, doch manchmal, wenn seine Mauer bröckelte, konnte er ihr auch Freundlichkeit entgegenbringen. Wie verlegen er war, wenn ihm das bewusst wurde, machte ihn umso charmanter.

Dyna blieb in der Wanne, bis das Wasser kalt wurde. Nachdem sie sich abgetrocknet hatte, suchte sie sich ein neues Hemd aus weichem Leinen aus. Im Schrank befanden sich Ersatzdecken, mit denen sie sie es sich neben dem Bett gemütlich machte. Sie legte sich auf den Rücken und beobachtete, wie die Schatten der Laterne über die Zimmerdecke tanzten.

Der Anblick erinnerte sie an ihr Schlafzimmer in North Star. War ihre Großmutter bei guter Gesundheit? Wie ging es Lyra? Großmutter Leyla musste schrecklich wütend auf sie sein und sich furchtbare Sorgen machen. Dyna seufzte und wünschte, sie könnte sie sehen.

Zev murmelte etwas Unverständliches und drehte sich um, wodurch Cassiel vom Bett rutschte. Dyna wich ihm aus, bevor er schwer auf die Stelle fiel, wo sie gelegen hatte. Er stöhnte klagend auf. Seine klebrigen Augen öffneten sich, und er setzte sich auf, um an den Knöpfen seines Umhangs zu zupfen, aber seine Finger ließen sich nicht koordinieren.

»Lass mich das machen.« Sie lachte leise und öffnete die Knöpfe für ihn.

Er schüttelte den Umhang ab und breitete seine Flügel aus, wobei die schwarzen Federn Muster an die Wand warfen. Cassiel zog als Nächstes seine Tunika aus. Schnell wandte sie den Blick ab, konnte sich aber nicht verkneifen, einen Blick auf seinen wohlgeformten Körper zu werfen. Seine Arme waren hinter seinem Kopf verschränkt und seine Bizeps spannten sich an, als der warme Schein der Laterne über die Vertiefungen und Ebenen seines festen Oberkörpers fiel und jeden Muskel betonte. Mit brennendem Gesicht richtete Dyna ihren Blick nach unten.

Cassiel gähnte und ließ sich auf ihrem provisorischen Bett nieder, die Flügel legten sich wie eine glatte Decke auf seinen Rücken. Sie blieb neben ihm sitzen, nicht sicher, was sie tun sollte. Er hatte ihr Bettchen genommen, und neben Zev war kein Platz mehr.

»Warum hast du Angst, allein zu sein?«, fragte er leise lallend.

Dyna errötete beschämt. »Ich habe nur Angst, wenn es dunkel ist.«

»Du fürchtest dich vor der Dunkelheit?«

Sie sah hoch zu den tanzenden Formen an der Zimmerdecke. »Es ist nicht die Dunkelheit, die ich fürchte, sondern die Dinge, die in ihr lauern könnten.«

Cassiel blinzelte unter einem Auge hervor, dann rollte er sich auf die Seite und hob einen Flügel, als wolle er sie einladen, sich zu ihm zu legen. Sie kämpfte gegen die Röte an, die ihre Wangen immer mehr in Besitz nahm. Sicherlich war das nicht seine Absicht...

Er packte ihren Arm und zog sie zu sich. Mit einem Aufschrei fiel sie gegen ihn, und er bedeckte sie mit seinem Flügel. Er war warm, weich wie Seide – und viel zu nah.

Dynas Herz schlug ihr bis zum Hals. »C–cassiel.«

»Mhm.« Er seufzte zufrieden, sein Atem strich über ihren Hals, der noch feucht von ihrem nassen Haar war. Es jagte ihr einen nervösen Schauer über den Rücken. Er legte einen Arm um ihre Taille und zog sie näher zu sich, wobei er ihre heiße Wange an seine nackte Brust drückte. »Es ist seltsam ... Warum beruhigt mich deine Nähe?«

Dyna war zu erschrocken, um zu sprechen. Sie versuchte, das wilde Galoppieren ihres Herzens zu beruhigen, doch scheiterte kläglich.

»Solange ich bei dir bin, gibt es nichts zu befürchten«, murmelte er. Seine Worte verließen seine Lippen langsam und schwer, da der Schlaf ihn langsam wieder zu überwältigen drohte. »Ich werde dich vor der Dunkelheit und den Schatten beschützen. Mein Blut hat bewiesen, dass ich es kann.«

Das Unbehagen wich Erstaunen. Dyna lehnte den Kopf zurück und sah ihn an. »Was meinst du?«

»Ich werde deinen Dämon töten.«

»Was?«, keuchte sie. »Aber dein Vater sagte, dass deinesgleichen so etwas nicht mehr tun kann. Dass ihr die Heiligkeit verloren habt, die es braucht, um das Böse auszulöschen.«

»Das stimmt, doch es gilt nur für die, die bereits ein Menschenleben genommen haben. Was ich nicht habe.«

Ihre Augen weiteten sich. »Warum erzählst du mir das jetzt?«

Er schloss die Augen. »Als ich dich geheilt habe, habe ich zum ersten Mal erkannt, dass ich nicht so besudelt bin, wie man mich glauben ließ. Ich habe die Fähigkeit, etwas zu tun, was viele andere nicht können. Vielleicht gibt es einen Grund dafür, dass ich hier bin, in dieser Welt.«

Er schaute sie durch seine Wimpern an, und wieder sah sie das Anzeichen eines Lächelns in seinen Mundwinkeln. Ein merkwürdiges Gefühl stieg in ihrer Brust auf, leicht und luftig. Wehmütig. Eine weitere Welle der Verwirrung überkam sie, als sie feststellte, dass es Cassiels Hoffnung war. Sie war neu, aber roh und so zerbrechlich, als hätte er Angst, sie zuzulassen.

Dyna erkannte, dass es daran lag, dass andere ihm gesagt hatten, dass er kein Recht auf so etwas wie Hoffnung habe. Die anderen Celestials gönnten ihm kein Glück. Und das nur, weil er halb Mensch war. Wut wallte in ihr auf, und sie bereute es, Malakel die Feige nicht ins Gesicht geworfen zu haben.

Aber Cassiel hatte den *Anderen* nur knapp überlebt. Der Schatten würde zu viel für ihn sein. Zu bösartig und gnadenlos. Sie konnte ihn nicht bitten, gegen ihn zu kämpfen.

»Es gibt einen Grund für deine Existenz«, sagte sie. »Doch der ist nicht, den Schatten zu bekämpfen.«

»Aber ich kann...«

»Nein, es ist zu gefährlich.«

Er blinzelte sie müde an und runzelte die Stirn. »Möchtest du nicht nach Hause zurückkehren?«

»Nichts mehr als das, aber ich kann dich da nicht hineinziehen. Ich möchte nicht, dass du verletzt wirst.«

Cassiel schüttelte spöttisch den Kopf. »Du bist der komischste Mensch, dem ich je begegnet bin.« Er strich ihr die Haare aus dem Gesicht. Seine Finger fuhren sanft über ihre Wange und hinterließen eine kribbelnde Spur auf ihrer Haut. »Aber das macht mir nicht im Geringsten etwas aus.« Die Art und Weise, wie er sie ansah, ließ ihr Herz einen Sprung machen. »Deine Augen sind wunderschön«, murmelte er, als sich seine eigenen wieder schlossen und seine Atemzüge vertieften. »Sie erinnern mich an ...«

»An was?«, flüsterte Dyna, als er nicht weitersprach.

Seine einzige Antwort war ein leises Schnarchen.

Sie lächelte, sich ihrem erhitzten Gesicht mehr als bewusst. Er mochte ihre Augen? Was war in ihn gefahren? Er hatte noch nie solche Dinge zu ihr gesagt.

Cassiel hielt sie unter seinem Arm gefangen, sodass sie nichts anderes tun konnte, als ihm beim Schlafen zuzusehen. Seine Züge waren frei von jeder Irritation; lange, dunkle Wimpern küssten seine Wangen. Er sah heiter aus, sogar glücklich.

Es kam nicht oft vor, dass er sie so nah an sich heranließ. Zögernd streckte Dyna die Hand aus und strich mit ihren Fingern über seine glatten Federn. Vorsichtig und leicht führte sie sie über den äußeren Rand seines Flügels, bis zu der Stelle, an der er aus seinem Rücken wuchs. Ihre Hand wanderte über seine muskelbepackte Schulter und hinauf zu seinem Hals, wobei ihre Fingerspitzen über seinen glatten Kiefer streichelten. Wo sie sich berührten, pulsierte ein Strom, der in ihrem Magen flatterte.

Was war das für eine Energie zwischen ihnen? Hatte sie etwas damit zu tun, dass sie seine Gefühle spüren konnte? Was auch immer diese Energie war, sie fühlte sich nicht falsch an.

Dyna ignorierte ihr Erröten, schloss die Augen und ließ sich auf seiner Brust nieder. Sie lauschte seinem gleichmäßigen Herzschlag, während ihr eigener langsamer wurde und sich seinem Rhythmus anpasste.

Manchmal war es schwer zu glauben, dass Cassiel real war. Er war wie Sternenlicht. Ein Wunder. Wie Fragen ohne Antworten. Aber sie war bereit zu warten, um seine Geheimnisse zu enthüllen.

Sein sanftes Atmen lullte sie ein und verscheuchte all ihre Ängste. Eines Tages würde sie sich den Schatten stellen müssen, aber in diesem Moment, in seinen Armen, war das das Letzte, woran sie dachte.

Sie glitt in einen friedlichen Schlaf mit seinen weichen Federn an ihrer Wange und seinem Duft, der in ihren Träumen verweilte.

KAPITEL 37

LUCENNA

Lucenna erwachte an einem merkwürdigen Ort mit schlimmen Kopfschmerzen. Sie stöhnte auf und presste ihre Handballen gegen ihren Schädel. Der Schmerz war genauso unerträglich wie das harte Bett, auf dem sie lag. Jemand hatte ihr gnädigerweise eine raue Decke und eine kratzige Strohmatratze zur Verfügung gestellt, aber sie erschrak, als sie sich in einem ihr unbekannten Haus wiederfand. Es war klein und dunkel, nur das Feuer im Kamin spendete etwas Licht. Die Fensterläden waren geschlossen, dennoch spürte sie, dass es Nacht geworden war.

Drei kleine Mädchen blickten mit großen, neugierigen Augen zu ihr und flüsterten einander etwas zu.

»Sie ist hübsch.«

»Ich mag ihre Haare.«

»Ist sie unsere neue Mama?«, fragte die Jüngste.

Lucenna funkelte sie an, und sie kicherten.

»Vater«, rief die Älteste über ihre Schulter. »Sie ist wach.«

Von der anderen Seite des Raumes ertönte ein Schlurfen. Der Fährmann erhob sich von seinem Tisch und näherte sich ihr.

Er reichte ihr einen Becher Wasser. »Wie fühlst du dich, Mädchen?«

»Was ist passiert?« Sie setzte sich auf. Ihre Sicht verschwamm, und sie hielt sich am Bettpfosten fest, um nicht umzukippen.

»Du bist am Ufer ausgerutscht und hast dir den Kopf angeschlagen. Der Mann hat mir geholfen, dich den Hügel hoch bis zu meinem Haus zu tragen.«

»Der Mann?«, zischte sie und erinnerte sich an Kommandant Vons letzte Worte, bevor er sie niedergeschlagen hatte. »Er ist derjenige, der mich bewusstlos gemacht hat!«

»Wirklich?« Der Fährmann runzelte skeptisch die Stirn. Er hatte es nicht gesehen, da er ihr den Rücken zugewandt hatte.

Lucenna erhob sich schwankend. »Ich muss Corron sofort verlassen.«

»Ruh dich aus. Du kannst da jetzt nicht rausgehen. Nachts patrouillieren die Ritter der Azure-Wache verstärkt.«

»Ich darf nicht hier sein. Bitte bring mich aus der Stadt. Ich muss noch heute Nacht verschwinden.«

Er seufzte. »Vergib mir, Mädchen, aber ich kann es nicht riskieren. Wer kümmert sich um meine Töchter, wenn ich erwischt werde?«

Sie sah zu seinen Töchtern, die leise zuhörten. Sommersprossen sprenkelten ihre Wangen. Ihre ungepflegten blonden Haare waren zu Zöpfen gebunden, und sie trugen zu kleine Kleider.

»Ich arbeite von Sonnenaufgang bis Sonnenuntergang«, sagte er. Erschöpfung und Traurigkeit schwangen in seiner Stimme mit. »Ich habe kaum Zeit für sie. Jeden Morgen gehe ich durch diese Tür und bete zu den Göttern, dass sie über sie wachen, während ich weg bin, aber ich weiß es besser, als dass ich nachts mit dem Boot über das Wasser fahre.«

»Dann soll es so sein. Ich werde allein einen Weg aus der Stadt finden.« Sie musste riskieren, mehr Magie einzusetzen. Mit einem Unsichtbarkeitszauber könnte sie sich durch das Haupttor schleichen. Aber wie nah war der nächste Enforcer? Lucien würde es wissen.

»Hier sind deine Habseligkeiten«, sagte der Fährmann und deutete zu ihren Füßen. Er hatte ihre Tasche gegen den Bettpfosten gelehnt. Ein Sack lag obenauf.

»Was ist das?«

»Der Mann sagte, er gehört dir. Stimmt das nicht?«

Lucenna griff nach dem Sack und hörte das Klirren von Münzen darin. Er war voll mit Gold. Warum sollte der Kommandant ihr Gold geben? Sie strich sich mit der Hand über die Brust, wo einst das Lūna-Medaillon geruht hatte. Es war verschwunden.

»Nein!«, schrie sie und ließ die Mädchen zusammenzucken. »Wo ist es? Wo ist mein Medaillon?!«

Wut und Angst ließen ihre Essenz in einer aggressiven Welle aufsteigen. Ihr sprudelndes Glühen strahlte von ihrer Haut aus und warf einen violetten Farbton in den Raum. Elektrizität knisterte um sie herum und lud die Luft auf, während ein unnatürlicher Wind durch das Haus des Fährmanns heulte und einen violetten Wirbel erzeugte. Seine Töchter schrien und versteckten sich hinter ihm, während Möbel durch den Raum krachten. Die Essenz strömte in einem dichten Nebel aus ihr heraus und kroch über den Boden und die Wände hinauf.

»Welches Medaillon? Ich habe keins gesehen!«, rief er verzweifelt und klammerte sich an seinen Kindern fest. »Ich schwöre es! Bitte, tu meiner Familie nichts!«

Lucenna zügelte schnell ihre Gefühle, ihre Magie verpuffte in einer Rauchwolke. Sie setzte sich zurück auf das Bett und senkte den Kopf. »Seid unbesorgt. Ich will euch nichts Böses.«

Kommandant Von.

Er musste es gestohlen haben. Er hatte ihr weitaus mehr bezahlt, als das Medaillon an materiellem Wert besaß, aber den persönlichen Wert, den es für Lucenna hatte, konnte kein Gold aufwiegen. Lucenna blickte missmutig auf die glitzernden Münzen, die in dem Raum verstreut lagen. Sie wollte sein schmutziges Geld nicht.

Dennoch würde er dafür bezahlen. Oh, und wie er das würde.

Als der nächste Tag anbrach, war es in der Wohnstraße vor dem Haus des Fährmanns ruhig. Ein paar Leute schlenderten umher, um ihren täglichen Geschäften nachzugehen. Rosiges Sonnenlicht schimmerte schräg auf den hohen Dächern und warf Schatten auf die Häuser. Lucenna atmete die frische Luft ein und bereitete sich auf den Tag vor.

»Bist du dir sicher, Mädchen?«, fragte der Fährmann von seiner Türschwelle. Er hielt den Sack voll Gold unsicher in seiner Hand.

»Ja, sieh es als Entschädigung und als Dank für deine Hilfe – sowie für dein Schweigen.« Sie hielt seinen Blick. »Wir sind uns nie begegnet.«

Er nickte. »Wie du meinst.«

»Du musst diesen Ort verlassen.« Sie war sich sicher, dass die Enforcer kommen würden, sie würden sie zuerst zu seinem Haus verfolgen. »Erzähle niemandem von deinem neu erworbenen Reichtum, damit man nicht versucht, dich zu berauben. Es ist genug Gold da, dass du dich nie wieder sorgen musst.« Sie blickte an ihm vorbei zu seinen schlafenden Töchtern, die zusammengerollt auf dem Bett lagen. »Kaufe ein Anwesen. Stell Hausmädchen ein und ein Kindermädchen, das sich um die Bedürfnisse deiner Töchter kümmert. Zahle gut für ihre Ausbildung und lehre sie, stark zu sein. Das müssen Frauen in dieser Welt.«

Der Mann starrte auf den Sack mit den Münzen. Seine müden Augen tränten, als er sich das Bild vorstellte, das sie mit ihren Worten gemalt hatte, und die Dinge, von denen er vielleicht selbst geträumt hatte. Er schenkte ihr ein wässriges Lächeln. »Ja, ich glaube, du hast recht. Ich danke dir, wirklich. Erlaube mir, dich aus Corron zu bringen, damit ich nicht das Gefühl habe, dich betrogen zu haben.«

»Das brauchst du nicht. Wenn dich das Gold so verunsichert, sieh es als Bezahlung für dein Boot.«

»Du möchtest mein Boot? Aber ich habe dem Mann versichert, ihn und seine Männer heute Morgen über das Wasser zu bringen.«

Sie schenkte ihm ein dunkles Lächeln. »Ich werde mich darum kümmern. Er und ich haben eine Rechnung offen.«

Er lachte nervös. »Ah, dann ist das also ein Abschied?«

»Ja. Und nimm dir meine Worte zu Herzen: *Geh*. Du möchtest nicht hier sein, wenn sie kommen, um nach mir zu suchen.«

Der Mann wusste nicht, wer *sie* waren, dennoch nickte er. Sobald er die Tür geschlossen hatte, wirkte Lucenna den Unsichtbarkeitszauber. Sie ging die Straße mit den Häusern aus Flechtwerk und Lehm entlang, ihre Absätze klapperten in einem gleichmäßigen Rhythmus auf dem Kopfsteinpflaster.

Sie sammelte ihre Essenz und freute sich, endlich frei über Magie verfügen zu können. Lucien hatte bestätigt, dass die Enforcer zwei Tage entfernt waren. Genug Zeit, um ihren Plan in die Tat umzusetzen.

Sie würde nicht ohne das Lūna-Medaillon abreisen. Es war ein Familienerbstück, ein Vermächtnis, dem sie gerecht werden wollte, und es war die Hoffnung jeder Zauberin in Magos.

Kommandant Von hatte den größten Fehler seines Lebens gemacht, indem er ihr in die Quere gekommen war.

Lucenna schloss ihre Augen und atmete tief ein. Ihr Bewusstsein glitt in die *Essentia Dimensio*, wo die Essenz lebendig wurde. Sie brachte sie in eine pechschwarze Umgebung, in der es nichts gab, aber die Energie summte durch sie hindurch und hieß sie willkommen.

Ihre Essenz erschien als eine lebendige Kugel aus violetten Lichtblitzen, die vor ihr zuckte und wirbelte. Sie ließ ihre Hand nach oben schnellen, die Kugel sauste hoch in die leere Schwärze und explodierte in einem Lichtregen. Purpurne Schlieren breiteten sich aus und spannten sich wie ein Netz in der Dunkelheit um ihr Ziel. Aber das Licht wurde dünner und verlor an Farbe, je weiter es sich ausbreitete, bis ihre Essenz völlig verblasste.

Jemand anderes hatte Kommandant Von bereits getarnt.

Lucenna ballte ihre Fäuste. Er hatte die Dienste eines Magiers in Anspruch genommen! Aber keiner seiner Männer war einer gewesen. Sie hätte es gespürt.

Nun, das spielte keine Rolle. Der Mondstein mochte fehlen, aber das Medaillon war von einem der mächtigsten Magier der Geschichte geschaffen worden. Seine Essenz war auf ewig darin eingeflossen, und diese war ihr nicht verborgen geblieben.

Sie wirkte einen weiteren Ortungszauber und suchte nach der Essenz, die ihrer eigenen am ähnlichsten war. Diesmal bewegte sich ihre Kraft sicher durch die *Essentia Dimensio* und sie landete in der Ferne auf zwei leuchtenden Kugeln aus Licht. Die eine war die leuchtend violette Essenz, die im Lûna-Medaillen gefangen war, und die andere war grün.

Es dauerte einen Moment, bis sie herausfand, dass das grüne Licht Dynas Essenz war. Es war seltsam, dass der Ortungszauber sie als Ziel hatte und dass sie sich in unmittelbarer Nähe des Medaillons befand. War das ein Zufall?

Sie hatte keine Zeit, darüber nachzudenken.

Lucenna verband ihren Zauber mit dem Medaillon und öffnete ihre Augen für die reale Welt. Eine Spur aus durchsichtigem violettem Feuer, die nur für den Suchenden sichtbar war, erschien zu ihren Füßen und schlängelte sich die ruhige Straße hinunter. Sie führte sie genau dorthin, wohin sie gehen musste.

KAPITEL 38

DYNALYA

Dyna hörte kaum zu, als Zev die Liste mit Proviant herunterratterte, den sie für die Reise kaufen mussten. Sie folgte ihm zu einem Händler, der Getreide verkaufte, und er verlangte ein halbes Kilogramm von diesem und jenem, wobei seine Stimme in dem Wirrwarr ihrer Gedanken unterging. Cassiel blieb ein paar Schritte entfernt stehen, aber seine Anwesenheit drückte gegen ihren Rücken. Sie spürte seine Augen auf sich gerichtet – und sie spürte seine Erregung.

Ihr Ellbogen schmerzte noch immer an der Stelle, an der er auf den Boden geknallt war, als er sie an diesem Morgen von sich weggestoßen hatte. Das hatte sie ebenso wachgerüttelt wie sein Gefühl des Entsetzens und der Scham. Dann war er wortlos aus dem Zimmer gestürmt.

Dyna griff nach den Ärmeln ihres Kleides und knetete den weichen Leinenstoff. Etwas drückte auf ihre Brust, und ein Schleier legte sich über ihre Augen.

Sie war sich nun sicher, dass sie seine Gefühle spüren konnte. Aber warum? Und wie war das möglich?

Es war zu viel und zu verwirrend. Nichts von alledem ergab einen Sinn. Aber sie konzentrierte sich lieber darauf als auf die

Demütigung, die sie empfunden hatte, als Cassiel sie weggestoßen hatte, als hätte sie eine ansteckende Krankheit.

»Hier, ein paar Kilo Hafer«, verkündete Zev, während er den Sack in seinem Rucksack verstaute. »Was noch?«

»Obst und Gemüse«, murmelte sie.

Mit einem fröhlichen Pfiff bahnte er sich den Weg durch die Menge. »Es ist ein schöner Tag, nicht wahr?« Als niemand antwortete, sah er sie stirnrunzelnd an und stupste Cassiel an. »Hast du nicht gut geschlafen? Als ich heute Morgen aufgewacht bin, warst du schon weg.«

Dyna versteifte sich bei der plötzlichen Welle von Cassiels Anspannung, die sie erfasste.

Er blickte sie unruhig an. »Ich brauchte frische Luft.«

Zev gluckste und schlug ihm auf die Schulter. »Du hast dich gestern Abend ganz schön weggeschossen.«

»Das wird nie wieder vorkommen.«

Sie versuchte, das ungute Gefühl zu ignorieren, das diese Andeutung in ihr auslöste.

Das Stimmengewirr auf dem Markt wurde lauter, je höher die Sonne stieg, und die Menge verdichtete sich. Sie erreichten eine Straße, die von Karren mit Kürbissen, Radieschen und Karotten gesäumt war, zusammen mit jedem Obst und Gemüse der Saison. Zevs Rucksack wurde mit jedem weiteren Einkauf schwerer. Er forderte sie auf, eine Auswahl zu treffen, aber Dyna war ausnahmsweise nicht in der Stimmung dazu.

Sie war so in ihren Gedanken versunken, dass sie mit Zev zusammenstieß, als er mitten auf der Straße stehen blieb. Seine gelben Augen suchten die Menge ab.

Cassiel ging näher an sie heran und musterte das Meer aus Gesichtern. »Was ist?«

Zev runzelte die Stirn. »Ich hatte das plötzliche Gefühl, dass wir verfolgt werden, aber ich habe mir das bestimmt nur eingebildet. Ich bin es nicht gewohnt, unter so vielen Leuten zu sein.«

»Ja, es macht mich auch nervös.«

Zev schüttelte sich, um das komische Gefühl loszuwerden, und ging dann weiter vorwärts. »Wir sind hier fast fertig.«

»Können wir den Rest des Marktes erkunden?«, fragte Dyna. »Gestern hatten wir nicht die Gelegenheit dazu.«

»Cassiel, hast du etwas dagegen?«, wandte sich Zev an ihn.

Dyna verzog das Gesicht. Seit wann verstanden sie sich so gut, dass sie einander nach Erlaubnis fragten? Und warum nervte sie das so, obwohl es genau das war, was sie sich die ganze Zeit gewünscht hatte?

Cassiel zuckte mit den Schultern. »Ich schätze nicht.«

Zev lächelte sie an. »Geh, er wird dich begleiten, während ich unsere Vorräte weiter aufstocke. Das sollte dir etwas Zeit geben, dich umzusehen.«

Dyna tauschte einen erschrockenen Blick mit Cassiel aus, ehe sie zu Boden sah. »Du kommst nicht mit uns?«

»Nein, da sind noch ein paar Dinge, die wir brauchen.«

»Ich werde den restlichen Proviant besorgen«, platzte es aus Cassiel heraus. »Du bleibst bei ihr.«

Zev gluckste. »O nein, ich werde das Essen kaufen. Ich kann nicht von Granatäpfeln und Samen leben. Ich werde zum Metzger gehen und mir gesalzenes Fleisch holen.«

Dyna behielt ihren Blick auf dem Boden und wartete darauf, dass Cassiel weiter protestierte. Er wollte genauso wenig mit ihr allein sein wie sie mit ihm.

Er seufzte und reichte ihrem Cousin ein paar Münzen. »Schau, ob du einen Bauern finden kannst, der Reismilch verkauft. Und beeil dich, sonst verpassen wir die Karawane.«

»Aye, in einer Stunde treffen wir uns wieder hier.« Zev tätschelte ihren Kopf. »Pass auf sie auf«, sagte er zu Cassiel, ehe er in der Menge verschwand.

Dyna und Cassiel standen noch immer mitten auf der Straße und sahen überallhin, nur nicht in die Richtung des anderen. Sie spielte mit den spitz zulaufenden Ärmeln des saphirfarbenen Kleides, das sie trug, und die Sonne fiel auf den mit Rosen bestickten Saum. Gestern hatte sie sich noch über ihre neuen Kleider gefreut. Sie waren Geschenke gewesen, Beweise dafür, dass sich Cassiel für sie interessierte. Jetzt wollte sie sie nur noch zurückgeben.

Dummes Mädchen. Männer kaufen keine Kleider für Bekanntschaften.

Lächerlich. Namir hatte ihren Kopf mit skandalösen Behauptungen und Illusionen gefüllt.

Aber Cassiel hatte ihr sein Blut gegeben und sie vor diesem Mann beschützt. Er hatte sie die ganze Nacht gehalten, um ihr ihre Ängste zu nehmen. Er war für sie da gewesen. Warum hatte er all das getan, wenn er es nicht ernst meinte?

Dyna wollte ihn danach fragen, aber konnte sich nicht dazu durchringen. Sie wartete darauf, dass er etwas sagte. Dass er sich erklärte, sich bei ihr entschuldigte oder sie sogar für ihre Dummheit rügte. Irgendetwas, um die Stille zwischen ihnen zu füllen.

Doch er schwieg.

Sie war wirklich ein dummer Mensch.

In dem Versuch, den peinlichen Drang, zu weinen, zu bekämpfen, ging sie weg. Sie blieb zufällig vor einem Stand stehen. Dort wurden allerdings nur Waffen verkauft. Bevor sie weitergehen konnte, erschien Cassiel neben ihr.

Sie hob eine Armbrust hoch und tat so, als wäre sie an ihr interessiert. Das Ding war grob und schwer, und ein Bolzen saß in der Rille. Der Waffenhändler beendete ein Geschäft und schlenderte zu ihnen herüber. Er war gertenschlank und trug eine auffällige Taftweste. Goldene Ringe steckten an seinen knochigen Fingern.

Er schenkte ihr ein hochmütiges Lächeln. »Gift ist eine passendere Waffe für eine Frau. Die Armbrust ist zu viel für dich, meine Liebe.«

»Behandelt sie gefälligst mit Respekt!«, erwiderte Cassiel mit kühler Stimme.

»Natürlich, Milord. Entschuldigt, Miss.«

Sie verblieben Seite an Seite, beide steif und unbeweglich. Dyna hielt die Armbrust unbehaglich, nicht wissend, was sie sonst damit tun sollte. Sie fummelte an der Schnur, dann an einem Hebel.

Der Händler lachte nervös. »Vorsichtig. Betätigt nicht den Abzug.«

Sie hob die Armbrust an und versuchte, ein Gefühl dafür zu bekommen, wie man damit schoss. Der Händler sprang aus dem Weg.

»Halte den Schaft ruhig«, sagte Cassiel. Er hob das untere Ende der Armbrust an, bis es ihre Schulter berührte, und half ihr, auf die Wand zu zielen. Der Strom seiner Berührung rann ihren Arm hinunter. Sie trat einen Schritt zurück, um bewusst Abstand zwischen sie zu bringen.

Er räusperte sich. »Passen sie gut?« Während er das sagte, sah er auf ihre Schuhe. »Ich habe deine Größe geschätzt.«

Sie nickte und fummelte an einer Feder der Waffe herum, was ein Klicken auslöste. »Ja, danke.«

»Gern geschehen.« Nach einer langen Pause murmelte er: »Wegen letzter Nacht ... I–ich war betrunken.«

Dyna errötete. »Oh ... Ja, das weiß ich.«

»Ich wollte nicht...«

»Bitte, lass es gut sein«, unterbrach sie ihn und entschied, dass sie lieber doch nicht darüber reden wollte.

»Ich hätte nicht...«

»Es ist in Ordnung!« Die Armbrust glitt ihr aus der Hand. Sie streckte ihre Hand aus, um sie aufzufangen – im selben Moment wie Cassiel. Sie fingen sie zwischen sich auf, ihre Nasenspitzen nur eine Haaresbreite voneinander entfernt. Diesmal stieß Cassiel sie nicht weg. Keiner von ihnen bewegte sich, sie starrten sich einfach nur an – bis die Armbrust losging. Der Händler schrie auf und duckte sich, bevor der Bolzen die Wand über seinem Kopf durchschlug.

»Ah!«, kreischte er. »Ihr hättet mich fast erwischt.«

»Warum ist das Ding geladen?«, schnappte Cassiel. Er nahm ihr die Armbrust ab und legte sie auf den Tresen.

»Es tut mir so leid!«, entschuldigte sich Dyna bei dem Händler, entsetzt darüber, dass sie ihn beinahe getötet hätte. »Bitte vergebt mir.«

»Wenn Euer Ehemann etwas kauft, werde ich diesen kleinen Vorfall vergessen.«

Hitze stieg in ihre Wangen. Das war schon das zweite Mal, dass jemand eine solche Vermutung aufstellte. »Er ist nicht...«

Cassiel schlug seine Hand auf den Tresen. Sein Gesicht war ganz rot, und er sah aus, als würde er den Mann jeden Moment anschreien wollen.

»Das wird er«, ergriff sie das Wort, bevor er weiter eine Szene machen konnte.

Doch als sie erkannte, dass sie damit unbeabsichtigt bestätigt hatte, dass Cassiel ihr Lebensgefährte war, dachte sie, sie würde vor Scham in Ohnmacht fallen. Sie hielt den Kopf gesenkt und wagte es nicht, ihn anzusehen.

Ihre Finger strichen über zwei passende Messer. Wunderschöne Details waren auf ihren Klingen eingeprägt, an deren Enden leuchtende Opalgriffe befestigt waren – der eine weiß, der andere schwarz. Sie hob eines der Messer gegen die Sonne und bewunderte die wechselnden Farben, die sich je nach Lichteinfall veränderten.

Nach einer unangenehmen Pause legte Dyna das Messer nieder und zwang sich, die Stille zu durchbrechen. »Vergib mir, dass ich dir solchen Ärger bereitet habe.«

»Daran bin ich mittlerweile gewohnt«, erwiderte Cassiel.

Es war eine Antwort, die sie erwartet hatte, doch sie war nicht vorbereitet darauf gewesen, wie sehr seine Worte sie verletzen würden. Sie entfernte sich von dem Stand, um nach Zev zu sehen.

»Warte.« Cassiel ergriff ihre Hand und brachte sie mitten auf der Straße zum Stehen. »Das war unangebracht.«

Sie hielt ihm den Rücken zugewandt. »Ich hatte fast vergessen, wie ungehobelt du sein kannst.«

Er seufzte. »Ungehobelt und dumm, wie mir scheint. Wir ... wir sollten über letzte Nacht sprechen. Kannst du mich ansehen? Bitte?«

Er zog sanft an ihrer Hand. Es war eher eine Einladung als eine Forderung. Dyna schüttelte den Kopf. Wenn sie ihn ansah, würde er alles wissen, was sie über letzte Nacht dachte. Vielleicht wusste er es ja schon. Sie konnte ihn irgendwie spüren, was bedeuten musste, dass er sie auch spüren konnte. Seine Ungewissheit, Sorge und Frustration überkam sie in überwältigenden Wellen und verschmolz mit ihrer eigenen.

Cassiel hob ihr Kinn an. Sie schwiegen, als sie sich in die Augen sahen, und ließen die Geräusche ihrer Umgebung die Leere zwischen ihnen ausfüllen. »Dyna, ich...«

Ein Bäcker auf der anderen Straßenseite rief, dass er frische Brote zu verkaufen habe. Sofort versammelte sich eine Meute um die Bäckerei, angelockt durch den Duft von gebackenem Brot. Und es war die perfekte Ausrede, um von ihm wegzukommen.

»Ich ... ich werde Brötchen für unsere Reise kaufen«, sagte sie und befreite ihre Hand aus seiner.

»Warte...« Er wollte ihr folgen, doch in dem Moment rief der Händler nach ihm.

»Milord! Ihr habt zugestimmt, etwas zu kaufen.«

Dyna nutzte die Ablenkung und flüchtete schnell über die Straße zu der Bäckerei. Sie brauchte etwas Abstand von ihm, um ihre Gedanken zu ordnen. Als sie zurücksah, stellte sie erleichtert fest, dass Cassiel zurück zu dem Waffenstand gegangen war, um sein Wort zu halten.

Der Laden war voll. Sie quetschte sich hinein und stellte sich an. Der köstliche Geruch von Brot ließ die Vorfreude in ihr anwachsen. Sie schloss die Augen und atmete tief durch, was ein wenig half, die Nervosität zu lindern, die sie befallen hatte.

Dyna konnte sich ihre verworrenen Gefühle nicht erklären. Sie wusste nur, dass Cassiel sie verursachte. Die Wahrheit war, dass er sie immer beeinflusst hatte. Nicht so sehr wie in letzter Zeit, dennoch spürte sie eine Verbindung zu ihm, seit er sie vor Lykos Peak in der Luft aufgefangen und gerettet hatte. In dem Moment, als sie seine Wange berührt hatte, war es um sie geschehen. Dieser erste elektrische Strom zwischen ihnen hatte etwas in ihr verändert. Es war, als ob jeder Teil von ihr sich danach sehnte, ihm nah zu sein. Sie *musste* in seiner Nähe sein. Er ging ihr ständig durch den Kopf, seine

Anwesenheit war immer auf ihrer Haut zu spüren, sein Dasein erfüllte ihre Seele. Aber das war alles einseitig. Sie musste ihre Gefühle für ihn vergessen, damit sie wieder nur Fremde auf einer gemeinsamen Reise sein konnten.

Als sie an der Reihe war, bat Dyna um sechs Brötchen, und die Bäckersfrau tütete ihre Bestellung ein. Als sie die Bäckerei verließ, biss sie in eins hinein. Dampf stieg aus ihm empor, und sie stöhnte glücklich auf. Sie hatte den Geschmack von frischem Brot vermisst.

»Schmeckt es?«, fragte jemand amüsiert.

Dyna sah zu dem Mann auf, in den sie beinahe hineingerannt wäre. Ihr blieb das Brot im Hals stecken, als sie erschrocken keuchte. Sie hustete und schlug sich auf die Brust, um wieder Luft zu bekommen. »Kommandant Von!«

Er lachte und gab ihr einen Klaps auf den Rücken. »Entschuldigt, ich wollte Euch nicht erschrecken.«

»Ich habe nicht erwartet, Euch hier zu sehen.« Sie lächelte, obwohl sich alles in ihr alarmiert anspannte. Das letzte Mal, als sie Von gesehen hatte, hatte sie ihm von Mount Ida erzählt. »Was führt Euch hierher? In Landcaster seid Ihr einfach verschwunden.«

»Aye, ich hatte es eilig, doch ich kam zurück, um nach Euch zu suchen. Zufälligerweise habe ich einen alten Bekannten, der bereits viel herumgereist ist. Er hat angeboten, Euer Guidelander zu sein.«

»Ach, tatsächlich?«, erwiderte sie skeptisch.

»Vergebt mir, dass ich Euch nicht gleich von ihm erzählt habe. In dem Moment habe ich nicht an ihn gedacht.« Seine Erklärung klang aufrichtig, dennoch sah Dyna etwas in seinem Gesicht aufblitzen, das sie misstrauisch machte.

»Nun, ich muss das mit Cassiel besprechen.« Dyna erwähnte ihn, um eine Ausrede zu haben und Von wissen zu lassen, dass sie nicht allein reiste.

Sie stellte sich auf die Zehenspitzen und konnte Cassiels Kopf gerade noch über der Menge erblicken. Er würde wissen, was zu tun war. Der Kommandant, der ihr von Landcaster aus gefolgt war, konnte nichts Gutes im Schilde führen.

Von packte ihren Arm. »Wenn Ihr den Guidelander anheuern möchtet, müsst Ihr jetzt mit mir kommen. Er ist kein geduldiger Mann.« Sein Ton klang nun etwas beharrlicher als vorher, sein Lächeln wirkte erzwungen.

Dyna riss sich von ihm los, und ihre Gesichtszüge verhärteten sich. »In dem Fall bin ich nicht länger interessiert. Wenn Ihr mich nun entschuldigt.«

Dyna nickte ihm steif zu und wandte sich zum Gehen. Sie musste sofort Cassiel und Zev davon erzählen. Sie mussten...

Eine schwielige Hand legte sich über ihren Mund und zerrte sie von der Straße in eine Gasse. Ihr erschrockener Schrei verstummte, als der Boden unter ihren Füßen verschwand und Von sie auf seine Schulter warf. Er sprintete davon und brachte sie immer weiter weg vom Licht des Marktes – und von Cassiel.

Die Angst setzte ihr Herz außer Kraft und drückte es fest zusammen, bis nur noch ihre ungehörten Schreie in ihren Ohren widerhallten.

KAPITEL 39

CASSIEL

Der Händler feilschte mit Cassiel um jede Münze, die er für das Paar passender Opalmesser bekommen konnte. Er wollte glauben, dass er sie ausgewählt hatte, weil die Klingen gut waren, und nicht, weil Dyna sie mochte, aber er hatte gesehen, wie sie die Messer bewundert hatte. Sie würden perfekt in ihre kleinen Hände passen. Sie mochte nicht stark sein, aber er konnte ihr beibringen, wie sie sich mit einer Waffe verteidigen konnte. Der Urnengott wusste, dass sie ein unheimliches Talent dafür hatte, Ärger auf sich zu ziehen. Ein Teil von ihm hoffte, dass diese Gabe die Brücke, die er zwischen ihnen abgebrochen hatte, wiederherstellen könnte.

Nun, wenn er Dyna jemals wieder gegenübertreten konnte.

Es war ein Schock wie kein anderer gewesen, als er aufgewacht war und sich ihre weiche, zierliche Gestalt an ihn gepresst hatte. Seine Hand hatte auf ihrer Taille gelegen, er hatte ihre warme Haut durch den dünnen Stoff ihres Unterhemdes gespürt und sein Körper hatte sofort … reagiert.

Entsetzt hatte er Dyna von sich gestoßen und sie wachgerüttelt, nachdem sie auf den kalten Boden geplumpst war. Der Schmerz und die Verwirrung waren in ihren Augen deutlich zu sehen gewesen, während er ihn durchzuckt hatte. Er hatte nicht gewusst, was er noch tun oder sagen sollte, also war er wie ein Feigling aus dem Zimmer gerannt.

All die Emotionen, mit denen er sie zurückgelassen hatte, hatten den ganzen Morgen in ihm geschwelt. Sie hatte ihn nicht einmal ansehen wollen, und er hatte nicht gewusst, wie er mit ihr reden sollte. Wenn er es versucht hatte, hatte er keine richtige Entschuldigung herausbekommen. Er hatte immer wieder daran denken müssen, wie sie sich angefühlt hatte, und an die demütigenden Dinge, die er letzte Nacht gesagt hatte.

Cassiel stöhnte und rieb sich das Gesicht. Er hatte ihr gestanden, dass er ihre Augen schön fand. *Bei den Göttern.* Vielleicht konnte er so tun, als würde er sich an gar nichts erinnern.

Cassiel war dabei, die Messer in seine Stiefel zu stecken, als ihn ein Anflug von Angst überkam. Er kam plötzlich, erschütternd – und durch das Band.

Cassiel stürzte sich in die Menge, drängte sich an den protestierenden Leuten vorbei, um zur Bäckerei zu gelangen, aber als er durch die Tür stürzte, traf er nur auf erschrockene Fremde und den wütenden Bäcker.

Er rannte zurück nach draußen und scannte die Gesichter um ihn herum. »Dyna? Wo bist du?«

Niemand antwortete. Cassiels Sorge verwandelte sich in Panik, als ihr Schrecken ihn erfüllte. Er drängte und schob sich durch die Massen, auf der Suche nach ihr. Doch Dyna tauchte nicht auf, egal wie oft er ihren Namen rief. Er suchte erneut in der Bäckerei, aber sie war nicht da. Sie war nirgendwo.

Zev würde ihn umbringen.

»Geschieht dir recht, sie einfach so ungeschützt zurückzulassen«, zischte eine Stimme in sein Ohr.

Er sprang zurück und suchte nach demjenigen, der gesprochen hatte. »Wer hat das gesagt?«

»Du wirst meine Hilfe brauchen, um sie zu finden. Ich kann für eine kleine Gegenleistung einen Ortungszauber wirken.«

»Was?« Cassiel fuhr herum. »Wo bist du? Zeig dich!«

Eine junge Frau materialisierte sich einen Meter von ihm entfernt. Er stolperte rückwärts gegen die Bäckerei. In ihren hochhakigen Stiefeln war sie fast so groß wie er. Sie war in schwarzes Leder gekleidet, ihr langes weißes Haar wehte in dem leichten Wind.

»Hexe«, murmelte Cassiel.

Ihre merkwürdigen lilafarbenen Augen leuchteten mit Magie auf. »Aufgeblasener Lord.«

Dann realisierte er, wer sie war. »Du bist die Hexe vom Markt. Was hast du mit ihr gemacht?«

»Beleidige mich nicht«, zischte sie. »Ich habe ihr nichts getan. Jetzt hör auf, meine Zeit zu verschwenden – und *ihre*. Sie hat nicht mehr viel davon übrig.«

»Was meinst du?«, wollte er wissen. »Wo ist Dyna?«

»Sie haben sie mitgenommen.«

Seine Eingeweide fielen durch ihn hindurch und sanken in den Boden. »Wer? Sag es mir!«

»Narr. Du kannst niemandem etwas vorwerfen außer dir selbst.«

Cassiel starrte sie an. »Woher soll ich wissen, dass du die Wahrheit sagst? Das könnte eine Falle sein.«

Ihre Augen verengten sich, Elektrizität schoss aus ihren Fingerspitzen. »Wenn ich dich in eine Falle locken wollte, bräuchte ich nur mit den Fingern zu schnippen. Ich weiß, was du bist, *Cassiel*. Benannt nach dem ersten celestischen König von Hilos. Er ist in der Geschichte wohlbekannt, dennoch läufst du hier herum und lässt dich in der Öffentlichkeit bei deinem Namen nennen. Du hast Glück, dass dich noch niemand bemerkt hat. Idiot.«

Er errötete, und seine Muskeln spannten sich an – in höchster Alarmbereitschaft. Stand diese Hexe unter dem Abkommen? Er konnte ihr nicht trauen, aber Dynas Angst durchflutete seine Brust und ertränkte ihn.

»Wenn du sie finden möchtest, wird es dich etwas kosten«, sagte sie.

»Wie viel?«, fragte er gepresst.

»Ein Ortungszauber für eine Feder.«

Er schaute sie finster an. »Nein.«

Sie verschränkte die Arme vor der Brust. »Du möchtest sie nicht finden?«

»Natürlich möchte ich das, aber es ist meinesgleichen untersagt, unsere Attribute zu tauschen oder zu verkaufen.«

»Ich verstehe. Nun, dann wünsche ich euch beiden viel Glück.« Die junge Frau zuckte mit den Schultern und ging weg.

»Ich kann sie dir nicht geben«, schnappte er.

Sie ging weiter, und er konnte sich des Gefühls nicht erwehren, dass er Dyna nie wiedersehen würde, wenn er sie nicht aufhielt.

»Warte«, flüsterte er, und sie blieb stehen. »Ich mach's, aber niemand darf es mitbekommen.«

Die Frau deutete auf eine Gasse. Cassiel rannte hinein, und sie folgte ihm. Gemeinsam eilten sie weiter aus dem Blickfeld des Marktes. Um sich zu vergewissern, dass sie nicht beobachtet wurden, griff er in den Kragen seines Mantels und zuckte zusammen, als er sich eine Feder ausrupfte.

Er drückte sie ihr in die Hand. »Jetzt sag mir, wo sie ist.«

Fasziniert betrachtete sie die schwarze Feder, deren Profil golden schimmerte. Ihre lilafarbenen Augen weiteten sich. »Unglaublich ...«

Cassiel presste seine Faust auf die Brust, als eine weitere Welle von Dynas Angst ihn erfasste. Stärker diesmal. »Sprich den Zauber!«

Die Hexe verstaute seine Feder in ihrer Tasche. »Schon erledigt. Folge der Spur. Sie ist nur für dich sichtbar und wird verschwinden, sobald du sie gefunden hast. Nun geh. Du solltest dich besser beeilen.«

Mit diesen Worten verschwand sie vor seinen Augen.

Folge der Spur? Welcher Spur? Er verstand nicht, was die Hexe meinte, bis er es mit eigenen Augen sah. In der Gasse erschien ein Pfad, der von durchscheinenden violetten Flammen umrandet war – der von ihr versprochene Ortungszauber. Er sprintete den beleuchteten Weg hinunter. Das Geräusch seiner Schritte hallte von den Ziegelwänden wider. Der Weg führte ihn um eine Kurve in eine breite Gasse, die sich zwischen endlosen Reihen hoher Gebäude befand.

Cassiel wollte nicht daran denken, was er Zev sagen würde, wenn er Dyna nicht fand. Das alles wäre nicht passiert, wenn er sie bei sich behalten hätte. Aber sie hatte von ihm weg gewollt und er hatte sie gehen lassen, weil er die Nerven verloren hatte. In diesem Moment war ihm die Wahrung seines Gesichts wichtiger gewesen als ihre Sicherheit.

Die Hexe hatte recht. Er war ein Narr.

Cassiel sprintete um eine weitere Kurve, als der Ortungszauber verblasste. Vor ihm, am anderen Ende der Gasse, war Dyna. Doch seine Erleichterung war nur von kurzer Dauer.

Sie schrie, trat um sich und strampelte hilflos gegen einen Mann in einem schwarzen Mantel. Er hielt ihre beiden Handgelenke fest und ignorierte sie, während er mit einem anderen sprach, der sich unter einem graublauen Umhang verbarg. Die Gruppe von Männern, die sie begleitete, lachte über ihre Bemühungen.

Cassiel ballte seine Fäuste. Wut peitschte durch seinen Körper, als er auf sie zurannte. »Dyna!«

Alle Blicke fielen auf ihn.

»Cassiel!« Als sie ihn entdeckte, kämpfte sie stärker gegen ihren Entführer an. »Lass mich gehen, Von!«

Sie befreite einen Arm und ließ ihn auf seine Leiste niederschnellen. Er krümmte sich mit einem keuchenden Grunzen, und sie riss sich los, aber ein Mann mit dunkler Haut schnappte sich eine Handvoll ihrer roten Locken, bevor sie entkommen konnte. Ihr schmerzhafter Schrei durchzuckte Cassiel. Er erfüllte ihn mit Wut, Hilflosigkeit und dem verzweifelten Wunsch, sie zu erreichen.

Dyna fuhr mit ihren Nägeln über das Gesicht des Mannes, der sich fluchend losließ, nur damit Von wieder zu sich kam und einen Arm um ihre Taille schlang. Kreischend schlug und trat sie mit ihren Absätzen gegen seine Schienbeine und tat alles, um zu entkommen, aber diesmal hielt er sie fest. Cassiel kam ins Schleudern, als die anderen Männer eine Mauer zwischen ihnen bildeten und sich mit Dolchen und Schwertern bewaffneten.

»Lass sie frei!«, knurrte er Von an. Wer auch immer der Mann war, er war der Anführer dieser Banditen.

Von sah ihn über die Köpfe seiner Männer mit einem unlesbaren Gesichtsausdruck an. »Das überlasse ich dir, Abenon.«

Der Mann mit den blutigen Kratzern auf seiner Wanger grinste. »Mit Vergnügen, Kommandant.«

»Nein!« Dyna kämpfte, um ihn zu erreichen.

Von hob sie auf seine Schulter und schob den Jüngsten von ihnen in Richtung des Mannes im Mantel, der bereits am Gehen war. »Geh mit Bouvier, Junge.«

»Nein, ich bleibe bei Euch«, sagte der Junge entschlossen. Sie rannten zusammen in eine andere Gasse, während Dyna Cassiels Namen schrie.

»Ich werde dich holen kommen!«, rief er ihr hinterher. »Ich verspreche es!«

Cassiel musste es sagen – um ihrer beider willen. Er würde sie retten. Koste es, was es wolle.

Dynas Weinen verstummte bald. Er hatte das dringende Bedürfnis, ihr hinterher zu fliegen, aber das konnte er nicht, ohne noch mehr Menschen die Existenz der Celestials zu offenbaren. Und er hasste sich selbst dafür.

Cassiel knirschte mit den Zähnen, als er sich den Männern gegenübersah. »Wer seid ihr? Was wollt ihr?«

Sie lachten nur und umkreisten ihn. Er drehte sich auf der Stelle, um sie alle im Blick zu behalten. Wer auch immer sie waren, sie hatten ohne Zweifel vor, ihn zu töten.

Seine Gedanken rasten, während er seine Umgebung scannte. Die Gasse war breit genug für einen Kampf, aber nicht breit genug, dass sie ihn alle auf einmal angreifen konnten. Es waren zu viele. Die Chance zu überleben war gering, wenn Zev nicht bald zu ihm stieß.

Lord Jophiel hatte ihn gut ausgebildet, aber in all den Jahren, in denen Cassiel allein zwischen den celestischen Reichen gereist war, hatte er nicht ein einziges Mal vor dem Dilemma gestanden, Leben für sein eigenes zu nehmen. Die Stimme seines Onkels, die in seinem Kopf widerhallte, bestärkte ihn in seiner Entschlossenheit. *»In dem Moment, in dem dein Leben in Gefahr ist, gibt es nur zwei Möglichkeiten: Du kämpfst oder du stirbst. Ich habe dich auf beides vorbereitet, aber ich sage dir eines: Sterben ist einfach.«*

Es war gegen das Gesetz des Himmels, Menschen zu töten. Dafür würde es keine Wiedergutmachung geben, aber er hatte seine Wahl getroffen.

Dyna brauchte ihn.

»Geht, wenn ihr leben wollt«, warnte er. »Wenn ihr bleibt, werde ich nicht zögern. Derjenige, der den ersten Schritt macht, wird auch der Erste sein, der untergeht.«

Abenon schnaubte und wischte sich eine Blutspur von der Wunde an seiner Wange. »Bist du der Celestial? Hast du unter deinem Mantel ein Paar glänzende schwarze Flügel?«

Es war, als hätte man ihm einen Eimer eiskalten Wassers über den Kopf gekippt. Die Hexe und jetzt auch noch die Menschen wussten, was er war? Diese Begegnung war nicht zufällig.

»Solltet ihr fallen«, sagte Abenon zu seinen Männern.

»Marschiert durch die Tore«, antworteten sie wie aus einem Mund.

»Aye.« Abenon grinste. »Und möge *er* euch empfangen. Nun macht ihn fertig, aber tötet ihn nicht. Nicht, bis wir jeden einzelnen Tropfen Blut aus ihm herausgequetscht haben.«

Ein kalter Schauer erfasste Cassiel. Er hatte wirklich keine Wahl.

Lahav Esh summte, als er das Schwert aus der Scheide zog. Leuchtend weiße Flammen züngelten an der Klinge entlang, und die Hitze verzerrte die Luft. Die Männer wichen einen Schritt zurück und hielten ihre Hände gegen das gleißende Licht. Cassiels Puls pochte im Rhythmus der zuckenden Flammen. Seine Faust klammerte sich um den Griff seiner Heiligen Waffe. Er wusste, dass ihr einziger wahrer Zweck darin bestand, die Menschen zu schützen, nicht sie abzuschlachten. Und doch würde er genau das tun.

»Sollten die Flammen euch berühren, werden sie euch und eure Seelen verzehren«, sagte Cassiel.

Niemand im Reich der Sterblichen hatte die Macht, eine Seele zu zerstören, aber er hoffte, dass die Lüge den Raidern genug Angst machen würde, damit sie sich zurückzogen. Sie starrten erst ihn und dann sein Schwert an – berechnend, abwägend, mit schwankendem Vertrauen.

»Ohne Seele kann man nicht die Sieben Tore passieren«, murmelte einer nervös.

Abenon knurrte seine Männer an. »Er lügt. Nun schnappt ihn euch!«

Zwei Männer hoben ihre Dolche und griffen aus entgegengesetzten Richtungen an. Cassiel handelte instinktiv und drehte sich, als sein Schwert durch die Lücke zwischen ihnen schoss. Er spaltete einen von den Eingeweiden bis zum Brustbein und drehte sich herum, um den zweiten Mann zu durchbohren. Der Raider keuchte, und Blut sprudelte aus seinem Mund, als er Feuer fing.

Cassiel riss sein Schwert heraus und wich zurück. Die Männer schrien auf, als die Flammen ihre gesamten Körper in einer weißen Blüte verschlangen. In Sekundenschnelle hinterließ das Feuer nichts als eine Aschewolke, die sich wie schwarzer Schnee über den Boden verteilte und an seiner schweißnassen Haut klebte. Er keuchte angesichts des plötzlichen Schmerzes, der in seiner Brust brannte, als er spürte, wie *Elyōn* ihn für alle Ewigkeit verdammte. Eine tiefe Traurigkeit überkam Cassiel, die ihn dazu brachte, auf die Knie zu fallen und zu weinen. Niemand hatte je über diesen Teil gesprochen.

»Verfluchte Scheiße«, flüsterte ein Raider. Sie starrten ihn an – manche entsetzt, andere ängstlich.

»Leutnant«, rief ein anderer Raider zu Abenon. »Der Hauptmann hat es versäumt, uns davor zu warnen.«

Sie zu warnen? Der Mann meinte nicht Von, denn ihn nannten sie Kommandant. Wie viele waren noch in diese Sache verwickelt?

»Na und?«, schnappte der Leutnant. »Wir sind in der Überzahl, ihr Bastarde.«

»Sagt mir, wo sie ist, und niemand sonst muss sterben«, sagte Cassiel. Er wollte sie nicht töten. Sie mussten ihm einfach nur aus dem Weg gehen. »Bitte.«

Aber Abenon gab ein Signal und vier Raider griffen ihn an. Cassiel ließ sich von dem puren Adrenalin leiten, das durch seine Blutbahnen rauschte. Sein Heiliges Feuer brüllte, als es auf Stahl traf. Er bewegte sich weiter in die Gasse hinein, parierte und wich dem Ansturm der Angriffe aus.

Cassiel durchbrach ihre Verteidigung, sein Schwert spaltete einen Gegner nach dem anderen, ihre Schreie hallten an den Wänden wider. Rauchsäulen waberten in der Luft, während ihre Körper zu Ascheflocken wurden. Seine Angst war in einer Wolke des Zorns über ihre Hartnäckigkeit untergegangen. Sie erzwangen ihren Tod durch seine Hände.

Ein Raider kam auf ihn zu. Sie kreuzten die Schwerter, sodass sie sich Auge in Auge gegenüberstanden. Die Flammen, nur wenige Zentimeter von der Nase des Raiders entfernt, leuchteten in seinen harten Augen.

Cassiel stieß ihn zurück und gab ihm die Möglichkeit, zu fliehen. »Sag mir, wo sie sie hinbringen, und es muss niemand mehr sterben«, wiederholte er. Es war ein Angebot. Eine Bitte.

Aber der Raider griff wieder an. Cassiel wich der Klinge aus und spießte ihn auf. Der Mann umklammerte Cassiels Umhang und gurgelte seine letzten Atemzüge, bevor ihn die Flammen verzehrten. Er riss sein Schwert heraus und ließ den brennenden Körper fallen.

»Niemand sonst muss sterben!«, brüllte Cassiel vor Wut und Verzweiflung. Er war bereits verdammt, aber er spürte, wie jedes Leben, das er nahm, ihn weiter befleckte und seine Seele schwarz färbte.

Er hatte nur den Bruchteil einer Sekunde Zeit, sich zu ducken, als zwei weitere Raider ihre Schwerter nach seinem Hals schwangen. Die Klingen trafen in einem violetten Klirren über seinem Kopf aufeinander, das wie eine zerbrochene Glocke klang. Er ließ *Lahav Esh* fallen und zog gleichzeitig die Messer aus seinen Stiefeln, um sie in die Mägen der beiden Angreifer zu bohren. Cassiel schnitt durch Muskeln und Knochen, als er die Messer nach oben und aus den Brustkörben der beiden riss.

»Niemand sonst ...« Ein Schwall warmes Blut traf auf seine Wange, als die beiden Körper zu Boden fielen.

Da war eine Stille in ihm.

Eine glorreiche Leere.

Er spürte nur noch den glatten Griff seiner Waffen.

»Na schön«, knirschte Cassiel. »Ihr wollt sterben? Dann werde ich euch alle töten.«

Er steckte die Messer zurück, hob sein Schwert auf und ließ die Flammen auf die Kleidung der Gefallenen schlagen, während er sich den übrigen Männern zuwandte.

Acht Tote. Zwölf lebendig. Zwölf Hindernisse zwischen ihm und Dyna. Er dachte an nichts anderes mehr als an die feste Entschlossenheit, sie aus dem Weg zu räumen.

Die Raider hielten sich zurück, Asche klebte an ihren verschwitzten Gesichtern. Ihre großen Augen flackerten im Schein der Flammen, die von den verkohlten Überresten ihrer Kameraden ausgingen – und von seinem Schwert.

»Feiglinge!«, bellte Abenon sie an. »Muss ich euch bei den Eiern packen? Schnappt ihn euch!« Niemand bewegte sich. »Verdammt seid ihr. Meister Tarn wird davon erfahren!«

Meister Tarn?

Der Leutnant winkte seine Männer beiseite und zückte seine beiden Krummsäbel, deren gebogene Klingen im weißen Feuerschein bedrohlich glitzerten. Er hielt sie mit offensichtlicher Geschicklichkeit, und Cassiel spannte sich an.

Abenon grinste. »Sobald du tot bist, werde ich dein Schwert an mich nehmen.«

Er kam wie ein Wirbelwind. Cassiel richtete seine Verteidigung darauf aus, mit den schnellen Doppelklingen Schritt zu halten, dennoch hatte er Mühe, Abenons Angriffe zu parieren. Er wurde zurückgedrängt, die beiden Krummsäbel waren nur wenige

Millimeter von ihm entfernt. Die Männer johlten und lachten, ihr Selbstvertrauen war wiederhergestellt. Aber der Leutnant hatte nicht vor, ihn zu töten. Er wollte ihn entwaffnen.

Sie wollten sein Blut noch nicht vergießen. Nicht bevor sie etwas hatten, um es aufzufangen.

Abenon versetzte Cassiel einen Tritt ins Gesicht, der ihn gegen einen anderen Raider schleuderte. Massige Arme legten sich von hinten um ihn. Sie drückten so schmerzhaft fest zu, dass er gezwungen war, seine Waffe aus der Hand zu geben.

»Ich hab' ihn!«, ertönte eine raue Stimme an seinem Ohr. Der schmierige Raider roch nach Schweiß, der bereits Wochen alt war. Der Gestank ließ Cassiels Magen rebellieren.

Er breitete seine Flügel mit einem wilden Schrei aus. Sie brachen mit solcher Wucht aus seinem Umhang, dass der Raider durch die Luft geschleudert wurde. Der Mann prallte gegen eine Wand auf der anderen Seite der Gasse und fiel in einen blutigen Scherbenhaufen. Die Raider bestaunten Cassiels Flügel mit offen stehenden Mündern, Gier erfüllte ihre Gesichter.

»Was habe ich euch gesagt?« Abenon grinste. »Nach dem heutigen Tag werdet ihr bis zum Hals in Gold schwimmen, ihr dummen Fotzen. Lasst ihn nicht wegfliegen!«

Sie stürmten auf ihn zu.

Cassiel ergriff sein Schwert und flog in die Luft, außer Reichweite. Die Raider schleuderten Messer auf ihn. Er wehrte den Ansturm ab, aber es waren zu viele auf einmal. Schmerzen durchbohrten seinen rechten Flügel, und er merkte erst, dass er fiel, als er hart auf dem Boden aufschlug. Der Aufprall presste ihm die Luft aus den Lungen. Sein Schwert war außer Reichweite gefallen, also griff er nach einem verlassenen Messer.

Als der erste Raider ihn packte, stieß Cassiel die Klinge durch seinen Kiefer, aber er verlor das Messer, als sich die anderen auf ihn stürzten. Er krümmte sich zusammen und schlang die Arme um seinen Kopf, um sein Gesicht vor den Schlägen und Tritten zu schützen, die auf ihn einprasselten. Ein brutaler Schrei zerriss seine

Kehle, als die Absätze auf seine Flügel traten. Die Sehnen knackten unter ihren Sohlen und blendeten ihn vor Schmerz.

Die Angriffe hörten auf. Cassiel öffnete die Augen und sah, wie sein Flammenschwert auf ihn niederging. Abenon blockte den Schlag mit einem Krummsäbel ab und brachte *Lahav Esh* nur wenige Zentimeter vor Cassiels Kopf zum Stehen. Er wich vor der Hitze zurück, doch das Feuer erlosch schnell und ließ die Klinge in Rauch aufgehen.

Der Raider, der das Schwert in der Hand hielt, starrte es ungläubig an. »Es ist kaputt.«

Cassiel schloss erleichtert seine Augen. Menschen konnten keine celestischen Waffen benutzen.

Abenon schubste den Raider weg. »Wenn du ihm den Kopf abschlägst, wird sich sein Blut über den Boden verteilen, du Idiot.«

Ein anderer Raider legte einen Arm um Cassiels Hals und drückte zu. Er keuchte nach Luft, seine Finger krallten sich in das dicke Leder des Mantels des Mannes. Er versuchte, seine Flügel zu bewegen, aber sie zuckten auf seinem Rücken, gebrochen und nutzlos. Für eine Sekunde befürchtete er, dass er seine Selbstheilungskräfte verloren hatte, aber dann kribbelten seine Verletzungen und wurden taub.

»Horace«, knurrte Abenon den Raider an, der Cassiel würgte. »Was tust du da?«

»Er hat Locke, Pip und die anderen getötet«, zischte Horace zwischen zusammengebissenen Zähnen. »Er hat sie in Asche verwandelt. Sie werden nie die Sieben Tore passieren. Lasst mich ihn töten, Leutnant. Ich möchte sehen, wie das Leben aus seinem Körper weicht, bevor ich ihm das Genick breche. Ich kann es tun, ohne sein Blut zu vergießen.«

»Nein, wir brauchen ihn *lebend*. Jetzt bringt mir ein Seil.«

»Kommandant Von sagte, Meister Tarn möchte, dass wir ihn ausbluten lassen.«

»Aye, aber nicht hier.«

Diese Namen. Cassiel wusste, dass er sie schon einmal gehört hatte, aber der Gedanke daran verschwand, als alle Kraft seine Glieder verließ und sich seine Sicht verdunkelte.

Dyna. Trotz all seiner Bemühungen konnte er sie nicht retten.

Horace löste seinen Würgegriff. Cassiel schnappte nach Luft, verlor sie aber wieder, als das gesamte Gewicht des Raiders auf ihm zusammenbrach. Aus seinem Rücken ragten drei Pfeile hervor.

Die Männer fluchten und wichen zurück. Die Stille war unheimlich, als sich leise Schritte näherten und ein Fremder in einem zerfledderten grünen Mantel in Sicht kam. Er hielt einen geladenen Bogen mit zwei Pfeilen in der Hand, die auf die Raider gerichtet waren.

»Bei den Göttern.« Abenon deutete auf seine neun Gefährten. »Nun? Tötet ihn!«

Der Fremde schoss die Pfeile ab und tötete einen. Er ließ seinen Bogen fallen und holte ein leuchtendes Schwert unter seinem Mantel hervor. Es fing das Sonnenlicht ein, als er sich auf die anderen stürzte, die auf ihn zukamen. Er war wie ein Blitz, entwaffnete die Raider mit einem Schwung und schlitzte ihnen mit dem nächsten die Körper auf. Die Männer schlugen zu seinen Füßen auf dem Boden auf. Er schwang sein Schwert, um das Blut zu entfernen, und schob es ruhig in die Scheide, bevor er seinen Bogen und Cassiels Waffe vom Boden aufhob.

»Wer bist du?«, wollte Abenon wissen.

Der Fremde streifte seine Kapuze ab. Blaugrüne berechnende Augen blickten ihnen entgegen.

»Das ist dieser Elf, Leutnant«, sagte ein anderer Raider. »Der berühmte Kämpfer aus dem Tal.«

Abenon knirschte mit den Zähnen und fluchte.

Rawn beseitigte den Körper, der Cassiel am Boden festhielt. »Seid Ihr verletzt?«

»Offensichtlich«, grunzte er, als er sich aufrichtete. »Ihr seid uns gefolgt?«

»Bei meiner Ehre, das bin ich nicht. Ich war in Corron, als ich den Aufruhr gehört habe.«

»Ihr habt uns gehört?« Dabei befanden sie sich tief in den Gassen.

Als Antwort tippte sich Rawn ans Ohr und zog dann das Messer aus Cassiels Flügel. Der dumpfe Schmerz ließ ihn zusammenzucken, aber die Wunde hatte bereits aufgehört zu bluten. Die Raider sahen erstaunt zu, wie die Wunde heilte.

Leutnant Abenon grinste und machte seine Krummsäbelklingen bereit. »Ich widerrufe meinen Befehl, Männer. Ihr könnt den Celestial ein paarmal abstechen.«

Rawn hob *Lahav Esh* auf und überreichte es Cassiel. Sobald der Griff in seiner Hand lag, rankten sich weiße Feuerblüten um die Klinge. Sie stellten sich den Raidern entgegen, bereit für einen weiteren Kampf, als hinter ihnen ein vertrautes Knurren ertönte.

Cassiel schmunzelte. »Na endlich.«

Ein Schatten sprang über ihre Köpfe und landete vor ihnen. Scharfe Zähne blitzten hinter seinen Lefzen hervor, gelbe Augen leuchteten, Muskeln spannten sich unter seinem Fell an. Abenon erstarrte. Entsetzt blickte er dem riesigen Wolf entgegen, und die Farbe wich aus seinem Gesicht.

Zev sah Cassiel fragend über seine Schulter an.

Er deutete mit dem Kinn in Richtung der Männer. »Sie haben Dyna entführt.«

Zevs furchterregendes Knurren hallte in der Gasse wider. Er pirschte sich vor. Ein Raubtier, das seine Beute im Visier hatte.

»Ich würde euch raten, wegzurennen.«

Sie stolperten übereinander, um zu entkommen, aber Zev sprang und riss sie mit seinem Gewicht zu Boden. Cassiel erschrak bei dem Klang ihrer entsetzlichen Schreie und dem Knirschen der Knochen. Blut strömte durch die Ritzen des Bodens und floss an seinen Stiefeln vorbei. Das war es also, was aus denen wurde, die die Cousine des Werwolfs bedrohten.

Abenon rappelte sich von dem Angriff auf, wobei einer seiner blutverschmierten Arme nutzlos an seiner Seite hing. Er schnappte sich einen heruntergefallenen Krummsäbel und stürzte sich auf den Wolf, der einen Mann ausweidete.

»Zev!«, rief Cassiel.

Der Wolf wich dem Angriff aus und stürzte sich auf den Leutnant. Abenons gurgelnder Schrei brach ab, Blut spritzte an die Gassenwände. Cassiel wandte den Blick ab und ignorierte das Kribbeln in seinem Magen.

Zev verwandelte sich in seine nackte Gestalt und richtete seine glühenden Augen auf ihn. Er zitterte und kochte vor Wut, Blut befleckte seinen Mund und seine Brust. Ein tiefes, eiskaltes Knurren grollte in seiner Kehle. »Wie konnte das passieren? Ich habe Dyna in deiner Obhut gelassen!«

Cassiel senkte den Blick.

»Und warum seid Ihr hier?«, wandte er sich nun bedrohlich an Rawn.

Der Elf spannte seinen Bogen über seine Brust. »Ich war nicht daran beteiligt.«

»Er hatte nichts damit zu tun«, versicherte Cassiel. »Jemand namens Kommandant Von hat sie entführt.«

Zev fletschte die Zähne. »Kommandant Von war der Mann, den Dyna in Landcaster getroffen hat.«

Cassiel fluchte. Daher kannte er also den Namen. Er blickte finster auf die Kreuzung von vier Gassen, die in verschiedene Richtungen abzweigten. Der Ortungszauber der Hexe war längst verblasst. »Er hat sie in eine dieser Gassen gebracht.«

Ein Raider, der an der Wand saß, lachte. Blut floss aus der tödlichen Wunde in seinem Unterleib. »Ihr werdet sie nie wieder zurückbekommen.«

Cassiel hockte sich vor ihn. »*Wo* ist sie?«

Der Raider schenkte ihm ein blutiges Grinsen. »Fick dich.«

»Du wirst es mir sagen. Auf die eine oder andere Art.«

Der Mann spuckte Blut auf Cassiels Wange. »Es gibt nichts mehr, was du mir antun kannst. Ich sterbe schon.«

Cassiel wischte sich das Gesicht ab und damit auch den letzten Rest seiner Moral. *Lahav Esh* kratzte über den Boden, als er es anhob und die brennende Klinge an das Hosenbein des Mannes presste. Sein Fleisch fing sofort Feuer. Der Raider schrie auf und schlug nach den Flammen, doch sie gingen auf seine Hände über und wanderten seine Arme hoch. Seine wimmernden Schreie hallten in der Gasse wider.

»Beim Urnengott«, murmelte Rawn.

»Sag mir, wo Dyna ist, und ich werde dein Leiden beenden«, sagte Cassiel ohne jegliches Mitgefühl. Er interessierte sich nicht mehr für Richtig und Falsch. Alles, was zählte, war, sie zu finden.

Der Raider krümmte sich vor Schmerzen. »Töte mich!«

»Sag mir, wo sie ist.«

»Meine Seele!«

»Wo?«

»Fährmann! BOOT!«

»Was?«

Das Feuer wanderte den Hals des Mannes hinauf zu seinem Gesicht und verzehrte seine Haut. Der Gestank seines versengten Fleisches und Haares brannte Cassiel in den Augen. Er versuchte, weitere Fragen zu stellen, aber sie wurden von den schrillen Schreien des Raiders übertönt.

Zev verzog sein Gesicht. »Er wird die Azure-Wache zu uns führen.«

»Genug«, brummte Rawn und stoß dem Mann ein Messer ins Herz, was ihn sofort tötete.

»Warum habt Ihr das getan?«, schnappte Cassiel. »Er hätte uns verraten, wo sie ist!«

Rawn schüttelte den Kopf. »Er hat Unsinn geredet. Das war sinnlose Folter. Was ist in Euch gefahren?«

Was war in ihn gefahren? Pure Verzweiflung, die so stark war, dass er in ihr ertrank.

Cassiel ballte die Fäuste und bohrte seine Fingernägel in seine Handflächen, als würde er das Bedürfnis verspüren, etwas anderes zu foltern. Nachdem er so viele Menschen getötet hatte, war es, als würde er seinen mörderischen Feldzug fortsetzen wollen. Sie hatten sie mitgenommen, wer auch immer sie waren. Und er würde sie dafür büßen lassen.

»Zev, du bist dem Kommandanten schon einmal begegnet«, presste er hervor. »Kannst du seine Fährte aufnehmen?«

Zevs Augen glühten gelb, und seine Nasenlöcher blähten sich auf. Er schnüffelte in die Luft, in Richtung jeder Gasse, dann hockte er sich hin, um am Boden zu riechen. Seine Augenbrauen zogen sich zusammen.

»Was ist los?«, fragte Cassiel aus Angst vor der Antwort.

Der Werwolf erhob sich und starrte ungläubig auf die Abzweigungen. Seine Fäuste bebten. »Ich ... kann weder ihn noch Dyna riechen.«

»Was meinst du?«, wollte Cassiel wissen.

»Ich spüre hier eine Spur von Magie«, sagte Rawn. »Ich vermute, sie haben einen Verhüllungszauber gewirkt. Er muss einen Magier in seinem Dienst haben. Aber wenn der Magier nicht anwesend war, um Lady Dyna zu verhüllen, sollte der Zauber nicht ihren Geruch vom Boden verdecken.«

»Von hat sie getragen«, wisperte Cassiel in bitterer Erkenntnis.

Zev brüllte einen Fluch und trat so fest gegen eine zerbrochene Kiste, dass sie quer durch die Gasse krachte. Sie zersplitterte in Tausende Teile – wie ihre Hoffnung.

Cassiels Beine wackelten, und er sackte gegen die Wand. Wie hatte er Dyna verlieren können? Das Band war intakt, was bedeutete, dass sie am Leben war, aber sie hatte Angst. Ihre Angst durchflutete ihn wie eine eisige Welle. Er klammerte sich an das Gefühl. Es war seine einzige Verbindung zu ihr.

Er schloss die Augen; sie tauchte vor ihm auf und lächelte dieses unbekümmerte, alberne Lächeln. Sie war seine Blutgebundene. Er sollte sie beschützen. Sie gehörte an seine Seite.

Finde sie.

Eine Kraft veränderte sich in ihm. Sie durchströmte ihn in einer stürmischen Welle und durchbrach eine innere Barriere in seinem Geist. Sie erfasste die Verbindung, die er mit Dyna hatte. Ihre Lebenskraft pulsierte in ihm und flammte in der pechschwarzen Dunkelheit seines Elends auf. Sie zog ihn nach Osten und zeigte ihm genau, wo sie war.

Seine Seele hatte danach verlangt, sie zu finden, und das Band hatte sie erhört.

Cassiel sprang auf und sprintete eine östliche Gasse hinunter. Der Wolf und der Elf folgten ihm wortlos. Sie stellten keine Fragen, worüber er froh war, denn er hätte nicht gewusst, was er antworten sollte. Wie sollte er etwas erklären, das er selbst nicht verstand?

Er wusste nicht, was es bedeutete. Aber zum ersten Mal, seit ihr Blutband bestand, fühlte es sich richtig an. Es fühlte sich *wahr* an.

Als ob Dyna von Anfang an für ihn bestimmt gewesen war.

KAPITEL 40

VON

Vons und Geons schnelle Schritte hallten durch die leeren Gassen von Corron. Er folgte den Wegweisern des Fährmanns, die sie zu den bewaldeten Hügeln am Rande von Loch Loden führten. Sie mussten Dyna zu den Kazer-Klippen bringen, wo Elon am Mittag auf sie warten würde. Das war bald. Als der Ortungszauber gestern verschwunden war, hatten er und die Raider die ganze Nacht und den größten Teil der Morgendämmerung damit verbracht, nach Dyna zu suchen, bis sie sie auf dem Markt gefunden hatten. Sie hatten zu viel Zeit vergeudet.

Der Meister wartete.

Sein Rücken schmerzte von Dynas Fäusten, die die ganze Zeit auf ihn eingeschlagen hatten. Sie wog nichts, aber sie hatte ihm so viel Ärger bereitet, dass sie ihre Gliedmaßen gefesselt und sie mit zerrissenen Streifen von Geons Tunika geknebelt hatten.

Schließlich hatten ihre Schläge nachgelassen und waren schwächer geworden. Nun lag sie nur noch schlaff auf Vons Schulter. Der Klang ihres leisen Weinens rief vertraute Schuldgefühle in ihm hervor. Es erinnerte ihn an das letzte Mal, als Tarn ihm befohlen hatte, eine junge Frau zu entführen. Auch sie hatte sich gegen ihn gewehrt, bis sie aufgegeben und ihre Niederlage beweint hatte.

Von hatte Yavi mitten in der Nacht aus dem Haus ihres Vaters entführt – die wahre Geschichte, die er dem Fährmann erzählt hatte.

Tarn hatte sie wegen ihrer sprachlichen Fähigkeiten gefangen nehmen lassen. Sie hatte es ebenso wenig verdient gehabt, aus ihrem Leben und ihrer Familie gerissen zu werden, wie Dyna. Yavis Vergebung war ein Wunder, dessen Von nicht würdig war, aber er liebte sie jeden Tag dafür.

Von erreichte die Sackgasse, in der die Lücke in der Mauer war. Er hielt an und setzte Dyna ab. Sie taumelte auf wackeligen Beinen. Geon versuchte, sie zu stützen, aber sie stieß ihn weg. Die Fesseln um Dynas Knöchel hatten sich durch ihr Zappeln genug gelockert. Bei dem Versuch, sie abzuschütteln, stolperte sie und fiel gegen die Wand der Sackgasse. Als sie den Spalt dort bemerkte, wich sie schnell zurück. Ihre großen Augen huschten hin und her, während sie den Raum zwischen ihm und Geon studierte. Sie spannte ihre Beinmuskeln an und bereitete sich darauf vor, wegzulaufen.

»Du wirst es niemals schaffen, Mädchen«, sagte Von. »Hör auf zu kämpfen.«

Sie starrte ihn an und griff mit ihren gefesselten Händen nach oben, um ihren Knebel herunterzureißen. »Niemals.«

Er lächelte fast über ihre Tapferkeit. Sie erinnerte ihn zu sehr an Yavi. Er wünschte, er könnte sie gehen lassen. Doch leider war das nicht möglich.

»Du bist ganz schön streitlustig.« Er seufzte. »Das muss ich dir lassen...«

Sie startete einen Fluchtversuch. Von packte sie am Arm, wirbelte sie herum und drückte sie mit dem Rücken gegen seine Brust. Sie schlug und trat um sich, während sie wie eine wütende Katze kreischte. Er steckte ihr wieder den Knebel in den Mund, um ihre Schreie zu dämpfen, und riss seine Hand weg, bevor sie in seine Finger biss.

»Nimm ihre Beine«, wies Von Geon an, während er ihre Unterarme ergriff.

»Bitte halt still«, bat Geon sie.

Das hier war nichts, was Von für ihn geplant hatte, dennoch packte der Junge gehorsam Dynas Knöchel und hob sie parallel zum Boden hoch. Sie riss ihren Fuß frei und stieß ihm ihre Ferse so hart ins Gesicht, dass er sie fast fallen ließ.

»Halt sie fest!«

»Tut mir leid, Kommandant«, sagte er verlegen, während Blut aus seiner Nase floss.

Von verzog das Gesicht. »Geht es dir gut?«

Geon nickte und wischte sich schnell seine Nase an der Schulter ab. Er packte Dynas Knöchel wieder mit festem Griff und führte sie rückwärts zu dem Loch in der Wand.

Dyna zappelte, zuckte und schrie durch den Knebel. Sie schleppten sie aus der feuchten Gasse und auf den bewaldeten Hügel. Nur um festzustellen, dass dieser in einen so dichten Nebel gehüllt war, dass sie kaum ein paar Schritte vor sich sehen konnten.

»Seltsam, so früh am Morgen habe ich hier noch nie Nebel gesehen«, murmelte Geon, als er Dyna auf ihre Füße setzte.

»Ja, das ist rätselhaft.« Von betrachtete stirnrunzelnd ihre Umgebung. Der Weg den steilen Hügel hinunter würde gefährlich sein. »Passt auf, wo ihr hintretet. Wir gehen von hier an zu Fuß...«

Die junge Frau entriss sich ihm und rannte los, aber sie verlor auf dem steilen Abhang den Halt. Sie stürzte und geriet im Nebel außer Sichtweite.

»Dyna!« Von und Geon rannten ihr nach. Sie konnten nichts sehen, während sie taumelten und den Hügel hinunterrutschten. Alles, was sie hörten, war das schreckliche Geräusch, mit dem sie durch das Laub krachte. Es gab ein scharfes Grunzen und einen dumpfen Aufprall, gefolgt von einer entsetzlichen Stille. »Mädchen, wo bist du?!«

Ein leises Wimmern führte Von durch eine Nebelwolke auf eine flache Stelle des Hügels. Dyna war gegen einen umgestürzten Baumstamm geprallt, der ihren Abstieg gestoppt hatte. Sie lag halb ohnmächtig da, Arme und Beine zerkratzt, das Kleid zerrissen. Ein dünnes Rinnsal Blut sickerte aus ihrer Schläfe.

Von eilte zu ihr. Er entfernte den Knebel, umfasste ihr Gesicht und untersuchte ihre Augen. »Geht es dir gut? Du hast dir ganz schön den Kopf gestoßen.«

Dyna stöhnte leise. »Autsch ... Das hat wehgetan ...«

Von nahm an, dass es ein gutes Zeichen war, dass sie noch klar sprechen konnte.

»Sie blutet«, sagte Geon. Er zerrte wieder an dem Saum seiner Tunika, riss ein Stück ab und drückte den Stoff an ihre Schläfe.

Dyna starrte sie an und schlug seine Hand weg. »Warum tut ihr das? Was wollt ihr?«

Von und Geon tauschten einen Blick aus. *Sie* wollten gar nichts.

»Das ist meine Schuld, oder?«, fragte sie Von. »Weil ich dir von Mount Ida erzählt habe. Ich wollte das nicht. Es war, als hättest du mir die Worte aus dem Mund gestohlen.«

Von nickte. »Aye, ich nehme an, das habe ich unbeabsichtigt durch einen Wahrheitszauber getan. Er war jedoch nicht für dich bestimmt.«

»Was wirst du mit mir machen?«

»Ich werde dir nichts tun, Mädchen. Wenn es nach mir ginge, hättest du mich nie wiedergesehen. Ich handele im Auftrag meines Meisters.«

Ihre Augen weiteten sich. »Du hast einen Meister?«

»Ja, das habe ich.«

In ihrem Blick lag ein Hauch von Mitleid. »Warum will er mich?«

Von zögerte zu antworten. Er konnte ihr nicht die ganze Wahrheit sagen. »Wir brauchen dich, um deine verzauberte Karte zu sehen.«

»Woher wisst ihr davon?«, fragte sie schockiert.

»Unsere Spione haben dich beobachtet. Wir wissen alles über dich und deine Begleiter.«

Ihr Gesicht verzog sich vor Angst. »Cassiel ...«

»Ich habe gewartet, bis du von ihm getrennt warst, um dich zu holen. Es war mein armseliger Versuch, den Celestial zu verschonen. Es tut mir leid, Dyna.« Er meinte jedes Wort.

Ihre Augen weiteten sich vor Entsetzen, als sie erkannte, was er meinte, und sie schluchzte herzzerreißend. Sie krümmte sich zusammen, wie um den Schmerz zu unterdrücken. Von legte ihr eine Hand auf die Schulter, doch sie schlug ihn mit ihren gefesselten Handgelenken.

»Geh weg von mir!« Sie stieß ihn zurück. »Komm mir nicht zu nahe. Nichts davon wäre passiert, wenn ich dir nicht begegnet wäre!«

Er ergriff ihre Hände. »Ich beginne zu glauben, dass unser Treffen unabhängig von den Umständen unserer Begegnung unvermeidlich war.«

»Was meinst du?«

»Es wurde vor vielen Jahren prophezeit, dass du kommen würdest«, sagte Geon. »Die Seherin vom Feenberg sagte, die Erwählte mit dem Schlüssel würde uns zu Mount Ida führen. Sie sprach von sechs Wächtern, die dich beschützen würden.«

Dyna starrte ihn an. »Was?«

»Der Wolf und der Celestial sind die ersten. Wir haben dich jetzt gefangen genommen, damit du nicht die Chance hast, sie alle zu versammeln.«

»Geon«, warnte Von ihn. Der Junge erzählte ihr zu viel.

Sie schüttelte den Kopf, wollte ihnen nicht glauben. Ihre unberechenbaren Fäuste hämmerten wieder auf ihn ein. »Lasst mich gehen. Ich habe die Karte nicht!«

Er packte ihre Schultern und zwang sie dazu, stillzuhalten. »Was hast du gesagt?«

Sie funkelte ihn unter Tränen an. »Du bist davon ausgegangen, dass ich sie habe.«

»Geon, überprüfe ihre Tasche.«

Der Junge löste ihre konfiszierte Tasche von seiner Schulter und wühlte darin herum. »Das Tagebuch ist nicht hier, Kommandant.«

Vons Griff verstärkte sich und ließ Dyna zusammenzucken. »Wo ist es?«

Kühnheit machte sich in ihr breit. Sie schloss ihre Lippen und hob ihr Kinn. Von mahlte mit den Kiefern angesichts ihrer

Selbstgefälligkeit. Sie hatte vorhin befürchtet, dass sie ihren Celestial bereits gefangen genommen hatten, also blieb nur noch eine Person übrig, die das Tagebuch haben könnte.

»Der Lycan hat die Karte.«

»Lycan?« Ihre Augenbrauen zogen sich zusammen.

»Der halbblütige Werwolf.«

Dyna blickte ihn finster an. »Komm ihm zu nahe und er wird dich *ausweiden*.«

»Aye, oder vielleicht warte ich einfach bis zum nächsten Vollmond, wenn er in Ketten liegt.«

Sie schnappte nach Luft, und ihr Selbstbewusstsein verschwand. »Du würdest so tief sinken, ihn zu ermorden, wenn er sich nicht wehren kann? So eine Art Mann bist du?«

Von biss die Zähne zusammen. »Du hast keine Ahnung, was ich getan habe oder zu was ich fähig bin. Schwächen auszunutzen, ist mein harmlosestes Vergehen. Mach keinen Fehler. Ich tue für Meister Tarn alles, was er verlangt. Dazu zählt auch, die Personen zu beseitigen, die ihm im Weg stehen.«

»Tarn?«, hauchte Dyna seinen Namen. »Tarn Morken? Der Mann, nach dem die Azure-Wache sucht?«

Von fluchte über seinen dummen Fehler. »Steh auf. Wir müssen weiter.« Er packte ihren Unterarm, und sie biss ihm in die Hand. Mit einem weiteren Fluch riss er sich von ihr los. Dyna trat gegen sein Schienbein, aber ihr Gesicht verzerrte sich plötzlich. Sie stieß ein Wimmern aus und griff nach ihrem Bein.

»Du bist verletzt.« Er streckte die Hand nach ihrem Fuß aus, aber sie zuckte zurück und zischte wegen des Schmerzes, den die Bewegung ihr bereitete. »Ich muss dir den Stiefel ausziehen, bevor die Schwellung einsetzt.«

Sie biss sich auf die zitternde Lippe und nickte ihm knapp zu. Er ging in die Hocke und nahm vorsichtig ihren Absatz. Sie stützte sich mit den Händen auf dem Boden ab und knirschte mit den Zähnen, als er ihr vorsichtig den Stiefel auszog. Stirnrunzelnd betrachtete er ihren dicken Fuß, der in den verschiedensten Farben schimmerte.

»Du hast dir den Knöchel verstaucht. Das muss bei dem Sturz den Hügel hinunter passiert sein.« Von stand auf und wandte sich an Geon. »Wir müssen sie hinuntertragen. Geh voraus und such den Fährmann. Pass auf, wo du hintrittst.«

»Aye, Kommandant.« Geon verschwand im Nebel.

Von sah auf die Abdrücke, die Dynas Zähne hinterlassen hatten. »Du hast ein Paar nette Beißerchen, kleines Biest. Du könntest mehr Ärger machen, als du wert bist.«

Dyna zuckte zusammen, als sie sich gegen den Stamm stemmte, um sich abzustützen. »Warum sucht Tarn nach Mount Ida?«

Er wandte ihr den Rücken zu und beobachtete die Nebelschwaden. »Es ist eine Insel voller Schätze.«

Ihr kurzes Schweigen verriet, dass sie ihm kein Wort glaubte. »Er könnte auch Gold erlangen, ohne sein Leben zu riskieren. Dass er zu den Fae gegangen ist, um sich die Zukunft vorhersagen zu lassen, bedeutet, dass er nach mehr als nach Reichtum sucht.«

Sie war schlauer, als es gut für sie war.

»Mount Ida ist eine Insel der Wunder. Voll großer Magie und unbekannter Gefahren.«

»Du bist auch auf dem Weg dorthin«, sagte er. »Warum?«

Ihre Miene verfinsterte sich, und sie starrte ausdruckslos an ihm vorbei. »Um die Schatten zu vertreiben.«

Bevor er fragen konnte, was sie damit meinte, ertönte ein erschrockener Schrei auf dem Hügel. Der Nebel wurde dichter und verdunkelte ihre Umgebung. Dyna keuchte und spähte nervös in die Richtung, aus der der Schrei gekommen war, konnte aufgrund der Nebelschwaden jedoch nichts sehen.

»Junge?«, rief Von. Er bewaffnete sich mit einem Messer und machte einen vorsichtigen Schritt nach vorn. Ein weiterer Schrei ertönte, gefolgt von dem Knacken von Ästen, als etwas durch die Büsche krachte. »Geon!«

Seine Haut kribbelte, als er den Nebel absuchte, der sie umgab. Er spürte, dass dort etwas lauerte, das er nicht sehen konnte. Sein

Herzschlag beschleunigte sich, während sich ein Schweißfilm über seine Haut legte. Hatte der Lycan sie eingeholt?

Sie zuckten bei Geons Schrei zusammen. Sein Körper wurde an Von vorbeigeschleudert und knallte auf den Boden.

»Geon!« Er rollte ihn auf seinen Rücken. Der Junge regte sich und stöhnte. Als sich Schritte näherten, holte Von ein weiteres Messer hervor.

Eine Frau mit violett schimmernden Augen tauchte aus dem Nebel auf. Ein Vorhang aus schimmerndem weißem Haar umspielte ihre atemberaubenden, von Wut gezeichneten Gesichtszüge. Es war die junge Frau, der er das Lüna-Medaillon gestohlen hatte – die Frau, bei der er nicht zweimal überlegt hatte, wer sie war. Was, wie Von erkannte, ein schwerer Fehler gewesen war, als sie eine blaue Sphäre der Magie in ihrer Hand beschwor.

Er stolperte einen Schritt zurück. Beim Urnengott. Das konnte nicht sein.

Die Zauberin gewährt ihre Magie ...

»Lass das Mädchen frei und gib zurück, was du mir gestohlen hast«, zischte sie. »Ich werde es nicht noch einmal sagen.«

Von sah zu Dyna. Wenn er könnte, würde er es tun, aber Tarn würde sein Scheitern niemals akzeptieren. »Wenn ich das tue, wird das mein Ende sein.«

Lilane Elektrizität knisterte um die Zauberin herum. »*Ich* werde dein Ende sein.«

Ein schrecklicher Schauer lief ihm den Rücken hinunter, als die eisige Hand des Todes seinen Nacken berührte. Das war die Vorahnung, die ihn begleitete, seit er das Lager verlassen hatte, die Vorahnung, dass seine Zeit abgelaufen war. Gegen Magie hatte er keine Chance.

Nein.

Von weigerte sich, hier zu sterben und Yavi nie wiederzusehen. Er hatte ein Versprechen gegeben, dass er sie niemals allein in dieser Welt zurücklassen würde, und er war gewillt, es zu halten.

Seine Stiefel schoben sich durch den Schlamm, als er sich in Stellung brachte. Von drehte die Messer in seinen geschickten Händen und gewann wieder Zuversicht in ihr vertrautes Gewicht. Er hatte schon viele mit ihnen getötet, auch in so riskanten Situationen wie dieser. Zwar hatte er noch nie eine Frau getötet, aber es gab nichts, was er nicht tun würde, um zu Yavi zurückzukehren.

Die Augen der Zauberin verengten sich. »Dann soll es so sein.«

Sie schleuderte ihre Kugel aus blauer Magie auf ihn. Von duckte sich, und sie explodierte hinter ihm. Die Zauberin warf eine Salve brillanter Zauber, die ihn nur um Haaresbreite verfehlten, während er auswich und abtauchte. Jede Bewegung brachte ihn näher an sie heran, bis er einen angemessenen Abstand erreichte. Er stürzte sich von einem Felsbrocken und warf seine Messer nach der Zauberin, aber eine unsichtbare Kraft schlug sie mit einem Schwung ihres Arms aus der Luft.

Verdammt. Er musste näher an sie herankommen.

Ein Blitz kam auf ihn zu, und er wich aus, wobei die Hitze seinen Hals versengte. Er rollte über den Boden und warf eine weitere Reihe von Messern. Die Zauberin schleuderte sie mit einer Handbewegung weg. Das reichte, um sie für eine Sekunde abzulenken.

Von sprintete auf die Zauberin zu. Er wich ihrem letzten Angriff aus nächster Nähe aus und traf auf ihr erschrockenes Gesicht, als er nach ihrer Kehle schnitt.

Das Messer prallte mit einem lauten Klirren an einer unsichtbaren Barriere ab.

Der Aufprall ließ die Luft zwischen ihnen flirren und enthüllte einen durchsichtigen goldenen Schild. Sie grinste. Mit einer Handbewegung schloss sich eine Decke aus violetter Essenz eng um Von. Funken von Elektrizität durchfuhren ihn, er schrie auf und zuckte heftig zusammen. Er versuchte, sich zu befreien, aber er konnte sich keinen Zentimeter bewegen. Die Magie hatte ihn unbeweglich gemacht. Die Zauberin schnippte mit den Fingern nach oben, und er hob vom Boden ab. An ihrem siegessicheren Grinsen erkannte er, dass es vorbei war.

Er hatte verloren.

Die Zauberin richtete einen glühenden Finger auf ihn, und Von starrte in den leuchtenden violetten Strahl, während er sich an das Bild seiner Frau klammerte. An ihr Lächeln. An ihre Stimme.

Ich liebe dich mehr als mein eigenes Leben.

Die Zauberin tippte ihm auf die Stirn. Etwas explodierte in seinem Kopf, als hätte sie ihm den Schädel eingeschlagen. Seine Sicht verdunkelte sich.

Dann fiel er in die Vergessenheit.

KAPITEL 41

DYNALYA

Kommandant Von hing in einer Wolke aus violetter Essenz in der Luft. Schlaff und leblos. Mit einer Handbewegung ließ die Zauberin ihre Magie los, und er schlug dumpf auf dem Boden auf. Er bewegte sich nicht. Der Junge, der sich hinter dem Baum versteckte, gegen den er geschleudert worden war, und von dort aus den Kampf beobachtet hatte, schloss seine feuchten Augen und ließ seinen Kopf gegen den Stamm sinken.

Dynas Sicht verschwamm. Sie wollte nicht, dass Von starb. Sie wollte nicht, dass irgendjemand starb.

»Geht es dir gut?«, fragte die Zauberin sie.

Dyna musste schlucken, damit sie antworten konnte. »Hast ... hast du ihn getötet?«

»Würdest du für ihn eine Träne vergießen?«, spottete sie.

»Hast du?«

»Noch nicht.« Die Zauberin kräuselte ihre Oberlippe. »Er steht unter einem Komazauber.«

Dyna stieß einen aufgestauten Atemzug aus.

»Werden mehr seiner Männer kommen?«

»Ich bin mir nicht sicher. Sie ... Cassiel ... Er ...« Dyna hielt sich den Mund zu, weitere Tränen stiegen ihr in die Augen. Er war nicht in der Lage gewesen, sie zu erreichen. Hatten sie ihn gefangen genommen?

War er am Leben? Sie hätte bei ihm bleiben sollen, anstatt sich von ihren egoistischen Gefühlen blenden zu lassen. Nichts davon war von Bedeutung. Alles, was sie wollte, war, jetzt bei ihm zu sein.

»Er hat gut gegen sie gekämpft. Du wirst ihn wiedersehen«, versicherte die Zauberin ihr.

»Werde ich das?« Dyna drückte auf ihr Herz und klammerte sich an diese Hoffnung. Irgendetwas regte sich in ihr und erfüllte sie mit seiner Gegenwart, als ob er tatsächlich kommen würde.

Die Zauberin bewegte erneut ihr Handgelenk, und der Nebel löste sich auf. Goldene Sonnenstrahlen strömten durch die Bäume. Sie befanden sich etwa auf halber Höhe des Hügels. Das Ufer war noch weit entfernt, dennoch war die Oberfläche von Loch Loden zwischen den Ästen zu sehen.

»Danke, dass du mir geholfen hast«, sagte Dyna. »Ich muss meine Begleiter finden.«

»Ich habe keine Zeit, dir dabei zu helfen.« Sie machte eine wegwerfende Handbewegung in Richtung des Kommandanten. »Ich bin nur gekommen, um mich um diesen Mann zu kümmern.«

»Ich werde dich nicht in seine Nähe lassen, Hexe!« Geon stand auf zittrigen Beinen vor Von und hielt ein Messer in der Hand.

Die Zauberin rollte mit den Augen, die erneut vor Energie sprühten. »Hattest du nicht genug? Entweder du bewegst dich oder ich *zwinge* dich dazu.«

Der Junge blickte ihr furchtlos entgegen. »Das werde ich nicht.«

»Na schön.« Sie hob eine Hand und ballte sie zur Faust. Geons rechtes Bein brach mit einem schmerzhaften Knacken unter ihm weg. Ein blutiges, gezacktes Knochenstück ragte aus seinem zerrissenen Schienbein, und er fiel zu Boden, wobei sich sein Mund zu einem Schrei weit aufriss. Dyna zuckte erschrocken zusammen.

Aber Geon zwang sich aufzustehen, schluchzend vor Schmerz. Er legte sich über Von und benutzte sich selbst als Schutzschild. »Es ist mir egal, was du mir antust. Ich werde nicht zulassen, dass du ihn anrührst.«

»*Beweg dich*«, zischte die Zauberin.

»Wenn du ihn willst, musst du mich zuerst töten.«

Sie wischte mit ihrer Hand und schleuderte den Jungen gegen einen Baum. Doch er stand wieder auf und grub seine Finger in den Schlamm, als er zu Von kroch.

»Bei den Göttern, du bist unerbittlich.«

»Ich werde dich ihn nicht töten lassen«, sagte er, während Rotz und Tränen über sein Gesicht liefen. »Wenn ich dort liegen würde, würde er auch für mich kämpfen.«

»Muss ich jeden Knochen in deinem Körper brechen?« Die Zauberin verdrehte einen Finger, und Geons Arm knickte unter ihm ein. Sein entsetzliches Wimmern erfüllte den Wald.

»Stopp!«, schrie Dyna. »Tu ihm nicht mehr weh!«

Die Augen der Zauberin blitzten auf, ihre Kraft lud die Luft statisch auf. »Sie haben mich bestohlen.«

»Dann nimm, was dir gehört, und geh.«

»Du möchtest die *Männer* verschonen, die dich entführen wollten?« Sie spuckte das Wort in Abscheu und Ungläubigkeit aus, als wären sie abscheuliche Kreaturen, die den Staub unter ihren Stiefeln nicht wert waren.

Dyna hielt ihrem strengen Blick stand. »Ja.«

Der tapfere Junge verteidigte nur seinen Kommandanten. Sie wollte nicht, dass er deswegen gefoltert wurde.

Die Lippen der Zauberin zogen sich zu einer dünnen Linie zusammen. Ihre glühenden Augen blickten Von und Geon mit solchem Abscheu an, dass es Dyna an die Art erinnerte, wie Hauptmann Gareel sie angesehen hatte. Voller Hass. Sein Hass war in der Angst vor den Menschen verwurzelt. Was hatte die Zauberin von ihnen zu befürchten? Niemand war hier, um die Zauberin daran zu hindern, ihren Willen durchzusetzen.

Mit einer schwungvollen Handbewegung drehte sie Vons Körper auf den Rücken.

»Nicht«, flehte Geon. »Bitte!«

Dyna sah sie nur an, stumm und bittend.

Die Zauberin schnaubte. Sie schnippte mit dem Finger, und aus Vons Tasche kam ein silbernes Medaillon zum Vorschein, das in der Luft schwebte. Diamanten und eingravierte Runen umrahmten den Anhänger. Dyna hatte ihn im Riss der Zeit nur flüchtig wahrgenommen. Als sie ihn jetzt sah, war sie sich sicher, dass er mit dem in Azerans Tagebuch übereinstimmte. Aber in der Mitte befand sich eine Rille, wo der Mondstein sein sollte.

Die Zauberin befestigte den Anhänger um ihren Hals, legte eine Hand darauf und schloss vor Erleichterung die Augen.

»Das Lūna-Medaillon«, murmelte Dyna.

Die Zauberin fuhr zu ihr herum. »Was hast du gesagt?«

Cassiels schwache Stimme schwebte über den Hügel zu ihr. Dynas Herz schlug vor Freude, als sie ihn sah, wie er durch die Luft flog und seine schwarzen Flügel ihn über die Bäume trugen. Sie rief seinen Namen, und seine sturmumwölkten Augen blieben an ihr hängen.

Cassiel kreiste einmal über ihr, bevor er seine Flügel einklappte und im Sturzflug zu Boden ging. Er stolperte bei seiner unbeholfenen Landung und rannte den Rest des Weges zu ihr. Dyna unterdrückte ein Schluchzen und streckte die Hand nach ihm aus, weil sie ihn berühren wollte.

»Ich habe dich gefunden«, sagte Cassiel atemlos.

Er fiel auf die Knie und löste die Fesseln von ihren Handgelenken. Seine Arme schlossen sich um sie, hielten sie fest an seine Brust gedrückt. Die Energie summte zwischen ihnen, sanft und zart.

Tränen liefen ihr über das Gesicht, und sie schmiegte sich schluchzend an ihn. Er hielt sie fest, während sie weinte, und selbst als sie sich beruhigte, ließ er sie nicht los.

»Ich hatte Angst, ich würde dich nie wiedersehen«, murmelte sie und lauschte dem Rhythmus seines Herzschlags.

»So wie ich«, flüsterte er in ihre Haare, sein Atem kitzelte ihre Wange.

»Los, sag es schon. Ich bin ein dummer Mensch.«

Cassiel zog sie zurück, um sie anzusehen. Er hob ihr Kinn an und wischte zärtlich die Tränen weg. »Ich bin der Dumme. Ich hätte dich nicht aus den Augen lassen sollen.«

Sie lachte leise. »Dummer Celestial.«

Zum ersten Mal, seit sie sich kannten, erhellte ein Lächeln sein Gesicht. Als ihr das bewusst wurde, zog sich ihr Magen zusammen. Er sah sie mit einer Zärtlichkeit an, die ihr Herz aufsteigen ließ, als hätte es ein eigenes Paar Flügel.

Er lehnte seine Stirn an ihre. »Ich bin froh, dass du in Sicherheit bist.«

Sie schloss ihre Augen und lehnte sich in seine Umarmung. Mit ihm an ihrer Seite war alles wieder in Ordnung.

Ein riesiger schwarzer Wolf kam den Hügel hinuntergerannt, und Cassiel wich zurück, als er ihr in die Arme stürzte.

»Zev!« Dyna umarmte ihn fest. Der Wolf presste winselnd seinen Kopf gegen ihre Schulter. »Lord Norrlen ist auch hier?«, rief sie aus, als der Elf zwischen den Bäumen auftauchte.

Er ließ sich neben ihr auf ein Knie nieder. »Ich bin froh, Euch gefunden zu haben, Lady Dyna. Seid Ihr verletzt?«

»Sie blutet.« Cassiel berührte den Schnitt an ihrer Schläfe und ließ sie zusammenzucken. Sein Blick verhärtete sich, als er ihre anderen Verletzungen bemerkte. »Wer hat dir wehgetan?«

»Mir geht es gut«, sagte sie und musterte ihn. Sein Umhang fehlte, sodass seine Flügel ungeschützt waren. Seine zerrissene Kleidung war blutig von den Wunden, die bereits geheilt waren. »Was ist passiert?«

Cassiel sah weg. Seine geballten Fäuste, die an seinen Seiten ruhten, waren voll mit getrocknetem Blut.

Er hatte getötet, um sie zu retten.

Und das alles nur, weil sie mit Von gesprochen hatte.

Dyna schüttelte den Kopf und bedeckte ihr Gesicht. »Das ist alles meine Schuld.«

»Das ist es nicht«, widersprach er.

»Grämt Euch nicht, Milady«, warf Rawn ein. »Die Umstände waren unvermeidbar.«

Zev verwandelte sich in seine menschliche Gestalt und umarmte sie fest. »Dem Urnengott sei Dank bist du in Sicherheit. Wie konnte das passieren?«

»Von wollte mich entführen, aber sie hat ihn mit ihrer Magie aufgehalten«, erzählte Dyna und nickte zu der Zauberin, die hinter ihnen stand.

Alle blickten zu ihr. Sie sah immer wieder zwischen Cassiels Flügeln und Zev hin und her, überrascht von seiner Verwandlung.

»*Du*«, grollte Cassiel.

»Ich erkenne ihren Geruch wieder«, sagte Zev, seine Nasenlöcher blähten sich auf. Er erhob sich, und sie schrie auf beim Anblick seiner Nacktheit. Sie wandte ihr rotes Gesicht ab. Rawn bot Zev seinen Mantel an und reichte Cassiel seinen Umhang.

»Sie ist die Hexe vom Markt«, erzählte Cassiel ihnen, als er den Umhang überstreifte.

»Ich bin keine Hexe«, zischte die Zauberin.

»Danke, dass Ihr Lady Dyna zu Hilfe geeilt seid«, meinte Rawn.

»Ich habe es nicht für sie getan.« Sie blickte finster zu Von, der zu ihren Füßen lag. »Er hat mir etwas gestohlen. Ich kam, um es mir zurückzuholen.«

»Du hast mich *benutzt*«, grollte Cassiel mit wütender Miene. »Um die anderen abzulenken.«

Sie verschränkte die Arme vor der Brust. »Und?«

Sein Gesicht nahm alle möglichen Rotschattierungen an, und seine Hände krümmten sich, als wolle er sie um ihre Kehle legen. »Ich habe Leben genommen, die mir nicht zustanden. Ich bin deinetwegen verdammt!«

Im Angesicht seiner Wut trat die Zauberin zurück.

Ein Gewicht drückte auf Dynas Herz. Es stürzte sie in eine so große Tiefe der Trauer, dass sie glaubte, etwas sei in ihr zerbrochen.

Es war Cassiels Schmerz.

Er hatte ihr gestern Abend gesagt, dass er sich zum ersten Mal nicht als besudelt ansah – dass sein Blut rein genug war, um ihr zu helfen. Sie hatte einen Funken Glück in seinen Augen gesehen, doch nun wurde er von Kummer getrübt.

»Wenn du jemandem die Schuld zuschieben willst, dann ihm«, sagte die Zauberin und deutete auf Von. »Er und seine Männer waren hinter ihr her, egal unter welchen Umständen. Wäre das Ergebnis anders gewesen, wenn er sie vor deinen Augen entführt hätte?«

»Wären wir alle zusammen gewesen, hätte ich ihn in Stücke gerissen, bevor er sie in die Finger bekommen hätte«, knurrte Zev. Seine gelben Augen blitzten auf, als sie zu dem Kommandanten glitten. »Ist er tot?« Er warf einen Blick auf Geon, der sich gegen den Baum in seinem Rücken lehnte.

Rawn näherte sich, um nach Von zu sehen, und die Zauberin wich einige Meter von ihm zurück, während Elektrizität um sie herum funkelte. Er hielt seine Hände ausgestreckt, mit dem Gesicht nach unten, um zu zeigen, dass er nichts Böses wollte. Er hockte sich neben den Kommandanten und drückte ihm zwei Finger in den Nacken.

Nach einer Pause sagte er: »Er lebt.«

»Ich habe ihn mit einem Zauber belegt. Ohne einen weiteren wird er nicht aufwachen.« Die Zauberin verschränkte ihre Arme vor der Brust und sah zu Dyna. »Wie kommt es, dass du von dem Lūna-Medaillon weißt?«

»Mein Vorfahre hat seine Gesichte in einem Tagebuch niedergeschrieben. Das Medaillon ist das Emblem der Mondgilde. Es ist ein Erbstück der Astron-Familie, das mit der Macht des Mondes und der Sterne durchdrungen ist.«

Die weißen Augenbrauen der Zauberin zogen sich zusammen. »Wer war dein Vorfahre?«

»Azeran Astron.«

Ihr Mund blieb offen stehen, und sie hatte Mühe, die Worte zu formulieren, die sie schließlich ausspuckte. »Du bist nicht von der Astron-Blutlinie.«

Dyna seufzte, jedoch fehlte ihr die Kraft, über dieses Thema weiter zu diskutieren. »Wie auch immer, ich sehe, dass der Mondstein fehlt. Ich weiß, wo du ihn finden kannst.«

Ihre Augen weiteten sich noch mehr. »Was?«

»Dyna«, warnte Zev sie.

»Er hat recht«, fügte Cassiel hinzu. »Es müssen nicht noch mehr Leute davon erfahren. Wir haben schon einen Elfen an der Backe.«

Rawn wurde bei dieser Erwähnung hellhörig. Dyna schenkte ihm ein leichtes Lächeln. Bedeutete das, dass er sich ihnen vielleicht doch anschließen würde? Er hatte Cassiel geholfen, genauso wie die Zauberin ihr. Beide brauchten etwas von Mount Ida, und unerklärlicherweise vertraute sie ihnen.

»Wir schulden es ihr«, befand Dyna.

Cassiel sah sie finster an. »Sie hat ihre Bezahlung bereits erhalten.« Mehr sagte er nicht dazu.

»Ich brauche eure Hilfe nicht. Ich bin mir dem Standort des Mondsteins sehr wohl bewusst«, sagte die Zauberin. Ihr weißes Haar flatterte, als sie sich umdrehte und Richtung Ufer wegging. Binnen einer Sekunde verschwand sie aus ihrem Blickfeld.

»Warte...« Dyna versuchte aufzustehen, doch der stechende Schmerz in ihrem Knöchel und das Pochen in ihrem Schädel ließen sie wimmern.

»Was ist los?« Zev hockte sich wieder neben sie. »Ich rieche Blut.«

Sie zuckte zusammen und berührte ihren Kopf. Nun, da sie sich bewegt hatte, rann etwas Nasses von ihrer Kopfhaut bis zu ihrem Hals. Der Schlag gegen den Baumstamm musste schlimmer gewesen sein, als sie angenommen hatte.

Rawn kam auf sie zu. »Darf ich?«

Sie nickte. Seine sanften Finger glitten durch ihr Haar und tasteten ihren Hinterkopf ab, bis sie zusammenzuckte. Seine Hand entfernte sich mit blutigen Schlieren.

Zev knurrte und sprang auf Von zu.

Dyna sah, dass sich sein Wolf an die Oberfläche kämpfen wollte, um zu töten. Um sein Rudel zu schützen, um *sie* zu schützen. »Nein, Zev!«

»Der Kommandant hat ihr nicht wehgetan!«, rief Geon im selben Moment.

»Es ist wahr«, sagte sie. »Ich bin gefallen. Er wollte nicht, dass das passiert.«

»Er hat dich entführt!«, knurrte Zev.

»Er hat nur die Befehle unseres Meisters befolgt«, erklärte Geon.

»Wer?«

»Von hat ihn Meister Tarn genannt«, antwortete Dyna.

Rawns Gesichtszüge entglitten ihm. »Milady, wenn Tarn Euch verfolgt, dann seid Ihr in großer Gefahr.«

»Was meint Ihr?«, wollte Cassiel wissen.

»Wer ist er?«, warf Zev dazwischen.

Rawn verstaute Dynas Sachen in ihrer Tasche, die auf den Boden gefallen waren. »Darüber sprechen wir ein andermal. Wir müssen sofort von hier verschwinden.«

»Hilf mir bitte aufzustehen«, bat Dyna. Cassiel nahm ihre Hand; sie stolperte gegen ihn und wimmerte, als ein heller Schmerz durch ihr Bein zuckte.

Er legte ihren Arm um seinen Hals, um sie zu stützen. »Du kannst mit diesem Knöchel nicht laufen.«

»Was machen wir mit ihm?«, fragte Zev. Seine gelben Augen ruhten auf Geon.

Der Junge drückte sich an den Baum, Schweiß tropfte über sein hageres Gesicht. »Es tut mir leid, dass wir sie entführt haben. Wir mussten es tun.«

Rawn legte eine Hand auf Zevs Schulter. »Wir haben heute genug Blut vergossen.«

»Sind sie alle tot?«, fragte Geon. »Die Raider?«

Niemand antwortete ihm. Er senkte den Kopf.

»Cassiel, bring mich zu ihm«, bat Dyna. »Bitte.«

Sie strich ihm über die Wange, eine ruhige Energie strömte zwischen ihnen hin und her und milderte den finsteren Blick auf seinem Gesicht. Geon mochte ihr Feind sein, aber sie wollte ihm helfen. Ein Teil von ihr hoffte, dass es ihre Schuldgefühle wegen des Todes seiner Gefährten lindern würde und wegen dem, was es Cassiel gekostet hatte, sie aufzuhalten.

Cassiel hob sie halb hoch, um ihren verstauchten Knöchel zu entlasten. Er brachte sie zu dem Jungen, der zurückwich.

»Es ist alles gut«, sagte sie und ließ sich neben ihm auf den Boden sinken.

»Was tust du?«, fragte Geon vorsichtig.

Dyna lächelte nur. Sie schloss ihre Augen und legte ihre Hände auf seine verdrehten Glieder. Eine Hitzewelle entfaltete sich in ihrer Brust, als ihre Essenz hervorquoll. Die Kraft wanderte in einem stetigen Strom durch ihren Körper, sammelte sich und zehrte an ihr. Auf ihr Kommando hin strömte sie durch ihre Arme zu ihren Händen.

Ein leuchtend grünes Licht hüllte Geons gesamtes Bein und seinen Unterarm ein. Sie ließ es tief in seine Gliedmaßen eindringen und zielte auf die zerrissenen Muskeln und Knochen. Die Bruchstücke bewegten sich, er kniff die Augen zusammen und biss vor Schmerz die Zähne zusammen. Ihr Körper zitterte vor Anstrengung, während die Essenz ungehindert von ihr in den Jungen floss, den sie nicht kannte.

Heilt, befahl sie. Langsam verbanden sich die Knochen und verschmolzen miteinander. Seine zerrissene Haut und seine Muskeln verbanden sich Schicht für Schicht, bis sich große rosafarbene Narben bildeten. Das Licht verschwand zusammen mit seiner Wärme und ließ sie kalt und leer zurück. Dyna sackte völlig erschöpft in sich zusammen.

»Das sollte reichen«, murmelte sie. »Dein Bein und Arm werden für ein paar Wochen wehtun. Ich habe getan, was ich konnte, aber den Rest muss dein Körper erledigen. Nimm Weidenrinde gegen die Schmerzen und Beinwell, um deine Knochen zu stärken. Es tut mir leid. Du wirst für den Rest deines Lebens humpeln.«

Sie hatte nicht genug Essenz, um sein Bein in seinen vorherigen Zustand zurückzuversetzen. Ihre Macht war begrenzt.

Geon starrte auf seinen vernarbten Arm. »Beim Urnengott. Du hast Magie?«

»Ich wusste nicht, dass sie über solche Fähigkeiten verfügt«, sagte Rawn zu den anderen.

Dyna stolperte auf die Füße, ihre Sicht verschwamm. Sie schaffte nur einen Schritt, bevor sie mit dem Kopf voran stürzte. Cassiel fing sie schnell auf und hob sie in seine Arme. Eigentlich hätte sie erröten müssen, aber selbst dazu hatte sie keine Kraft. Ihr Kopf ruhte an seiner Brust, und ihre Augenlider wurden schwer.

»Was ist passiert?«, fragte Rawn.

»Es strengt sie an zu heilen«, erklärte Zev.

Dyna blinzelte und traf auf ihre besorgten Gesichter. »Mir geht es gut.«

»Geht«, wies der Junge sie an, während er den Baum benutzte, um aufzustehen. »Hauptmann Elon wird bald hier sein.«

»Wer?«, wollte Cassiel wissen.

»Er ist ein Elf.« Geon sah zu Rawn. »Er ist unser zweiter Befehlshaber. Ihr mögt zwanzig Raider niedergestreckt haben, aber Elon ist so stark wie hundert Mann. Ihr wollt ihm nicht begegnen.«

»Warum solltest du uns helfen?«, knurrte Zev.

Er blickte zu Dyna. »Ich schulde ihr etwas. Ich mag Tarn dienen, aber ich will ihr nichts Böses. Ihr müsst gehen. Jetzt!«

Auf sein Drängen hin rannten sie den Hügel hinunter. Dyna hatte nicht den Willen, noch länger wach zu bleiben. Ihre Augen fielen ihr zu, als Cassiels Schritte sie in den Schlaf wiegten.

KAPITEL 42

ZEV

Zev wünschte sich nichts sehnlicher, als diejenigen zu jagen, die ihnen nachstellten. Es lag nicht in seiner Natur, vor einer Bedrohung wegzulaufen, aber jetzt war es die einzige Möglichkeit. Sie mussten Dyna weit weg von diesem Ort bringen. Er warf Cassiel einen Blick zu, und der Prinz nickte wortlos. Sobald es dunkel war, würden sie wieder die ganze Nacht unterwegs sein, um Abstand zwischen sich und diesen neu entdeckten Feind zu bringen.

Lord Norrlen übernahm die Führung, während Zev die Nachhut bildete. Der Elf stieg flink den Hügel hinab. Cassiel folgte ihm und hielt Dyna dicht an sich gedrückt. Sie rührte sich nicht, egal wie sehr er sie schüttelte. Die graue Färbung ihres blassen Teints beunruhigte Zev. Diesmal könnte sie tagelang schlafen.

Aber am meisten beunruhigte ihn der Mann, der seine Untergebenen geschickt hatte, um sie zu fangen. Der Geruch ihres Blutes haftete an dem Prinzen. Zev würde die kalte, gefühllose Maske, die Cassiel getragen hatte, als er einen Raider gefoltert hatte, um Dynas Aufenthaltsort zu erfahren, nicht so schnell vergessen. Doch er war kein Mörder, und die Tat hatte ihn sichtlich getroffen.

Cassiel gab der Zauberin die Schuld, Zev hingegen gab sie sich selbst. Er hatte sich von ihnen getrennt, obwohl sie hätten zusammenbleiben müssen. Wäre er bei ihnen geblieben, hätte Von Dyna nicht so einfach in die Finger bekommen.

So viele Fragen rasten durch seinen Kopf. Wer war Tarn? Warum wollte er Dyna? Und warum suchte der Azure-König nach ihm?

Rawn brachte sie zu einem flachen Ende des Sees. Er durchschritt einen Schilfgürtel und gab den Blick ein Floß frei, das am Ufer lag. Das krude Ding bestand nur aus Treibholz, das mit einem verbrauchten Seil zusammengebunden war, und war kaum groß genug, um zwei Personen zu tragen.

»Damit habt Ihr Loch Loden überquert?«, fragte Zev skeptisch.

Rawn zog einen langen Holzstab aus dem Wasser – ein Ruder, das er zum Steuern des Floßes benutzt haben musste. »Es hat mir gute Dienste erwiesen.«

»Und Eurem Pferd?« Zev witterte den Geruch des elfischen Rosses an Rawns Kleidung, aber es war nirgends zu sehen.

»Fair erwartet mich in einem nördlichen Wald hinter den Klippen.«

Cassiel schüttelte den Kopf. »Das Floß wird uns nicht alle tragen.«

»Dann schwimmen wir«, sagte Zev, als er ihre Rucksäcke auf das Floß legte und den geliehenen Mantel auszog. Cassiels Mund verzog sich beim Anblick des Wassers vor Abscheu. »Du kannst nicht riskieren, ein zweites Mal zu fliegen. Jemand könnte dich bereits entdeckt haben. Dyna ... wird mit Lord Norrlen auf dem Floß fahren.«

Rawn wusste, wie man das Floß steuerte, und so war es an Zev und Cassiel, hinter ihnen her zu schwimmen. Er rief seinen Wolf, und ein dumpfer Schmerz durchfuhr ihn, als sich seine Muskeln und Knochen fließend bewegten. Zev landete auf allen vier Pfoten und schüttelte sich. Seine Nase rümpfte sich bei dem Geruch von Blut, Asche und Schweiß, der sich mit dem des abgestandenes Wassers und der verrottenden Pflanzen vermischte.

Zev drehte sich um, um seine Gefährten anzusehen, und erstarrte. Seine Wolfsaugen waren viel empfindlicher und nahmen Dinge wahr, die er sonst nicht sehen konnte. Cassiel war von einem Lichtschein umgeben, was keine Überraschung war, aber Dyna ... Von ihr ging ein helles Licht aus, als wäre sie ein Stern in der Nacht.

Wie bei einem Celestial.

»Alles in Ordnung?«, fragte Cassiel, während er seine Stiefel auszog.

Zev drehte sich weg. Er musste seinen Blick und seinen Kopf freibekommen.

»Darf ich?«, fragte Rawn und deutete auf die schlafende Dyna.

Zev knurrte und fletschte die Zähne. Sein Wolf, der jetzt mehr von seinem wilden Instinkt beherrscht wurde, würde seine Cousine nicht an einen Fremden ausliefern. Cassiel wich ebenfalls einen Schritt zurück und legte die Arme um sie. Wie sehr konnten sie Lord Norrlen vertrauen?

Rawn kniete vor Zev im Schlamm nieder, wie man es vor einem Lord tun würde. Er legte eine Hand auf sein Herz, und seine türkisfarbenen Augen blickten in die seinen. »Ich gebe Euch mein Ehrenwort, dass ich Euch und die Euren in Sicherheit bringen werde.«

Es war ein Schwur, der vorbehaltlos geleistet wurde. Zev hatte gehört, dass Eide der Elfen ein verbindliches Versprechen waren. Erst zögerte er, ihm zu glauben, doch dann hörte er Rawns gleichmäßiges Herz schlagen. Es trug keine Lüge in sich, und so willigte er ein.

Zev sah Cassiel an, der wenig begeistert aussah. Er haderte sichtlich mit der Entscheidung, bevor er Dyna widerwillig an Rawn weiterreichte und sie noch eine Sekunde festhielt, bevor er seinen Griff lockerte.

»Vorsichtig«, warnte er ihn. Härte Schwang in seiner Stimme mit.

»Lady Dyna wird nichts geschehen.« Er legte sie auf das Floß und kletterte schnell neben sie. »Beeilt Euch. Wir sollten keine Zeit vergeuden.«

Mit dem Ruder stieß er sich vom Ufer ab. Zev und Cassiel schlüpften in das trübe Wasser und flankierten das Floß. Das vorbeiziehende Grün war still; bis auf das leise Rauschen des Wassers und das Geschnatter der Tiere in den umliegenden Bäumen. Zev lauschte auf jegliche Bedrohung, schnupperte die Luft nach versteckten Feinden ab, doch seine Aufmerksamkeit richtete sich weiterhin auf Dyna.

Ihr Licht – was hatte es zu bedeuten? Hatte das Blut des Prinzen mehr getan, als sie zu heilen? In der Gasse hatte Zev keine Möglichkeit gehabt, ihren Geruch zu orten. Sie hatten sie verloren, bis Cassiel sie wiedergefunden hatte. Mit seinem Instinkt, hatte er gesagt. Er würde ihn später dazu befragen.

Sie erreichten die Kazer-Klippen. Die Felswand ragte hoch auf – eine dominierende Präsenz, die einen weiten Schatten über die Bucht warf. Laut dem, was Zev auf der Karte studiert hatte, befanden sich die Klippen in der Nähe des Mittelpunkts des Königreichs. Es war der letzte südliche Orientierungspunkt vor dem Schloss des Azure-Königs im Blauen Kapitol.

Es war ein seltsames Gefühl, so weit weg von allem zu sein, was er kannte, dennoch wollte er nicht umkehren. Die Reise war von Anfang an ein Risiko gewesen, und jetzt, da Dyna ein Ziel war, drohte erst recht Gefahr, aber Zev zweifelte nicht länger an dem Prinzen. Er wusste nun, dass Cassiel sie mit seinem Leben beschützen würde.

Der Prinz blieb während des langen Schwimmens in der Nähe des Floßes. Sein kühler, unerschütterlicher Blick haftete an Dyna und dem Elfen.

»Stellt Eure Fragen, wenn Ihr müsst«, sagte Lord Norrlen, während er ruderte.

Zev nickte zu Cassiel. Er würde für sie beide sprechen müssen.

»Warum wart Ihr in Corron?«

»Um nach einem Kurier zu suchen, der einen Brief für mich überbringen sollte«, antwortete Rawn.

»Einen Brief für wen?«

»Für meine...« Rawn riss seinen Kopf nach links und wich einem Pfeil aus, der nur haarscharf an seiner Nase vorbeiflog.

Zev knurrte, und Cassiel fluchte. Eine Gruppe von Männern stand auf dem Gipfel der Kazer-Klippen. Die tiefstehende Sonne in ihrem Rücken beschattete ihre Gesichter. Ein anderer saß auf einem Pferd, sein Mantel flatterte im Wind. Er wurde von einer jungen Frau begleitet, unter deren Kapuze lange schwarze Haare hervorlugten. Sie spannte einen weiteren Pfeil und hob ihren Bogen.

Sie waren zu weit unten auf dem See, als dass ein normaler Bogenschütze sie treffen könnte. Zev schätzte, dass sie noch über zweihundert Meter entfernt waren, und doch hatte sie den Kopf des Elfen nur ganz knapp verfehlt. Die Strömung trug sie noch weiter weg.

Sie zielte, das Sonnenlicht glitzerte auf der Pfeilspitze. Das Klimpern der Bogensehne hallte in seinen Ohren wider. Der Pfeil sauste auf sie zu, verfehlte sie aber und durchbohrte das Wasser hinter ihnen mit einem leisen Knall. Ihr Geschick hatte seine Grenze erreicht.

Lord Norrlen nahm seinen Bogen und zog mit einer raschen Bewegung einen Pfeil aus seinem Köcher. Er ließ ihn los. Alles war still, der Wind und das Rascheln des Waldes verstummten, als der Pfeil abzischte. Er flog durch die Luft und fand sein Ziel, indem er die Brust der Bogenschützin durchbohrte. Sie fiel flach hin, ohne auch nur einen Mucks zu machen. Einer der Männer schrie auf, packte den gefallenen Körper und schleppte ihn weg.

Zev tauschte einen fassungslosen Blick mit Cassiel. Wie hatte Rawn einen so beeindruckenden Schuss abgeben können?

Der Reiter stieg ohne Eile ab und zog sein Schwert lässig aus der Scheide. Es konnte nicht für einen Kampf sein, wenn sie so weit außer Reichweite waren, dennoch ließ Rawn seinen Bogen fallen und zog seine Waffe. Der vermummte Widersacher sagte etwas als Antwort. Der Wind dämpfte seine fremden Worte, aber Zev erkannte die elfische Sprache und wusste, wer ihnen jetzt gegenüberstand.

Hauptmann Elon, hatte der Junge ihn genannt. Der stellvertretende Befehlshaber, der so stark wie hundert Mann war.

Das vertraute Ziehen der Essenz kribbelte in Zev, als sie in der Atmosphäre aufgewühlt wurde, so wie es immer geschah, wenn Dyna ihre Kräfte sammelte, aber das hier war anders. Stärker. Heftiger. Ein leuchtend blauer Funke sprang aus den Händen des Hauptmanns und hüllte die Klinge in knisternde Magie.

Cassiels Augen weiteten sich. »Was ist das für ein Zauber?«

»*Anadaug Luza*«, antwortete Rawn, seine Kiefer mahlten. »Die Blaue Sense.«

Cassiel warf sich auf das Floß. Es schaukelte unsicher unter ihm, während er versuchte, Dyna zu packen. »Gebt sie mir!«

»Bleibt ruhig.« Rawn stellte sich auf die Füße und hob sein Schwert, das Sonnenlicht küsste die Klinge. Nicht ein einziges Mal wandte er den Blick von der vermummten Gestalt ab. Der Gegner war bereit und ebenbürtig. »Komm.«

Hauptmann Elon schwang sein Schwert, Magie explodierte in einem Bogen aus der Klinge und raste in einem blendenden Inferno auf sie zu. Es gab keine Möglichkeit zur Flucht, keinen Platz zum Verstecken. Sie würden im Wasser sterben.

Zevs Verstand wurde auf einmal ruhig. Der Wahnsinn hatte keine Antwort auf das hier.

Rawn parierte die Blaue Sense, und sie prallte mit einem Donnerschlag von seiner Waffe ab. Der Zauber flog den Weg zurück, den er gekommen war, und krachte mit einem ohrenbetäubenden Knall auf die Klippen. Die Raider schrien auf und wichen zurück, als der Boden unter ihren Füßen wegbrach. Große Felsbrocken stürzten auf das Ufer des Sees. Ein gewaltiger, rauchender Spalt zierte die Kazer-Klippen, als hätten sie Bekanntschaft mit der Axt eines Riesen gemacht.

»Wie ... wie habt Ihr das gemacht?«, fragte Cassiel perplex.

»Mein Schwert ist verzaubert, um Magie zu zerstreuen«, sagte er. »Oder sie, wie in diesem Fall, zu reflektieren.«

Hauptmann Elon unternahm keinen weiteren Angriffsversuch und überließ es der Strömung, sie fortzutragen. Seine schwache Stimme erreichte Zev, so wie vermutlich auch Rawn. »Lord Norrlen, wir werden uns wiedersehen.«

Rawn steckte sein Schwert in die Scheide. Er nahm das Ruder und steuerte das Floß, ohne ihn eines weiteren Blickes zu würdigen.

Zev und Cassiel starrten ihn an, ehe sie einen Blick tauschten, gleichermaßen sprachlos. Was auch immer der Junge über Hauptmann Elon gesagt hatte, sie hatten nun jemanden an ihrer Seite, der vielleicht sogar noch stärker als hundert Mann war.

KAPITEL 43

VON

Die Kälte der Nacht war ebenso grausam und unerbittlich wie der stille Zorn, der von Tarn ausging. Von versteifte sich in der Mitte des dunklen Lagers, wo er bis auf die Hose entkleidet stand. Geon zitterte neben ihm und drückte seine dürren Arme an seine nackte Brust.

Das Feuerlicht der in den Boden gesteckten Fackeln beleuchtete die grimmigen Gesichter der Raider, die sich als Zeugen versammelt hatten. Eine Bedingung während der Peitschenhiebe. Benton lächelte vergnügt; Dalton und Clayton standen neben ihm, ihre bernsteinfarbenen Gewänder flatterten in einer vorbeiziehenden Bö. Elon und Bouvier hielten sich im Schatten auf, still wie Geister.

Geon zuckte zusammen, als er hörte, wie die Peitsche hinter ihnen zu Boden fiel.

»Ich werde die Hiebe des Jungen auf mich nehmen, Meister«, sagte Von.

»Nein.« Der Junge richtete sich auf und ballte seine zitternden Fäuste mit all der Tapferkeit, die er aufbringen konnte.

»Kniet«, befahl Tarn gefährlich ruhig.

Von und Geon ließen sich auf ihre Knie sinken. Dreck bedeckte seine Handflächen, an denen Schweiß klebte. Er grub seine Finger tief in den Boden und traf dabei auf scharfe Steine.

»Ihr habt mich zweiundzwanzig Vermögenswerte gekostet. Zweiundzwanzig Peitschenhiebe sollt ihr erhalten.«

Zwanzig Raider plus der Mondstein und die Erwählte, zählte Von. In Wirklichkeit war die Strafe jedoch dafür, dass er bei seiner Mission gescheitert war. Scheitern war nie eine Option. Es konnte einen das Leben kosten. Aber Von würde diese Strafe stattdessen gern in Kauf nehmen. Er war bereit. Sein Rücken war dick und hart von den vielen Narben, die ihn bereits bedeckten. Bei seiner letzten Auspeitschung war er neunzehn Sommer alt gewesen, aber diesen Schmerz würde er nie vergessen.

Die Peitsche zischte durch die Luft.

Das Leder schlug gegen Vons Rücken und schnitt durch sein Fleisch. Er biss sich auf die Zunge, um seinen Schrei zu unterdrücken. Die Peitsche knallte erneut, und Geons Schrei durchdrang den Wind.

Eins – für Juvo, ein Junge aus Argyle, der es liebte, zu trinken und zu singen.

Die Peitsche riss ein zweites Mal durch Von.

Zwei – für Sygne, ein alter Griesgram, der wie hundert verschiedene Vögel pfeifen konnte.

Die Peitsche knallte so laut gegen Vons Wirbelsäule, dass seine Ohren klingelten und alle Geräusche kurzzeitig gedämpft wurden.

Drei – für Xeran, der jede Münze gespart hat, die ihm in die Hände fiel, für die Freiheit seiner Mutter.

Mit jeder Platzwunde auf seinem Rücken erinnerte sich Von an die Namen und Gesichter der in Corron gefallenen Raider. Ihr Verlust lastete schwer auf ihm. Er war ihr Befehlshaber gewesen. Sie hatten ihm vertraut, und er hatte sie zur Schlachtbank geführt.

Ein eisiger Windhauch strich über ihn hinweg, aber er betäubte nicht die Qualen, als Tarn ihm den Rücken aufschlitzte. Blut floss und durchtränkte seine Hose. Er biss die Zähne zusammen, und seine zitternden Fäuste bohrten sich tiefer in den Dreck, um etwas zu finden, woran er sich festhalten konnte. Es kostete ihn alles, nicht vor seinen Männern zu schreien. Selbst bei dieser Schmach würde er keine Schwäche zeigen.

Von konzentrierte sich auf die Blutstropfen im Dreck und versuchte, die Qualen aus seinem Kopf zu verdrängen. Geon hatte keine solche Disziplin. Er schrie und jammerte, als die Peitsche in ihn schnitt. Von knirschte mit den Zähnen. Er hätte den Jungen nie in dieses Leben bringen dürfen.

Tarn peitschte sie weiter aus, bis Geons Arme nachgaben und er mit dem Gesicht voran bewusstlos zu Boden fiel. Vons Glieder zitterten, seine Augen brannten von dem Schweiß, der von seiner Stirn tropfte. Er hatte kaum noch Kraft.

»Du hast mich enttäuscht, Von.« Tarns Worte bohrten sich wie Eissplitter in seine Seele. »Ich habe mich noch nie so vor dir geekelt.«

Er schluckte den Schmerz herunter, sein Hals war trocken. »Vergebt mir, Meister.«

Tarn warf die blutige Peitsche zur Seite. Von zählte seine Schritte, als er wegging, und wartete, bis Tarn sein Zelt betrat, bevor er zusammenbrach. Die Raider versammelten sich um sie.

»Nehmt sie mit«, befahl Elon.

Dalton warf seine orangefarbene Essenz über Geon und hob ihn in die Luft. Olsson, ein dunkler, kräftiger Mann, hob Von auf seine breiten Schultern. Er hing da wie ein schlaffer Sack, zu kraftlos, um sich zu schämen. Von wurde immer wieder ohnmächtig, während sie ihn fort trugen.

Als er Yavi seinen Namen rufen hörte, kam er ruckartig wieder zu sich. Sie hatten ihn zu seinem Zelt gebracht. Eilige Schritte ertönten, und sie erschien an Olssons Seite, ihre feuchten Augen weiteten sich vor Entsetzen. Von lächelte sie schwach an. Es spielte keine Rolle, welche Strafe er zu ertragen hatte. Er war wieder bei ihr. Er war am Leben.

»Bringt sie rein.«

Sie öffnete die Zeltklappen, und Olsson legte Von mit dem Gesicht nach unten auf eine Pritsche. Dalton bettete Geon auf die daneben, bevor er seine Essenz freigab. Die Raider drängten sich in das Zelt und sammelten sich um sie herum, während Elon am Eingang blieb.

Yavi zischte bei dem Anblick ihrer Wunden. Von stellte sich vor, dass die Haut angeschwollen war und die blutigen Schlitze, die sich auf ihren Rücken kreuzten, grausige Spuren hinterließen.

»Gord«, bellte sie den stämmigen Raider gegenüber an. »Sag Sorren, ich brauche eine Flasche seines stärksten Rums für den Kommandanten. Und du«, sie zeigte auf den Mann neben ihm, »bringst mir einen Topf mit abgekochtem Wasser.«

Sie starrten sie verblüfft an, weil sie es nicht gewohnt waren, dass eine Sklavin ihnen Befehle erteilte.

»Los!«, bellte sie, und sie stürmten hinaus.

Yavi kramte in der Truhe und holte saubere Lappen und einen Tiegel mit Salbe heraus. Die beiden Raider kamen mit den verlangten Sachen zurück und stellten sie neben ihr ab.

Sie zog den Korken aus der braunen Rumflasche und hielt sie an Vons Lippen. »Bitte trinkt, Meister.«

Von lachte fast über die Anrede. Sie musste ihn vor den anderen so nennen, dennoch war es seltsam. Er trank, so viel er konnte, und spürte, wie die Flüssigkeit seinen Magen erhitzte und ihm in den Kopf stieg. Sie bespritzte ihre Hände mit Rum, dann steckte sie ihm einen Streifen dickes Leder zwischen die Zähne.

»Haltet ihn«, befahl Yavi.

Vier Raider knieten neben Vons Bett und umfassten seine Beine und Schultern. Er holte tief Luft – dann schüttete sie den Rum über seine Wunden. Feuer strömte in einer aufsteigenden Welle der Pein über seinen Rücken. Er unterdrückte seine Schreie mit dem Leder zwischen seinen Zähnen und krampfte sich vor lauter Schmerzen zusammen. Ein paar weitere Raider kamen hinzu und hielten ihn nieder.

Yavi tauchte einen sauberen Lappen in den Topf mit dampfendem Wasser und wusch vorsichtig seine Wunden. Bei den Göttern, sie hätte ihn genauso gut bei lebendigem Leib häuten können. Auf der Matte unter ihm bildeten sich blutige Pfützen. Schweiß perlte von seiner Stirn, als er sich an die Pritsche klammerte, und seine Kiefer wurden taub, weil er die Zähne so fest zusammenbiss. Jemand entfernte kurz den Lederstreifen aus Vons Mund, um ihm einen weiteren Schluck Rum zu geben. Seine Sinne schwanden, und seine Augen fielen zu, aber jede quälende Berührung mit dem Lappen vertrieb den Schlaf.

Als Yavi fertig war, nahm sie einen großen Klumpen Salbe aus dem Tiegel und verteilte sie auf seinen Wunden. Nach dem anfänglichen Schmerz kühlte die Salbe seine pochende Haut und linderte das Unbehagen. »Dalton, heb ihn bitte hoch.«

Der junge Magier ließ seine Essenz über Von fließen, und der orangefarbene Farbton umgab seinen Körper mit einer warmen, elektrisierenden Kraft, die ihn ein paar Meter von der Liege hob. Yavi wusch seinen Oberkörper, die Arme und den Hals. Dann nahm sie die Rolle mit den Verbänden und wickelte sie vorsichtig um seinen Bauch und Rücken.

»Was ist passiert?«, fragte sie die Männer, während sie ihn versorgte, und sie brachen alle auf einmal in ein ungestümes Durcheinander aus. »Hauptmann Elon?«, wandte sie sich stattdessen an den Elfen.

»Die Wächter der Erwählten haben sie besiegt«, berichtete er. Er war keiner, der ein Blatt vor den Mund nahm.

»Kommandant Von war bewusstlos, als wir ihn gefunden haben.« Olssons tiefe Stimme erfüllte das Zelt. »Wir konnten ihn nicht aufwecken.«

»Kein Wunder«, warf Dalton ein. »Er stand unter einem Komazauber. Vater musste ihn erst aufheben.«

»Er stand unter einem Zauber?«, wiederholte Yavi überrascht. »Mir war nicht bewusst, dass die aktuellen Wächter über Magie verfügen.«

Als die Zauberin Vons Stirn berührt hatte, hatte sie ihn in eine schwarze Leere geworfen. Es hatte sich angefühlt, als würde er in einen endlosen Schlaf ohne Träume fallen. Das Nächste, an das er sich erinnern konnte, war Tarns eisiger Blick.

»Dann fanden wir die Leichen«, nuschelte Gord undeutlich, seine Blick wirkte gequält. »Einige waren zu Asche zerfallen, andere waren zerfleischt. Sie haben Leutnant Abenon die Kehle herausgerissen.«

Yavi legte die Hand vor den Mund.

Ein anderer Raider neben Gord erschauderte. »Die Wächter sind rücksichtslos. Der Elf hat Len mit einem Schuss aus dreihundert Metern Entfernung ausgeschaltet.«

Yavi keuchte, und Von zuckte erschrocken zusammen. Sie hatten Len getötet? Wie? Und wann? Plötzlich realisierte er, dass sie nicht unter den Zeugen gewesen war. Und Novo auch nicht.

»Hauptmann?«, krächzte er, aber es war eher ein unverständliches Gurgeln.

»Wir haben sie an den Kazer-Klippen getroffen«, sagte Elon. »Rawn Norrlen hat sich ihnen angeschlossen. Sein Talent mit dem Bogen ist unvergleichlich.«

»Len ist tot?«, fragte sie mit zitternder Stimme. In ihren Augen glitzerten Tränen.

»Nein. Sie trug eine Rüstung.«

»Oh!« Yavi sackte auf ihre Fersen zurück, eine Hand flog zu ihrem Herzen. Sie starrte den ausdruckslosen Elfen und die lachenden Männer an. »Ich finde das gar nicht witzig. Ihr seid schrecklich, ihr alle.«

Von gab sich wieder der Rumwolke hin, die in seinem Kopf waberte, als Getuschel um ihn herum ausbrach, und fragte sich, ob es Tarn etwas ausgemacht hätte, wenn Len gestorben wäre.

Yavi befestigte den Verband mit einer Nadel, dann legte Dalton ihn zurück auf die Pritsche. Sie schenkte Von ein trauriges Lächeln, bevor sie sich um Geon kümmerte. Der Junge wachte nicht auf, als sie den Rum über seine Wunden schüttete. Elon verließ das Zelt, während sie ihn säuberte, und die anderen Raider folgten einer nach dem anderen. Dalton hob seinen Freund hoch, damit sie die Verbände um seine dünne Brust wickeln konnte, und verließ das Zelt, sobald sie fertig war.

»Du bist besser geworden. Im Versorgen von Wunden, meine ich«, krächzte Von.

»Ja, Meister«, antwortete sie förmlich. »Ich hatte in letzter Zeit viel Übung.« Sie warf einen Blick aus dem Zelt, bevor sie die Klappen schloss und an seine Seite eilte. Tränen glitzerten im Kerzenlicht auf ihren Wimpern. »Ich fürchtete schon, du wärst tot, als du nicht zurückkamst. Du bist nur knapp mit dem Leben davongekommen, und dieses Monster hat dich dafür bestraft!«

Ihre Hände schwebten um ihn herum; sie wusste nicht, wo sie ihn berühren sollte. Sie begnügte sich damit, Vons Wange zu streicheln. Es war ein Segen, sie wiederzusehen. Er hatte erwartet zu sterben. Wenn nicht durch die Zauberin, dann durch seinen Meister. Es wäre ein wohlverdienter Tod gewesen. Er hatte seine Aufgabe nicht erfüllt. Tarn tötete für weniger.

»Ich habe es verdient.«

Yavi schüttelte den Kopf. »Aber wie wurdest du verzaubert?«

»Ich habe das Lūna-Medaillon zufällig in Corron gefunden. Es gehörte einer Zauberin.«

Yavi atmete sanft ein. »Der aus der Prophezeiung?«

»Möglich.« Die Frau war nicht nur für das Medaillon zurückgekommen, sie hatte auch Dyna befreien wollen. Einer Unbeteiligten wäre ihr Schicksal egal gewesen. »Wenn sie es ist, ist Tarns Vorteil verloren. Ich konnte nicht gegen ihre Macht bestehen. Wenn sie nicht da gewesen wäre, wäre meine Mission erfolgreich gewesen.«

Yavi seufzte und säuberte den Schweiß von seinem Gesicht. »Bin ich schrecklich, weil ich erleichtert bin, dass sie entkommen ist?«

»Nein.« Von musste zugeben, dass er genauso fühlte. Tarn würde noch nicht bekommen, was er wollte, und das machte die Welt ein kleines bisschen sicherer. Für den Moment. Er drehte seinen Arm, um Yavi die Bisswunde an seiner Hand zu zeigen. »Aber Dyna hat mir auch ziemlich Probleme gemacht.«

»War sie das?« Yavi deutete auf den Zahnabdruck.

»Mhm. Sie erinnert mich an dich.«

»Ich mag sie jetzt schon.« Sie lächelte traurig, dann legte sie ihren Kopf auf seine Schulter. Bald spürte er ihre Tränen auf seine Haut rinnen. »Ich ertrage dieses Leben nicht mehr.«

»Ich werde dich hier wegbringen, Yavi. Ich verspreche es dir.«

»Nein, *wir* müssen gehen, Von. Du und ich.«

»Du weißt, ich kann nicht.« Er seufzte schwer. »Ich bin ihm verpflichtet, bis er mich freilässt.«

Sie weinte bitterlich. »Dieser Mann wird dich niemals freilassen.«

»Aye, das wird er nie. Aber du bist *meine* Lebensdienerin. Laut dem Gesetz kann ich dich entlassen, wann immer ich will.«

An dem Tag, an dem er Yavi entführt hatte, war sie in einen Fluss gefallen, als sie versucht hatte, ihm zu entkommen. Von hatte sie mit knapper Not vor dem Ertrinken gerettet. Er hatte nicht vorgehabt, sie zu seiner Lebensdienerin zu machen, aber als sich Tarn ihr mit dem Brandeisen genähert hatte, hatte Von die Worte des Besitzes ausgesprochen, um ihr diesen Schmerz zu ersparen. Dennoch wusste er, dass Tarn sie ihm nie wirklich überlassen hatte.

Yavi hob den Kopf und sah ihn an. »Du bist ein Idiot, wenn du denkst, dass das Tarn jemals erlauben wird. Er sieht dich als seinen Besitz. In seinen Augen gehört ihm, was dir gehört.« Sie setzte sich wieder auf die Knie und schloss die Augen. »Ich hasse ihn, Von. Ich hasse ihn so sehr. Dieser Bastard hat dich bis auf die Knochen geschnitten. Das wird schreckliche Narben hinterlassen.«

Eine plötzliche Welle des Schreckens überlagerte seinen Schmerz.

In Vons Kopf blitzte die Erinnerung an den Tag auf, als sie die Seherin aufgesucht hatten. Sie war atemberaubend in ihrer ganzen schrecklichen Schönheit gewesen, mit Wangenknochen so scharf wie Glas und durchsichtigen Flügeln, die durch den Goldstaub auf ihrer Haut geschimmert hatten. Auf ihrem Kopf hatte sie eine Krone aus weißen Blüten und Dornen getragen. Ihre langen Locken hatten die Farbe des Meeres gehabt und waren mit geflochtenen Knoten und Seidenstreifen verwoben gewesen. Schwarze Ringe hatten ihre goldenen glühenden Iriden umgeben, und ihre Stimme war so unheimlich wie das Heulen des Windes gewesen, als sie Tarns Weissagung gesprochen hatte.

Von hatte stumm und vorwurfsvoll dagestanden und die Worte der Elfe nicht geglaubt – oder nicht glauben wollen.

Als sie fertig gewesen waren, hatte Tarn die Höhle der Seherin verlassen. Tarn hatte ihm folgen wollen, aber sie hatte seinen Arm ergriffen und ihm ins Ohr geflüstert: »*Erst wenn sie brennt, wird sie frei sein. Ihre Schreie werden in der Dunkelheit und im Eis weiter getragen werden, um dich heimzusuchen. Sie werden durch deine Ohren schneiden wie die Narben auf deinem Rücken. Zerbrechen und heilen, was dir fehlt.*«

Er hatte Yavi nicht vor der Prophezeiung gerettet.

Von sah zu seiner Frau, und seine Sicht verschwamm. Die Seherin hatte ihre Zukunft vorhergesagt, lange bevor sie sich getroffen hatten. Sie hatte ihn davor gewarnt, was kommen würde. Tarns Weissagung bewahrheitete sich nun, und das konnte nur bedeuten, dass seine das ebenfalls würde.

Nein, das würde er nicht zulassen.

Was war der Zweck einer Weissagung, wenn nicht eine Warnung zu sein? Alles, was er tun musste, war, Yavi vor dem Feuer zu schützen.

Von sammelte seine Kraft, um einen Arm um ihre Taille zu legen und sie an sich zu ziehen. Er drückte sein Gesicht an ihren Busen, damit sie nicht sehen konnte, wie sehr ihn die Worte der Seherin erschreckten. Er musste sich an die Hoffnung klammern, dass er sie vor der Prophezeiung bewahren konnte. Es wäre unerträglich, sie zu verlieren.

»So erbärmlich dieses Leben auch ist, ich danke dem Urnengott, dass ich leben durfte. Du bist mein einziger Trost in dieser Welt, Yavi.«

Ihre Lippen trafen auf seine, sanft und zart. Nun war der Schmerz erträglich. Er wusste nicht, ob es am Alkohol lag oder an der Zuneigung dieser Frau, die er nicht verdiente.

»Ich liebe dich«, sagte Von und küsste ihre Tränen weg. »Mehr, als Worte es jemals ausdrücken könnten.«

»Wie sehr?«

»So sehr.« Er zog sie an sich heran, und sein Mund fand ihren wieder, vertiefte den Kuss.

»Ich werde etwas von dem Rum brauchen, wenn ich mir das ansehen muss«, sagte eine schwache Stimme.

Yavi stieß sich von ihm weg, und sie starrten Geon mit Unbehagen an. Von hatte den Jungen vergessen.

Geon blinzelte sie schläfrig an. »Bin ich am Leben?«

»Ja, äh ... hier.« Yavi half ihm, aus der Flasche zu trinken, während sie einen besorgten Blick mit Von austauschte.

Ein schwaches, schelmisches Lächeln tauchte auf Geons Gesicht auf. »Wie unanständig.«

»Geon!« Yavi gab ihm einen Klaps auf die Schulter und entschuldigte sich sofort, als er zusammenzuckte. »Du wirst es doch niemandem erzählen, oder?«

Er kicherte. »Du bist meine Freundin, Yavi. Euer Geheimnis ist bei mir sicher.«

Von atmete erleichtert aus. »Niemand darf je davon erfahren.«

»Sorgt Euch nicht, Kommandant. Ihr habt mein Wort. Aber um ehrlich zu sein, hatte ich schon meinen Verdacht.« Als die beiden nichts erwiderten, fügte er verlegen hinzu: »Nun, Ihr bevorzugt sie, Sir, und ... na ja ... Ihr teilt ein Zelt mit ihr.«

Von verzog das Gesicht. Er hatte gedacht, sie seien vorsichtig gewesen, aber zusammen in einem Zelt zu schlafen, war zu auffällig, selbst wenn es unter dem Vorwand geschah, dass sie seine Dienerin war.

»Wurde ich degradiert?«, fragte Geon.

»Aye.«

Yavi summte mitfühlend und tätschelte sein Bein. »Es tut mir leid, Geon. Ich weiß, wie hart du gearbeitet hast, um ein Raider zu werden.«

Er hustete schwach. »Ein Raider zu sein, ist nicht so glorreich, wie ich es mir vorgestellt habe. Ich habe überhaupt nicht den Mut dazu. Ich werde den Koch bitten, mich als Lehrling zu nehmen.«

Von und Yavi lachten.

»Du wirst genauso viel Mut brauchen, wenn nicht sogar mehr, um mit Sorren zu arbeiten«, sagte sie.

»Ich schaffe das schon.«

Von lächelte. »Bist du sicher?«

»Aye. Ich arbeite lieber mit dem Minotaurus zusammen, als zu riskieren, Meister Tarn erneut zu erzürnen«, murmelte Geon. Bei der Erwähnung seines Namens trübte sich die Stimmung wieder.

»Hast du gegen die Wächter gekämpft?«, fragte Yavi ihn.

»So würde ich es nicht nennen. Die Zauberin hat mich herumgeworfen wie einen Sack Mehl und mir den Arm gebrochen, als ich versucht habe, sie davon abzuhalten, Von zu töten.«

»Warum hast du das getan?«, fragte Von erstaunt.

»Ihr habt mir mehrfach das Leben gerettet, Kommandant. Ich habe den Überblick verloren, wie viele Schulden ich bei Euch habe.«

»Du bist ein guter Junge.«

Geon lächelte schwach. »Ich glaube, ohne die Erwählte wäre ich gestorben. Sie hat die Zauberin in Schach gehalten und mich verteidigt, als die übrigen Wächter kamen. Dann hat sie ... mich geheilt.«

Von starrte ihn an. »Dyna hat dich geheilt?«

»Aye, sie hat mein gebrochenes Bein und meinen Arm behandelt. Mit Magie.«

Yavi schnappte nach Luft und näherte sich ihm, um ihn zu untersuchen. Sie zupfte an den zerrissenen Kleidungsstücken an seinem Ellbogen und Knie und riss sie weiter auf, um einen Blick darunter zu erhaschen.

Von sah die pinken Narben hervorblitzen. »Wenn Dyna über Magie verfügt, warum hat sie sie nicht gegen mich eingesetzt?«

»Ich weiß es nicht, Kommandant, aber ich sage die Wahrheit. Meine Narben sind der Beweis. Sie ist besonders. Bitte sagt es nicht dem Meister. Er wird sie versklaven, sollte er davon erfahren.«

Von konnte das nicht versprechen. Solange Tarn nicht danach fragte, musste es nicht erwähnt werden. Aber es war nur eine Frage der Zeit, bis er von ihrer Kraft erfahren würde.

Dalton hatte sie beschuldigt, eine Zauberin zu sein, aber Dyna hatte es abgestritten und Von hatte ihr bereitwillig geglaubt. Er war so damit beschäftigt gewesen, das Lager zu verlegen und sich um andere Dinge zu kümmern, dass er nicht darüber nachgedacht hatte. Wenn sie Magie besaß, machte es Sinn, dass sie eine verzauberte Karte enthüllen konnte.

Yavi arbeitete daran, das Zelt aufzuräumen, und Geon schlief wieder ein. Von versuchte auch zu schlafen, aber dann hörte er das Knirschen von Stiefeln auf dem Kies draußen.

»Kommandant?«, rief Elon.

Von unterdrückte ein Stöhnen, da er bereits wusste, was er sagen würde. »Aye?«

»Entschuldigt die Störung. Tarn verlangt nach Eurer Anwesenheit.«

»Einen Moment.«

»Dieser Mann kennt keine Gnade. Kann er dir nicht eine Nacht Ruhe gönnen?«, zischte sie.

Von bedeutete ihr, ruhig zu sein. Sie konnten nicht darauf vertrauen, dass Elon ihr Verhalten nicht meldete. Sklavenverweigerung wurde hart bestraft. Wenn er ausgepeitscht worden war, weil er eine Aufgabe nicht erfüllt hatte, was würde Tarn dann mit Yavi für ihren Spott tun?

Stöhnend setzte er sich mit ihrer Hilfe auf die Pritsche. Sie holte eine graue Tunika aus der Truhe und half ihm, sie anzuziehen. Als sie seinen Arm um sich legte, um ihn zu stützen, jagte die Bewegung einen schmerzhaften Schock durch seinen Rücken. Von biss die Zähne zusammen und unterdrückte einen Fluch. Er atmete scharf ein und zwang sich auf die Beine. Seine Sicht verschwamm. Er wäre fast umgekippt, wenn Yavi nicht gewesen wäre. Seine Beine wackelten bei jedem Schritt zum Eingang.

Schnell löste sie die Knoten am Zelt und öffnete die Klappen. Elon lauerte unter einem nahen Baum, wo das Mondlicht nicht hinkam. »Ihr werdet ihm helfen müssen«, sagte sie.

Elon trat vor, nahm seinen Arm und legte ihn vorsichtig über seine Schultern. Sie stampften durch das stille Lager. Bei jedem Schritt zuckte Von zusammen. Von der Anstrengung tropfte ihm der Schweiß von den Schläfen. Er war dankbar, dass die Männer heute Nacht in ihren Zelten geblieben waren, sodass niemand seinen Kampf sehen musste. Der Weg war lang und zermürbend. Es dauerte eine Ewigkeit, bis sie das große, imposante Zelt erreichten, aus dem Kerzenlicht drang.

»Danke für deine Geduld, Elon«, murmelte Von. Der Elf nickte und verschwand in der Dunkelheit. Er stand einen Moment da und konnte nicht den Mut aufbringen, hineinzugehen.

»Verschwende nicht meine Zeit«, drang Tarns kühle Stimme aus dem Zeltinneren. »Das hast du heute bereits genug getan.«

Von nahm einen zittrigen Atemzug und trat ein. Tarn saß am Kopfende des Esstisches, vor ihm lag ein Haufen Stoff und Leder. Seine blassen Augen schimmerten wie zwei Kugeln aus Eis. Seine kurzärmelige Tunika hing ungeknöpft an ihm herab und entblößte die alten, gezackten Narben, die seine Brust und Arme wie eine Landkarte der Vergangenheit bedeckten. Verfärbte, ungleichmäßige Risse markierten seine Rippen, wo sich die Kiefer eines Trolls durch Sehnen und Knochen gefressen hatten. Dieser Tag hatte mehr als nur Tarns Körper verwüstet. Er war seitdem nicht mehr derselbe.

Von zwang seinen schmerzenden Körper, sich zu beugen. Er konnte das tiefe Keuchen in seiner Kehle nicht unterdrücken, als seine Wunden aufrissen. Blut sickerte aus den Verbänden und durchtränkte seine Kleidung.

»Ich dachte nicht, dass es so schwer für dich sein würde, ein Mädchen gefangen zu nehmen«, sagte Tarn.

Von richtete sich auf und atmete tief durch den Schmerz. »Wir waren unvorbereitet.«

Tarns kühle Augen verengten sich. »Ich möchte keine Ausreden hören. Elon hat dich gut informiert.«

»Ja, Meister, aber...«

»Und nun hat sich ihnen der Krieger-Wächter angeschlossen.« Tarn fegte den Haufen von dem Tisch, der daraufhin vor Vons Füßen landete.

Was er für bloßen Stoff gehalten hatte, war in Wahrheit Lens Mantel, der um einen kleinen Brustpanzer gewickelt war. Er war so verzaubert, dass er jeder Waffe standhielt, doch in der Mitte befand sich ein Stückchen einer Öffnung, das purpurrot gefärbt war. Sie war die Einzige, die von Tarn mit einer Rüstung ausgestattet worden war, und diese hatte ihr gerade so das Leben gerettet.

Wie hatte Rawn ihre Rüstung durchbrochen? Vor allem aus dreihundert Metern Entfernung?

»Ich hatte nicht mit dem Elfen gerechnet«, gestand Von zaghaft. »Oder mit der Zauberin. Als ich ihr das Medaillon stahl, wusste ich nicht, wer sie war.«

Sie blickten nach links, als die Rune der Wahrheit durch seine Ehrlichkeit blau aufleuchtete. Von konnte in diesem Zelt nicht lügen, und manchmal kam ihm das zugute.

»Sie könnte der vierte Wächter aus der Prophezeiung sein«, fügte er hinzu.

Tarn verschränkte seine Finger und stützte seine Ellbogen auf den Tisch. »War sie mächtig?«

Von konnte die Flut von Magie, die sie ausgestoßen hatte, nicht als schwach bezeichnen. »Ja.«

»Hmm ... Sie muss der Grund sein, warum meine Magier die Erwählte nicht mehr orten können.«

Von hob den Kopf und erinnerte sich, dass die Glaskugel, mit der sie sie aufgespürt hatten, nicht mehr funktioniert hatte, als sie die Stadt erreicht hatten. »Wir haben gestern Mittag die Position der Erwählten verloren.«

»Benton berichtete, dass sein Ortungszauber zu diesem Zeitpunkt durchbrochen wurde«, sagte Tarn. »Dann wurde ein zweiter Zauber gewirkt, um sie zu verhüllen. Er war ziemlich verärgert, dass ein anderer Magier die Macht dazu hatte.«

Von presste seine Kiefer zusammen, um nicht zu grinsen. Was würde Benton sagen, wenn er merkte, dass es eine Zauberin und kein Magier gewesen war, die ihn vereitelt hatte?

Tarns Augen verengten sich. »Dennoch wäre das alles nicht so schlimm, wenn du mir das Medaillon gebracht hättest.«

Selbst wenn Von es getan hätte, wäre es vergeblich gewesen. Als er den Anhänger untersucht hatte, hatte er versucht, den irisierenden Stein zu entfernen, doch sein Abbild hatte sich aufgelöst. »Das Lūna-Medaillon enthielt den Mondstein nicht, Meister.«

»*Was?*«

»Der Stein war ein Illusionszauber.«

Die Stimmungsrune glühte rot und warf einen düsteren Schimmer in das Zelt. Es war eine schlafende Rune, die nur in den seltenen Fällen funktionierte, in denen sie reichlich Emotionen wahrnahm. Tarn war meist ein gleichgültiger Mann, der darauf achtete, sich keine Gefühle zu erlauben. »*Emotionen sind eine Schwäche*«, hatte er einmal gesagt. Es war viel nötig, um ihn so wütend zu machen.

Von schluckte. »Vergebt mir.«

»Das ist das Einzige, was du sagen kannst, was?« Tarn atmete tief ein. Es überraschte Von, als die Rune zu glühen aufhörte.

»Die Zauberin muss ihn haben. Ich werde ihn für Euch beschaffen.«

Tarn lehnte sich auf seinem Stuhl zurück und legte seinen Knöchel auf sein Knie. »Bete zu deinem Gott, dass du das wirst.«

Von senkte seinen Kopf, verwirrt von der plötzlichen Toleranz seines Meisters. »Soll ich mit der Suche nach der Erwählten fortfahren?«

»Sende die Spione aus.«

Sie würden sich auf Elons Fähigkeiten verlassen müssen, um Dyna zu verfolgen, nun, da Magie keine Option mehr war.

»Es sollte nicht schwer sein, sie zu orten«, sagte Von. »Sie werden irgendwann in Azure Port halten müssen.«

Tarns Kiefer mahlten bei der Erwähnung der Hafenstadt. Er ging zu seinem Schreibtisch hinüber, auf dem er Karten des Königreichs ausgelegt hatte. »Wir sollten es der Erwählten und ihren Wächtern nicht zu leicht machen«, befand er, während er sie studierte. »Sie dürfen auf keinen Fall an Bord eines Schiffes gehen. Schick einen Raider nach Corron und lass über die azurische Haftbefehlsbehörde ein anonymes Kopfgeld auf sie aussetzen. Das Kopfgeld sollte hoch genug sein, um die Kopfgeldjäger anzulocken, und die Nachricht sollte im ganzen Königreich verbreitet werden, bevor sie in Azure Port ankommen.«

Von nickte, während Blut von dem Saum seiner Tunika tropfte. »Ja, Meister.«

»Fünfzig Tote während des Überfalls auf das Lager«, sagte Tarn und sah zu, wie die roten Tropfen in den Schmutz spritzten. »Weitere zwanzig wurden von den Wächtern getötet. Nutzlos, der ganze Haufen.«

Von achtete darauf, seine Miene gleichgültig zu halten, aber die Stimmungsrune verriet ihn, als sie dunkelviolett pulsierte. Reue durchflutete ihn. Er hatte jeden einzelnen dieser Männer ausgebildet. Vor allem Abenon war ein guter Leutnant gewesen, der schon als Junge in die Armee eingetreten war. Er war loyal gewesen, aber Tarn war es egal, wer sie waren oder dass sie für seine Jagd nach dem Unendlichen starben. Sie waren ein entbehrliches Opfer.

Tarns kühler Blick durchbohrte ihn. »Bist du ebenfalls nutzlos, Von?«

Er wusste es besser, als zu antworten.

»Geh. Du machst eine verdammte Sauerei.«

Von zuckte bei einer weiteren Verbeugung zusammen, dann trat er hinaus in die Herbstkälte. Er schaute zu den Sternen hinauf und stellte dem Urnengott Fragen. Welche Sünde hatte er in einem früheren Leben begangen, um in diesem ein Sklave zu sein?

Die Müdigkeit lastete schwer auf seinen Knochen. Er konnte seine Beine nicht mehr bewegen. Er war kurz davor, dort, wo er stand, bewusstlos zu werden, doch Elon schlüpfte aus der Dunkelheit und nahm ihn wieder in die Arme. Von nickte voller Dankbarkeit.

Wortlos, Schritt für Schritt, machten sie sich auf den Weg in die Nacht.

KAPITEL 44

DYNALYA

Es war dunkel. Niemals endende Schwärze umgab sie. Und Dyna war nicht allein. Etwas bewegte sich in der Dunkelheit, Klauen kratzten über Stein. Sie hörte seinen schweren Atem und spürte seinen Blick. Ein leises Grollen ertönte in der Leere. Luft verließ ihre Lungen, Kälte kroch in ihre Glieder.

Der Schatten kam.

Angst raubte ihr die Stimme. Sie konnte nicht schreien oder nach Hilfe rufen. Kalter Rauch streichelte über ihren Rücken, wehte durch ihr Haar. Dyna bedeckte ihren Mund und unterdrückte ihr Wimmern. Ihre Beine gaben nach, und sie rollte sich zu einem Ball zusammen, kniff fest ihre Augen zusammen. Krallen schlitterten über den Boden, kamen langsam näher.

Und noch näher.

Ein plötzlicher Lichtstrahl drang durch ihre Lider. Dyna hob eine Hand, um ihre Augen zu schützen, und Licht strömte durch ihre Finger. Langsam ließ sie ihre Hand sinken und sah den *Hyalus*-Baum. Er leuchtete so hell, dass das Schwarz zu einem stumpfen Grau verblasste.

Dyna setzte sich auf und suchte nach dem lauernden Schatten, doch er war verschwunden. Sie stolperte auf den Baum zu, und seine glühenden Äste streckten sich nach ihr aus. Sobald sie einen Zweig nahm, legte er sich sanft um ihre Hand, das Licht des Baumes flackerte auf und verscheuchte die Dunkelheit in einem weißen Schwall.

Sie blinzelte und fand sich auf einer Decke liegend neben einem kleinen Lagerfeuer wieder. Das Licht des Feuers schimmerte auf der feuchten Felsdecke über ihr. Als sie das leise Schnauben hörte, bemerkte sie Fair. Lord Norrlens Pferd graste auf einer dunklen Lichtung hinter der Höhle. Sie nahm die vertrauten Stimmen wahr, die sich unterhielten. Zev saß neben ihren Füßen und Cassiel neben ihrem Kopf, eine seiner kühlen Hände ruhte auf der ihren. Die Berührung hatte genügt, um sie aus der Dunkelheit herauszuholen.

Hatte er gewusst, dass sie einen Albtraum gehabt hatte? Hatte sie geschrien?

Niemand sonst bemerkte, dass sie wach war. Sie beobachteten Rawn, der auf der anderen Seite des Lagerfeuers saß. Er mahlte getrocknete rote Blütenblätter in einer Holzschale und warf eine Prise gelbes Pulver aus einem der vielen Beutel an seinem Gürtel hinein. Ein süßer Blütenduft erfüllte die Luft.

Sie hatte die *Dynalya*-Blume noch nie außerhalb von Büchern gesehen, dennoch erkannte sie, was er da tat. Ein kleiner Topf voll Wasser köchelte über dem Feuer, der Griff hing an einem Spieß. Rawn nahm den Topf, schüttete das Wasser in einen Holzbecher und mischte das Pulver.

»Was ist das?«, fragte Cassiel steif.

»Das ist ein Heilmittel für meinen Kopf«, murmelte Dyna und setzte sich auf.

»Du bist wach.« Zev seufzte erleichtert. »Wie fühlst du dich?«

Sie brachte ein brüchiges Lächeln zustande. Schwäche hatte sich über ihre Knochen gelegt. Ihre Essenz war verbraucht. Diesmal würde sie länger brauchen, um sich zu erholen. »Es geht schon.«

Rawn reichte ihr den Becher. »Trinkt, Milady. Ihr werdet Euch gleich besser fühlen.«

Süßlich riechender Dampf wirbelte über der roten Flüssigkeit. Sie pustete auf die Oberfläche, bevor sie einen Schluck nahm. Das

Gebräu erinnerte sie an Himbeerblätter mit einem Hauch Zitronengras und wärmte ihren wunden Hals, ihre Kopfschmerzen verschwanden sofort.

»Danke«, sagte Dyna.

Cassiel nickte Rawn knapp zu. »Da Ihr uns zu Hilfe gekommen seid, habt auch Ihr meinen Dank.«

»Dadurch stehen wir nun in Eurer Schuld«, meinte Zev und beobachtete ihn.

Rawn neigte den Kopf. »Ich befreie euch von eurer Schuld. Es ist unehrenhaft, Gefallen und Lebensdiener auf Kosten der Rettung von Leben zu gewinnen. Die Elfen praktizieren einen solchen Brauch nicht. Sklaverei ist im Tal verboten.«

»So wie auch in Hilos und den vier Reichen«, erwähnte Cassiel. »Die Celestials sind nicht so arrogant, anzunehmen, dass wir ein Leben schulden könnten. Das ist nicht *Elyōns* Wille.«

Dyna sah ihn überrascht an. Als er ihr das erste Mal das Leben gerettet hatte, hatte er diese Tatsache absichtlich nicht erwähnt. Cassiel behielt seinen lockeren Gesichtsausdruck bei, aber seine Mundwinkel zuckten.

»Von und Geon müssen Lebensdiener sein«, vermutete sie.

Rawn schüttelte den Kopf. »›Lebensdiener‹ ist eine untertriebene Bezeichnung. Sie sind Sklaven. Sein Leben gerettet zu bekommen, nur um es dann durch Versklavung zu verlieren, ist schrecklich. In letzter Zeit haben mehrere Königreiche vorgeschlagen, das Gesetz der Lebensschuld abzuschaffen, aber der Großteil von Urn widersetzt sich dem, leider. Der Besitz von Leben ist eine Art von Reichtum.«

»Gibt es für sie einen Weg, ihre Freiheit zurückzuerlangen?« Sie musste immer wieder an Von und seinen Gesichtsausdruck denken, als die Zauberin ihm gegenübergestanden hatte. Er hatte gewusst, dass sie ihn besiegen würde, aber Dyna hatte gespürt, dass seine Angst nicht gegen ihre Magie gerichtet gewesen war.

»Vor einem Monat hat das Azure-Königreich die Sklaverei abgeschafft«, sagte Rawn. »In diesem Land sind sie nun frei. Sie müssen es nur anerkennen.«

»Ihr meint, sie können weggehen?«, fragte Zev.

»Die Mutigeren tun es, aber viele fürchten die Konsequenzen. Mit der richtigen rechtlichen Durchsetzung ihrer Rechte können die Gefangenen ihre Freiheit erlangen. Aber mit Tarn als ihrem Meister ist das vielleicht nicht so einfach.«

»Wer ist er?«, hakte Cassiel nach.

»Ich habe seine Bekanntschaft noch nicht gemacht. Ich kenne ihn nur durch seine Schandtaten. Es gibt mehrere Erzählungen und Gerüchte über ihn, die ihn alle als einen verräterischen Mann darstellen, der vor nichts zurückschreckt. Seine Raider plündern und morden in seinem Namen. Er hat in mehreren Königreichen sein Unwesen getrieben, und viele von ihnen haben ein beträchtliches Kopfgeld auf ihn ausgesetzt, tot oder lebendig. Deshalb verweilt er nie lange an einem Ort.«

»Er ist ein Halsabschneider«, folgerte Zev.

Rawn nickte. »Er hat kein Problem damit, Leute zu töten, um an das zu kommen, was er will. Er nimmt sich alles, von Gold bis Menschen.«

Dyna schnappte nach Luft. »Menschen? Ihr sagt es, als hätte er sich ihre Dienerschaft nicht verdient.«

»Tarn versklavt diejenigen, deren Fähigkeiten ihm nützlich sein können, und es geht das Gerücht um, dass er nach Heiligen Schriftrollen sucht.«

Sie runzelte die Stirn. »Warum sollte Tarn sie wollen?«

»Er kommt mir nicht wie ein frommer Mann vor«, erwiderte Cassiel.

»Die Schriftrollen enthalten mehr Wunder als die Schöpfungen der Welt«, erklärte Rawn. »Sie bergen viel Macht, wenn nicht sogar großes Wissen.«

Zev grollte. »Warum ist er hinter Dyna her?«

»Von hat uns in Landcaster gehört, wie wir von der Karte gesprochen haben«, sagte sie. »Seitdem haben sie uns beobachtet.«

»Die Raider wussten von uns«, erzählte Cassiel Zev. »Sie wissen, was wir sind.«

»Das ist Tarns Methode«, erklärte Rawn. »Er studiert seine Gegner, bevor er zuschlägt. Ich vermute, er sucht nach Mount Ida. Jetzt, da er von der Karte erfahren hat, wird er Lady Dyna so lange verfolgen, bis er bekommen hat, was er will.«

Zevs Augen glühten schillernd im Licht des Feuers. »Ich werde es beenden, wenn er das nächste Mal kommt, um sie zu holen.«

»Nun, da wir von ihm wissen, werden wir vorbereitet sein«, stimmte Cassiel zu. »Ich nehme an, er ist hinter dem Schatz her.«

»Das denke ich nicht«, widersprach Dyna.

Rawn nickte. »Ich auch nicht. Er hat bereits reichlich Reichtum von seinen Raubzügen angesammelt.«

Ein Knurren verließ Zevs Kehle. »Was will er dann?«

»Macht. Mount Ida beherbergt unvorstellbare Magie. Was auch immer er sucht, Urn und der Rest der Welt könnten deswegen in Gefahr sein.«

Dyna erschauderte. »Der Junge hat etwas Seltsames erwähnt. Er sagte, sie hätten mich seit Jahren erwartet. Dass eine Fae-Seherin es vorhergesagt hat.«

»Die Seherin vom Feenberg?«, fragte Rawn überrascht, und sie nickte. »Die Seherin ist in Arthal sehr angesehen. Sie hat die Gabe, die Zukunft und das Schicksal anderer zu sehen. Es ist eine seltene Fähigkeit, die viele im Volk der Fae zu nutzen oder zu kontrollieren versuchen. Aus diesem Grund lebt sie unter dem Schutz der Nachtkönigin abgeschottet am Hof der Unseelie. Um die Dienste der Seherin in Anspruch zu nehmen, muss man die Nachtkönigin mit einem Geschenk locken. Sie ist dafür bekannt, dass sie Menschenkinder bevorzugt.«

Eine Gänsehaut breitete sich auf Dynas Armen aus. »Beim Urnengott. Meint ihr, Tarn hat ...?«

»Nach dem zu urteilen, was wir bisher über diesen Mann wissen: ja«, sagte Zev.

Ihre Augen füllten sich mit Tränen. Das arme Kind.

»Hat er dir erzählt, was die Prophezeiung besagt?«, fragte Cassiel. Er wirkte skeptisch.

Sie schüttelte den Kopf. »Geon nannte mich die Erwählte mit dem Schlüssel zu Mount Ida. Er sprach von sechs Wächtern, die mich beschützen würden. Es scheint, du und Zev seid zwei von ihnen.«

Die Männer starrten sie an und wussten nicht, was sie davon halten sollten. Sie verstand es auch nicht, aber sie glaubte es. Ihre bisherige Reise war zu unglaublich gewesen, um ein Zufall sein zu können. Zev beschützte sie seit ihrer Geburt, und Cassiel bewahrte sie seit ihrer ersten Begegnung vor Gefahren.

»Ich nehme an, dass ich euch an dieser Stelle verlassen werde«, sagte Rawn. Er erhob sich und suchte seine Habseligkeiten zusammen.

»Ihr möchtet uns wieder verlassen, Lord Norrlen?«, fragte Dyna.

Er hielt inne, verblüfft von der Frage. »Ich möchte nicht länger als nötig bleiben. Ich habe mich erneut in eure Angelegenheiten eingemischt.«

»Irgendetwas hat Euch zu uns geführt, als Tarn mich holen ließ. Wenn die Prophezeiung wahr ist, müsst Ihr einer der Wächter sein. Ihr habt mir einen Eid des Schutzes gegeben, Lord Norrlen. Ihr habt versprochen, mein Schild zu sein und mich bis zum Ende der Welt und zurück zu führen. Ich möchte, dass Ihr Euer Wort haltet. Bitte, seid unser Guidelander.«

Rawns Augen weiteten sich. »Wenn es das ist, was Ihr wünscht, Milady, möchte ich mich Euch guten Willens anschließen – sollten Eure Begleiter einverstanden sein.«

Dyna sah zu den anderen und wartete misstrauisch auf ihre Reaktionen. Sie hatte erwartet, dass sie sofort ablehnen würden, aber das taten sie nicht. Stattdessen betrachteten sie Rawn nachdenklich.

»Er hat dir das Leben gerettet«, erinnerte sie Cassiel.

Zev verschränkte die Arme vor der Brust. »Er hat uns auch geholfen, Loch Loden zu entkommen.«

Davon wusste sie noch nichts.

Leiser Zorn schimmerte auf Cassiels Gesicht. »Es gab einen zweiten Versuch, dich zu entführen. Ihr Elf beherrscht Magie. Ich bezweifele, dass wir das überlebt hätten.«

Dyna würde später über diese Information nachdenken müssen, denn für den Moment zog die Bezeichnung ›ihr Elf‹ ihre Aufmerksamkeit auf sich. Sie grinste breit und sagte: »Du meinst, *unser* Elf hat uns gerettet?«

Cassiel rollte zustimmend mit den Augen.

»Also darf er sich uns anschließen?«

Cassiel und Zev tauschten einen Blick aus, dann nickten sie beide.

»Es macht wohl keinen Sinn, darüber zu streiten«, sagte der Prinz.

Sie strahlte und drückte ihre beiden Arme. »Ich wusste, dass ihr zur Vernunft kommen würdet.«

Rawn lehnte sich zurück auf seine Versen und war einen Moment lang zu verwirrt, um zu sprechen. »Danke.«

Zev zog Azerans Tagebuch aus seinem Rucksack. Er blätterte bis zu der Karte, bevor er es ihm reichte. Rawns Hände zitterten, als er das Tagebuch entgegennahm. Er atmete tief ein und blickte auf die leeren Seiten hinunter. Cassiel und Zev kicherten über seine Verwirrung.

»Die Karte verschwindet, wenn sie von mir getrennt wird«, erklärte Dyna. Sie bedeutete ihm, ihr das Tagebuch zu reichen, anschließend flüsterte sie: »*Tellūs, lūnam, sōlis.*«

Rawn starrte auf den lebhaften violetten Wirbel der Magie, während die kaligraphischen Striche über die Seiten schwirrten. Als die leuchtende Insel auftauchte, überschlugen sich die Gefühle in seinem Gesicht. Erstaunen. Erleichterung. Freude.

Er blinzelte, ehe er kurz und erstaunt lachte. »Milady, Ihr erwähntet, dass Azeran Astron Euer Vorfahre war. Ihr habt ein unglaubliches Erbe. Wenn Ihr seiner Blutlinie angehört, müsst Ihr sehr mächtig sein. Ich habe nur Elfen und Magier mit gewaltigen magischen Fähigkeiten gesehen, die eine solche Essenzheilung wie Ihr vollbracht haben.«

Dyna zuckte verunsichert mit den Schultern. »Meine Fähigkeiten enden hier. Ich bin ein Mensch, aber ich teile sein Blut und seine Essenz. Das ist der Grund, warum ich diese Karte enthüllen kann.«

Rawn lächelte warm. »Ihr seid viel wertvoller, als ich angenommen habe. Diese Exkursion würde ohne Euch nicht existieren.«

»Was meint Ihr?«, fragte Cassiel.

»Er meint, dass sollte Dyna etwas zustoßen, die Karte verschwinden würde«, erklärte Zev. »Nur ihre Essenz kann ihre Geheimnisse offenbaren.«

Cassiel holte scharf Luft. Er sah sie an, als fürchtete er, sie würde im Handumdrehen verschwinden. Sie hatte sich noch nicht dazu durchringen können, ihn zu fragen, was seine wahren Absichten waren, zu Mount Ida zu reisen.

»Ich werde nicht zulassen, dass dir etwas passiert«, verkündete Cassiel so leidenschaftlich, dass sie errötete. Er kratzte sich nervös im Nacken und stellte klar: »Ich wollte sagen, dass ich dich vor Tarn beschützen werde.«

»Ich auch«, sagte Zev.

Rawn nickte. »So wie ich.«

Dynas Augen leuchteten bei ihren Versprechen. Zum ersten Mal, seit sie aus North Star aufgebrochen war, hatte sie das Gefühl, auf dem richtigen Weg zu sein. »Danke.«

»Was ist schon ein Mann?«, sagte Cassiel zu den Flammen. »Du hast weitaus schlimmere Feinde.«

Rawn sah von ihm zu ihr, sein Lächeln verschwand. »Milady?«

Zev neigte den Kopf und zuckte mit den Schultern. »Möchtest du es ihm erzählen oder soll ich?«

Sie seufzte bei der Erinnerung. Lord Norrlen sollte ihre Beweggründe, zur Insel zu reisen, kennen. Sie würde jeden Verbündeten auf dieser Mission brauchen. Lyra und die anderen Kinder in North Star waren auf sie angewiesen.

Dyna stellte sich den Berg aus Knochen aus ihren Träumen vor. Pechschwarze Wolken hüllten den Gipfel ein und nahmen dem Himmel jede Lichtquelle. Der Berg stand für ihre Angst und den bevorstehenden Tod aller, die sie liebte. Es war die Angst, die sie zurückhielt und sie jedes Mal zu Boden warf, wenn sie versuchte, ihn zu besteigen. Doch diesmal war sie fest entschlossen, den Gipfel zu erreichen.

»Ich muss einen Schattendämon besiegen.«

CASSIEL

Das Land Azure leuchtete in der aufgehenden Sonne. Ein Farbverlauf aus Rosa und Violett zog sich über den Himmel, während das Grau der Morgendämmerung verblasste. Mit verschränkten Armen stand Cassiel am Rande der Klippe, die ihr Lager schützte.

Er hatte den Überblick darüber verloren, wie viele Tage seit ihrer Flucht aus Corron vergangen waren. Andere Dinge dominierten seine Gedanken. Da er nicht hatte schlafen können, war er eine Runde geflogen, bevor die anderen erwachten, aber selbst das Fliegen bereitete ihm zurzeit wenig Freude.

Er war nicht mehr derselbe. Er fühlte es. Er war anders. Unrein.

Verlassen.

Die Flöte seiner Mutter wog schwer in seiner schlaffen Hand. Er hatte gehofft, die Musik würde ihm helfen, aber er hatte keine Lust mehr, sie zu spielen. Wenn er vorher wertlos gewesen war, war er jetzt wirklich ein Nichts. Das musste doch auch etwas Gutes haben. Er war nicht mehr die Person, die sein Vater in ihm gesehen hatte, also würde man ihm den Thron jetzt nicht mehr aufzwingen.

»Cassiel?«

Er versteifte sich.

Dynas schlanke Gestalt schritt durch das Laub. Ihre Wangen waren vom Aufstieg gerötet. Sie umklammerte den Umhang um ihre Schultern, und ihr Atem wirbelte in der Morgenkühle.

Ihr Fuß schleifte über den Boden, als sie zu ihm hinüberhumpelte. »Hier bist du.«

Cassiel wandte sich ab und setzte sich an den Rand der Klippe, unfähig, sie anzusehen. Sein Versprechen hatte sich in Rauch aufgelöst, zusammen mit dem letzten bisschen Sinn, den er gefunden hatte. Er konnte nicht mehr das sein, was sie brauchte.

»Du solltest nicht mit deinem verstauchten Knöchel herumlaufen«, murmelte er. »Wie hast du mich gefunden?«

»Ich ... bin mir nicht sicher.«

Seine Flügel zuckten bei der Verwirrung in ihrem Ton. Hatte das Band sie zu ihm geführt, wie es ihn in Corron zu ihr geführt hatte?

Sie ließ sich neben ihm nieder. »Geht es dir gut?«

Er wollte sie anlügen, aber als Cassiel die Besorgnis in ihrem Blick sah, brachte er es nicht über das Herz. Doch die Wahrheit konnte er ihr auch nicht sagen.

»Ich höre dich in der Nacht«, flüsterte sie. »Die Albträume.«

Er schloss die Augen, weil er weder ihr noch sich selbst eingestehen wollte, wie sehr er sich wünschte, sie hätten das Gasthaus nie verlassen. Neben ihr zu liegen, hatte ihm eine Nacht friedlichen Schlafs beschert. Das würde er nie wieder haben.

»Cassiel.« Dyna legte ihre Hand auf seine geballte Faust in seinem Schoß. Seine Haut vibrierte unter ihrer Berührung. »Was passiert ist, war nicht deine Schuld.«

Cassiel biss die Zähne zusammen, stand auf und schritt davon. Es *war* seine Schuld, und er konnte es nicht ertragen, sich daran zu erinnern, wenn er in ihrer Nähe war.

Dyna sprang auf und folgte seinen raschen Schritten. »Tu das nicht. Nimm nicht alle Schuld auf dich.«

»Was weißt du schon über Schuld?«

»Sehr viel. Von wäre nicht hinter uns her, wenn ich ihm nicht begegnet wäre. Das ist *mein* Werk.«

Cassiel blieb mit dem Rücken zu ihr gewandt stehen. »Siehst du es nicht?«, schnappte er. »Ich habe Menschenleben genommen. Jede Heiligkeit, die ich hatte, ist weg.«

»Du kannst den Tod dieser Männer nicht auf dich nehmen…«

»Ich werde *das* nicht mit dir diskutieren.«

»Aber sie haben dich…«

»Genug!«

Dyna zuckte bei seinem Schrei zusammen, und der Schmerz, den er ihr zufügte, versetzte ihm einen Schlag in den Magen. Cassiel wollte nicht so barsch sein, aber er konnte nicht über seine Taten sprechen. Schon gar nicht mit ihr.

Er sollte sich entschuldigen. Das war er ihr schon so oft schuldig gewesen, aber er wollte, dass sie ihn in Ruhe ließ. Er wollte weggehen, damit sie nicht sah, was sie zweifelsohne von ihm fühlen konnte.

Die schwere Stille zog sich hin. Dynas Schritte ertönten im Dreck hinter ihm, und Cassiel dachte, sie würde verschwinden, doch dann traf ein Kieselstein seinen Rücken.

»Was tust du…« Er duckte sich, als ein weiterer an seinem Kopf abprallte. »Stopp!«

»Dummer, starrköpfiger, selbstverliebter Prinz!« Dyna bewarf ihn mit einer Handvoll Kieselsteine, wo immer sie ihn treffen konnte. »Dass du sie getötet hast, ändert nichts!«

Mit finsterer Miene wirbelte er herum, ohne zu bemerken, wie nahe sie war, und schlug mit den Flügeln nach ihr. Dyna stolperte rückwärts und rutschte vom Rand der Klippe ab.

»Dyna!« Cassiel stürzte nach vorn und erwischte ihr Handgelenk. Er riss sie in seine Arme, und sie fielen rückwärts auf den sicheren Boden. Arme und Flügel hielten sie sicher an seiner Brust, während sein Herz vor Entsetzen über das, was beinahe passiert wäre, raste.

Sie zitterte an seinem Körper. Zuerst dachte er, sie würde weinen, bis Dyna in lautes Gekicher ausbrach. Sie lehnte sich zurück und lachte, bis sich Tränen in ihren Augenwinkeln sammelten.

Cassiel bedachte sie skeptisch und befürchtete, dass sie ihren Verstand verloren hatte. »Was ist so lustig?«

Die ersten Sonnenstrahlen leuchteten auf Dynas Haar, als sie grinsend den Kopf schüttelte. »Dass du die ganze Zeit die Antwort auf mein Problem warst. Du warst nur siebzig Kilometer von meinem Dorf entfernt, in einem Reich heiliger Wesen, von deren Existenz kaum einer weiß. Trotzdem ändert es nichts.«

Schließlich verstand er, was sie meinte. »Denn du hättest Urn trotzdem auf deiner unmöglichen Suche nach einem unmöglichen Ort durchquert.«

»Corron hat nicht verändert, wer du bist, Cassiel. Du bist derselbe widerspenstige Celestial, der mich von einer Klippe gerettet hat. Zweimal.«

»Dummer Mensch.« Er schmunzelte und strich ihr eine lose Locke ihres roten Haares hinter das Ohr. Als Cassiel erkannte, was er getan hatte, zog er sich sofort zurück, aber sie nahm seine Hand wieder und hielt sie auf ihrem Schoß.

Dyna schenkte ihm ein sanftes Lächeln. »Es tut mir leid, dass ich Steine auf dich geworfen habe.«

»Ich schätze, das habe ich verdient.« Cassiel sah hinab auf ihre verschränkten Finger und mochte es, wie gut sie zusammenpassten. Er strich über ihre Knöchel mit seinem Daumen. »Und mir tut es leid, was im Gasthaus passiert ist.«

Eine liebliche Röte breitete sich auf ihren Wangen aus. »Ist schon gut. Ich verstehe es.«

»Alles, was ich in dieser Nacht gesagt habe, habe ich so gemeint«, murmelte er. »Ich wollte den Schatten für dich töten, aber ...«

Er konnte es nicht. Nicht mehr.

»Es spielt keine Rolle«, sagte sie. »Ich hätte nicht zugelassen, dass du dein Leben für mich riskiert. Das ist etwas, das ich allein tun muss. Selbst wenn du mir schon früher davon erzählt hättest, hätte das nichts geändert. Mein Weg führt mich zu Mount Ida.«

»Sagst du das wegen der Prophezeiung der Seherin?«

Dyna nickte. »Vielleicht hat sogar Azeran mein Schicksal besiegelt, als er die Karte erstellt hat. Ich glaube daran. Nichts davon ist reiner

Zufall. Denk also bitte nicht, dass du mich enttäuscht hast, denn das stimmt nicht. Die Raider ...«

Bei dem scharfen Schmerz, der ihn durchfuhr, unterbrach sie sich abrupt. Cassiel löste seine Hand aus ihrer.

»Warum möchtest du zu Mount Ida?«, fragte sie und überraschte ihn damit. Cassiel blickte zum westlichen Horizont und fragte sich, ob er jemals finden würde, was er suchte. »Hat es damit zu tun?«

Ihr Blick huschte zu dem Saphirring seiner Mutter. Er hatte die Kette, an der er hing, gedankenlos um seine Finger gewickelt.

Cassiel steckte den Ring weg. »Frag mich nicht, denn ich werde nicht antworten.«

»Warum?«

Er seufzte. »Es hat nichts mit dir zu tun.«

»Das hat es.« Dyna runzelte die Stirn. »Du warst sauer, dass ich auf dem Weg zu Mount Ida war. Ich habe dein Gesicht gesehen, als dein Vater die Bücher hervorgeholt hat. Diese Insel bedeutet dir etwas.« Sie legte eine Hand auf ihr Herz. »Ich fühle es. Und ich fühle dich. Warum?«

Verdammt. Sie konnte wirklich seine Emotionen fühlen, so wie er ihre fühlte. Er konnte es nicht länger vor ihr verheimlichen.

»Du bist nervös.« Dyna legte ihren Kopf schief. »Jetzt hast du Angst. Warum weiß ich das? Warum fühle ich dich?«

Cassiel ließ den Kopf hängen. Die Schwere der Wahrheit lastete auf ihm. »Auch du kamst unerwartet. Ich wusste nicht, dass die Rettung deines Lebens mich hierher bringen würde. Eigentlich hätten wir uns nie treffen dürfen, aber ich sehe jetzt, dass du der Schlüssel zu allem bist. Der Schlüssel zu dieser ganzen Reise. Der Schlüssel zur Karte. Und der Schlüssel, der mein Leben verändert hat.«

»Was meinst du?«

Cassiels Flügel bäumten sich auf und spiegelten seinen Drang wider, erneut von ihr wegzufliegen, aber wenn er es ihr jetzt nicht gestand, würde er die Worte vielleicht nie aussprechen. »Ich muss dir etwas sagen. Etwas Unerfreuliches, aber du musst es wissen. Du hast ein Recht, es zu erfahren.«

Alarmiert sah sie ihn an.

»Ich habe einen Fehler gemacht«, brach es aus ihm heraus. »Bitte glaub mir, dass es nie meine Absicht war. Ich wollte dich nur heilen. Du wirst mich wahrscheinlich verachten, und das zu Recht, aber...«

»Nichts, das du sagen könntest, würde mich je dazu bringen, dich zu verachten«, unterbrach Dyna ihn. »Du bist mir wichtig.«

Das schockte Cassiel genug, um ihren Blick zu treffen.

Wichtig? Das war ein weiteres Konzept, das ihm fremd war, doch er spürte, dass sie es ernst meinte. Das Band zwischen ihnen summte mit ihrer Zuneigung. Sie sollte nicht so für ihn empfinden und sie würde es auch nicht mehr, nachdem er ihr die Wahrheit gestanden hatte.

»Du weißt nicht, was ich bin«, erwiderte Cassiel. »Du weißt nicht, was ich getan habe. Ich sollte es dir sagen, damit du verstehst, warum ich einer solchen Wertschätzung nicht würdig bin.«

»Du bist würdig.«

Er schnaubte. »Ich bin ein Halbblut, Dyna.«

Sie runzelte die Stirn. »Und?«

»Das ist alles, was ich je sein werde. Das ist alles, was mein Volk in mir sieht.«

»Aber es ist nicht das, was ich sehe«, sagte Dyna. »Ich sehe einen mürrischen, albernen Celestial, der musikalisch begabt, intelligent und einzigartig ist. Der höflich ist, wenn er es sein möchte, auch wenn er sich dabei unwohlfühlt.« Dyna lachte, als er zusammenzuckte, und lehnte sich auf den Knien vor, um sein Gesicht in die Hände zu nehmen. »Ich sehe jemanden, der versucht, seinen Platz in der Welt zu finden, obwohl man ihn davon überzeugt hat, dass er keinen hat. Jemanden, der so viel mehr ist, als er glaubt. Ich sehe *dich*, Cassiel.«

Ihre Worte machten etwas mit dem Felsen in seiner Brust, dort, wo früher sein Herz gewesen war. Sie schlug ein Stück davon weg und machten in ein wenig leichter. Ein bisschen weniger wütend. Cassiel verstand diesen Menschen wirklich nicht, aber das war ihm jetzt auch egal.

Durch die Verbindung ihrer Berührung setzte seine zweite Sicht ein und enthüllte ihm Dynas Seele. Seine Augen schlossen sich, und alle Anspannung fiel von ihm ab.

»Wie sieht sie aus?«, fragte Dyna, die genau wusste, was gerade passierte.

»Es ist schwierig zu beschreiben«, antwortete er. »Es ist, als ob sich alle Sternbilder des Kosmos an einem Ort versammelt haben.«

Es war ein schöner und fesselnder Anblick.

Aber ihre Seele war anders, seit Cassiel sie das letzte Mal gesehen hatte. In dem tanzenden Sturm aus smaragdgrünem Licht verflocht sich die glühend weiße Schnur ihres Bandes mit der goldenen Lebenslinie seiner Seele. Sie schlängelte sich durch die ihre und zeigte, wie eng ihre Schicksale miteinander verknüpft waren. Er mochte nicht mehr die Heiligkeit besitzen, Dämonen zu erschlagen, aber ihr Herz schlug nun in ihm und seines in ihr. Diese eine unbestreitbare Tatsache konnte niemals ungeschehen gemacht werden.

Kurz nachdem die Bindung entstanden war, hatte er sie unbedingt wiederloswerden wollen. Aber seit er sie akzeptiert hatte, fühlte er sich ausgeglichen und gefestigt. Er war durch das Leben gesunken, ohne zu wissen, wo oben und unten war.

Bis er ihr begegnet war.

Unwissentlich und ungewollt war Dynalya Astron zu seiner Sonne geworden, und diese Tatsache ließ all seine Furcht verblassen.

Cassiel öffnete die Augen, strich ihr eine rote Strähne von der Schläfe und ließ seine Finger über ihre Wange wandern. Er wartete darauf, dass sie zurückschreckte, dass sie angewidert war, dass jemand wie er die Dreistigkeit besaß, sich so viel anzumaßen. Als sie es nicht tat, nahm er den Mut zusammen und ließ seine Hände über ihre Arme gleiten, wobei er eine Gänsehaut hinterließ.

Jede Berührung war eine Frage, eine Bitte um Erlaubnis. Ihre hellgrünen Augen fixierten die seinen und gaben ihm die Antwort, von der er nicht wusste, dass er sie wollte. Die Energie ihrer Verbindung verband sie, die Ranken ihrer Gegenwart durchzogen jeden seiner Atemzüge. Er ließ seine Hand zu ihrer Halsbeuge gleiten, fuhr mit den

Fingern durch ihre Locken und strich mit den Fingerspitzen über ihren Nacken. Die weiche Haut dort sprudelte vor Wärme, und er spürte, wie ihr Puls in die Höhe schnellte, während ihr Herz mit seinem eigenen raste.

Cassiel starrte auf ihren Mund. Auf diese vollen Lippen, die er berühren wollte. Sein Kopf drehte sich vor Unsicherheit und Enttäuschung. Er schluckte einmal. Zweimal. Dann fuhr er mit der anderen Hand Dynas Wirbelsäule hinauf. Sie atmete zitternd ein. Ihre Erregung sickerte durch das Band und spiegelte die seine wider. Er schlang seine Flügel um sie und lud sie mit leichtem Druck ein, die Lücke zwischen ihnen zu schließen. Sie kam näher, und Cassiel lehnte sich zu ihr hin, wobei ein Teil von ihm bis zum letzten Moment darauf wartete, dass sie protestieren würde.

Doch sie tat es nicht.

Ihre Nasen trafen sich zögernd. Wollte er es wagen? Es gab tausend Gründe, warum er es nicht tun sollte.

»Was wolltest du mir sagen?«, murmelte sie, und ihr geschmeidiger Mund streichelte seinen Mundwinkel. Das Gefühl löste eine Flut von Lust in ihm aus. »Im Gasthaus sagtest du, meine Augen würden dich an etwas erinnern.«

Cassiel lachte sanft, immer noch beschämt, dass er das zugegeben hatte, und flüsterte: »Sie erinnern mich an Frühling. Sie sind so grün wie das, was nach einem harten Winter kommt, sobald der Schnee geschmolzen ist.«

Dyna lächelte ein kleines Lächeln, ihre Wangen waren gerötet. Er berührte ihren Mund. Sanft und vorsichtig. Zögernd. Konnte er ihr einen Kuss rauben, nachdem er ihr so viel gestohlen hatte? Bei den Göttern, er wollte es unbedingt, aber es war nicht richtig. Nicht, wenn noch diese eine unausgesprochene Wahrheit zwischen ihnen stand.

»Was auch immer dein Geheimnis ist, es wird meine Meinung nicht ändern«, sagte Dyna, als hätte sie seine Gedanken gespürt. »Ich werde dir nicht den Rücken kehren.«

Es war ein Versprechen, das ihre Schicksale besiegelte.

Cassiel lehnte sich zurück und hielt ihren Blick fest. Er nahm Dynas Hände in seine, und sie erstarrte in Erwartung. Die Welt verschwand und nahm ihm all seine Zweifel und Ängste. Zurückblieb nichts als die stille Herbstluft zwischen ihnen und die leisen Worte auf seinen Lippen.

»Wir sind blutgebunden.«

ENDE BAND 1

DANKSAGUNG

Es hat etwas Magisches, Welten und Figuren in unserer Fantasie zu erschaffen. Sie werden in unseren Köpfen und in unseren Herzen real, zumindest gilt das für mich. Bücher entführen mich in andere Welten, und manchmal ist es schwer, wieder zurückzukommen. Ich arbeite seit mehr als fünfzehn Jahren an der ›Wächter der Erwählten‹-Reihe, also würde ich gern glauben, dass meine Figuren in einer greifbaren Dimension existieren, auch wenn das nur Wunschdenken ist.

Als ich diese Geschichte zum ersten Mal schrieb, hatte ich keine Ahnung, auf welche Reise sie mich führen würde. Ich danke all meinen Freunden und meiner Familie, die meinen Traum unterstützt und mich auf meinem Weg angefeuert haben.

Zuallererst möchte ich mich bei meinem Mann Michael bedanken, der die endlosen Stunden, die ich mit dem Schreiben verbracht habe, ertragen und mir geholfen hat, meine Träume zu verwirklichen. Du bedeutest mir die Welt, mein Schatz.

Wie kann ich nicht meiner Schwester, Raquel Landell, danken? Sie war von Anfang an mein größter Fan. Du hast mich unterstützt, seit diese Geschichte vor vielen Jahren begann, und es waren deine Forderungen nach den nächsten Kapiteln, die mich weiterschreiben ließen.

Ein besonderes Danke geht an Holly Black. Hätte ich ihre Bücher nicht vor so langer Zeit entdeckt, hätte ich vielleicht nie meine Liebe für Fantasy und das Geschichtenerzählen entwickelt.

Ich werde nie die vielen Beta-Leser vergessen, die die Geduld hatten, meine sehr groben Entwürfe durchzulesen. Ich bin so vielen von euch zu Dank verpflichtet:

Chelsea Couch, die mein Schreiben auf den richtigen Weg gebracht hat. Lauren Lane, meine reizende Kritikerin, die mich immer wieder ermutigt hat. Meinen Lektorinnen Hina Babar und Melissa Darby, die hart daran gearbeitet haben, dieses Buch in Form zu bringen. Amandine Elaye und Noni Siziya für ihre Ehrlichkeit. Lauren Voeltz, Katie Cunningham und Jessica Scurlock für ihr unermüdliches Lob. Will Kerwick, der mir beigebracht hat, wie man eine Klinge in einem Buch schwingt. All den wunderbaren Menschen in der Book Readers Anonymous Support Group, meinem hervorragenden ARC-Team und allen, die geholfen haben, *Divine Blood* bekannt zu machen.

Jeder von euch hat mir so viel beigebracht und mich auf dem Weg dorthin zum Lachen gebracht. Ich bin euch allen für immer dankbar, dass ihr an mich geglaubt habt. Ihr habt mir geholfen, diese fiktive Welt Wirklichkeit werden zu lassen.

Ich danke euch.

Ich stehe in eurer Schuld.

Beck Michaels

AUSSPRACHE-ANLEITUNG

NAMEN:

Dynalya/Dyna: Die-nal-yah / Die-nah

Cassiel: Cassie-el

Zev: Zeh-v

Rawn: Ron

Lucenna: Lu-seh-na

Yoel: Yoh-el

Von: Vaughn

Tarn: Tar-n

Geon: Gee-on

Elon: Eh-lon

Yavi: Ya-vee

Azeran: Ah-zer-ran

Lyra: Lie-ra

Lucien: Lu-see-en

Jophiel: Joe-fee-el

Malakel: Mah-la-kel

Tzuriel: Zu-re-el

Gareel: Gah-reel

Lorian: Lore-re-an

Leyla: Lay-lah

Abenon: Ah-be-non

Namir: Nah-mere

Bouvier: Bo-ve-air

ORTE:

Mount Ida: Eye-dah

Hilos: He-los

Corron: Core-on

Azure: Ah-z-her

Magos Empire: Mah-goes

Argyle: Ar-guy-el

Xian Jing: She-an-ging

Harromag Modos: Ha-ro-mag Moh-dos

Saxe Sea: Sah-x

Kazer Bluffs: Kay-zer

Zafiro Mountains: Za-fear-ro

ANDERES:

Tellūs: Teh-lus

Lūnam: Lu-nahm

Sōlis: Soh-lis

Hyalus: Hi-ya-lus

Essentia Dimensio: Eh-sen-see-ah De-men-see-o

Lahav Esh: La-hav Eh-sh

Elyōn: Ehl-yon

BECK MICHAELS

BONDED FATE

WÄCHTER DER ERWÄHLTEN

II

ÜBER DIE AUTORIN

BECK MICHAELS ist die amerikanische Autorin des fantastischen Jugendbuches Divine Blood, dem ersten Teil der epischen Dark-Fantasy-Reihe Wächter der Erwählten. Beck lebt mit ihrem Mann und ihren zwei Kindern in Indiana, wo sie ihre Zeit mit Lesen und Tagträumen von Geschichten verbringt, die sie in ferne Länder führen.

WWW.BECKMICHAELS.COM

Ingram Content Group UK Ltd.
Milton Keynes UK
UKHW020926190723
425424UK00004B/67

9 781956 899078